读客

读客科幻文库

跟着读客读科幻，经典科幻全看遍。

美国众神

十周年作者修订版

[英] 尼尔·盖曼 著

戚林 译

AMERICAN GODS

NEIL GAIMAN

北京联合出版公司
Beijing United Publishing Co.,Ltd

AMERICAN GODS

NEIL GAIMAN

献给缺席的朋友——

凯西·艾克

罗杰·泽拉兹尼

以及这当中的所有人

关于十周年作者修订版的说明

阅读这本书的感觉如何，我并不知道。我只知道写出这本书的感觉如何。

1992年我移居美国。那时，某些想法就在我头脑中出现了。虽然我觉得这些彼此之间没有关系的想法很重要，但在当时看来它们却毫无关联：两个男人在飞机上相遇；冰面上的一辆车；有重要意义的硬币戏法。更重要的是，尽管我现在居住在美国这个怪异的巨大国家，但我对它并不了解。不过，我想要了解它。更重要的是，我想要描述它。

后来，在某次停留冰岛时，我作为游客参加了"雷夫·埃里克森[1]探索之旅"，这令我所有的想法都融合在了一起。我给我的经纪人和编辑写了一封信，解释这本书将是什么内容。我在信纸顶端写下《美国众神》这个书名，确信自己还可以想出更好的书名。

几周后，我的编辑寄给我一张封面的设计图。封面上有一条道路，还有击穿天空的闪电，顶部写着书名"美国众神"。这看起来恰恰就是我计划要写的书的封面。

---

1 雷夫·埃里克森（970—1020），冰岛探险家，是已知的最早发现北美大陆的欧洲人，比哥伦布发现美洲大陆更早。

我发现，书写出之前就有了封面，令人既气恼又高兴。我把封面设计图贴在墙上，凝视着它，感觉自己受到了威胁，想出一个新书名的所有想法全都不翼而飞了。这就是书的封面，就是这本书应该的样子。

现在，我必须要写出这本书了。

从芝加哥到圣地亚哥的火车旅行中，我写完了第一章。我继续一边旅行，一边写作。我沿着乡村小路开车从明尼阿波里斯到佛罗里达，按照我觉得影子在书里应该走的路线前进。我写作的时候，有时候思路会卡住，这时我就开始四处游荡。我在密西根上半岛吃过南瓜馅饼，在开罗市吃过油炸玉米饼。我约束自己，不写任何我没亲身经过的地方。

我在各种不同的地方写作这本书——佛罗里达州的大宅、威斯康星州的湖畔小屋，还有拉斯维加斯的旅馆房间里。

我沿着影子沿途经历过的地方写作，当我不知道接下来影子会遇到什么事时，我就写一篇"来到美国"的插曲故事。等到插曲写完之后，我就知道影子将要做什么了，然后接着回来写他的故事。我希望每天能写两千字，但如果只写出一千字，我也觉得很开心。

我还记得写完初稿的时候，我把故事内容告诉了吉恩·沃尔夫[1]，他是我认识的最聪明的作家，他的长篇小说比我遇到的任何人写得都精彩。不过，我现在已经学会如何写作长篇小说了。吉恩看着我，笑得很温和。"你根本没学会该怎么写长篇小说，"他对我说，"你只学会了怎么写你正在经历的小说。"

他说得没错。我只是学会了写我正在写的小说，仅此而已。尽管如此，它依然是一个有些怪异的好故事，我正在学习如何把它写出来。我常常能意识到，它距离我脑中那个无比美好、金光灿灿、光芒四射的完美小说很遥远。即使这样，它还是让我觉得很开心。

---

1 吉恩·沃尔夫（1931—2019），美国科幻与奇幻作家。

写作期间，我蓄起胡须和头发，很多人觉得我有些奇怪（显然，瑞典人并不在其中，他们认可我的做法，还告诉我，他们的一位国王也做过类似的事情，只是没有写作罢了）。初稿完成之后，我刮掉了胡须，但还是继续过了一小段留长发的日子。

二稿修改的过程主要是挖掘细节和澄清事实，延长该延长的，缩短该缩短的。

我希望这本书拥有多重意义：我想写一本内容庞杂、稀奇古怪、情节曲折的书；我想写一本包含了美国这个国家所有令我着迷和惊喜的部分的书，而且是电影和电视剧里从未涉及过的内容。

最后，我终于写完了这本书，并交给编辑。我感到极度心满意足，就像我们常说的，长篇小说最好被定义为一篇长篇散文，而且是里面充满错误的那种。我很确信，我就是写了这么一本书。

我的编辑担心这部作品篇幅过长，情节过于松散曲折（她倒并不介意内容太古怪），她让我精简内容，我照做了。我猜她的直觉是正确的，因为这本书相当成功——不仅卖出了很多本，还幸运地获得了不少奖，包括星云奖和雨果奖（科幻类小说）、布拉姆·斯托克奖（恐怖类小说），还有轨迹奖（奇幻类小说）。这些奖足以证明这本书的怪异，因为即使大受欢迎，人们还是不确定到底该把它归类到哪一类小说里。

不过那都是后来的事情了。首先，这本书需要出版。出版发行的过程让我觉得很有趣，于是我在网上记录了下来，为此我还开了博客（一直延用到了今天）。书出版之后，我开始了漫长的签售之旅，一开始在美国各地，然后到英国，再到加拿大，最后才回到家。我的第一次签售会是在2001年6月，在双子塔的鲍德斯书店里。2001年9月11日，我回家之后没过几天，书店和双子塔就永远不复存在了。

人们对这本书的反应让我惊讶。

我过去写的故事，人们要么很喜欢看，要么根本不会去看。我从未写过引起评论分歧的故事。但是这本书，人们要么爱它，要么就恨它。讨厌这本书的人，哪怕他们喜欢我的其他作品，还是对它恨之入骨。有些人抗议说这本书根本就不美国；有些人觉得这本书太美国了；有人觉得影子不近人情；还有人说美国真正的宗教信仰应该是体育，而我对此一无所知，诸如此类。所有这些评论，无疑都是有理有据的批评。不过，它最后还是获得了大多数人的喜爱。公平地说，我觉得喜欢这本书的人会越来越多，而且会一直喜欢它。

　　我希望有一天我会继续写这个故事。毕竟，影子现在只比当初年长十岁罢了，美国亦然。众神们正在等待。

尼尔·盖曼

2010年9月

版本说明

你手上的这本书，和之前出版的版本略有不同。

本书出版后不久，山庄出版社的合伙人皮特·阿特金斯和彼得·施耐德（这家小出版社现在已经不复存在了）和本书的美国出版社协商，想编辑出版《美国众神》的特别版。他们告诉我他们策划的奇妙盛宴时——他们想要策划一个图书出版界的艺术奇迹——我却越来越对他们打算采用的版本感到不安。

我要求的反而不同。他们愿意选用我最初的、未经删节的版本吗？

结果是，他们愿意。

然后我意识到，情况变得复杂起来。当然，在删减《美国众神》之后，我还作了其他的订正和修改，其中很多地方都改得比原先的版本更好。所以，要创造一个限量版本的《美国众神》，唯一的办法，就是对照未经编辑修改的终稿版本、最终的编辑版本，以及最终的印刷版本（因为我当时兴高采烈地在排版校样上乱改乱画一番，而且很高兴不用担心弄乱），然后打一大堆电话来判断和决定。

这需要庞大的工作量。于是，我做了在这种情况之下唯一能做的明智之举：我给皮特·阿特金斯寄出了几份容量巨大的电脑文件和两个不同版本的书（英国版和美国版），还附上一份本书出版之后我注意到的几处错漏和拼写错误的清单。我请他整理出来。他做到了，而且做得非常棒。拿到皮特准备好的手稿之后，我自己又重新修订检查了一遍，修正整理了几处文字，还恢复了一些我因为某些原因删除，但并没有让全书更精简的部分，最终得到了一个让我非常满意的文字版本（我可能也提到过，一部长篇小说永远都是一篇充满各种错误的长篇散文）。

山庄出版社只限量发行了七百五十本限量版（这被形容为"图书人的艺术奇迹"，而且这一次是别人来赞美他们），这个版本卖得非常昂贵。我很高兴我的出版社愿意在出版十周年之际，推出这个增扩版本，它不仅印数比那七百五十本限量版多很多，价格也便宜很多。你手中这个版本的《美国众神》，比曾经获得所有图书大奖的那个原版，多了一万两千多字，这是我最骄傲的版本。

我要感谢詹妮弗·赫施，她是本书原版的编辑；还有詹妮弗·布雷尔，是她帮助这个版本诞生。最重要的是，我要衷心感谢皮特·阿特金斯，是他帮助我整理出本书的手稿。

告诫游客

这是一部虚构作品，并非旅游指南。故事里的美国地形并不完全是编造出来的——书中提到的多处地标和景点均可供人参观，道路可以沿途行进，地图上也可以标注出对应的方位——但我还是自由发挥了一下，虚构了某些地点。这些虚构之处或许比你能想象到的要少得多，但毕竟，是存在虚构的。

我并未征求任何人的许可或同意，就让这些真实场所出现在了故事中。我猜岩石城或岩上之屋的业主们，还有拥有位于美国中心点上的汽车旅馆的人们，在书中发现这些名称和情节时，应该会感到困惑不解吧。

我隐瞒了书中几处地点的真实位置，例如湖畔镇和距离布莱克斯堡一小时车程的梣树农场等。如果你想要探寻的话，尽管去找，说不定真的能找到。

此外，无须多言，本故事中的所有人物，无论生者、死者，以及其他等等，均属虚构。唯有众神是真实的存在。

有个问题一直让我着迷：当移民们离开他们的国家后，他们家乡的恶魔会变成什么样？爱尔兰裔美国人记得他们的精灵仙子，挪威裔美国人记得尼塞尔矮人，还有希腊裔美国人记忆里的活尸，但是它们只留在关于家乡的记忆中。我曾经问他们，为什么在美国看不到这些恶魔。我的受访者们令人困惑地咯咯笑着，说："他们害怕跨越海洋，距离太遥远了。"他们还指出，耶稣基督和他的门徒们从未到过美洲。

——理查德·道森《美国民间传说原理》
摘自《美国民间传说和历史学家》
（芝加哥大学出版社，1971年出版）

目 录

第一部
阴　影

第一章

您问我们国家的疆界，先生？这个嘛，在北方，我们紧靠
着北极光；在东方，我们毗邻东升的朝阳；在南方，我们毗邻
昼夜平分点；而在西方，我们面对的是最终审判日。

——摘自《美国人乔·米勒的笑话书》

影子在监狱里已经待了三年。他身材高大魁梧，脸上总是挂着一副
"没事别惹老子"的表情。所以，在牢里他遇到的最大麻烦，就是如何
消磨时间。他花不少时间健身，还自学用硬币变戏法，剩下的时间就净
想着自己有多么爱妻子。

在影子看来，被关在牢里最大的好处，也许是唯一的好处，就是让
他产生了一种真正的解脱感，一种已经深深坠落谷底的感觉。他再也不
必担心自己会被捕，因为他已经被捕了；每天在牢里醒来时，他不再感
到恐惧，因为他再也不必担心明天会发生什么事情，反正该发生的昨天
都已经发生过了。

至于你究竟到底干没干给你判罪的事，影子觉得这并不重要。根据
他的经验，监狱里遇见的每一个人都因为某些事情而满肚子怨言。全是
老一套：什么执法机构弄错了，他们说你犯罪了，其实你并没有；或者
你犯的罪和他们说的不太一样。但真正重要的只有一点，那就是：他们
抓到你了。

刚进来的那几天，他就发现了这一点。那时候，无论是牢里的黑话还是难吃的牢饭，对他来说都是全新的。尽管因为失去自由而无比痛苦，全身上下流淌着恐惧，他仍然有一种获得解脱的轻松感。

影子尽力保持沉默寡言。但到了第二年年中的时候，他还是对他的同室狱友洛基·莱斯密斯提到了这种解脱感。

洛基是一个来自明尼苏达州的骗子，他咧开带着伤疤的嘴，露出笑容。"没错，"他说，"你说得对。如果被判了死刑，那你就解脱得更彻底了。那时你就会想起那个笑话，当绞索套上脖子的时候，那些家伙总是拼命想踢掉脚上的鞋子，因为朋友们总说他们会穿着鞋子送命的。"

"这算笑话吗？"影子问。

"当然算了。关于绞刑架的笑话，最棒的就是这种：砰！最糟的情况突然发生，你得花好几天才能真正想明白，然后你就要上路，去跳悬空之舞了。"

"这个州最后一次吊死犯人是什么时候？"影子问。

"见鬼，我怎么知道？"莱斯密斯一头橙金色的头发剃得短短的，甚至可以看见头骨的轮廓。"告诉你吧，这个国家要是不再继续吊死犯人，就离完蛋不远了。没有绞刑架带来的恐惧，就没有绞刑架带来的公正。"

影子耸耸肩，他可看不出死刑有什么浪漫的地方。

只要没判死刑，他认为监狱就只是暂离原来生活的地方。这么想有两个原因：第一，在这里，生活不是向前进，而是向下爬行，即使你已经跳下跳板，还会有更惨的情况出现。但是，不管你是活在显微镜下还是关在牢笼里，生活总要继续下去。第二，只要你在里面能撑住不垮掉，他们总有一天会放你出去的。

刚开始服刑的时候，未来的自由生活实在太遥远，影子根本无法集中注意力想象它。后来，自由就慢慢变成来自远方的一束希望之光。他学会了一招，每当遇到什么恶心事时（监狱里总少不了这种事情），他就告诉自己"这一切都会过去的"。总有一天，通向自由的魔法之门将在他面前敞开，让他通过。他在自己的北美鸣禽日历（监狱商店里只卖这种日历）上一天天划掉度过的日子，完全不去注意每天的日出日落。他从监狱图书馆的废书堆里翻出来一本书，照着自学硬币戏法，他也健身。他还在心里列了一个清单，计划出狱后准备做的事。

随着时间推移，影子的清单越来越短。两年之后，缩减到只剩下三项内容。

首先，他要好好地洗个热水澡。一次真正的、慢悠悠的、彻底浸泡在浴缸中的泡泡浴。泡澡的时候，也许还要读上一份报纸，也许什么都不做。有时他想象用某种方式洗这个澡，过几天又换了另一种方式。

然后，他要把自己全身擦干净，穿上一件浴袍，也许还要穿上一双拖鞋。他喜欢穿拖鞋这个点子。这个时候如果要抽烟的话，就要抽烟斗，可惜他从不抽烟。他会轻轻抱起妻子。（"狗狗，"她会假装害怕地尖叫，其实心里很高兴，"你要干什么？"）他会把她带进卧室，关上房门。饿了的话，就打电话订比萨。

最后，他和劳拉从卧室出来之后（那恐怕要等到好几天之后了），他会低下脑袋，老老实实做人，余生永远远离任何麻烦。

"然后你就快乐了？"洛基·莱斯密斯问。那天，他们正在监狱工厂里做事，组装庭院里用的自动喂鸟器，这项工作只比给信封贴邮票有意思一点点儿。

"没有人会真正感到快乐，"影子回答说，"只有死亡带来永恒的快乐。"

"希罗多德[1]。"洛基说，"嘿，你开始学聪明了。"

"他妈的谁是希罗多德？"埃斯曼插嘴问。他负责把喂鸟器的两片外壳拼装在一起，然后递给影子，影子则负责拧紧螺丝。

"一个死了的希腊人。"影子回答说。

"我前女友就是希腊人，"埃斯曼说，"她们全家吃的都是狗屎。你绝对不会相信的。比如包在叶子里的米饭，诸如此类的鬼东西。"

---

1 希罗多德（约公元前485—约公元前425），希腊历史学家。

埃斯曼的身形就像一台可乐售卖机，长着一双蓝眼睛和淡得近乎白色的金发。他女友在酒吧里跳舞时，有个家伙趁机摸了她一把，结果他把那家伙打得屁滚尿流。那家伙的朋友叫了警察，逮捕了埃斯曼，查了查案底，发现埃斯曼十八个月前违反了假释条例。

　　"我还能怎么办？"埃斯曼曾经满肚子委屈地向影子完整讲述了这件伤心往事，"我警告过他，说她是我的女人。难道我非要忍受那种侮辱不可吗？我是说，他的臭爪子几乎把她全身上下都摸遍了。"

　　影子当时只回了一句"去跟他们讲道理吧"就结束话题。他早就学到一个道理，那就是，在监狱里，你只要管好自己的事，别人的事不要乱掺和。

　　低头做人别惹麻烦。管好自己的事。

　　几个月前，洛基·莱斯密斯借给影子一本破旧平装版的希罗多德的《历史》。"这个一点也不闷，简直酷极了。"影子说自己从来不看书时，洛基坚持对他说，"先看几页，再告诉我你是不是觉得它棒极了。"

　　影子做了个无奈的鬼脸，但他确实开始看那本书，而且发现他竟然违背了自己的意愿，被那本书迷住了。

　　"希腊人，"埃斯曼一脸厌恶的表情，"他们做的跟说的完全是两码事。我想跟我女友换个体位亲热一下，她竟然发脾气，几乎要抠出我的眼珠子。"

　　某天，事先没有任何征兆，莱斯密斯突然被转到另外一个监狱去了。他把希罗多德的书留给了影子，书页中间还夹藏了几枚硬币：两枚二十五美分的硬币、一枚一美分硬币，还有一枚五美分的镍币。在监狱里，私存硬币是违法的。你可以用石头磨尖硬币边缘，打架斗殴时划破对方的脸。影子并不想要一件武器，但他想给自己这双手找点事情做。

　　影子从不迷信，他不相信任何并非亲眼所见的东西。但在服刑期的最后几周里，他的的确确感觉到，灾难的阴影正在监狱上空盘旋，和那次抢劫前几天的预感一模一样。他感到胃部深处传来阵阵空虚，他安慰自己说，那只不过是因为即将回到外面的世界，感到担忧恐惧罢了。但他并不确定。他比平时显得更加偏执，但在监狱里，他平时就已经够偏执的了，这是生存的必要技能。影子变得更加沉默寡言，更加阴郁。他发现自己开始观察狱警的肢体语言，留意其他狱友的举止，一门心思寻找坏事即将发生的线索。他确信，有什么事情真的就要发生了。

获释前的一个月，影子坐在一间冰冷的办公室内，对面是一个身材矮小、前额长着酒红色胎记的男人。两人隔着办公桌相对而坐，男人的面前摊着影子的档案。他手中拿着一支圆珠笔，笔的上端被牙齿咬得惨不忍睹。

"你冷吗，影子？"

"是的，有点冷。"影子回答说。

男人耸耸肩。"这就是制度的问题。到12月1日才能开暖气，3月1日就必须关掉。真搞不懂这制度。"他嘴上讲着客套话，食指在纸上划来划去，然后指着档案左边的一处记录，"你今年三十二岁？"

"是的，先生。"

"你看起来很年轻。"

"简单生活带来的好处。"

"听说你是这里的模范犯人。"

"我学到教训了，先生。"

"是吗？真学到了？"他专注地凝视着影子，额头上的胎记颜色暗了下去。影子本想把自己关于监狱的那套观点告诉这男人，但他什么都没有说。他只是点点头，集中精力表现出一副彻底悔恨的恰当表情。

"听说你有妻子，影子。"

"她叫劳拉。"

"一切都还好吧？"

"很好。我被捕时，她对我很恼火。虽然路途很远，但她一有机会就来探望我。我们互相通信，一有机会，我就打电话给她。"

"你妻子做什么职业？"

"她是旅行社代理，负责把人们送到各地去旅游。"

"你怎么遇见她的？"

影子不知道这个男人为什么要问这些。他本想告诉他这根本不关他的事，结果还是老实回答了。"她是我好朋友的妻子的最好的朋友。他们安排我们两人约会，结果我们一见钟情了。"

"你出去后还有一份工作等着你？"

"是，先生。我的好友罗比，就是刚才我提到的那位，他拥有一家健身房，我以前在那里干。他说给我保留原来的职位，等我回去。"

他的眉毛一挑。"真的？"

"他说我会是个大招牌。不仅能招揽回老顾客，还能吸引那些想让自己更强壮的人过来。"

那人看样子满意了。他咬着圆珠笔的笔端，又翻过一页档案。

"你对自己犯的罪怎么看？"

影子耸耸肩。"我很蠢。"他真心实意地说。

长着胎记的男人叹息一声。他在表格上勾画了几项内容，然后快速翻动影子的档案记录。"你从这里怎么回家？"他问，"搭灰狗长途巴士？"

"飞回家。这就是有个做旅游代理的妻子的好处。"

男人皱眉，胎记也跟着皱起来。"她送你一张机票？"

"不是机票。她只给了我一串确认数字，是电子机票。我只要在一个月内到机场，给他们看我的身份证，就可以坐飞机回家了。"

男人点点头，在最后一项内容上打钩，然后合上文件，放下圆珠笔。他将苍白的双手放在灰色的办公桌上，好像那是一对粉色的动物。他双手合拢，指尖相对，用一双水蒙蒙的褐色眼睛凝视着影子。

"你很幸运。"他开口说，"有要回去陪伴的家人，有等待着你的工作。你可以把发生在这里的一切都抛在身后。你的人生还有第二次机会。好好珍惜吧。"

起身离开时，他并没表示出要和影子握手的意思，影子当然也不希望和他握手。

获释前的最后一周是最难熬的，甚至比过去三年所有时间加在一起还难熬。影子不知道是不是天气的缘故：天气沉闷、寂静、阴冷，仿佛暴风雨即将来临。但暴风雨根本没来。他战战兢兢、神经紧张，在内心深处，他预感到某些事情已经失控。监狱放风的场地上，寒风呼啸，影子觉得自己能够从空气中嗅到雪的气息。

他打对方付费电话给妻子。影子知道电话公司会对从监狱里打出的每一通电话收取三美元的额外费用，所以接线员总是对从监狱里往外打电话的人特别客气。影子认为他们肯定明白他们的工资是谁付的。

"有什么事情不太对劲。"他对劳拉说。这当然不是他对她说的第一句话。他说的第一句是"我爱你"。能把自己的真心话说出来是好事，影子当然会这样做。

"你好，"劳拉说，"我也爱你。什么让你感觉不对劲了？"

"我不知道，"他说，"也许是天气的缘故。感觉只有真来一场风暴的话，一切才会好起来。"

"我这里天气不错，"她说，"树上的叶子还没落光呢。如果风暴没来的话，你回家后还能看到树叶呢。"

"还有五天。"影子说。

"还有一百二十个小时，你就可以回家了。"她说。

"你那边一切都好吧？没有不对劲的地方？"

"一切都好。我今晚去见罗比，我们正计划举办一个欢迎你回家的惊喜派对。"

"惊喜派对？"

"当然。你得假装不知道这件事，行吧？"

"我什么都没听见。"

"真是我的好老公。"她说。影子意识到自己在笑。在牢里待了三年，她依然能令他微笑。

"我爱你，宝贝。"影子说。

"我也爱你，狗狗。"劳拉回答说。

影子放下电话听筒。

刚结婚的时候，劳拉说她想养一只小狗，可房东说租约规定不允许养宠物。"嘿，别伤心，"影子当时说，"我来当你的小狗吧。你想让我干什么？咬你的拖鞋？在厨房地板上撒尿？舔你的鼻子？嗅你的大腿根？我看，小狗能做的事，没有什么是我做不到的！"然后他抱起她，仿佛她轻得像一根羽毛，开始舔她的鼻子。她痒得一会儿哈哈大笑，一会儿尖叫，接着，他把她直接抱到床上。

在监狱食堂吃饭的时候，萨姆·菲特士偷偷溜到影子身边，笑呵呵地露出他那一口陈年老牙。他坐在他身边，开始吃他那份芝士通心粉。

"咱们得谈谈。"萨姆·菲特士说。

萨姆·菲特士是影子见过最黑的黑人。他的年纪可能是六十岁，也可能是八十岁。影子见过有些吸毒的家伙，虽然只有三十岁，却比萨姆·菲特士还显老。

"什么？"影子问。

"风暴快来了。"萨姆说。

"好像是吧。"影子说，"也许快要下雪了。"

"不是那种普通的风暴，是更猛烈的。我告诉你，小子，风暴来的时候，你待在这里比待在外面更安全。"

"我刑期满了，星期五就要离开这里了。"影子说。

萨姆·菲特士盯着影子看了一阵。"你从哪儿来的？"他最后问。

"印第安那州，鹰角镇。"

"你这骗人的混蛋，"萨姆·菲特士不满地说，"我在问你的原籍，你的家族从哪里来的？"

"芝加哥。"影子回答说。他妈妈年轻时住在芝加哥，十几年前也是在那里过世的。

"我说过，大风暴就要来了。低下脑袋忍耐，影子伙计。这就好像……他们怎么称呼那些扛着大陆漂来漂去的东西？叫什么板块来着？"

"地质构造板块？"影子碰运气乱猜一通。

"没错，地质构造板块。这就好像大陆骑在板块上漂来漂去。当北美洲就要撞上南美洲的时候，你可不希望待在两块大陆中间。懂我的意思了吗？"

"完全不懂。"

他微微眨了眨一只棕褐色的眼睛。"别说我没事先警告过你。"萨姆·菲特士说着，舀起一块正在颤动的橘子味果冻，塞进嘴里。

那一晚，影子一直半睡半醒，聆听新狱友在下铺打呼噜的声音。相邻的几间囚室之外，有人正像野兽一样呜咽、号叫、抽泣。时不时地，有人会对那人咆哮一通，让他闭上他妈的臭嘴。影子极力不去理会这些噪音，让时间安静地缓缓流过，独自一人沉浸其中。

还剩下最后两天，四十八小时。这天的早餐是麦片和监狱里的咖啡。吃饭时，一个名叫威尔森的看守突然用力拍拍影子的肩膀。"你是影子吗？跟我来。"

影子检查了一下自己的良心。良心很安宁，但在监狱里，这并不意味你没招惹上大麻烦。两人并肩走着，脚步声回荡在金属与混凝土构成的空间里。

影子喉咙深处涌起一股恐惧的味道，和苦咖啡一样苦涩。不幸的事就要发生了……

在他脑子里，有个声音在悄悄说话，说他们要给他多加一年刑期，要把他关进禁闭室，要切掉他的双手，割掉他的脑袋。他安慰自己说，胡思乱想太愚蠢了，可心脏仍然跳得几乎蹦出胸膛。

"我搞不明白你，影子。"两人走路时，威尔森突然说。

"什么不明白，先生？"

"你。你他妈的太安静了，太有礼貌了。就像那帮老家伙一样。可你才多大年纪？二十五岁？二十八岁？"

"三十二岁，先生。"

"你是什么种族的？西班牙人？吉普赛人？"

"我也不知道，也许吧，先生。"

"也许你血管里还混有黑鬼的血。你有黑鬼的血统，是不是，影子？"

"有可能，先生。"影子挺了腰身，眼睛凝视前方，集中精力不让自己被这个男人激怒。

"真的？我只知道，你他妈的真有点瘆人。"威尔森有一头沙金色的头发、沙金色的脸，还有沙金色的傻笑，"你马上就要离开我们了？"

"希望如此，先生。"

"你还会回牢里来的。我从你眼神里能看出来，你就是一团糟，影子。如果按照我的办法来，你们这群混蛋谁也别想离开这里。我们就应该把你丢进洞里，让你自生自灭。"

那叫地下秘牢，影子心想，但是他没有说出口。这是在监狱里生存的准则：他不会回嘴，不会说任何涉及监狱看守工作安全的事，不会讨论和罪犯悔改的本性、改邪归正、再度犯罪率有关的话题。他不会说任何有趣或抖机灵的话，而且，从安全的角度来说，如果要和监狱里的警官交谈，只要有可能，他索性就不开口说话。只有在被问话的时候才回答。管好自己的事，别惹麻烦。离开监狱，平安回家。泡一个悠长的热水澡，告诉劳拉你多么爱她，重新开始生活。

他们穿过几个检查关卡，每次威尔森都要出示他的身份卡。上了几层楼梯后，他们终于来到典狱长办公室门前。影子从未到过这里，但他知道这里是什么地方。门上悬挂着黑色字母拼写的典狱长姓名牌——G.帕特森。门旁有一个微型指示灯。

上面的红灯亮着。

威尔森按指示灯下面的门铃。

他们安静地站着，等了几分钟。影子试图安慰自己说一切都很正常，等到星期五早晨，他就可以搭飞机回到家乡鹰角镇。但在内心深处，他自己都不相信这个想法。

红灯熄灭，绿灯亮起。威尔森打开门，两人走了进去。

过去三年里，影子只见过典狱长寥寥几次。一次是他带领政客参观监狱，影子没有认出他；另一次是在一级防范禁闭期内，典狱长面对他们几百号犯人讲话，告诉他们监狱已经人满为患。既然超员的状况要维持下去，他们就要学会适应这一切。这次，影子还是第一次如此近距离地面对他。

近看之下，帕特森显得更加憔悴。他长着一张长方脸，灰色的头发修剪成军人式样的短寸头，身上带着一股止汗剂的味道。他身后是一排书架，上面所有书的书名里都带着"监狱"两个字。办公桌上整洁干净，除了一部电话和一本撕页式的台历外，空无一物。他的右耳上还戴着一个助听器。

"请坐。"

影子坐下来，注意到对方彬彬有礼的语气。

威尔森站在他背后。

典狱长打开抽屉，取出一本档案，在他的办公桌上摊开。

"档案上说，你因为恶性袭击和殴打他人被判刑六年。你已经服刑三年，原本应该在这个星期五获得假释出狱。"

原本应该？影子感到自己的肠胃都纠缠成一团。他想知道他们给他增加了多长的刑期——一年，两年，还是三年？但他开口回答时却变成了："是的，先生。"

典狱长舔舔嘴唇。"你说什么？"

"我说：'是的，先生。'"

"影子，我们今天下午就释放你，比原定日期提前几天。"典狱长说话时没有丝毫喜悦之色，仿佛正在宣布死刑判决。影子点点头，他等着下面就要公布的坏消息。典狱长低头看看桌上的文件。"鹰角镇约翰纪念医院传来的消息……你妻子，她今天凌晨去世了，死于车祸。我很遗憾地告诉你这个不幸的消息。"

影子再次麻木地点点头。

威尔森押送他回牢房，一路上什么都没有说。他打开牢房的锁，让影子进去，然后才说："这就像那个'好消息坏消息'的玩笑，是不是？好消息是，我们提前释放你了；坏消息是，你老婆死了。"他哈哈大笑起来，好像真的很好笑似的。

影子依然沉默不语。

他麻木地收拾了自己的私人物品，把几件东西转送给了他人。他留下洛基送的希罗多德和那本教人玩硬币戏法的书。丢下从监狱工厂里偷带出来的空白金属片时，他心里有一瞬间的伤感，那是他原先代替硬币练习戏法用的，后来他才在洛基的书里找到真正的硬币。外面的世界有的是硬币，真正的硬币。他刮干净胡须，穿上普通人的衣服，然后穿过一道又一道的监狱牢门。当他意识到自己再也不会回到这里时，居然感到一股莫名的空虚。

天空阴沉沉的，开始下雨，寒冷刺骨的雨。小冰雹打在影子的脸上，雨水淋湿了他单薄的外套。获释的囚犯们走出监狱的建筑物，走向一辆原先是校车的黄色巴士，坐车前往附近的城市。

上车后，所有人都已经被淋湿了。影子心想，一共有八个人获释离开，还有一千五百个囚犯留在背后的监狱里。他坐在巴士里瑟瑟发抖，直到暖气开始让他温暖起来。他不知道自己到底在做什么，也不知道自己到底要到什么地方去。

他脑海中充满古怪的幻影。在他的想象中，他正在离开很久很久以前待过的另外一座监狱。

他被关押在没有光线的阁楼房间里，关了很久，他满脸胡须，头发也乱蓬蓬的。看守们押着他走下一条灰色的石头台阶，来到外面充满明亮色彩的广场上，到处都是人和货品。这是赶集的日子，声音和色彩弄得他眼花缭乱。他眯缝着眼睛，看着洒满整个广场的明媚阳光，呼吸着潮湿的充满海盐味道的空气，闻着集市上所有货品的味道，在他身体的左侧，太阳正在海面上闪闪发光……

巴士摇摇晃晃着在红灯前停了下来。

寒风从巴士旁呼啸而过，挡风玻璃上的雨刷沉重地来回摇摆着。车窗上湿漉漉的雨水，把外面的城市模糊成一片红黄相间的霓虹色块。现在刚过中午，但透过车窗看出去，天色却仿佛已是深夜。

"天啊。"坐在影子后面的一个男人，用手抹掉车窗上的水汽，瞪着人行道上匆匆跑过去的湿漉漉人影，"那有个小妞。"

影子吞了一口口水。他突然意识到自己还没有哭过——说实话，他还没有任何感觉。没有眼泪，没有悲伤，什么感觉都没有。

他发觉自己正在回忆一个叫尊尼·拉什的家伙，他刚被关进来时和他住一间牢房。拉什告诉影子，他曾经在服刑五年后获释，口袋里装着一百美元和一张去西雅图的机票，他妹妹就住在西雅图。

尊尼·拉什来到机场，把机票递给站在柜台后面的女人。她要求查看他的驾驶执照。

他把驾照给她看。不过驾照几年前就过期了。她告诉他说这驾照不能用作身份证明。他对她说这也许不是有效的驾驶执照，但肯定可以用作身份证明，上面有他的照片，还标着他的身高和体重。见鬼，如果他不是他本人的话，她以为他是谁？

她请他说话小声一点。

他警告她快点让他上飞机，否则就要给她点颜色看看。他不能容忍她对他的不敬，在监狱里，你绝对不能容忍其他人对你不敬。

结果那女人按了警报器，机场保安很快出现，他们试图说服尊尼·拉什安静地离开机场，他当然不肯离开，双方就开始争执起来。

结果自然是尊尼·拉什不能飞到西雅图了，接下来的几天，他只好待在城里的酒吧里。身上的一百美元花光之后，他带着一把玩具手枪抢劫了一家加油站，好让自己有钱买酒喝。最后，警察趁他在街上小便时抓住了他。很快他又被押回来继续服刑，还因为抢劫加油站多判了几年。

在尊尼·拉什看来，这个故事的教育意义就是：千万别惹恼机场里的工作人员。

"我看教育意义应该是，'某种行为在特定环境下，例如监狱，可以奏效，但在外面的环境中不仅无效，而且有害'。你觉得呢？"听了尊尼·拉什的故事后，影子忍不住问。

"不对，听我说。我告诉你吧，老兄，"尊尼·拉什说，"千万别招惹机场里那些婊子！"

想起这段往事，影子忍不住微微一笑。幸好他的驾照还有几个月才到期。

"车站到了。所有人都下车。"

车站里充满尿臊味和酸腐的啤酒味。影子钻进一部计程车，告诉司机去机场。他还告诉司机，如果他能安静开车不说话，就多给他五美元小费。二十分钟后他们到达机场，司机一路上果真一句话都没说。

影子磕磕绊绊地走过机场候机楼灯火照明的大厅，他有点担心自己的电子机票，机票上的日期是星期五，不知道能否改签到今天。影子觉得，任何电子的东西似乎都带有不可思议的魔力，随时可能消失无踪。他喜欢自己看得到、摸得着的东西。

三年来，他的裤袋里第一次装着钱包，里面有几张过期的信用卡和一张VISA卡，他惊喜地发现那张VISA卡的有效期到明年一月底。他有一个机票的预订号码。而且他还意识到自己有一种很确定的感觉：一旦回到家，所有一切都会重新正常起来的。劳拉又会安然无恙。也许这是他们为了让他提前出狱而耍的阴谋诡计。或者事情搞混了：在高速公路上撞车死掉的，是另外一个叫劳拉·莫恩的女人。

透过玻璃幕墙，机场外面灯光闪烁。影子突然意识到自己一直屏住呼吸，仿佛在等待着什么。远处传来轰鸣的雷声。他终于吐出一口气。

一个看上去很疲倦的女人站在办理登机手续的柜台后面，凝视着他。

"你好。"影子冲她打招呼。你是我三年来，第一次面对面说话的活生生的陌生女人。"我有一个电子机票的预订号码。我本应该在星期五搭飞机的，但我今天有事必须提前飞。我家里有人去世了。"

"很遗憾听到这么不幸的消息。"她敲打着键盘，盯着电脑屏幕看，然后又敲打几个键，"没问题，我把你安排在三点三十分的那班飞机上。不过飞机可能会因为暴风雨延迟起飞，所以请注意看屏幕上的通知。要托运行李吗？"

他举起自己的背包给她看。"这个不需要吧？"

"不用，"她说，"可以带上飞机。你有没有带照片的身份证明？"

影子掏出驾照给她看。他向她保证，没人让他带炸弹上飞机。她给他一张打印好的登机牌，他穿过金属安检门，背包也通过了X光机。

机场并不很大，但还是有不少人正在无所事事地四处闲逛。影子觉得相当有意思。他注视着人们随随便便地放下自己的包，注意到他们随随便便地把钱包塞进口袋里，看着他们把行李放在椅子下面，根本不费心照看。这一切都让他意识到自己已经离开了监狱。

距离登机还有三十分钟，影子买了一片比萨，嘴唇不小心被上面的热芝士烫到了。他拿着零钱，走到公用电话，给筋肉健身房的罗比打电话，接通的却是自动答录机。

"嘿，罗比。"影子说，"他们告诉我说劳拉死了，还让我提前出狱。我在回家的路上。"

因为人们总是会犯错，他见过这种情况，所以他给家里也打了个电话，然后听到劳拉的声音。

"嗨，"她的声音在说，"我现在不在家，或者暂时不能接电话，请留下口信，我会及时回复。祝您愉快！"

影子无法对着机器留下任何口信。

他坐在登机口前的塑料椅子上，双手紧紧抓着自己的包，把手都抓痛了。

他在回忆自己第一次遇见劳拉的情形。那时他甚至还不知道她的名字，她是奥黛丽·伯顿的朋友。当时他和罗比坐在奇齐餐厅的椅子上闲聊着什么，大概是在聊某个健身教练宣布说她要创办自己的舞蹈室。劳拉跟在奥黛丽身后走进来时，他发现自己目不转睛地凝视着她。她有一头栗色长发，双眸如此湛蓝，以至于影子以为她戴着一副彩色隐形眼镜。她点了一杯草莓代基里鸡尾酒，而且坚持要影子也尝一口。他听话地喝了之后，她开心大笑起来。

劳拉喜欢和别人一起分享她喜爱的食物。

那天晚上，他和她吻别，互道晚安，她嘴唇上还带着草莓代基里鸡尾酒的甜味。从此他再也不想吻其他女人。

一个女人走过来，告诉他开始登机了，他坐着的那排是最先被通知的。他坐在黑暗的机舱内，旁边是一个空座位。外面的暴雨击打着飞机外壳；他想象那是无数的小孩子正在天上往下撒干豌豆。

飞机起飞的时候，他睡着了。

梦中，影子置身黑暗之中，有个长着水牛头、毛茸茸、臭烘烘的生物静静地看着他，它有一双湿漉漉的巨眼，身体却和人类的一样，肌肤柔滑，充满光泽。

"变革即将来临，"水牛头嘴唇不动地说着，"必须做出抉择。"

湿润的洞穴岩壁上，闪烁着点点火光。

"我在哪里？"影子问它。

"大地之中，亦在大地之下。"水牛人说，"你在被遗忘者等待之处。"他的眼睛仿佛是流动的黑色大理石，他的声音仿佛来自地下的雷鸣，他的身上散发出潮湿的牛的味道。"相信，"雷鸣般低沉的声音继续说下去，"若要存活，必须相信。"

"相信什么？"影子追问道，"我必须相信什么？"

水牛人瞪着影子，他的身体迅速增大，眼睛里燃烧着火焰。他张开喷出火焰的嘴巴，他的身体里、地表下，熊熊烈火正在燃烧。

"一切。"水牛人咆哮着。

周围的世界开始倾斜、旋转。影子发现自己又回到了机舱内，但倾斜的感觉并没有消失。机舱前部，一个女人正在没精打采地尖叫着。

外面，闪电在机身四周炸裂。机长通过广播安慰大家，说飞机正在拉高飞行高度，脱离风暴云层。

飞机开始摇晃颠簸。影子冷淡地袖手旁观，思考自己是否就要死了。他觉得虽然很有可能，但是几率不大。他凝视机窗外，看着闪电照亮地平线。

然后他又开始打瞌睡，梦见自己又回到监狱里，洛基在排队打饭的时候对他悄悄耳语，说有人开个了价，想要他的命。但影子不知道是谁，也不知道原因。他再次醒来时，飞机正准备着陆。

他跌跌撞撞地走下飞机舷梯，眨巴着眼睛，清醒过来。

很久之前他就觉得，所有机场看上去都差不多。你到底在哪里无所谓，反正是在机场里：同样的地砖、走廊和休息室，同样的登机口、报纸架和荧光指示灯。这个机场看起来的确是个机场，但麻烦的是，这并不是他要到达的机场！这是一个规模更大、旅客更多、登机口也更多的机场。

人们表情呆滞、疲惫不堪，这种表情只会在机场里的旅客和监狱里的犯人脸上看到。如果说"他人即地狱"，影子觉得，那机场就是炼狱。

"对不起，太太。"

女人从带纸夹的记事板上抬起头。"什么事？"

"这是什么机场？"

她一脸迷惑地看着他，想搞清楚他是不是在开玩笑。最后她还是回答了："圣路易斯。"

"可我的飞机应该飞到鹰角镇的。"

"本来是的。因为风暴，飞机迫降在这里。他们没有机上广播吗？"

"也许有，可是我睡着了。"

"你应该找那边的那个男人，就是穿红色外套的那个。"

那个男人几乎和影子一样高，长相活脱脱是从一部七十年代的连续剧里走出来的父亲模样，他把信息输进电脑，告诉影子赶紧跑，快跑，赶到机场尽头的一个登机口。

影子穿过整个机场候机大厅，一路狂奔，等他终于到达登机口，机舱门已经关闭。他眼睁睁看着窗户外面的飞机驶离登机口。他把自己的情况解释给登机口的地勤（她个性冷静、稳重，很有礼貌）听，她送他到乘客服务柜台。影子在那里又解释一次，什么他好久没有回过家啦，什么妻子遇到交通事故去世啦，什么情况非常重要他必须现在就要赶回家啦。他没有提到监狱的事。

乘客服务柜台的女人（她身材矮小、棕发，鼻翼上有一块胎记）和另一个女人商量片刻，然后打了个电话（"不，那一班不行，已经取消了。"）。接着她打印出另外一张登机牌。"拿着它去那边，"她告诉他，"我们会通知登机口，说你正在赶过去。"

影子感觉自己仿佛一颗豌豆，在三个杯子间被倒来倒去，或者是在牌桌上洗来洗去的一张牌。他再次跑着穿越候机大厅，最后来到他一开始出发的地方。

登机口处，一个小个子男人检查了他的登机牌。"我们正等你呢。"他说着，撕下登机牌的存根，上面有影子的座位号码，17D。影子匆忙走进机舱，舱门在他身后关上。

他穿过头等舱，只有四个座位，已经坐满三个。前排空座旁就座的那个穿浅色西服、留胡须的男人冲他咧嘴一笑。影子从他身边经过时，他抬起手腕，敲敲手表。

*知道，知道，我耽误你时间了。*影子心想。*但愿你最大的担心只不过是迟到而已。*

他一路走向机舱后部，飞机似乎客满了。事实上，影子很快就发现，飞机真的客满了。17D的座位上坐着一位中年妇女。影子给她看他的登机牌存根，她把自己的也给他看：两张票居然一模一样！

"请您坐到座位上，谢谢。"空姐说道。

"恐怕我没法坐下。这位女士坐在我的座位上。"影子说。

她检查他们的登机牌，啧啧连声，然后把他领回到飞机前舱，让他坐在头等舱空出来的那个位置上。"看来今天是你的幸运日。"她开玩笑说。

影子坐下来。"需要喝点什么？"空姐问，"距离起飞还有一点时间，你肯定需要来点儿什么。"

"请给我拿杯啤酒，谢谢，什么牌子的都行。"影子客气地说。

空姐转身走开了。

坐在影子身旁、穿浅色西装的男人，抬起手臂，用手指敲敲手表。那是一只黑色的劳力士表。"你来晚了。"男人说着，冲他一咧嘴，露出一个大大的笑容，但一丝温暖的感觉都没有。

"你说什么？"

"我说你来晚了。"

空姐递给他一杯啤酒。他喝了一口。有那么一阵，他怀疑这个男人有些精神不正常，后来才明白，他一定是指全飞机的人都在等他这最后一位乘客。

"抱歉，我耽误你时间了。"他礼貌地说，"你赶时间？"

飞机驶离登机口。空姐过来拿走影子只喝了一半的啤酒。穿浅色西装的男人冲她笑笑，说："别担心，我会抓紧杯子的。"她只好让他继续保留他手中的那杯杰克·丹尼威士忌，同时无力地抗议说这种做法违反飞行规则。（"亲爱的，这就让我来决定吧。"）

"时间当然很重要。"那人说，"但我在乎的不是时间。我只在乎你能不能赶上这班飞机。"

"你真是太好心了。"

飞机停在跑道上，发动机颤抖着，准备起飞。

"好心个屁。"穿浅色西装的人接着说，"我有份工作给你，影子。"

发动机轰鸣起来，他们搭乘的这架小飞机猛地向前一冲，起飞了。影子被惯性猛压在座椅上。瞬间之后，他们升空了，机场的灯光被他们远远甩在下面。影子仔细打量他身边的这个男人。

男人的灰发中带着红色，胡须只比胡子茬稍长一点点，也是灰中带红。他比影子略矮一些，但是看起来更加粗壮魁梧。布满皱纹的四方脸上有一双浅灰色的眼睛。他的西装似乎很昂贵，是融化后的香草冰淇淋的颜色。深灰色的丝制领带，上面别着一枚银制的树形领带夹，树干、叶枝、树根，全部雕刻得栩栩如生。

飞机起飞时，他手中稳稳地拿着那杯杰克·丹尼威士忌，没有溅出一滴。

"你不问问是什么工作吗？"他问。

"你是怎么知道我的名字的？"

那人咻咻地笑起来。"哦，要知道别人怎么称呼自己，世上没有比这个更简单的了。只要动一点脑筋，再加上一点运气，还有一点好记性就可以了。问我向你提供的是什么工作吧。"

"不必了。"影子回答说。空姐又为他送上一杯啤酒，他轻轻啜饮着。

"为什么不问？"

"我要回家。家里有一份工作正等着我。我不需要别的工作。"

从表面上看，那人堆满皱纹的笑容一点儿没变，但影子感到他笑得更愉快了。"没有工作等着你回去了。"他说，"没有任何等着你的东西了。而且，我提供给你的是一份相当不错的合法工作，薪水挺高，虽然有点儿危险，但是额外福利很棒。嘿，如果你活得够长的话，我还可以给你提供养老金。你觉得怎么样？"

影子说："你一定是看见我登机牌上的名字了，或者是背包上面的。"

那人没有回答。

"不管你是谁，"影子说，"你不可能知道我要搭乘这架飞机。我原来乘坐的飞机如果没有转飞圣路易斯的话，连我自己都不知道自己会改乘这架飞机。我猜你肯定是在开玩笑，或许想玩什么坑蒙拐骗的花招。我觉得我们的话题就到此为止好了，这样我们俩都会过得更愉快。"

那人耸耸肩。

影子拿起飞行杂志翻看。小飞机正在空中颠簸着飞速前进，这让人很难集中精神看东西。他看到的字就像肥皂泡一样在他眼前飘来飘去，虽然眼睛在看，但是字句转眼间就完全消失无踪。

那人安静地坐在他旁边，小口啜饮着他的杰克·丹尼威士忌，眼睛安详地闭着。

影子读了一会儿杂志上刊登的国内航班上播放的音乐节目单，又看了一会儿世界地图，上面用红线标出飞机的航线。最后，他结束了阅读，不太情愿地合上杂志，把它塞回舱壁上的袋子里。

那人突然睁开眼睛，影子觉得他的眼睛有点古怪。其中一只比另一只颜色更深一些。他注视着影子。"顺便说一句，"他说，"很遗憾听到你妻子的事，影子。那真是巨大的不幸。"

影子差点儿就要揍那人一拳。但他只是深深吸了一口气。（"记住我的话，千万不要惹火机场里的那些婊子。"尊尼·拉什的话突然浮现在他脑海中，"要不然，你还没来得及哼一口，就被他们拖回牢里蹲着了。"）他默默地从一数到五。

"我也很遗憾。"他说。

那人摇摇头。"如果可能，真希望不是这种结局。"他说着，叹了一口气。

"她是出车祸死的，去得很快。比这更不幸的死法还多着呢。"影子说。

那人再次缓缓地摇头。片刻间，影子觉得那人仿佛并不是真实存在的。当他的邻座变得虚无飘渺的瞬间，飞机本身似乎突然变得更具有真实感。

"影子，"他开口说，"这不是开玩笑，也不是耍什么花招。我给你提供的工作待遇优渥，比你能找到的任何工作都强得多，你是有前科的人，没人会排队争着要雇佣你的。"

"先生，不管你他妈的到底是谁，"影子抬高嗓门，压过飞机发动机的噪音，"给我世上再高的薪水，我也不愿为你做事。"

那人脸上的微笑慢慢扩大。影子想起自己十来岁时，在美国公共广播电视台上看到的关于黑猩猩的节目。那个节目说，猿猴和猩猩的笑，其实只是因为仇恨、攻击或恐惧，才会扭曲面孔露出牙齿。猩猩露出笑脸时，其实是一种威胁。那人的笑容，恰恰就是那种蕴含威胁的笑容。

"薪水当然够高，而且还有奖金呢。为我工作，我会告诉你不少事情。当然会有一点危险，但你只要侥幸活下来，就可以得到你想要的任何东西。你甚至可以成为美国的下一任国王。"那人说，"想想看，谁会提供给你那么好的报酬？嗯？"

"你是谁？"影子问。

"是啊，现在是信息时代——啊，年轻小姐，可不可以再给我一杯杰克·丹尼威士忌？要加冰的——不，当然，除此之外从未有过别的时代。信息和知识，这是两大潮流，从来不会过时。"

"我在问，你到底是谁？"

"让我们瞧瞧。哦，既然今天是我的幸运日——为什么不称呼我为星期三呢？星期三先生。尽管加上时区计算，今天可能已经是星期四了，是不是？"

"你的真名是什么？"

"为我工作时间够长而且够好的话，"穿浅色西装的男人说，"我也许会告诉你的。现在，关于工作的事，好好想想。没人指望你立刻就同意，毕竟你还没搞清楚状况，连是跳进食人鱼聚居的鱼塘还是跳进熊窝都不知道。好好考虑吧。"他闭上眼睛，靠回到座椅里。

"我看还是算了吧。"影子说，"我不喜欢你，也不想为你工作。"

"我刚说过了，"那人闭着眼睛说，"别着急做决定。好好考虑一下。"

飞机猛地颠簸了一下，着陆了。有些乘客下了飞机。影子望向机窗外，这是一个不知道是什么地方的小机场，在抵达鹰角镇之前，途中还要经停两个小机场。影子把目光转移到他身边的那个穿浅色西装的男人——是叫星期三先生吗？他似乎已经睡着了。

影子突然站起来，抓起自己的包，走下飞机，踩着舷梯来到外面光滑、湿漉漉的停机坪。他步速均匀地向着机场候机大厅的灯光走去，小雨淅淅沥沥地打在他脸上。

正要走进机场候机楼时，他停下来回头张望。没有其他人下飞机。地勤人员正把舷梯收起来，关上舱门，飞机滑向跑道。影子一直注视着，直到飞机起飞，他才走进机场候机楼。他走向租车公司所在的柜台，只有一家还在营业，他租了一辆车，来到停车场找车时，才发现那是一辆很小的红色丰田。

影子打开租车公司的人给他的地图，把它摊开放在副驾驶座。鹰角镇距离这里还有二百五十英里，大部分路程都可以走高速公路。他已经有整整三年没开过车了。

即使暴风雨真的曾经抵达这么远的距离，现在也已经过去了。天气晴朗而寒冷，一朵朵浮云在月亮下飞快飘过，有那么一瞬，影子说不清移动的到底是云，还是月亮。

他开车向北，走了大约一个半小时。

已经很晚了。他很饿。在他意识到自己究竟有多饿时，他在道路的下一个出口转了出去，驶进诺他姆镇（人口数：1301）。他在加油站加满油，然后询问收银台后面那个一脸厌烦表情的女人，哪里能找到当地最好的酒吧，或者哪里能找到吃的。

"杰克的鳄鱼酒吧，就在镇公路的西边。"她告诉他。

"鳄鱼酒吧？"

"没错。杰克说鳄鱼能给酒吧增添个性。"她抽出一张紫红色传单——上面是为一个需要换肾的小女孩捐款而进行烤鸡义卖的广告——在背面给他画了一个如何过去的地图，"他养了几条鳄鱼，一条蛇，还有一条蜥蜴什么的。"

"是鬣蜥吗？"

"没错，就是这个。"

穿过镇子，过了桥，又开了几里路，他在一个低矮的矩形建筑前停了下来，建筑上挂着一个发光的啤酒标志，门口还有一台可口可乐售卖机。

停车场里的车位空了一半。影子停好红色丰田，走进酒吧。

空气中弥漫着浓厚的烟草味道，自动点唱机正播放着《午夜漫步》。影子环视四周，想看看鳄鱼在哪里，结果没有找到。他不知道加油站的那个女人是不是骗了他。

"想来点什么？"酒保问他。

"你是杰克？"

"杰克今晚不在，我是保罗。"

"嗨，保罗。家酿啤酒，各种配料都要的汉堡包，不要薯条。"

"要不要先来一碗墨西哥辣肉汤？本州味道最好的辣肉汤。"

"听上去不错。"影子说，"洗手间在哪里？"

酒保指指酒吧角落的一个门。门上挂着美洲鳄鱼头标本。影子从那个门出去。

洗手间很干净。影子先习惯性地环顾一圈，（"记住，影子，撒尿的时候你可没办法还手反击。"洛基曾这样对他说过。洛基说过的话总会出现在他脑海中。）然后挑了左边的小便池，解开裤子开始撒尿，顿时感到一阵轻松。他看着挂在小便池上方的黄色印刷品，上面是杰克本人和两条短吻鳄的合影。

右边小便池的方向传来一声礼貌的咕哝，可他没有听到其他人走进来的声音。

穿浅色西装的男人站在他旁边，感觉比在飞机上坐在身旁时更高大些。影子自己就是个大块头，而他居然和影子差不多高。他目视前方，小便之后晃了晃，然后拉上拉链。

接着，他就像只从荆棘铁丝网里偷吃到屎的狐狸一样得意地笑起来。"嘿，"星期三先生说，"这么长时间，应该考虑好了，影子。你想要工作吗？"

美国某处

洛杉矶。晚上11点26分

这是一间猩红色的房间，墙壁的颜色如同新鲜的肝脏。一个高挑的女人打扮得好像漫画人物：超紧身的丝绸短裤，黄色上衣在胸部下面紧紧束住，将胸挤压得高高耸起。一头黑发高高盘起，在头顶打了一个结。她身边站着一个矮个子男人，穿着橄榄绿色的T恤和昂贵的名牌牛仔裤。他右手拿着钱包，还有一个红白蓝三色面板的诺基亚手机。

红色房间里有一张床，床上铺着白色绸缎床单和深红色被罩。床角有一张小小的木头桌子，桌上供着一尊小小的肥臀女人的石头雕像，还有一个烛台。

女人递给那男人一支小红蜡烛。"给，点上。"她吩咐他。

"我？"

"当然是你，"她说，"如果你想要我的话。"

"我真该在车上就干了你的。"

"也许吧。"她说，"难道你不想要我？"她的双手在自己身上游走，从大腿抚摸到胸部，摆出诱惑的姿势，好像正在向别人演示一件新产品。

房间角落里的灯，罩着红色的丝绸灯罩，灯光也变成了红色。

男人用饥渴的眼光盯着她，然后从她手中接过蜡烛，插到烛台上。"你有火吗？"

她递给他一盒火柴。他擦亮一根，点燃烛芯。火苗闪烁了一下，然后就平稳地燃烧起来。烛光照在旁边那尊没有面孔的雕像上。摇曳的烛光下，它的胸部和臀部仿佛动了起来。

"把钱压在雕像下面。"

"五十美元。"

"没错。"

"我在日落大道上第一眼看到你，还以为你是男人呢。"

"但我有这对宝贝。"她说着，解开黄色衬衣，露出胸部。

"这几天，你接了不少单吧。"

她伸展身躯，微微一笑。"没错。现在，来爱我吧。"

他解开自己的蓝色牛仔裤，脱下橄榄绿色T恤。她站在他背后，棕色的手指轻轻按摩他的白色肩膀，然后把他身体转过来，用自己的手、手指和舌头与他做爱。

他觉得红色房间里的灯光似乎黯淡了下来，蜡烛成了唯一的光源。此刻，蜡烛的火苗燃烧正旺。

"你叫什么名字？"他问她。

"比奇丝。"她抬起头，告诉他，"奇异的'奇'。"

"什么？"

"没什么。"

他的呼吸开始粗重起来。"让我和你干吧，我要和你做爱。"

"好的，亲爱的。"她说，"我们可以做爱，不过在你做的时候，可不可以为我做点额外的事情？"

"嘿！"他突然开始发脾气，"我可是**付钱给你**的。你知道的。"

她骑到他身上，动作轻柔流畅，悄声说："我知道，宝贝。我知道你付钱给我了。我的意思是，看看你，真应该由我付钱给你的，我真是太幸运了……"

他一撇嘴，想表明这套妓女的把戏骗不了他，他可不是那么好蒙的。她不过是个站街接客的妓女，而他是电影制片人，对她们这些女人的伎俩知道得一清二楚。但她要的并不是钱，她问："亲爱的，和我做爱的时候，你那粗大坚挺的东西进入我身体的时候，你会崇拜我吗？"

"我会什么？"

她在他身上前后摆动，他的阴茎勃起，摩擦着她湿润的下体。

"你会称我为女神吗？你会向我祈祷吗？你会用你的身体向我祈祷吗？"

他笑了。原来这就是她想要的？"当然会。"他说。夜晚来临时，人人都有些怪异的癖好。她把手放在自己的两腿之间，让他进入到自己的身体里。

"这可真棒，是吧，女神？"他喘息着说。

"崇拜我吧，亲爱的。"名叫比奇丝的妓女说。

"遵命。"他说，"我崇拜你的胸部、你的眼睛和你的阴道，我崇拜你的大腿、你的眼睛和你樱桃红色的嘴唇……"

"很好……"她低吟着，骑在他身上，如同飘摇在惊涛骇浪之上的船只。

"我崇拜你的乳房，生命之乳从这里流淌。你的亲吻如蜜糖般甜美，你的触摸如火焰般灼人，我崇拜你。"随着他们身体的碰撞，他的语调变得充满节奏，"请在清晨将你旺盛的欲望赋予我，请在夜晚将你的安慰和祝福赐予我。让我在黑暗中无所畏惧地行走，让我再次回到你的身边，与你共眠，与你做爱。我用我的全部身心崇拜你，我用我的全部思想崇拜你，无论走到何方，我都将崇拜你，在我的梦中……"他突然气喘吁吁地停下来，"……你做了什么？这感觉实在太奇妙了。太神奇了……"他低头想看自己的下身，看两个人身体交合的部位。但她用拇指轻轻托起他的下巴，把他的头推回去。他的视线只能再次回到她的脸上和头顶的天花板。

"接着说下去，亲爱的。"她说，"不要停下来。是不是感觉很棒？"

"从没有过这么棒的感觉。"他真心实意地坦白说，"你的双眸亮如明星，在夜空中璀璨闪烁；你的嘴唇如同温柔的波浪，亲吻着沙滩；我崇拜你。"现在，他感觉自己已经越来越深地进入她体内。他感觉全身电流激荡，仿佛整个下半身都被充电了一般，欲仙欲死，冲入极乐云端。

"请将你的恩典赐予我，"他喃喃说着，已经不清楚自己到底在说些什么了，"你真正的恩典，让我永远如同这样……永远如此……所以……我祈求……我……"

紧接着，他达到高潮，大脑顿时一片空白，不论是他的思想、意识还是身体，都变成一片完美的空白。他继续努力更深地进入她体内……

他闭着眼睛，浑身痉挛，沉溺在这幸福的一刻，突然间，他觉得周围天翻地转，仿佛他被人头下脚上地倒吊起来。但欢愉的感觉仍然在继续。

他睁开双眼。

他努力抓住漂浮的思绪与理性，头脑重新开始运转。他想到诞生与奇迹，心中没有丝毫恐惧。性爱之后，大脑一片澄澈，但不清楚自己看到的到底是真是幻。

他看到的是：他胸部以下的身体，已经被她吸进体内。他目瞪口呆，不敢相信。在他瞪视的同时，她正将双手搭在他肩膀上，温柔地推送他的身体。

他慢慢滑进她的体内。

"你是怎么做到的？"他问，或者是他以为自己在问，但问题只浮现在他脑中。

"是你自己做到的，亲爱的。"她悄声说。他感觉她的阴道紧紧包围他的前胸，不断收缩、包围着他，如果有人看到两人现在的样子，不知道他们会怎么想。他奇怪自己为什么还不觉得害怕。突然，他明白了一切。

"我用我的身体来崇拜你。"他小声说，而她更加用力地把他推进自己体内。她的阴唇顺畅地将他的头部完全吞进去，他闭上眼睛，沉浸在黑暗中。

她摊开四肢，躺在床上，好像一只大猫。然后，她打了一个哈欠。"是的，你做到了。"她满足地说。

诺基亚手机的铃声突然高亢地响起来。她拿起手机，按下接听键，贴到耳边。

她的腹部扁平，阴唇小巧紧闭。前额和上唇上闪着一层细密的汗珠。

"喂？"她对手机说，"不，亲爱的，他不在这里，他已经走了。"

她关掉电话，重新躺倒在猩红色房间的大床上，然后舒服地伸展开四肢，闭上眼睛，睡着了。

第二章

他们带她去墓地
乘坐一辆老旧的大凯迪拉克
他们带她去墓地
可是不再把她带回来

——一首老歌

"恕我冒昧,我自己也点了菜,让他们一起送到你的座位上。"在杰克的鳄鱼酒吧洗手间里洗手时,星期三先生说,"毕竟我们两个之间还有许多事情要谈。"

"我可不这么想。"影子说。他用纸巾擦干手,把纸一团,丢到垃圾桶里。

"你需要一份工作,"星期三说,"人们不会雇有前科的人。你们这种人会让大家感觉不舒服的。"

"我有份工作等着我,很不错的工作。"

"在筋肉健身房的工作?"

"差不多吧。"影子说。

"你不会得到那份工作了。罗比·伯顿死了。他不在了,筋肉健身房也就不在了。"

"你是个骗子。"

"当然，而且还是一个优秀的骗子，是你见过的最出色的。不过，恐怕这次我可没对你说谎。"他把手伸进口袋，掏出一张折了好几层的报纸，递给影子，"在第七版上。先回酒吧里面，你可以坐下来看报纸。"

影子推开门，走回酒吧。室内烟雾缭绕，空气带着蓝色调，"迪西杯子"乐队正在自动点唱机里唱着《哎呦哎呦》。影子轻轻地笑了，这是一首很老的儿歌。

酒保指指角落里的一张餐桌，桌上一侧摆着一碗墨西哥辣肉汤和一个汉堡包，另一侧有一块半熟的牛排，中间放着一碗炸薯条。

> "看我的国王穿着一身红，
>
> "哎呦哎呦穿了一整天，
>
> "我赌五美元他要处死你，
>
> "咿呀咿呀欧。"

影子在桌边坐下，把报纸放在一旁。"我今天早晨刚出狱，"他说，"这是我恢复自由后的第一顿正式晚饭。等我吃完再看你说的第七版新闻，你不介意吧？"

"绝对不介意。"

影子吃着汉堡包，味道比监狱里的好多了。墨西哥辣肉汤的味道还好，但吃了几口之后，他就认为这绝对不是本州最好吃的。

劳拉做墨西哥辣肉汤最拿手了。她用的是瘦肉、黑腰豆、切成小丁的胡萝卜，大约一瓶黑啤酒，还有切成薄片的新鲜辣椒。她会先把肉汤煮上一阵，然后才加入红酒、柠檬汁和一撮新鲜蒔萝，最后装盘时再撒上辣椒粉。影子不止一次要求她演示到底是怎么做的。他仔细观察她的每一步骤，从切洋葱片到把洋葱撒进倒了橄榄油的锅里。他甚至还写下烹饪的步骤，详细记录下每一种食材的分量。有一个周末，劳拉出城办事的时候，他还亲手做过一次墨西哥辣肉汤，味道尝起来还不错，当然可以吃，他吃完了，但没有劳拉做的美味。

报纸第七版的头条报道就是他妻子的死亡事故，这是影子第一次看到报道。感觉很怪异，仿佛他看的是关于别人的报道。劳拉·莫恩[1]，文章里提到她二十七岁，还有罗比·伯顿，三十九岁。他们乘坐罗比的车子行驶在州际公路上，突然转向，冲进一辆三十二轮重型大卡车的车道。重型卡车试图转换车道避开他们，结果侧面撞上他们的车子。卡车把罗比的车子撞得一路翻滚，直冲下公路，直到狠狠地撞上一块路标才停下来。

救援人员几分钟后就赶到了现场，将罗比和劳拉从车身残骸内救了出来。可惜两人还没被送到医院就已经死亡。

影子重新折好报纸，从桌面上推回给星期三。而星期三正在狼吞虎咽地吃一块血淋淋的牛排，生得简直就像没有煎过一样。

"给你，拿回去。"影子说。

开车的是罗比。尽管报纸上没提到，但他当时一定喝得醉醺醺的。影子发觉自己正在想象劳拉当时惊恐的表情，她意识到罗比已经醉得无法开车了。事故的场景在他脑中缓缓展开，他根本无法阻止：劳拉冲着罗比大叫，叫他在路边停下车。接着汽车猛地撞上卡车，方向盘失去控制……

……汽车停在路旁，破碎的玻璃撒满地面，在车灯的照耀下，仿佛闪烁的冰块或钻石。鲜血流淌在路面上，如红宝石般夺目。两具尸体——已死亡，或即将死亡——正被人从车身残骸里拖出来，或者被整齐地摆放在路边。

"怎么样？"星期三问。他已经像饿死鬼一样，一片片地吞完整块牛排。现在正用叉子叉着炸薯条，大口咀嚼着。

"你说得对，"影子承认说，"我没有工作了。"

影子从口袋里掏出一枚二十五美分的硬币，背面朝上。他把硬币往高处一抛，硬币离手时手指一弹，让它晃了一下，乍看起来好像在旋

---

1 影子的姓氏莫恩（Moon），有"月亮"之意，在本书中，月亮也一直在守护着影子。

转。他接住硬币，倒扣在手背上。

"猜。"影子说。

"为什么？"星期三问。

"我不想为运气比我差的人工作，猜猜哪面朝上。"

"正面。"星期三说。

"抱歉猜错了。"影子看都懒得看一眼，就露出硬币，"是背面。我抛硬币时作弊了。"

"作弊的赌局反而更容易输。"星期三冲着影子晃晃手指，"好好再看一眼硬币吧。"

影子低头看了一眼，居然真是正面。

"抛的时候，我肯定失手了。"他有些迷惑。

"看来是弄巧成拙了。"星期三微笑着说，"我可是超级幸运的家伙。"他抬起头。"哦，看来也未必。疯子斯维尼，过来和我们喝一杯吗？"

"金馥力娇酒加可乐，不加冰。"影子背后有个声音说。

"我去告诉酒保。"星期三说着站起来，挤开人群向吧台走去。

"怎么不问问我想喝什么？"影子叫住他。

"我知道你该喝什么。"星期三说着挤到吧台前。点唱机里的佩茜·克莱恩又开始唱那首《午夜漫步》。

点金馥力娇酒加可乐的家伙在影子身边坐下，他留着短短的姜黄色络腮胡子，穿一件粗斜纹棉布夹克衫，上面缀着亮闪闪的补丁，夹克衫里面是一件脏兮兮的白色T恤，上面印着一行字：

      如果不能吃它、不能喝它、不能抽它、不能吸它，那就干
死它！

他还戴着一顶棒球帽，上面也印了一行字：

      我唯一爱过的女人是另一个男子的妻子……我母亲！

他用肮脏的拇指指甲揭开一盒软包装的好彩香烟，抽出一支烟，还递给影子一根。影子几乎下意识就要接过来——他不抽烟，但在监狱里，香烟是绝佳的交易品——接着，他才意识到自己已经出狱了。香烟，可以随时随地想买就买。他摇头拒绝。

"这么说，你给我们那位工作了？"留络腮胡子的男人问他。影子感觉他没喝醉，但是神志并不十分清醒。

"差不多吧。"影子说。

络腮胡子点起香烟。"我是爱尔兰矮妖[1]。"他说。

影子没有笑。"真的？"他问，"那你应该喝爱尔兰健力士黑啤吧？"

"这是刻板印象。你得学会跳出框框思考问题。"络腮胡子说，"爱尔兰有的可不仅仅是健力士黑啤。"

"你说话没有爱尔兰口音。"

"我在这里待的时间太长了。"

"你的家族是来自爱尔兰？"

"我告诉过你，我是爱尔兰矮妖。我们可不是从该死的莫斯科来的。"

"我猜也不是。"

星期三回来了，爪子一样的大手轻轻松松地拿着三杯酒。"金馥力娇酒加可乐是你的，疯子斯维尼，我的是杰克·丹尼威士忌。这一杯是给你的，影子。"

"这是什么酒？"

"尝尝看。"

酒是暗金黄色。影子呷了一小口，舌尖尝到一种奇怪的酸酸甜甜的味道。他可以分辨出里面的酒精味，还有某种古怪的混合味道。这味道让他想起监狱里的私酿酒，那是在垃圾袋里，用腐烂的水果、面包、糖

---

1 爱尔兰民间传说中的小精灵，可以向抓住他的人指示隐藏的宝藏。

和水酿的酒。但这杯酒口感更顺滑更甜，味道怪异。

"好吧，"影子说，"我尝过了，这酒叫什么名字？"

"蜜酒。"星期三说，"用蜂蜜酿的酒。是英雄们喝的酒，也是众神喝的酒。"

影子又呷了一小口。是的，他觉得能分辨出蜂蜜的味道，但那只是其中一种味道。"尝起来有点像腌醋汁。"他说，"酸甜醋汁酒。"

"味道像喝醉的糖尿病人的尿。"星期三赞同地说，"我痛恨这玩意儿。"

"那你为什么让我喝？"影子冷静地问。

星期三不对称的双眼凝视着影子。影子觉得其中一只眼睛是玻璃假眼，但分辨不出到底是哪只。"我拿蜜酒给你喝，因为这是传统。现在，我们必须保留所有的传统。这杯酒可以见证我们的契约。"

"我们还没有订立契约呢。"

"我们当然订立了。从现在开始你为我工作。你负责保护我、辅助我。你负责开车送我去不同的地方。你有时还要负责打探情报，去某些地方替我查清问题。你负责跑腿。在紧急情况下，只有在紧急情况下，你负责揍那些该揍的人。虽然不太可能，但如果我死了，你负责为我守灵。作为回报，我保证充分满足你的所有需要。"

"他在忽悠你。"疯子斯维尼突然说，摩挲着他的络腮胡子，"他是骗子。"

"该死的，我当然是骗子了。"星期三说，"所以，我才需要有人来保护我，维护我的利益。"

点唱机里的歌结束了，在那一刻，酒吧里安静下来，所有谈话都暂时中止。

"有人告诉过我，只有在整点二十分或者差二十分整点的时候，所有人才会一起闭上嘴巴。"影子说。

斯维尼指指吧台上方挂在一大堆鳄鱼脑袋中间的时钟。时间恰好是十一点二十分。

"看到了吧，"影子说，"见鬼，真想知道为什么会那样。"

"我知道为什么。"星期三说。

"你准备和我们分享这个秘密?"

"总有一天我会告诉你的。或许不会。喝光你的蜜酒。"

影子一口喝干剩下的蜜酒。"加点冰块就好了。"他抱怨说。

"加了也一样,"星期三说,"这玩意儿难喝得要命。"

"没错。"疯子斯维尼赞同地说,"抱歉我离开一会儿,绅士们。尿憋得慌,急需方便一下。"他站起来匆匆走开,个子居然高得惊人,影子觉得他至少有七英尺高。

一个女侍应擦干他们的桌子,拿走空酒杯。她清干净疯子斯维尼的烟灰缸,问他们要不要继续点酒。星期三叫她给每人再上一轮同样的酒,只是这次影子的蜜酒要加冰。"总而言之,"星期三说,"要是你为我工作的话,我要你做的就是这些。当然,你会为我工作的。"

"我知道你要什么了,"影子说,"那你知道我想要什么吗?"

"能让我知道我就太高兴了。"

女侍应拿来他们的酒。影子喝一口加冰的蜜酒。冰块没多大作用,只是加重了酒的酸味,喝下去之后,酸味在嘴巴里徘徊的时间更长了。影子安慰自己,不管怎样,至少酒精味不重。他不想喝醉,至少现在不想。

他深吸一口气。

"好吧。"影子说,"过去的三年,本应该是我人生中最美好的三年,但突然之间变得截然不同,变成了最糟糕的三年。现在我还有几件事必须处理。我想赶回家参加劳拉的葬礼,想对她说一声再见。完事之后,如果你还需要我的话,我希望刚开始的薪水是每周五百美元。"这个数字是他暗中试探、随口开价的,但星期三的眼神没有任何变化。"如果合作愉快的话,六个月后,我希望薪水涨到每周一千美元。"

他停下来。这是他这几年来说话最多的一次。"你说你可能需要我揍某些人,没问题,如果有人要伤害你,我就伤害他们。但我绝对不会为了好玩或为了利益而伤害别人。我不想再回监狱了,一次已经足够了。"

"你不会的。"星期三保证说。

"对，不会的。"影子说着，一口饮尽剩下的蜜酒。他头脑深处突然冒出一个怪念头，是蜜酒的力量让他口若悬河起来。话语从他口中滔滔不绝地涌出来，就如同从夏日坏掉的消防栓里滔滔不绝地往外喷水一样。他想努力控制，也控制不住自己的舌头。"我不喜欢你，星期三先生，不管你真名到底叫什么。我们不是朋友，我不知道你是怎么溜下那架飞机而没有被我发现的，也不知道你是怎么跟踪我来到这里的。不过我被你打动了，你挺厉害的。反正我现在闲得无事可做。我告诉你，我替你把事情办完，就会离开。如果你把我惹火了，我也会离开。在那之前，我会为你工作。"

星期三咧嘴笑起来。影子觉得他的笑容有些奇怪，星期三的笑容里不含任何笑意、任何快乐和喜悦的情绪，仿佛是生硬地跟着教科书学会的笑。

"很好，"他说，"我们终于签订了契约，双方一致表示同意。"

"随便你怎么说吧。"影子说。在酒吧另一端，疯子斯维尼正往自动点唱机里塞硬币。星期三往手心里吐一口唾沫，向他伸出手。影子无所谓地耸耸肩，也在掌心吐了一口。两人的手握在一起。星期三突然加大手劲，影子也用力握回去。几秒之后，他的手开始生痛。星期三多握了大约半分钟，才松开手。

"很好，很好。非常好。"他微笑着说。在某个短暂的一瞬间，影子觉得他的笑容里浮现出一抹真正的笑意，蕴含着真实的喜悦。"最后再喝一杯该死的臭烘烘的蜜酒，敲定我们的协议，然后就完事了。"

"我也再来一杯金馥力娇酒加可乐。"疯子斯维尼蹒跚着从点唱机那边走回来，插嘴说。

点唱机开始播放"地下丝绒"乐队的《谁爱太阳》。在点唱机里居然能找到这么一首摇滚歌曲，影子觉得真他妈的怪。实在太不可思议了。不过话说回来，整晚发生的事，都变得越来越不可思议。

影子从桌上拿起他刚才抛着玩的那枚二十五美分硬币，手指愉快地感受着新铸造的硬币上花的触感。他用右手食指和拇指夹住硬币，然后将硬币放在左手手心，动作轻柔流畅，但实际上硬币还藏在右手指间。

他左手握拳，握住并不存在的那枚硬币。右手食指和拇指又拿起一枚硬币，假装将硬币塞进握紧的左手中，但其实让原先就藏在右手指间的硬币也落进右掌内。两枚硬币相撞的叮当声，让人错以为硬币都在左拳内，其实它们都乖乖待在他右手里。

"硬币戏法？"疯子斯维尼问，扬起下巴，脏兮兮的胡子竖了起来。"喂，要玩硬币戏法的话，看我露一手。"

他拿起桌上之前装蜜酒的玻璃杯，把里面剩下的冰块倒进烟灰缸。一抬手，凭空抓出一枚金光闪闪的大硬币。他把金币丢到玻璃杯，从空中又抓出一枚金币，丢进杯子。两枚金币撞在一起，叮当作响。他从墙上蜡烛的火苗中取出一枚金币，从自己的胡子里掏出一枚金币，从影子空着的左手中拿出一枚金币，一枚枚地都丢进杯子里。他把手扣在杯子上面，用力一吹，更多的金币从他手中掉落到杯子里。他把杯子里湿漉漉的金币全部倒进夹克口袋，用力一拍，再打开——不出所料，金币全消失不见了！

"瞧见没有？"他说，"这是为你准备的硬币戏法。"

影子一直全神贯注地看着这场即兴表演，他一歪脑袋。"我们得好好聊聊，"他说，"我想知道你是怎么变的。"

"用华丽风格变出来的。"疯子斯维尼神秘兮兮地说，一副怀揣着特大秘密的表情，"这就是我变的戏法。"他无声地笑起来，身体前后晃悠着，咧开牙齿稀稀拉拉的嘴巴。

"是，确实变得漂亮，"影子说，"你得教教我。我看过所有传授凭空变金币魔术的手法，你肯定是把硬币藏在拿杯子的手里，右手不停地变出硬币、变走硬币的同时，左手负责把硬币丢进杯子里。"

"这样听上去可够忙活的。"疯子斯维尼说，"直接把金币从空气中取出来会更简单一点。"他端起喝了一半的金馥力娇酒加可乐，看了一眼，然后放回桌子上。

星期三看着他们两人，他似乎刚刚发现全新的、从未预想过的新生命形式。他开口说道："这是你的蜜酒，影子。我还是喝我的杰克·丹尼尼威士忌，至于这位爱吃白食占人便宜的爱尔兰人……"

"我要一瓶啤酒,最好是黑啤。"斯维尼说,"吃白食的?"他举起喝剩的酒,向星期三祝酒。"愿风暴早日离去,愿我们安然无恙。"说完,他喝干酒,放下杯子。

"祝酒词不错,"星期三说,"可惜不会应验。"

另一杯蜜酒摆在影子面前。

"我非喝这玩意儿不可?"影子无精打采地问。

"恐怕是这样。这是订立契约的仪式。连喝三杯才有效。"

"真该死。"影子说着,一连两大口灌下蜜酒。蜜汁腌醋的味道弥漫在他嘴巴里,久久不散。

"好了,现在你是我的人了。"星期三先生说。

"那么,"斯维尼说,"你想知道那个戏法是怎么变的吗?"

"当然。"影子说,"你把硬币藏在袖子里,对吗?"

"根本不在我的袖子里。"疯子斯维尼说,他得意地咯咯笑着,又蹦又跳,就好像他是一座长着胡子、喝醉的、瘦高的人形火山,正准备因为自己的绝顶聪明而洋洋得意地喷发,"这是世界上最简单的戏法了。你打赢我,我就告诉你。"

影子摇摇头。"我弃权。"

"嘿,这里有好玩的事情,"疯子斯维尼突然冲着整个酒吧吆喝起来,"老家伙星期三给他自个儿找了个保镖,可那家伙是个懦夫,连举起拳头都不敢。"

"我不会和你打架的。"影子坚定地说。

疯子斯维尼摇摇晃晃,不停冒汗,躁动不安地拨弄着棒球帽的帽檐。他从空中变出一枚硬币,把它放在桌子上。"别怀疑,这是真金的。"疯子斯维尼说,"不管你是输是赢——你肯定会输——只要你和我打上一场,这枚金币就归你了。像你这样的大家伙,谁会想到你居然是他妈的一个懦夫?"

"他已经说过不会和你打。"星期三说,"走开,疯子斯维尼,拿着你的啤酒走开,让我们安静一会儿。"

疯子斯维尼走近一步,凑到星期三身边。"你管我叫吃白食的,是吗？你这注定该死的老怪物，你这冷血的混蛋，没心没肺吊在树上的老家伙。"愤怒让他的脸变成了暗红色。

星期三伸出手挡住他，平静地说："你太愚蠢了，斯维尼。看看你是在什么地方，居然说这些话。"

斯维尼瞪着他，然后用喝醉之后的低沉语调说："你雇了一个懦夫，如果我伤害你，他会怎么做？你说呢？"

星期三转向影子。"我受够了。"他说，"摆平他。"

影子站起来，仰头凝视疯子斯维尼的脸。他好奇这个男人到底有多高。"你在打扰我们，"他说，"你喝醉了，我想你应该回家去了。"

疯子斯维尼脸上慢慢浮现出笑容。"看看，"他说，"你就像一条只会乱叫的狗，现在终于决定动手了。嘿，各位！"他冲着整个酒吧叫嚷，"我要给他来点教训了。看着！"他重重一拳挥向影子的脸。影子猛地向后一闪，对方的拳落在他右眼下方，影子眼前顿时冒出无数金星，同时感到一阵剧痛。

就这样，斗殴开始了。

斯维尼出拳没有招式，没有任何章法，除了对战斗本身的狂热之外什么都没有，他来势凶猛的硕大拳头往往落空。

影子保持防守的态势，小心地避开疯子斯维尼的拳头。他注意到聚拢过来的人群，桌子在抱怨声中被挪开，好给他们腾出空间搏斗。影子还注意到星期三的目光一直注视着他，脸上挂着星期三特有的不带任何笑意的笑容。很明显，这是一次测试，但到底是什么类型的测试？在监狱的时候，影子学会了两种斗殴的模式：一种是"别招惹老子"式的，过程一般都很缓慢，目的在于尽量给别人留下不好招惹的深刻印象；还有一种私下的决斗，那才是"真正"的斗殴，出拳快、用力猛，非常凶残，常常几秒钟内就结束战斗。

"嘿，斯维尼，"影子气喘吁吁地叫道，"我们为什么要打架？"

"为了战斗本身的乐趣。"斯维尼说，他现在镇定多了，至少不再是醉醺醺的模样，"为了那该死的邪恶的战斗快感。你感觉到血管里流动的快感吗，就像春天里充满蓬勃活力要发芽的树？"他的嘴唇在流血，影子的指关节也一样。

"你到底是怎么变出金币的？"影子问。他身体向后一晃，本该击中脸部的拳头落空，打在他肩膀上。

"真相是，"斯维尼嘟哝着说，"我早就告诉过你是怎么变的了。听不进真话的人——哦，好拳——是最瞎的瞎子。"

影子猛地挥出一拳，打得对手向后撞到桌子上，空酒瓶和烟灰缸全滚落到地上。影子完全可以趁机结果对手。那男人此刻毫无抵挡能力，仰面朝天躺在地上，再也形成不了任何威胁。

影子瞄了一眼星期三，后者点头表示同意。影子低头看着疯子斯维尼。"到此结束？"他问。疯子斯维尼犹豫片刻，然后点点头。影子放过他，后退几步。疯子斯维尼喘息着，突然用力一撑，站了起来。

"结束个屁，"他咆哮着，"得我说结束才算完！"他咧嘴一笑，整个人冲上来，扑向影子。他脚踩到一块冰上，一脚滑开，咧开嘴巴的得意笑容一下子变成张大嘴巴、惊慌失措的表情。他向后摔倒，"轰"的一声，后脑勺重重地磕在酒吧地板上。

影子膝盖顶住疯子斯维尼的胸口。"我再问你一次，我们之间的战斗是不是结束了？"

"我们可以结束了。"疯子斯维尼从地板上抬起脑袋，"战斗的快感已经从我身上离开了，像大热天里小男孩在游泳池里撒的一泡尿。"他抹一把嘴巴上的血，闭上眼睛开始打呼噜，鼾声轰隆作响。

有人拍拍影子的背。星期三把一瓶啤酒塞到他手里。

啤酒的味道比蜜酒好多了。

影子在汽车后座上醒过来，伸个懒腰。清晨的阳光很刺眼，他的头刺痛。他笨拙地坐起来，揉揉眼睛。

星期三正在开车，嘴里哼着跑调的曲子，杯架上放着一杯纸杯装的咖啡。他们正沿着看上去像州际公路的道路向前开，巡航控制设定在时速六十五。副驾驶座空着。

"多么美好的早晨，你觉得怎样？"星期三没有回头，直接问他。

"我的车呢？"影子问，"那辆是我租来的。"

"疯子斯维尼帮你开回去还了。这是昨晚你们做的交易的一部分。"

"交易？"

"在你们打了一架之后。"

"打架？"他伸手揉了揉脸颊，然后痛得抽搐了一下。没错，他曾经和人打过一架。他记起一个留着姜黄色胡子的高个男人，还有围观者们的欢呼声和哄叫声。"谁赢了？"

"你不记得了？"星期三呵呵一笑。

"你肯定注意到了，不是吗？"影子说。昨晚谈话的记忆令人不快地涌进脑中。"你还有咖啡吗？"

星期三把手伸到副驾驶座下，掏出一瓶没开过的矿泉水。"给你，你都快脱水了。这个时候，水比咖啡更管用。我们在下一个加油站停车，给你弄点早餐吃。你还需要洗漱一下，你看起来好像被山羊抓过。"

"是被猫抓过。"影子纠正他。

"山羊。"星期三坚持说，"长着长长牙齿，浑身冒着臭气的巨大山羊。"

影子打开矿泉水瓶盖，开始喝水。有个沉甸甸的东西在他口袋里叮当作响。他伸手，掏出一枚半美元硬币大小的硬币。很重，金灿灿的颜色。金币还有点儿黏乎乎的。他将金币藏在右手掌心，然后从中指和无名指间将金币推出去。再将金币移到掌心，用拇指和小指夹住，这样从手背看去，就看不到金币的踪影，中指和食指在金币下面一滑，动作顺畅地将金币旋转到掌背上。最后，他让金币落回了左手心，然后塞进口袋里。

"我昨晚到底喝了什么鬼玩意儿？"影子问。昨晚的事件记忆纷纷涌回来，尽管记不清具体事件，也记不清当时的具体感受，但他知道的确发生过什么事。

星期三看见了加油站的路牌标示，他加大油门。"你不记得了？"

"不记得。"

"你喝了蜜酒。"星期三说着，咧嘴大笑。

蜜酒。

是的！

影子向后倒在座椅里，一口气喝光一瓶水，沉浸在昨夜的记忆中。有些事，他还记得。有些事，他完全失去了记忆。

影子在加油站买了一个洗漱包，里面有剃须刀、剃须膏、梳子，还有附带牙膏的一次性牙刷。他走进男洗手间，对着镜子查看自己。

一只眼睛下面有淤伤，他试着用手指戳了一下，淤伤隐隐作痛。下唇也充血肿胀了。他的头发乱糟糟的，瞧这样子，似乎他昨晚前半夜一直在打架斗殴，后半夜就穿着衣服躺在车后座上睡得死死的。身边传来微弱的歌曲声，他听了一会儿，才分辨出是披头士的那首《山上的傻瓜》。

影子用洗手间里的洗手液洗脸，然后在下巴上涂满泡沫，开始刮脸。他把头发打湿向后梳拢。他还刷了牙。他用温水把脸上剩余的肥皂沫和沾上的牙膏沫都冲洗干净，凝视着镜子里的自己：下巴刮得干干净净，但双眼还是又肿又涨，而且布满红血丝。他这副模样，比记忆中的自己还显得苍老。

不知道劳拉见到他这副样子会怎么说，然后他才想起，劳拉再也不会说什么了。他看着镜中自己的脸，浑身发抖，但伤感很快过去了。

他走出来。

"我看上去糟透了。"影子抱怨说。

"那当然。"星期三赞同说。

星期三拿着一份快餐走到收银台那边，和汽油钱一起付款了，他两次改变主意，拿不准到底是用信用卡还是用现金付账，直到坐在收银机旁嚼口香糖的年轻女人开始发火。影子冷眼旁观，看着星期三慌乱起来，向她道歉。他突然看起来很显老。女人把现金还给他，用信用卡结账，然后把信用卡收据给他，接着又接过他给的现金，然后又把现金还他，收了另外一张信用卡。星期三一副快要哭出来的表情，仿佛是个被现代社会的信用卡系统弄得孤苦无助的可怜老人。

影子查看了一下公用付费电话，上面挂着"故障待修"的牌子。

他们走出温暖的加油站，呼出的气在寒冷的空气中凝结成一片白雾。

"需要我开车吗？"影子问。

"不需要。"星期三回答。

高速公路从他们身旁飞速掠过，左右两边都是褐色的牧场草地。树木叶子落光，只剩下光秃秃的枯死枝干。两只黑色的鸟，站在电线上凝视着他们。

"嘿，星期三。"

"什么事情？"

"我都看见了。你没有付汽油钱。"

"哦？真的吗？"

"我都看见了，刚才在加油站里，她被你弄糊涂了，反而把钱给了你。你认为她会发现吗？"

"她永远不会发现的。"

"那你到底是什么人？二流骗子？"

星期三点点头。"没错，"他承认说，"我算是个骗子，但不只是个骗子。"

他一转方向盘，从左边车道超过一辆卡车。天空依旧阴沉着，灰蒙蒙一片。

"快下雪了。"影子说。

"是的。"

"斯维尼真的把那个金币戏法教给我了？"

"哦，当然教了。"

"可我不记得了。"

"你会慢慢想起来的。昨晚发生了很多事情。"

几片小雪花刮到车子的挡风玻璃上，很快就融化了。

“你妻子的尸体在温德尔殡仪馆，在那儿举行追悼仪式，”星期三说，“午饭后他们会把她送到墓地下葬。”

“你怎么知道的？”

“你在厕所里的时候，我打电话过去问的。你知道温德尔殡仪馆在哪里吗？”

影子点头说知道。雪花在他们前面飘舞飞旋。

“我们从这个口出去。”影子指路说。车子驶下州际公路，经过一片汽车旅馆，进入鹰角镇的北部。

三年过去了。原先那家速8旅馆不在了，变成了一家温迪旅馆。镇上增加了不少交通指示灯和陌生的商店。他们开车前往镇中心，经过筋肉健身房时，影子叫星期三减慢车速。“家人亡故，停止营业。”门上挂着手写的告示。

左转进入小镇的主干道，他们开车经过一家新开的文身店和军队征兵中心，然后是汉堡王快餐店，还有奥尔森家的药店，这家熟悉的老店一直没变。最后，他们来到迎面是黄色砖墙的温德尔殡仪馆。橱窗上的霓虹灯显示着“安息之家”。橱窗里堆着没雕刻的空白墓碑石。

星期三在停车场停车。

“想让我也进去吗？”他问。

“没这个必要。”

“很好。”他咧嘴一笑，笑容里没有丝毫笑意，“你进去告别，我还有别的事情要做。我在美国汽车旅馆给我们订好房间，你办完事就回来找我。”

影子钻出汽车，看着它驶走，然后才走进殡仪馆。灯光昏暗的走廊里，弥漫着鲜花和家具油漆的味道，在那味道之下还隐藏着淡淡的甲醛和腐烂的气味。走廊的尽头就是灵堂。

影子意识到自己正紧紧握住那枚金币，控制不住地在掌心中一次又一次地旋转金币。金币沉甸甸的质感让他觉得安心。

走廊尽头的门上挂一张纸，写着他妻子的名字。他走进灵堂。里面的人影子大部分都认识：劳拉的家人、旅行社的同事们，还有她的朋友们。

他们全都认出了他，他从他们的脸上表情中看得出来。但没有一个人冲他微笑，或者打招呼。

房间的尽头有一个小小的台子，上面摆着一具奶油色的棺材，周围环绕着鲜花：猩红色的、黄色的、白色的，还有紫红色的花朵。他向前走了一步，从他所站的位置可以看到劳拉的尸体。他再也不想往前走了，也不敢转头离开。

一个穿深色西装的男人——影子猜他应该是在这家殡仪馆工作的——走过来问："先生，请问您可否在吊唁纪念册上签名？"他指给他看在小诵经台上摊开的一本皮面册子。

他写下"影子"，在名字下面签上日期，然后又缓缓地在下面写下"狗狗"这个昵称。他放下笔，朝房间尽头人们待着的地方走过去。那具棺材，还有奶油色棺材里面的尸体，不再是劳拉本人了。

一个身材娇小的女人从走廊走了进来，站在那里犹豫一阵。她的头发是金铜色的，衣服看起来很昂贵，也是黑色的。寡妇的丧服。影子和她很熟，她是奥黛丽·伯顿，罗比的妻子。

奥黛丽拿着一小束根部用银色箔纸包裹的紫罗兰，那是孩子在六月的时候会做的东西，影子心想。现在这个季节，紫罗兰非常少见。

奥黛丽目光直直地看着影子，但眼神中没有流露出认出他的神情。她穿过房间，走到劳拉的棺材旁。影子跟在她后面。

劳拉躺在那里，眼睛安详地闭着，双手交叉放在胸前。她穿了一件式样很保守的蓝色套裙，他不记得她穿过那件衣服。长长的棕色秀发拢在脑后，没有挡住眼睛。这是他的劳拉，但又不是他的劳拉。他发觉她安睡的姿势很不自然，劳拉平时睡觉总是很放松。

奥黛丽把那一小束夏季紫罗兰放在劳拉胸前。她撅起黑莓色的嘴唇，嘴巴动了一阵，突然冲劳拉脸上重重地吐了一口唾沫。

唾沫落在劳拉脸颊上，顺着脸颊流到耳朵旁。

奥黛丽向门口走了。影子匆忙追上了她。

"奥黛丽？"他叫住她。这一次她认出了他。他不知道她是不是吃了镇定剂，她说话的声音显得飘渺遥远。

"影子？你逃出来了？还是他们把你放出来了？"

"我昨天出狱的，我自由了。"影子说，"见鬼，你到底在干什么？"

她在黑暗的走廊里停下来。"你是说紫罗兰吗？那是她最喜欢的花。还是小女孩时，我们常常一起去采紫罗兰。"

"不是紫罗兰的事。"

"哦，那个呀。"她说着，抹抹嘴角并不存在的唾沫星子，"我还以为你很明白的。"

"我不明白，奥黛丽。"

"没人告诉过你，影子？"她声音平静，没有丝毫感情，"你妻子死的时候，嘴里还含着我丈夫的阴茎呢，影子。"

她转身走开，走到外面的停车场。影子看着她离开。

他回到殡仪馆的灵堂内。有人已经把唾沫擦掉了。

视线所及的任何人，都不愿对上影子的目光。就连那些走过来和他交谈的人，也尽量避免和他视线交会。他们含含糊糊地和他搭话，笨拙地表达同情，然后飞快地逃开。

影子在汉堡王吃了午饭，饭后就是葬礼。劳拉奶油色的棺材被埋在镇子边上一个非宗教徒的小型墓地里。墓地没有围墙，山坡草地上排满了黑色花岗岩和白色大理石的墓碑。

他和劳拉的妈妈同乘温德尔殡仪馆的灵车去墓地。马克卡贝太太似乎把劳拉的死都怪罪到影子身上。"如果你老老实实待在这儿的话，"她愤愤地说，"就不会发生这种不幸。我真不知道她为什么要嫁给你。我劝告过她，不止一次地劝告她。可孩子们总是不肯听父母的话，不是吗？"她停下来，凑近了查看影子的脸。"你又打架了？"

"是的。"他老实说。

"野蛮人。"她气呼呼地说，闭上嘴巴，不再理睬他。她高昂着脑袋，挺着下巴，眼睛目不斜视地看着前方。

令影子感到意外的是，举行葬礼时奥黛丽也来了，站在人群外面。简短的仪式一结束，棺材就被放进冰冷的墓穴里。人们散开回家去了。

影子没有离开。他双手插着口袋站在那里，凝视着地面上的那个黑暗的墓穴，浑身颤抖。

头顶上是铁灰色的天空，如同镜面一样平滑。雪依然在下，雪花没有规律地翻滚着，如同鬼影一般。

他有些话还想对劳拉说，他一直静静等待着，等待自己想起到底要说些什么。周围渐渐黑了下来。影子的脚开始冻麻了，双手和脸也冻得发痛。他把手深深插进口袋里取暖，手指碰到那枚金币。

他走到墓穴前。

"这个送给你。"他轻声说。

棺材上盖着几铲泥土，但墓穴还远远没有被填满。他把金币丢进墓穴陪伴劳拉，又往里面推进更多泥土，盖住金币，以防贪婪的掘墓人偷走它。他拍掉手上的泥土，喃喃说道："晚安，劳拉。"过了一会儿，又接着说："对不起。"他把脸转向镇上有灯光的地方，向鹰角镇走过去。

他要住的汽车旅馆距离这里大概两英里，在监狱里度过三年之后，他期望可以不停地走下去，什么都不想，永远这样走下去。他可以一直朝北走，走到阿拉斯加，或者朝南走，走到墨西哥，甚至更远的地方。他可以走到南美的巴塔哥尼亚，或者火地岛。一个以火为名字的地方。他努力回忆着火地岛这个名字的来源。他记得小时候看过一本书，讲一个裸体男人蜷缩在火边取暖的故事。

一辆车在他身边停下，车窗摇了下来。

"想搭顺风车吗，影子？"奥黛丽·伯顿问。

"不，不想坐你的车。"影子说。

他继续向前走，奥黛丽在他身边，以三英里的时速慢慢跟着他。雪花在车前灯的灯光下飞舞。

"我以为她是我最好的朋友，"奥黛丽说，"我们每天都聊天。只要罗比和我吵架，她总是第一个知道。我们俩会去奇齐酒吧喝上一杯玛格丽特，一起痛骂男人都是人渣。可是，与此同时，她却背着我和我丈夫偷情。"

"请走开，奥黛丽。"

"我只是想让你知道，我绝对有理由那样对待她。"

他什么都没说。

"嘿！"她叫起来，"嘿！我在和你说话呢。"

影子转身看着她。"你想让我告诉你，你向劳拉的尸体吐唾沫是正确的吗？你想让我告诉你，你的行为没有伤害到我吗？或者，你说的故事可以让我不再思念她，转而怀恨在心？永远不会的，奥黛丽。"

她跟在他身边又开了一会儿，没有说话。然后她问："在监狱里过得怎么样，影子？"

"很好。"影子说，"回家的感觉更好。"

她踩下油门，发动机轰鸣起来，她开车飞快地离开了。

车子灯光远去之后，周围全黑了。天空中最后一抹微光也渐渐消失在夜色中。影子本来期望继续走下去能让自己暖和起来，让冰冷的双手和脚暖和起来。可惜没有奏效。

还在监狱的时候，洛基·莱斯密斯有一次说过，监狱医院后面的小墓地就像一个骷髅果园。这个说法在影子的脑子里扎下了根。结果那一晚他做梦，梦见月光下的一个骷髅果园。里面长着白骨树，树枝末端是骷髅的手，白骨树的树根深入坟墓之中。在他的梦中，骷髅果园里的树上还结着果实，但梦中那些果实似乎有什么令人感觉不妥的地方。可当他醒来时，已经完全不记得树上到底长着什么样的古怪果子，还有为什么他觉得那果子让人恶心。

几辆汽车从他身边经过。影子希望有人能载他一程。他突然被什么东西绊倒，黑暗中他看不清，结果四仰八叉地摔倒在公路边的沟渠里，右手插到几英寸深的冰冷泥泞中。他慢慢爬起来，在裤子上擦手，他笨拙地站在那里，不知所措。他刚刚发现有人站在他身边，还没来得及反应，口鼻就被什么湿漉漉的东西堵住了，紧接着，他闻到刺鼻的药味。

这次倒下时，他觉得沟渠里温暖又舒服。

影子的太阳穴仿佛被人用指甲盖狠狠地压进头骨里，视线模糊不清。

他的双手被皮带之类的东西绑在身后。他在一辆车里，坐在铺着的皮垫上。有一瞬间，他觉得自己视力的景深感出了问题，然后才明白过来，他面前的座椅确实距离他很远。

有人坐在他身后的座位上，但他无法回头看他们。

一个肥胖的年轻人，坐在这部加长豪华轿车另一头的座位上，从车载酒水柜里拿出一罐低糖可乐，打开盖子。他穿一件黑色长外套，料子似乎是某种丝绸的，看上去不过十来岁的年纪，脸颊一侧长满了青春痘。看到影子醒了，他得意地笑了。

"你好，影子。"他说，"别想蒙我。"

"好的，"影子说，"我不会。可以让我在美国汽车旅馆下车吧？就在快到州际公路的地方。"

"揍他。"那小子对影子左边的人命令说。一拳狠狠地打在影子的腹部，痛得让他快停止了呼吸，整个人蜷成一团。好久之后，他才慢慢伸直腰。

"我说过别想蒙我。那就是蒙我！回答问题要简明扼要，否则我他妈的就干掉你。或者我不用干掉你。或许我可以让手下捏碎你那该死的身体里的每一根骨头。人体一共有两百零六块骨头。所以别想再来蒙我。"

"明白了。"影子回答。

车厢里的顶灯从紫色转为蓝色，然后又转为绿色和黄色。

"你在为星期三工作？"年轻小子问。

"是的。"影子回答。

"他妈的他到底在找什么？我是说，他在这里想干什么？他肯定有一个计划，他到底想怎么玩？"

"我从今天早晨才开始为星期三先生工作，"影子说，"只是一个当差跑腿的。也许是当司机，如果他肯让我开车的话。我们根本没讲过几句话。"

"你是说你什么都不知道？"

"我是什么也不知道。"

男孩盯着他，他咕咚咕咚喝了几口可乐，打一个嗝，然后又继续盯着他。"如果知道的话，你会告诉我吗？"

"也许不会。"影子承认道，"正如你说的，我现在正为星期三先生工作。"

男孩敞开外套，从里面的夹袋掏出一个银制香烟盒，打开，拿出一支香烟递给影子。"抽烟吗？"

影子本想要求先松开他的手，最后决定还是拒绝他。"谢谢，我不抽烟。"他说。

香烟显然是手工卷制的，男孩用一只黑色哑光的ZIPPO打火机点燃香烟，弥漫在豪华轿车内的烟雾并不是烟草的味道。影子觉得也不像是大麻的味道，闻起来有点像焚烧电子元件。

男孩深吸一口烟，然后屏住呼吸，让烟慢慢从嘴里吐出来，再从鼻孔吸回到肺里。影子怀疑他在家里对着镜子练习了好久，然后才在众人面前表演。"如果你对我撒谎，"男孩的声音好像从很远的地方飘来，"我一定要干掉你。你知道的。"

"你说干掉就干掉吧。"

男孩又深吸一口烟。车厢内的灯光从橙色变成红色，然后变回紫色。"你说你住在美国汽车旅馆？"他敲敲背后驾驶室的窗户，玻璃窗降下来，"喂，去美国汽车旅馆，州际公路边上。我们要把客人放下去。"

司机点点头，玻璃窗又升上去。

车厢里闪烁的光纤灯继续变幻着颜色，循环变换各种暗淡的色调。影子觉得那男孩的眼睛似乎也在闪烁，是老式电脑显示屏闪烁的那种绿色光芒。

"记得转告星期三。你告诉他，他已经是历史了，他被遗忘了，他老了。他最好接受这个现实。告诉他，我们才是未来，我们不会给他或任何像他一样的老家伙们任何机会。他的时代结束了。明白？你他妈的告诉他这些。他应该被关到历史的垃圾堆里，而和我一样的人，将在属于明天的超级高速公路上，驾驶豪华轿车飞驰。"

"我会转告他的。"影子说。他觉得有些头晕眼花，希望自己不要感冒。

"告诉他，我们他妈的已经为现实重新编程。告诉他，语言是一种病毒，信仰是一种操作系统，祈祷不过是他妈的垃圾邮件。记得转告我的话，否则我他妈的干掉你。"那小子说话的声音，透过烟雾轻飘飘地传过来。

"记住了，"影子说，"你可以让我在这里下车了。剩下的路我走回去。"

那小子点点头。"很高兴和你说话。"他说，香烟让他的声音变得成熟起来，"你应该知道，如果我们他妈的干掉你，我们只需要删除你。你明白吗？只要轻轻一点，你就会被一堆0和1覆盖，不会给你复原。"他敲敲背后的窗户。"他在这里下车。"他又转向影子，指点着自己他的香烟。"用人造蟾蜍皮做的，"他解释说，"你知道现在人们已经能合成蟾毒色胺了吗？"

车子停下，影子右边的人先钻出去，帮他打开车门。影子笨拙地爬出车厢，双手还被束缚在背后。他意识到自己还没有看清楚和他一起坐在车后座上的那两个人，他根本不知道他们到底是男人还是女人，年长还是年轻。

影子手上的带子被割断了，一根尼龙带子掉在柏油马路上。影子转过身，车厢里面是一团翻腾的烟雾，烟幕中有两盏灯在闪烁，黄铜色的，就好像癞蛤蟆的漂亮眼睛的颜色。"这他妈的所有一切，都是为了占据绝对优势，影子。没什么比这个更重要的了。还有，很遗憾听说你老婆死了。"

车门关上，加长版豪华轿车无声无息地驶走了。影子距离汽车旅馆还有几百码距离，他站在原地，呼吸着寒冷的空气，从红黄蓝三色的广告灯箱下走过。广告牌上正鼓吹可以想象得到的最美味的快餐，但那其实只是汉堡包罢了。一路上再没有任何意外，他安全抵达了美国汽车旅馆。

第三章

每时每刻都受伤，直至最后一刻把命丧。

——谚语

美国汽车旅馆的前台后面站着一个瘦弱的年轻女人。她告诉影子他的朋友已经帮他办好了登记手续，然后把长方形塑料钥匙卡递给他。她有一头淡金色的长发，那张脸长得有点儿像老鼠，尤其是当她一脸怀疑地打量别人的时候。不过当她微笑时，就缓和多了。可是大部分时间她都盯着影子看，一脸怀疑的表情。她拒绝把星期三的房间号码告诉他，而是坚持打电话到星期三住的房间，通知他客人到了。

星期三从房间里出来，走进大厅，冲影子招手示意。

"葬礼举行得怎么样？"他问。

"结束了。"影子回答说。

"很晦气吧？你想谈谈葬礼的事吗？"

"不想。"影子说。

"很好。"星期三笑了起来，"这年头大家就是话太多。总是说呀说呀说呀。如果人们学会忍耐痛苦少废话，这个国家会变得更完美。你饿吗？"

"有点儿。"

"这里没有吃的，但你可以预订比萨，他们会送到你房间里。"

54

星期三带影子去他的房间，穿过走廊时路过影子自己的房间。星期三的房间里到处铺满了打开的地图，有的摊开在床上，有的贴在墙上。星期三用颜色鲜艳的标记笔在地图上画满了记号，弄得上面一片荧光绿、嫩粉红和亮橙色。

"我刚刚被一个坐豪华轿车的胖男孩绑架了。"影子告诉他，"他还叫我转告你，说你已经被抛弃到历史的粪堆里了，而像他这样的人会坐着豪华轿车奔驰在人生的超级高速公路上。诸如此类的话。"

"小杂种。"星期三咒骂一声。

"你认识他？"

星期三耸耸肩。"我知道他是谁。"他在房间里唯一一张椅子上重重地坐下来。"他们什么都不懂。"他说，"他妈的什么都不懂。你还要在镇上待多久？"

"我也不知道，也许要一周吧。我要了结劳拉的身后事，照料我们的公寓，处理掉她的衣服物品，所有的一切。这么做肯定会把她妈妈气得发疯的，不过，那女人活该气得发疯。"

星期三点点他的大脑袋。"那好，你一处理完，我们立刻离开鹰角镇。晚安。"

影子穿过走廊，走回自己的房间，他的房间和星期三的完全一样，床头墙壁上挂着一幅血红色的描绘日落的油画。他打电话预订了一个芝士肉丸比萨，然后去洗澡。他把旅馆提供的所有小塑料瓶装的洗发水和沐浴露都倒进浴缸，搅出丰富的泡沫。

他的块头实在太大，无法完全躺进浴缸内，可他还是半坐在里面，舒服地享受了一个泡泡浴。影子曾经对自己许诺，一旦出狱，一定要好好享受一次泡泡浴。他终于实现了自己的诺言。

洗完澡不久，比萨就送来了。影子吃掉整个比萨，然后灌下了一罐姜汁汽水。

他打开电视，看了一集《杰瑞脱口秀》，他进监狱之前就看过这档节目。这一集的主题是"我想当妓女"。几个想当妓女的人出现在节目里，现场观众们冲着她们大喊大叫，威胁恐吓。有个戴着金链子的皮条客走出来，说他的妓院要雇用她们。还有一个已经从良的前妓女跑出来，恳求她们去找一份真正的工作。杰里刚要发表言论，影子就关掉了电视。

影子舒舒服服躺在床上，心想，这是我重获自由之后睡的第一张床。可惜这想法并不如当初想象的那样，给他带来无比的快乐。他没有拉上窗帘，看着窗外的汽车车灯和连锁快餐店的霓虹灯，感觉很踏实，知道外边还有另外一个世界，一个只要他愿意、随时可以走出去的自由世界。

影子觉得自己应该躺在家中的床上，住在他与劳拉一起住的公寓里，躺在他与劳拉一起睡的床上。可是，那里已经没有她了，但周围还萦绕着她的遗物、她的气味、她的生活……一想到这些，就令人悲痛难忍。

别想了，影子心想。他决定想些别的东西，他想到了硬币戏法。影子知道自己没有成为魔术师的天赋。他不会编造让别人绝对信任他的故事，也不想表演扑克戏法，或者凭空变出纸花什么的。但他喜欢操纵硬币，他很享受摆弄硬币时的感觉。他开始在脑中列出能将硬币凭空变消失的各种魔术手法，这让他想起丢进劳拉墓穴中的那枚金币。然后，他又想起奥黛丽对他说过的话，关于劳拉死时的情形。他再一次感觉到胸口的刺痛，感觉心脏隐隐作痛。

每时每刻都受伤，直至最后一刻把命丧。这句话在哪儿听过？他不记得了。他可以感觉到内心深处的某一点，愤怒与痛苦正在滋生。头骨底下仿佛因紧张而打了一个死结，两侧的太阳穴绷得紧紧的。他用鼻子深吸一口气，然后从口中缓缓吐出，集中精力，释放出紧张的压力。

他想起星期三说的那句"忍耐痛苦少废话"，情不自禁地微笑起来。许多人告诫彼此，说不要压抑自己的感情，要让情感自然宣泄出来，让内心的痛苦流露出来。这些话，影子听得实在太多了。影子觉得，其实也该好好谈谈怎么压抑感情。只要你压抑的时间够长久，压抑得够深，很快，你就不再有感情了。

睡眠慢慢将他包围，不知不觉间，影子沉入梦境。

他正在走路……

他走在一间比整个城市还大的房间里，目光所及之处都是各种各样的雕像、雕刻品和粗糙的肖像。他站在一座像是女人的雕像旁：她赤裸的乳房扁扁的，下垂到胸前，腰上围着一串切断的手。她的两只手里握着锋利的匕首，而从她的脖子里冒出的不是头颅，而是孪生的两条毒蛇。毒蛇的身体拱起，互相瞪视，仿佛正准备攻击对方。这座雕像让人感觉极其不安，它存在一种深深的、狂暴的错乱感。影子从它身边退开。

他开始在大厅里漫步。一座座雕像的眼睛仿佛始终追随他的步伐。

在梦中，他意识到每座雕像的名字都在前面的地板上燃烧。那个白色头发、脖子上戴一条用牙齿串起来的项链、手里拿着一面鼓的男人，名字叫"娄克提奥斯"；那个屁股肥硕、从双腿间钻出无数只怪物的女人，名叫"胡布"；还有那个长着公羊脑袋、手捧金球的男人，名叫"荷塞夫"。

突然，在梦中，一个清晰的声音开始对他说话，但是他看不到说话的人。

"这是被遗忘的诸神，他们已经逝去。关于他们的传说，只能在干涸的历史长河中找到。他们离开了，永远地离开了。但他们的名字和形象仍与我们同在。"

影子转了一个弯，发现自己来到另一个房间，比刚才那间更宽敞，举目四望，无法看到边际。离他最近的是一只棕褐色的猛犸象头骨，打磨得很光滑；还有一个披着毛茸茸黄褐色斗篷的身材娇小的女人，她的左手是畸形的。在她旁边有一组三个女人的雕像，用同一块花岗岩雕刻出来，上身分开，下身却从腰部开始连在一起，她们的脸似乎匆匆刻就，还没有完工，但乳房和外阴却雕刻得非常精细。还有一只影子不认识的不会飞的鸟，大约有他身体两倍高，长着撕裂猎物用的秃鹫般的喙，以及人类的手臂。这样古怪的雕像还有很多很多。

那个声音再度响起，仿佛讲课般地解说道："这是已经从记忆中消失的诸神，连他们的名字也早已被人们遗忘。曾经崇拜他们的人类与他们的神祇一样被遗忘了。他们的图腾早已破碎失落，他们的最后一任祭司还没来得及传承秘密就已死亡。

"神祇也会死亡。当他们真正死去时，没有人会哀悼、纪念他们。观念比人类更难被杀死，但终究还是会被杀死。"

一阵悄声低语传遍整个大厅，窃窃私语的声音让影子在梦中也感觉到一股寒冷和莫名的恐惧。吞噬一切的恐慌席卷而来。在这座被世人遗忘的诸神的殿堂中，遗留着诸神的雕像：长着章鱼脸孔的神、只遗留下干枯双手的神——遗留下的或许是天上坠落的陨石、森林大火的残留物，谁也说不清……

影子猛地惊醒过来，心脏还在剧烈跳动着。他的额头上覆着一片湿冷的汗水，整个人已经彻底清醒过来了。床边电子表的红色数字告诉他，现在是凌晨1点03分。旅馆外面霓虹灯招牌的灯光透过窗户洒进房间里。影子站起来，晕晕乎乎地分不清方向。他走进旅馆房间的卫生间里，没有开灯就直接小便，然后走回卧室。在他记忆中，刚刚做过的梦依然清晰鲜明，但是他无法解释那个梦为什么让他感到如此恐惧。

从外面照进房间里的灯光并不很亮，不过影子的眼睛已经渐渐习惯了黑暗。一个女人正坐在他的床边。

他认出她了。即使混在一千人中，甚至十万人中，他也能一下子就把她认出来。她笔直地坐在他的床边上，身上还穿着那件下葬时穿的海军蓝套装。

她说话声音很低，但是他熟悉的语调。"我猜，"劳拉轻轻说，"你一定会问我为什么会在这里。"

影子没有说话。

他在房间里唯一一把椅子上坐下。最后，他还是忍不住问她："宝贝，真的是你吗？"

"当然是我，"她说，"我很冷，狗狗。"

"你已经死了，宝贝。"

"是的，"她说，"我已经死了。"她拍拍床上她身边的位置。"过来坐在我身边。"她说。

"不必了。"影子说，"我觉得现在我还是坐在这里比较好。我们俩之间还有些事情没有搞清楚呢。"

"比如说我已经死了的事？"

"也许吧。但我更想知道你是怎么死的。还有你和罗比的事。"

"哦，"她轻声说，"那件事呀。"

影子可以闻到——或者他只是想象自己能够闻到——一股混合着泥土、鲜花和防腐剂的味道。他的妻子，他的前妻——不，他纠正自己的叫法，应该是他已故的妻子——坐在床边，眼睛一眨不眨地凝视着他。

"狗狗，"她说，"能不能来根烟？"

"我以为你已经戒烟了。"

"确实戒了，"她说，"不过我现在用不着再担心什么健康危害了。而且，我觉得抽烟可以让我精神安定下来。前台大厅有自动售货机。"

影子穿上裤子和T恤，光脚走到大厅。值夜班的是个中年男子，正在看一本约翰·格里萨姆的小说。影子在自动售货机里买了一盒维多利亚女士香烟，然后找值夜班的人要火柴。

男人盯着他看，问他房间号码。影子告诉了他，他点点头。"你住的是非吸烟房，"他说，"你得保证打开窗户才能抽烟。"他递给影子一盒火柴，还有印着旅馆标志的塑料烟灰缸。

"知道了。"影子说。

他回到自己的卧室，没有开灯。他妻子还在床上。她摊开手脚，躺在他揉乱的被子上。影子打开窗户，然后把香烟和火柴给她。她的手指冰凉。当她点火柴时，影子看到她的指甲，过去修剪得整洁大方的指甲，现在满是破碎和啃咬的痕迹，指甲缝下塞满泥土。

劳拉点燃香烟，吸了一口，然后吹熄火柴。她再吸一口。"我无法感觉到烟味，"她伤感地说，"看样子抽烟不管用。"

"我很难过。"他说。

"我也是。"劳拉说。

她用力抽烟，烟头的火光亮起来，他看清她的脸。

"这么说，"她问，"他们把你放出来了？"

"是的。"

"监狱里怎样？"

"还不算太糟。"

"是啊，"烟头闪烁着橙色的火光，"我还是很感激你。当初真不该让你卷进那件事。"

"没关系，"他说，"我是心甘情愿做的。我本来可以拒绝的。"他奇怪自己为什么不害怕：关于博物馆的怪梦都能让他心惊肉跳，可是，面对会走路的尸体却丝毫不觉恐惧。

"是的，你本来可以拒绝的。"她说，"你这个大傻瓜。"烟雾环绕着她的脸庞，在黯淡的光影下，她显得非常漂亮。"你想知道我和罗比的事？"

"我想知道。"这是劳拉，他意识到。不管是生是死，他都不会惧怕她。

她把香烟在烟灰缸里按熄。"你关在监狱里，"她说，"而我需要一个可以聊天的人，需要一个可以依靠的肩膀。我需要你时，你不在。我很难过。"

"我很抱歉。"影子发觉她的声音有些不太对劲，想弄清到底是怎么回事。

"我知道。我们两人开始相约喝咖啡，谈论你出狱之后我们会做什么，再看到你是多么好呀。你知道他是真的很喜欢你。他计划等你回来，就把你原来的工作给你。"

"没错。"

"后来，奥黛丽去探望她姐姐，离开一周。这个，哦，发生在你离开一年，不，十三个月之后。"她的声音里没有任何感情，吐出的每一个字都是平平淡淡的，好像一个一个小卵石落下来，无声无息地落进无底的深渊，"罗比来看我，然后我们都喝醉了。我们在卧室的地板上做爱。那次很棒，真的感觉好极了。"

"这部分我就不用听了。"

"什么？哦，我很抱歉。死了之后，你很难对事物做出筛选。要知道，生前发生的事就像一张照片，对错都无所谓。"

"对我来说有所谓。"

劳拉点上第二根烟。她的动作流畅自若，一点都不僵硬。有一瞬间，影子怀疑她是否真的死了。也许这一切不过是精心布置的恶作剧。

"是的，"她继续说下去，"我理解。我们两个开始私通——当然，我们并不用这个词来称呼我们之间的关系——在接下来的两年里一直保持这种关系。"

"你准备离开我，和他一起吗？"

"我为什么要那么做？你是我最亲爱的大熊，是我的狗狗，你为我做了那么多。我等待了三年，等你回来和我团聚。我爱你。"

他控制住自己脱口而出"我爱你"的冲动。他不会再说出那三个字了，永远不会。"那天晚上发生了什么？"

"我死的那天？"

"对。"

"罗比和我出去商量给你开欢迎惊喜派对的事。一切本来该很美好的。我告诉他，我和他之间的关系结束了。你就要回来了，这种关系就该结束。"

"谢谢你，宝贝。"

"没什么，亲爱的。"一抹幽灵般的微笑浮现在她脸上，"当时，我们的感情都很脆弱，都很愚蠢。我喝醉了，他没醉。所以他开车。送我回家的路上，我宣布说我要给他来一个告别纪念，最后一次和他做爱。然后我就解开了他的裤子拉链。"

"你犯了一个大错误。"

"我知道。我的肩膀碰到汽车手柄，罗比想把我推开重新挂挡，我们的车偏离了车道，然后就是砰的一声巨响。我还记得，整个世界都旋转起来，我想，*我就要死了*。当时我很冷静，我都记得。我一点都不害怕。然后我就什么都不记得了。"

有一股烧焦塑料的味道。影子突然意识到是香烟烧到过滤嘴了。显然，劳拉还没有注意到。

"你来这里做什么，劳拉？"

"难道妻子不能来看看她的丈夫吗？"

"你已经死了。今天下午我还参加了你的葬礼。"

"你说得对。"她停止说话，眼神恍惚起来。影子站起来，走到她身边，从她手指间取出正在闷烧的烟头，丢到窗户外面。

"怎么了？"

她的眼睛搜寻着他的目光。"我活着的时候，很多事情都不是很清楚。现在我知道了很多生前不知道的事，但我却无法用语言表达出来。"

"通常情况下，人们死了之后是待在坟墓里的。"影子说。

"是吗？他们真的待在里面，狗狗？过去我也这么以为的。但现在我就不太肯定了。也许吧。"她从床上爬起来，走到窗户旁。在旅馆广告牌的灯光映射下，她的脸和过去一样美丽动人。那是他为之进监狱的女人的脸。

胸口的心一阵剧痛，仿佛看不见的手正在握紧、挤压他的心。"劳拉……"

她没有看他。"你让自己卷进某些非常可怕的事里，影子。如果没有人守护你，你准会倒霉的。我会守护你的。还有，谢谢你送我的礼物。"

"什么礼物？"

她把手伸进上衣口袋，掏出今天早些时候他投进墓穴里的那枚金币。金币上面还沾着黑色的墓土。"我会用项链把它串起来。你对我真的太好了。"

"不必客气。"

她转过身看着他，眼睛仿佛在凝视他，又仿佛没有停留在他身上。"我认为我们的婚姻有不少问题，必须要解决。"

"宝贝，"他告诉她，"你已经死了。"

"显然，这是诸多问题之一。"她停了一下。"好了，"她说，"我要走了。我还是走了的好。"然后，她转过身，很自然地把手搭在影子的肩膀上，踮起脚尖和他吻别。过去她总是这样和他吻别的。

他不太情愿地弯腰亲吻她的脸颊，但是她把嘴唇凑了过来，压在他的嘴上。她的呼吸带着淡淡的樟脑丸的气味。

劳拉的舌头伸进影子嘴中，她的舌头冰冷、干涩，带着香烟和胆汁的味道。如果说影子刚才对他妻子是否真的死了还有什么怀疑的话，现在再也没有了。

他挣扎着退后。

"我爱你，"她简洁地告诉他，"我会守护你平安的。"她向门口走去。他的嘴中还残留着一股奇怪的感觉。"睡觉吧，狗狗，"她叮嘱说，"记得别惹麻烦。"

她打开门走到外面走廊。走廊里的荧光灯颜色很差：在灯下，劳拉看起来确实像死人。不过，任何人在荧光灯下的脸色都像死人。

"你本来可以叫我留下来过夜的。"劳拉用冷冰冰的石头一样的语气说。

"我想我不会。"影子说。

"你会的，亲爱的。"她说，"等一切都结束之后，你会的。"她转身离开，顺着走廊走出去。

影子站在门口望出去。值夜班的人还在看他的那本约翰·格里萨姆的小说，她从他身边经过时，他连头都没抬一下。她的鞋子上沾着厚厚一层墓地的泥土。她走出旅馆，消失了。

影子长叹一口气。他的心脏跳动得有些不规律。他穿过走廊，去敲星期三的房门。他敲门时，有一种很怪异的感觉，似乎他被一对黑色的翅膀拍打了一下，好像有只巨大的乌鸦穿过他的身体，飞到外面走廊，飞到更远的地方。

星期三打开门。他赤裸着身体，只在腰间围着一条白色的旅馆浴巾。"见鬼，你想干什么？"他问。

"有些事情得让你知道。"影子说，"也许只是一个梦——但它不是——或许是我吸入了那胖小子的什么合成蟾蜍皮的毒烟，又或许只是我发疯了……"

"好了，好了，闭嘴。"星期三打断他的话，"我这儿正忙着呢。"

影子偷瞄一眼房间内部。他看到有人正躺在床上看着他，床单拉高到瘦小的乳房上。淡金色的头发，还有那张有点儿像啮齿动物的脸，是旅馆前台的那女孩。他压低声音。"我刚刚看见我妻子了，"他说，"她刚才就在我房间里。"

"你的意思是鬼？你看见鬼了？"

"不，不是鬼。她是实实在在的。就是她。她已经死了，但不是什么鬼。我还碰了她。她吻我了。"

"我明白了。"星期三说，匆忙看了一眼床上的女人。"我很快回来，亲爱的。"他嘱咐那女孩。

他们穿过走廊，回到影子的房间。星期三打开灯，看见烟灰缸里的烟头。他搔搔前胸，他的乳头是深色的，老人的颜色，胸毛是灰白色的。躯干的一侧有一道白色伤疤。他用力嗅了嗅空气，然后耸了耸肩。

"好了，"他说，"看样子，你死掉的老婆跑出来露面了。害怕了？"

"有点儿。"

"很明智。死人总是让我有种想尖叫的冲动。还有别的事吗？"

"我要离开鹰角镇。公寓那边的事和其他杂事，都交给劳拉的妈妈去处理好了。反正她一直恨我。你打算什么时候走，我就和你一起走。"

星期三笑起来。"好消息，我的孩子。我们明天一早就离开。现在，你应该回去继续睡会儿。如果你需要酒精帮助入睡，我房间里还有些苏格兰威士忌。怎么样？"

"不，我没事。"

"那么就别再来打扰我的好事。漫漫长夜在等着我呢。"

"不睡觉吗？"影子忍不住笑容。

"我不睡觉。睡眠被评价过高。我有一个要努力避免的坏习惯——不管在哪里，我都需要有人陪伴。我再回去的话，那位年轻的女士就要等待得失去热情了。"

"晚安。"影子说。

"太好了。"星期三说着，关上门就离开了。

影子在床边坐下。空气中还残留着香烟和防腐剂的味道。他希望自己能哀悼劳拉：这样做似乎比被她骚扰更为恰当。她离开之后，他才承认自己刚才有点儿被她吓到了。现在该是哀悼她的时候了。他关上灯，躺在床上，想着他被关进监狱前劳拉的样子。他回忆起他们刚结婚的时候，那时他们都还很年轻、快乐、有些愚蠢，总是牵着对方的手。

从影子上次哭泣到现在已经过了很久很久，久得他以为自己已经忘记如何流泪了。甚至连妈妈过世时，他也没有流泪。但此时，他却开始流泪，痛苦地抽泣着。他想念劳拉，想念那些永远逝去的时光。

他不再是小孩子之后，这还是第一次，影子哭着哭着就睡着了。

来到美国
公元813年

在恒星与海岸线的指引下，他们在碧蓝的大海上航行。每当远离海岸，夜空也被乌云蒙蔽的时候，他们就在信仰的指引下航行。他们乞求全能的父将他们再次安全带回陆地。

这是一次不幸的航程，他们的手指冻得麻木，寒冷深入骨髓，骨头都在打颤，甚至连酒也无法暖和身体。他们清晨醒来，发现胡须上冻满白霜，直到太阳升起才能暖和一些。他们看起来就像一群老人，还未衰老就已白须满面。

终于登上西方一块绿色土地时，他们已经牙齿松脱，眼窝深陷。他们说："我们已经远离我们的家园，远离我们熟悉的海洋，以及我们热爱的土地。在这世界的边缘，我们将被我们的诸神所遗忘。"

他们的首领爬上一块巨岩，嘲笑他们失去信仰。"全能的父创造了这个世界，"他大声说道，"他用祖父伊密尔破碎的血肉和骨骼，用他的双手创造了世界。他将伊密尔的脑子放在天上形成云，将他咸的血液变成我们航行的海洋。难道你们还不明白？如果说是他创造了这个世界，这块土地同样也是他所创造的！如果我们在这里如勇士般战死，同样也会被迎进他的殿堂！"

他们开始欢呼，放声大笑起来。他们心中充满希望，着手用树干和泥巴建造营地和礼拜堂。他们知道，在这块新的土地上，他们是唯一的居民。尽管如此，营地外面还是用削尖的圆木围起一个小的防御护栏。

礼拜堂完工的那天，一场风暴来临了。正当中午，天空却漆黑得犹如夜晚，被白色的闪电撕裂出无数裂缝，轰鸣的雷声如此响亮，几乎震聋他们的耳朵，就连船上为了祈祷好运而带来的猫，也躲在他们泊在岸上的长船下。暴风雨猛烈而狂野，但是他们却开心大笑，兴奋地拍打着彼此的肩膀。他们说："雷霆和我们一起来到这片遥远的土地。"他们感激神，他们欣喜若狂。他们开始饮酒作乐，喝得醉醺醺无法行走。

那晚，在烟雾弥漫的漆黑礼拜堂中，吟游诗人唱起古老的歌谣。他唱到奥丁，全能的父，与那些为他牺牲的战士一样，勇敢而高尚地将自己献祭给自己。他唱到全能的父被吊在世界之树上九天九夜，他身体的一侧被长矛刺穿，鲜血顺着伤口流淌下来（唱到长矛时，他的歌声在那一瞬间变成一声尖叫）。他还唱到全能的父在痛苦中学习到的所有知识：九个世界的名字、九种符文，还有二九一十八种魔法。当他唱到长矛刺穿奥丁身体的时候，吟游诗人开始痛苦地颤抖，仿佛感受到全能的父所经历的痛苦。所有人都颤抖起来，想象着经历过的痛苦。

接下来的那一天，也就是属于全能的父的日子，他们发现了牺牲者。他是一个小个子土著人，长头发黑得像乌鸦的翅膀，皮肤是红陶土的颜色。他说着他们谁也听不懂的语言，连吟游诗人也听不懂。吟游诗人曾经搭乘一艘航行到赫拉克里斯之柱的船，通晓地中海一带贸易商人使用的混杂语言。这个陌生人穿着羽毛和毛皮，长头发中还插着一根小骨头。

他们把他领到营地，给他烤肉吃，还给他解渴的烈酒喝。他喝醉后结结巴巴地唱着歌，头懒洋洋地垂在胸前，可其实他喝下的蜜酒还不到一牛角杯。他们冲他放声大笑，给他更多的酒喝。很快他就躺倒在桌子下面，双手抱头呼呼大睡。

他们把他举起来，双肩各一个人，双腿也各一个人，把他抬起到与肩膀同高的位置，四个人抬着他，好像一匹八条腿的马。他们抬着他走在队伍最前面，走到俯瞰海湾的山顶上的一棵梣树前。他们把绞索套在他头上，把他迎风高高吊在树上，作为他们向全能的父、绞刑架之神的贡品。牺牲者的身体在风中摇摆，脸色变黑，舌头伸了出来，眼睛暴突，阴茎僵硬得可以挂上一个皮革头盔。然后他们开始欢呼、叫喊、大笑，为向天上的诸神献上牺牲祭品而感到骄傲。

接下来的一天，两只硕大的乌鸦落在牺牲者的尸体上，一只肩膀各站一只，开始啄食死尸的脸颊和眼睛。他们知道，他们献上的祭品已经被神接受了。

这是一个漫长的冬天，他们都很饥饿，但是他们被精神的力量鼓舞着。等春天来临，他们就可以乘船回到北部，他们会带来更多移民，带来女人。当天气变得更冷，白天时间更短时，他们中的一些人开始寻找牺牲者所住的村庄，希望能找到食物和女人。他们什么都没有找到，只发现曾经点过篝火的地方，那是一个被人遗弃的小营地。

冬天里的某一天，当太阳如同暗淡的银币一样远远升起，他们发现牺牲者的残尸被人从桦树上放了下来。那个下午开始下雪，厚重的雪花缓慢地从天而降。

从北地来的男人们关上营地的大门，撤回到他们的木头防护墙后。

那天晚上，牺牲者所在部落的战士袭击了他们：五百个男人对三十个男人。他们爬过木墙，在接下来的七天里，他们用三十种不同的方法，杀死了这三十个男人中的每一个。这些船员被历史和他们的族人遗忘了。

他们建起的墙壁被部落战士推倒，他们的尸体和营地被焚烧。他们来时乘坐的长船也被焚毁。部落战士希望皮肤苍白的陌生人们只有一艘船，烧掉它就可以确保再也没有其他北地人可以来到他们居住的海岸了。

直到一百多年后，红胡子艾瑞克的儿子，幸运者利夫，再次发现这块土地，他将它命名为葡萄地。当他到达时，他所信仰的神祇已经在那里等待着他了：泰尔，独臂的战神；灰胡子的奥丁，绞刑架之神；还有雷神托尔。

他们已经在那里。

他们正在等待。

第四章

午夜特快
车灯闪闪照耀着我
午夜特快
车灯闪闪如永恒的爱照耀着我

——《午夜特快》，传统老歌

影子和星期三在汽车旅馆旁边那条街上的一家乡村餐厅吃早点。此刻刚刚早晨八点，天气雾蒙蒙的，寒气袭人。

"你还是准备离开鹰角镇？"星期三站在早餐吧台问他，"如果准备好了，我有几个电话要打。今天是星期五，星期五是自由的日子，是主妇的日子。明天是星期六，星期六有很多事情要做。"

"我准备好了。"影子说，"这里已经没有值得我留下的东西了。"

星期三在盘子里堆满自助早餐提供的各种肉食。影子只拿了几片甜瓜、一个百吉饼，还有一小碟奶油。他们在椅子上坐下。

"昨晚你肯定做噩梦了。"星期三说。

"是的。"影子承认说。早晨起床时，他发现旅馆地毯上清晰地印着劳拉沾满墓土的脚印，从他的卧室一直到前台大厅，再到门外。

"为什么大家叫你影子？"星期三问。

影子耸耸肩。"只不过是个名字。"他说。窗外雾气弥漫的世界像是一幅铅笔素描画，由十几种不同深浅的灰黑色调组成。不时有些模糊的红色或纯白色灯光，仿佛弄污画面的斑点。"你是怎么失去一只眼睛的？"

星期三把六七块熏肉塞进嘴里咀嚼着，用手背抹了一下嘴角流出来的油。"其实我并没有失去它，"他解释说，"我依然知道它在哪里。"

"好吧。你有什么打算？"

星期三露出一副思索的表情。他吃掉几块鲜艳粉嫩的火腿肉，从胡须上拣下一颗肉渣，放在盘子中。"给你说说我的计划：星期六晚上，也就是明天晚上，我们要见一些人，他们在各自的领域内都是非常了不起的人物，别被他们的怪异举止吓到。我们会面的地点是全国最重要的场所之一。然后，我们招待他们吃吃喝喝一顿，我估计他们会来三十到四十人吧，也许人数更多。我必须招揽他们参加我组织的这次行动。"

"这个全国最重要的场所在哪儿？"

"最重要的场所之一，我的孩子。我说的是最重要的场所之一，这是两个不同的概念。我已经捎信给我的同伴们了。我们中途会在芝加哥停留一下，在那儿弄点钱，玩一下，按照我们那种玩法需要比我手上碰巧有的多得多的钞票。然后，我们去麦迪逊市。"

"明白了。"

"不，你不明白。不过，你将来早晚会明白的。"

星期三付了账，两人离开餐厅，穿过街道走回旅馆的停车场。星期三把车钥匙抛给影子。他开车驶上高速公路，驶离镇子。

"你会想念这个镇子的吧？"星期三问。他正在整理一个装满地图的文件夹。

"这个镇子？不会。这里有太多关于劳拉的记忆了。我并没有真正在这里生活过。从童年起，我从来没有在一个地方停留太久。我二十多岁的时候才来到这个镇子，这儿是劳拉的家乡。"

"但愿她会留在这里。"星期三说。

"别忘了，那只是个梦。"影子说。

"很好。"星期三说，"这才是健康的心态。你昨晚搞她了吗？"

影子深吸一次，然后才开口说话。"这他妈的不关你的事情。没有。"

"你想搞吗？"

影子什么都没有说。他开车向北，一路驶向芝加哥。星期三咻咻笑着，继续翻看他的地图，来来回回地打开又叠起来，有时还用银色的大号圆珠笔，在黄色便条纸上做些记录。

他终于弄好了，放下笔，把文件夹丢在汽车后座上。"我们要去的这几个州，有个最大的好处，"星期三说，"明尼苏达州、威斯康星州，这几个州的女人都是我年轻时最喜欢的类型。白皮肤、蓝眼睛、近乎白色的金发、酒红色小嘴，丰满的胸部上血管隐约可见，就像最美味的芝士。"

"你年轻的时候？"影子讥讽地问，"昨晚你似乎就过得挺开心的嘛。"

"没错。"星期三笑着说，"想知道我搞到女人的成功秘诀吗？"

"给钱？"

"别那么粗鲁。当然没有，我的秘诀就是男性魅力。简单纯粹的男性魅力。"

"男性魅力？这玩意儿嘛，俗话说，有就是有，没有就是没有。"

"魅力是可以学到的。"星期三说。

"我们要去哪儿？"影子问。

"有个老朋友，我们要和他谈谈。他是要去参加聚会的其中一人，是个老家伙。我们晚饭前可以到。"

他们朝着西北方向，朝着芝加哥前进。

"劳拉身上发生的怪事，是你的错吗？"影子忍不住打破寂静，问道，"是你干的吗？"

"不是我。"星期三说。

"豪华轿车里的那小子也问过我类似的问题：如果真是你干的，你会告诉我吗？"

"我跟你一样摸不着头脑。"

影子打开收音机，调到经典老歌台，欣赏那些在他出生前就流行的经典老歌。鲍勃·迪伦在唱一场大雨即将来临什么的，影子不知道雨到底已经下了，还是没有下。前面的路上空无一人，只有沥青路面上的小冰碴，在上午阳光的照射下如钻石般闪烁。

芝加哥慢慢出现在眼前，如同缓缓袭来的偏头痛。首先，他们在乡村间行驶；然后，不知不觉间，路边突然冒出一个小镇；接着，经过一大片低矮的郊区房屋；最后，进入城市。

他们在一栋低矮的褐砂石建筑前停下车，人行道上的积雪已经清扫干净。他们走进门廊。星期三按下最上面那块金属铭牌旁的对讲键。没反应。他又按了一次，接着又试了试其他住户家的对讲键，还是没有任何回答。

"那个坏了。"一个骨瘦如柴的老妇人从台阶上走下来，"不能用了。我们打电话给管理员，问他什么时候来修，还有修暖气。可他一点都不关心，跑到亚里桑那州过冬去了，为了养他的肺病。"她说话的口音很重，影子猜她可能是东欧人。

星期三深深鞠了一躬。"卓娅，我亲爱的，请允许我说，再多的语言也无法形容你的美丽迷人。你真是容光焕发，一点儿也不显老。"

老妇人瞪着他。"他不想见你，我也不想见你。你总是带来坏消息。"

"因为事情如果不重要，我绝对不会亲自登门拜访。"

老妇人冷冷地哼了一声。她手里提着带拎绳的空购物袋，穿着老旧的红色外套，衣扣一直扣到下巴，满头灰发上戴着一顶绿色天鹅绒帽子，帽子的形状有点儿像花盆，又有点儿像面包。她满脸怀疑地审视着影子。

"这个大个子是谁？"她问星期三，"你又雇了一个杀手？"

"你的话伤透了我的心，好女士。这位绅士的名字叫影子。他是为我工作不假，但是为了你的利益。影子，我来为你介绍这位亲切可爱的卓娅·维切恩亚亚小姐。"

"很高兴认识您。"影子礼貌地打招呼。

老妇人像鸟一样盯着他看。"影子，"她说，"这是个好名字。太阳投下的影子拉长时，就到了属于我的时间。你长的可真是个又高又长的影子。"她上上下下地端详着他，笑起来。"你可以吻我的手。"她说着，伸出一只冰冷的手。

影子弯下腰，亲吻她瘦骨嶙峋的手背。她的中指上戴着一枚硕大的琥珀戒指。

"真是个好孩子。"她说，"我正要去买吃的。你看，我是家里唯一可以赚钱的人，剩下的两个不能靠预言来赚钱。因为她们只肯说真话，但真话不是人们最想听的东西。真话很伤人，让大家心里不舒服，于是再也不肯回来找我们算命了。不过，我可以对他们说谎话，说他们想听的话。我只说好听的预言。所以我才能带面包回家。你想在这里吃晚饭吗？"

"我希望有这个荣幸。"星期三马上说。

"那么你最好给我点钱，多买些吃的，"她说，"我是很清高，但我不傻。另外那两个比我更骄傲，而他是我们中间最骄傲的一个。所以，给我钱后，千万别告诉他们。"

星期三打开钱包，掏出一张二十美元的钞票。卓娅·维切恩亚亚一把抓了过去，然后继续等待。他只好又掏出二十美元给她。

"这还差不多。"她满意地说，"我们会像对待王子一样喂饱你，会像对待我们的父亲一样款待你。现在，上楼梯到顶层。卓娅·乌特恩亚亚已经起床了，但我们的另一个姐妹还在睡觉，所以上楼梯的时候别弄出太大的动静。"

影子和星期三顺着黑暗的楼梯爬上去。两层楼梯之间的平台上几乎堆满黑色的塑料垃圾袋，闻起来一股子腐烂的蔬菜味儿。

"他们是吉普赛人吗？"影子问。

"卓娅和她家人？当然不是。他们不是**罗姆人**[1]，他们是俄罗斯人。我觉得应该是斯拉夫人。"

"但是她给人算命。"

"很多人都可以给人算命。我自己也干过。"他们爬上最后一层楼梯时，星期三已经累得气喘吁吁了。"身体不行了。"

楼梯最顶一级通向一道漆成红色的门。门上有一个窥视用的猫眼。

星期三敲敲门，没有人回答。他又敲了一次，这次声音更大些。

"好了！好了！我听见了！听见了！"里面传出打开门锁、拔出插销的声音，还有安全门链哗啦哗啦响的声音。红色房门打开一小道门缝。

"是谁？"一个男人的声音问，是被烟草熏得粗哑的苍老声音。

"一个老朋友。岑诺伯格。还有我的同伴。"

门打开到安全门链允许的最大程度。影子看见一张隐没在阴影中的灰色面孔，向外窥视着他们。"你想干什么，格林尼尔[2]？"

"首先，很高兴能再次看见你们。我带消息来和你们分享。那句话怎么说来着？……哦，对了，你将会获知对你有利的好消息。"

房门终于敞开。穿着脏兮兮睡袍的这个男人个子矮小，一头铁灰色的头发，满脸都是皱纹。他穿着灰色细条纹裤子，穿的时间太久，磨得发亮。脚上穿着拖鞋。短粗的手指间夹着一支没过滤嘴的香烟，吸烟时手半握成拳形，覆在嘴巴上——影子觉得这种抽烟姿势很像囚犯或者士兵。他把左手伸向星期三。

"欢迎，格林尼尔。"

"这段时间大家叫我星期三。"他说着，和老人握手。

老人浅浅一笑，露出满口黄牙。"很有趣，"他说，"还有这位是……"

"这是我的同伴。影子，过来认识岑诺伯格先生。"

"很高兴认识你。"岑诺伯格说，他和影子握了握左手。他的手掌很

---

1 吉普赛人自称"罗姆"。

2 格林尼尔（Grimnir），在古北欧语系中有"戴斗篷兜帽者""戴面具者"的含义，是奥丁的众多名字之一。

粗糙，满是老茧，手指尖端全被烟草染成黄色，像被浸泡在碘酒中一样。

"你好吗，岑诺伯格先生？"

"不好。我老了，肠胃痛，后背也痛，每天早上咳得胸口都快炸开了。"

"干吗都站在门口说话？"一个女人的声音问。影子越过岑诺伯格的肩膀，看到站在他背后的那位老妇人。她比她的姐妹更加矮小瘦弱，但头发很长，依然保持着金黄色调。"我是卓娅·乌特恩亚亚，"她自我介绍，"别站在过道里，快进来，到客厅去，从这边走。我给你们泡咖啡去。快，快进来。"

他们穿过门厅，走进公寓套房，房间里充满了煮烂的卷心菜、猫砂和不带过滤嘴的外国香烟的味道。他们被领着穿过一条窄小的走廊，经过几道紧紧关闭的房门，走到走廊尽头的客厅。他们在客厅里那张又大又旧的马毛沙发上坐下，吵醒了正蜷在沙发上睡觉的灰色老猫。它伸了一个懒腰站起来，动作僵硬地走到沙发另一边，重新躺下，警惕地来回瞪着他们几个人，然后闭上眼睛继续睡觉。岑诺伯格在他们旁边的扶手椅上坐下。

卓娅·乌特恩亚亚找到一个空的烟灰缸，放在岑诺伯格身边。"你们想要什么口味的咖啡？"她问客人们，"我们喝的咖啡都是像夜晚一样漆黑，像罪恶一样甜腻。"

"那种很好，夫人。"影子说。他望着窗外街对面的建筑。

卓娅·乌特恩亚亚走开了。岑诺伯格看着她的背影。"她是个好女人，"他说，"不像她的姐妹们。其中一个贪婪成性，而另一个，每天做的事情就是睡觉。"他把穿着拖鞋的脚搭在一张低矮的长咖啡桌上，桌面上镶嵌着棋盘，上面到处是香烟灼烧的痕迹和杯子留下的水印。

"她是你妻子？"影子问。

"她谁的妻子都不是。"老人安静地坐了一阵，低头看看自己粗糙的双手，"我们是亲戚，一起来到这里，那是很久很久以前的事情了。"

岑诺伯格从睡袍口袋里掏出一包没有过滤嘴的香烟。影子不知道那是什么牌子。星期三从浅色西装口袋里掏出一只狭长的金制打火机，为老人点燃香烟。"最初我们到了纽约，"岑诺伯格接着说，"我们家乡的人全都到了纽约。后来，我们搬来这里，住在芝加哥。遇上的全是倒霉事，在老家，人们几乎忘记我的存在。在这儿，我像是一段糟糕的记忆，没人想记住我。你知道我刚到芝加哥时做什么工作吗？"

"不知道。"影子回答。

"我在肉食厂找到一份工作，在屠宰车间。阉牛顺着斜坡滑道过来时，我当砸脑袋的。知道为什么管我们叫砸脑袋的吗？因为我们拿着大铁锤，用它砸碎牛的脑袋。砰！胳膊有劲才能干这个活儿，明白吗？然后钩子工把牛的尸体用铁钩吊起来，割开它们的喉咙。他们先把牛血排干，再割掉牛头。我们这些砸脑袋的力气最大。"他拉高睡袍袖子，弯曲手臂，展示在衰老皮肤下依然可见的肌肉，"不光需要力气，那一锤还要有技巧。不懂窍门的话，牛只是被砸晕，或者发怒了。后来，到了五十年代，他们给我们换成钉枪，你把它举到牛的前额，砰！砰！你肯定以为，这下子任何人都可以杀牛了，不过事实并非如此。"他模仿铁钉从牛头穿过的动作，"还是需要技巧。"回忆往事让他微笑起来，露出一口铁锈色的牙齿。

"别再给他们讲杀牛的故事了。"卓娅·乌特恩亚亚用红色的木托盘托着他们的咖啡进来，咖啡盛在小巧的亮釉瓷杯里，颜色深得近乎黑色。她给大家每人一杯，然后坐在岑诺伯格身边。

"卓娅·维切恩亚亚去买东西了。"她说，"很快就回来。"

"我们在楼下碰见她了，"影子说，"她说她给人算命。"

"是的。"她妹妹说，"黄昏时分正是说谎的好时候。我不会说善意的谎言，所以我是不称职的预言者。而我们的妹妹，卓娅·波鲁诺什娜亚，她根本就不会说谎。"

咖啡比影子期望的更甜、更浓。

影子道声歉，进了房门入口旁的卫生间，这个像壁橱一样狭小的房间里挂着很多发黄的带镜框的照片。现在刚到下午时分，但天色已经开始渐渐暗了下来。外面客厅里传来争吵的声音。他匆匆地用冷水和味道恶心的肥皂片洗干净手。

影子出来时，岑诺伯格正站在客厅里。

"你带来了麻烦！"他咆哮着，"你只会带来麻烦！我不会听你的！你立刻从我家里滚出去！"

星期三依然镇定地坐在沙发里，喝着咖啡，抚摸着那只灰色的猫。卓娅·乌特恩亚亚站在单薄的地毯上，一只手紧张不安地缠绕着她长长的金发。

"有什么问题吗？"影子好奇地问。

"他就是问题！"岑诺伯格怒吼，"他就是！你告诉他，无论如何我都不会帮他的！我要让他出去！叫他立刻滚蛋！你们两个都滚出去！"

"求求你，"卓娅·乌特恩亚亚说，"小声点。你会把卓娅·波鲁诺什娜亚吵醒的。"

"你和他一样疯！你想让我也加入他的疯狂计划！"岑诺伯格继续吼叫，一副马上快要哭出来的表情。一截烟灰从他香烟上落下来，掉在陈旧的地毯上。

星期三站起来，走到岑诺伯格面前。他把手放在岑诺伯格的肩上。"听着，"他镇定地说，"首先，这不是在发疯，这是唯一的解决办法。其次，大家都会去，你不希望自己被甩下，是不是？"

"你知道我是谁，"岑诺伯格说，"你也知道我这双手干过什么！你想要的是我兄弟，不是我。但他已经不在了。"

走廊里的一道门打开了，一个睡意朦胧的女人声音在问："出什么事了？"

"没事的，我的好妹妹。"卓娅·乌特恩亚亚说，"回去接着睡吧。"她转向岑诺伯格。"看见没有？看看你的大吼大叫干了什么好事！过去安静坐下！坐下！"岑诺伯格似乎想要争辩几句，但他身上那股好斗劲儿过去了。突然之间，他显得很虚弱。虚弱，而且孤独。

三个男人在破旧的客厅里重新坐下。房间里缭绕着一圈棕褐色的烟，消失在距离房顶一英尺的地方，就像老式浴缸里的水印。

"这计划没有你可不行。"星期三语调平静地对岑诺伯格说，"如果说你兄弟能胜任，你同样可以胜任。你们这对二元一体的兄弟，比我们任何人都更胜任。"

　　岑诺伯格什么都没说。

　　"说到贝勒伯格，你听到什么关于他的消息吗？"

　　岑诺伯格摇摇头。他垂下视线，看着磨得破破烂烂的地毯说道："没人听说过他的消息。我几乎被人遗忘了，但是，在我们家乡，还有这里，虽然很少，还是有人记得我。"他抬头看着影子。"你有兄弟吗？"

　　"没有，"影子回答说，"据我所知没有。"

　　"我有一个兄弟。他们总说，我们两个站在一起时，看上去就像同一个人。我们年轻的时候，他有一头淡金色的金发，人们说他是我们两人中完美的那个。我的头发是黑色的，比你现在的头发还要黑，人们说我是粗野的那个。你明白吗？我是两兄弟中的坏家伙。过了这么久，我的头发变成了灰色。我想他的头发应该也变成灰色了。现在你再来看我们，你不知道到底谁是金发、谁是黑发。"

　　"你们关系亲密吗？"影子问。

　　"亲密？"岑诺伯格反问，"不，我们一点儿也不亲密。我们俩怎么可能关系亲密？我们俩性格完全不同。"

　　门厅那头传来开门的声音，卓娅·维切恩亚亚走进来。"晚饭一个小时后好。"她说完就走开了。

　　岑诺伯格叹息一声。"她以为自己是个好厨师，"他说，"她从小娇生惯养，有仆人做饭。可现在，仆人没有了，什么都没有了。"

　　"并不是什么都没有了，"星期三说，"不会永远一无所有的。"

　　"你，"岑诺伯格说，"我不想听你说话。"他转向影子。"你会下棋吗？"他问。

　　"会一点。"影子说。

　　"很好。你可以和我下棋。"他说着，从壁炉上面拿下来一个木头的跳棋盒子，把里面的棋子倒在桌子上，"我执黑子。"

星期三碰碰影子的胳膊。"你知道，你不是非下不可的。"他说。

"没问题。我想玩玩。"影子说。星期三耸耸肩，不去管他，从窗台上一小堆发黄的杂志里拿起一本过期很久的《读者文摘》。

岑诺伯格棕黄的手指已经在棋盘上摆好棋子，游戏开始了。

接下来的几天，影子发觉自己常常回想起那盘棋。有几晚甚至还梦到了。他拿的扁圆棋子是又旧又脏的木头原色，名义上的白棋。岑诺伯格拿的是黯淡褪色的黑棋。影子先手。在他的梦中，他们下棋时彼此没有交谈，只有砰砰的巨大落子声，还有棋子从一格滑到相邻一格时的木头摩擦声。

最初的几步，两个人都抢着占领棋盘中间和边缘的位置，还没有触及彼此的后方。每走一步都要停顿很久，像真正的棋手一样观看局势、谨慎思考。

影子在监狱里时玩过跳棋，用来打发时间。他也玩过国际象棋，但他的性格气质不适合国际象棋，他不喜欢预先规划整盘棋局。他更喜欢在当前走出完美一步棋的那种感觉。玩跳棋，有时候可以靠这种方法赢。

岑诺伯格拿起一枚黑色棋子，猛地跳到影子的白色棋子上，毫不留情地吃掉它，占据对方的阵地。老人把影子的白色棋子捡起来，放在桌边。

"死了一子。你输定了。"岑诺伯格得意地说，"这局结束了。"

"还没有呢，"影子说，"游戏才刚刚开始。"

"那你敢不敢和我打赌？一个小小的赌注，让棋局更好玩一点？"

"不行，"星期三突然插嘴，甚至没从杂志的幽默笑话专栏上抬起头来，"他不会和你打赌的。"

"我没和你下棋，老头子。我和他玩呢。那么，愿意赌一赌这盘棋的输赢吗，影子先生？"

"你们两个之前在吵什么？"影子问。

岑诺伯格挑起眉毛，额头上满是皱纹。"你的主人想让我和他一起去，去帮助他实现那个疯狂计划。我宁死也不愿帮他。"

"你想打赌，那好，如果我赢了，你就和我们一起走。"

老人不屑地一撇嘴。"也许吧，"他说，"如果你真能赢我的话。如果你输了呢？"

"那怎样？"

岑诺伯格的表情没有丝毫变化。"如果我赢了，我就要用一把大铁锤，一锤子把你脑浆敲出来。你先跪下，然后让我敲上一锤，这样你就再也不用费事站起来了。"影子仔细看着老人的脸，试图从他脸上的表情中读出些什么。他并不是在开玩笑，影子对此十分肯定：老人的脸上有一种极度的渴望，那是渴望痛苦、渴望死亡，或者渴望惩罚的表情。

星期三合上手中的《读者文摘》。"事情越来越荒唐可笑了，"他说，"看来，来这儿是个错误的决定。影子，我们现在就离开。"那只灰猫受到了惊吓，站起来，跳到棋盘旁的桌子上。它瞄了一眼棋子，然后跳到地板上，尾巴高高竖起，昂首挺胸地走过房间。

"我不走。"影子拒绝说。他不害怕死亡。毕竟，生活中再也没剩下什么值得他为之努力活下去的东西。"没问题。我接受赌注。如果你赢了这盘棋，你就有机会用你的大铁锤一锤敲碎我的脑袋。"说着，他移动己方的白色棋子，往棋盘上两军交接的地方移动一步。

谁都不再说话了，就连星期三也没有再拿起他的《读者文摘》看。他的玻璃假眼和真眼一起盯着棋局，脸上没有露出任何表情。

岑诺伯格又吃掉影子的一个棋子，影子则吃掉岑诺伯格的两个棋子。从走廊那边传来不知道是什么饭菜的味道，虽然那味道一点也不吸引人，但影子却突然意识到自己有多么饥饿。

两个人继续下棋，黑子白子依次落下，你来我往彼此争锋相对。一连串棋子被吃掉了，好几个棋子触对方底线升级成王，不必每次只向前一步，或者左右斜走闪避对方了。王可以自由前进或后退，威胁性扩大了整整两倍。棋子只要成功深入到对方的底线，就获得自由来往的权利。现在，岑诺伯格拥有三个王，影子有两个。

岑诺伯格的一个王在棋盘周围游走，吃掉影子剩下的棋子，另外两个王用来对付影子的王，逼他投降认输。

接着，岑诺伯格又升级了第四个王，转过头来一起对付影子的王，脸上没有一丝笑容地吃掉了影子的两个王。游戏结束了。

"好了，"岑诺伯格说，"我就要敲碎你的脑袋了，你可以自愿跪下。太好了。"他伸出苍老的手，拍拍影子的胳膊。

"晚饭准备好之前，我们还有时间，"影子说，"还想再来一盘棋吗？条件不变。"

岑诺伯格用火柴又点了一根香烟。"怎么可能条件不变呢？难道你想让我杀你两次？"

"现在，你只能敲一次，就这么多。你告诉过我，这活儿不仅需要力量，更需要技巧。如果这次你也赢了，你就有两次机会敲烂我的脑袋。"

岑诺伯格对他怒目而视。"一锤就可以搞定，一锤！这就是艺术。"他用左手拍拍右手上臂，显示那里的肌肉还很结实，弄得烟灰全都落在手上。

"时间过了这么久。如果你的技巧生疏了，你可能只是一锤把我打伤。你最后一次在屠宰场里挥动锤子是什么时候？三十年前？四十年前？"

岑诺伯格什么都没说。紧闭的嘴巴像在脸上划过的一道灰色疤痕。他的手指在木桌上有节奏地轻轻敲击着，然后，他把二十四枚棋子重新一一摆上棋盘。

"下棋，"他说，"再来一局。你还是白棋，我是黑棋。"

影子刚走第一步，岑诺伯格也紧接着走了一步。影子突然发现，岑诺伯格想完全照抄刚才赢的那盘棋的下法来下这盘棋，而这正是他的弱点。

这一局棋，影子不再有任何顾忌。他抓住每一次小小的机会，不再思考，完全凭本能下棋，没有一丝停顿。下这一局棋时，影子始终在自信地微笑；岑诺伯格每走出一步棋，他的笑容就更大一分。

没过多久，岑诺伯格每次落子时都越来越用力，砸得木头棋桌砰砰直响，震得其他棋子都在方格里不停抖动。

"吃你一子。"岑诺伯格说着，黑子砰地一声落下，吃掉影子的一个棋子，"看见了吗？看你还有什么话好说。"

影子什么都没说，只是微微一笑，棋子连跳，吃掉岑诺伯格刚刚落下的黑子，然后再吃一个，又一个，一连吃掉四个子，将棋盘中央的黑棋彻底清理干净。他的一个棋子触及对方底线，升出一个王。

剩下的基本就是扫尾工作了。再走几步，这局棋就结束了。

影子问："玩第三局吗？"

岑诺伯格只是瞪着他，灰色眸子像钢珠一样。突然，他哈哈大笑起来，用力拍打影子的肩膀。"我喜欢你！"他宣布说，"你很有种。"

卓娅·乌特恩亚亚把头伸到门口，告诉他们晚饭准备好了，他们得清理好桌面的棋子，放好桌布。

"我们没有吃饭用的餐厅，"她解释说，"很抱歉，只好在这里吃饭。"

盛着饭菜的碟子摆在桌子上，每人分到一个小小的漆托盘，用来放在腿上，托盘上面是已经失去光泽的餐具。

卓娅·乌特恩亚亚拿了五个木头碗，里面各放一个没有削皮的煮马铃薯，再舀进颜色浓重的罗宋汤，最后在汤上加一勺白色酸奶油。她把碗递给每个人。

"我还以为有六个人吃饭呢。"影子说。

"卓娅·波鲁诺什娜亚还在睡觉，"卓娅·乌特恩亚亚解释说，"我们把她的饭菜放在冰箱里。等她睡醒了自己吃。"

罗宋汤带一点酸味，有点像腌过的甜菜。马铃薯太老了，煮成了粉末状。

下一道菜是咬不动的炖肉，配有绿色蔬菜——但因为煮得过久过烂，变成了褐色的蔬菜糊糊，无论怎么联想都不像绿色蔬菜。

接下来是卷心菜肉卷，里面包裹着猪肉和米饭。卷心菜叶子太韧，几乎没法顺利把它切开而不把里面的肉沫和米饭溅出来。影子把自己的那份推到盘子旁边没有吃。

"我们刚才下棋来着，"岑诺伯格说着，又挖下一大块炖肉，"这个年轻人和我下的。他赢了一局，我也赢了一局。因为他赢了一局，所以我同意跟他和星期三走，帮他们实现那个疯狂计划。同时因为我也赢了一局，所以等这里的事都结束之后，我就要杀了他，用我的铁锤敲掉他脑袋。"

两个卓娅都表情严肃地点点头。"太可怜了。"卓娅·维切恩亚亚说，"如果我给你算命的话，我就要说你会长命百岁，生活幸福快乐，还会有很多孩子。"

"所以你才能成为优秀的算命师。"卓娅·乌特恩亚亚说。她看上去快要睡着了，似乎正努力打起精神才能坚持到现在，"你总是拣好听的谎言说。"

这是一顿漫长的晚餐，等到结束时，影子还是觉得很饿。监狱里的饭菜很难吃，但还是比这一顿要好吃得多。

"饭菜不错。"星期三说，他吃干净盘子里的所有食物，一脸极其明显的愉快表情。"我要好好感谢你们几位女士。现在，恐怕我们还要麻烦你们介绍介绍附近有什么好旅馆。"

卓娅·维切恩亚亚看上去好像被他得罪了一样。"为什么住旅馆？"她责问，"难道我们不是你们的朋友吗？"

"我不好意思再麻烦你们……"星期三说。

"一点都不麻烦。"卓娅·乌特恩业亚说，一只手玩弄着她那与年龄不相称的金黄色秀发，她打了一个哈欠。

"你可以睡在贝勒伯格的房间里，"卓娅·维切恩亚亚指指星期三，"反正也是空的。至于你，年轻人，我可以在沙发上给你铺张床，我发誓你会觉得比睡在羽绒床上还舒服。"

"你真是太好心了。"星期三说，"我们衷心接受你的一片好意。"

"而且，你们只需付我一点点住宿费，比旅馆的收费可便宜多了，"卓娅·维切恩亚亚说着，得意扬扬地甩了甩头，"只要一百美元。"

"三十。"星期三和她讨价还价。

"五十。"

"三十五。"

"四十五。"

"四十。"

"好了，四十五。就这么定了。"卓娅·维切恩亚亚越过桌子，和星期三握握手。她开始收拾桌上的碗碟。卓娅·乌特恩亚亚打的哈欠那么大，影子甚至担心她的下巴会脱臼，她宣布说自己得赶快回房间睡觉，否则就要倒在甜品派里呼呼大睡了。然后，她和他们每个人都道了晚安。

影子帮卓娅·维切恩亚亚把用过的杯碗盘碟收拾到狭小的厨房里。他出乎意料地发现洗碗槽下面居然还有一台老式洗碗机，于是把盘碟都放了进去。卓娅·维切恩亚亚越过他肩膀看见了，发出不满的嘘声，把木头做的罗宋汤碗拿了出来。"这些，放在洗碗槽里。"她吩咐他。

"抱歉。"

"别介意。好了，来吧，我们还有饭后甜品派呢。"她说着，从烤箱里取出一个派。

那个派—— 一个苹果派——是从商店里买来的，刚刚在烤箱里加热过，非常非常好吃。他们四个人就着冰淇淋吃完苹果派。然后，卓娅·维切恩亚亚叫大家离开客厅，在沙发上为影子铺了一张看起来很舒服的床。

他们站在走廊里时，星期三和影子小声交谈着。

"你在这里干的，下棋那件事。"他说。

"怎么了？"

"干得实在太棒了。你那么做真的非常非常蠢。不过真的很棒。好了，好好睡吧。"

影子在小卫生间里用冷水刷牙洗脸，穿过走廊走回客厅，关上灯。他的头刚沾上枕头，就睡着了。

影子的梦中有无数爆炸：他正驾驶一辆卡车冲过雷区，炸弹在车子两旁炸开。挡风玻璃碎了，他感到温热的血从脸上淌下来。

有人正向他射击。

一颗子弹穿透他的肺，一颗子弹打碎他的脊椎骨，还有一颗子弹射中他的肩膀。他感觉到每颗子弹都射中他的痛处，他倒在失控的方向盘上。

最后一声爆炸后，一切都陷入黑暗中。

我一定是在做梦，影子孤独地沉浸在一片黑暗中，心想。*我好像死掉了*。他记起自己还是个孩子时曾经听人说过，而且自己也相信的一件事情，那就是当你在梦中死掉时，你在现实中也会死掉。但他并没有感到自己死了，尝试着睁开双眼。

狭小的客厅里有一个女人，她站在窗边，背对着他。他的心脏停顿了一拍。"劳拉？"

她转过身来，身影在月光下勾勒出轮廓。"很抱歉，"她轻声说，"我不是有意要吵醒你的。"她的语音轻柔，带着东欧口音，"我这就离开。"

"不，没关系。"影子说，"你并没有吵醒我。我刚做了个噩梦。"

"我知道，"她说，"你在叫喊，还在呻吟。我有些想叫醒你，但后来又想，不，我还是别打扰他的好。"

在淡淡的月光下，她的头发苍白无色。她穿着一件很薄的白色棉布长睡袍，高高的领子上镶嵌着蕾丝花边，下摆缀着褶边。影子站起来，完全清醒过来。"你是卓娅·波鲁……"他迟疑片刻，"就是那个一直在睡觉的妹妹。"

"你说得对，我是卓娅·波鲁诺什娜亚。你叫影子，是不是？是卓娅·维切恩亚亚在我醒来后告诉我的。"

"对。你在这里看什么呢？"

她看了他一眼，然后伸手招呼他过去，和她一起站在窗边。他起身穿裤子时，她转过身去。他走过去，尽管房间很小，但他仿佛花了很长时间才走到她身边。

他看不出她的真实年龄。她的肌肤上没有一丝皱纹，眼睛黑亮，长长的睫毛，一头长及腰部的秀发竟然是银白色的。月光冲淡了所有的颜色，让他们两个人都像幽灵一般。她的个子比她的两个姐姐都要高。

她伸手指向夜空。"我正在看那个呢。"她说着，指着北斗七星，"看见了吗？"

"大熊星座。"他回答说。

"在这里看，它像大熊。"她说，"但在我的家乡，它的形状有所不同。我要坐到屋顶上看它，愿意和我一起来吗？"

"我想可以。"影子说。

"很好。"她说。

她打开窗户，光着脚爬了出去，站在外面的消防逃生梯上。一阵冷风从窗户吹进来。有什么事情让影子感到迷惑不安，但是他不知道到底是什么。他犹豫了一下，然后穿上毛衣、袜子和鞋，跟着她来到外面生锈的消防逃生梯。她站在那里等着他。他的呼吸在寒冷的空气中凝成一片白雾，他看着她赤裸的双脚踏着冰冷的铁阶梯，然后，他跟着她一起往屋顶上爬。

寒风阵阵，将她的睡袍吹得贴在身体上。影子不太自在地意识到，卓娅·波鲁诺什娜亚在睡袍下面没有穿任何东西。

"你不怕冷吗？"他问。此时他们正好爬到消防楼梯顶，呼啸的风声压过他的说话声。

"你说什么？"

她弯下腰，脸凑近他。她的呼吸带着一丝甜味。

"我说，你不怕冷吗？"

作为回答，她举起一根手指：等等。她轻巧地迈过楼顶边缘，走到平坦的屋顶上。影子有些笨拙地跟着迈过去，跟着她走过楼顶，走到水塔的阴影里。那里有一张木头长椅。她坐下来，他也坐在她身边。

水塔成为挡风的盾牌，这让影子觉得很高兴。城市的灯光将夜空模糊成一片黄色，淹没了无数能在郊外开阔田野里看到的星星。尽管如此，他还是能看到大熊星座和北极星，还找到猎户星座腰带上的那三颗星星，帮他定位出猎户星座的位置，他总觉得那个星座看起来好像一个正在奔跑着踢足球的人……

"不，"这时她才回答，"我不怕冷。这段时间是属于我的时间：在夜晚我不会觉得有任何不安，如同鱼儿不会在水中感到任何不快一样。"

"你一定很喜欢夜晚。"影子说着，暗自希望自己能说出一些更有智慧、更有深度的话。

"我的姐姐们各有属于她们自己的时间。卓娅·乌特恩亚亚是属于黎明的。在我们家乡，她负责起床打开大门，让我们的父亲驾驭他的——哦，我忘记那个词怎么说了。一部车子，用马来拉的。"

"双轮战车？"

"双轮战车。我们的父亲驾驭着双轮战车出门。卓娅·维切恩亚亚负责在黄昏为他打开大门，迎接他回到我们身边。"

"那你呢？"

她停了下来。她的嘴唇丰满，但苍白毫无血色。"我从来没有见过我父亲。我一直在睡觉。"

"因为你生病了？"

她没有回答，只是令人难以察觉地轻轻耸了耸肩。"刚才，你想知道我到底在看什么。"

"北斗七星。"

她伸出手臂指向它。寒风把她的睡袍刮得贴到皮肤上。在那一瞬间，她的乳房，还有乳晕周围小小的鸡皮疙瘩，全都贴在白色棉布上，清晰可见。影子不由自主地打了一个冷战。

"人们把它叫作奥丁的马车，也叫大熊星座。在我家乡，我们相信有一个魔怪，不是神，但是有点像神，是一个邪恶的怪物，被锁链捆绑着，禁锢在那个星座上。如果它挣脱锁链逃跑了，就会吞噬世上的一切。负责看守天空的是三姐妹，她们整日整夜地看守着。一旦那个囚禁在星星上的怪物逃脱了，整个世界就要被毁灭。'扑'的一声，就像那样完蛋了。"

"人们竟然相信那种传说？"

"他们相信。很久很久以前，他们相信。"

"所以你一直在看，想看自己能否看到星星上的怪物？"

"差不多是吧。你说对了。"

他笑起来。如果不是天气太寒冷的话，他一定会以为自己是在做梦。周围发生的一切，感觉就像一场梦。

"我能问你多大年纪了吗？你的姐姐们看起来都很老了。"

她点点头。"我是最年轻的一个。卓娅·乌特恩亚亚在早晨出生，卓娅·维切恩亚亚在傍晚出生，而我，是在午夜出生的。我是属于午夜的妹妹：卓娅·波鲁诺什娜亚。你结婚了没有？"

"我妻子去世了。上周出车祸死了。昨天是她的葬礼。"

"我很遗憾。"

"昨天晚上她来看望我了。"把这秘密说出来并不困难，在黑暗的夜晚和柔和的月光下，白天想都不敢想的东西，现在说出来却是如此的自然。

"你问她想要什么了吗？"

"没有。我没有问。"

"也许你应该问问她。向死人提问是最明智的选择。有时候他们会告诉你真相。卓娅·维切恩亚亚告诉我你和岑诺伯格下棋玩了？"

"是的，他赢得了用锤子敲碎我脑袋的权利。"

"在过去的日子里，他们总是把人带到山顶，带到高地上。他们用石头敲碎活人祭的牺牲者的后脑，向岑诺伯格献祭。"

影子忍不住看了看周围。没有人，屋顶上只有他们两人。

卓娅·波鲁诺什娜亚哈哈大笑起来。"傻瓜，他当然不在这里。不过你也赢了一盘棋。在这一切都结束之前，他不会敲碎你脑袋的。他保证过先不杀你的。想杀的时候你自然就会知道。就像他杀掉的那些牛一样，它们总是第一个知道死亡即将来临。否则就一点意思都没有了，不是吗？"

"我感觉，"影子对她说出真心话，"我好像进入了一个拥有自己一套逻辑的世界中，这个世界有属于自己的规则。这就好像做梦的时候，就算在梦里，你也知道有你不能破坏的规则，但是你根本不知道规则到底是什么，或者规则意味着什么。我搞不清我们现在谈论的话题，搞不清今天到底发生了什么事情，自从出狱之后，很多事情我都搞不清了。但我正在努力适应这个世界的规则，你明白我的意思吗？"

"我明白。"她说着，用冰冷的手握住他的手，"有人曾经给过你保护的力量，但你已经失去它了，你放弃了那份力量，你曾经将太阳的力量握在手中，那是生命的力量。我能给你的保护力量要虚弱许多，是来自女儿，而不是父亲的保护。但有点保护总比没有的强，对吧？"她的白发被寒风吹起，飘拂在脸上。影子觉得该回屋里了。

"我也要和你打一架吗？还是也比赛下棋？"他傻乎乎地问。

"你甚至都不必吻我，"她告诉他说，"就能拿走月亮。"

"什么？"

"拿走月亮。"

"我不明白。"

"看着。"卓娅·波鲁诺什娜亚说。她举起左手，放在月亮前，拇指和食指好像正捏住月亮的边缘。然后，手指轻柔地一动，仿佛扯了一下高挂天空的月亮。就在那一刻，她似乎真的把月亮从夜空中摘了下来。可紧接着，影子就看到月亮依然在天空散发光芒。卓娅·波鲁诺什娜亚张开手掌给他看，食指和拇指间捏着一枚纯银的印有自由女神头像的一美元硬币。

"干得真漂亮。"影子惊叹，"我没看到你是怎么把硬币藏在手里的，也没看明白最后那一下是怎么变的。"

"我没有把它藏在手中，"她说，"我摘下了月亮。现在，我把它送给你，好好保护它。给你，这次不要再送给别人了。"

她把银币放在他右手掌心里，合上他的手指，让他握住它。银币在他手中感觉冷冷的。卓娅·波鲁诺什娜亚俯过身来，手指轻轻合上他的眼睛，然后吻了他，在他双眼的眼皮上各吻了一下。

影子在沙发上醒过来，发现自己全身上下穿戴整齐。一道狭长的阳光从窗户透进来，灰尘在阳光中飞舞。

他起身下床，走到窗户前。白天日光照射下，房间显得更加小了。

从昨晚到现在，有什么东西一直困扰着他。当他向外张望外面的街道时，这份困扰突然变得清晰起来：窗外根本就没有消防逃生梯。没有阳台，也没有生锈的金属梯子。

可是，依然被他牢牢抓在手心、在白天阳光下闪闪发光的，正是那枚1922年制造的有自由女神头像的一美元银币。

"哦，你起床了。"星期三从房门口探进头，"太好了。想喝咖啡吗？我们就要去抢劫银行了。"

来到美国
1721年

艾比斯先生在他的皮面笔记本上写道，要了解美国的历史，你必须知道一件最重要的事情：美国历史是虚构的，是用炭笔画出来的简笔画，专门给小孩子，或者容易厌烦的人看的。因为，美国历史的绝大部分都是未经检验、未经想象和未经思考的，只是真实事物的表象，但不是真实事物的本身。作为虚构，它还是不错的，他继续写道，停了一下，把笔尖伸进墨水瓶沾满墨水，顺便理清自己的思路，这个虚构的历史说，美国是由朝圣者们所建造的，他们希望并且相信，在这里可以寻找到自由。他们来到美国，迁移到各地，生下后代，填满空旷的土地。

事实上，美国殖民地是被当作倾倒社会渣滓的垃圾场和逃脱死刑的地方而存在的，是一块被遗忘的土地。在那个年代里，在伦敦，你可能只因为偷了十二便士，就被吊死在泰伯恩刑场的绞刑架上。在这种情况下，美国流放地就成为了仁慈的象征，成为人生的第二次机会。但是，相较条件恶劣的流放，有些人觉得还不如从绞刑架往下一跳、双脚在空中来回乱蹬，直到蹬不动为止更容易一些。所谓流放，可能是五年，十年，甚至是一辈子。全由判决决定。

你被卖给一个船长，搭乘他的船（船舱挤得像奴隶船），然后就来到了美国殖民地，或者西印度群岛。下了船，船长就会把你当作契约仆人卖掉，你将用劳动来偿付买主付出的价格，直到契约期满为止。但这样，你至少不用在某个英国的监狱里等着被吊死（那时候，监狱只是暂时关押犯人的地方，不是服刑的地方。你在监狱里蹲着，直到获释、被流放，或者被吊死）。契约期满后，你就可以重获自由，开始自己的新生活。你还可以贿赂船长，在你流放期满之前就把你偷偷运回英国。有人就这样做过。但是，只要有人发现你私自从流放地返回，比如说旧日的死对头，或者有宿怨的老朋友，看见你并且告发你，你就会毫不犹豫地被绞死。

这令我想起艾茜·特瑞格温的一生。他停顿片刻，从壁橱里拿出一个红褐色的大墨水瓶，把墨水灌进桌上的小墨水瓶里，笔尖蘸蘸墨水，继续写下去。她来自英国西南部康沃尔郡寒冷悬崖边上的一个小村庄，她的家族在那里生活了不知道有多久。她父亲是渔民。可笑的是，他同时还是一个打劫船难的家伙。每当风暴即将来临时，他们把灯高高挂在危险的悬崖暗礁上，引诱船只撞上暗礁，然后夺取船上运载的货物。艾茜的妈妈在当地乡绅的家中做厨娘。十二岁的时候，艾茜也开始在那里干活，在洗碗间工作。她是一个瘦弱的小丫头，长着大大的棕色眼睛和棕黑色的头发。她干活并不积极，总是偷偷溜出来，缠着别人讲故事和传说给她听：关于比奇斯小精灵和保护者、荒野上的黑狗，还有在海边徘徊的穿海豹皮的女人的故事。每天晚上，在厨房里干活的人总是不顾乡绅的嘲笑，把一瓷碟最香滑的牛奶放在厨房门外，给比奇斯小精灵喝。

几年过去了，艾茜早已不是那个瘦弱的小丫头了。现在的她曲线玲珑，仿佛蓝色大海上的波涛一样起伏有致，一双棕色的大眼睛总是含着微笑，栗色的秀发卷曲着披在肩头。看到乡绅十八岁的儿子巴瑟罗曼时，艾茜的眼睛亮了起来。那时他刚从拉格比市回到家。那天晚上，她走到树林边上耸立的巨石旁，把巴瑟罗曼吃剩下的面包放在石头上，面包外还缠绕着她的一束头发。第二天，巴瑟罗曼就开始借故找她说话，满意地打量着她。当时，她正在他的房间里清理壁炉，外面的天空是暴风雨来临前那种充满危险的蓝色。

艾茜·特瑞格温说，他有一双如此迷人而危险的眼睛。

没过多久，巴瑟罗曼到剑桥大学上学了。当艾茜的肚子越来越大时，她被开除了。但是孩子还是被生了下来。艾茜的妈妈是个相当优秀的厨娘，为了给她一个面子，乡绅的妻子说服丈夫，让艾茜这个前女仆回到她原来在洗碗间的位置上。

尽管如此，艾茜对巴瑟罗曼的爱情已经转变成对他全家人的仇恨。很快，她找了邻村的一个男人做她的新情人。那家伙叫乔西亚，名声很差。一天晚上，乡绅全家人都睡着了，艾茜在半夜起来，打开侧门的门门，让她的情人进来。趁着这家人睡觉，他把家里财物洗劫一空。

嫌疑很快落到在宅子里干活的某人身上，很显然，这是有内贼打开了门（乡绅的妻子坚持说她亲自锁上了门闩）。肯定有人知道哪里是乡绅放银器的地方，还有他放钱币、期票的抽屉。艾茜坚决否认任何怀疑，直到乔西亚·霍尼尔被抓。他当时正在埃克塞特市的一个杂货店里，准备把乡绅的一份票据转卖给别人。乡绅认出了自己的票据，结果霍尼尔和艾茜都被送上了审判席。

那个时代的刑法非常残忍，常常草菅人命，霍尼尔在当地法院被判死刑。但是法官很同情艾茜，因为她年轻，或是因为她有一头栗色的秀发，他只判处她流放七年。她被押送到一艘叫"海王星号"的船上，船长名叫克拉克。就这样，艾茜出发前往卡罗莱纳州。在路上，她说服船长成为她的同谋，带她一起返回英国。她要做他的妻子，和他一起去伦敦他母亲的家，那里没有人会认出她来。返航的时候，装犯人的货舱装满棉花和烟草。对于船长和他的新娘来说，这是一段平静安宁、充满快乐的航程。他们好像一对爱情鸟，或是比翼双飞的蝴蝶，无休无止地拥抱对方、向对方赠送表达爱意的小礼物，沉醉其中。

抵达伦敦后，克拉克船长把艾茜安置在他母亲家，老妇人把她当作儿子的新婚妻子，接受了她。八周之后，"海王星号"再次出航，一头栗色秀发的年轻漂亮的妻子，在码头挥别自己的丈夫。然后，她回到婆婆家，老夫人正好不在家，于是艾茜自己动手，拿了一匹丝绸、一些金币，还有一个老夫人放纽扣用的银罐。把这些东西打包之后，艾茜就消失在伦敦的妓院里。

又过了两年，艾茜成为一个熟练的商店扒手，宽大的裙子下面可以隐藏许多赃物，她主要偷丝绸和昂贵的蕾丝花边，生活得还不错。艾茜将她的成功脱逃归功于小时候听过的故事里的所有精灵们，特别是比奇斯小精灵（她很肯定，他的影响力已经扩展到伦敦来了）。每天晚上，她都把一木碗牛奶放在窗台上。尽管她的朋友们都嘲笑她，但她无疑是笑到最后的一个。她周围的朋友纷纷得了梅毒或淋病，但艾茜还是健康得活蹦乱跳的。

她十九岁那年，厄运还是降临了：她坐在舰队街旁边的十字叉子酒馆，就在贝尔广场不远处。这时，她看到一个年轻人走进来坐在壁炉旁，显然是刚从大学里毕业的。太好了！飞来的肥鸽子，正好拔毛下锅，艾茜暗想。她坐到他身边，告诉他说他是一个多么可爱的年轻人，她的一只手搭在他的膝盖上，另一只手则小心翼翼地去摸他的怀表。就在这时，他仔细端详着她的脸，她的心脏猛地一跳，然后向下沉去。仿佛夏日雷雨来临前的晴空中那抹危险蓝色的眼睛，再次凝视着她的双眼。然后，巴瑟罗曼少爷叫出她的名字。

她因私自从流放地归来而被关进伦敦西门监狱。艾茜被判有罪，她提出申诉说自己怀孕了，恳求减轻刑罚。监狱里的女舍监见过很多类似这种的申辩理由，但通常都是捏造的。令人意外的是，检查之后，她们不得不承认艾茜真的怀孕了。至于孩子的父亲到底是谁，艾茜始终不肯吐露。

她的死刑再一次被改为流放，但这一次是终身流放。

这次她搭乘的是"**海洋处女号**"，船上一共有两百名流放犯，都被关在货舱里，像是一群运到市场上去贩卖的肥猪。流感和热病在犯人待的货舱里蔓延，货舱里拥挤得几乎无法坐下，更不要说躺着了。有个女人在货舱后面生孩子的时候死掉了，犯人们挤得那么紧，甚至无法把她的尸体从里面运出来。最后她和她死掉的婴儿一起，被人们从货舱后面的一个小舷窗推了出去，直接抛进波涛起伏的大海中。艾茜已经有八个月身孕了，她奇迹般地保住了胎儿。

在以后的一生里，她经常在做噩梦时梦到自己还待在那个货舱里，然后在尖叫声中醒来，喉咙中仿佛还弥留着当时的感觉和恶臭。

"**海洋处女号**"在弗吉尼亚州诺福克港口停靠，艾茜的卖身契被一个小种植主买下来。他是一个种烟草的农夫，名叫约翰·理查德森。他的妻子在生下女儿一周后，死于产后热，所以他的家里急需一个奶妈和做所有家务的女仆。

艾茜给自己的男婴起名叫安东尼，后来她说，她最后一任丈夫就是这孩子的父亲（她知道这里没有人可以反驳她的说法，说不定她真的认识一个叫安东尼的男人）。她的儿子和费丽达·理查德森一起喝她的奶水长大。她雇主的孩子总是优先得到哺乳，所以她长成了一个健康的孩子，高挑强壮。而艾茜自己的儿子，由于只能喝剩下的奶水，长得瘦小虚弱，像得了佝偻病。

孩子们不仅喝她的奶水，还从她那里听来了那些传说故事：住在矿井下面的蓝帽子和诺克精灵；莆克，最爱恶作剧的精灵，它们比塌鼻子、红头发的比奇斯小精灵还要危险；至于比奇斯小精灵，渔夫们总把捕捉到的第一条鱼留在岸边给它们，在收割的季节，新烤出来的块条面包也要放在地里给它们，乞求能有一个好收成；她还给他们讲苹果树精的故事：老苹果树成精后就开口说话，只有收获的第一桶苹果酒才能安抚它们的怨气，把苹果酒倒进它们的根里，它们才会保证你第二年能有好收成。她用康沃尔郡的绵软腔调给他们讲故事，告诉他们要提防古老歌谣里唱到的那些树：

> 榆树会沉思，
> 橡树会记仇，
> 柳树人会四处走，
> 如果你深夜在外要警惕。

她把所有这些故事都告诉他们，他们完全相信，因为她自己就坚信不移。

农场慢慢兴旺起来。艾茜·特瑞格温开始每天晚上把一小碟牛奶放在房子后门外面，献给比奇斯小精灵们。八个月后，约翰·理查德森轻轻敲响艾茜的房门，走了进来，问她能否尽一个好心女人的职责，安慰他这个孤独的男人。艾茜告诉他，他的言行让她太震惊了，心灵受到巨大伤害，她是一个可怜的寡妇，一个比奴隶地位好不了多少的有卖身契约的仆人，现在竟然被人当作妓女一样对待，而这个人又是如此尊敬。按照规定，有契约束缚的仆人是不可以结婚的，而他居然想要折磨她这么一个可怜的被流放的姑娘，真让她无法想象。她深棕色的大眼睛含满泪水，约翰·理查德森发现自己不由自主地向她道歉。接着，约翰·理查德森开始情绪激动起来。在那个炎热的夏日夜晚，在走廊里，他单膝跪下，主动结束了她的卖身契约，并向艾茜·特瑞格温求婚。她接受了他的求婚，但在婚姻合法之前她是不会与他同眠共枕的。因此，她从自己的阁楼小屋里搬出来，住进前面的主人的房间里。后来，约翰·理查德森的几个朋友和他们的妻子在镇上遇到他时，都说这位新任的理查德森太太真是个美人。这让约翰·理查德森感觉非常得意。

不到一年，她又生了一个男孩，和他的爸爸和姐姐一样，是个白肤金发的孩子。他们给他起名叫约翰，和爸爸的名字一样。

星期天的时候，三个孩子到当地教堂听旅行传教士讲经，他们还进了小学，和其他小农场主的孩子们一起学习字母和算术。与此同时，艾茜也确保他们都知道了最重要的秘密：关于比奇斯小精灵们的秘密。这些红头发的小精灵，眼睛和衣服的颜色和河水一样碧绿，鼻子卷翘着，样子可笑，斜睨着眼睛。只要乐意，他们就能迷惑你，把你引上错误的道路。除非你一边口袋里装着盐巴，另一边口袋里装着面包，才不会受他们诱惑。孩子们出门去上学的时候，他们每个人都在一个口袋里放一撮盐巴，在另一个口袋里放一块面包——那是生命和土地的象征，能确保他们平安从学校回到家中。果然，每次他们都能安全回家。

孩子们在生活舒适的弗吉尼亚群山中长大了，长得又高又强壮（只有安东尼例外，他是她的第一个儿子，总是体弱多病，脸色苍白），理查德森一家人都很幸福，艾茜也尽全力爱她的丈夫。结婚十年后的某一天，约翰·理查德森突然牙疼起来，从马上摔了下来。大家把他送到最近的镇子里，在那儿把牙齿拔掉。但是已经太晚了，血液感染让他脸色漆黑，呻吟着死去。他被埋葬在他生前最喜爱的一棵柳树下。

理查德森的寡妇单独管理着种植园，等待两个儿子长大成人。她管理着所有的契约仆人和奴隶，管理一年又一年收获种植的烟草。她在新年来临时把苹果酒倒进苹果树根下，还在收获季节把新烤出炉的长面包放在田地里，她总是把一碟牛奶放在后门门口。种植园越来越兴旺，理查德森的寡妇获得做生意时不好对付的名声，但她的种植园收成总是那么好，而且从来不以次充好销售她的商品。

又一个十年过去了，接踵而来的是不幸的一年。她的儿子安东尼，在关于种植园的未来经营权以及费丽达的婚约的激烈争吵中，杀死了自己同母异父的弟弟。有人说他并不是有意想杀死自己的兄弟，只不过那愚蠢的一拳打得太重，也有人不同意这种说法。安东尼畏罪逃跑了，留下艾茜亲手把自己最小的儿子埋葬在他父亲身边。后来有人说安东尼逃到了波士顿，也有人说他跑到了南方，去了佛罗里达。他的母亲却认为他乘船去了英国，加入乔治国王的军队，镇压叛乱的苏格兰人。随着两个儿子的离开，种植园空荡荡的，充满哀伤的气息。费丽达精神憔悴，仿佛她的心都已经碎掉了，无论她的继母说什么做什么，都无法让她再次绽出笑容。

伤心归伤心，她们需要一个男人来打理种植园。所以费丽达和哈里·索姆结婚了。他当过船上的木匠，厌倦了大海，梦想在陆地上生活，住在一个和他出生长大的林肯郡的农场一样的庄园里。理查德森家的种植园和英国农场并没有多少相似之处，但是哈里·索姆相当喜欢这里，感到十分快乐。费丽达和哈里一共生了五个孩子，其中三个活到成年。

理查德森的寡妇很想念她的儿子们，也想念她死去的丈夫，尽管在她的记忆中，他只是一个对她体贴公道的男人。费丽达的孩子们也会缠着她讲故事，她给他们讲荒野上的黑狗、红帽子和血骨人，以及苹果树精的故事，可是他们都不感兴趣。他们只喜欢杰克的故事——杰克和豆子，杀掉巨人的杰克，或者杰克和他的猫还有国王的故事。她像对待自己亲生孩子一样喜欢这些孩子，尽管有时候她会叫错他们的名字，叫出那些很久以前死掉的人的名字。

这是一个温暖的五月，她把椅子搬到厨房后的花园里，坐在那里摘豆子剥豆壳，沐浴着阳光。即使在弗吉尼亚暖洋洋的天气里，寒冷还是钻进了她的老骨头里。她现在已经白发苍苍，温暖的阳光对她来说是一种享受。

用苍老的双手剥着豆荚时，理查德森寡妇开始幻想，如果能再次走在家乡康沃尔郡的荒野和悬崖峭壁上，该是多么幸福呀。她回忆起自己还是个小姑娘时，坐在海边卵石沙滩上，等着父亲的船从灰蒙蒙的大海上归来。她的手现在已经布满青筋，不太灵活了。她打开豆荚，把饱满的豆子剥进一个陶土碗里，剩下的空豆荚丢到围裙兜里。然后，她发觉自己正在回忆早已一去不复返的往事，她已经很久没有回忆过了：如何用灵活的手指夹出别人的钱包，偷窃昂贵的丝绸布料。她又回忆起西门监狱里的看守告诉她，距离她的案子被审还有十二周的时间，她是个漂亮姑娘，如果能在这段时间内把肚子搞大，就可以逃脱绞刑架。她想起自己转身面对墙壁，勇敢地拉起裙子，她既恨自己又恨那个看守，但她知道，他是对的。腹中的小生命意味着她能从死神手中多骗来一点儿时间……

"艾茜·特瑞格温？"一个陌生人叫她。

理查德森寡妇抬起头，五月的明媚阳光被面前的这个人挡住了。"我认识你吗？"她问，却没有听到他的回答。

那个男人从头到脚穿着一身绿：蒙满灰尘的绿色紧身格子呢绒裤、绿色的夹克衫，还有暗绿色的外套。他顶着一头胡萝卜红色的头发，正歪着嘴巴微笑着看着她。那人身上有什么东西让她一看见他就觉得很高兴，但也隐藏着危险。"你可以说你认识我。"他说。

他眯着眼睛看着她，她也眯着眼睛看着他，在他那张月亮一样圆的脸上寻找熟悉的线索。他看上去和她的外孙们一样年轻，但他却能叫出她年轻时用过的名字，还有，他的声音里带着英国北部人才有的喉音，那是她从小就熟悉的腔调，和她熟悉的家乡的岩石、沼泽一样。

"你是康沃尔郡人？"她问。

"是的，我是杰克表兄。"红头发年轻人说，"或者说，过去是。可现在，我来到这个新世界，这里的人们没有把麦酒或牛奶放在外面给一个诚实家伙喝的习惯，收获季节也没有烤好的面包。"

老妇人扶稳放在大腿上的那碗豌豆。"如果你就是我想到的那个人，"她说，"我同意你的说法。"她听到费丽达在房间里冲着某个仆人发脾气的声音。

"我也同意。"红头发的家伙说，他脸上有一点哀伤，"尽管是你把我带到这里来的，你和像你一样相信传统的人，带我来到这个没有魔法、没有比奇斯小精灵和其他精灵的生存空间的地方。”

“你给我带来很多好运。”她说。

“有好也有坏。”喜欢眯眼斜着看人的陌生人说，“我们就像风一样，我们会带来好运，也带来厄运。”

艾茜点点头。

“愿意握住我的手吗，艾茜·特瑞格温？”他伸出手给她。那是一只长满雀斑的手，尽管艾茜的视力已经很差了，她还是可以看清他手背上每一根橙红色的毛发，在下午的阳光下发出金色的光。她咬了咬嘴唇，迟疑了一下，然后把自己青筋突起的手放在他的手心中。

他们找到她时，她的身体还是温热的，但是生命早已离开她的躯体。她的身边还有一半没有剥掉豆荚的豆子。

第五章

生命不过是昙花一现，

死亡如影随形时时跟随，

她是房中暂时的租客，

他却是等在楼梯上的恶棍。

——W.E.亨利《生命不过是昙花一现》

星期六早晨，只有已经起床的卓娅·乌特恩亚亚和他们说了再见。她收下星期三给的四十五美元，还坚持要写一张收据给他。收据写在一张过期的饮料折扣券背面，字迹很大、弯弯扭扭的。在清晨阳光下，她显得有些像洋娃娃，苍老的脸上化着精致的妆，金色的头发高高盘在头上。

星期三亲吻她的手，和她告别。"感谢您的盛情款待，亲爱的女士。"他说，"您和您美丽迷人的姐妹们，就如同天空一样光芒四射。"

"你可真是一个坏坏的老男人。"她冲他摇了摇手指，然后又拥抱了他一次。"保重自己，"她叮嘱他，"我可不希望听到你离开我们的消息。"

"那种消息同样会让我悲痛不已的，亲爱的。"

她和影子握手告别。"卓娅·波鲁诺什娜亚对你的评价很高，"她说，"我也是。"

"谢谢。"影子礼貌地说，"也谢谢您的晚饭。"

她惊讶地挑起眉毛。"你喜欢吃？那你有机会一定要再来。"

星期三和影子走下楼梯。影子把手伸进夹克衫口袋里。一美元银币冷冰冰地躺在他手心中，比他用过的任何硬币都更大更重。他以变戏法的传统手法握住它，让手自然垂在身边，然后把手伸直，让硬币滑到手掌前端，很自然地用食指和小指轻轻压住。

"做得不错。"星期三说。

"还在学，没入门呢。"影子说，"纯技术的手法我倒是学会不少，但最困难的就是引导观众盯着错误的那只手。"

"是吗？"

"是，"影子说，"这叫作'误导'。"他把中指伸到硬币底下，轻轻一推，把硬币推到手掌后部，摸索着在那里轻轻按住它。可是硬币从他手中滑了下来，叮当一声掉在楼梯上，翻滚着落下几层台阶。星期三弯腰捡起银币。

"别人送你的礼物，你不能这样马虎对待，"星期三说，"像这样的好东西，你要把它紧紧抓在手心里才对。别再拿它到处乱抛了。"他检查一下硬币，首先看了看有老鹰的那面，然后翻过来查看有自由女神头像的那面。"啊，自由女神，她很漂亮，是不是？"他把硬币抛回给影子，影子从空中接到硬币，然后把它变没了。看似把它握在左手，其实在右手里，然后又把它变回到左手里。最后，硬币静静地躺在他右手手心，有它在那里，让人感觉十分舒服。

"自由女神，"星期三说，"和美国人拥有的众多神祇一样，源自国外。这一位，是个法国女人，为了照顾美国人的敏感心理，法国人遮住雕像的丰满胸部，然后才作为礼物送给纽约。"他说着，冲着楼梯下面一层台阶上一个用过的安全套皱了皱鼻子，带着一脸厌恶的表情，用脚尖把它踢到楼梯边上。"有人会不小心踩到上面，摔断脖子的。"他不满地嘟哝着，"就像香蕉皮一样，只有最下流、最冷血的人才会把它们到处乱扔。"他推开楼门走到外面，阳光洒在他们身上。室外比室内看起来的还要寒冷，影子觉得可能还要下一场雪。"自由女神，"他们向车子走过去时，星期三继续大声评论着，"其实是个婊子，只能躺在一堆尸体上睡觉。"

"什么？"影子问。

"这说法是有根据的，"星期三说，"是个法国人说的。那就是他们在纽约港口竖立雕像的原因：婊子总喜欢在货车丢出来的垃圾上干那种事。你想把火炬举得多高都没问题，亲爱的，但是你的裙子里还是有老鼠，还是有冰冷的精液从腿上流下来。"他打开车锁，让影子坐在副驾驶座上。

"我觉得她很美。"影子说着，把银币拿近一点儿观看。银币上自由女神的脸，让他觉得有点像卓娅·波鲁诺什娜亚。

"这就是男人永恒不变的愚蠢之处，"星期三一边开车一边说，"追逐甜美的肉体，根本没有意识到那不过是白骨红颜的皮囊，是蛆虫的食物。每天晚上，你就搂着一堆蛆虫的食物干那事儿。我这么说可没什么冒犯的意思。"

影子从来没见过星期三如此健谈。他觉得，他的这位新老板的个性已经从内向开始转为外向了。"这么说，你不是美国人？"影子问他。

"没有人是真正的美国人。"星期三说，"美国不是真正的原籍。这就是我的观点。"他看了下表。"在银行关门前，我们还有几个小时。顺便说一下，昨晚你对付岑诺伯格，干得相当不错。虽说我有办法把他拉进来，你却让他心甘情愿加入了，大大出乎我的意料。"

"只是因为他想在事情结束之后杀掉我。"

"不会的。正如你很聪明地指出来的那样，他已经老了，那致命一击只会把你打成，怎么说呢，终身瘫痪，成为一个没有任何指望的残废。就算岑诺伯格真的能从即将来临的危难中成功脱身，你还是很有希望存活的。"

"对此还有什么疑问吗？"影子模仿星期三的说话口吻，接着就恨自己为什么那么做。

"当然有。"星期三说着，把车子停在银行门口的停车场。"这里，"他说，"就是我要打劫的银行。过几个小时银行才会关门。我们先进去打个招呼。"

他冲影子打个手势。影子不情愿地下了车，跟着星期三走了进去。如果这老头真的打算做什么蠢事的话，影子觉得他的脸就不应该被监视镜头拍下来。但好奇心诱惑着他走进银行。他一路低着头看着地板，还不断用手揉鼻子，尽量多做些小动作，遮住自己的脸。

"夫人，哪里有存款单？"星期三问出纳员。

"在那边。"

"谢谢。如果我需要夜间来存款……"

"还是同样的表格。"她冲着他和蔼微笑，"你知道夜间存款机的位置吗？大门出去，左手边的墙上。"

"非常感谢。"

星期三拿了几张存款单，他冲那位出纳微笑告别，然后和影子走出银行。

星期三在人行道上站了一会儿，抓着胡子沉思片刻。他走到墙上安装的自动取款机和夜间存款机旁，仔细查看一番。之后，他领着影子穿过马路到对面的超市，在那里给他自己买了一支巧克力奶油软糖雪糕，给影子买了一杯热巧克力。超市进门的墙上装着一部投币电话，电话上方是贴满房屋出租和领养猫狗传单的布告栏。星期三记下投币电话的号码。然后，两个人再次穿过马路。"我们现在最需要的，"星期三突然说，"就是一场雪。一场让人恼火的漫天大雪。为我'想象'一场雪，怎么样？"

"你说什么？"

"把注意力集中在西边天空上的那些云，想象让云层逐渐变厚，变成乌云。想象灰沉沉的天空，寒冷的狂风从北极呼啸而来。想象下雪的场景。"

"我不认为能有什么用。"

"胡扯。不说别的，至少可以让你的脑瓜子有点事情做。"星期三说着，打开车门，"下面去金科图文快印连锁店，得快点儿。"

雪。影子坐在乘客的位置上，一边啜饮着热巧克力，一边在脑海中想象着。大片大片的雪花，令人眼花缭乱地从天空纷纷飘下，在灰色的天幕下显得如此纯洁雪白。舌间轻舔雪花，似乎可以从冰冷的触感中品尝出冬天的味道。雪花轻柔地亲吻你的脸颊，却拥有冻死人的力量。十二英寸棉花糖一样的积雪，可以把整个世界妆点成一个童话般的王国，让所有的一切都变得如此美丽……

星期三似乎正在对他说话。

"什么？我没听到。"影子问。

"我说我们已经到了。"星期三说，"你在想什么呢？"

"我正在想象一场大雪呢。"影子说。

在金科图文快印连锁店里，星期三开始复印在刚才从银行拿的存款单。他让店内的员工给他快印两套各十张名片。影子的头开始痛起来，肩胛骨之间的位置感觉很不舒服。他不知道是不是昨晚躺在沙发上睡得不舒服导致的。

星期三坐在电脑屏幕前，正在写一封信函，然后在店内职员的帮助下，打印出几个大尺寸的标志牌。

雪。影子继续想着，在高高的大气层中，围绕一粒微小的尘埃，凝结成完美的小小水结晶，每一朵雪花的形状都是独一无二的、如蕾丝般的不规则六边形，雪结晶组合在一起形成雪花，从高空落下。无数白色的细小雪花，覆盖了整个芝加哥，地上的积雪一点一点地加厚……

"拿着。"星期三说着，递给影子一杯金科快印店里的免费咖啡，咖啡表面还漂浮着一团没有融化的速溶植脂末，"我觉得差不多了。你觉得呢？"

"什么差不多了？"

"雪差不多了。我们可不希望整个城市彻底瘫痪，是不是？"

天空现在是军舰灰色的。雪花开始飘落下来。没错，真的开始下雪了。

"其实不是我干的吧？"影子说，"我的意思是，不是我。真的是我让天下雪的？"

"喝咖啡吧，"星期三说，"垃圾货，不过可以缓解头痛。"他又补充一句："干得不错！"

星期三付钱给金科图文快印店的员工，然后带着标志牌、信笺和名片出来，走到车旁。他打开后备厢，把纸张都放在一个很大的黑色铁盒子里，很像银行保安携带的那种盒子。他关上后备厢，递给影子一张名片。

"A.海多克，A1保安服务公司的保安总监？"影子好奇地问，"这个人是谁？"

"就是你。"

"A.海多克？"

"没错。"

"A是什么的缩写？"

"阿尔弗来多，阿尔方索，奥格斯廷，安博斯？随便你编一个。"

"哦，明白了。"

"我的名字是詹姆斯·奥格曼，"星期三说，"朋友们管我叫詹米。看见没？我也弄了一张名片。"

他们回到车里。星期三说道："如果你能像想象下雪那样，认真想象一把'A.海多克'，我们很快就会搞到许多可爱的钞票，足够请我的朋友们今天晚上喝酒吃饭了。"

"如果我们在今晚之前被捕呢？"

"那我的朋友们只能甩了我们俩，自己快活了。"

"我可不想再被抓回监狱。"

"你不会被抓住的。"

"我们已经达成协议，不让我去做违法的事情。"

"不会让你做的。只要你稍稍帮个小忙，煽动一下，参与一点点犯罪同谋，然后就可以分到偷来的钱。相信我好了，你绝对不会被牵连，纯洁得像朵玫瑰花一样。"

"不被牵连？你是指在你那位斯拉夫老朋友敲烂我脑袋之前还是之后？"

"他的视力已经不行了。"星期三安慰他说，"说不定他根本就砸不准你。今天是星期六，银行中午才关门。我们还有一点富余时间需要打发，你想吃午饭吗？"

"好，"影子说，"我快饿死了。"

"我知道一个吃饭的好地方。"星期三说。他一边开车一边哼着小调，调子很轻快，但影子听不出是什么歌。雪花纷纷地落下，与影子刚刚想象的一模一样，让他产生一种奇特的自豪感。从理智的角度思考，他当然知道自己根本就不可能控制下雪，就像他知道口袋里的那枚银币根本就不是月亮变成的一样。话虽如此，可是……

他们在一座很大的棚屋式的建筑前停下车。一个牌子上写明只要4.99美元，午餐任吃。"我爱这个地方。"星期三说。

"饭菜很好吃？"影子问。

"不怎么好吃。"星期三说，"不过这里的气氛好极了，绝对不能错过。"

影子吃了炸鸡，觉得味道很不错。吃完饭他才明白，星期三喜欢的氛围，原来是指占据建筑后面那一侧的摊贩买卖。从房间中央悬挂的吊旗广告来看，这是一家出售破产清算抵押品的库房。

星期三回到车子那边，带着一个小手提箱回来，然后进了男厕所。影子估计自己很快就会知道星期三到底有什么打算，不管自己到底是愿意还是不愿意参与。他沿着清算货架四处晃悠，观看那些出售的商品：写着"仅供飞机上使用"的一盒盒咖啡、给十几岁孩子玩的忍者神龟玩具和战斗公主希拉的模型、插上电源就会用木琴演奏爱国歌曲的泰迪熊玩具，还有演奏节日歌曲的泰迪熊、肉罐头、橡胶套靴和各式各样的套鞋、果汁软糖、印着比尔·克林顿头像的手表、带装饰的迷你圣诞树、做成动物造型的胡椒瓶和盐瓶、人体模型、水果、修女像，还有影子最喜欢的"只缺一根真胡萝卜就完工"的全套堆雪人装备，里面甚至包括塑料煤球眼睛、玉米芯的烟斗和塑料帽子。

看着这些，影子心里琢磨的却是：是什么手法能让人觉得真把月亮从天空上摘下来，变成了一美元的银币；是什么让死掉的女人从坟墓里爬出来，穿越镇子和人交谈。

"这地方是不是很棒？"星期三从厕所出来。手还是湿的，他用手帕擦干。"里面没有纸巾了。"他解释说。他换了一身衣服,现在的他穿着一件深蓝色的夹克和配套的裤子,蓝色的编织领带,还有厚厚的蓝色毛衣、白色衬衣、黑色鞋子。看上去像是保安。影子告诉他自己的想法。

"我还能说什么呢,年轻人,"星期三说着,拿起一个用漂浮塑料做的放在鱼缸里的金鱼("不会褪色,也不用喂食。"),"只能恭喜你的敏锐眼光了。你叫阿瑟·海多克怎么样?阿瑟是个不错的名字。"

"太平庸了。"

"喂,那你自己想一个好了。好了,我们回城里去。现在正是抢劫银行的大好时机,然后我就有点可以自由花费的小钱了。"

"大部分人只是规规矩矩地从自动取款机上取钱。"影子说。

"说来奇怪,这正是我的打算,多多少少算是吧。"

星期三在银行对面街道上的超市停车场停车,从后备厢里拿出铁箱子、一个纸夹板和一副手铐。他把手铐一端扣在自己的左手腕上,另一端扣在铁箱子的把手上。雪还在继续下。他戴上一顶带帽檐的蓝色帽子,把一个尼龙身份牌挂在夹克衫胸前的口袋上。帽子和身份牌上都印着"A1保安服务公司"。他把存款单夹在纸夹板上。然后,他整个人突然变得懒散起来,看上去活像个退休的巡警,不知为什么,居然还挺出一个啤酒肚。

"现在,"他说,"你到超市食品柜台买些东西,再在电话旁等着。如果有人问你,你就说在等你女友的电话,她的车子在半路抛锚了。"

"可她为什么要往这里给我打电话?"

"见鬼,我怎么知道?"

星期三戴上一副褪色的粉红色耳罩,关上后备厢。雪花落在他蓝黑色的帽子和耳套上。

"我看起来怎么样?"他问。

"很可笑。"影子老实说。

"可笑?"

"或者说傻乎乎的。"影子说。

"哦，傻乎乎，可笑。很好。"星期三笑起来。耳罩让他显得很可靠，同时又傻里傻气的挺可爱。他大步走过街道，沿着街边走到银行门口。影子走进超市，开始观看他的表演。

星期三在自动取款机上挂了一个醒目的红色"故障"告示，然后在夜间存款机周围绕了一条红色警告带，在上面贴一张刚刚打印出来的告示。影子津津有味地看着这一切。

告示上面写着："为提供更好的服务，正在维修改善中。为给您带来的暂时不便表示歉意。"

星期三转过身，面对着街道站着。他看上去很冷，像个低级保安员。

一个年轻女人走过去要用取款机，星期三摇摇头，解释说机器坏了。她诅咒了一句，然后马上道歉，走开了。

一辆车子停了下来，一个男人拿着一个灰色的小钱袋和一把钥匙走出来。影子看见星期三向他道歉，让他在纸夹本上签名，检查了他的存款单，有点吃力地开了一张收据，然后把副本存下来。最后，他打开自己黑色的大铁箱，把那男人的钱袋放了进去。

那人在风雪中冻得瑟瑟发抖，不停地跺着脚，不耐烦地等着这个老保安做完这一套毫无意义的行政规定，这样他才能放下准备存的钱，逃离寒冷，赶快走人。一拿到存款收据，他立刻钻进汽车离开了。

星期三带着铁箱穿过街道走过来，在超市里买了一杯热咖啡。

"下午好，年轻人。"经过影子身边时，他慈祥地笑着和他打招呼，"天气可真够冷的。"

他走回街对面，从人们手中接过灰色的装钱的袋子或信封。星期六下午，正是大家把一天的营业收入或者一周的工资存进银行的日子。他戴着可笑的粉红色耳罩，是工作认真负责的老保安。

影子买了几本杂志，《火鸡猎手》《人物》，还有《世界新闻周报》——原因是封面上那张可爱的大脚怪照片，接着观看窗户外面。

"有什么需要帮忙的吗？"一个白胡子的中年黑人男子问他，他看起来好像是这里的经理。

"谢谢，伙计，不需要。我在等一个电话。我女友的车子半路抛锚了。"

"可能是汽车电池的问题，"那人说，"那东西只能用三年，或者四年，可人们总忘记换新的，其实根本花不了多少钱。"

"没错。"影子说。

"在这儿等吧，大个子。"经理说完，又回到超市里面了。

大雪把街景变成玻璃雪球内的世界，每一个细节都栩栩如生。

影子欣赏着，被深深打动了。他听不到街对面的说话声，感觉好像在看一部默片时代的电影，只能看到表情和动作：老保安是个有点粗暴但认真负责的家伙，也许是有点儿装模作样，但绝对是出于善意的。每个人都把自己的钱交给他，然后走开，他们因为认识他而感到有些快乐。

就在这时，警车停在银行门口，影子的心沉了下来。星期三冲警察抬了下帽子，然后慢慢走到警车旁。他打了声招呼，把手伸到打开的车窗里和警察握手，点点头，然后在衣袋里翻了一通，找出一张名片和一封信函，把它们递给车子里的警察。最后，他慢悠悠喝了口咖啡。

电话响了起来，影子取下电话听筒，尽量让自己的声音显得很厌烦无聊。"A1保安公司。"他冲着电话说。

"我可以和A.海多克先生讲话吗？"街对面的警察在电话里问。

"我就是安迪·海多克。请讲。"影子说。

"海多克先生，我们是警察。"街对面警车里的警察继续说，"你们是不是安排了一个保安在伊利诺斯州第一银行门口？就在市场和第二街转角处。"

"哦，没错。是詹米·奥格曼。有什么问题吗，警长？詹米他还守规矩吧？没有喝醉吧？"

"没问题，先生。你的人表现得很好，先生。我们只是想确定一切正常。"

"请你转告詹米，如果再发现他在工作期间喝酒，警官，他就要被开除了。你告诉他，工作完了，让他滚蛋。我们A1保安公司对犯错是零容忍的。"

"这些话恐怕真的不该由我来告诉他，先生。他现在干得不错。我们之所以关注，是因为这份工作一般来说需要两个保安同时做。现在这样太危险，一个没有武器的保安，独自处理那么多的钱款。"

"跟我说也没用。告诉伊利诺斯州第一银行里的那些吝啬鬼们吧。我放在岗位上的人都是最优秀的。和你一样优秀。"影子发现自己开始慢慢熟悉起他扮演的这个人物来，他甚至感到自己真的变成了安迪·海多克：他在烟灰缸里掐灭廉价的香烟，在星期六的下午还有一堆文件等着处理，他的家在肖姆伯格镇，还在湖畔的小公寓里养着一个情妇，

"你知道，你听上去是一个聪明的年轻人，警官，你……"

"我叫迈尔森。"

"迈尔森警官。如果你需要一份周末兼职的工作，或者你离开警队之后，不管什么原因离开，你都可以给我电话。我们永远需要优秀的人才。你有我的名片吗？"

"是的，先生，我有。"

"留着那名片，"假冒的安迪·海多克说，"记得给我电话。"

警车开走了，星期三又冒雪走回岗位，继续应付排成一队、等着把自己的钱交给他的人。

"她还好吧？"超市经理从店内探出头来，关心地问，"你女友？"

"真是电池的故障，"影子说，"我还得接着等。"

"女人呀。"经理感叹一声，"希望你的女人值得你等待。"

冬日夜晚降临，下午的光线转眼即逝，天色慢慢转黑，街灯亮起来。更多的人把钱交给星期三。突然，仿佛是收到某个影子看不到的信号，星期三走到墙边，移走"故障"告示，有些艰难地穿过泥泞的路面，走向停车场。影子在原地等了一分钟，跟着走了过去。

星期三已经坐在车子后座上，他打开金属箱，正在把里面的东西——一分类，放在后座上。

"开车。"他下命令说，"去州府大街的伊利诺斯第一银行。"

"再表演一次？"影子问，"不怕影响你的好运气？"

"根本不会。"星期三说，"我们要去办点银行手续。"

影子开车时，星期三坐在后座上，从一堆存款袋里取出钞票，把支票和信用卡签单放在一边，再从几个信封里取出现金，然后把手上的现金都放回金属箱里。影子把车停在距离银行门口五十码远的地方，避开监视摄像头的监控范围。星期三下了车，把存款信封塞进夜间存款机里，再打开夜间银行的安全门，把灰色存款袋也扔进去，然后关上门。

他爬进车子坐在副驾驶座上。"现在开车去I-90国道，"星期三说，"沿着路牌向西开，去麦迪逊。"

影子发动汽车。

他们离开时，星期三扭头看了一眼银行。"你看，孩子，"他开心地说着，"这一手会把他们搞迷糊的。不过，真想搞到大钱的话，你就得在星期天凌晨四点半干这个。那个时候，所有的夜总会和酒吧刚刚结算完周六晚上的收入。选好银行，盯好携带巨款的家伙——通常派来存款的都是老实的大块头，有时候也带几个保镖，不过都不是什么机灵家伙——你可以一晚就搞走二三十万美元。"

"真这么容易得手的话，"影子问，"怎么不见人人都来这一手？"

"这可不是什么零风险的买卖，"星期三说，"尤其是在凌晨四点半的时候。"

"你是说警察在凌晨四点半的时候特别警惕？"

"才不是呢。但保镖们会特别谨慎。所以事情可能会变得很棘手。"

他点出一叠五十美元的钞票，然后再加上一小叠二十美元的，在手上掂掂重量，递给影子。"给你，"他说，"这是你第一周的薪水。"

影子没有数，直接把钱放进口袋里。"这么说，这就是你的工作，靠这个赚钱？"他问。

"我很少这么干，除非需要很短时间内搞到一大笔钱。总而言之，我总是从那些压根不知道自己被骗的人身上骗钱，这种人从来不会抱怨，等你下次再来骗他们时，他还会乖乖排好队等着你。"

"那个叫斯维尼的家伙说你是骗子。"

"他说得没错。不过，我不仅仅是个骗子，我需要你也不仅仅为了干这个，影子。"

他们在黑暗中开车前行，雪花在车前灯的光束下飞舞，迎面扑到挡风玻璃前。这景象有一种催眠的力量。

"世上只有这一个国家，"星期三在一片寂静中突然开口，"关心自己到底是什么。"

"什么？"

"其他国家都知道自己是什么。挪威人不会去探寻挪威的心灵，也没有人去寻找莫桑比克的灵魂。他们知道自己是什么。"

"你的意思……？"

"只是想出了声。"

"你一定到过很多国家。"

星期三没有说话，影子望着他。"没有，"星期三叹了口气，"我从没到过其他国家。"

他们在加油站停车加油，星期三穿着保安的衣服，拎着手提箱钻进洗手间。出来之后，他已经换好一身笔挺的浅色西装，脚踏棕色皮鞋，还有一件及膝的棕色大衣，看上去像是意大利货。

"到了麦迪逊之后怎么走？"

"走十四号高速公路往西到春绿镇。我们要在一个叫岩上之屋的地方和其他人会合。你去过那里吗？"

"没有。"影子说，"但我见过去那儿的指示路牌。"

通向岩上之屋的指示路牌在那一带到处都是，在伊利诺斯州、明尼苏达州、威斯康星州，随处可见歪歪斜斜、字体模糊的指示路牌，影子估计哪怕远在艾奥瓦州都有，所有指示牌都告诉你有一个叫岩上之屋的地方存在。影子看着指示路牌，十分好奇。那屋子真的摇摇欲坠地耸立在岩石之上吗？那块岩石真的很有意思吗？还有那屋子也很有意思吗？

这些想法在他脑中盘旋，很快又被抛在脑后。他向来没兴趣参观这些所谓的路边景点。

他们开车经过麦迪逊州府大厦的圆屋顶（又是一个完美的玻璃雪球中的世界），然后驶下州际公路，转到镇公路上。开车行驶了差不多一个小时，路过几个名字诸如"黑土地"之类的小镇，然后转到一条狭窄的路上，经过几个巨大的、覆盖着白雪的花坛，上面盘绕着类似蜥蜴的龙。树林围成的停车场上几乎是空的。

"这里很快就关门了。"星期三说。

"这里到底是什么地方？"影子问。他们穿过停车场，走向一个低矮的、毫不起眼的木头建筑。

"这是一个路边景点，吸引人们来参观的地方，"星期三说，"全美国最好的一个。也就是说，它是一个充满力量的地方。"

"什么意思？"

"很简单，"星期三说，"在其他国家，经过这么多年，人们一眼就能辨别出那些拥有神奇力量的地方。有时可能是一个天然形成的地方，有时是一处特殊的存在。人们知道那里会发生什么重要的事情，那些地方有一些聚焦点、通道，或是窗口，可以通向无所不在的神。于是，他们在那些地方建造寺庙，或者教堂，或者竖起巨石阵，或者……喂，你应该明白了吧。"

"美国也一样啊，全国各地到处都有教堂呀。"影子问。

"没错，不仅每一个村镇有，有时候甚至每一条街上都有。但要说到有什么重要意义，恐怕它们跟牙科诊所处于同一水平。不过，在美国，人们仍说自己获得了感召，至少某些人是，觉得超凡脱俗的虚空中有声音在召唤自己。为了回应这种召唤，他们会建起一座古怪建筑，用他们从没去过的地方的啤酒瓶子，或者在某处竖起一个蝙蝠们根本住不惯的巨大蝙蝠屋。这些就是路边景点：人们只是感觉到某种力量吸引自己来这个地方参观。换了世界上其他国家，人们马上就能感觉到一种超凡脱俗的力量触动到自己。但在美国，人们只是买上一份热狗，四处走走，看看热闹。从某种角度来说，他们体验到一种连自己也无法描述的心满意足，但从另一个角度来说，他们同时又感到一种极大的失望和不满。"

"你还真有不少与众不同的古怪理论。"影子嘲笑说。

"这不是什么古怪理论，年轻人。"星期三说，"用不了多久，你自己就会明白了。"

售票窗口只有一个还开着。"还有半小时我们就停止售票了，"售票的女孩说，"你看，至少要两个小时才能把里面逛一圈。"

星期三用现金买了他俩的门票。

"岩石在哪里？"影子问。

"在屋子下面。"星期三回答说。

"那么屋子在哪里？"

星期三把手指放在嘴唇上，示意闭嘴，两人向前走。往里面走了没几步，就看到一台自动钢琴正在演奏曲子，似乎是一首拉威尔的《波莱罗舞曲》。这个地方看起来像是六十年代的单身汉小屋，在几何结构方面做了巨大改动。里面有石头工艺品、成堆的毛毯、巨大而难看的蘑菇形褪色玻璃灯罩。螺旋楼梯上面还有一间塞满小玩意的房间。

"据说这里是弗兰克·劳埃德·错误先生建造的，他是弗兰克·劳埃德·正确先生的邪恶双胞胎兄弟。"星期三为自己的玩笑咯咯地笑着。

"我在一件T恤上见过这个地方。"影子说。

上上下下走过许多台阶之后，他们来到一间全部用玻璃建造的、极其细长的房间，房间向外突出，如同一根伸出去的尖针，可以凌空看见下面几百码外的黑白相间的光秃树林。影子站在那里，看着外面雪花纷飞。

"这就是岩上之屋？"他迷惑地问。

"算是吧。这里是'极限之屋'，是岩上之屋的一部分，不过是后来才加盖的。哦，我的年轻朋友，这间屋子的秘密，我们连个边儿都还没碰到呢。"

"我想起你刚才说的理论，"影子说，"照你的说法，迪士尼乐园就是这个国家最神圣的地方了？"

星期三皱了皱眉，抓抓胡子。"沃尔特·迪士尼在佛罗里达州中部买了一块橘子林，在上面建造了一个游乐世界。那里没有任何魔力。我觉得最初的迪士尼乐园可能还有些真东西，有些力量也许保留了下来，只不过被扭曲了，让人很难接触到。很显然，现在的迪士尼乐园没有任何非凡之处。不过，佛罗里达州很多地方都拥有真正的魔力，只要你肯睁大双眼仔细寻找。啊，说到威基沃奇的美人鱼……跟我来，走这边。"

到处都是音乐声：刺耳的笨拙音乐，有时还会微微跑调。星期三掏出一张五美元钞票，塞进换币机器，换出来一把黄铜色的金属币。他塞给影子一枚。影子接过来，发现一个小男孩正注视着他，于是把金属币放在拇指和食指中间，一下子把它变没了。小男孩跑回妈妈身边，用力拽着妈妈的外套下摆。但他的妈妈正在查看一个在这里随处可见的圣诞老人像，上面写着"此处陈列数量超过六千个"。

影子跟着星期三走出去，沿着标志往"昨日之街"走去。

"四十年前，阿力克斯·乔丹——他的头像就印在你右手拿的金属币上，影子——开始在一座高耸突出的山崖岩石上建造房屋，这地方根本不属于他，甚至连他本人也无法告诉你他为什么要这么做。人们跑来看他建造屋子——好奇的人、迷惑不解的人，还有那些绝对不会老老实实告诉你为什么前来观看的人。于是，他做了在他那个年代里任何一个明智理性的美国人都应该做的事情：他开始向参观者收费。当然不是很贵，可能只要五美分，或者一毛钱。他继续扩建下去，来参观的人也越来越多。

"他把那些五美分、十美分的门票钱收集起来，房屋建造得越来越大、越来越奇怪。他在房屋下面的地基里建造了这些仓库，里面摆满给人参观的东西，而人们也真的跑来了。每年都有几百万人来这里参观游览。"

"为什么？"

星期三只是笑了笑，没有回答。他们走进灯光昏暗、两旁被树木围绕的"昨日之街"。拘谨地抿着嘴的维多利亚时代的陶瓷娃娃们，一排排坐在布满灰尘的商店橱窗里，向外看着他们，仿佛恐怖电影里的道具。他们脚下踩着鹅卵石，头顶上是黑暗的屋顶，耳边还有刺耳的音乐背景声。他们经过一个装满破烂木偶的玻璃盒子，走过一个放在玻璃箱里的颜色过于闪亮的金色音乐盒。他们走过牙医诊所和药店。（"欧力瑞牌磁力腰带，帮你恢复能量！"）

街道的尽头有一个巨大的玻璃箱，里面有一具女性人偶，穿戴得像是吉普赛的算命女巫。

"好了。"星期三大声说，声音盖过了机械音乐声，"办大事之前，最应该做的就是请教命运女神诺恩[1]。我们假设这位女巫就是我们的**命运女神**，怎么样？"他把一枚黄铜色的上面印有岩上之屋图案的金属币塞进投币口。机器一阵颠簸，运转起来。吉普赛女人抬起手臂，再放下。一个小纸条从投币口弹了出来。

星期三拿起来看了一眼，嘟哝一声，把它折好放在口袋里。

"你不把预言给我看看吗？我会给你看我的。"影子说。

"男人的未来是属于他自己的私事。"星期三表情僵硬地说，"我也不会要求看你的。"

影子把金属币塞进投币口，然后拿到了自己的纸条。上面写着：

> 每一次结束都是新的开始
> 你的幸运号码是无
> 你的幸运颜色是死亡
> 箴言：
> 有其父必有其子

影子做了个鬼脸。他把预言纸条折好，放在贴身口袋里。

他们继续往里走，走下一条红色通道，经过很多房间，里面摆放着空椅子，上面放着小提琴、中提琴和大提琴，所有乐器都在自动演奏，或者看上去像是在自动演奏。只要你投入一枚硬币，琴键就会压下去，

---

1 北欧神话中司命运的三女神之一。

铙钹撞击，压缩空气进入单簧管和双簧管。影子带着不怀好意的快乐，仔细观察着。他发现机械手在演奏弦乐器的时候，弓弦并没有真正接触到乐器，不是还差一段距离，就是位置偏了。不知他听到的音乐声真的是由这些管乐和打击乐器演奏出来的，还是播放的录音带。

感觉走了几公里的路，他们来到一间名叫"日本天皇屋"的房间。其中一整面墙壁堆满了只会出现在噩梦中的十九世纪伪东方风情的假人，浓眉大眼的机械人鼓手敲打着铙钹和鼓，站在装饰着龙的巢穴里向外瞪视着众人。假人们正演奏折磨人类听觉的圣·桑恩的《死亡舞蹈》。

岑诺伯格坐在长椅上，面对着天皇机器人，手指轻轻敲打着音乐的拍子。笛音嘈杂，钟钹刺耳。

星期三在他身边坐下，影子觉得自己还是继续站着比较好。岑诺伯格伸出左手，先和星期三握手，然后和影子握手。"很高兴见面。"说完，他就坐回去继续倾听，看样子他相当欣赏这段音乐。

《死亡舞蹈》到达狂风暴雨般的高潮，走向不和谐的尾声。所有乐器都严重走调，更增添一种冥世的感觉。之后，一首新曲子开始了。

"你的银行抢劫干得怎样？"岑诺伯格问，"进行得不错吧？"他站起来，有点不情愿地离开"日本天皇屋"和那里面轰鸣的难听的音乐。

"和蛇钻进黄油洞里一样容易。"星期三说。

"我拿屠宰场的养老金过活，"岑诺伯格说，"我没什么过分的要求。"

"养老金持续不了多久，"星期三说，"没有什么是永恒的。"

他们穿过更多的走廊，经过更多的自动音乐播放机。影子开始意识到他们并没有按照游客的参观路线前进，而是似乎按照星期三自己的计划走了另外一条参观路线。他们走下一条斜坡，影子糊涂起来，这条路似乎刚刚走过。

岑诺伯格突然抓住影子的胳膊。"快点，来这儿。"他说着，把他拖到墙边一个巨大的玻璃柜子前。里面是一组立体模型，流浪汉躺在教堂门前的教堂墓地里。"醉鬼的噩梦"，标签上的说明解释说这是一个十九世纪的投币观看的机器，最初摆放在英国的某个火车站里。投币口经过改装，适合投入带有岩上之屋图像的黄铜硬币。

"把钱放进去。"岑诺伯格催促说。

"为什么？"影子迷惑不解。

"听我的，你必须看看这个。"

影子塞进硬币。躺在墓地里的醉鬼举起酒瓶，喝了一口。一块墓碑翻开，出现一个伸出双手的僵尸。又一块墓石翻开，墓碑前的鲜花变成微笑的骷髅头。有个鬼影出现在教堂右侧，教堂左侧则浮现出一个长着尖角、令人不安的鸟脸怪物，转瞬即逝。一个灰白的影子，只有噩梦中才会出现的幽灵，从墓碑石悄悄移动到阴影中，然后消失不见。就在这时，教堂的门突然打开了，神父走出来。幽灵、鬼魂和僵尸瞬间全部消失不见，墓地上只剩下神父和醉鬼。神父轻蔑地低头看了一眼酒鬼，然后回到房间里，他背后的门关上了。现在只剩下酒鬼一个人。

这个靠发条控制的装置所讲述的故事让人感到极其不安。影子觉得，更让人觉得不安的是发条装置竟然设定出这样的故事。

"知道我为什么看这个吗？"岑诺伯格问。

"不知道。"

"这就是世界，真实的世界。就在这里，在这个盒子里。"

他们穿过一间血红色的房间，里面塞满古老戏院里用的管风琴和硕大的风琴管子，看起来像是从酿酒厂搬来的巨大的黄铜酿酒桶。

"我们要去哪里？"影子问。

"旋转木马室。"岑诺伯格说。

"通向旋转木马室的标示早就过了，过了好几次了。"

"他们走他们的路。我们绕着圈子走。有时候，绕远路反而走得更快。"

影子的脚开始痛起来，他对这番话很不以为然。

楼上一个房间里，一台自动机器正在演奏《章鱼花园》。房间中央是一头黑色鲸鱼似的动物的巨大复制品，巨大的玻璃纤维嘴巴里还有一艘真实大小的船的模型。他们从旁边绕过，走到"旅行大厅"，看到贴满瓷砖的汽车，还有鲁宾·哥德堡[1]设计的小鸡装置，墙上贴着发黄的缅甸牌剃须刀的广告。

> 生活充满艰辛
> 辛苦操劳一生
> 保持下巴整洁
> 没有胡须烦恼
> 缅甸牌剃须刀

还有一则广告词：

> 他勇敢承担压力
> 险途也在他面前屈服
> 只有同样敢于承担责任者
> 才是他真正的朋友
> 缅甸牌剃须刀

他们来到一道斜坡下面，前面有一个卖冰淇淋的小店。冰淇淋店还没有关门，里面正在擦洗桌面的女孩脸上却挂着一副"已经关门"的表情，他们只好去旁边的比萨咖啡店。咖啡店里空荡荡的，里面只有一个上了年纪的黑人，他穿着一件亮色的格子花纹套装，戴着淡金色的手套。老人个子很瘦小，就是那种看起来仿佛被流逝的时间缩小了的小老头。他正在吃一个巨大的、堆了很多雪球的圣代冰淇淋，喝超大杯的咖啡。他面前的烟灰缸里，还有一支正在燃烧的黑色小雪茄。

"三杯咖啡。"星期三吩咐影子去买咖啡，自己进了洗手间。

影子买了咖啡，回到岑诺伯格身边。岑诺伯格已经坐到老黑人身

---

1 鲁宾·哥德堡（1883—1970），美国漫画家、工程师、发明家，画了许多用复杂的机械完成极其简单的任务的可笑漫画，充满奇思妙想，深受读者喜爱。

边，偷偷摸摸地抽着香烟，好像怕被人抓住似的。老人正开心地拨弄着圣代冰淇淋，几乎忘记了自己的小雪茄。不过等影子一出现，他立刻拿起雪茄，猛吸一口，然后吐出两个烟圈。第一个烟圈大一点，另一个小些，正好从第一个烟圈里穿过去。老人笑起来，自鸣得意到极点。

"影子，这位是南西先生。"岑诺伯格介绍说。

老人站起来，伸出戴着淡金色手套的右手。"很高兴认识你，"他的笑容很开朗，"我知道你一定就是那个人。你帮那个独眼的老混蛋做事，是不是？"他说话带着一点轻微的鼻音，可能是西印度群岛的口音。

"我为星期三先生工作，"影子说，"请坐。"

岑诺伯格继续吸烟。

"我认为，"他终于开口说话，声音中透着沮丧，"我们这类人这么迷恋香烟，不过是因为香烟让我们回忆起他们曾经为我们焚烧的祭品，当他们想寻求我们的赞同或欢心时，烟雾就会袅袅升起。"

"他们可从来没给过我那种东西，"南西先生说，"我能指望的，顶多就是一堆新鲜水果，或者是咖喱羊肉，那种喝起来又慢又冷的玩意儿，再加上一个大奶子的女人来取悦我。"他微笑时露出一口白牙，冲着影子眨眨眼。

"现在全没了，"岑诺伯格沮丧的情绪还没有消失，"什么都没了。"

"这个嘛，我现在能弄到的水果也没过去多了，"南西先生说，他目光闪烁、炯炯有神，"但只要有钱，大奶子女人还是能搞得到，没有什么比大奶子的女人更好的了。有人会说，用钱买到的女人没什么好东西。可我要告诉你，在寒冷的冬天早晨，只有大奶子女人才能把我发动起来。"南西大笑起来，是那种呼哧呼哧、连咳带喘的善意的笑。影子发觉自己不知不觉开始喜欢上这个老头。

星期三从洗手间出来，和南西握手。"影子，你想吃点什么吗？来块比萨，还是来个三明治？"

"我不饿。"影子说。

"让我教你点事吧。"南西先生说，"两餐中间可能会隔很长一段时间。如果有人提供食物给你，记得一定说要。我不再年轻了，但我可以告诉你这个，永远不要对上厕所、吃东西，或者闭上眼打半小时瞌睡的机会说'不'。明白我的意思吗？"

"我明白，但我现在真的不饿。"

"你是个大高个儿，"南西用一双红褐色的老眼凝视着影子浅灰色的眼睛，"人高马大。但我老实告诉你，你看起来并不怎么聪明。我从前有个儿子，要说他那股傻劲儿，简直就跟买一送二愚蠢大甩卖时，他买了一大批囤着似的。你让我想起他来了。"

"如果你不介意的话，我就把你的话当作恭维来听了。"影子客气地说。

"老天爷早晨给大伙儿发脑子，你睡过头没赶上吗？我说你傻，你还当恭维呢！"

"我说恭维，是因为你拿我跟你家人比较。"

南西先生掐灭雪茄，拍打干净手套上并不存在的烟灰。"你也许不是老独眼做出的最差选择。说到这个，"他抬起头看着星期三，"你知道今晚我们这边有多少人会来吗？"

"我给我能找到的每个人都发了信，"星期三说，"很明显，不是每一个人都能赶来。还有一些人，"他别有深意地看了岑诺伯格一眼，"本来还不想来呢。不过，我确信至少有几十人会来。我们商谈的话题会通过他们传出去。"

他们继续前行，经过一套展示的盔甲（"维多利亚时代的赝品"，他们从装在玻璃柜中的盔甲旁走过时，星期三说，"近代的假货，十七世纪复制的十二世纪的头盔，十五世纪的左手护臂……"），星期三推开出口的门，带领他们在建筑外面转圈子。（"我真受不了这些进进出出的门，"南西先生抱怨说，"我不像过去那么年轻了，我可是从热带地区来的。"）他们沿着一条有遮雨棚的走道，走进另一个房门，来到了旋转木马室。

汽笛风琴正在演奏音乐，是施特劳斯的华尔兹舞曲，曲调轻松活泼，偶尔会冒出一两个走调的音符。他们进来的那面墙上悬挂着古董的旋转木马，足足有几百只，有些需要重新油漆，有些需要好好擦洗去污。木马上方悬挂着几十个长着翅膀的天使，显然是用商店橱窗里的女体模特改造的，有些赤裸着她们让人分辨不出性别的胸部，有些假发已经不见了，在黑暗中眼神呆滞无神地俯视着下方。

然后，他们就看到了那一座旋转木马。

一块标志牌上说，这是世界上规模最大的旋转木马、总重量是多少、哥特式的树枝形装饰灯上悬挂了几千个灯泡等等。旁边的警告牌说，禁止任何人爬上旋转木马的基座，或者骑旋转木马上的动物。

那是些多么稀奇古怪的动物呀！影子目瞪口呆地看着，情不自禁被吸引住了。几百只真实大小的动物，正在旋转木马的转盘上转动着。那里有真实世界中存在的动物，也有只出现在幻想中的动物，还有两者相结合的动物。每一只动物都与众不同——他看到女美人鱼和男人鱼，半人马和独角兽；大象（一只大的，还有一只小的）、斗牛犬、青蛙和凤凰，还有斑马、老虎、人头狮身蝎尾兽和蛇怪；拉着马车的天鹅、白色的公牛、狐狸、双胞胎海象，甚至还有海蛇。所有的动物都色彩鲜艳，看上去栩栩如生。每当一支华尔兹舞曲结束，另一支舞曲又立刻演奏起来，旋转木马永不停息地旋转着，连速度都没有减慢下来。

"这个是干什么用的？"影子问，"我是说，好吧，这个是世界上最大的旋转木马，有几百种动物、几千个灯泡，永远不停息地旋转着，而且还没有人骑上去过。"

"它可不是随便骑的，不是给人类骑的。"星期三解释说，"它在**这里**，是为了让人赞美它、崇拜它。它拥有魔力。"

"它就好像是一个转经轮，不停地转呀转呀，"南西先生补充说，"用来积聚力量。"

"那么，我们在哪儿会见其他人？"影子接着问，"我记得你说过在这里可以碰见他们的。可现在这里是空的。"

星期三又露出他那种吓人的微笑。"影子，"他说，"你的问题太多了。我给你工钱可不是让你来提问的。"

"抱歉。"

"好了，站过去，扶我们上去。"星期三说着，走到旋转木马基座一侧，旁边就悬挂着旋转木马的说明牌和严禁登上木马的警告标志。

影子本想说些什么，但还是帮他们一个一个登上了木马基座。星期三似乎很笨重，岑诺伯格是自己爬上去的，只扶了一下影子的肩膀保持身体平衡，南西先生轻得仿佛没有任何重量。三个老人都爬上了木马基座，往前走一步，单脚一跳，就跳上旋转木马的转盘。

"喂！"星期三冲他大叫，"你怎么还不上来？"

影子犹豫了一瞬，匆忙瞥了外面一眼，看看岩上之屋的工作人员是否注意到他们，然后才用手轻松一撑，登上全世界最大的旋转木马的基座。影子有些困惑地意识到，自己根本就不在乎打破禁令登上木马，感觉就和下午帮助星期三打劫银行一样。

每个老人都挑选了一只怪兽。星期三骑到一匹金色的狼背上，岑诺伯格骑上一只穿着盔甲的半人马，它的脸隐藏在金属头盔后面。南西咯咯笑着，跨上一只巨大的、正准备跃起的狮子，雕刻师把狮子塑造成咆哮的姿态，他拍拍狮子的身体。施特劳斯的华尔兹舞曲带着他们庄严地旋转起来。

星期三在微笑，南西高兴地哈哈大笑，是那种老人的笑声，就连总是阴沉着脸的岑诺伯格看上去也相当开心。影子觉得仿佛突然放下一副重担。三个老头骑在全世界最大的旋转木马上，都玩得兴高采烈。可如果他们真的被人从这里赶出去呢？这么做到底值不值得？为了能骑上全世界最大的旋转木马，在宏伟漂亮的怪兽中穿行，值得为此付出代价吗？哪怕只是很小的一点代价？

影子挑剔地看了看一只斗牛狗、一只人鱼，和背着金色象轿的大象，最后爬上一只鹰头虎身的怪物，紧紧抓住它。

《蓝色多瑙河》的华尔兹舞曲在他脑中回荡，枝形吊灯上数千盏灯照耀着，灯光互相折射，令人目眩神迷。在一次心跳的短短一瞬间，影子再次变回一个孩子，只要能骑上旋转木马就万分开心了。他一动不动地坐着，骑着他的鹰头虎身有翼兽，感觉自己就在世界的中央，整个世界都在围绕他旋转。

影子听到自己在放声大笑，笑声盖过了音乐。他感到很快活。仿佛过去的三十六个小时从来没有发生过，仿佛过去的三年从来没有发生过，仿佛他的一生都只是一个小孩子的白日梦。那孩子刚刚回到美国，这是他第一次出门旅行，之前经过了一场马拉松式的长途旅行，汽车、轮船，换了无数交通工具。他骑在旧金山金门公园的旋转木马上，他的妈妈就站在他身边，骄傲地看着他。他吮吸着快要融化的冰棒，紧紧抓着木马，希望音乐永远不要停下来，旋转木马永远不要慢下来，旅程永远不要结束。他就这样转呀转呀转呀……

然后，灯光突然全部熄灭，影子看见了众神。

第六章

我们的门无人看守敞开着，
肤色混杂的人群穿过大门。
来自伏尔加河与鞑靼草原的人，
还有来自黄河两岸面孔扁平的人，
马来人，塞西亚人，条顿人，凯尔特人和斯拉夫人。
他们带来旧世界的贫穷与藐视；
一起带来的还有他们无人知晓的神与习俗。
这些猛虎一样的人们张牙舞爪，
大街小巷都能听到奇怪的语言。
我们的耳中充满威胁的腔调，
那是传说中的巴别塔存在过的语言。
　　——托马斯·巴雷·奥尔德里奇《无人看守的门》，1882年

　　上一刻，影子还骑在全世界最大的旋转木马上，紧紧抓着他的鹰头虎身有翼兽。突然间，旋转木马上红白相间的灯光闪烁一下之后就全部熄灭了。他从一片星光的海洋中向下坠落，机器演奏的华尔兹舞曲也变成沉重而有节奏的隆隆声，仿佛从遥远的大海对面传来的钹铙或者海浪的声音。

　　唯一的光源来自星星，冷冷的星光照亮了一切。在他身下，他的怪

兽渐渐变成活生生的动物，伸展四肢。他的左手可以触摸到它身上温暖的皮毛，右手则抚摸着它颈上的羽毛。

"这旅程真不错，是不是？"他背后传来一个声音，同时回荡在他耳中和脑海中。

影子慢慢转身，他移动时留下一串流动的影像，时间仿佛被冻结，每一秒都被定格成无数格连拍的影像，每一个细微动作都仿佛被无限地延长。但当影像传到他脑中，却变得毫无意义：仿佛他正透过蜻蜓宝石般的无数复眼看着这个世界，每一棱面看到的事物都截然不同，他已经无法把眼睛看到的事物，或者说他认为自己看到的事物，组合成一个有意义的整体。

他正看着南西先生，一个蓄着铅笔胡的黑人老头，他穿着格子纹运动衫，戴着柠檬黄的手套，骑在旋转木马的一头狮子上，在高空中上下翻飞。可与此同时，在同样的位置上，他还看到一只大如骏马、戴着宝石的大蜘蛛，蜘蛛的眼睛是翡翠色的，神气十足地居高临下看着他。与此同时，他又看到一个身材极其高大的男人，有着柚木色的红棕皮肤和三对手臂，戴着鸵鸟毛的飘逸头饰，脸上画着红色条纹，骑坐在一头暴躁的金色狮子背上，六只手臂中的两只正紧紧抓着狮子的鬃毛。此外，他同时还看到一个年幼的黑人小男孩，穿着破破烂烂的衣服，整只左脚都肿胀起来，爬满黑色的蚊虫。而最后，在所有这些影像的背后，影子看到一只小小的褐色蜘蛛，躲藏在一片枯萎的黄叶下面。

影子看到所有这些影像，他知道，这些影像属于同一个事物。

"再不闭上嘴巴，"属于南西先生的那些影像一起说道，"虫子就要飞进去了。"

影子闭上嘴巴，有些艰难地咽了一口口水。

距离他们大约一英里远的山顶上，有一座木头殿堂。他们驾驭坐骑奔向殿堂，怪兽们的身体在继续长大，脚爪悄然无声地踩在海边干燥的沙滩上。

岑诺伯格骑着半人马赶上来，他拍拍坐骑的人类胳膊。"这一切都不是真的，"他对影子说，声音显得低沉压抑，"这一切都发生在你脑中。最好别再瞎想了。"

影子看到一个灰发的东欧老移民，他穿着破旧的风衣，一口烟锈的黄牙，如此真实。与此同时，他还看到一个蹲伏的黑色活物，比围绕在它周围的黑暗更黑，它的眼睛仿佛两块燃烧的煤炭。他还看到一位王子，飘逸的长长黑发，蓄着黑色长须，双手和脸上沾满鲜血，他全身赤裸地骑在战马上，只在肩上披了一张熊皮。他的坐骑是半人半兽的怪物，他的脸上和身上刺满蓝色的螺旋状纹身。

"你是谁？"影子疑惑地问，"你是什么？"

他们的坐骑在海岸边行走，海浪猛烈拍击着夜晚的海岸，发出震耳欲聋的轰鸣。

星期三的坐骑狼已经长成一头绿眼、炭灰毛皮的庞然巨兽，他指引坐骑来到影子身边。影子的坐骑不安地扭动着，想从狼身边逃开，虎尾飕飕地挥动着，摆出一副好斗的姿态。影子抓住它的脖子，安慰它不要害怕。不知为什么，影子突然想到，应该还有另外一只狼，和星期三骑的那只是孪生的，它本来在沙丘间不远不近地尾随着他们，可一转眼又不见了。

"你知道我是谁吗，影子？"星期三问。他骑在狼背上，高傲地仰着头，右眼炯炯有神，精光四射，左眼却呆滞无神。他穿着一件深色的僧侣式带兜帽的斗篷，脸隐藏在斗篷的黑暗中，凝视着他们。"我告诉过你，有一天我会告诉你我的真名。听着，人们就是这样称呼我的名字：我被人尊称为战神、冷酷者、掠夺者，还有第三位神。我是独眼之神。我还被称为最高主神、真理探寻者，我是格林尼尔，是戴兜帽者。我是全能的父，我是权杖之王。我有无数的名字，正如风有无数的称呼，死亡有无数种方式。我宠爱的乌鸦叫胡因和穆因，意味着思想和记忆。我的宠狼叫弗来瑞和盖瑞，我的爱马叫绞刑架。"两只幽灵般的灰色乌鸦站在星期三的肩膀上，仿佛披着透明鸟羽外衣的两个鬼魂，它们把鸟嘴伸进星期三的头发里，似乎正在探寻他的思想。然后，它们拍打着翅膀，再次飞到遥远的世界中去。

我该相信什么？影子暗自想。这时，一个隆隆的低沉声音从地底深处的某个地方传来，回答他的问题：相信你眼前的一切。

"奥丁？"影子轻声问，一阵风从他嘴边将带走这个名字。

"奥丁。"星期三低声说，海浪拍打海岸的轰隆声也无法压住他的低语。"奥丁。"星期三再次说道，声音变成胜利的呐喊，在天地间轰鸣回荡。名字的回声在不断增大，轰鸣声仿佛充满了整个天地，影子的耳朵几乎都被震出血来。

然后，仿佛一切都在梦中，他们已经不在骑向遥远殿堂的途中了，他们已经到达殿堂门前，坐骑也被拴在殿堂门前的马棚里。

殿堂宏伟高大，但略显粗糙。屋顶是茅草搭建的，四壁以粗木拼造。殿堂中央燃着一团篝火，烟雾弥漫，刺痛影子的双眼。

"真应该在我的脑中进行这一切，而不是在他脑中。"南西先生嘟哝着对影子说，"那样的话，我们这会儿就暖和多了。"

"我们是在他的头脑中？"

"差不多吧。这里是瓦拉斯卡弗，他旧日的祭祀殿堂。"

影子放心地看到，南西又恢复成了那个戴着黄色手套的老头，但他身后的影子在火焰照耀下不断地晃动、摇摆、变幻，变幻成种种非人形的阴影。

靠墙边是几排木头做的长凳，大约有十来个人或坐或站，相互之间保持一段距离，显然是临时聚在一起的。其中有一位皮肤黝黑、穿着红色印度纱丽的威严妇人，有几个看上去很邋遢的商人，还有几个人因为距离火堆太远，影子无法一一看清他们。

"他们都在哪里？"星期三声音刺耳地冲着南西发问，"喂，他们都在哪里？这里本应该有几十个。几十个！"

"你已经全部邀请了。"南西说，"要我说，你能招来这么多人已经算是奇迹。要不我先讲个故事，当作热身？"

星期三摇头。"绝对不行。"

"他们看上去可都不怎么友好啊。"南西说，"讲故事是个好办法，可以把大家争取到你这边来。再说，你现在也没有吟游诗人可以给他们吟唱故事。"

"不要故事，"星期三说，"现在不要。等一下，会有时间让你给大家讲故事的，但不是现在。"

　　"不讲就不讲吧。我来帮大家调动一下情绪。"南西先生说着，大步走到篝火的火光中，脸上挂着轻松的微笑。

　　"我知道你们现在都在想些什么，"他开口说道，"你们在想，安纳西老伙计到底在做什么？全能的父把你们邀请来这里，却是我跑出来和你们讲话，好像是我把大家邀请来似的？好了，你们都知道，有时候人们需要被别人提醒一下。进来的时候，我四下瞧了瞧，然后我就想，**我们中的其他人都在哪里？**然后我又想，因为我们人数稀少，而他们势力强大，所以我们是弱者，他们是强者。但是，这并不意味着我们就完蛋了。

　　"有一次，我看见老虎来到湖旁。所有动物里，它的睾丸最大，爪子也最尖利，还有两只像匕首一样长、像刀锋一样锐利的虎牙。他对自己的睾丸相当骄傲。我对他说，老虎兄弟，你下去游泳吧，我来为你照看你的睾丸。于是他就下湖去游泳，而我把他的睾丸安在自个儿身上，把小小的蜘蛛睾丸留下来给他。接下来，你们知道我做什么了吗？我溜了。我伸出所有的腿，用最快的速度跑掉了。

　　"我一路不停地跑到临近的镇子，在那儿看见了老猴子。你看起来气色不错，安纳西，老猴子向我打招呼。我对他说，你知道旁边镇上的人都在唱什么歌吗？他们在唱些什么？他问我。他们在唱一首有趣的歌，我告诉他。然后我就跳起舞来，边跳边唱：

> 老虎的睾丸，嘿嘿，
> 我吃掉了老虎的睾丸，
> 现在谁也不能阻止我，
> 谁也不能把我逼近墙角，
> 因为我吃掉了老虎的威风，
> 我吃掉了老虎的睾丸，嘿嘿。

"老猴子笑得捶胸顿足，浑身哆嗦，然后他也开始唱起'老虎的睾丸，我吃掉了老虎的睾丸'，一边唱还一边拧响指，两脚交替踩着拍子。这是一首好歌，他说，我要把它唱给我所有的朋友听。你尽管唱给大家听吧，我对他说，然后我掉头跑回湖边。

"老虎正在湖边焦急地走来走去，尾巴嗖嗖地甩来甩去，耳朵和脖子上的毛也不安地竖了起来。他用巨大的军刀一样的牙齿咬死所有从他身边飞过的昆虫，眼睛里冒出黄色的愤怒火焰。他看起来非常羞愧、惊慌失措，尽管他身材高大，但是在他两腿之间，摇摆的却是你所看到过的最小的黑蜘蛛身上的最小最皱的睾丸。

"嘿，安纳西，他看见我，立刻责问道，你应该在我游泳的时候好好守护我的睾丸。可是当我从水中出来，岸边上却什么都不见了，只剩下你这副小小的、皱巴巴、黑乎乎、毫无用处的蜘蛛睾丸。

"我已经尽力了，我对他说，可是那些猴子，他们跑来把你的睾丸全部吃掉了，我走过去劝他们离开时，他们甚至把我的小睾丸也揪了下来。我实在太羞愧了，于是就逃跑了。

"你在撒谎，安纳西，老虎生气地说，我要吃掉你的肝脏。可就在这个时候，猴子们从他们的镇上来到湖边。几十只快乐的猴子走在路上，弹着响指，扯开嗓门唱着歌：

> 老虎的睾丸，嘿嘿，
> 我吃掉了老虎的睾丸，
> 现在谁也不能阻止我，
> 谁也不能把我逼近墙角，
> 因为我吃掉了老虎的威风，
> 我吃掉了老虎的睾丸，嘿嘿。

"老虎顿时咆哮起来，他怒吼着冲进树林里追杀猴子，猴子们惊恐地尖叫着，纷纷逃到最高的树枝上。而我则抓起我崭新漂亮的大睾丸，它们挂在我瘦得皮包骨头的大腿间，感觉真不错，然后我就回家了。直到今天，老虎还在继续追杀猴子们。所以，你们都要记得：你们弱小，并不意味着你们就没有力量。"

南西先生微笑着点头鞠躬，伸开双臂，接受听众的掌声和笑声，表现得像是专业演员。他转过身，回到影子和岑诺伯格身边。

"我记得我说过不要讲故事。"星期三说。

"你管那个叫故事？"南西说，"只不过刚清了下嗓子罢了，调动一下大家的情绪，准备听你演讲。现在上去吧，把他们全都镇住吧。"

星期三走出来，站在火光中，他看上去不过是一个穿着西装和阿玛尼旧外套、戴着一只玻璃假眼的高大老者。他站在那里，凝视着坐在木头长凳上的人们，很久都没有说话，时间久到连影子都开始觉得不自在起来。最后，他终于开口了。

"你们认识我，"他说，"你们全都认识我。你们中有些人不怎么喜欢我，对此我也无权指责。不管是不是喜欢我，你们全都认识我。"

长凳上的人发出一阵沙沙的低语声。

"我来到此地的时间比你们大多数人都长。和你们一样，我曾以为，我们可以像过去那样在这里继续生活下去。虽然不足以让我们幸福快活，但至少过得下去。

"但现在恐怕不是这样了。一场风暴就要来临了，而且，不是由我们制造的风暴。"

他停了下来，然后向前迈出一步，双手交叠在胸前。

"人们来到美国，他们将我们一同带来这里。他们带来了我，还有狡诈之神洛奇和雷神托尔、蜘蛛神安纳西和狮神，他们带来了爱尔兰矮妖精、精灵克鲁瑞肯[1]和班西女妖，还有财神俱吠罗、风雪婆婆和月亮女神阿诗塔鲁斯。他们把你们也带来这里。我们乘着他们的信仰之心而来，在这里生根定居。我们和移民们一起漂洋过海，来到这片崭新的土地。

"这块土地广袤无垠。但是不久之后，我们的人民开始抛弃我们，

---

1 爱尔兰民间传说中的精灵，性格乖戾暴躁，也是尼尔·盖曼主笔的漫画《睡魔》中的角色之一。

他们只记得我们是家乡的神怪，以为我们没有和他们移民来到这个新世界。我们真正的信仰者纷纷去世，或者停止对我们的信仰。我们被他们遗弃了，我们惶恐不安，无依无靠，只能靠我们所找到的极其稀少的祭祀品和信仰者生活。我们只好依靠自己继续生存下去。

"这就是我们的生活，苟延残喘，挣扎在生存线的边缘，没有人关注我们的存在。

"让我们面对现实，承认我们在这里没有任何影响力吧。但我们依然需要依靠他们来摄食生存，从他们身上得到自己需要的东西。我们混日子活下去，我们打劫、卖淫，我们拼命喝酒麻醉自己，我们吸毒，我们偷东西，我们诈骗，我们在社会的边缘生存下来。在旧世界，我们是高高在上的神，但在这个新世界，却没有我们神存在的位置。"

星期三停顿下来，表情严肃地一个一个地看着他的听众，颇有政治家的风度。他们冷漠地迎着他的目光，脸上仿佛戴了面具，读不出任何表情。星期三清清嗓子，冲着火堆重重吐出一口唾沫。火焰猛地跳跃起来，照亮整个殿堂内部。

"你们所有人肯定都已发觉，在美国，新一代的众神已经崛起。人们信仰他们，坚信不疑，他们是信用卡之神、高速公路之神、互联网之神、电话之神，还有收音机之神、医院之神、电视之神、塑料之神、传呼机之神和霓虹灯之神。那些高傲的神，其实是一伙肥胖而愚蠢的家伙，仅仅因为比我们更新，在这个时代更重要，他们便不断膨胀起来。

"他们意识到我们的存在，他们害怕我们，他们痛恨我们。"奥丁继续演说，"不相信这些，你们就是自欺欺人。如果有能力的话，他们一定会毁灭我们。现在是我们大家联合起来的时候了，是我们必须有所行动的时候了！"

穿红色印度纱丽的老妇人走到火光里，她的前额上有一枚小小的深蓝色宝石。她说道："你叫我们来这里，就是为了听你的一派胡言？"她冷哼一声，声音里混合着嘲讽和愤怒。

星期三皱眉。"没错，是我召唤你们来的。但这件事是有意义的，玛玛吉，不是什么一派胡言。哪怕是个孩子也能看得出来。"

"你是说我是不懂事的孩子喽，是吧？"她冲他愤怒地摇着手指，"我可比你古老多了，远在你被人创造出来之前，我就已经被人供奉在加尔各答的神庙中，你这白痴。我是孩子？好吧，就算我真是孩子好了，反正我在你的白痴演说里听不出任何有意义的东西。"

这一次，又有两个重叠的影像出现在影子面前：他看见一个老妇人，黝黑的脸上满是皱纹，一副不以为然的表情。但是在她背后，他还看到了一个巨大活物，那是一个赤裸女人，肌肤如同崭新的皮衣一样黝黑闪亮，嘴唇和舌头是鲜艳的血红色。她的脖子上挂着一串骷髅头项链，无数双手臂分别拿着匕首、刀剑和割下来的人头。

"我并没有说你是孩子，玛玛吉。"星期三心平气和地说，"但这显然是不言而喻的——"

"唯一不言而喻的事情，"老妇人伸手指点着说（在她背后，在她身体里，在她之上，一只黑色的、指甲尖锐得像爪子的手指，也同样指点着他），"就是你自己对荣耀的渴望。我们在这个国家平安地生活了很长时间。我承认，我们中有些人过得比其他人好。我就生活得很不错。在印度，我的另一个化身过得更好，但也不过如此。我并不嫉妒。我亲眼看着新的众神一代代成长起来，我也看着他们一一衰落下去。"她说完，垂下手。影子看到其他人都在看着她，眼神中混杂着不同的表情——尊敬、嘲笑、困窘。"不久之前，人们还崇拜着铁路之神。但是现在，铁路之神早已被人遗忘，跟翡翠猎神一样……"

"说出你的看法，玛玛吉。"星期三说。

"我的看法？"她的鼻孔气愤地张大，嘴角往下一撇，"我？我这个显然不懂事的孩子的看法？我说我们应该观望。我们什么也不做。我们并不知道他们是不是真想对付我们。"

"这么说，你打算继续观望等待，直到某天晚上他们闯进来杀死你，或者把你永远带走？"

她表情倨傲，但又似乎被这番话逗乐了，表情全显露在嘴唇、眉毛和鼻子的微微一皱上。"如果他们真的打算这么做的话，"她说，"他们会发现我很难被抓住，更难被杀掉。"

坐在她背后长凳上的一个矮壮的年轻人嘘了一声，引起大家注意。他开始说话，话音里带着轰轰的低沉鼻音。"全能的父，我的族人们生活得相当舒适，我们尽自己所能得到我们想要的生活。如果这场属于你的战争连累到我们的话，我们将会失去所有的一切。"

星期三说："你们已经失去了一切。我现在提供给你们一个机会，让你们把所有失去的重新得到。"

他讲话时，火焰高高蹿升起来，照亮了听众的脸庞。

我其实并不相信，影子心想，不相信眼前发生的一切。也许现在我还是十五岁，妈妈还活在世上，我还没有遇见劳拉。所有的一切都还没有发生过，这只不过是一个特别有真实感的梦罢了。但是他也同样不相信自己的这个想法。我们必须相信自己的感知能力，我们的视觉、我们的触觉和我们的记忆，就是我们感知这个世界的工具。如果连自己的感知能力也对自己撒谎的话，那这个世界上就再也没有什么可以信任的东西了。即使我们不相信，我们仍然无法脱离我们的感知所指引的方向，我们必须沿着感知的道路继续走下去。

火焰突然熄灭了。奥丁的神殿瓦拉斯卡弗，陷入一片黑暗中。

"现在要干什么？"影子悄声问。

"现在我们回旋转木马室去。"南西先生小声说，"老独眼请我们大家吃晚饭，贿赂某些人，再和某些人拉拉关系，不再讲'神'字开头的话了。"

"神字开头的话？"

"就是别再提起关于众神的话头了。你怎么了？给大家发脑子那天你没来吗，孩子？"

"那天有人正在讲一个怎么偷老虎睾丸的故事，所以我就停下来听故事的结尾，没赶去发脑子的地方。"

南西先生咯咯笑了起来。

"说到底，还是什么问题都没解决，没得出任何一致的意见。"

"他正在慢慢对他们做工作呢。他会一个一个地说服他们。看着吧，最后他们都会加入进来的。"

影子感到不知从哪里吹来一股风，风吹乱他的头发，吹拂着他的脸，还用力推拉着他。

转瞬之后，他们已经重新站在全世界最大的旋转木马的房间里，听着《皇帝华尔兹》舞曲。

房间里还有一群人，打扮得好像是游客，在房间另一头和星期三交谈着，墙边放满了木制的旋转木马。人数和在星期三的殿堂里见过的那些模糊人影一样多。"从这边走。"星期三大声说，带领大家穿过唯一的出口。出口做成庞然怪兽张大的嘴巴，它的尖齿仿佛正准备把众人都撕成碎片。星期三站在众人中间，像个标准的政客，满嘴甜言蜜语，时而鼓励怂恿，时而微笑，温和地表示不同意，耐心安抚着其他人的情绪。

"真的发生过吗？"影子追问。

"发生过什么，没脑子的笨蛋？"南西先生反问。

"殿堂，篝火，老虎的睾丸，骑着旋转木马。"

"哎呀，这里的旋转木马是不允许骑的。没看见警告牌吗？别说傻话了。"

怪兽的嘴巴通向风琴室。影子被弄糊涂了——他们不是从这条路进来的吗？可怎么第二次走过时，感觉还这么陌生？星期三带领大家登上几层台阶，经过从房顶悬挂下来的真人大小的四个骑手的雕像，沿着路标指示的方向找到出口。

影子和南西走在队伍的最后面。他们和众人一起走出岩上之屋，经过礼品店，朝停车场的方向走过去。

"可惜必须在关门前离开，"南西先生说，"我还想看看全世界最大的管弦乐队呢。"

"我看过了，"岑诺伯格突然说，"不怎么壮观。"

餐厅是一个有些像谷仓的巨大建筑，沿路过去大约十分钟车程。星期三告诉每位被邀请来的客人，说晚餐由他来请客，还给几个没开车来的人安排车，送他们去餐厅。

影子觉得很奇怪，这些人没开车，怎么能来到岩上之屋，而且又准备怎么离开这里呢。但他什么都没说。这个时候，最聪明的选择就是什么都别说。

影子载了满满一车星期三的客人去餐厅。穿红色印度纱丽的女人坐在副驾上。后座还有两个男人：那个长相奇特的矮壮年轻人，他的名字影子怎么也无法准确念出来，可能是叫艾尔维斯；另一个穿着黑色西装的男人，影子对他的名字已经没有任何印象了。

那男人钻进汽车时，影子就站在他旁边，还为他打开车门、关好车门，可现在却一点儿也不记得他的长相了。他坐在驾驶座上，转身看了他一眼，仔细记住他的脸部特征、发型和衣服，确保下次再见时可以认出他来。可是当他转身发动汽车时，却发现那男人的相貌再次从他记忆中消失，除了依稀记得他的模样比较有钱之外，其他就什么都不记得了。

我累了。影子心想。他瞥了右侧一眼，偷偷看那位印度女人。他注意到她脖子上环绕着一条由细小的骷髅头组成的银项链，手镯上悬挂着头颅和断手形状的吊饰，只要一动，小吊饰就叮当作响，好像小小的铃铛一样。一块深蓝色的宝石悬挂在她额头上。她身上有一股混合着咖喱、豆蔻、肉豆蔻和鲜花的味道，她的头发早已灰白。她发现他在偷看她，微笑起来。

"你可以叫我玛玛吉。"她说。

"我叫影子，玛玛吉。"影子回答。

"你怎么看你老板的计划，影子先生？"

他减慢车速，让后面一辆黑色货车超车过去，货车车轮扬起一堆烂泥。"我不问，他也不说。"他回答说。

"如果你问我的话，我认为他想博取最后一击，想让我们大家热血沸腾，为荣耀而战。那就是他想要的。可惜我们已经太老了，或者说太愚蠢了。不过，某些人也许会赞同他的观点。"

"我的工作不是问问题，玛玛吉。"影子回答说。车厢里立刻充满她清脆的笑声。

坐在后排的男人——不是长相古怪的那个，而是另外一个——说了些什么，影子也回复了他。可是转眼之后，他再怎么努力，也回想不起到底说了些什么。

长相奇特的年轻人什么都没说，没过多久，他开始哼唱起曲子。那是一种低沉的、旋律优美的男低音哼唱，车子内部都开始随着节拍嗡嗡震动起来。

长相奇特的年轻人只是中等身高，但身材比例却非常古怪：影子听人说过胸肌发达宽得像酒桶的人，但之前他对这种比喻没有任何实际体验。这个人就是胸膛宽得像酒桶，双腿粗得像树干，手掌肥得像火腿（千真万确）。他穿一件带兜帽的黑色皮衣，里面是毛衣和粗棉布衬衣，穿了那么多层冬天的衣服，脚下居然极不协调地穿了一双白色网球鞋，鞋的尺寸和形状更像是只鞋盒子。他的手指粗得像香肠，指尖方墩墩的。

"你在哼什么歌？"影子问。

"抱歉。"长相奇特的年轻人说，他的嗓音非常非常低沉，有些发窘。他立刻停止哼唱。

"不，我很喜欢。"影子说，"请不要停。"

长相奇特的年轻人犹豫了一下，然后再次开始哼唱起来。他的声音和刚才一样低沉，在车厢内回荡着。不过这次还加入了歌词，"当当当，"他唱着，声音低沉得让车窗都随之微微颤动，"当当当当，当当，当当。"

路边的每一栋住宅和建筑物，都在屋檐下装饰了圣诞节的彩灯。金色小灯泡从房檐上小心翼翼悬挂下来，闪闪发光，组成雪人、泰迪熊和多彩的星星等各种图案。

影子在餐厅前停下车，开车门让乘客们在餐厅正门下车。他回到车里，准备把车开到停车场最远的角落，想独自一人散步回餐厅，让寒冷空气稍微清醒一下头脑。

他把车停在一辆黑色货车旁，猜想是不是刚才在路上超车经过他的那一辆。他关上车门，站在停车场里，呼吸在寒冷空气中凝结成白雾。

影子想象餐厅里的情形，星期三和他的客人们围坐在包间里的一张大桌子旁，整个房间人声鼎沸。影子不知道自己的副驾位子是否真的载过伽梨女神，也不知道车子后座上的到底是谁……

"嘿，伙计，有火柴吗？"一个有些熟悉的声音响起。影子刚想转过身道歉，说自己没带火柴，枪管就重重击打在他的左眉上方，他倒了下来。他伸出一只手，撑住地面。有人把某样柔软的东西塞进他嘴里，阻止他喊出声。那人动作迅速，显然受过专业训练，对付他就像屠夫对待小鸡一样轻而易举。

影子想大声叫喊，警告星期三，警告他们所有的人，但嘴里除了压抑的呜咽声，什么声音也发不出来。

"目标全在里面。"有些耳熟的那个声音说，"所有人都就位了吗？"一阵电子信号的噼啪声，对讲机里传来模糊的声音，"我们冲进去，把他们都抓起来。"

"这个大家伙怎么办？"另一个声音问。

"绑起来带走。"第一个声音说。

他们把一个像袋子一样的头罩套在影子头上，用胶带绑住他的手腕和脚踝，丢进货车后厢，开车走了。

关押影子的小房间没有窗户，只有一把塑料椅、一张轻便折叠桌和一个带盖子的桶——估计是给影子做临时马桶用的。地板上还有一张六英尺长的黄色海绵乳胶垫，上面铺着一条薄毯。毯子正中央有一块干涸凝块的棕色陈年污渍，可能是血、粪便或是食物。影子不知到底是什么污渍，也没兴趣知道。屋顶有一个铁栅格通风口，下面悬挂着一个光秃秃的灯泡，但影子找不到灯泡的开关。灯一直亮着，在他这一面的房门上没有门把手。

他很饿。

那些神秘人把他推进房间，撕掉绑在他脚踝、手腕和嘴上的胶带，留他独自一人待在房间里。他做的第一件事就是在房间里四处走动，仔细查看一切。他敲敲墙壁，发出沉闷的金属声音。屋顶有一个很小的通风栅格，门似乎从外面反锁了。

他的左眉上方在缓缓渗血，头也很痛。

地板上没有铺地毯。他敲敲地板，结果发现和墙壁一样是金属的。

他揭开桶盖，在里面小便，再把盖子盖回去。手表显示，自从他在餐厅外遇袭，到现在已经四个小时了。

他的钱包不见了，但他们没有拿走他的硬币。

他坐在折叠桌旁的椅子上，桌上覆着一层有烟洞的绿色台布。影子准备练习让硬币穿透桌面的戏法，他掏出两枚二十五美分的硬币，开始玩起来。

他在右手掌心藏了一枚硬币，只展示出左手食指和拇指捏住的另一枚硬币。然后，他做出一个把左手的硬币拿走的动作，但实际上却悄悄让硬币落进左手掌心里。他张开右手，露出一直藏在右手里的硬币。

操纵硬币可以让影子集中精力。更确切地说，如果感到愤怒或不安，他就没法变硬币戏法。练习戏法只是一个幌子，甚至没有什么实际用途，但他还是花费大量精力和努力，重复把硬币从一只手变到另一只手里的动作（真的表演其实不用这样大费周折），这样做只是为了让自己镇定下来，让头脑从混乱和恐惧中解脱出来、清醒起来。

他又开始了一个新戏法，用单手把一枚五十美分的硬币变成一美分的，但问题是他手上只有两枚二十五美分的硬币，所以这个戏法完全没有意义。他把两枚硬币轮流藏起来又露出来。他先展示食指和拇指捏住的硬币，另一枚硬币横放着藏在拇指虎口位置，也就是俗称的"虎口藏币"戏法。他把手举到嘴边，轻轻吹一下露出来的那枚硬币，然后让它滑到中指指尖，再推进手掌心，用手指把最初藏在拇指虎口里的那枚硬币拈出来。可因为两枚是同样的硬币，结果就是他先展示出手中的二十五美分硬币，把它举到嘴边吹一口气，放下，然后变出的还是同一枚硬币。

他一遍又一遍地重复这个戏法。

他不知道他们会不会杀了他，他的手颤抖起来，虽然只是微微一颤，但一枚二十五美分的硬币从指间掉下来，落在桌子脏兮兮的绿色台布上。

他无法再继续玩下去了，索性把硬币放在一边，拿出卓娅·波鲁诺什娜亚送给他的有自由女神头像的一美元银币。他紧紧地把硬币握在掌心，等待着。

他的手表指向凌晨三点的时候，特工们回来审问他。两个人都穿着黑色套装、闪亮的黑鞋子，一头黑发。其中一人是方下巴、宽肩膀、毛发浓密，看上去似乎在高中时代打过橄榄球，手上的指甲被啃得很难看。另一个人发际微秃，戴着银丝边的方框眼镜，指甲修整得很干净。尽管两个人看上去一点也不相像，但影子怀疑，从某种标准程度来说（可能是细胞结构），这两个男人是完全相同的。他们各站在桌子一边，居高临下地看着他。

"先生，你为卡格工作多久了？"其中一个问他。

"我不知道你说的是谁。"影子回答。

"他还称呼自己为星期三、格林、奥父、老头子。你过去一直和他在一起，先生。"

"我只为他工作了三天。"

"别对我们撒谎，先生。"戴眼镜的特工说。

"好的，"影子说，"我不会撒谎。可我真的只为他工作了三天。"

下巴刮得干干净净的特工突然弯下腰来，手指夹住影子的耳朵用力一拧，同时使劲挤压，一阵剧痛从耳朵上袭来。"我们警告过你，不要撒谎，先生。"他语气温和地说，然后放开手。

每个特工的外套下面都有手枪突出来的轮廓，影子没有动手反击。他就当自己又回到监狱里。**管好自己别惹事**，影子对自己说，**他们还不知道的事，一件也别说。千万别问问题。**

"和你在一起的是一群非常危险的家伙，"眼镜特工说，"你应该为了国家的利益尽到公民的职责，坦白交代和他们的关系。"他一脸同情地微笑着，那笑容仿佛在说：我是唱红脸的。

"我懂了。"影子说。

"如果你不想帮我们的话，先生，"下巴干净无须的特工接着说，"你就会知道我们不高兴时会发生什么了。"他一拳猛击影子的腹部。这不是拷打，影子暗自想，他不过是在强调：我是唱白脸的。他痛得干呕起来。

"我当然愿意让你们高兴。"终于能重新说话时，影子回答说。

"我们要求的只是你的合作，先生。"

"我能问……"影子突然收声（别问问题，他想，可惜已经太迟了，话已经脱口而出），"我能问一下，我到底是在和谁合作吗？"

"你想让我们告诉你名字？"下巴干净无须的特工问，"你脑子有毛病吗？"

"不，他问得有道理。"眼镜特工说，"知道我们是谁，更容易和我们合作交流。"他端详着影子，笑容灿烂得好像在做牙膏广告。"嗨，我是石先生，我的同事是木先生。"

"其实，"影子说，"我的意思是，你们属于什么机构？中央情报局？联邦调查局？"

石先生摇摇头。"哎呀，这个可不像过去那么单纯了，先生，事情没有那么简单。"

"有秘密部门，"木先生说，"也有公开部门，你知道的，两者之间相互影响。"

"不过，我可以向你保证，"石先生说着，再一次露出迷人微笑，"我们是好人。你饿了吗，先生？"他伸手从口袋里掏出一块花生士力架。"给你，一个小礼物。"

"谢谢。"影子说着，打开包装吃起来。

"我猜你一定想喝点东西。咖啡，还是啤酒？"

"请给我水。"影子说。

石先生走向门口，敲敲门，对门外的警卫说了些什么，后者点点头。一分钟后警卫返回来，手里拿着一个装满冷水的塑料杯子。

"中央情报局，"木先生说着，悲伤地摇摇头，"那些头脑简单的家伙。嘿，石头，我最近听到一个关于中央情报局的笑话，是这样的：我们怎么能确保中央情报局没有卷入肯尼迪总统的暗杀案？"

"我不知道，"石先生说，"怎么确保？"

"他已经死了，不是吗？"木先生说。

两个人哈哈大笑起来。

"感觉好点了吗，先生？"石先生问。

"我想是的。"

"那么，把今天晚上发生的事情告诉我们，好吗，先生？"

"我们参观游览，去了岩上之屋，然后出来准备吃饭，接下来的事你们都知道了。"

石先生重重地叹口气。木先生摇摇头，仿佛很失望，然后一脚踢在影子的膝盖上。钻心的疼痛。接着，石先生把拳头顶在影子后背大概是右肾的位置上，扭动拳头用力顶压。对影子来说，这疼痛比膝盖上的更加令人难以忍受。

我比他们任何一个人都要高大强壮，他心想，我可以打倒他们。但他们带着枪，还有，就算他不管用什么手段把他们两个全部干掉或者打倒，他还是被锁在这个小牢房里。（不过那时候他手上就有枪了，有两把手枪。）（不，不行。）

木先生在殴打时，手一直避开影子的脸。不留伤痕，也没有永久的伤害，只是对他的躯干和膝盖拳打脚踢。这非常疼痛，影子手心紧紧攥住那枚一美元的自由女神像银币，等待拷打的结束。

似乎过了很久，拷打终于告一段落。

"我们两小时后再见，先生。"石先生说，"要知道，木先生相当痛恨拷打别人。我们都是讲道理的人。我说过，我们都是好人。你站错了边。闲下来的这段时间，你为什么不睡一小会儿？"

"最好别不把我们当回事儿。"木先生警告说。

"木先生的话有道理，先生，"石先生劝说道，"好好想想吧。"

房门在他们背后关上。影子以为他们会关掉房间里的灯，但他们没有。灯泡像一只冰冷的眼睛，照亮整个房间。影子艰难地爬过地板，爬到黄色海绵乳胶垫上，把薄毯子拉起来盖在身上，然后疲倦地闭上眼睛。他无力思考，坠入梦中。

时间流逝。

他又回到十五岁，他妈妈就快死了，她正试图告诉他一件非常重要的事情，但他却听不懂她在说什么。他在梦中动了动身体，全身上下剧烈的疼痛让他从半睡状态进入半醒状态，他痛得畏缩了一下。

影子在薄毯下面浑身颤抖。他用右臂遮住眼睛，挡住刺眼的灯光。他不知道星期三和其他人是不是还自由、是不是还活着。他希望他们都安全无事。

银币在他左手中依旧冷冰冰的，他能感觉到银币的存在，仿佛它也和他一样熬过了殴打。他恍恍惚惚地想，为什么银币在他的体温下一直没有变暖。他进入半睡半昏迷的状态，银币、自由女神、月亮，还有卓娅·波鲁诺什娜亚，不知何故它们都缠绕在一起，组成一道从地底深处直达天空的银色光带，而他乘着光带高高升起，将身体的疼痛、心灵的伤痛和恐惧远远抛下，他远离痛苦，仿佛受到祝福般，再次沉入甜美的梦境……

从很远的地方似乎传来什么声音，但已经太晚了，来不及再去思考这些声音了，他已经沉入梦乡了。

迷迷糊糊中，他希望那些人不要再来叫他起床，然后继续殴打他、冲他大声叫喊。接着，他高兴地发现，他真的睡着了，不再感到寒冷。

有人在某处大声叫救命，也许是在他梦中，也许不是。

影子在海绵乳胶垫上翻一个身，翻身时发觉又多了几处疼痛的地方。他希望自己不要醒来，结果放心地发现睡意再次将自己笼罩。

有人正在摇晃他的肩膀。

他想告诉他们不要吵醒他，让他继续睡下去，别来打搅他，结果只是发出一声梦呓。

"狗狗？"是劳拉在说话，"你必须醒了。快点起来，亲爱的。"

那一瞬间，他突然有一种如释重负的感觉。好像他刚刚做了一个非常奇怪的梦，梦到监狱、囚犯、接踵而来的众神，而现在劳拉叫他起床，告诉他上班的时间到了，也许在上班之前还有足够时间来杯咖啡，来个热吻，或者不只是热吻。他伸出手摸她。

她的肌肤冷得像冰块，而且黏乎乎的。

影子顿时睁开眼睛。

"这些血是从哪儿来的？"他问。

"别人的血，"她说，"不是我的。我身体里装满了甲醛，还混合了甘油和羊毛脂。"

"别人是谁？"他继续问。

"警卫们。"她说，"没事了，我杀了他们。你最好赶紧起来。我想他们都没来得及发出警报，从外面那边拿件外套穿上，要不你会冻坏的。"

"你杀了他们？"

她耸耸肩，有些尴尬地笑了笑。她的手看起来仿佛刚刚画完手指颜料画，而且只用了深红色这一种颜色。她脸上和衣服上沾满斑斑点点的红颜色（她还穿着下葬时的那套蓝色套装），让影子联想起杰克逊·波洛克[1]。想到杰克逊·波洛克的画，比接受血淋淋的事实让人舒服多了。

"死了之后，杀人会更容易一些。"她告诉他，"我的意思是，因为死后你不再有偏见，杀人就不再是什么了不起的大事。"

"但杀人对我来说可是大事。"影子说。

"你想留在这里等早班警卫吗？"她说，"喜欢的话就留下好了。我还以为你想离开这里呢。"

"他们会认为是我杀的人。"影子呆呆地说。

"也许吧。"她说，"穿上外套，亲爱的，否则你会冻僵的。"

---

1 杰克逊·波洛克（1912—1956），美国抽象表现主义的先驱，以在画布上随意泼溅颜料作画的技艺而著称。

144

他走到外面走廊，走廊尽头是警卫室，里面躺着四具尸体：三个警卫，还有那个自称石先生的家伙。他的搭档不知道去哪里了。从地板上拖行的血痕来看，其中两具尸体是被拖到警卫室，然后丢在地上的。

影子的外套挂在衣架上，钱包还在口袋里，显然没有人动过。劳拉撕开两个装着糖果的纸盒。

直到现在，影子才能好好看清那几个警卫，他们穿着深色迷彩装，上面没有任何官方标识，让人无法辨别他们到底为哪个政府部门工作。光看打扮，他们也可能是周末来打野鸭的猎人，为打猎特意穿了迷彩服。

劳拉伸出冰冷的手，抓住影子的手。她已经用一根金项链串起影子送她的那枚金币，挂在脖子上。

"很漂亮。"影子说。

"谢谢。"她甜甜一笑，美丽动人。

"其他人怎样了？"他问，"星期三和其他那些人呢？他们被关在哪里？"劳拉递给他一把巧克力棒，他装进衣服口袋里。

"这里没有其他人，只有很多空牢房，其中一间关着你。哦，对了，有个警卫去一个空牢房里看杂志手淫，被我吓了一跳。"

"你在他手淫的时候杀了他？"

她无所谓地耸耸肩。"我想是吧，"她有些不太自在地说，"我担心他们会伤害你。必须要有人保护你，而我说过我要保护你，是不是？给你，拿着这些。"她递给他几片内含化学药剂的暖宝宝：薄薄的一层衬垫，只要拆掉封条，它们就会自动升到比体温略高的温度，能保暖几个小时。影子把暖宝宝也装到口袋里。

"守护我。是的，你的确做到了。"他说。

她伸出手指，轻轻抚摸他左边眉毛上方的伤口。"你受伤了。"她说。

"我没事。"他说。

他推了一下墙上的金属门，门缓缓地打开，门口距离外面的地面还有四英尺高度。他跳下来，感觉地面是沙砾。他抱住劳拉的腰，把她抱下来，就像过去一样，想都没想地就抱住她……

月亮从厚重的云层后面露出来，低低地悬挂在夜空中。月亮快要落下去了，但洒在雪面上的月光还是很亮，足以看清周围的一切。

他们逃出来的地方，原来是长长一串涂成黑色的货运火车中的一节车厢，货车停在或是被遗弃在一片树林旁。许许多多节车厢一直延伸到树林中，超出他的视力范围。他当然是被关在火车车厢里，他早该猜到的。

"你到底是怎么找到我的？"他问死去的妻子。

她缓缓摇头，似乎觉得这个问题很好笑。"你发出光芒，就像是黑暗世界中的灯塔一样明亮。"她告诉他，"找到你一点也不难。好了，你该走了。走得越远越快，越快越好。别用信用卡，这样你就会安全无事。"

"我该去什么地方？"

她的手撩起自己纠缠成一团的头发，从眼前拨开。"公路在那个方向，"她告诉他，"该做什么尽管做，别有什么顾忌。如果可以的话，偷辆车子。向南边走。"

"劳拉，"他迟疑了一下，问道，"你知道这到底是怎么回事吗？知道这些人都是什么人吗？你杀的到底是什么人？"

"是的，"她说，"我想我都知道。"

"我欠你一个人情，"影子说，"没有你的话，我还被关在这里。我可不觉得他们对我有什么好的打算。"

"是的，"劳拉说，"他们不会对你打什么好主意。"

他们离开空置的火车车厢。影子想起他见过的其他火车，没有窗户的金属车厢，汽笛鸣响，穿过夜色孤独地前进。他的手指在口袋里紧紧抓着那枚自由女神银币，他想起卓娅·波鲁诺什娜亚，还有她在月光下凝视着他的样子。*你问她想要什么了吗？……向死人提问是最明智的选择，有时候他们会告诉你真相。*

"劳拉……你想要什么？"他终于开口问。

"你真的想知道？"

"是的，请告诉我。"

劳拉抬起头，死滞的蓝色眼眸凝视着他。"我想重新活过来。"她说，"不是这种半死的状态。我想要真正地活着。我想要再次感觉到心脏在胸腔里跳动，我想要感觉血液在血管中流动——温热、腥咸、真正的血液。你可能觉得很怪，你活着的时候感觉不到鲜血的流动，但是相信我吧，等你的血液也停止流动时，你就会明白我的意思了。"她揉揉眼睛，手上沾染的血弄污她的脸。"你看，我不知道为什么这种事会发生在我身上。我感觉很难受。你知道为什么死人只在晚上出来活动吗，狗狗？因为在黑暗中，它们才更容易被别人当作活人。我不想假装是活人，我想真正活过来。"

"我不明白你想要我做什么。"

"让我活过来，亲爱的。你会找到办法的，我知道你会。"

"好吧，"他说，"我会尽力的。如果我真的找到办法，我怎么才能找到你？"

但她已经离开了，树林里空荡荡的，什么也没有。天边淡淡的一层灰白色，提醒他那边是太阳东升的方向。十二月凛冽的寒风中传来几声孤独的悲啼，可能是睡得最晚的夜鸟，或是起得最早的晨鸟。

影子面向南方，向前走去。

第七章

印度诸神的所谓"永生"有着非常特殊的含义，他们既会诞生，也会死亡，会经历凡人遇到的大多数困境，他们似乎只在某些细枝末节的方面不同于凡人。神与魔的差别更加微不足道。尽管如此，印度人依然认为，神与凡人截然不同。他们是崇高的象征，凡人的一生无论多么伟大，都绝不可能达到神的高度；他们是演员，演出只对我们才显得真实的一部部戏剧。他们是面具，透过面具看到的是我们自己的脸。

——温迪·多尼哥·奥富拉狄《引言》
摘自《印度神话传说》（企鹅图书，1975年）

影子向着南方，或者说他希望是南方的方向，走了几小时。他沿着一条没有路标的狭窄公路前行，估计自己正在穿越威斯康星州南部的某片树林。几辆越野车从他背后驶来，车灯明晃晃地亮着。他匆忙钻进路旁的树林，直到车子驶远才出来。清晨的雾气浓密厚重，白雾一直弥漫到他的腰部。刚过去的越野车都是黑色的。

接着，大约三十分钟后，西边远远地传来直升机的轰鸣声。他立刻逃离这条运输木材用的公路，钻进树林深处。一共有两架直升机。他蜷缩身体，蹲伏在一棵倒卧树木背后的浅坑里，听着直升机从头顶上方飞过。直升机离开后，他查看动静，抬头瞥了一眼灰蒙蒙的冬日天空，满意地看到直升机在空中留下的一条黑色烟雾带。他在树干下面继续躲了一阵子，直到直升机的声音完全消失。

树下的积雪并不很多，踩在脚下嘎吱作响。他对那几片暖宝宝感激不尽，幸好有它们，他的手脚才没有彻底冻僵。但除了手脚，他还是被冻得有些麻木：心脏麻木、思想麻木，就连灵魂也麻木了。他知道，这种麻木感，将长时间陪伴着他。

我到底要什么？ 他问自己。他无法回答这个问题，他只好继续走下去，一次一步，一步一步地在树林中向前走。所有树木看上去都一模一样，所有景致都有似曾相识的感觉。他是不是一直在树林里绕圈子？也许他就要这样一直不停地走下去，直到暖宝宝和巧克力棒都耗光吃光，然后筋疲力尽地坐下去，再也不会站起来。

他走到一处水流密集的地方，就是当地人称之为小溪的那种水流，决定顺着溪流走下去。溪流会汇入河流，河流则流向密西西比河，只要坚持走下去，也许他还可以中途偷到一条船，或者自己造一个木筏，最后到达气候温暖宜人的新奥尔良——这个想法既让他感到高兴，又让他觉得根本不可能实现。

再也没有直升机来追踪他了。他有种感觉，从头上飞过的直升机是去清理货运火车那边的烂摊子的，不是来追他的。否则，直升机肯定会折返回来，这里还会有追踪犬、刺耳的警报，铺开全套的追捕场景。但是现在，这里什么都没有。

他到底想要什么？不要被人抓住，不要把火车里的那些人的死揽到自己头上。"不是我干的，"他仿佛听到自己在辩解，"是我死去的妻子干的。"他可以想象执法人员脸上的表情。他会被推上电椅，而人们会争论他到底是不是真的疯了……

他不知道威斯康星州有没有死刑，有没有都不重要。他只想弄明白到底发生了什么，再弄明白这一切如何收场。最后，他挤出一个有点悲伤的笑容，他意识到，其实他最想要的，就是让一切重新恢复正常。他希望自己从没有被关进监狱，劳拉还好好地活着，他这几天所经历的一切从来都没有发生过。

"恐怕没有这个选项，我的孩子。"他在想象中用星期三的粗暴语气说话，而他自己也同意地点点头。没有这种选择，你已经把自己的退路给断掉了。所以，你就接着走吧、继续熬吧……

远处有只啄木鸟，正在"笃笃笃"地啄着朽坏的树干。

影子突然感觉到有一双眼睛正在窥视他。光秃秃的矮树丛中，几只北美红雀盯着他，然后低下头，继续啄食黑色接骨木树上的一串串果实。它们的模样跟北美鸣禽月历上画的丝毫不差。周围各种各样的鸟叫声，有的啭鸣低吟，有的啝啝尖叫，有的高昂清脆，影子觉得自己仿佛在听立体声音乐。沿溪而行的一路上，鸟叫声始终陪伴着他。最后，所有的鸟叫声慢慢消失。

一只死掉的小鹿躺在山峰阴影下的林间空地里，一只黑鸟，体型巨大得像只小狗，正在用巨大、邪恶的黑色鸟喙啄食着死鹿，从尸体上撕碎、拉扯下一片片红色的鹿肉。小鹿的眼睛已经不见了，头部还完好无损，尾巴上还长着幼鹿的带白斑点的黄褐色鹿毛。影子好奇这只鹿是怎么死的。

黑色大鸟一歪头，然后开口说话，声音像岩石相互撞击。"你是影子人。"

"我是影子。"影子回答说。鸟跳到鹿的臀部，高昂起头，竖起鸟冠和脖子上的翎毛。鸟体型巨大，眼睛像一对漆黑的珠子。近距离面对那么大的一只鸟，让人不由得胆战心惊。

"说他在卡罗见你。"大乌鸦嘎嘎地说。影子不知道这是奥丁的哪只乌鸦，是胡因还是穆因、记忆还是思想。

"卡罗？"他追问。

"在埃及。"

"可我怎么到埃及去？"

"沿着密西西比河。向南。找杰奎尔。"

"听着，"影子说，"我不想让自己显得像是——哦，天啊，你看……"他停下来，重新组织语言。他现在很冷，孤零零站在树林里，和一只正拿小鹿班比作早餐的黑色大鸟说话。"好了，我想说的是，我受够这一套神神秘秘的事情了。"

"神秘。"乌鸦表示同意,这倒是挺帮忙的。

"我想要的是解释。卡罗的杰奎尔。一个名字,一个地址,这对我没有帮助。这种无聊线索,只配用在二流的间谍惊悚片里。"

"杰奎尔,朋友,嘎嘎,卡罗。"

"随你怎么说好了,我想得到的信息,得比这几个字眼稍微多一些才行。"

乌鸦半转过身子,从鹿的肋骨部位又撕下一条血淋淋的肉。然后,它飞进树林里,红色的鹿肉摇摇晃晃地悬在嘴边,好像一条长长的血淋淋的虫子。

"喂,至少把我带上一条正正经经的路呀!"影子冲着乌鸦大叫。

乌鸦飞远了。影子看着地上的小鹿尸体,心想自己如果是懂得在森林里生存的人,一定会从鹿身上割下一大块肉,升起一堆篝火来烤着吃。他没有这么做,只在一棵倒下的树干上坐下,吃起士力架。他心里明白,自己压根算不上什么林中居民。

乌鸦在林中空地那边叫了一声。

"你想让我跟着你走?"影子问它,"还是有人掉井里了?"乌鸦不耐烦地再次叫了一声,影子朝它走过去。它等着他走近,然后重重地拍打翅膀飞到另外一棵树上,它面朝的方向,是影子来时方向的略微偏左一些。

"喂,胡因还是穆因,随便什么名字都好,你。"

黑鸟转过身,脑袋怀疑地歪向一侧,闪闪发光的眼珠子打量着他。

"说'下不为例',说!"影子说。

"去你妈的。"乌鸦说。一人一鸟一起穿过树林,乌鸦再也没有开口说话。它在前面带路,从一棵树飞到另外一棵树,而影子脚步沉重地穿过灌木丛,努力追上它的速度。

差不多是正午时分,天空依然是灰蒙蒙一片。

半小时后,他们走到邻近一个镇子的柏油公路上,乌鸦飞回树林。影子看到一家卡尔福汉堡包店的标志牌,旁边还有一个加油站。他走进汉堡店，里面空荡荡的没有顾客，收银台后面坐着一个剃着光头、态度热情的年轻人。影子点了两个汉堡包、一份炸薯条，然后钻进洗手间去洗脸。镜子中的他看上去简直脏透了。他翻了翻口袋：里面有几枚硬币，包括那枚自由女神银币、便携式牙刷和牙膏、三块士力架、五片暖宝宝，还有钱包（里面除了一张驾照和一张信用卡外，再没有其他东西。他也不知道那张信用卡的有效期还有多久）。外套内侧口袋里，是一千美元现金，全是五十美元和二十美元一张的钞票，这是昨天晚上打劫银行搞来的钱。他用热水洗干净手和脸，打湿他的黑色头发，弄平整，然后到外面的餐厅里吃他买的汉堡包、薯条和咖啡。

他回到柜台前。"来一份奶油冻吗？"态度热情的年轻人问。

"不用了，谢谢。你知道附近有没有地方可以租车吗？我的车在那边路上熄火了。"

年轻人抓抓脑袋。"这附近没有，先生。如果你的车坏了，可以打电话给3A急救，或者到旁边加油站借拖车。"

"好主意，"影子说，"非常感谢。"

他踩着半融化的积雪，从汉堡包店的停车场走到旁边的加油站。他在加油站的超市里买了巧克力棒、牛肉干和更多的暖宝宝。

"这附近哪儿能租到车子？"他问收银台后面的女人。她体态丰满，戴着眼镜，一副乐于和别人说话的样子。

"我想想看，"她说，"我们这儿很偏僻，麦迪逊市区才有这种业务。你要到什么地方去？"

"卡罗，"他说，"我也不知道那是什么地方。"

"我知道。"她高兴地说，"从架子那边给我拿张地图过来。"影子把伊利诺伊州的压膜地图递给她，她打开地图，得意地指着该州最底部的一个角落。"就在这里。"

"开罗？"

"在埃及的那个才叫开罗。在小埃及[1]，他们管那个地方叫卡罗。

---

1 位于美国密西西比河三角洲。

那儿还有一个叫底比斯的城市呢。我嫂子就是底比斯人。我跟她打听埃及的底比斯，结果她看我的眼神，就好像我脑子缺了根弦似的。"这女人好像打开的水龙头，滔滔不绝地说着。

"那里有金字塔吗？"那个城市距离这里还有五百英里的路程，几乎就在正南方。

"反正他们没有跟我提过。他们管那里叫小埃及，是因为大约一百，哦，一百五十年前，发生了一次大饥荒，庄稼没收成。但那个地方的庄稼却没事，所以大伙都跑去那里买粮食。跟圣经故事差不多，约瑟夫和神奇彩衣[1]、让我们去埃及吧，什么的。"

"要是换了你，又非去那里不可，你会怎么走？"影子问。

"开车过去。"

"我的车坏在几英里外的路上了。一堆狗屎烂货。请原谅我说粗话。"影子说。

"狗屎烂货？"她说，"啊，对了，我姐夫就这么叫的。他是买卖车辆的，小生意。他会经常打电话给我，说，玛蒂，我又卖出去一辆狗屎烂货。我说，他可能会对你的旧车感兴趣，能拆下点儿有用的零件什么的。"

"那车是我老板的。"影子说。谎话如此轻松地顺口而出，连他自己都吃了一惊——"我得打电话给他，让他过来把车拖走。"他脑中突然冒出一个好主意，"你的姐夫，他住在附近吗？"

"他住在莫斯科达镇，离这里往南大约十分钟，就在河对面。问这个干吗？"

"哦，他手头上有没有一辆狗屎烂货可以卖给我？我可以出五百美元，不，六百美元。"

---

1 《约瑟夫和神奇彩衣》是一部通俗大众的音乐剧，故事取材于《圣经·创世记》：约瑟夫是最受父亲宠爱的儿子，父亲买了一件昂贵的彩衣送给他，因此被十一个兄弟所妒恨，将他推进深井，又被卖到埃及做奴隶。约瑟夫在埃及受到法老重用，帮助埃及平安度过饥荒，灾民们纷纷来埃及买粮食，最后他与家人团圆。

她甜甜地笑起来。"先生,他后院里的车,加满油也值不了五百美元。不过别对他说是我告诉你的。"

"你可以打电话给他吗?"影子问。

"我正想打呢。"她说着拿起电话听筒,"亲爱的?是我,玛蒂。你马上来我这儿一趟,我这儿有人想买辆车。"

影子买的这辆狗屎烂货是一辆1983年的雪佛兰新星,只花了四百五十美元,油箱里还加满了油。里程表显示车子已经跑了大约二十五万英里,车厢里一股子淡淡的波本威士忌,烟草和更加强烈的、影子觉得像是香蕉的味道。车身蒙着灰尘和积雪,看不出车身原本的颜色。不管怎么说,在玛蒂姐夫的后院车场里,这是唯一一辆看起来还能载他跑上五百英里的车。

交易用现金完成,玛蒂的姐夫只管收钱,根本没问影子的名字、社保号码,或其他的身份证明。

影子开车先向西行,然后转而向南,离开州际公路。他口袋里只剩下五百五十美元。这辆烂车上有一部收音机,打开后却没有任何声音。路边一块路牌告诉他已经离开威斯康星州,进入伊利诺伊州。他经过路边的一个露天采矿场,巨大的蓝色弧光灯照亮暗淡的冬日。

他在一个叫妈妈餐厅的地方停下来吃午饭,正好赶在他们下午关门休息前。饭菜味道还不错。

路上经过的每一个村镇都在镇名标牌旁另外悬挂了一个牌子,在欢迎他进入本镇的同时,要么声称该镇十四岁以下少年队是本州百米短跑竞赛的团体第三名,要么夸口说本镇是伊利诺伊州十六岁以下女子摔跤半决赛选手的家乡。

他继续开车前行,不停地点着头打瞌睡,感觉每一分钟都越来越困倦、越来越累。他闯了一处红灯,一个开道奇车的女人差点一头撞上他的车子侧面。一开到空阔的郊外,他立刻驶上路边无人的机耕道,把车子停在覆盖着一团团积雪的收割过的田地旁,田里有一群肥胖的黑色野火鸡，像一群送葬者一样慢吞吞地走着。他关掉发动机，在车子后座躺下来，很快就睡着了。

一片黑暗，一种向下不停坠落的感觉。他仿佛跌进一个巨大的洞穴里，就像梦游仙境的爱丽丝一样。黑暗中，他向下坠落了一百年之久，无数张面孔从他眼前掠过，在周围的黑暗中浮游。他想伸手触摸那些面孔，它们却纷纷裂成碎片，消失得无影无踪……

突然，一点征兆和过渡都没有，他不再坠落了。现在他身处一个洞穴中，而且不是独自一人。影子凝视着那双他所熟悉的眼睛：巨大、湿润的黑色眼睛。它们对他温和地眨了眨眼。

他在地下深处。没错，他回忆起这个地方来了。散发出体臭的湿漉漉的牛，火光在潮湿的洞穴墙壁上闪烁着，照亮了水牛头、他的人类身体和黏土色的皮肤。

"你们这些家伙就不能别来烦我吗？"影子说，"我只想好好睡上一觉。"

水牛人缓慢地点点头。他的嘴唇没有动，声音却在影子的头脑中响起。"你要去哪里，影子？"

"开罗。"

"为什么？"

"我还能去哪里？星期三要我去那里。我喝了他的蜜酒。"影子的梦中自有一套梦中的逻辑力量，他的职责是无可争辩的：他喝下星期三的三杯蜜酒，所以他们之间订立的契约牢不可破——他别无选择，必须遵从。

水牛人把手伸进火焰中，搅动灰烬和破碎的枝叶，火烧得更旺了。"风暴快来了。"他说。他把沾满灰烬的手在光滑无毛的胸部擦了擦，胸口留下一条条烟灰。

"你们这些人总是这么说。可以问你一个问题吗？"

水牛人顿了顿。一只苍蝇停在他毛茸茸的额头上，他挥手轰走苍蝇。"问。"

"这一切都是真的吗？那伙人真的都是神吗？这简直太……"他停

下来，半晌才吐出一句话："这不太可能。"这不是他想说的话，但除此之外，他无法找到更确切的表达方式。

"什么是神？"水牛人问。

"我不知道。"影子老实回答。

一阵敲打声传来，单调，持续不懈。影子等着水牛人开口，解释到底什么是神，解释他的生活所陷入的这个混乱不堪的噩梦。他感觉很冷，火焰熄灭不再燃烧。

哒、哒、哒。

影子睁开眼睛，头晕眼花地坐了起来。他快要冻僵了，车窗外的天空呈现出深沉的亮紫色，显然已经是黄昏时分了。

哒、哒。有人在说话。"嗨，先生。"影子转过头，看到有人站在车子外面。昏暗的天空背景下，看得到一个模糊的人影。影子伸手把车窗摇下几英寸，发出一阵刚睡醒的哼哼声，然后才开口打招呼。"嗨，你好。"

"你没事吧？你病了吗？你喝醉了？"声音很尖，可能是女人或者小孩。

"我没事。"影子回答说，"等一下。"他打开车门走出来，伸展一下腰身，顺便活动活动酸痛的四肢和脖子，然后他摩擦双手，加速血液循环，让手暖和起来。

"喔啊，你个儿可真高大。"

"大家都这么说。"影子说，"你是谁？"

"我叫萨姆。"那个声音说。

"是男孩还是女孩的萨姆？"

"女孩萨姆。我原来的名字叫萨米，我总喜欢在'米'字上画一个笑脸，可后来我彻底厌恶那个名字了，因为所有人似乎都叫这个名字。于是我就不再用那个名字了。"

"好了，女孩萨姆，到那边去，看着路。"

"为什么？你是变态杀手还是什么？"

"都不是。"影子说，"只是我现在要方便一下。我希望能有一点点隐私空间。"

"哦，好的，没问题，我明白了。我和你一样，哪怕卫生间隔壁的格子位里有人，我都尿不出来，这叫膀胱羞涩综合征。"

"一边去，拜托。"

她走到车子的另一头边，转头避开。影子向路边的荒地里多走了几步，解开牛仔裤拉链，冲着一根栅栏柱撒了长长的一泡尿。他回到车旁，黄昏的最后一丝光线也消失了，夜幕已经降临。

"你还在啊？"他问。

"在啊。"她说，"你的膀胱肯定和艾里可湖一样大，在你方才撒尿的这段漫长时间里，国王都换了几代了。我一直在旁边听着呢。"

"多谢夸奖。你想干什么？"

"哦，想看看你是否一切正常。我的意思是，如果你死了，或者发生什么状况的话，我可以打电话报警。但车窗上蒙着呼吸的雾气，所以我想，也许你还活着。"

"你住在附近？"

"不是。我从麦迪逊市一路搭便车过来的。"

"那可不太安全。"

"我每年至少搭五次便车，已经这么干了三年了。现在还好好活着。你要去什么地方？"

"我要到开罗，很远。"

"太好了，"她说，"我正好顺路经过艾尔帕索。和姨妈在那里过圣诞节。"

"我不可能送你到艾尔帕索。"影子说。

"不是得克萨斯州的艾尔帕索，是另外一个同名的城市，在伊利诺伊州。这里往南只要几小时车程。你知道自己现在在什么地方吗？"

"不知道，"影子说，"完全没有概念。在52号公路上的某处？"

"下一个镇子是秘鲁，"萨姆告诉他，"不是叫秘鲁的那个国家，而是在伊利诺伊州的秘鲁。让我闻闻你身上的味道。弯下腰来。"影子只好弯下腰，女孩仔细闻了闻他脸上的味道。"好了，我没有闻到酒味，你可以开车。我们出发吧。"

"为什么你觉得我会让你搭便车？"

"因为我是身处困境的可怜小姑娘，"她说，"而你是一位骑士。你的车真够脏的。你知道有人在你后车窗上写了'洗我'两个字吗？"影子钻进车内，打开副驾那边的车门。一般的车打开前门时，指示灯会亮，但这辆车没有。

"不知道，"他说，"我没看见。"

她爬进车内。"是我干的，"她坦白说，"我写上去的。那时候天色还亮，可以看见。"

影子发动引擎，打开车灯，重新开回到公路上。"向左。"萨姆提示说。影子将车向左转，然后沿着公路开下去。几分钟后，暖气才开始工作，很快，幸福的温暖充满整个车厢。

"你还什么都没有说呢。"萨姆说，"随便说点什么吧。"

"你是人类吗？"影子问，"善良诚实，父母所生，活生生会呼吸的人？"

"当然是。"她回答说。

"好了，只是想检测一下。那么，你想让我说些什么？"

"说些可以让我感到安心的话。我突然有一种'哦，该死，我错上了疯子的车'的可怕感觉。"

"没错，我也有那种感觉，"影子说，"什么才能让你安心？"

"只要告诉我，你不是逃犯、连环杀手，或别的什么危险人物就可以了。"

他仔细思考一下。"你知道，我真的不是那种人。"

"你自己都要先考虑一下再说，是不是？"

"我蹲过监狱。但我从来没杀过人。"

"哦。"

他们驶进一个小镇，镇子被路灯和圣诞节的装饰灯照得通亮。影子偷偷瞥了一眼右边。女孩有一头乱糟糟的黑色短发，长着一张既有诱惑力——他想了一下——又有点像男人的脸，五官分明，像是用石头雕刻出来的。她也正在偷窥他。

"你为什么进监狱？"

"打了几个人，把他们打成重伤。我当时很生气。"

"他们活该挨揍吗？"

影子琢磨了一阵。"那个时候我是这么认为的。"

"那现在你还会那么做吗？"

"当然不会。我在牢里浪费了三年的好时光。"

"唔。你有没有印第安血统？"

"据我所知没有。"

"你看起来有点像印第安人。"

"抱歉让你失望了。"

"没关系啦。你饿吗？"

影子点点头。"我还没吃饭。"他说。

"下一个交通灯后不远，有家很不错的地方。好吃又不贵。"

影子把车开进停车场，两个人从车里走出来，他甚至懒得锁车，只是把钥匙装在口袋里。他掏出几个硬币买了份报纸。"你有钱在这里吃饭吗？"

"当然，"她说着，下巴一扬，"我自己买单。"

影子点点头。"咱们这么办，抛硬币来决定谁买单。"他说，"正面朝上你替我买单，背面朝上我帮你买单。"

"我先看看硬币。"她怀疑地说，"我有个叔叔，他有一枚两面都是正面的二十五美分硬币。"

她仔细检查一番，满意地证明那枚二十五美分硬币没有任何问题。影子把硬币正面朝上放在大拇指上，假装往上一抛，硬币只是晃了晃，但看上去好像在旋转。他抓住硬币，倒扣在左手手背上，当着她的面打开覆盖硬币的右手。

"是背面！"她兴奋地说，"晚饭由你买单。"

"好吧。"他说，"不过你别想每次都赢。"

影子点了烘肉卷，萨姆点了意大利千层面。影子快速翻看报纸，寻找是否有货运火车里的死人的消息。唯一让人感兴趣的消息是头版报道：破记录数量的乌鸦出没该镇，当地农夫想在镇子周围的公共建筑上悬挂死乌鸦，用来吓退其他乌鸦。鸟类学家说这种办法毫无作用，活着的乌鸦会把死乌鸦也当作食物吃掉。但当地居民不肯就此罢休。"看到死掉的同伴尸体时，"当地的发言人说，"它们就会明白我们的意思：我们不希望它们来这里。"

食物被端上来，热气腾腾的一大盘，很美味，但分量远远超出一个人的饭量。

"你到开罗做什么？"萨姆塞了满满一嘴巴食物，问他。

"不知道。我接到老板的消息，要我到那里去。"

"你做什么工作？"

"给人家跑腿当差。"

她笑了起来。"喂，"她说，"你不可能是黑手党，你一点都不像那种人，再说还开着那种破车。你的车为什么闻起来有一股子香蕉味？"

他耸耸肩，开始吃东西。

萨姆眯起眼睛。"也许你是香蕉走私犯，"她猜测说，"你还没问我是做什么的呢。"

"我估计你还在学校上学。"

"麦迪逊大学。"

"毫无疑问，你会选择艺术史专业，那是女人最喜欢的专业。也许你还会自己铸造一尊青铜像。你还可能在咖啡店里打工，帮忙补贴学费。"

她放下刀叉，鼻孔张开，眼睛瞪得大大的。"见鬼，你怎么知道的？"

"什么，猜中了？你现在应该说，不，实际上，我的专业是拉丁语和鸟类学。"

"你是说你只是碰巧猜中的，还是别的什么意思？"

"别的什么？"

她那双黑色的大眼睛凝视着他。"你可真是个怪人。先生……我还不知道你名字。"

"大家都叫我影子。"他说。

她歪了歪嘴巴，好像吃到讨厌的东西。她不再说话，埋头吃完自己的那份意大利千层面。

"知道那里为什么叫埃及吗？"等她吃完东西，影子问。

"开罗市以南的地方？我知道。那里是俄亥俄州和密西西比河的冲积三角洲地带，和尼罗河三角洲的开罗一样。"

"有些道理。"

她坐回去，点了咖啡和巧克力奶油派，把手插进头发。"你结婚了吗，影子先生？"见他犹豫，她立刻又说，"糟糕，看来我又问了一个敏感问题，是吧？"

"上周四她刚刚下葬，"他小心地选择着字眼，"她死于一场车祸。"

"哦，天呀，真可怕，我很难过。"

"我也是。"

一段令人难堪的沉默。"我的同父异母姐姐的孩子死了，我外甥。就在去年年底，真是太可怕了。"

"没错，是很可怕。他怎么死的？"

她喝了一口咖啡。"我们不知道，甚至不知道他是否真的死了。失踪了。可他只有十三岁呀。去年冬天的事。我姐姐几乎崩溃了。"

"有什么线索吗？"说话的腔调好像电视剧里的警察，他只好改口再问，"怀疑是谋杀吗？"这次更像警察了。

"他们怀疑我那个没有监护权的混蛋姐夫，孩子的父亲。那家伙是个混蛋，做得出拐走孩子的事情，说不定真的是他干的。可那只是北伍德区的一个小镇，非常小，可爱又宁静，镇上居民连房门都不会锁。"她叹口气，伤感地摇头，双手紧紧握住咖啡杯。接着，她抬头盯着他，转变了话题。"你怎么知道我会铸青铜像？"

"运气好猜到的。就是那么随口一说。"

"你确定，你真的没有印第安血统？"

"据我所知没有。不过也有可能。我从未见过我父亲。如果我父亲真的是美洲土著，我妈妈肯定会告诉我的。也许吧。"

她又撇了撇嘴。萨姆放下只吃了一半的巧克力奶油派，那几乎有她脑袋的一半大。她把盘子推到影子面前："你想吃吗？"影子笑起来："当然。"他把蛋糕全部吃掉。

女侍应递给他们账单，影子掏钱买单。

"谢谢。"萨姆说。

天气变得更冷了。车子点火几次才成功发动起来。影子把车驶回大路，继续向南前进。"你读过一个叫希罗多德的家伙写的书吗？"他问。

"老天，你说谁？"

"希罗多德。你没有看过他的《历史》？"

"知道吗？"她的声音朦朦胧胧像做梦，"我不明白你这个人，不明白你说的话，也不明白你说的字眼。有时候你只是一个傻大个儿，但你能看透我的想法，转眼之间，你居然谈论起希罗多德。我听说过他，也许是在电台广播。他是不是被人称为谎言之父？"

"我还以为魔鬼才被称为谎言之父呢。"

"对，魔鬼也是。他们说希罗多德的书上记载的巨蚂蚁和狮鹫兽看守黄金矿，通通是他编出来的。"

"我可不这么认为。他只是记录下别人告诉他的故事罢了。就像他写的历史，绝大多数部分写得非常棒。里面记载了许许多多稀奇古怪的事。比如说，你知道吗，在埃及，如果有特别漂亮的女孩或者君主之类人物的妻子死掉了，他们不会马上送她去做尸体防腐处理，而要等待三天，先让她的尸体在热天里腐败变坏。"

"为什么？哦，等等，好了，我想我知道原因了。哦，真恶心。"

"书里还写到战争，各种各样日常的东西，然后还提到了神祇。有个人跑步回自己的国家报告战争的结果，跑呀跑呀，突然在一片林中空地里看到了潘[1]。潘对他说，'告诉他们，在这里为我建造神庙。'那人答应了，然后接着跑完剩下的路。他把战争的消息报告给国王，最后补

---

1 希腊神话里半人半羊的山林和畜牧之神。

充说，'哦，顺便说一下，潘想让你为他建一座神庙。'说起神的事一点儿也不大惊小怪，你知道吗？"

"这么说，书里写了不少和神有关的故事。你想说什么？这些人都产生幻觉了吗？"

"不，"影子说，"不是这么回事。"

她啃着手指甲。"我读过一本关于大脑的书，"她说，"那本书是我室友的，她到处借给别人看。那书好像说，五千年前，人类大脑的左右脑叶还是连在一起的，所以，那个时候只要人们想象什么东西，大脑的右脑叶就让人感到自己仿佛真的听到神在告诉他们应该做什么。其实这一切不过都是大脑造成的错觉罢了。"

"我还是更喜欢自己的理论。"影子坚持说。

"你的理论？"

"在过去的年代，人们经常会遇到神祇。"

"哦。"两个人都沉默了，安静得只听见车身零件咔咔作响，还有发动机的轰鸣声和排气管的震动声（听起来不太对劲的声音）。然后，她终于打破沉默。"你觉得神现在还在那儿吗？"

"在哪儿？"

"希腊，埃及，地中海群岛……这些神话传说还存在的地方。如果你去到那些人遇到过神的地方，你会见到神吗？"

"也许吧。但我想，人们恐怕不会知道他们见到的到底是什么。"

"我敢说，神就像是外星人，"她说，"现在，人们看到的是外星人。过去，他们看到的是神。外星人也可能是人类大脑的右半叶幻想出来的。"

"我可不认为神会做直肠检查，"影子说，"他们也不会亲手屠宰牛群。他们只会让人类代劳。"

她咯咯笑起来。他们安静地开了几分钟车，然后她又忍不住开口。"对了，我想起一个我最喜欢的神话故事，是从比较宗教学课堂上听来的。你想听吗？"

"想听。"影子说。

"那好。这个故事讲的是奥丁，他是北欧的神，你知道吗？从前有一艘维京海船，上面有一位维京国王—— 一听就知道，这是维京海盗时代的故事。没有风，船无法航行。于是国王说，如果奥丁送给他们风，让他们返回陆地，他就将他们中的一个活人献祭给奥丁。好了，很快就起风了，他们成功登上陆地。在陆地上，他们用抽签的办法来决定谁将被献祭，不幸被抽中的竟然是国王本人。当然，国王很不开心。他们想办法只是做个样子假装绞死他，绝对不会伤害到他。他们找来一根牛肠，松松地挽一个绳套，挂在他的脖子上，把另一端悬挂在一根细树枝上。他们又找来一根芦苇，假装是支长矛，刺在他身上。最后，大伙儿大喊着：'好了，你已经被处以绞刑了，'——还是即将被处以绞刑？管他呢——'你被献祭给奥丁。'"

道路开始转弯，经过安阿则镇（人口数：300），这里是十二岁以下级别速滑锦标赛入围选手的家乡。道路两旁分别耸立着两家隶属于巨型连锁集团的大型殡仪馆。影子真搞不明白，一个只有三百人的小镇，干吗需要那么多殡仪馆……

"好了，他们刚刚提到奥丁的名字，芦苇立刻变成一根锋利的长矛，刺中那家伙的身体侧面，细细的牛肠也瞬间变成一根粗绳子，小树枝变成粗壮的树枝，树本身也不断地升高变粗，地面则陷落下去。国王挂在树上吊死了，身侧有一个伤口，脸色变得黑乎乎的。故事讲完了。看，白种人有那么多脾气古怪、不肯吃亏上当的神，影子先生。"

"是啊，"影子说，"你不是白种人？"

"我是印第安切罗基人。"她回答说。

"纯血的？"

"不，只有四品脱印第安人的血。我妈妈是白种人，我爸爸是真正的保留地的印第安人。他从保留地出来，还和我妈结了婚，有了我。他们离婚后，他回俄克拉荷马州了。"

"他回到印第安人保留地？"

"没有，他借钱开了一家卖墨西哥玉米面豆卷的小店，生意很不错。他不喜欢我，总说我是杂种。"

"真替你难过。"

"他是个混蛋。不过，我对拥有印第安血统还是感到很骄傲，可以帮助我减免学费。如果有一天，我的青铜雕像卖不出去，我的印第安血统还能帮我找到工作。"

"是那样的。"影子说。

他在伊利诺伊州的艾尔帕索镇（人口数：2500）停下，让萨姆在镇子边上一栋房子前下车。房子前院里有一个巨大的铁丝做的驯鹿模型，周围缠绕着无数闪烁的彩灯。"你想进来坐坐吗？"她问，"姨妈可以给你煮杯热咖啡。"

"不必了，"影子说，"我还要继续赶路。"

她微笑着看着他，突然头一次显得有些脆弱。她拍拍他的肩膀。"你真是一团糟，先生。不过，真的很酷。"

"我想那就是大家说的人类处境吧。"他说，"谢谢你陪我。"

"不客气。"她说，"如果你在去开罗的路上遇到了神，一定记得替我问声好。"她下了车，走到房子前门，按下门铃。她站在门口等待，再没有回头看一眼。影子坐在车里等着，一直等到房门打开，她安全地进去之后，他才踩下油门，重新掉头回到高速公路。他一路开车经过诺莫镇、布鲁明顿镇和劳恩达镇。

那天晚上十一点，影子开始哆嗦起来。他刚刚进入中部镇。他觉得自己需要睡上一觉，反正不能再开车了。他把车开到一家汽车旅馆，预付了三十五美元现金的房钱，然后走进位于一楼的房间，直接进了浴室。一只黑蟑螂仰面朝天躺在瓷砖地板中央。影子拿一条毛巾擦干净浴缸内部，打开水龙头。他回到卧室脱掉衣服，放在床上。身上的淤伤已经变成蓝黑色，很显眼。他坐在浴缸里，看着水的颜色缓缓变化。然后，他赤裸着身体，在洗手池里洗干净袜子、内裤和T恤衫，拧干，挂在浴缸上方从墙壁上拉出来的晾衣绳上。出于对死者的敬意，他没有收拾地上的蟑螂。

影子爬到床上。他本来想看一部成人电影，但打电话看付费电视节目需要信用卡。再说，看着别人在电视里面做爱，却没有他的份儿，他觉得也不是什么开心的事情。他打开电视，把遥控器上的**睡眠定时**按下三次，这样就能保证电视机在四十五分钟后自动关机，那时他估计自己早就睡着了。此时是11点45分。

汽车旅馆的电视总是屏幕模糊不清，颜色闪来闪去的。他不停地啪啪换台，现在是电视台的垃圾时间，他从一个晚间谈话节目换到另一个晚间谈话节目，无法集中精神看进去。有人在厨房里示范做什么饭菜，其间更换了大约一打不同种类的厨具，没有一件是影子用过的。啪，又换一台。一个西装革履的男人说现在是募捐的最后时刻，只要影子肯捐款，耶稣就可以让影子的生意更加成功、兴旺发达。啪，继续换台。《陆军野战医院》刚播完一集，《迪克·范·戴克》开始了。

影子已经好几年没看过《迪克·范·戴克》了，这部1965年的黑白电视连续剧描述的生活让他感觉很舒服，于是把电视遥控器放在床边，关掉床头灯。他看着电视，眼睛慢慢闭上，心中却意识到有什么东西不太对劲。他没看过多少集《迪克·范·戴克》，所以不记得以前的内容并没有什么可奇怪的，奇怪的是剧的调性。

剧中所有人都在关心罗比的酗酒问题，他已经几天旷工没上班了。大家到他家里找他，他却把自己反锁在卧室里，好不容易才把他劝出来。他喝得醉醺醺的，走路摇摇晃晃，但人还是那么幽默可爱。他的朋友们，由莫瑞·阿姆斯特丹和罗丝·玛丽扮演，插科打诨一阵后离开他家。然后，当罗比的妻子数落他时，他重重打了她一记耳光。她立刻坐在地上放声大哭，但哭声不是人所皆知的玛丽·泰勒·摩尔式的号啕大哭，而是小声的、无助的抽泣，她双臂抱着自己，小声说："不要打我，求求你。我可以做任何事情，不要再打我了。"

"见鬼，这是什么玩意儿！"影子忍不住说出声来。

电视画面变成一片雪花，等到恢复正常时，《迪克·范·戴克》不知道为什么居然变成《我爱露西》。露西想说服瑞克将家里那台老式冰柜更换成新冰箱。他离开家之后，不知道为什么，她走过去坐在沙发里，双腿交叉，手放在大腿上，穿越过几十年的时光，从黑白电视屏幕里默默凝视外面的世界。

"影子，"她突然开口说话，"咱们得好好谈谈。"

影子惊讶得说不出话来。她打开手袋，掏出香烟，用一个很昂贵的纯银打火机点燃，把打火机放在一边。"我在和你说话呢，"她说，"喂，你听到了吗？"

"这简直发疯了。"影子说。

"难道说你这辈子其余的时间都是正常的？你他妈的给我省省吧。"

"你爱怎么说就怎么说好了，露西·芭尔居然从电视里跟我说话，这太古怪了，比我经历过的其他怪事，升了好几个档次。"影子说。

"不是露西·芭尔，是露西·里卡多。你应该知道的——我也不是她本人。我只是找一个方便的方式和你见面，找个你熟悉的环境作背景罢了。就是这么回事。"她在沙发上挪了挪，看样子坐得不太舒服。

"你是谁？"影子问。

"很好。"她说，"总算问了一个好问题。我就是这个白痴盒子，我就是电视。我是可以看到一切的眼睛，是阴极射线的世界。我就是全家老小聚在一起崇拜供奉的小小神殿。"

"你是电视？还是电视里的某个人？"

"电视机就是祭坛，而我就是人们奉献牺牲和祭祀品的对象。"

"他们献祭什么？"影子问。

"大多数情况下，他们献祭自己的时间，"露西说，"有时候是别的东西。"她扬起两根手指，比划成手枪状，吹了吹假想的枪口上的烟。然后，她调皮地眨眨眼，大家熟悉的《我爱露西》式的眨眼。

"你是神？"影子问。

露西得意地笑起来，用女士优雅的动作吸了口烟。"你可以这么说。"她说。

"萨姆向你问好。"影子说。

"什么？谁是萨姆？你到底在说些什么？"

影子看了一眼手表，现在是午夜过二十五分。"没什么，"他说，"那么，电视上的露西，我们要谈什么？最近一段时间，似乎很多人都想和我谈话，但最后往往变成对我的一顿殴打。"

电视画面转为特写镜头，露西一脸关心的表情，撅起嘴唇。"我痛恨有人那么做。我痛恨那些殴打你的人，影子。我永远不会那样对待你，亲爱的。我想给你一份工作。"

"做什么？"

"为我工作。我真的很抱歉，我听说了你和特工之间的麻烦，你最后解决麻烦的方式给我留下了非常深刻的印象。效率高、废话少、办事利索。谁能想得到你竟有这种本事？现在他们相当恼火。"

"真的？"

"他们低估了你的能力，甜心。但我不会犯这种错误。我想让你加入我的阵营。"她站起来，冲着镜头走近几步，"看看吧，影子，我们是属于未来的新生力量。我们是大型购物中心，你的朋友只是路边令人讨厌的小摊贩。我们是互联网在线购物，而你的朋友们则坐在高速公路旁，推着手推车叫卖自家种出来的东西。不，他们连卖水果的小贩都不如。他们只是路边的破烂摊子，是修理鲸鱼骨束胸的老古董。我们属于现在和未来，而你的朋友们，甚至连昨天都不属于他们。"

很奇怪，她说话的口吻中有一种熟悉的腔调。影子问她："你见过一个坐加长豪华轿车的胖小子吗？"

她摊开双手，滑稽地转转眼睛，想用有趣的露西·里卡多形象来洗白麻烦。"高科技小子？你遇见高科技小子了？瞧，他是个好孩子，是我们中的一员。不过，在他不怎么喜欢的人面前，他的表现就不太好了。如果你为我们工作的话，你就会发现他是一个多么了不起的孩子了。"

"如果我不想为你工作呢，'我爱露西'？"

露西所在的公寓突然传来敲门声，可以听到瑞克的声音在楼下叫她，问露西到底出了什么事情，耽搁那么久。下一场戏里，他们还得赶去俱乐部。露西卡通般可爱的脸上突然闪过一丝恼怒的神情。"喂，"她说，"听着，不管那帮老家伙付给你多少钱，我都可以给你两倍、三倍的价钱，一百倍都可以。不管他们给了你什么好处，我都可以给你更多。"她微笑着，完美无瑕、调皮可爱的露西·里卡多式微笑。"只要你开出价来，亲爱的。你想得到什么？"她开始解开上衣的纽扣。"嗨，"她诱惑地说，"想看看露西的胸吗？"

电视屏幕突然变成一片黑暗，睡眠遥控生效，自动关掉电视。影子看了看手表，现在是午夜12点半。"这不是真的。"影子喃喃自语。

他躺在床上翻了个身，闭上眼睛。与敌对一方相比，他更喜欢星期三、南西先生和那一伙人，他突然明白原因了，其实非常简单：他们也许看上去邋遢肮脏、贫穷，他们的饭菜更是难吃透顶，但至少他们说话很有意思，绝不会满口陈词滥调。

不管怎样，他也会光顾路边摆摊的，不管东西多么廉价、多么假冒伪劣、多么凄凉，都比大型购物中心有趣多了。

第二天一早，影子继续开车上路，微微起伏棕褐色的大地布满冬日的枯草和光秃秃的树木。最后的积雪已经融化。他在路过的镇子为这辆破车加油，顺便一提，小镇是本州十六岁以下级别女子三百米短跑选手的家乡。为了让车子看上去不是那么破烂，他把车开进加油站的洗车房。车子洗干净之后，他惊讶地发现——尽管看起来不太可能，但它居然是白色的，而且上面还没有多少锈斑。之后，他继续开车前行。

天空蓝得不可思议，白色工业废气从工厂的烟囱里冒出来，滞留在天空中，仿佛一幅摄影作品。一只鹰从枯树上腾空而起，冲着他的方向飞过来，翅膀在阳光下缓缓扇动，仿佛一系列静态的摄影照片。

走着走着，他发现自己在朝东圣路易斯的方向行驶。他想换一条路，结果却发现驶进当地工业区内一个显然是红灯区的地方。十八轮重型货运卡车和重型设备纷纷停在样子像临时仓库的一排建筑物外面，建筑上面写着"24小时夜总会"，其中一个还挂着"本镇最佳秀场"的牌子。影子无奈地摇摇头，继续开车。劳拉喜欢跳舞，不管是穿着衣服还是裸着身体（在几个特殊纪念日的晚上，她会从衣衫整齐一直跳到赤身裸体），他是多么喜欢看她跳舞啊。

他在一个叫红芽的镇子里吃午饭，一块三明治和一罐可乐，

他经过一个山谷，里面堆满了几千辆黄色推土机、拖拉机和履带车的残骸。估计这里是推土机的墓地，所有推土机都开来这里，死在这里。

他开车经过珀帕托普·朗奇镇，经过切斯特镇（"大力水手"的家乡）。他注意到两边的建筑开始出现了前门廊柱。有了白色的廊柱，即使是最破烂、最小的房子，也极力在外人面前显出辉煌府邸的模样。他还经过一条很大的、泥土颜色的河，看到路标上的河流名称，他忍不住哈哈大笑，那条河居然就叫"大泥河"。他看见三棵在冬季枯死的树，树身缠绕着棕色的野葛，把树勒成奇怪的、好像是人的形状。乍看上去就像巫婆，三个弯腰驼背的干瘪老太婆，正为他预测未来。

他沿着密西西比河驱车向前。影子没有见过尼罗河，此时，下午时分的昏暗阳光洒在这条宽阔的棕色河面上，让他想到尼罗河流域的泥泞地带。不是今天的尼罗河，而是很久很久以前，如同古埃及的动脉一样流淌的尼罗河，两岸是长满纸莎草的沼泽地，那是眼镜蛇、豺狗和野牛的家……

一块路牌指出底比斯的方向。

那条路比他所在的大路高出十二英尺，他只好开车经过沼泽地绕过去。周围都是灌木丛，群鸟在天空中来来回回飞翔搜寻，像天空背景上的无数小黑点，正在进行某种令人绝望的布朗运动[1]。

下午晚些时候，太阳开始西沉，精灵般的微弱光芒照耀整个世界。这是一种厚重、暖和、奶油蛋羹颜色的光线，让整个世界染上一抹超凡脱俗的不真实感。在这种光线沐浴下，影子经过一块路牌，告诉他"欢迎来到历史名城开罗"。他从桥下驶过，发现来到一个小小的港口镇。开罗市议会是一栋宏伟的建筑，更宏伟的是海关大楼，形状看上去像是新鲜出炉的巨型饼干，被晚霞染上一层糖浆似的金色。

他把车子停在路旁，走到河边堤岸，弄不清自己凝视的是俄亥俄河

---

1 1827 年，英国植物学家罗伯特·布朗（1773—1858）在显微镜中观察到，悬浮在溶液中的微小粒子，会呈现出一系列连续而不规则的运动，称为布朗运动。

还是密西西比河。一只褐色小猫在建筑后面的垃圾桶旁边嗅边跳，黄昏的光线甚至让垃圾堆也显得有些魔幻。

孤独的海鸥沿着河岸飞行。一个小女孩站在河岸边的人行道上，距离他大约十英尺远。她脚穿旧网球鞋，身穿一件当作长裙的男式灰色羊毛衣，正用六岁女孩严肃而忧郁的眼神看着他。她的头发又黑又直，长长地垂下来，皮肤和河水一样是褐色的。

他冲她微笑，可她却挑战般地瞪着他。

水边传来一声尖叫和一声哀号。那只褐色小猫挨了一枪似的，突然从一只满溢出来的垃圾桶旁跳开，它被一只长嘴巴的黑狗追逐，猛地钻进一辆汽车底下。

"嗨，"影子冲小女孩打招呼，"你听说过消失魔粉吗？"

她犹豫着，然后摇摇脑袋。

"好了，"影子说，"看这里。"影子用左手掏出一枚二十五美分硬币，举起来展示给她看，然后让硬币弹起旋转，做出把硬币投到右手里的假动作，接着右手紧紧握住，其实里面什么也没有。他把右手伸到女孩面前。"现在，"他说，"我就要从口袋里拿出消失魔粉……"他左手伸到衣服里面贴胸的口袋，同时把硬币留在那里，"……把魔粉撒到握着硬币的手上……"他假装撒了魔粉，"……看，硬币已经消失了。"他张开右手，里面空无一物，为了增加惊奇效果，他还张开左手，里面也是空无一物。

小女孩还是呆呆地瞪着。

影子耸耸肩，把双手插进口袋里，一只手拿了一枚二十五美分硬币，一只手拿了一张折叠起来的五美元纸币。他准备把它们凭空变出来，再把这五美元给小女孩。看她的模样，她太需要钱了。"嗨，"他说，"我们来新观众了。"

黑狗和褐色小猫也在看他的表演，它们站在小女孩身边，专心地凝视着他。狗硕大的耳朵向上竖立着，有一种滑稽可笑的警觉神情。一个戴着金丝边眼镜、长得像鹤的长脖子男人也沿着人行道朝这边走来，他左右张望，仿佛在寻找什么。影子不知道他是不是狗的主人。

"你觉得怎么样？"影子问那只狗，想让小女孩放轻松些，"很棒吧？"

黑狗舔舔长嘴巴，然后开始说话，声音低沉干涩。"我看过一次魔术大师哈里·胡迪尼[1]的表演。相信我吧，伙计，你可比不上哈里·胡迪尼。"

小女孩看了一眼动物们，然后又抬头看了一眼影子，接着转身逃掉了。她的脚踢在人行道上砰砰直响，仿佛地狱里的妖怪正在后面追赶她。两只动物看着她逃开，长得像鹤的男人走到狗身边，弯腰抓抓它尖耸的耳朵。

"得了吧，"戴金丝边眼镜的男人对狗说，"不过是硬币小戏法，又不是在表演水下逃脱魔术，怎么和哈里·胡迪尼比。"

"现在不是，"狗说，"但他将来会表演的。"夕阳的金色光线消失了，暮色灰蒙蒙的。

影子把硬币和纸币都放回口袋。"好了，"他说，"你们两位哪位是杰奎尔？"

"用用你自个儿的眼睛吧。"长嘴巴黑狗说，"这边走。"它跟在戴金丝边眼睛男人的背后，沿着人行道慢慢走开。影子犹豫片刻，跟上他们。猫不知道跑到哪里去了。他们走到一栋位于一排木板房子中间的巨大旧建筑前，门旁的牌子上写着"艾比斯和杰奎尔，家族经营殡仪馆，始自1863年"。

"我是艾比斯先生，"戴金丝边眼镜的男人说，"我想我应该请你吃顿晚饭，至于我这位朋友，他还有些工作要做。"

---

1 哈里·胡迪尼（1874—1926），世界上最著名的魔术师。

美国某处

纽约这个城市把萨立姆吓坏了，他用双手紧紧保护着自己的样品箱子，把它搂在胸前。他很害怕黑人，害怕他们瞪着他看的样子。他还害怕犹太人，他们全身上下都是黑色，戴着帽子，留着胡须和一缕鬈发。犹太人可以通过衣着打扮辨别，还有很多他分辨不出是什么种族的人。他害怕熙熙攘攘的人流，所有不同外貌、不同种族的人，都从他们高高的、肮脏的大厦中涌出来，拥挤在人行道上。他还害怕车辆发出的喧嚣吵闹声。他甚至对空气都感到害怕，闻上去又污浊又香甜，和阿曼[1]的空气味道完全不同。

萨立姆在美国纽约已经待了一周，每天他都要上门拜访两到三家不同的客户，打开他的样品箱，给他们展示铜制的小装饰品和小摆设，包括各种各样的戒指、瓶瓶罐罐和迷你手电筒，还有帝国大厦、自由女神像和埃菲尔铁塔的模型，全都闪烁着铜的金属光泽。每天晚上他都要写一份传真，发给家乡马斯喀特的姐夫福劳德，告诉他这一天他没有获得任何订单，或者，在某一个令人高兴的日子里，他获得几份订单。（但是，萨立姆痛苦地意识到，订单的利润甚至远远不够支付他的机票和旅馆账单。）

因为萨立姆无法理解的某些原因，他姐夫的生意合作伙伴帮他预订了纽约42街的派拉蒙酒店。那家酒店让他晕头转向，让他感到幽闭恐惧症，而且非常昂贵，与他完全格格不入。

福劳德是他姐姐的丈夫，他不是很有钱，但是一家小装饰品工厂的合伙人。工厂生产各种铜制的小玩意儿，胸针、戒指、手镯和雕像，所有产品都是出口的，出口到其他阿拉伯国家、欧洲和美国。

萨立姆为福劳德工作六个月了，福劳德有点儿吓到他了，传真上的

---

1 阿拉伯东南部沿海国家。

语气越来越难听。晚上，萨立姆坐在酒店房间里，诵读可兰经，安慰自己一切都会过去的，他待在这个陌生世界的时间毕竟是有限的。

他姐夫给了他一千美元，用来支付旅途中的各种费用。第一次看到那么多钱时，他觉得简直就是一笔巨款，但花钱的速度比萨立姆想象的还要快。当抵达纽约时，因为害怕被人看作贫穷的阿拉伯人，他给每个人都塞小费，给遇到的每个人都多付账单。后来他意识到，别人占了他的便宜，可能还在背后笑话他，于是就完全停止付小费了。

第一次也是唯一一次坐地铁时，他迷路了。他分不清方向，甚至错过和客户的约会。现在，他迫不得已时就搭乘出租车，其余时候走路。他蹒跚着走进暖气过热的办公室，脸被外面的寒冷空气冻得发麻，外套里面却在汗流不止，脚上的鞋子沾满泥泞。当凛冽的寒风沿着大道吹过来时（在纽约，大道是从北到南，而大街则从西到东，就是这么简单，因此萨立姆很容易就知道朝拜麦加应该朝哪个方向），裸露在衣服外面的肌肤冷得要命，仿佛被鞭子抽打一样。

他从来不在酒店里吃东西（酒店的住宿费用是福劳德的生意合伙人出的，吃饭费用必须由他自己支付），他在外面卖三明治的小店和其他小食品店里买吃的，藏在外套底下偷偷带进酒店。这样过了几天之后，他才发现根本没有人管。即使如此，他还是觉得携带装满食物的袋子走进昏暗的电梯很不自在。萨立姆总是不得不弯下腰，眯着眼睛寻找电梯楼层按键，按下他住的那一层，然后回到他住的那间小小的白色房间。

萨立姆感到很不安。这天早晨醒来后收到的传真很简短，却充满严厉斥责和失望：上面说萨立姆让他们大家都失望了——他的姐姐、福劳德、福劳德的生意合伙人，连阿曼苏丹和整个阿拉伯世界都因为他而失望了。除非他能获得订单，否则福劳德不会再认为他有义务继续雇佣萨立姆。他们大家全都指望他了。他的酒店账单实在太昂贵。萨立姆到底在怎么浪费他们的钱？非要奢侈得像住在美国的苏丹国王不可吗？萨立姆在他的房间里看完传真（他的房间总是太闷热，所以他昨天晚上打开一扇窗，结果现在又感觉太冷了），然后呆呆地坐了一会儿，脸上的表情凝固成彻底的忧愁和苦恼。

之后，萨立姆步行去市区。他紧紧抓着样品箱，仿佛里面装满钻石和红宝石。他顶着寒风一条街区一条街区地艰难跋涉，一直走到百老汇和十九街交口处，找到位于一家自助洗衣店上面的矮矮的建筑。他沿着楼梯走到四楼，来到潘氏环球进口公司门前。

办公室里肮脏阴暗，但是他知道，潘氏环球公司控制了几乎一半从远东进口美国的装饰纪念品的份额。只要从潘氏环球公司得到真正的订单，一份大订单，就可以补偿萨立姆这次旅程的全部费用。这是决定成败与否的关键。萨立姆在办公室外间一张很不舒服的木头椅子上坐下来，把样品箱平放在大腿上，看着坐在前台后面的中年女人。她的头发染成太过鲜艳的红色，正不停地用一张又一张舒洁纸巾擤鼻子，擤完后再擦一下，然后才把纸巾丢进垃圾篓。

他是上午十点三十分到达办公室的，比约定时间早了半个小时。他坐在那里，脸色有些发红，全身微微颤抖着，他担心自己可能发烧了。时间流逝得格外缓慢。

萨立姆看了看手表，清清喉咙。

坐在前台后面的女人看了他一眼。"什么事？"她问，但说的声音有点像"舍么四"。

"现在已经十一点三十五分了。"萨立姆提醒她。

女人瞥了一眼挂在墙上的钟。"是，"她说，"我知道。"

"我约定的会面时间是十一点。"萨立姆说着，露出安抚的微笑。

"布兰丁先生知道你来了。"她用责备的口吻说。（"布拉丁先身字道你来了。"）

萨立姆从桌上拿起一份过期的《纽约邮报》。他的英语阅读水平跟口语差不多，他艰难地看着上面的文章，仿佛在做填字游戏。他继续等待着，这个胖乎乎的年轻人，眼神如同受过伤的小狗，目光不时地在自己的手表、报纸和墙上的钟表之间移动着。

十二点三十分，几个人从里面的办公室走出来。他们说话声音很大，用美国英语含糊不清地快速交谈着。他们中有一个身材高大、挺着啤酒肚的男人，嘴里叼着一根没有点燃的雪茄，出来时瞥了萨立姆一眼。他告诉前台的女人应该试试柠檬汁，还有补充锌元素，他姐姐发誓说维生素C和锌可以保持健康。她向他保证说自己会试试的，然后递给他几个信封。他把信封装进口袋里，和其他几个人一起走出去。他们的笑声一直到楼梯间才消失。

已经下午一点了。前台后面的女人打开抽屉，取出褐色纸袋，从里面掏出一块三明治、一个苹果和一盒牛奶。她还掏出一小塑料瓶鲜榨橙汁。

"对不起，"萨立姆说，"能否麻烦你打电话给布兰丁先生，说我还在这里等着他？"

她抬头看他，仿佛很惊讶他居然还在这里，好像过去的两个半小时内没有和他相距五英尺距离坐着。"他在吃午饭。"她说。（他在次午饭。）

萨立姆明白了。他恍然大悟，布兰丁就是刚才那个叼着没点燃的雪茄的人。"他什么时候回来？"

她耸肩，咬了一口三明治。"今天他很忙，还有很多约会。"她说。（基天他很绵，还有很多邀会。）

"等他回来，还会见我吗？"萨立姆接着问。

她耸耸肩，又开始擤鼻子。

萨立姆很饿，饥饿感不断增强，同时增加的还有挫败感和孤立无助的感觉。

下午三点的时候，女人看了他一眼说："他补会肥来了。"

"什么？"

"布拉丁先身，他今天补会肥来了。"

"那我可以约明天的时间吗？"

她擦拭一下鼻子。"你必须打电发，打电发约丝间。"

"我明白了。"萨立姆说着，露出微笑。在他离开马斯喀特之前，福劳德曾经无数次告诉过他，在美国，作为一个推销员，脸上没有笑容就跟没有穿衣服一样无礼。"明天我会打电话预约的。"他说。然后他拿起样品箱，走下楼梯来到大街上。外面下着冰冷刺骨的雨雪。萨立姆凝视着通往位于46街酒店的那条长长的寒冷街道，样品箱实在太沉重了，他只好走到人行道边上，冲着从旁边经过的任何一辆黄色出租车挥手，也不管上面亮没亮着空车灯。所有出租车都从他身边呼啸而过。

一辆出租车经过他身边时突然加速，轮子开进水坑中，冰冷的泥水溅到他裤子和外套上。有那么一瞬间，他真想一头往一辆笨重的出租车撞去。但他想到，他的姐夫只会关注样品箱的命运，而不是他本人的。除了他最爱的姐姐，也就是福劳德的妻子，没有人会为他感到悲伤（在他父母眼中，萨立姆总是那个令家人难堪的孩子。他的浪漫经历也总是很短暂，悄无声息就结束了）。再说，他怀疑这些车子的速度是否快到可以撞死他。

一辆车身上撞瘪一块的黄色出租车停在他身边，让他心怀感激地结束胡思乱想。萨立姆钻进车里。

后座用灰色的胶带修补过，车厢里的隔离栅栏上贴着警告，提醒他不要抽烟，还告诉他到不同的机场去要付多少钱。录音机里，某个著名的、但他从来没听过的明星的声音告诉他系好安全带。

"请到派拉蒙酒店。"他告诉司机地址。

出租车司机哼一声，发动车子离开路边，汇入车流。他没刮胡子，穿着一件很厚的灰色毛衣，戴着黑色墨镜。外面是阴天，夜晚即将降临，萨立姆不知道司机的眼睛是不是有什么问题。雨刷把外面的街景模糊成一团灰色的脏污光影。

不知道从哪里冒出一辆货车，从他们面前冲过，出租车司机吐出一串阿拉伯语，以先知胡子的名义诅咒对方。

萨立姆盯着车子仪表盘前的司机名牌，但从上面看不出来什么。"你开出租车多久了，我的朋友？"他用阿拉伯语问那个男人。

"十年了，"司机用同样的语言回答，"你从哪里来？"

"马斯喀特，"萨立姆说，"阿曼。"

"你从阿曼来呀。我也在阿曼待过，那是很久以前的事情了。你听说过一个叫'尤巴'的城市吗？"出租车司机问。

"当然听说过，"萨立姆说，"失落的群塔之城。他们在沙漠中发掘出它的遗址，大约是五年前，或者十年前。我记不太清了。你跟探险队挖掘过遗址？"

"差不多吧。是个相当不错的城市。"出租车司机说，"大多数夜晚都会有三四千人在那里宿营搭帐篷。每一个旅行者都会在尤巴休息，演奏起音乐，美酒如水一样流淌，水如清泉一样，源源不断流淌。正因为水源，那个城市才存在。"

"我也这么听说过。"萨立姆说，"但它最后毁灭了，大约在一千年前，还是两千年前？"

出租车司机没有说话。他们在红灯前停下。交通灯转为绿色时，司机却没有启动车子，后面立刻传来刺耳的汽车喇叭声。萨立姆犹豫了一下，然后透过隔离栅栏上的缝隙，碰了碰司机的肩膀。那人的头立刻仰起来，发动汽车，一脚踩下油门，蹒跚着冲进车流。

"该死的，该死该死。"他用英语咒骂着。

"你一定很疲劳了，我的朋友。"萨立姆安慰说。

"我已经连续开着这辆被安拉遗忘的出租车三十个小时了。"司机说，"实在太久了。在那之前，我只睡了五个小时，再之前，我连续开车十四个小时。圣诞节前人手非常不足。"

"我希望你赚了不少的钱。"萨立姆说。

司机叹口气。"并不多。今天早晨，我开车送人从51街到机场，到了那里，他居然直接跑进机场，再也找不到他的人影。五十美元的车钱没了，我还得自己付回来的过路费。"

萨立姆同情地点点头。"我今天也不得不浪费时间等着会见一个根本不想见我的人。我姐夫恨我。我在美国已经一周了，除了浪费钱一事无成，什么产品也没卖出去。"

"你卖什么东西？"

"一堆垃圾。"萨立姆说，"不值钱的便宜货和小玩意儿，还有旅游装饰品。讨厌、廉价、愚蠢、难看的一堆垃圾货。"

"你卖垃圾？"

"是的。"萨立姆说着，惊恐地发现他居然把姐夫的样品的真相说了出来。

"他们并不打算买？"

"不买。"

"真奇怪。你看看这些商店，他们专卖垃圾。"

萨立姆有些紧张地笑起来。

一辆货车停在他们前面的街上，一个红脸膛警察站在车子前面，挥手叫嚷着，指挥他们从旁边最近的一条大街走。

"我们先绕道第八大道，然后从那条路过去。"出租车司机说。他们开到那条街上，结果那里的交通完全堵塞了。刺耳的汽车喇叭声连成一片，没有任何车子能移动。

司机在他的座位里摇晃着，他的下巴开始慢慢垂到胸前，一次，两次，三次，然后他就开始轻轻地打起呼噜来。萨立姆伸手推醒那人，希望这是正确的选择。摇晃他的肩膀时，司机动了一下，萨立姆的手触到那人的脸上，把那人的墨镜碰落到大腿上。

出租车司机睁开眼睛，找到黑色的塑料墨镜，重新戴上。太迟了，萨立姆已经看到他的眼睛。

轿车在雨中缓缓向前移动着。计价表上的数字不断在增加。

"你要杀死我吗？"萨立姆问。

出租车司机的嘴唇紧紧抿在一起。萨立姆在后视镜中观察他的脸色。

"不会。"司机回答说。

车子再次停下。雨水纷纷击打在车厢顶上。

萨立姆开始说话。"我祖母发誓说在某天傍晚，她见过一个伊夫里特[1]，就在沙漠边缘上。我们都告诉她，那不过是沙暴，是一阵风，但是她坚持说看到了。她看到了它的脸，还有它的眼睛，和你的眼睛一样，是燃烧的火焰。"

司机微笑起来，但他的双眼依然隐藏在黑色的塑料墨镜后面，所以萨立姆无法分辨那个微笑中有没有真正的笑意。"祖母们也来过这里。"他说。

---

1 阿拉伯传说中的火魔神。

"纽约有很多神怪吗?"萨立姆问。

"不多,我们人数很少。"

"世上有天使,也有安拉用泥土捏出来的人类,还有诞生于火焰的神怪。"萨立姆说。

"在这里,没有人知道我们神怪的事,"司机说,"他们认为我们可以帮助凡人实现愿望。真有这种本事的话,你认为我还会开出租车维生吗?"

"我不明白。"

出租车司机看上去有些悲伤,当他开口说话时,萨立姆从后视镜里看着他的脸,凝视着伊夫里特黑色的嘴唇。

"人们相信我们可以实现他们的愿望。为什么他们会相信那个?我住在布鲁克林区一个臭烘烘的房间里,我开这辆出租车,只要有钱,随便哪个臭气熏天的混蛋都可以坐我的车,还有人连钱都不给。我把他们送到他们要去的地方,有时候他们会给小费,有时候他们只是按计程表上的价格给钱。"他的下唇哆嗦起来。这个伊夫里特似乎已经快到精神崩溃的边缘。"有一次,有个人居然在后座上大便,还车给公司前,我不得不亲手擦洗干净。他怎么可以那么做?我不得不清理干净座位上的那泡稀屎。那应该吗?"

萨立姆伸出手,拍拍伊夫里特的肩膀。通过毛衣,他感受到他结实的肉体。伊夫里特从方向盘上抬起一只手,放在萨立姆的手上,就这样静默了一阵。

这时,萨立姆想起了沙漠:在他的想象中,红色沙子卷起了沙尘暴,无数猩红色的丝绸帐篷围绕着失落的城市尤巴。这个画面在他脑海中飞翔翻涌着。

他们开到了第八大道。

"坚守传统的老一辈人相信我们的存在。他们不会冲着洞穴小便,因为先知告诉他们洞穴中住着神怪。他们知道如果偷听天使的谈话,天使会向他们投掷燃烧的星星。但即使是老一辈人,来到这个国家之后,也距离我们越来越遥远了。在老家,我哪用开什么见鬼的出租车。"

"我很难过。"萨立姆说。

"这是个艰难的时代，"司机说，"风暴就要来了。我被吓坏了。只要能离开这里，我什么都愿意做。"

之后，车子开到酒店门前这段时间里，两个人都不再说话了。

萨立姆下车时给了伊夫里特一张二十美元钞票，告诉他不用找了。然后，不知道从哪里蹦出来的勇气，他把自己的房间号码告诉他。出租车司机什么都没说。一个年轻女人钻进出租车后座，车子驶回寒冷和大雨中。

晚上六点钟的时候，萨立姆还没有写好给姐夫的传真。他冒雨走出去，给自己买了当作晚餐的烤肉串和炸薯条。只过了一周，但他已经感觉自己在纽约这个地方变得更胖、更圆、更松软了。

回到酒店时，他惊讶地看到出租车司机站在前台，双手插在口袋里等他，眼睛盯着架子上的黑白明信片。看见萨立姆，他有点不太自然地笑起来。"我给你房间打电话，"他说，"没有人接。所以我想我应该等你一会儿。"

萨立姆也笑起来，碰了下那人的胳膊。"我就在这里。"他说。

他们一起走进昏暗的、闪着绿灯的电梯，手拉着手，一直升到十五楼。伊夫里特问他能否使用浴室。"我觉得很脏。"他解释说。萨立姆点头同意了。他坐在几乎占据这个白色小房间大部分空间的床上，听着浴室里淋浴的水声。萨立姆脱下鞋子、袜子，脱光所有衣服。

出租车司机从浴室走出来，浑身湿漉漉的，只在腰上围了一块浴巾。他没有戴墨镜，在灯光昏暗的房间里，他的眼睛燃烧着猩红色的火焰。

萨立姆眨眨眼，忍住眼泪。"真希望你也能看到我看到的景象。"他说。

"我不会帮别人实现愿望。"伊夫里特低语。他丢下浴巾，轻柔地，但也是不可抵抗地，将萨立姆推倒在床上。

一个小时甚至更久之后，伊夫里特终于达到高潮，在萨立姆嘴里射了出来。这段时间里萨立姆曾两次达到高潮。神怪的精液味道很怪，非常灼热，在萨立姆的喉咙里燃烧。

萨立姆进浴室漱口，他出来时，出租车司机已经躺在白色床上睡着了，安详地打着鼾。萨立姆爬到床上贴着他躺下，紧紧拥抱着伊夫里特，想在他肌肤上感受沙漠的气息。

即将入睡之前，他突然意识到自己还没有写传真发给福劳德，心里感到一股罪恶感。在他内心深处，他感觉空虚而孤单，他伸手握住伊夫里特肿胀的阴茎，安心地睡着了。

他们两个同时醒来，再次拥抱在一起做爱。有一刻，萨立姆意识到自己在哭。伊夫里特用灼热的嘴唇把他的眼泪轻轻吻干。"你的真名是什么？"萨立姆问出租车司机。

"我的驾驶证上有一个名字，但不是我的真名。"伊夫里特回答说。

之后，萨立姆不再记得他们什么时候结束做爱、什么时候沉入梦乡。

当萨立姆醒来时，冰冷的阳光照进这间白色房间。房间里只有他一个人。

他发现他的样品箱也不见了，所有的瓶瓶罐罐、戒指、装饰用的铜手电筒，全都不见了。除此之外，消失的还有他的西装、钱包、护照和回阿曼的机票。

他只找到抛在地上的一条牛仔裤、一件T恤，还有一件灰色毛衣。在衣服底下，他找到了一张驾照，上面的名字是艾伯拉罕·本·艾里姆，还有同名的出租车准驾证。他还找到一串钥匙，上面挂着一个小纸条，用英文写着一个地址。驾驶执照和准驾证上的照片并不很像萨立姆，也不像伊夫里特。

电话铃声响起，是前台打来的，通知说萨立姆本人已经结账离开酒店，请他的客人朋友尽快离开，以方便清洁房间，留待后面的客人入住。

"我不会帮别人实现愿望。"萨立姆说，这句话仿佛自己成型，从他嘴里吐出来。

他穿上衣服时候，感觉有些奇怪，脑袋轻飘飘的。

纽约的道路其实很简单：所有的大道都是从北到南，而所有的大街都是从西到东。有什么困难的？他自问。

他把出租车钥匙抛起来，然后接住，戴上从口袋里找到的塑料墨镜。他离开酒店，出去找他的出租车。

第八章

他说亡灵也有灵魂。

我问他怎么可能——亡灵本身不就是灵魂吗？

他一语点破我的困惑：

难道你从未怀疑，亡灵总因为某些原因重回人间？

是啊，他说得对，亡灵总因为某些原因重回人间。

——罗伯特·弗罗斯特《两个女巫》[1]

圣诞节前的一周通常是殡仪馆里最安静的一周。这是影了在晚餐时，从艾比斯先生口中得知的。艾比斯先生向影子解释原因。"快咽气的人，有些人会一直咬牙挺着，非挨到这辈子的最后一个圣诞节不可。"艾比斯先生说，"有时候甚至还能挺到新年。另一些人恰恰相反。对他们来说，看着别人高高兴兴准备过节，实在是太痛苦了，于是干脆提前下课，不再坚持等到《生活多美好》这部圣诞电影的最后一幕，也不再坚持等到压垮骆驼的最后一根稻草——对了，不是稻草，应该说是压垮驯鹿的最后一根圣诞冬青。"他说话时，发出半得意嬉笑、半嘲讽哼哼的声音。显然，刚刚发表的这通言论，是他平时练习已久、

---

1 罗伯特·弗罗斯特（1874—1963），美国诗人。作品主要描写新英格兰的风土人情，曾四次获得普利策奖。

特别中意的一段话。

艾比斯和杰奎尔殡仪馆[1]是一家家族经营的小型殡仪馆，也是这个地区最后一批真正独立经营的殡仪馆之一。至少艾比斯先生是这么说的。"人类商业活动的绝大多数领域里，全国性的统一大品牌都是极受重视的。"艾比斯先生用解释的口吻讲解道，语调温和、态度认真，让影子忍不住想起当年到筋肉健身房来健身的一个大学教授，那个人从来不会用随和的语气和别人闲聊，只会用演讲、解说或解释的语气说话。刚认识艾比斯先生几分钟，影子就已经察觉到这一点。显然，在与这位殡仪馆负责人的所有谈话中，他所要扮演的角色，就是尽量少说话，做个好听众。他们坐在一家小餐厅里，距离艾比斯与杰奎尔殡仪馆仅有两条街，影子点的晚餐是全天供应的早餐套餐（和油炸玉米饼一起端上来的），艾比斯先生则在旁边有一搭没一搭地吃着咖啡蛋糕。"……我认为，这是因为人们喜欢提前知道他们能买到什么、享受到什么服务。麦当劳、沃尔玛、伍尔沃斯连锁店……这些品牌连锁店就是这样，它们遍布全国，随处可见。不管你到哪儿去，除了些许地域特色外，你买到的总是几乎完全相同的东西。

"然而，殡葬业的情况肯定有所不同。你有一种需要，需要得到小镇才有的那种个性化服务，某个精通这一行、热爱这一行的人为你提供的服务。在承受如此巨大的损失时，你需要这个人悉心照顾你和你所爱的死者。你希望把你的悲痛局限于本地，而不是变成全国皆知的大事件。无论哪种行业——我年轻的朋友，千万不要误会了，死亡也是一个行业——卖方都是靠优惠的批发价格、批量购买、集中管理，再把产品销售给买方而获利的。这听上去让人不舒服，但真相就是如此。问题在于，没有人想知道他们最亲爱的那个人被冷藏车运到某个巨大的改装仓库里，那里还有二十、五十，甚至一百具尸体等着要统一处理。不，先生。死者亲属的希望是，把死者交给一个熟人开的家庭殡仪馆，那里的

---

1 艾比斯在英文中的含义是"朱鹭"，而杰奎尔在英文中的含义是"胡狼"。在埃及神话中，朱鹭是智慧之神透特的象征，胡狼是死神阿努比斯的象征。

人会带着敬意处理死者；他们希望把死者交给一个在街上遇到，会抬抬帽子打招呼的朋友。"

艾比斯先生本人就戴着一顶帽子，一顶朴素的褐色帽子，与他朴素的棕色运动上衣和庄重的棕色面孔十分相配。他的鼻子上架着一副小小的金丝边眼镜。在影子的印象中，艾比斯先生似乎是个小矮个儿，可一旦站在他身边时才发现，艾比斯先生至少有六英尺高，只不过他总是像鹤一样弯着腰。影子此刻坐在他对面，隔着闪亮的红色桌面，全神贯注地凝视着这个男人的脸。

"所以，大型殡葬业公司进入一个地区以后，只会出资买下当地小殡仪馆的名字。他们付钱给殡仪馆的负责人，留用他们，制造出还存在人性化、差异化的表面假象。但那不过是墓碑石上的顶尖儿罢了。事实上，大殡葬公司的所谓本地化，就和汉堡王的本土化完全是一回事。但我们却是真正的独立经营的殡仪馆。我们自己做全套的尸体防腐处理，而且还是国内尸体防腐做得最好的一家，当然了，除了我们自己，没人知道这个事实。我们从来不接火葬业务。如果拥有自己的火葬炉，生意会好赚很多，但火葬违背了我们精通擅长的东西。我的生意合作伙伴总是说，主给了你一份天赋或技能，你就有义务去使用它，还要把它用到最好。你赞成这个观点吗？"

"我觉得很对。"影子说。

"主将统治死者的力量赐予我的生意合伙人，正如他将驾驭文字的技能赐予我。文字，那可是好东西。知道吗？我自己也写故事，不是什么文学作品，只是自娱自乐，记录生命。"说到这里，他停了下来。影子意识到，这个时候自己应该问问是否有幸拜读大作的，可惜没抓住时机。"不管怎么说，我们提供给人们的是具有连续性的服务：艾比斯和杰奎尔殡仪馆在这里已经超过二百年了，当然，我们两个并不总是顶着殡仪馆经理这个头衔。早先，我们被人称为殡仪业者，再早一些时候，我们被叫做掘墓人。"

"在那之前呢？"

"这个嘛，"艾比斯先生的笑容中有一点点的自鸣得意，"我们两个的合作可以追溯到很久很久之前了。不过，直到南北战争之后，我们才在这里找到适合我们的职业。那个时候，我们的殡仪馆专门为附近的有色人种家庭服务。在战前，没有人认为我们是有色人种——也许有人认为我们是外国人，有点异国情调啦，肤色比较黑，但我们确实不是黑人。战争结束之后，很快不再有人记得我们曾经不被当作黑人看待。我的合伙人，他的皮肤比我更黑。但这个观念的转变还是很容易。真的，别人把你看作什么人，你就是什么人。现在，黑人又被称为非裔美国人了。这个词我感觉很怪。这让我想起那些从奥斐、努比亚等地来的人。我们从来不认为自己是非洲人——我们是尼罗河人。"

"这么说你是埃及人喽。"影子说。

艾比斯先生撅起下唇，来回摇头，仿佛脑袋安在弹簧上，正在衡量轻重，从两边不同的角度看问题。"你说的话，既正确又错误。在我看来，'埃及人'这个称呼指的是现在居住在那里的人，那些在我们的神圣陵墓和宫殿上建造城市的家伙们。他们和我长得很像吗？"

影子耸耸肩，没有回答。他见过长得和艾比斯先生很像的黑人，也见过晒黑肌肤后，和艾比斯先生的相貌没什么区别的白人。

"咖啡蛋糕味道怎么样？"餐厅女侍走过来为他们加满咖啡。

"这是我吃过的最好吃的蛋糕。"艾比斯先生说，"请代我向你母亲问好。"

"我会的。"她说着，急匆匆走开。

"如果你是殡仪馆经理的话，千万别问候任何人的健康。他们会认为你也许是在寻找生意机会呢。"艾比斯先生压低声音说，"好了，我们去看看你的房间收拾好没有。"

饭后，他们并肩走在夜色中，呼吸在空中凝结成白色的雾气。经过的商店橱窗里，圣诞节的装饰灯闪闪发光。"你们真好心，收留我住下来。"影子说，"我真是感激不尽。"

"我们欠你的雇主一点人情。而且，主知道，我们的确有空房间。那是一栋很大的老房子。你知道，过去我们有很多人住在这里。不过现在只剩下我们三个了。多你一个人不会麻烦的。"

"你知道我要留下来和你们住多久吗？"

艾比斯先生摇头。"他没有说。不过我们很高兴你能住在这里，还能帮你找些活儿干。如果你没有什么洁癖，又肯尊敬死者的话，你可以帮我们做事。"

"那么，"影子问，"你们的人在开罗做什么？是因为这个城市的名字，还是有别的什么原因？"

"不，完全不是这些原因。实际上，这个城市的名字就来源于我们这些人，只不过几乎没人知道这个秘密罢了。在遥远的过去，这里是一个贸易港口。"

"在疆域开拓的年代？"

"你也可以那么说。"艾比斯先生说，"晚上好，西蒙斯女士！也祝您圣诞节愉快！带我到这里来的人，很久很久以前就航行到了密西西比河。"

影子突然停下脚步，不可置信地盯着他。"你是想告诉我，古埃及人早在五千年前就已经航行到这里做生意了？"

艾比斯先生没有说话，但他得意地笑了。过了一会儿他才开口："三千五百三十年前，大致就是这个时间。"

"好吧，"影子说，"我相信你。他们做什么生意？"

"算不上什么大生意。"艾比斯先生说，"动物的毛皮，一些食物，还有从东半岛上的矿山里开采出来的铜。这个所谓的生意令人失望透顶，根本不值得付出这么大代价来到这里。他们在这里待了一段时间，他们信仰我们，向我们献上祭祀品。来这里的途中，有几个商人发高烧死掉，被埋葬在这里。后来，他们把我们留在这里，自己离开了。"他突然在人行道中间停下脚步，慢慢转过头来，张开双臂。"这个国家成为世界的中央航站已经有一万年之久了。你告诉我，哥伦布算个什么？"

"是啊，"影子附和着他说，"你觉得他算什么？"

"哥伦布只不过做了一件几千年来人们一直在做的事情。到达美洲大陆并没有什么值得特别纪念的。我一直在写航海发现这方面的故事，断断续续地写。"他们继续沿着街道走下去。

"真实的故事吗？"

"从某种角度来说，是真实的。如果你喜欢的话，我可以让你看其中的一两篇。事实全摆在那里，只要长着眼睛，谁都能看见。至于我本人——告诉你，我可是《科学美国人》杂志的撰稿人之一哦——我为那些专家们感到遗憾。每过一段时间，专家们就会找到某个让他们迷惑不解的头骨化石：这个头骨的人种不对啊，怎么会这样？要不就是又挖出什么让他们摸不着头脑的雕像或者艺术品。他们只知道喋喋不休地讨论遗迹的古怪之处，却不愿意去讨论被他们视为不可能的真正事实。这就是我为他们感到遗憾的地方。只要你把某件事视为完全不可能，这件事就会从你的视野里彻底消失，哪怕它其实是存在的。我的意思是，比如说这里有个头盖骨，显示是阿伊努人，也就是日本的土著人种，九千年前就生活在美国。还有另外一个头盖骨，显示玻利尼西亚人七千年前曾住在加利福尼亚州。但所有的科学家只会在谁是谁的后裔的问题上纠缠不休，结果完全错过了真正的关键。要是哪一天他们真的找到印第安霍皮族人的地洞，天知道会发生什么事。你等着瞧吧，到那一天，他们认定的好几条真理又会破绽百出了。

"如果你问我，爱尔兰人是不是早在中世纪就来到了美国？他们当然来过了！来过的还有威尔士人、维京人，当时住在西海岸的非洲人——那时候被称为奴隶海岸，或者象牙海岸——他们当时和南美洲的居民做过海上贸易。还有中国人，也多次到达了今天的俄勒冈州，他们管那里叫'福山'。早在一千两百年前，巴斯克人就在加拿大纽芬兰岛海岸建立起鱼类捕捞据点。我估计你一定会反驳说：哎呀，艾比斯先生，那些可都是原始人啊，他们没有无线电，没有维生素药丸，更没有喷气式飞机。"

影子什么都没说，也没打算说，但他觉得似乎应该说些什么才对，于是只好问："难道不是吗？"秋天的最后一批落叶在他们脚下被纷纷踩碎，干枯而松脆。

"人们普遍的误解就是：哥伦布时代以前的人类，根本不可能坐船航行那么遥远的距离。其实，新西兰、塔希提岛和其他太平洋岛屿上的土著人，最早都是乘船航行到那些岛上定居的，他们的航海技术完全可以让哥伦布感到羞愧。非洲用于贸易的财宝，大多数都是用船运到东方，运到印度和中国去进行交易。还有我的人民，来自尼罗河流域的人们。我们早就发现，用芦苇做的船可以带你航行到整个世界，只要你有充足的耐心和足够多的装满清甜淡水的罐子。你看，在过去，航行到美国的最大问题，就是这里并没有多少货物，没有多少可以交易的东西，而且距离也实在太遥远了。"

他们走到大房子前，房子的造型是被人们称为安妮女王风格的。影子不知道安妮女王到底是什么人，也不知道她为什么会喜欢电影《亚当斯一家》里那群怪人们住的外表阴森森的房子。这是本街区唯一一栋宽敞窗户大敞四开的房子。他们走进房门，绕到屋后。

艾比斯先生从钥匙串上找出一把钥匙，打开一扇巨大的双扇门，他们走进一间没有暖气的巨大房间。房间里只有两个人。其中一个是身材很高、皮肤黝黑的男人，他手里拿着一把巨大的金属解剖刀。另外一个是死掉的十几岁年轻女孩，躺在一张长长的、既像桌子又像水槽的瓷面台子上。

尸体上方墙壁上的软木板上，钉着好几张死去女孩的照片。其中一张照片是高中生的大幅头像照，照片上的她正在微笑。另外一张照片上，她站在一排三个女孩的中间，都穿着参加舞会的裙子，浓密的黑发以一种极其复杂的方法盘在头顶上。

现在，她全身冰冷地躺在瓷面台子上，一头黑发垂下，耷拉在肩膀上，沾满凝固的鲜血。

"这就是我的合伙人，杰奎尔先生。"艾比斯介绍说。

"我们已经见过面了。"杰奎尔说，"原谅我现在不能和你握手。"

影子低头看了看桌子上的女孩。"她是怎么死的？"他问。

"选男友的品味太差。"杰奎尔说。

"一般来说，这个错误并不致命，"艾比斯先生叹息着说，"但这一次却是。他喝醉了，身上还带着刀子，她告诉他说她认为自己怀孕了，而他不信那是他的孩子。"

"她被刺了……"杰奎尔先生说着，开始计算刀伤的数目。他踩下脚控开关，启动旁边桌子上的小录音机。"一共五刀。左前胸上三处刀伤，第一刀刺入第四和第五肋骨之间的缝隙，位于左胸中央边缘，刀伤深度二点二厘米；第二和第三刀从左胸中央部位下方刺入，穿透到第六肋骨，两处伤口交叠在一起，测定刀伤深度为三厘米；另有一处两厘米长的伤口位于左前胸上方第二肋骨处；还有一处五厘米长、最深处一点六厘米的伤口，位于身体中前部的左三角肌，属于挥砍划破伤。胸部的所有刀伤都是深度穿透性伤口。除此之外，没有其他可见的伤口。"他抬起脚，松开开关。影子注意到有一个小麦克风用绳子吊着，悬挂在台子上方。

"你同时也是验尸官？"影子问。

"在我们这里，验尸官是政客任命的，"艾比斯先生说，"他的工作就是踢尸体一脚，如果尸体不回踢他，他就签署死亡证明。杰奎尔是所谓的解剖师，他替镇上的验尸官做尸体解剖，然后保留组织样本以供分析检查。他还负责为伤口拍照。"

杰奎尔完全无视他们两个的存在。他拿起一把大解剖刀，从她的两肩肩胛骨开始，一直到胸骨，切了一个很深很大的"V"形切口，又从胸骨开始一直向下切到耻骨，将"V"形扩大成一个巨大的"Y"形。接着，他拿起一个沉重的、好像小型铬合金钻机的东西，那玩意儿顶端上有一个奖章大小的圆齿轮锯。他开动电锯，先试了一下，然后用电锯锯开肋骨。

女孩的身体像钱包一样，瞬间全部打开了。

影子突然闻到一股很淡的、令人有些不快的味道，是一种具有穿透力的、有些刺激鼻孔的人肉味道。

"我还以为闻起来会更糟糕呢。"影子坦白地说。

"她的尸体很新鲜干净，"杰奎尔说，"连肠子都没有被刀刺穿，所以不会有屎尿的臭味。"

影子发觉自己移开了目光，倒不是因为他觉得会感到恶心反胃，而是他突然有一种强烈愿望，希望给那个女孩留下一点隐私。这具开膛破腹的尸体，比赤裸还更赤裸。

杰奎尔把胃部以下、骨盆以内的肠子打成结，肠子在她的腹部里闪着光泽，感觉像蛇一样滑溜。他用手指拉着肠子，一英尺一英尺地丈量检查，然后对着麦克风说一声"正常"，接着就把所有的肠子放进地上的一个桶里。他用真空泵抽干她胸腔内的血液，然后测量重量。接下来，他开始检测她的胸腔内部，并对着麦克风记录观察结果。"心包膜上有三处破损，充满凝固及流动的血液。"

杰奎尔抓住她的心脏，从顶端切割下来，在手心中翻转一圈，仔细审查。他踩下录音机开关，口述记录："心肌上可见两处损伤，右心室上有一处一点五厘米的损伤，左心室上有一处一点八厘米的穿透性损伤。"

接着，杰奎尔切下两侧的肺，左肺被刀刺中，几乎有一半全部坏死。他称量了肺的重量，然后是心脏的重量，接着为器官上的伤口拍照。随后，他从每一侧的肺叶上切下一小块组织，放进一个罐子里。

"里面装的是甲醛。"艾比斯先生在一旁解说。

杰奎尔继续对着麦克风讲话，描述他手上进行的尸检工作、他观测到的情况，与此同时，他逐一切割下女孩的肝脏、胃、脾脏、胰腺、肾脏、子宫和卵巢。

他为每一个器官称重，并口述记录器官正常没有任何损伤。他还从每一个器官上切下一小片组织，放在装满甲醛的罐子里。

接着，他分别从心脏、肝脏和一个肾上多切下一片组织，放在嘴里慢慢咀嚼，之后咽下，同时继续着他的工作。

不知为什么，影子觉得他这么做很好，对死者充满尊敬，没有一丝一毫的猥亵。

"你想留在这里，和我们干一段时间吗？"杰奎尔问他，同时还在继续咀嚼女孩的那片心脏。

"如果你们想要我的话。"影子说。

"我们当然想要你了。"艾比斯先生说，"没有不能接受你的理由，留下你的理由却很多。留在这里的期间，你会受到我们的保护。"

"希望你不介意和死人睡在同一屋檐下。"杰奎尔说。

影子突然想起碰触劳拉嘴唇的感觉，想起那抹苦涩与冰冷。"不介意，"他说，"只要他们是真正的死人就行。"

杰奎尔猛地转过身来，棕黑色的眼睛仔细打量着他，那眼神就好像沙漠里的狗，探询而冷淡。"在这里，他们是真正的死人。"他说。

"看起来是，"影子说，"不过在我看来，死人复活似乎是很容易的事。"

"完全不是这么回事。"艾比斯说，"要知道，即使是僵尸也是用活人制成的。一点儿魔粉、一点儿咒语，最后再推上一把，你就能制造出一个僵尸。他们其实是活人，只不过相信自己已经死了。但是，要真正复活死者，而且继续沿用他自己的身体，那就需要真正的魔法了。"他犹豫了一阵，然后接着说，"但在过去，在旧大陆，让死人复活要简单一点。"

"你可以将一个人的灵魂'卡'[1]禁锢在他体内，长达五千年，"杰奎尔说，"一旦禁锢失效，灵魂就会失散。不过，那已经是很久以前的事情了。"他充满敬意地将刚才切割下来并移走的所有器官重新放回女孩的胸腔内，肠子和胸骨也一一放回原处，把切割开的皮肤边缘压在一起。接着，他取出粗大的针和线，灵巧敏捷地把尸体切口一针一线地缝起来，感觉在缝补棒球一样。尸体从一堆肉再度变回一个女孩。

"我要喝瓶啤酒了。"杰奎尔说着，摘下橡皮手套，丢在垃圾桶里，再脱下棕黑色的罩衣，丢进洗衣篮。最后，他拿起带纸托的罐子，里面装着红的、紫的、褐色的各种器官组织。"一起来吗？"

他们沿着后面的楼梯走到厨房。这是一间褐色与白色相间、朴素体面的厨房。影子感觉自从二十世纪二十年代之后，这里就再也没有装修过了。厨房一侧墙边是一台咯咯作响的巨大冰箱。杰奎尔打开冰箱门，

---

1 古埃及人对灵魂的称呼。

把装着脾脏、肾脏、肝脏和心脏的塑料罐子放进去，取出三个棕色瓶子。艾比斯打开玻璃门的酒杯柜，取出三个高玻璃杯，挥手叫影子坐在餐桌旁。

艾比斯倒出啤酒，先递给影子一杯，然后递给杰奎尔。啤酒的味道很不错，微微有点苦，颜色很深。

"好啤酒。"影子忍不住称赞说。

"是我们自己酿的。"艾比斯说，"在过去，是女人们酿造啤酒，她们的技术比我们要好很多。但是现在这里只剩下我们三个了，我，他，还有她。"他指指那只蜷缩在墙角猫篮里睡觉的褐色小猫。"我们本来有很多人。可是塞特[1]离开我们去探险，那是……两百年前？一定是的，到现在为止都两百年了。我们曾经收到他从旧金山寄来的明信片，那大概是在1905年或1906年，然后就什么消息都没有了。还有可怜的荷露斯[2]……"他的声音渐渐弱下去，最后变成一声叹息，伤感地摇头。

"我偶尔还能看到他，"杰奎尔说，"就在我出去收尸体的时候。"他喝了口啤酒。

"我会努力工作，补偿住在这里的费用，"影子说，"你们告诉我做什么，我就做什么。"

"我们会帮你找到事情做的。"杰奎尔同意说。

褐色小猫睁开眼睛，站了起来。她轻轻走过厨房地板，用头顶了顶影子的靴子。他垂下左手，抓抓她的额头、耳朵后面，还有脖子。她陶醉地弓起身子，然后跳到他大腿上，趴在他胸前，用冰冷的鼻子碰碰他的鼻子。接着，她就在他大腿上舒服地蜷缩成一团，继续睡觉。他伸手抚摩她柔软的毛皮。她在他腿上睡得温暖而愉快，好像躺在全世界最安全的地方。影子觉得很高兴。

啤酒让影子的脑袋晕乎乎的，很舒服。

"你的房间在楼梯顶，紧挨着浴室。"杰奎尔说，"你的工作服挂

---

1 古埃及神话中的下埃及的主神，传说中他谋杀兄长奥西里斯。
2 古埃及神话中的太阳神，奥西里斯与伊西斯之子，他是王权的守护者，通常幻化为鹰形或鹰头人身造型。埃及人认为法老就是人间的荷露斯。

在衣柜里——你会看到的。我猜你也许会想先洗个澡，刮刮胡子。"

影子确实很想洗澡。他先站在铁铸的浴缸里洗好澡，然后才刮胡须。他很紧张，因为用的是杰奎尔借给他的一把老式剃刀。剃刀极其锋利，刀柄是珍珠贝的，影子很怀疑这把剃刀平时是用来给死人刮世上最后一次胡须用的。他过去从来没用过这种直柄剃刀，不过他一点儿都没有割破自己。他洗掉剃须膏，在浴室镜子里凝视着自己的裸体。身上到处都是淤伤，胸前和胳膊上的崭新淤伤和疯子斯维尼留给他的淤伤重叠在一起。他打量着自己湿漉漉的黑发、深灰色的双眸，镜中的他也用极度不信任的眼神冷冷审视着自己，盯着自己咖啡色皮肤上的道道伤痕。

然后，仿佛有人握着他的手一样，他下意识地举起那把直柄剃刀，将刀锋抵在自己的喉咙上。

这是解脱的好办法，他忍不住想，简单有效的出路。要说谁能轻松应对此事，把现场清理干净，然后该干什么干什么，那就是这会儿正坐在楼下厨房里喝啤酒的两个家伙。一了百了，从此不再有任何的烦恼，不再有任何关于劳拉的问题，不再有任何神秘兮兮的事件与阴谋，不再有噩梦。只有安宁与平静，以及永远的安息。只要轻轻一划，从耳根到另一边的耳根，一切就都结束了。

他站在那里，手持剃刀顶着喉咙。一缕鲜血从刀锋接触肌肤的地方流下来，他甚至都没注意到划伤。看，他对自己说，几乎可以听到耳边的悄悄话，没有痛苦的。锋利得让人不会有任何感觉。在我意识到之前，我就已经死了。

浴室的门突然弹开了，虽然只有几英寸宽，但足够那只褐色小猫把脑袋从门缝钻进来，冲着他好奇地"喵"了一声。

"嗨，"他冲着小猫说，"我还以为我锁上门了呢。"

他合拢那把可以割断喉咙的剃刀，把它放回洗脸池旁，用卫生纸擦干净小伤口上的血。然后，他把浴巾裹在腰间，回到隔壁的卧室。

和厨房一样，他的卧室似乎也是在二十年代装修的，房间里有一个放洗脸盆的架子，柜子抽屉和镜子旁还摆放着一个大水罐。房间里微微有些发霉的味道，似乎很少通风换气。他摸了摸床单，似乎有些潮湿。

有人已经把他的衣服放在床上了：黑色西装、白色衬衣、黑色领带、白色内衣内裤、还有黑色的袜子。床边破旧的波斯地毯上，还摆放着一双黑色的鞋子。

他穿好衣服。尽管没有一件是新的，但衣服的质地都非常好。他挺想知道这些衣服到底是谁的，他是不是正在穿上死人的袜子？他是不是要踏进死人的鞋子？他穿好衣服，看着镜中的自己。衣服合身得简直完美，甚至没有他预料会出现的胸口绷得太紧，或者袖口短了一截的情况。他冲着镜子调整好领带，镜中的影子似乎正对着他微笑，满脸嘲讽的味道。他抓抓鼻子，看到镜中的自己也在做同样的动作，这才真的松了一口气。

现在的他怎么也无法想象，刚才他居然想用剃刀割断自己的喉咙。打领带的时候，镜中倒影依然在微笑着。

"嗨，"他跟自己的影子说话，"你是不是知道什么我不知道的事情？"刚说完，他立刻觉得自己太傻了。

门吱的一声打开了，那只猫从门框和门之间的缝隙溜进来，轻轻走过房间，跳到窗台上。"嗨，"他冲猫咪说，"我这次确实关上门了。我知道我关上了。"她看着他，一副很感兴趣的神情。她的眼睛是深黄色的，和琥珀的颜色一样。接着，她从窗台跳到床上，在床上蜷成毛茸茸的一团。蜷成一团的猫升始在陈旧的床单上打盹。

影子离开房间时把门敞开着，让猫可以离开，顺便换换房间里的空气。他走下楼梯，楼梯吱吱作响，似乎正在抗议他的体重，好像它们只想安静待着，不受任何打扰。

"哦，见鬼，你看起来样子很不错啊。"杰奎尔夸奖说。他正在楼梯底下等着他，也穿着一套类似影子身上的黑色西装。"开过灵车吗？"

"没有。"

"凡事都有头一遭，"杰奎尔说，"车子就停在前门。"

有个名叫丽拉·古德切德的老妇人死了。在杰奎尔先生的指点下，影子携带折叠的铝担架车，穿过狭窄的楼梯，走进她的房间，把担架在床边打开。他掏出一个蓝色半透明的塑料裹尸袋，放在床上死去女人的身边，摊开袋子。她死时穿着一件粉红色睡衣，外面套着夹棉的晨衣。影子把她抱起来，用毯子裹好，她仿佛一件易碎品，轻得没有一点重量。他将她放进裹尸袋内，拉上拉链，再将裹尸袋抱到担架车上。影子忙着做事时，杰奎尔正在和一个年纪非常大的老人说话（她还在世时，婚姻将他们结合在一起）。老人滔滔不绝地讲话，杰奎尔站在一旁耐心听着，直到影子把古德切德太太尸袋的拉链拉上，老人还在唠唠叨叨地跟他解释，说他的子女是多么的忘恩负义，孙子那一辈也是如此——当然，那不是他们自己的错，是他们父母的错，正应了上梁不正下梁歪那句话。如果是让他来抚养教育孙子们，情况就不会这样了。

　　影子和杰奎尔将带轮子的担架推到狭窄的楼梯口。老人跟在他们后面，脚上只穿着卧室拖鞋，依然啰啰嗦嗦地说个不停，话题大多数是关于金钱的，还有人性的贪婪和子女的忘恩负义。影子负责抬担架比较重的靠下的那端，就这样一直抬到外面街道上。然后，他独自推着担架车，沿着已经结冰的人行道一直走到灵车旁。杰奎尔打开灵车后门，影子犹豫了一下。杰奎尔吩咐他："尽管推进去好了，支撑架会牢牢扣住的。"于是，影子把担架向车厢内推进去，支撑架一下子被车厢边缘咬住，担架下面的轮子旋转着折叠起来，担架平稳地推进灵车的后车厢。杰奎尔给他演示如何才能牢靠地把担架固定在车厢内。等到影子关上车厢门时，杰奎尔还在听那个娶了丽拉·古德切德的老人絮絮叨叨的诉说。他似乎根本没意识到天气的寒冷，只穿着拖鞋和睡袍，就这样站在天寒地冻的街道上，向杰奎尔痛诉他的子女们是多么贪婪，比快饿死的秃鹫好不了多少，紧盯着他和丽拉小小的财产不放。他还诉说他们夫妻是如何一路从圣路易斯、孟菲斯、迈阿密搬家到这里，还有他们最后如何定居在开罗市，丽拉最终没有死在老人院里，这让他多么欣慰，而他自己又是多么害怕会死在老人院里。

　　他们只好又陪老人走回他住的房子，送他上楼梯回到自己的房间。

在双人卧室的角落里，一台小电视机开着，嗡嗡作响。影子从旁边经过时，发现新闻播报员微笑着冲他眨了下眼。他确信没有人注意他这个方向，于是立刻关掉电视。

"他们没有钱。"终于坐回到灵车以后，杰奎尔告诉他，"他明天就会过来找艾比斯，选择最便宜的葬礼。不过，我认为她的朋友们会说服他办一个好点的葬礼，在殡仪馆前部的房间里举办一个正式的告别仪式。他肯定会抱怨，说自己穷没有钱。这段时间，住在附近的人都没有什么钱。不管怎么说，六个月后他就会死了，最多不超过一年。"

雪花在车前灯的光圈里飞舞，大雪已经朝比较南部的这里飘移过来了。影子好奇地问："他有病吗？"

"不是那个原因。女人们能拯救她们的男人。而男人——像他这样的男人——他们的女人一旦死掉，他们也不会再活很长时间了。你会看到的。用不了多久，他变得神情恍惚，熟悉的一切都会随着她的离开而离开。他会开始对生命感到厌倦，整个人都憔悴下去，他放弃对生的追求，然后就死掉。最后夺去他生命的也许是肺炎，也许是癌症，或许是心脏停止跳动。等你上了年纪，所有的激昂斗志都离你而去之后，你的生命也就结束了。"

影子想了想。"喂，杰奎尔？"

"什么？"

"你相信灵魂吗？"他惊讶地听到这个问题从自己嘴巴里跳了出来，其实他并没有打算问这个问题。他本打算先问些不太直接的问题，但是找不到什么转弯抹角的话题。

"看情况而定。回溯到我的那个时代，我们全都有灵魂。当你死后，你就要在阴间排队等候，你必须回答出你一生所做的所有善事和坏事。如果你做的坏事的重量超过一根羽毛，我们就会把你的灵魂和心脏喂给阿穆特——灵魂吞噬者吃。"

"那它一定吃过很多人了。"

"并没有你想象的那么多。那是一根相当沉重的羽毛，我们把它打造得有点特殊。除非你特别邪恶，你的重量才会超过那个宝贝儿。喂，在这里停车，加油站，我们得加些汽油。"

街上很安静，是那种刚下完第一场雪后的安静。"今年将会有个白色圣诞节。"他加油的时候说。

"没错。真可恶。那小子是处女生下来的幸运儿。"

"你说的是耶稣？"

"非常非常幸运的家伙。就算他摔倒在粪坑里，爬起来闻上去还是像朵玫瑰花一样香喷喷的。对了，你知道吗？其实圣诞节并不是他的生日。他是从蜜特拉¹那里借用过来的。你见过蜜特拉吗？他爱戴红帽子，是个不错的小伙子。"

"没有，我没见过。"

"哦……我在这里也没见过蜜特拉。他是军队之子，也许现在回中东了，那边的日子好过些。不过，我估计那边的人也早把他忘记了。常有这种事。头一天，帝国的每个军人都要在自己身上涂抹献祭给你的公牛血，结果改天，他们连你的生日是哪一天都不记得了。"

雨刷发出嗖嗖的声音，把车窗上的积雪推到一边，雪花被压成细碎的雪块和冰碴。

交通灯上的黄灯闪烁几次，变成红灯。影子脚踩刹车，灵车摇摆着，缓慢滑过空无一人的路面，停了下来。

绿灯亮了。影子重新发动灵车，以每小时十英里的速度缓慢开车。在冰雪覆盖、滑溜溜的路面上，这个速度足够了。车子似乎很高兴以二挡的速度慢慢开着，他猜这辆车的大部分时间恐怕都是用二挡开的，从而成为交通阻塞的罪魁祸首。

"你车开得很好。"杰奎尔接着说，"对了，耶稣在这儿混得挺不错。我遇见一个家伙，他说他曾经看见耶稣在阿富汗的马路边上想搭顺风车，可没有一个人肯停车。懂了吗？全都取决于你在哪个地方讨生活。"

"看样子，一场大风暴就快来了。"影子说的是真正的天气。

---

1 波斯神话中的光明之神。

杰奎尔开口回答时，谈论的却和天气毫无关系。"你看看我和艾比斯。"他说，"再过几年，我们的生意就混不下去了。我们有积蓄，预备生意不好的年份花用，可是好多年来，这里的生意一直不好，一年不如一年。荷露斯疯了，疯得一塌糊涂，所有的时间都变身成一只鹰，吃路边被汽车撞死的动物，那是什么生活呀？至于芭丝忒[1]，你已经见过了。就这样，我们的状况比起其他人还算好的呢！我们至少还有一点信仰，可以坚持下去。其他那些笨蛋们，连自己的信仰都差不多丢光了。这就好比殡葬业的生意——不管你愿不愿意，大公司总有一天要收购你，把你赶出局，因为他们更强大、更有效率，而且他们的做法的确有效！对抗和战斗并不能改变这该死的事实，因为我们早就输掉了这场特殊的战争，早在我们刚刚到达这片绿色土地之前，不管那是一百年前、一千年前，还是一万年前。早在那个时候，我们就已经输掉了。我们远渡重洋来到这里，可美国并不在乎我们的到来。要么被收购出局，要么死撑下去，要么就滚蛋。你说得没错，风暴就快来了！"

影子开车转入那条充满死寂房子的街上，这里只有他们那一栋房子还有人居住，其他房屋的窗户都是黑乎乎的，钉着木板。"开到后面小路上。"杰奎尔吩咐说。

他在后院倒车，直到车子快碰上房子后面那两扇大门才停下来。杰奎尔打开灵车和停尸房的门，影子负责解开担架的扣环，把它拉出来。担架从车厢里抬出来后，轮子支架立刻自动旋开，落了下来。他推着担架车走到防腐桌前，抬起丽拉·古德切德。她仿佛熟睡的孩子般安详，他抱起她的裹尸袋，小心翼翼地把她放在冰冷的瓷面台子上，好像害怕会惊醒她一样。

"我有一个传送板，"杰奎尔说，"你用不着自己搬的。"

"没关系。"影子说，他现在说话的语调越来越像杰奎尔了，"我个子大，这点小事没什么。"

童年时代，影子在他的那个年龄段算个子矮小的，全身上下瘦骨嶙

---

1 埃及神话中的月亮女神，形象为猫头人身。

峋。影子小时候的照片，只有一张劳拉看得上眼，愿意装进镜框里。照片上是一个表情严肃的孩子，不受约束的乱蓬蓬的黑发和漆黑的眼睛，站在一张摆满了蛋糕和饼干的桌子旁边。影子觉得那张照片可能是在哪个大使馆举办的圣诞节晚会上拍的，因为照片上的他打着领结，穿着他最好的那身衣服，就像被人精心打扮的玩具娃娃一样。置身于成年人的世界中，他看起来格外严肃庄重。

他们搬家的次数实在太多了。他母亲带着影子，最初在欧洲各国之间迁徙，从一个大使馆搬到另外一个大使馆。他母亲是在外事部门工作的通讯员，负责世界各地机密电报的抄录和发送工作。后来，在他八岁的时候，他们回到美国。母亲因为经常生病，无法维持固定的工作，他们不得不经常从一个城市转移到另外一个城市，这里住一年，那里住一年，身体状况好些的时候断断续续打些零工。他们从来没在一个地方停留足够长的时间，没能让影子结识朋友，觉得这里就是自己的家。那时候，影子还是一个很瘦小的孩子……

但他成长得非常迅速。十三岁那年的春天，当地的孩子们还在捉弄他，总是唆使他打架，因为他们知道他们必胜无疑。打架之后，影子会气呼呼地跑掉，还常常哭鼻子。他跑到盥洗室，在别人注意到之前，洗干净脸上的泥巴或血迹。然后，夏天来临了，那是一个漫长的、充满魔力的十三岁的夏天。他一直避开那些高大的孩子们，在当地的游泳池里游泳，在游泳池畔读着从图书馆借来的书。夏天刚开始的时候，他还不怎么会游泳。但是到了八月底，他可以轻而易举地游上一圈又一圈，还学会了高台跳水。阳光和水让他的皮肤变成黑褐色。九月份，他回到学校，发现那些曾经让他的生活无比悲惨的孩子们居然是如此矮小、软弱的家伙，他们再也不会招惹他了。其中两个孩子还想招惹他，很快就被他好好修理一番，无情、快速、充满疼痛地让他们懂得应有的礼貌。影子发现他必须重新调整自己的生活：他不再可能安安静静地努力躲在别人背后，保持不起眼的状态了。因为他长得实在太高大魁梧、太招摇醒目了。那年年底，他加入学校的游泳队和举重队，教练还殷勤邀请他加入三项全能运动队。他喜欢成为高大强壮的人，这让他变成全新的人。他过去是个害羞、安静、书呆子一样的孩子，那是一段非常痛苦的经历；而现在，他变成了一个沉默的大个子，除了把沙发搬到另一个房间，没有人期望他会做别的事情。

没有人。直到劳拉出现。

艾比斯先生准备了晚饭：米饭和煮青菜是给他自己和杰奎尔先生的。"我不吃肉，是素食者，"他解释说，"而杰奎尔在工作过程中得到了他需要的全部肉食。"影子面前摆着一大桶肯德基炸鸡和一瓶啤酒。

炸鸡很多，影子根本吃不完，他把剩下的分给了猫，撕掉鸡皮和油炸的硬壳，然后用手指把肉撕碎，喂给她吃。

"监狱里有一个叫杰克森的家伙，"他吃炸鸡的时候说，"他在监狱图书馆里干活。他告诉我说，肯德基把名字从肯德基炸鸡改为KFC肯德基，是因为他们不再提供真正的鸡肉了。肯德基的鸡是改良基因的异种鸡，像一只没有头的大蜈蚣，身上只有一段一段的鸡腿、鸡胸和鸡翅。那怪物是通过营养管喂食的。那家伙说，因为这个，政府不让他们再用'鸡'这个词作快餐店的名字。"

艾比斯先生眉毛一挑。"你认为是真的？"

"当然不会相信了。我的旧狱友洛基，他说他们更改名字是因为'炸'这个字变成了骂人的话。也许他们想让人们以为是那些鸡是自己烹调出自己的。"

吃过晚饭，杰奎尔道一声歉，下楼去停尸间工作了，艾比斯则继续他的研究和写作。影子在厨房里多待了一阵，一边把鸡胸的碎肉喂给褐色小猫吃，一边喝着啤酒。啤酒和鸡肉都消灭干净之后，他洗干净碟子和餐具，放在架子上晾干，上楼回自己房间。

他在带兽脚装饰的浴缸里泡了个澡，用一次性的牙刷和牙膏刷了牙。他暗暗决定，明天一定要买把新牙刷。

等他回到卧室，发现褐色小猫又一次躺在他的床尾，蜷缩成一个月牙形的毛团。他在梳妆台中间的抽屉里，找到几件有条纹的棉睡袍。

它们看上去都有些年代了，但是闻起来气味还很清新。他穿上其中的一件，就像那套黑色西装一样，这件睡袍仿佛也是专门为他裁剪的，贴身又舒适。

床头柜上有一小叠《读者文摘》杂志，每一本的日期都不晚于1960年3月。杰克森，就是监狱图书馆里的那家伙，也是发誓告诉他肯德基变异鸡真相的人，曾给他讲过黑色货运火车的故事。他说政府经常用火车运送政治犯前往秘密的北加利福尼亚州集中营，在死寂的夜晚，火车悄悄穿过全国。杰克森还告诉他，国家安全局使用《读者文摘》作他们在世界各地分支机构的掩饰幌子。他说每个国家的《读者文摘》办公室，实际上都是国家安全局的秘密部门。

"开个玩笑，"影子想起已故的木先生的话，"我们怎么肯定中央情报局没有卷入暗杀肯尼迪总统的行动呢？"

影子把窗户打开几英寸，足够让新鲜空气流通进来，也让小猫能出去到外面阳台上。

他打开床边的台灯，爬到床上，看了一会儿杂志，想让自己的思绪停顿下来，将过去几天发生的事情从脑海中剔出去。他挑着看最无聊的《读者文摘》里那些最无聊的文章。在看《我是约翰的胰腺》这篇文章时，他发觉自己几乎睡着了。没等他关掉床头台灯，脑袋躺在枕头上，就已经闭上眼睛睡着了。

事后，他无法理清那个梦的次序和细节，努力回忆只会制造出更加混乱的黑暗影像，仿佛在他意识的暗室中曝光不足的照片。梦中有一个姑娘，他在某处遇见过她，现在他们正一起走过一座桥。桥横跨在位于城镇中央的小湖上。风吹拂着湖面，荡起鱼鳞般的微波，影子觉得仿佛是无数双想触摸他的小手。

——到这里来。女人对他说。她穿着豹纹裙子，裙子在风中飞舞摇曳，丝袜和裙子之间露出了一片肌肤，在他的梦中，肌肤如奶油般细腻柔滑。在桥上，当着神与整个世界的面，影子跪在她面前，把头埋在她的大腿间，吮吸着她醉人的女性芳香。在他的梦中，他意识到自己在真实世界中也勃起了，那种坚硬的、血脉跳动的、令人惊讶的勃起，和刚刚进入青春期时的感觉一样，坚硬而疼痛。那时的他，还不懂得这种自发而成的坚硬到底意味什么，只知道身体上的这种变化很可怕。

他起身抬起头，但依然无法看到她的脸，他的嘴在她身上寻觅着，她用柔软的唇回吻着他。他的双手覆盖在她双乳上，在她缎子般光滑的肌肤上游走，最后停留在隐藏于她双腿之间的密林，进入她身体奇妙的裂缝中。那里温暖而湿润，为他打开，就像一朵鲜花为他的手而开放。

女人靠在他身上，心醉神迷地发出猫咪一样呼噜呼噜的叫声，她的手向下寻找到他的坚硬，然后开始挤压他。他推开床单，翻身骑在她上面，用手分开她的大腿，她的手引导他进入自己双腿之间，然后猛地一推，充满魔力的一推……

此刻，他和她回到他旧日的监狱囚室里，他深深吻着她。她的双臂紧紧环绕着他，双腿紧紧夹住他的双腿，让他无法抽身离开。其实他自己也根本不想离开她。

他从未亲吻过如此柔软的嘴唇，也不知道世界上居然有如此柔软的嘴唇存在。不过，她的舌头滑入他口中时，却像砂纸一样粗糙。

——你是谁？他问。

她没有回答，只是在他背上一推，然后骑到他身上。不，不是骑，而是以一连串的丝滑般的波动，让她自己潜入到他体内，每一次的动作都比上一次更加有力，一波又一波富有节奏感的搏动和撞击，不仅震撼他的意识，更震撼他的身体，仿佛湖面上一波波荡漾的波涛拍打着岸边一样。她的指甲很尖利，刺入他的身体两侧，从他皮肤上划过，但他却感觉不到任何疼痛，只有极度的欢愉，一切都仿佛被某种魔法改变了，让他获得无比的快感。

他挣扎着想寻找回自我意识，挣扎着想说话，但意识中却充满沙丘与沙漠中的风。

——你是谁？他再次询问，气喘吁吁地吐出声音。

她用深琥珀色的双眸凝视着他，然后低下头，用嘴唇热情地亲吻他，她亲吻得如此激烈深沉，在横跨湖面的桥上，在监狱的囚室里，在开罗市殡仪馆的床上，他几乎就要达到高潮。他的知觉就仿佛飘荡在飓风中的风筝，希望它永远不要到达顶点，永远不要爆发。他努力拉回自己的知觉和理智，他必须警告她。

——我的妻子，劳拉，她会杀了你的。

——我？不会。她说。

一个荒谬的记忆片段在他意识中的某处升起。中世纪有一个说法，如果女人性交时在上面，就会怀上一位主教。所以人们才说：试一下主教体位……

他很想知道她的名字，但他不敢再问第三遍。她的胸部撞击着他，他能在自己胸前感觉到她坚挺的乳头。她一直在挤压他，挤压他深深地进入她体内，这一次他无法再驾驭自己的知觉，他被加速、被旋转、被翻腾，他身体拱起，深深地进入她体内，仿佛他们两个是同一生命的两部分，他们一同品尝着、痛饮着、拥抱着、渴望着……

——来吧。她说，声音如同猫咪呷哮的喉声。给我。来吧。

他终于达到高潮。全身一阵痉挛，仿佛被溶解分离，头脑意识仿佛全部融化，慢慢升华到另一个境界。

结束的那一刹那，他深深吸了一口气，感觉到清新的气流进入肺部深处，然后他才意识到，到现在为止的很长一段时间内，自己一直在屏住呼吸。三年了，至少三年没有这种感觉了，也许时间更长。

——现在休息吧。她说，然后，她柔软的嘴唇轻轻吻了吻他的眼皮。忘记吧，忘记一切不快。

接着，他睡着了，他的睡眠深沉无梦，感觉无比舒适。影子潜入深深的睡眠中，拥抱着甜蜜的熟睡。

光线有些古怪。他看了看手表，现在是早晨六点四十五分，外面还是漆黑一片，不过房间里已经蒙上一层浅蓝色的微光。他从床上爬起来。他很确定自己昨晚上床时是穿着睡袍的，但现在却赤身裸体，皮肤感到空气的寒冷。他走到窗边关上窗户。

昨晚下了一场暴雪，一夜之间积雪六英寸，甚至更厚。窗外的这个城镇角落本来肮脏而破落，现在却呈现出洁净而奇妙的景象：房屋不再是被人遗忘、无人居住的破屋，冰雪让它们变得高雅美丽起来。街面被覆盖在厚厚的积雪下面，消失不见。

某个想法从他意识的边缘盘旋而过，是关于"无常"的，但它只闪烁了一下，然后就消失了。

他居然可以和白天一样，看清楚黑暗中的事物！

在镜子中，影子注意到有些不寻常的地方。他走近一点看着镜子，整个人都惊呆了。他身上所有的淤伤竟然全部消失了！他摸摸肋部，指尖按了一下，寻找那块颜色很深的淤伤，那是他遭遇石先生与木先生之后留下的纪念，还有疯子斯维尼作为礼物送给他的那块青色瘀痕，结果却什么都没有找到。他的脸也干净平滑，没有一丝伤痕。然而，在他身体侧面和背后（他是转过身检查时才发现的）布满了抓痕，看上去像是猫的抓痕。

这么说，他并不是在做梦，不完全是梦。

影子打开抽屉，穿上他找到的衣服：一条很旧的李维斯蓝色牛仔裤、一件衬衣、一件厚厚的蓝色毛衣，他还在房间后面的衣柜里找到一件挂着的殡葬工黑色外套。他忍不住再次琢磨，这些衣服过去是属于谁的。

他穿上自己原来的那双鞋子。

屋里的人都还在睡觉。他轻轻走出去，希望地板不要发出响声。他来到室外（他是从房子前门走出去的，没有走停尸间的出口，如果不是必须的话，这个早晨他不想经过那里），在积雪中散步，每走一步都在洁净的雪地上留下一个深陷的脚印，伴随着嘎吱嘎吱的脚步声，将人行道上柔软的积雪一步步踩踏实。室外比从房间里看到的更明亮一些，积雪反射着天空的光线。

走了大约十五分钟后，影子来到一座桥前，桥边上一个醒目的标志牌警告他正在离开历史名城开罗市。桥底下站着一个又高又瘦的男人，一边吸烟一边不停地哆嗦。影子觉得自己似乎认识那个人，但积雪的反光晃到他的眼睛，看不清楚。为了确认清楚，他慢慢走近过去。那个人穿着一件缀着补丁的牛仔布外套，戴着棒球帽。

他走近一些，在桥下冬日的昏暗里，近得可以看见那人眼睛上的紫色淤伤。他开口打招呼："早上好，疯子斯维尼。"

周围的世界是如此的安静，甚至没有车子经过，打扰大雪带来的宁静。

"嘿，老兄。"疯子斯维尼嘟囔说。他没有抬头，抽的香烟是手工卷的。影子怀疑他正在抽大麻。不，的确是烟草的味道。

"疯子斯维尼，你一直躲在桥下的话，"影子开玩笑说，"人们会以为你是传说中的巨魔呢。"

这一次，疯子斯维尼抬起头来，影子可以看到他瞳孔周围的眼白。他看上去极其惊恐。"我正在找你，"他说，"你得帮我，老兄。我这次可闯了大祸。"他用力吸了一口他的手卷烟，然后把烟从嘴上扯开。烟纸还沾在他的下唇上，烟身却扯破了，里面的东西撒落在他姜黄色胡须和肮脏的T恤前胸上。疯子斯维尼伸出变黑的手掸掸烟丝，动作有些痉挛，好像烟丝是什么危险的虫子。

"以我现在的能力恐怕帮不到你，疯子斯维尼。"影子说，"不过，还是告诉我你想要什么吧。要我帮你买杯咖啡吗？"

疯子斯维尼摇摇头。他从粗斜纹棉布外套口袋里拿出一个烟草袋和一些烟纸，给自己另外卷了一根烟。做这些事情时，他的胡子竖立着，嘴巴也不停蠕动着，但没有说出一个字来。他舔舔烟纸一侧，用手指卷了起来，结果成品只是看起来略微像根香烟。接着，他开口了："我不是巨魔，该死。他们只是一群卑鄙的混蛋。"

"我知道你不是巨魔，"影子温和地说，希望自己的语气没有显出施恩于人的味道，"我能帮你什么？"

疯子斯维尼打着黄铜打火机，结果手卷烟前面一英寸都被突然蹿出来的火苗点着了，变成灰烬。"还记得我教你怎么变出一枚金币吗？你还记得吗？"

"是的，"影子说。他仿佛在脑中又看到那枚金币，看见它在空中翻滚了几圈，落到劳拉的棺材上，看见它被挂在劳拉的脖子上。"我记得。"

"你拿错金币了，老兄。"

一辆车子朝着桥下的黑暗处开来，晃眼的车灯让他们睁不开眼睛。车子在他们身边减速停下，车窗摇下来。"一切都正常吗，先生们？"

"一切都很好，谢谢，警官。"影子说，"只是早晨出来走走。"

"那好。"警察说。不过他似乎不太相信这里一切正常，还在旁边等着。影子把手放在疯子斯维尼的肩膀上，推着他一起往前走，走出城镇边缘，走出那辆警车的视线范围。他听见背后传来车窗关闭的声音，但警车还是停在原地没有动。

影子慢慢走着，疯子斯维尼也跟着走，偶尔脚步蹒跚一下。他们经过"未来城市"的路标，影子想象这是一个充满科幻式尖顶和高塔的城镇，闪耀着温和的三原色光泽，半圆形气泡穹顶的空中汽车在高塔之间穿梭往来，好像闪闪发光的食蚜蝇。那样的城市才算是未来市，但影子可不觉得这样的城市会建在开罗市旁边。

警车从他们身边缓慢开过，然后掉头返回市里，在雪地上逐渐加速离开。

"现在，告诉我你到底有什么烦恼？"影子问。

"我按他说的做了。我全部按他说的做了，可是我给错了金币。那枚是神圣的。你明白吗？我甚至都不应该碰那枚金币。那一枚应该是给予美国之王的金币。不是像你这样的混蛋可以随便碰的。现在我惹大麻烦了，快点把金币还给我，老兄。你不会再见到我了，如果你见到我，我就是他妈的大混蛋。好不好？我发誓，从此以后我只待在该死的树林里，绝不出来了。"

"你按照谁说的话做了，斯维尼？"

"格林尼尔。就是你叫作星期三的那个花花公子。你知道他是谁吗？他的真正身份？"

"是的，我猜我知道。"

这个爱尔兰人疯狂的蓝眼睛里流露出惊慌失措的神情。"他让我做的不是什么坏事，不是你应付不了的——不是坏事。他只是告诉我，那天那个时候到那家酒吧，和你打上一架。他说他想看看你的身手如何。"

"他还要你做别的事情了吗？"

斯维尼开始无法控制地颤抖起来，还不时地抽搐一下。影子一开始还以为他是觉得冷，然后才明白自己在哪里见过这种战栗式的抽搐。是在监狱里，那是吸毒者毒瘾发作时的颤抖。斯维尼似乎被什么东西控制住了，影子打赌一定是海洛因。一个吸毒上瘾的爱尔兰矮妖？疯子斯维尼扯下燃烧的烟头，扔在地上，把剩下没抽完的黄色烟丝放回口袋里。他摩擦着脏兮兮的手指，冲着手指哈气，然后继续摩擦，想让手指暖和起来。他的声音带着一丝抱怨和呜咽。"听着，还给我那枚该死的金币，老兄。你想拿它做什么？啊？喂，你知道还有更多的金币吧。我会给你另外一枚，和原来那个一样好。嘿，我会给你一大把金币的。"

他摘下自己脏兮兮的棒球帽，右手一伸，在空中抓出一枚巨大的金币。他把金币丢进帽子，然后又从呼吸的雾气中抓出一枚金币，又抓出一枚。他不停地从寂静的早晨空气中变出金币，直到棒球帽里的金币多得溢了出来，斯维尼不得不用两只手来捧住帽子。

他把装满金币的棒球帽递给影子。"给你，"他说，"全部收下，老兄。只要你还给我当初我给你的那枚金币。"影子低头看着帽子，想知道里面到底盛着多大一笔财富。

"我在哪里可以花这些金币，疯子斯维尼？"影子问，"有多少地方可以把金币换成现金？"

有那么一瞬，他觉得这个爱尔兰人可能要给他一拳。但那一瞬间过去了，疯子斯维尼只是站在那里，双手拿着装满金币的帽子，好像《雾都孤儿》里的奥利佛。接着，眼泪从他的蓝色眼睛里涌了出来，顺着脸颊流下来。他拿起帽子，把它——现在里面除了油腻的汗渍，什么都没有了——戴回他消瘦的脑袋上。"你一定要还我，老兄。"他说，"我不是教给你怎么变金币了吗？我告诉过你怎么从密藏宝库里拿出金币，我告诉你宝库到底藏在什么地方。太阳的宝藏。只要把最初的那枚金币还给我就好了。它不是我的。"

"那枚金币已经不在我这里了。"

疯子斯维尼的眼泪突然停住了，脸颊上浮现出不正常的色斑。"你，你这个杂种……"他说。然后，他的声音突然消失了，嘴巴一张一合，但发不出任何声音。

"我说的是实话。"影子说，"我很抱歉。如果金币在我手上的话，我一定会还给你的。可我把它送人了。"

斯维尼的脏手抓住影子的肩膀，灰蓝色的眼睛死死瞪着他。眼泪在疯子斯维尼的脸上流下一条条脏印。"该死。"他说。影子可以闻到他身上的烟草、陈腐的啤酒和威士忌混合的味道。"你告诉我真相，你这该死的杂种。送人了，而且是自愿送人了。你这该死的黑眼睛，你居然把它他妈的送人了！"

"我很抱歉。"影子想起金币落在劳拉的棺材上发出的沉闷声音。

"抱歉不抱歉都一样。我死定了，我注定要完蛋了。"这个男人再一次涕泪交流，他连话都说不完整了，只能发出单音节的声音，呜呜噜噜地说着："巴——巴——巴——唔——唔——唔——"他用衣袖擦拭鼻子和眼睛，结果把脸抹得更加肮脏了，把鼻涕全都抹到胡须上。

影子有些笨拙地拍拍疯子斯维尼的卜臂，想给他一点男人间的安慰，"我就在你身边"的那种安慰。

"我从来没有想过会发生这种情况。"他拖长声音说，然后突然抬起头来，"你给了他金币的那家伙，会把金币还回来吗？"

"是个女人。我不知道她在哪里。不过，我认为她不会交还金币的。"

疯子斯维尼悲哀地叹息一声。"当我还年轻，还是个傻小子的时候，"他说，"我在星光下遇见一个女人。她让我抚弄她的乳房，还告诉我未来的命运。她说，在日出之地的西方，我将走上末路，被人遗弃忘记，一个死去女人身上的小玩意将导致我的死亡。当时我大笑着灌下更多的葡萄酒，更加起劲地玩弄她的酥胸，亲吻她漂亮的嘴唇。那是多么美好的日子啊——最初一批的灰色僧侣还没有来到我们的土地上，也没有跨越绿色的海洋到西边去，而现在——"他突然停了下来，转过头，凝视着影子。"你不能信任他。"他用责备的口气对影子说。

"谁？"

"星期三。你一定不能信任他。"

"我不需要信任他。我只是为他工作。"

"你还记得怎么做吗？"

"什么？"影子觉得他仿佛同时和十来个不同的人说话。自称是爱尔兰矮妖的这个人气急败坏地说着话，从一种人格跳跃到另一种人格，从一个话题跳跃到另一个话题，仿佛他大脑里残存的几簇脑细胞都在激动地燃烧着，然后永久熄灭。

"金币，老兄！金币！我教给你了，还记得吗？"他在影子面前扬起两根手指，眼睛看着影子，然后从嘴巴里掏出一枚金币。他把金币抛给影子，等影子伸手接住时，却发现手中根本没有金币。

"我喝醉了，"影子说，"我不记得了。"

斯维尼脚步蹒跚地穿过街道。天已经亮了，周围的世界变成灰白相间的天地。影子跟在他后面。斯维尼沿着一条长长的向下的斜坡走，好像随时都会摔倒，但他的腿每次总能及时停稳，然后开始下一个蹒跚的脚步。他们走到桥边，他扶着桥上的石头转过身说话。"你身上有钱吗？我不要太多，只要够买车票离开这个地方就行。二十块钱就好了。你有二十块钱吗？只要二十块，有吗？"

"二十美元的车票能去哪里？"影子问他。

"能带我离开这里，"斯维尼说，"我可以在风暴来临之前离开这里。离开这个鸦片成为人类信仰的世界，远远离开！"他停下来，用手背擦了一下鼻涕，然后在袖子上抹干净。

影子伸手进牛仔裤，掏出一张二十美元的钞票递给斯维尼。"给你。"

斯维尼一把抓过去，塞进沾满油污的粗斜纹棉布外套的胸前口袋里。胸前口袋上有一块刺绣补丁，绣着站在枯枝上的两头秃鹰，图案下面还有一句清晰的话"小心老子！我要杀人！"。他点头。"这些钱可以帮我到我要去的地方。"他说。

他倚靠在桥身的石头上，在口袋里摸来摸去，最后终于找到早先他丢掉的没抽完的烟头。他小心地点上烟，注意不要烧到自己的手指或者胡子。"我要告诉你点儿事情，"他说，好像这一天里他什么话都没说过一样，"你正走在通往绞刑架的路上，大麻搓的绳索已经套在你的脖子上，两边肩膀上各站一只乌鸦，等着啄掉你的眼睛。当作绞刑架的那棵树拥有深深的根脉，树从天堂一直伸展到地狱，我们的世界只是垂下绞索的那根树枝。"他停顿片刻。"我要在这里休息一阵子。"他说着，蜷缩着身体蹲了下去，后背倚靠着黑色的砖石。

"祝你好运。"影子说。

"嘿，我正倒大霉呢。"疯子斯维尼抱怨说，"不管怎么说，我还是要谢谢你。"

影子走回镇上。现在是早晨八点，开罗市如同一只疲倦的野兽刚刚睡醒。他回头看了一眼桥那边，看到斯维尼苍白的脸色，脸上布满眼泪和脏东西，他正在目送他离开。

这是影子最后一次看到活着的疯子斯维尼。

圣诞节前的这段冬日时光，感觉就像间杂在漫长冬夜之间的短暂白昼，在这栋供死人居留的房屋内转瞬即逝。

这一天是十二月二十三日，杰奎尔和艾比斯殡仪馆为丽拉·古德切德举办追悼仪式。熙熙攘攘的女人们挤满厨房，她们带来了各种各样的桶、酱汁盘子、煮锅和装食物的塑料盒子。死者安静地躺在殡仪馆前厅的棺材里，身边堆满温室鲜花。房间另一端还有一张桌子，上面堆满了凉拌卷心菜、豆子、墨西哥玉米卷、鸡肉、猪肋骨和黑豌豆。到了下午，房间里挤满了人，有的痛哭流涕，有的开怀大笑，还有的和牧师握手聊天，在杰奎尔和艾比斯两位先生的精心组织和严密监控下，一切都在顺利进行着。葬礼将在第二天一早进行。

大厅里的电话响起来。那是一部老式的黑色塑胶电话，前面还有一个旋转的拨号盘。艾比斯先生听完电话，把影子拉到一旁。"是警察打来的，"他说，"你能过去接尸体吗？"

"当然可以。"

"小心点。给你。"他在一张纸条上写下地址，递给影子。影子看了一眼那个用漂亮的手写铜版体写出来的地址，然后把纸条折叠起来放在口袋里。"那里会有警车等你的。"艾比斯又加上一句。

影子来到后门停放灵车的地方。杰奎尔先生和艾比斯先生两个人都分别和他强调过，灵车应该只用于葬礼，他们还有一部专门用来接尸体用的货车。问题是货车正在维修中，已经有三周不能用了。开那部灵车时一定要小心谨慎，知道吗？影子小心翼翼地开车沿着街道走，路上的积雪已经被铲车清理干净了，他还挺喜欢这样慢慢开车的。灵车就应该这样慢慢行驶。不过，他已经不记得上次是什么时候看到街上有灵车驶过了。影子心想，死亡已经从美国的街道上消失了；现在，死亡只发生在医院的病房里和救护车里。我们不应让死者惊吓到生者，影子想。艾比斯先生曾告诉过他，在某些医院里，他们用表面看上去是空的担架车来转移死者，而尸体就躺在床单盖住的车里面的架子上，死者就像蒙面客一样偷偷地上路。

一辆深蓝色的警车停在树旁，影子把灵车停在警车后面。警车里有两个警察，正用保温壶盖子喝咖啡，让车子的发动机保持运转来取暖。影子敲敲警车侧面的车窗。

"什么事？"

"我是殡仪馆派来的。"影子说。

"还得等验尸官来做检查。"警察说。影子不知道他是不是那天在桥下和他说话的警察。这个警察是个黑人，他走出车子，把他的同事留在驾驶的座位上，带着影子走到垃圾堆旁。

疯子斯维尼就坐在垃圾堆旁的雪地里，他的大腿上放着一个深绿色的酒瓶，脸上、棒球帽上和肩膀上挂着脏兮兮的冰雪，眼睛紧紧闭着。

"冻死的酒鬼。"警察说。

"看样子是。"影子说。

"什么都不要碰，"警察说，"验尸官随时会到。如果问我的话，我说这家伙喝醉后昏迷了，然后就坐在这里被冻住了屁股。"

"是，"影子同意说，"看起来显然是这么回事。"

他蹲下来看看斯维尼大腿上的酒瓶，那是一瓶詹姆森牌爱尔兰威士忌。这就是斯维尼离开这个世界的车票，二十块钱买的。一辆绿色小日产车停下来，一个满脸厌倦神情、沙色头发和胡子的中年男子下车走过来。他碰碰尸体的脖子。他踢尸体一脚，影子想起艾比斯先生的话，如果尸体不回踢一脚的话……

"死了。"验尸官说，"有身份证明吗？"

"是个无名氏。"警察说。

验尸官看了影子一眼。"你在杰奎尔和艾比斯殡仪馆工作？"他问。

"是的。"影子回答。

"告诉杰奎尔留下齿模和指纹用作身份验证，还要拍摄身份照片。我们不用发布告。他还要抽血做毒物鉴定。你都记住了吗？要不要我写下来给你？"

"不用了，"影子说，"说就可以，我可以记住。"

那人很快地皱皱眉，从钱夹里掏出一张名片，在上面潦草写了几笔，递给影子，说："把这个交给杰奎尔。"然后，验尸官对每个人说了一句"圣诞快乐"就离开了。警察拿走了空酒瓶。

影子签名为无名氏收尸，把他放在担架车上。尸体冻得实在太僵硬了，影子无法将他从坐姿改变成其他姿势。他乱摆弄一番担架车，结果发现可以把它调整成一端升起来做支撑。他用皮带绑好在担架车上坐着的无名氏，然后把他塞进灵车后部，让他面朝前坐着。这样也许可以让他坐得舒服些。他关上后备厢，开车回殡仪馆。

灵车在交通灯前停下来（前几天的晚上，他就是在这个交通灯的位置开车掉头的），就在这时，影子听到一个嘶哑的声音在说话。"我想要一个守灵夜，一切都要最完美的，有漂亮的女人为我哀伤流泪，撕扯着她们的衣服，悲痛不已。有英勇的男人为我哀悼恸哭，讲述着我最辉煌的日子里的故事。"

"你已经死了，疯子斯维尼。"影子说，"你死了，就要接受现实，不管有没有守灵。"

"啊，是啊。"坐在灵车后面的男人叹息说。毒瘾发作的呜咽声已经从他的声音中消失了，他的声音变得平板单调，听天由命，仿佛从很远很远的地方传过来的无线电波。这是从死亡的频率上传来的死亡的语言。

绿灯亮了，影子轻轻踩下油门。

"不管怎样，反正今晚要给我办一个守灵夜。"疯子斯维尼要求说，"把我放在台上供人瞻仰，今晚给我举办醉醺醺的守灵夜。是你害死了我，影子。你欠我的。"

"我从来没有害死过你，疯子斯维尼。"影子反驳说。*是那二十美元*，他想，*买离开这里的票的那二十美元*。"是酗酒和寒冷害死了你，不是我。"

死人没有回答，开回殡仪馆剩下的路途中，车里一直保持安静。影子把车停在后门，把担架车从灵车里推出来，一直推进停尸房。他粗鲁地将疯子斯维尼搬上防腐桌，就像搬运一大块牛肉一样。

他用白床单盖住疯子斯维尼，把他独自留下，文件也留在他身边。走上楼梯离开停尸间时，他觉得自己听到一个声音，平静而微弱，仿佛从远处房间里传来的收音机的声音。那个声音在说："酗酒和寒冷怎么可能杀死我，杀死拥有爱尔兰矮妖精血统的我？不，因为你丢失了那个小小的金太阳，这才杀死了我。影子，是你害死了我。这就如同水是湿的、时光很漫长、朋友到头来总会让你失望一样真实。"

影子想告诉疯子斯维尼，他的观点是悲观哲学。但他怀疑，人死之后，任何人都会悲观起来。

他上楼回到主厅。主厅里，一群中年女人正忙着把保鲜膜盖在装菜的盘子上，把盖子盖在装满放冷了的炸土豆、通心粉和芝士的塑料餐盒上。

古德切德先生，也就是死者的丈夫，把艾比斯先生逼到墙边，还在滔滔不绝地告诉他，说他如何早就知道子女们没有一个会来出席葬礼，表示他们对母亲的尊敬。上梁不正下梁歪，他抓住任何一个肯听他讲话的人反复抱怨，上梁不正下梁歪。

那天傍晚，影子在餐桌上多摆了一套餐具。他在每个人的位置上摆上一只玻璃杯，然后把一瓶全新的詹姆森金装威士忌放在桌子中间，那是店里卖得最贵的爱尔兰威士忌。晚饭后（中年女人们给他们留下了一大堆没吃完的饭菜），影子给每只杯子都倒满烈酒——他自己的、艾比斯的、杰奎尔的，还有疯子斯维尼的。

"此刻他正坐在地下室的担架车上，"斟酒时，影子说，"即将踏上前往贫民墓地的道路。今晚我们为他祝酒，给他守灵，给他希望拥有的守灵夜。"

影子对着桌上空出来的那个位置举起杯。"疯子斯维尼在世时，我只见过他两次，"他说，"第一次，我觉得他是一个超级大混蛋，像魔鬼一样精力十足。第二次，我觉得他是一个一团糟的大蠢蛋，我还给钱让他害死自己。他教给我一个硬币戏法，但我不记得怎么变了。他在我身上留下淤伤作纪念，还声称自己是个爱尔兰矮妖精。"他喝一口威士忌，一股烟熏的味道在口中弥漫开。另外两个人也喝了酒，并朝着空出来的椅子举杯祝酒。

艾比斯先生伸手进衣服内口袋，掏出一个笔记本，他翻了翻本子，找到正确的那页，然后朗读出疯子斯维尼一生的概要经历。

根据艾比斯先生的记录，疯子斯维尼的一生，是从为爱尔兰一片小小的林间空地里的一块神圣岩石做守护者开始的，那是三千年前的事了。艾比斯先生给他们讲述了疯子斯维尼的爱情和仇敌的故事，还有赋予他力量的疯狂。（"这个传说后来还有一个版本，流传到今，但是诗篇中大部分讲述他的神圣、古老的部分都已经被人遗忘了。"）在斯维尼的故乡，人们最初对他的崇拜和喜爱，慢慢转变为心怀戒备的尊敬。最终，他沦落为被人们嘲笑的对象。他还告诉他们，一个出生在班特瑞的女孩来到美国这个新世界，也随身带来了她所信仰的爱尔兰矮妖疯子斯维尼。她曾在一个夜晚看见过他，他还冲她微微一笑，并叫她的名字。后来，她成了难民，登上一艘前往新大陆的船，船上的人们都曾经眼睁睁地看着自己种植的马铃薯在地里烂成一堆烂泥，看着朋友和所爱的人因为饥饿而死去。她渴望在新大陆可以填饱自己的肚子。这个来自班特瑞海湾的女孩梦想去一个城市，凭自己的力量就能赚到足够的钱，把全家人也接到这块新大陆来。很多到达美国的爱尔兰移民都认为自己是天主教徒，但实际上他们对教义问答一无所知，他们真正知道的宗教信仰是关于爱尔兰的神话传说。他们知道班舍女巫的故事（如果她们在某栋房子的墙边悲号，很快死亡就要降临到房内的某人身上）；还有神圣新娘的故事——她是两姐妹中的一个，叫布里奇特（后来有三个姐妹都被人称为圣布里奇特，三个人其实是同一个女人）；还有费因的传说、奥森的传说、野蛮人科南的传说，还有爱尔兰矮妖的传说（这恐怕是爱尔兰最大的笑话了，因为在过去，矮妖其实是个子最高的）……

那天晚上在厨房里，艾比斯先生给他们讲了所有这些故事，他的影子映在墙壁上，伸展开来，仿佛一只鸟。影子灌下几杯威士忌之后，他想象那个影子长着巨大的水鸟脑袋，长长而弯曲的鸟喙。喝到第二轮酒时，疯子斯维尼也开始亲自讲述，其中有些细节与艾比斯的故事完全不相干。（"……多好的姑娘，奶油色的胸脯，点缀着点点雀斑，乳尖带着初升朝阳的粉红色，是那种虽然会被中午的艳阳夺去色彩，但到了傍晚又会恢复的绚丽红晕……"）斯维尼开始挥舞双手，极力解释爱尔兰神话中众神变化的历史。他们一批接着一批地演变着，从高卢传入的神，从西班牙和其他任何鬼地方传进来的神，随着每一批新神的到来，老一批的神都发生转变，变成了巨魔、仙女或者别的什么该死的怪物，直到基督教的圣母教堂的到来，然后，连声再见都来不及说，爱尔兰的所有神灵都变成了精灵、圣人、死去的国王等等……

艾比斯先生擦擦他的金丝边眼镜，开始解释。他的发音和咬字比平时更加清晰精确，所以影子知道此刻他已经喝醉了。（他说话的语调，还有他在寒冷的房间里依然前额冒珠，是他喝醉的唯一迹象。）他摇摆着食指，解释说他是个艺术家，他写的故事不是逐字逐句地复述事实，而是想象力对事实的再创造，这些故事比事实更加真实。疯子斯维尼说："我让你看看什么叫作想象力的再创造，我要用我的拳头在想象中再创造你那该死的脸。"杰奎尔先生露出牙齿，冲着斯维尼咆哮，是大型犬的那种咆哮。那种狗从不主动挑起争端，但总能一口撕开你的喉咙，结束争端。斯维尼听懂了警告，老老实实坐下来，给自己再斟一杯威士忌。

"还记得我是怎么变硬币戏法的吗？"他笑着问影子。

"不记得了。"

"如果你能猜出来我是怎么变的，"疯子斯维尼说，他的嘴唇变成紫色，蓝眼睛也浑浊起来。"我就告诉你真相。"

"你把它藏在手掌里？"影子问。

"不是。"

"你用了道具？袖子里有暗袋？或者用什么东西把硬币弹出来让你接住？还是暗中用线缠住硬币从手中荡出来？"

"也不是。还有人想加点威士忌吗？"

"我在一本书上看到过，有一种叫'守财奴的梦想'的技巧，用乳胶覆盖在你的手上，做出一个和皮肤颜色一样的暗袋来藏硬币。"

"对伟大的斯维尼来说，这可真是悲剧的守灵仪式。我像鸟一样飞遍爱尔兰，在发疯的日子里只吃水田芹过活。现在我死了，除了一只鸟、一条狗还有一个白痴，谁也不来参加我的守灵夜，表示对我的哀悼。不，没有暗袋。"

"喂，我只能猜到这个地步了，"影子说，"我猜你准是把它们从虚无中变出来的。"这本来是一句讽刺挖苦，但他看到了斯维尼脸上的表情。"你的确是那么做的！"他说，"你的确是从虚无中把硬币变出来的！"

"嘿，那可不是真的虚无。"疯子斯维尼说，"不过你猜得还算靠谱。金币是从密藏宝库中取出来的。"

"密藏宝库。"影子说，接着，他开始想起一切，"没错！就是它！"

"你只要在脑中想着这个宝库就可以了，你就可以随时取用。太阳的宝藏。有彩虹的时候，宝藏就会出现。有日食和风暴的时候，宝藏就会出现。"

接下来，他教影子怎么做。

这一次，影子终于学会了。

影子的头一阵阵悸痛，舌头感觉像粘蝇纸。他瞥了一眼外面的阳光。他居然趴在厨房桌子上就睡着了，全身衣服穿戴得整整齐齐的，只解下了黑色领带。

他走下楼梯去停尸房，看到无名氏还躺在防腐桌上。他松了一口气，但又觉得并不意外。影子把詹姆森金装威士忌的空酒瓶从尸体已经僵硬的手指里撬了出来，然后扔掉。他听到楼上有人走动的声音。

影子上楼后，发现星期三坐在厨房的餐桌前，正在用塑料勺吃塑料餐盒里剩下的土豆沙拉。他穿着深灰色西装、白色衬衣，打着深灰色领带，清晨的阳光照在深灰色领带上那枚树型银制领带夹上。看见影子进来，他冲他微笑。

"啊，影子，我的孩子，真高兴看到你起床了。我还以为你要一直睡下去呢。"

"疯子斯维尼死了。"影子说。

"我听说了。"星期三说，"真是不幸呀。当然，到头来，我们每个人都会死的。"他比划出一根假想的绳索，套在他耳朵的高度，然后把脖子往一边拽过去，伸出舌头，凸出眼睛。这场毛骨悚然的哑剧表演很快就结束了。他松开并不存在的绳子，又露出那种熟悉的笑容。"想吃点土豆沙拉吗？"

"不想吃。"影子飞快地瞄了一眼厨房，然后看看外面的大厅。"你知道艾比斯和杰奎尔去哪里了吗？"

"我当然知道。他们出去埋葬丽拉·古德切德了。他们本希望你能帮忙，不过我告诉他们别吵醒你。你还得开车，还有漫长的一段旅途呢。"

"我们现在离开？"

"一小时之内。"

"我应该和他们告别。"

"不用告别。很快你就会再见到他们。我确信，在我们这件事料理完之前，你还能见到他们。"

从第一天晚上住在这里到现在，影子头一次发现那只褐色小猫躺在她的猫篮里睡觉。她睁开琥珀色的眼睛，毫无兴趣地看着他离开。

影子就这样离开了死者之家。冰层覆盖着冬日的黑色灌木和树木，好像将它们与外界隔离，沉入睡眠。道路很滑。

星期三在前面带路，走到影子停在路边的白色雪佛兰车旁。车子现在已经非常干净了，而且威斯康星州车牌已经换成明尼苏达州车牌。星期三的行李箱放在车子后座上，他用复制钥匙打开车门，而影子原先的车钥匙还在他自己的口袋里。

"我来开车，"星期三说，"等你完全清醒过来，恐怕还要等一个小时。"

他们开车向北，密西西比河在他们左侧缓缓流淌。灰蒙蒙的天空下，宽敞的河面闪烁着银色波光。他们经过路边一棵光秃秃的灰树，影子看到树上耸立着一只白褐色的巨鹰，在他们驶近的时候用疯狂的眼睛低头凝视着他们。然后，它扬起翅膀，缓慢地而有力地盘旋着向高空飞去，很快就消失在视野里。

影子意识到，在死者之家的这段时间只是一次短暂的休憩。不过现在，那段时间已经像是发生在别人身上的事、发生在很久之前的事了。

第二部

我的安塞尔

第九章

在废墟中，千万莫提起怪物们的真名……

——温迪·寇普《警察的命运》[1]

　　那天晚上驶离伊利诺伊州，看见"欢迎来到威斯康星州"的标志牌之后，影子终于忍不住问出一路以来的第一个问题："那天在停车场抓走我的那些家伙到底是什么人？木先生和石先生，他们究竟是什么来历？"

　　明亮的车灯照亮冬日的夜晚。星期三吩咐说不要走高速公路，因为他搞不清楚高速公路到底是敌是友，于是影子只好一直开车走小路。影子倒不怎么介意，他甚至并不觉得星期三这么做是神经不正常。

　　星期三咕哝着："不过是几个特工罢了。敌方阵营的，戴黑帽子的坏蛋。"

　　"我觉得，"影子说，"他们倒认为自己是正义的一方。"

　　"他们当然会有这种想法。所有的战争，都是发生在都确信自己才是正义化身的两者之间。真正危险的人，恰恰就是那些坚信他们所做的一切都是正确的人。正因为这样，他们才极端危险。"

　　"那你呢？"影子追问，"为什么你要坚持做你正在做的事？"

1 温迪·寇普（1945—），出生于英格兰，英国当代最受欢迎的诗人之一。

"因为我想做，"星期三说着，咧嘴一笑，"对我来说，这个理由就足够了。"

影子忍不住又问："你们那天到底是怎么逃脱的？所有人都安全离开了吗？"

"尽管很危险，我们还是成功逃脱了。"星期三说，"如果他们没有停下来先抓你，或许我们大家就全被抓住了。不过，那件事倒让当时摇摆不定的几个人坚定了信心，相信我并没有完全发疯。"

"你们到底是怎么逃脱的？"

星期三摇摇头，不愿多说。"我付钱可不是让你来问问题的。"他说，"我早就告诉过你了。"

影子耸耸肩，不再追问。

那天晚上，他们在拉科斯市以南的速8旅馆过夜。

圣诞节那天，他们是在路上度过的，开车继续向东北方向前进。两旁的农场逐渐变成了松树林，城镇之间的距离也仿佛越来越长。

直到下午晚些时候，他们才在威斯康星州中北部一家礼堂式的家庭餐厅，吃到了圣诞节午餐。影子闷闷不乐地扒拉着干巴巴的火鸡肉、甜过头的红色蔓越莓酱、尝起来像木头的烤马铃薯，以及罐装的绿色豌豆。每样东西他只尝了一口，就没有兴趣再吃下去了。但星期三却显得对食物相当满意。吃饭的时候，他又变得手舞足蹈、夸夸其谈起来——他不停地说着话，开着玩笑。而且，每当服务生女孩走过来，他都要挑逗她几句。那是一个身材瘦弱的金发女孩，看她的年龄，似乎刚从高中退学。

"对不起，亲爱的，能麻烦你再帮我倒一杯你们餐厅令人心情愉快的热巧克力吗？希望你不要觉得我太冒昧。我说，你这身衣服真是漂亮迷人，实在太适合你这种美人儿了。真的，穿在你身上显得特别喜庆，特别漂亮。"

女服务生穿着一件色彩鲜艳的红绿相间的裙子，裙边上还镶着银色金属箔。她咯咯地傻笑着，脸刷地红了，然后又开心地含笑走开，帮星期三再拿一杯热巧克力。

"真迷人。"星期三凝视着她离开的背影，沉吟着。"很合适。"他又加上一句。影子可不会傻乎乎地认为他真是在评论那女孩的衣服。星期三将最后一块火鸡肉塞进嘴里，用餐巾纸擦擦胡子，推开面前的盘子。"啊，终于吃饱了。"他扭头打量一圈这间家庭餐厅，背景音乐正在播放圣诞歌曲："小鼓手忘记带来礼物，啪啦啪砰——砰，啪啦啪砰——砰，啪啦啪砰——砰……"

　　"事物会变化，"星期三有些突兀地说，"但是人……人还是同样的人，不会改变。有些骗局永远不会被戳穿，有些骗局随着时间和世事变化而不复存在。我最喜欢的一个骗局，现在就不能用了。不过，还有数量惊人的骗局，不受任何时间的影响——比如说，西班牙囚犯骗局、鸽子屎骗局、佛尼工具骗局（这个有点儿像鸽子屎，但是用金戒指替代钱包）、小提琴骗局……"

　　"我从没听说过小提琴骗局，"影子说，"不过其它几个诈骗的手法，我倒是都听说过。我过去的狱友告诉我，他就是专门玩西班牙囚犯骗局的。他是个骗子。"

　　"啊，"星期三的左眼瞬间迸出兴奋的光芒，"小提琴骗局可是相当精致漂亮的诈骗手法。它是最简单纯粹的形式，需要两个人合作完成，和其他所有的骗局一样，针对贪财鬼和吝啬鬼设下圈套。当然，你也可以欺骗诚实正直的人，但要花费相当多的时间和努力。好了，假设我们现在是在一家旅馆、客栈或者高级餐厅里，我们在这儿吃饭，然后我们看见一个人。此人衣衫有些破旧，可身上充满上流社会的气质，绝对不是那种破衣烂衫的流浪汉，只不过暂时不太走运罢了。我们假设他叫艾伯拉罕好了，然后到了他该买单的时候了——不是很大一笔数目，你明白吧，只不过是五十，或者七十五美元吧。接着，他碰上一件相当难为情的事情！他的钱包怎么不见了？哦，天啊，他一定是把钱包忘在朋友家了！幸好距离不是很远，他可以立刻回去取钱包。艾伯拉罕开口说话了：老板，我的这把小提琴放在你这里作抵押吧。你也看到了，是把旧琴，但我就是靠它赚钱维生的。"

　　女服务生出现了，星期三的微笑立刻变成满脸堆笑，但笑容里充满猎食性。"啊，热巧克力！我的圣诞天使帮我拿来的！告诉我，亲爱的，如果你有时间的话，可以给我多拿些你们美味无双的面包吗？"

女服务生——影子猜测她年纪到底有多大，十六岁？还是十七岁？——低头看着地板，两颊烧成深红色。她双手颤抖着放下热巧克力，匆匆退回到餐厅边上陈列烤甜品派的地方，她在那里停下来，偷偷瞄了一眼星期三，然后溜回厨房，帮他取面包去了。

"然后，那把小提琴——非常陈旧，这点是毫无疑问的，也许琴身还有一点破损——被放在琴盒里，而我们暂时身无分文的艾伯拉罕先生回去找他的钱包。与此同时，一位衣冠楚楚的绅士刚刚吃完晚餐，旁观到了这场交易。现在，他对我们的店主提出一个请求：可否让他看一看诚实的艾伯拉罕抵押在这里的小提琴？

"他当然可以看了。店主把小提琴递给他，这位衣冠楚楚的绅士——我们称呼他为巴瑞顿先生好了——顿时惊讶地张大嘴巴，半天才想起来自己的形象，这才闭上。他以极其虔诚的态度凝视着小提琴，仿佛是一位被特许进入圣地观瞻先知遗骨的人。'哇！'他惊呼出声，'这个就是——它一定就是——不，它不可能是——可是，是的，它就是——我的上帝！这可真让人不敢相信！'然后，他激动地指出制造者的标记，标记就在小提琴琴身里面一张褪成棕色的纸条上——不过据他说，即使没有这个标志，光凭小提琴表面的光泽度、涡卷和造型，他也能判断出这把琴的尊贵身份。

"现在，我们的巴瑞顿先生从口袋里掏出一张浮雕印花的精美名片，声称他是一位颇有名气的交易商，专门从事稀有和绝版乐器珍品的买卖。'这把小提琴很贵重？'店主问。'那当然了，'巴瑞顿肯定地说，依然以敬畏的眼神崇拜地欣赏着小提琴，'至少价值十万美元！除非我看走眼估计错了。这样一件珍品，我愿意出五万，不，至少七万五千美元买下它，而且是现金交易，这件精美的艺术品值这个价！我有一位住在西海岸的买主，不用看货，明天就肯出钱购买，只要给他一个电话，不管我出多高的价格他都会付钱。'这时，他突然看了看手表，脸色一下子变了。'我的火车……'他惊慌失措地叫起来，'我快要赶不上火车了！亲爱的好先生，等这件珍贵乐器的主人回来后，请把我的名片给他，哦，我必须要走了。'说完，巴瑞顿就匆匆离开了，他知道时间紧急，火车不等人。

"店主打量着小提琴，好奇心中混合着贪婪的欲望，一个馊主意开始从他脑子中冒了出来。时间一分一分过去了，艾伯拉罕还没有回来。最后，虽然晚了几分钟，从大门口进来的正是我们的小提琴演奏家艾伯拉罕，尽管衣衫有些破旧，身上却充满了自豪与骄傲的高贵气质。他手里拿着钱包，那个钱包曾经见证过他人生中辉煌的时刻，可是现在，即使是在最景气的日子里，钱包里的钱也没有超过一百美元。他从钱包里取出钱，支付餐费或者房租，然后要求店主归还他的小提琴。

"店主把装在盒子里的小提琴放在柜台上，艾伯拉罕像妈妈抱着孩子一样，温柔地抱起它。'请告诉我，'这时候，店主突然问（他还留着那张浮雕印花的名片，那人会付五万美元，而且是现金！名片躺在他胸前的口袋里，仿佛在熊熊燃烧），'像这样的小提琴大约值多少钱？我的侄女一直吵着要学小提琴，再过一周就到她生日了。'

"'卖这部小提琴？'艾伯拉罕反问，'我永远都不会卖掉她的。我已经和她在一起整整二十年了，我在全国各地的交响乐团里都用她演奏。跟你实话实说吧，当初我买她的时候，花光了我身上的全部五百美元呢！'

"店主尽量不让脸上绽出笑容。'五百美元？如果我现在出一千美元买它，你卖不卖？'

"小提琴手看起来似乎有些高兴，可马上又垂头丧气起来。他说：'可是先生，我是小提琴手啊，那是我唯一懂得的工作。这把小提琴，她了解我、爱我，我的手指也了解她，即使在黑暗中，我也能照样演奏。我到哪里才能找到另一个如此完美的声音呢？一千美元听上去不错，可这是我谋生的唯一工具。一千美元绝对不卖，五千美元也不卖！'

"店主看到他的利润在飞快减少，可这就是做生意，你必须学会花小钱赚大钱。'八千美元，'他开价说，'其实它不值那么多钱。可我

就是喜欢它，再说我也很宠爱我的侄女。'

"想到就要失去心爱的小提琴，艾伯拉罕几乎眼泪汪汪了，但他怎么能拒绝八千美元呢？——特别是当店主走到墙边的保险柜，拿出的并不是八千，而是整整九千美元给他的时候。一沓沓绑扎整齐的钞票，马上就可以塞进小提琴手破旧的衣服口袋里。'你真是个大好人，'他对店主叫道，'你简直是个圣人！可是，你必须先发誓，保证你会好好照看我的姑娘！'这之后，他才不太情愿地交出小提琴。"

"可是，如果店主只是把巴瑞顿的名片转交给他，并告诉艾伯拉罕，他交了天大的好运呢？"影子问。

"那我们这两顿饭钱就白费了。"星期三说。他用面包把盘子里剩下的肉汤擦干净，嘴巴吧唧吧唧地响着，心满意足地全部吃完。

"让我来猜猜下面会发生什么，"影子说，"艾伯拉罕离开那里，成为拥有九千美元的有钱人。在火车站的停车场，他和巴瑞顿碰面，两人平分骗来的钱，然后坐进巴瑞顿的福特汽车，开始去下一个镇子继续诈骗。我猜，车子尾箱里肯定有一个装满小提琴的盒子，里面的琴只值一百美元。"

"给你一个纯属个人的忠告，千万不要花超过五美元的价格买一把小提琴。"星期三说完，转向一直在旁边偷偷徘徊的女服务生，"现在，亲爱的，让我们尽情享受一下你们这里奢华美味的甜点吧，今天可是主基督的诞生日呢。"他紧紧地盯着她看——眼神简直就是赤裸裸的淫荡——仿佛她能提供给他的可口佳肴就是她本人。影子突然觉得很不舒服，这就像是看着一只狡猾老狼慢慢潜近一只年轻得根本不知道逃跑的小羊羔。即使它逃跑，最后也会在一片林中空地被狼抓住吃掉，最后连骨头渣都被乌鸦啄干净。

女孩再度脸红起来，告诉他们说甜点有苹果派，加冰淇淋的苹果派——"上面加了一勺香草冰淇淋"——还有圣诞节蛋糕，加冰淇淋的圣诞节蛋糕，以及红绿双色的鸡蛋布丁。星期三凝视着她的双眼，告诉她，他想尝尝加冰淇淋的圣诞蛋糕。影子没有点甜品。

"现在，接着说回诈骗的事。"星期三继续说下去，"早在三百年前，甚至更早的时候，小提琴骗局就出现了。如果你能选好诈骗对象的话，明天你就能在美国任何一个地方，继续使用这一招数。"

"我记得你提过，说你最喜欢的那个骗局，现在已经不能使用了。"影子说。

"我确实说过。不过，小提琴骗局并不是我最喜欢的，它是很精彩有趣，但不是我的最爱。我最爱的是主教骗局，里面包含所有的诈骗元素：刺激、诡计、简洁、惊喜。我认为，随着时间推移，也许只要加一点点变化，就可能……"他想了想，然后摇摇头，"不行，它已经过时了。在这一招还管用的年代，假设1920年吧，地点是一个中等规模的城市或者大都市，比如说芝加哥、纽约，或者费城。我们在一家珠宝店里。有个男人，穿着打扮像个教士——不是普通的教士，而是一位主教，身穿紫色的主教长袍。他走进店里，挑了一串项链，镶嵌着钻石和珍珠的华丽项链，用十二张崭新的百元美钞付了款。

"最上面的钞票上有一块绿色墨水污点，店主先向客人诚恳地道歉，但还是坚持把这一叠钞票送到街角的银行去鉴定。很快，珠宝店的店员带着钞票回来，银行说里面没有伪造的假钞。店主又一次诚恳地道歉，不过主教倒是通情达理的人，说他很理解这些事情，因为现今的世界，不合法与不虔诚的事实在太多了，不道德与邪恶淫荡充斥世界——还有那些不知羞耻的女人们！就连社会底层的渣滓们，也都从阴沟里爬出来，居然还上了银幕，在电影上耀武扬威。这样的时代，你还能指望什么？最后，项链被放在首饰盒里。店主尽量控制自己不要胡思乱想：教堂的主教为什么会买一条价值一千二百美元的钻石项链？为什么全部用现金支付？

"主教衷心地向他告别，刚刚走到外面街上，突然间，一只手重重拍在他的肩膀上。'啊哈，索皮，你这无赖，又开始玩你的老把戏了，是不是？'紧接着，一个身材魁梧、长着一张诚实可靠的爱尔兰面孔的巡警，押着主教重新回到珠宝店里。

"'抱歉打扰您了，不过，这个男人刚刚有没有在您这里买了东西？'警察问道。'当然没有啦。'主教矢口否认，'快，告诉他我什么都没有买。''他当然买了。'珠宝商坦白说，'他从我这里买了一条镶嵌钻石和珍珠的项链——而且全部用现金付账。''您手头还有那几张钞票吗，先生？'警察问。

"于是，珠宝商把那一千二百美元的钞票从收银机里取出来，递给警察。警察把钞票举起来，对着光仔细查看，赞叹地摇晃着脑袋。'哦，索皮啊，索皮！'他说，'这是你伪造过的最逼真的假钞了。你可真是个伪钞艺术家啊！'

"主教的脸上露出自鸣得意的笑容。'你什么都证明不了，'主教说，'银行里的人都说它们是真的。这是真正的绿色美钞。''他们认为这是真钞，这我相信，'警察倒是赞同他的说法，'不过我怀疑银行还没有接到警告，通知他们索皮·塞尔维斯特已经流窜到本市，而且那些钞票也没有送到丹佛或圣路易去进行检验。'说着，他伸手进主教的口袋，掏出项链。'价值一千二百美元的钻石珍珠项链，只换来价值五十美分的纸和墨水。'警察说。在他内心深处，他还挺像个哲学家的。'别再假扮教堂的神职人员了，你真应该感到羞愧才对。'他说着，给主教戴上手铐——当然了，他并不是什么真正的主教——然后押着他离开。警察离开之前，填写了一张接收项链和一千二百美元钞票的收据，交给珠宝商，以备查案举证之用。"

"那些钱真的是伪钞？"影子问。

"当然不是啦！全是崭新的钞票，刚刚从银行里取出来的，只是在其中几张上面加了一个手指印和一点绿色墨水痕迹，让它们看上去真假难辨，更好玩一点。"

影子喝了一口咖啡，味道简直比监狱里的还要差。"这么说，警察显然也不是真警察。那项链呢？"

"绝对是货真价实的项链。"星期三说。他旋开盐瓶塞子，把一点盐倒在桌上。"不过，珠宝商得到了一张警方收据，保证说一旦索皮被送进监狱，他就可以拿回他的项链。警察夸赞他是好市民，他也为此感到很自豪，甚至已经开始考虑在第二天晚上的老友聚会上，把这个故事讲给大家听。而此时，警察押着假扮成主教的家伙大步走出去，衣服一侧的口袋里放着一千二百美元，另一侧的口袋里放着价值一千二百美元的项链。他们朝着警察局的方向走去，在那之后，再也没有人看到他们两人的踪影。"

女服务生回来清理桌面。"告诉我，亲爱的，"星期三对她说，"你结婚了吗？"

她摇摇头。

"像你这么可爱迷人的年轻女士，居然还没有被人抢到手！真太令人吃惊了。"他用手指尖在盐上胡乱画着，画出短粗的方块形字母，看上去仿佛是北欧的古文字。女服务生温驯地站在他身边。影子觉得她不像小羊羔，更像被十八轮重型卡车的探照灯照得吓呆的小兔子，因为恐惧和犹豫而无法动弹。

星期三突然压低嗓门，坐在桌子对面的影子几乎都听不清他到底在说什么。"你几点下班？"

"九点。"她紧张地咽了下口水，"最晚九点半。"

"附近最好的旅馆是哪家？"

"六号旅馆，"她回答说，"而且房租也不很贵。"

星期三用指尖飞快地碰碰她的手背，在她皮肤上留下少许盐粒。她没有试图把盐抹掉。"对我们两个来说，"他的声音已经低得几不可闻了，"那将是一个快乐的殿堂。"

女服务生看着他，犹豫地咬了咬薄薄的嘴唇，然后点点头，又逃回到厨房去。

"哦，算了吧，"影子说，"她看上去还不到合法年龄呢。"

"只要能得到我想要的，我从来不考虑什么合法不合法。"星期三说，"有时候，长夜慢慢，寒冷彻骨。我需要她，不是要玩弄她，而是用她来唤醒我温暖我。有一个让老头子的血暖和起来的简单药方，就连大卫王[1]都知道这个秘密：找个处女，早晨唤我起床。"

影子有些好奇，想知道那天晚上在鹰角镇值夜班的女孩是不是也是

---

1 犹太以色列国王，公元前 1000 年至前 960 年在位。

处女。"难道你从不担心染上什么病吗？"他问，"如果她怀孕了怎么办？如果她有个可怕的哥哥怎么办？"

"不，"星期三说，"我从来不用担心疾病。我不会得病。像我这样的人可以避开衰老与疾病。但不幸的是，大多数像我这样的人都是打空弹的，所以我们没有多少生育混血后代的机会。在过去，我还会留下一些后代，现在却不太可能了。所以这方面也不用担心。很多女孩都有兄长父亲，有些甚至还有丈夫，这也不成问题。一百次里有九十九次，我都可以在他们发现之前安全离开。"

"所以，我们今晚留在这里过夜？"

星期三抓了抓下巴。"我留在六号旅馆。"他说着，伸手进外套口袋，掏出一把黄铜色的门钥匙，上面还附带着一张写有地址的卡片：北山路502号，3号公寓。"而你呢，这间公寓正等着你去住，在距离这里挺远的另一个城市。"星期三闭上眼睛休息片刻，然后睁开眼睛，灰色眼眸精光闪烁，两眼微微显得有些不协调。他接着说："灰狗长途巴士二十分钟后到这个镇子，停靠在加油站。这是你的车票。"他掏出一张折叠的巴士票，从桌面上推过来。影子拿起票看了一眼。

"谁是迈克·安塞尔？"他忍不住问。票面上写的正是那个名字。

"就是你！圣诞快乐。"

"还有，哪里是湖畔镇？"

"你下个月要居住的幸福的家。最后一件事，因为好事要成三……"他从口袋里取出一个绑着丝带的小礼物盒，把它从桌面上推过来。盒子停在番茄酱瓶子旁（瓶口沾着一块干涸的番茄酱的黑色污渍）。影子没碰那个盒子。

"喂，怎么啦？"

影子很不情愿地撕开红色包装纸，发现里面是一个浅黄褐色的小牛皮钱夹，被人用过，磨得有些发亮。钱夹里面有一张驾驶证，上面贴着影子的照片，名字却是迈克·安塞尔，住址是密尔沃基市[1]。钱夹里还有

一张署名为M.安塞尔的万事达信用卡，另外还有二十张五十美元面额的钞票。影子合上钱夹，放进衣服内袋里。

"谢谢。"他说。

"把这些钱当作圣诞节奖金好了。现在，我送你去灰狗长途巴士站，等你坐上车，离开这里向北而行时，我就可以和你挥手告别了。"

他们走到餐厅外面。影子简直无法相信，过去短短几个小时内，天气居然变得如此寒冷。冷得甚至都不会下雪了。这是具有侵略性的寒冷，今年的冬天将会是一个难熬的冬天。

"嗨，星期三。你给我讲的那两个骗局的故事——小提琴骗局还有主教骗局，主教和警察……"他犹豫了一下，试图理清思路，让想法凝聚成型。

"怎么了？"

然后，他突然想到该问什么问题了。"它们都是需要两个人合作的骗局，各有一个人扮演互相对立的不同角色。你过去有一个搭档？"影子的呼吸在空气中凝结成一团白色的云。他暗暗对自己许诺，一旦到达湖畔镇，他就要花掉一部分圣诞节奖金，为自己买些最暖和、最厚实的衣服。

"是的，"星期三承认说，"没错，我过去有个搭档。手下有个小弟。不过，那段日子毕竟已经过去了。对了，**那边**就是加油站，如果我没看错的话，**那个**就是长途巴士。"巴士已经到了停车场，闪着信号灯在转弯。"你的公寓住址就在钥匙上，"星期三说，"如果有人问起的话，就说我是你叔叔，我很高兴使用爱默生·伯森这个名字。在湖畔镇好好休息，安塞尔侄子。我本周内就会去看望你。我们会一起出门旅行，拜访那些我要拜访的人。在此之间，你要低下脑袋，老老实实过日子，别到处招惹是非。"

"我的车……？"影子问。

"我会好好照顾它的。祝你在湖畔镇过得愉快。"星期三说着伸出手来，影子和他握手。星期三的手居然比僵尸还要冰冷。

"老天，"他惊呼，"你的手很冷。"

"看来我要尽快和美妙的餐厅小情人在六号旅馆里做爱才行，那会让我暖和起来。"说着，他伸出另一只手，紧紧抓住影子的肩膀。

片刻眩晕中，影子再次看到双重景象：他看见一个头发灰白的人面对着他，抓住他的肩膀。但与此同时，他还看到另外一幅画面：在无数个冬季，延续千百年的冬季，一个戴着宽边帽的灰发男人，从一个定居点徘徊到另一个定居点，他拄着拐杖，透过窗户，看着人家熊熊的炉火和幸福快乐的生活，那是他永远也无法触摸、永远也无法感受到的东西……

"走吧。"星期三打断他的幻象，他的声音仿佛在咆哮，但让人觉得安心可靠。"一切都很好，而且，一切都会好起来的。"

影子把票交给司机验票。"今天可是旅行的坏日子，"女司机抱怨说，然后硬邦邦甩出一句，"圣诞快乐。"

座位几乎都是空的。"我们什么时候可以到湖畔镇？"影子问。

"两个小时。也许还要久一点。"女司机说，"据说寒流就要来了。"她按下开关，车门砰的一声自动关上了。

影子走到车身中部，找个座位坐下，把座椅的靠背放到最低，然后开始思考。车子开动的单调节奏和热烘烘的暖气让他昏昏欲睡，在意识到自己就要睡着之前，他就已经坠入梦中。

在大地之间，在大地之下。洞壁上的壁画是用红色的湿润泥土画上去的，上面有手掌印、手指印，不时还有几幅粗糙的描绘动物、人和鸟的图案。

火焰依然在熊熊燃烧，水牛人依然端坐在火堆对面，巨大双眼凝视着影子，眸色深如黑色泥潭。水牛人的唇边纠缠着褐色的绒毛，他说话时嘴唇丝毫不动。"你好，影子。现在，你相信了吗？"

"我不知道。"影子说。他发觉自己的嘴也没有动。无论他们之间的对话是如何进行的，总之不是通过声音交流，也不是通过影子能够理解的任何一种"说"的方式。"你是真实存在的吗？"

"要相信！"水牛人说。

"你是……"犹豫片刻，影子最终还是问出口，"你也是神吗？"

水牛人将手伸入燃烧的火堆中，取出一根燃烧的树枝。他抓住树枝的中间，蓝色和黄色的火苗舔舐着他红色的手，却不会烧伤他。

"这块土地不适合神灵居住。"水牛人说。但说话的不是水牛人，在梦中，影子知道，其实是火焰在说话，是噼啪爆裂、熊熊燃烧的火焰本身，在地底之下的黑暗深处，对着影子说话。

"这块土地是由一只潜水鸟从大海深处带出来的，"火焰说，"是由一只蜘蛛纺出来的。它是一只乌鸦排泄出来的粪便，是一位倒下的父亲的身体，他的骨头变成了山脉，眼睛变成了湖泊。

"这是一块充满梦想和烈火的土地。"火焰说。

水牛人把树枝放回火堆中。

"为什么你要告诉我这些？"影子追问，"我又不是什么重要人物。我什么都不是。我只不过是个还算凑合的体能教练，一个没用的三流骗子，我甚至都不是我认为的那个好丈夫……"他的声音渐渐弱了下去。

"我该怎么帮劳拉？"影子问水牛人，"她想再次拥有生命。我说过我要帮助她，这是我欠她的。"

水牛人什么话都没有说，他向影子伸出被烟熏黑的手掌，手指向上指向洞穴顶端。影子的目光跟随着他的手指移动。一道细微的冬日阳光，从高耸的洞穴顶上的一道小裂缝流泻进来。

"上到那里吗？"影子希望对方至少可以回答他的一个问题，"我应该上去到那里吗？"

在梦境中，想法立刻变成了现实，瞬间之后，他已经到达洞穴顶端。影子在岩石和泥土中向上挤压钻爬。他像鼹鼠一样在泥土中向前推进，他像獾一样在泥土中爬行，他像土拨鼠一样把泥土从前进的道路上拨开，他像熊一样在土中钻洞。可土层实在太结实太厚重，他的呼吸渐渐变成小口小口的喘息，很快，他就再也无法多前进一步了，再也不能向前挖洞和爬行了。他知道，自己可能就要这样被憋死在地底下的某处了。

他的力量还不够强大，他的努力变得越来越无力，他知道自己的躯体正躺在一辆暖气充足的巴士里，穿行在寒冷的树林中。可是，如果他在位于地下深处的梦境里停止呼吸，他也同样会在真实世界里停止呼吸，而现在，他的呼吸已经变成了浅浅的喘息。

他努力挣扎，继续向前推进，但是力量更加微弱，每一次动作都耗费掉宝贵的空气。他陷在上下不得的两难之境：既不能继续前进，也不能顺着来时的路退回去。

"现在，做笔交易吧。"一个声音在他的脑中说。那可能是他自己的声音，但他无法辨别。

"我能和你交易什么？"影子问，"我已经一无所有。"

他尝到口中泥土的味道，味道浓重，混杂着沙砾。他闻到围绕在他身周的岩石上浓重的矿物味道。

然后，他开口说道："除非是我自己。我只剩下我自己了，是不是？"

仿佛一切都屏住呼吸，不仅仅是影子自己，还包括大地之下的万事万物，每一条蠕虫、每一道裂缝、每一个洞穴，全都屏住呼吸，静待他的答案。

"交易吧，我把自己交给你。"他说。

回复立刻出现。包围着影子的岩石和泥土纷纷向他挤压过来，力量如此强大，连他肺里最后一口空气都被挤压了出来。压力变得令人痛苦不堪，它从各个方向同时挤压着他，他感觉自己被碾压粉碎，仿佛一株被碾压成化石的蕨类植物。他被推升到痛苦的顶峰，盘旋在痛苦之巅，知道自己再也无法忍受下去，没有人可以忍受这种痛苦。然而，就在这一瞬间，痛苦的痉挛停止了，影子终于可以再次呼吸，头顶上方的光线也越来越明亮。

他正在被推升到地表！

另一波大地的痉挛袭来，影子试图跟上收缩的波动，这一次，他感受到自己正在被向上推升，大地的压力正在将他向外推动，将他排出体外，推动他越来越靠近光线。然后又是一阵呼吸的停顿。

大地的痉挛掌控着他、震动着他，一次比一次更加剧烈、更加令人痛苦不堪。

他旋转翻滚着从大地体内穿梭而过，他的脸被挤压着推向那处开口，那是岩石上的一道小小缝隙，宽不及他的手掌，透射进柔和的灰色光线和美妙的空气。

在刚刚结束的那阵可怕的收缩中，痛苦剧烈得令人无法相信，他感觉自己正被挤压、强塞进那道坚硬的岩石缝隙中，他的骨骼被碾碎，他的肉体变形，犹如一条蛇。嘴巴和挤压变形的脑袋刚一离开洞穴，他就立刻尖叫起来，那是充满恐惧和痛楚的凄厉号叫。

他不知道自己尖叫的时候，那个在真实世界中尚未醒来的他，是否也在尖叫——他是不是正躺在黑暗的巴士里，在噩梦中尖叫出声。

当最后一阵悸动停止时，影子已经到达地表之上，手指触到身下的红色大地，心存感激。疼痛已经终结，他终于可以再次呼吸，深深地呼吸温暖宜人的夜晚空气。

他挣扎着坐了起来，抹掉脸上的泥土，抬头仰望天空。此刻正是黄昏时分，无垠的地平线上是布满紫色晚霞的暮色。星星正一颗一颗地在夜空中浮现出来，比他见过和想象过的星星都更加璀璨明亮、更加鲜明真实。

"很快，"火焰燃烧的噼啪声，在他背后说话，"他们就会坠落下来。他们坠落下来，星星的子民将遇到大地的子民。他们将成为英雄，成为可以徒手杀死怪物的人，成为带来宝贵知识的人。但是，他们没有人能成为神。这不幸的地方，不适合神灵生存。"

一阵冰冷刺骨的风吹来，拍打着他的脸，感觉好像浸泡在冰水中。他可以听到司机说话的声音，通知他们到达松树林镇，"有谁想抽烟或者活动一下腿脚的，可以下车放松放松。我们在这里休息十分钟，然后继续上路。"

影子摇摇晃晃地下了车。巴士停靠在另外一个乡下加油站外面，和他们刚才离开的那个差不多。司机正帮助两个十来岁的女孩上车，把她们的行李放进巴士的行李舱里。

"嗨，"司机看到影子，和他打招呼，"你在湖畔镇下车，是不是？"

影子睡意朦胧地回答说是。

"嘿，那个镇子相当不错，"巴士司机说，"有时候我想，如果我能放弃掉其他一切的话，我就搬到湖畔镇去住。那是我见过的最漂亮的镇子。你在那里住了很长时间吗？"

"这是我第一次去。"

"那你一定要替我在玛贝尔的店里吃个馅饼，记住了吗？"

影子决定还是不要问她太多问题。"我想问问，"他说，"我睡觉时说梦话了吗？"

"就算你说了，我也没听到。"她看了一眼手表，"上车吧。等到了湖畔镇，我会叫醒你的。"

那两个在松树林镇上车的女孩——他怀疑她们俩是否有十四岁——坐在他前排的位子上。影子无意间听到她们的谈话，他觉得她们应该是好朋友，而不是姐妹。其中一个女孩对性几乎完全不了解，但是知道很多动物的知识，还在保护动物方面花了不少时间；另外一个女孩对动物不感兴趣，但是知道很多从互联网和电视节目上得来的八卦消息，自认为对性爱了若指掌。影子有些担心被发现，但又忍不住兴趣盎然地偷听，发现那个自认万事通的女孩居然知道"我可舒适"泡腾片[1]有增强口交快感的药效。

喜欢动物的女孩和知道"我可舒适"泡腾片比薄荷糖更能促进口交快感的女孩在闲聊八卦。影子听到她们俩在说现任"湖滨小姐"的流言蜚语，说她全靠和裁判调情，才有机会用油腻的爪子捞到选美小姐的冠冕和绶带。

影子不再关心她们说话的内容，让脑子变成一片空白，只剩下巴士行驶的单调声音。现在，只有零星的谈话片段会不时地飘进他耳中。

格洛迪是只好狗，而且还是纯种的金毛寻回犬，如果爸爸

---

1 我可舒适（Alka Seltzer）是一种泡腾片剂的胃药，可以帮助消食养胃。

答应就好了，它一看见我就会摇尾巴。

　　现在是圣诞节，他一定会让我用雪橇车的。

　　你可以用舌头在他那个地方画出你的名字。

　　我想桑迪。

　　是的，我也想桑迪。

　　他们说今晚会下六英寸厚的雪。不过那只是他们估计的，他们总是估计天气的变化，其实根本没人让他们瞎估计……

　　紧接着，响起了巴士嘶嘶的刹车声，司机大声说道："湖畔镇到了！"车门哗地打开了。影子跟在两个女孩身后，下车来到一个被泛光灯照得雪亮的停车场，停车场旁有一家录像机店，还有一家仍在营业中的日光浴店。影子估计这里就是湖畔镇的长途巴士站。空气异常寒冷，是那种感觉很清新的寒冷，让他一下子就清醒过来。他凝视着南边和西边方向镇子上的灯光，还有东边那个苍白宽阔的冰冻湖面。

　　女孩们站在停车场里，跺着脚，夸张地冲着双手哈气取暖。她们中年龄比较小的那个偷偷打量了一眼影子。发觉影子也在看她的时候，她有些尴尬地笑了起来。

　　"圣诞快乐。"影子和她打招呼，这样说显得很安全。

　　"谢谢。"另一个女孩说，她看起来比第一个女孩大约年长一岁。"也祝你圣诞快乐。"她有一头红发，扁鼻子上面覆盖着成百上千个雀斑。

　　"你们住的这个镇子很漂亮。"影子说。

　　"我们喜欢这里。"年纪较小的女孩说，她就是喜欢动物的那个。她冲影子露出羞涩的微笑，露出前齿上配戴的镶嵌蓝色橡胶的矫正牙套。"你长得很像某个人，"她一本正经地说，"你是不是谁的兄弟、儿子，或别的什么亲戚？"

　　"你真笨，艾丽森，"她的朋友骂她，"见谁都问他是不是谁的兄弟、儿子，或别的什么亲戚。"

　　"我不是那个意思。"艾丽森辩解说。突然，一道刺眼的白色车灯照亮了他们几个，灯光来自一辆客货两用车，里面坐着一位母亲。她接走两个女孩和她们的行李，只留下影子一个人孤零零地站在停车场里。

"年轻人，要帮忙吗？"一个老人锁上旁边的录像机店，把钥匙装进口袋里。"圣诞节一般不开店营业。"他愉快地对影子说，"我是专门来等巴士的，为了确定一切正常。如果发现有哪个可怜人在圣诞节里被风雪困住，我心里不会好受的。"他走近一些，影子终于可以看清他的脸：苍老的脸上带着心满意足的表情，显然他已经品尝过人生的酸甜苦辣，最终发现，人生这杯美酒，味道还是相当不错的。

"能告诉我本地出租车公司的电话号码吗？"影子说。

"可以。"老人有些犹豫，"不过，汤姆这个时候可能正在床上呼呼大睡呢，就算你成功叫醒他，恐怕也租不到车——我看见他今天晚上早些时候在巴克的店里喝酒，喝得可开心了，开心得不得了。你想到哪儿去啊？"

影子把门钥匙上挂着的地址给他看。

"哦，"他说，"到那里大约要走十分钟，也许要二十分钟，还得过桥。不过，这么冷的日子，走路可不怎么好玩，尤其是你不知道到底要去什么地方的话，路就会显得更加远。对了，你注意过这个现象吗？第一次找路的时候，好像路特别遥远，可第二次再去的时候，觉得一眨眼就到了。"

"没错。"影子说，"我从来没认真想过这个问题，不过我估计你说得挺对。"

老人点点头，咧嘴一笑。"哎呀呀，今天可是圣诞节呀。大过节的，我用泰茜带你过去好了。"

"泰茜？"影子迟疑片刻，"好吧，谢谢你。"

"不客气。"

影子跟着老人走到路边，那里停着一辆巨大的老式跑车，看上去好像风云激荡的二十世纪二十年代，土匪强盗们最爱开着兜风的那种车。在钠光灯下，它的颜色显得很深，可能是红色的，也有可能是绿色的。

"这就是泰茜。"老人骄傲地介绍说，"是个美人吧？"他拍拍靠近前轮处向上拱起的发动机盖，一脸满足。

"什么牌子的？"影子问。

"温迪凤凰牌，温迪公司早在1931年就破产了，名字也被克莱斯特公司购买了，不过他们不再生产温迪牌的汽车。哈维·温迪，就是创建这公司的家伙，他是本地人，后来去了加州，在那里自杀了。哦，那大概是在1941或者1942年。唉，真是不幸的悲剧。"

车厢里有一股皮革和陈旧的烟草味道，不是很清新。如果过去有很多人在车里抽香烟或者雪茄的话，烟草的味道会成为车子的一部分。老人把钥匙插进点火器内，只扭一次，泰茜就发动了。

"等到明天，"他对影子说，"她就要进车库睡觉了。我会用满是灰尘的罩子盖住她，她在那里一直待到春天来临。事实是，我现在不能再开她了，路面有积雪。"

"她在雪地里不好开吗？"

"好开，百分百完美。可问题是，他们现在在路上撒盐化雪，让这些老美人生锈的速度比你想象的还要快。对了，你是想直接到家门口呢，还是想在月光下绕着镇子兜一圈？"

"我不想麻烦你……"

"一点都不麻烦。等你到了我这个年龄，只要能好好睡上一小觉，你都要感谢老天爷。现在，我一晚上如果能一连睡上五个小时，就算很幸运了。可等到早上起床的时候，脑子里还是转呀转呀的晕乎着呢。哦，对了，忘记自我介绍了，我叫赫因泽曼恩。你可以叫我瑞奇，可这附近认识我的人都习惯直接叫我赫因泽曼恩。我本应该和你握个手，不过我需要用两只手来开泰茜。不全神贯注开车的话，她会知道的。"

"迈克·安塞尔。"影子说，"很高兴认识你，赫因泽曼恩。"

"那我们就绕湖兜上一圈吧，让你好好瞧瞧。"赫因泽曼恩说。

他们开车经过的城镇主街，即使在晚上看也是一条非常漂亮的街道，充满怀旧气息。仿佛过去的百年间，人们始终小心翼翼地保护这条街道，绝对不会因为时光匆匆流逝而丢弃他们所喜欢的东西。

开车经过的时候，赫因泽曼恩指出镇上的两家餐厅（一家是德国餐厅，另一家，按照他的说法，是"有点儿希腊口味，有点儿挪威口味，有点儿所有地方的口味，每道菜都配有烤酥饼"）。他还指出面包店和书店的位置（"要我说啊，一个镇子如果没有书店，就不算是真正的镇子。它可以自称镇子，但除非有了一家书店，否则它就是在糊弄别人"）。他们经过图书馆的时候，他把车速慢下来，好让影子能看得更仔细。图书馆前门悬挂着一盏盏煤气灯，灯光摇曳，赫因泽曼恩充满自豪地叫影子特别注意那些煤气灯。"它是1870年由约翰·赫宁，本地的木材大王建造的。他希望把图书馆命名为赫宁纪念图书馆，可他去世之后，人们就开始管它叫作湖畔图书馆。我猜这个名字恐怕要一直沿用下去了。"他说话时，语调中的那股子自豪语气，让人感觉图书馆好像是他自己建造的一样。这建筑让影子联想到城堡，他如实说出自己的想法。"你说对了。"赫因泽曼恩赞同说，"因为塔楼什么的。赫宁希望从外面看起来这里就像一座塔楼或城堡。图书馆内部仍然还保留着所有当初打造的松木板书架。米里亚姆·舒尔兹本来想把里面的装修全部拆掉，改装成更加现代化的，但是这里已经登记成为有历史纪念价值的地方，这可不是她轻易就能动手改动的。"

他们开车经过湖的南岸，整个镇子绕湖而建。湖面距离路面的落差大约有三十英尺，影子可以看到湖面上无数暗哑的白色冰封，时不时地，还有一块闪烁着水光的缺口，倒映着镇上的灯光。

"湖面似乎开始结冰了。"影子说。

"到现在已经结冰一个月了。"赫因泽曼恩说，"暗淡的斑点是积雪，闪光的斑点是冰。是从感恩节后一个寒冷的晚上开始结冰的，冻得像玻璃一样光滑呢。你在冰上垂钓过吗，安塞尔先生？"

"从来没有。"

"那可是一个人能做的最幸福的事情。重要的不是能否钓到鱼，而是当一天结束之后，你回到家时还能感受到那份平静心情。"

"我会记住的。"影子透过泰茜的车窗，凝视着下面的湖，"现在能在冰面上行走吗？"

"可以在冰面上行走，在上面开车也行。不过我可不想冒这个险。

从降温到现在才过了六个星期，"赫因泽曼恩说，"不过，在威斯康星州北部，结冰的程度和速度比其他任何地方都更猛更快。有一次我出去打猎——是去猎鹿，那大概是三四十年前的事情了。我瞄准了一只雄鹿，结果子弹打偏了，它跑出树林——就在湖的北面，距离你要住的地方很近，迈克。它是我见过的最漂亮的鹿，鹿角有二十个分叉，体形大得像匹小马，我说的都是真的，不带一个假字。那个时候，我可比现在年轻多了，体力也好，那年从万圣节前就开始下雪，到了感恩节，地面上还有一层干净的积雪，好像从来没有被人动过一样。我可以看见雪地上的鹿的足迹，我看出来了，那个大家伙正惊慌失措地朝着湖面的方向逃过去。

"只有傻瓜才会去追逃跑的雄鹿，可我就是那么一个傻瓜，大号的傻瓜。我追着鹿的足迹跑下去，最后终于看到了它。它站在湖水中，湖水大约有八到九英寸深，它也看到了我。说时迟那时快，就在那一瞬间，一朵云遮住了太阳，寒流一下子就袭过来了——短短十分钟内，温度至少降低了三十度，真的，没有一句是骗你的。而那只老雄鹿，它正准备逃跑，结果根本无法动弹。它被牢牢冻在冰中了。

"然后，我慢慢走到它身边。你能看得出它很想逃跑，可是它被冻住了，根本无法逃跑。我也没法让自己冲着一只没有抵御能力的畜牲开枪，尤其是在它已经无法逃跑的时候——如果我真的开枪了，那我成什么人了呀，对吧？于是我拿起我的霰弹猎枪，冲着天空开了一枪。

"结果，枪声和惊吓让雄鹿居然从它的皮肤里跳了出来，你能看到它的腿还冻在冰里，但它确实跳了出来。它把鹿皮和鹿角都留在了冰面上，然后就像刚出生的老鼠一样赤裸着粉红色的肉，颤抖着逃回树林里去了。

"我真觉得很对不住那只老雄鹿，于是我就叫湖畔镇妇女编织协会的人帮它织件毛衣过冬取暖，她们织了一件套的羊毛外套，这样它就不会冻死了。结果她们跟我们开了个玩笑，她们居然给鹿织了一件橙黄色的羊毛外套，结果任何猎人都不会开枪打它了，因为在狩猎季节里，猎人们都穿着橙色的外套。"他又高高兴兴地补充一句，"如果你认为我说的任何一句是编造的话，我可以证明给你看。直到今天，鹿角还挂在录像机店的墙上呢。"

影子忍不住哈哈大笑，老人也跟着微笑，露出艺人大师般的满足笑容。他们在一栋附带宽敞木头平台的砖石结构建筑前停下来，门廊上悬挂着金色的圣诞节彩灯，闪烁着好客的气氛。

"这里就是502号了。"赫因泽曼恩说，"3号公寓应该在顶楼，房子的另一面，那边可以看到整个湖景。你到家了，迈克。"

"实在太感谢你了，赫因泽曼恩先生。我可以付你一些钱作汽油费吗？"

"叫我赫因泽曼恩就好了。你一分钱都不用付我。圣诞快乐，这是我和泰茜对你的共同祝福。"

"你真的什么都不要吗？"

老人抓抓下巴。"实话告诉你吧，"他说，"差不多下周的某个时候，我会过来找你，卖给你一些彩票。是我们镇子搞的抽奖活动，慈善捐款用的。现在，年轻人，你可以上床去好好睡上一觉了。"

影子笑了。"圣诞快乐，赫因泽曼恩。"他对老人说。

老人伸出指关节发红的手和影子握手，他的手很结实，长满老茧，感觉好像橡树枝。"上去的时候要小心点，路上挺滑的。我坐这里可以看见你家房门，就在那边上，看见没有？我会在车里等着，直到看见你安全进去了为止。你进去之后没问题了，就冲我竖起拇指做个手势，然后我就开车离开。"

温迪跑车的发动机一直在空转，耐心等待着。影子安全地走上木头台阶，走到房子侧面，用钥匙打开公寓门。公寓门摇摆了一下就打开了。影子竖起拇指，坐在名叫泰茜的温迪跑车里的老人——影子一想到有人居然给车子取名字，忍不住又笑了——赫因泽曼恩，开着泰茜穿过桥回去了。

影子关上前门。房间里很冷，闻起来有一种人已离开去别处生活、但他们吃过的食物和梦想依然留存的味道。他找到温度调节器，调到二十一摄氏度，然后走进小厨房，检查一下抽屉，又打开鳄梨黄色的冰箱，里面空荡荡的什么也没有。这也毫不奇怪。至少冰箱里闻起来很干净，没有灰尘积存的味道。

厨房旁边是个很小的、只有一张空床垫的卧室，旁边紧挨着一间更小的几乎只有淋浴隔间的浴室。马桶里漂着一个陈旧的烟头，纸已经变成棕色。影子把烟头冲掉。

他在柜子里找到床单和毯子，铺好床。接着，他脱下鞋子、外套夹克衫和手表，穿着衣服爬上床，根本不知道要过多长时间才能让自己暖和起来。

房间里的灯关掉了，周围一片宁静，只有冰箱的嗡嗡声和房子里某处传来的收音机的声音。他在黑暗中静静地躺着，在长途巴士上睡了那么久，再加上饥饿、寒冷、新床，还有过去几周疯狂的经历，不知道今晚还能不能睡着。

在寂静中，他听到外面有东西折断的声音，像枪声一样响亮。他想也许是树枝，也许是冰。外面正在结冰。

他不知道在星期三来找他之前，自己必须在这里等待多久。一天？还是一周？不管等多久，他知道自己必须在这段时间内找些可以专心致志去做的事情。他可以重新开始锻炼身体，还可以继续练习硬币戏法，直到手法纯熟为止（练习所有戏法，有人在他脑中悄声细语，但不是他自己的声音，但千万不要练习那一个，不要练习可怜死去的疯子斯维尼教你的那一个，他死于泄露秘密、寒冷、被人遗忘和不再被人需要。千万不要练习那个戏法，不要那一个）。

不过，他可以感觉到，这是一个很好的镇子。

他想起自己刚到开罗市的那天晚上做过的梦，不知道那是否真的只是个梦。他还想起了卓娅……见鬼，她的名字到底是什么？那个属于午夜的妹妹？

然后，他想到了劳拉……

一想到她，他的脑中仿佛打开一扇窗户，他可以看见她。不知道什么原因，反正他可以看见她。

她正在鹰角镇里，站在她妈妈家的大房子的后院里。

她站在寒冷中，她再也感觉不到寒冷，没有任何感觉。她站在房子外面，那是她妈妈在1989年用劳拉爸爸的人寿保险金买的，她爸爸哈维·马克卡贝在上厕所的时候死于心脏病。她看着房子里面，冰冷的手抚摩着窗户玻璃，呼吸没有在玻璃上留下任何雾气，她凝视着她母亲，还有从得克萨斯州赶回家过节的姐姐、姐夫和孩子们。劳拉就这样孤零零地站在房子外面的黑暗中，没有人注意到她的存在。

泪水刺痛了影子的眼睛，他在床上翻了一个身。

他想到星期三。刚刚想到他，又有一扇窗被打开，他从六号旅馆的房间角落里向外凝视。昏暗的房间里，有两个身影纠缠在一起。

他感觉自己就像偷窥狂，立刻将思绪从转开，转回到自己身上。他可以想象巨大的黑色翅膀重重地拍打着，穿越黑夜向他飞来。他可以看到在他身下延展开的湖面，看到从北极刮来的风，将寒冷的呼吸吹到地面上，将所有的液体都冻结成冰，用比尸体冰冷几百倍的冰冷手指四处探查。

影子的呼吸逐渐变得轻浅起来，他不再觉得寒冷。他可以听到外面风声渐起，围绕房屋哭嚎尖啸。有那么一瞬间，他觉得自己可以听到风中有人在说话。

在哪里住都是住，他觉得住在这里就很好。然后，他睡着了。

与此同时，一段对话

叮咚。

"克罗女士？"

"是我。"

"你是萨曼莎·布莱克·克罗？"

"是我。"

"介意我们问你几个问题吗，女士？"

"你说对了，我很介意。"

"你没必要用那种态度对我们说话。"

"你们是警察？你们到底是什么人？"

"我是城先生，我的这位同事是路先生。我们正在调查两位同事的失踪事件。"

"他们叫什么名字？"

"什么？"

"告诉我他们的名字。我想知道怎么称呼他们，你们的同事。告诉我他们的名字，也许我能帮你。"

"……好吧。他们是石先生和木先生。好了，我们可以问你几个问题吗？"

"你们这些家伙是不是见到什么就随便拿过来当名字？'哦，你是人行道先生，他是地毯先生，过来认识一下飞机先生'？"

"很有趣，年轻女士。第一个问题：我们想知道你是否见过这个男人。给，拿着这张照片。"

"哇。正面照和侧面照，底下还有数字号码……照片真大呀。不过他看起来挺聪明挺帅的。他犯什么罪了？"

"他几年前在一个小镇参与了银行抢劫，是劫匪的司机。他的两个同伙决定把所有战利品归为己有，利用他之后就甩了他。结果他大发雷霆，找到他们，赤手空拳就把他们两个活活打死。州法院与被他伤害的两个人达成私下交易，他们作证告发影子，只被判了缓刑。而影子却被判了六年，不过只服刑三年。如果你问我的话，像他那样的人，应该把他们锁起来，然后丢掉钥匙。"

"我可从来没有在现实生活中听人那么说过，你知道，从没有人说过。"

"说什么，克罗女士？"

"'战利品'。这可不是你会听到别人说的字眼。也许在电影里会这样说，但是现实生活中绝对没有。"

"这不是在拍电影，克罗女士。"

"布莱克·克罗。我是布莱克·克罗女士。我的朋友都叫我萨姆。"

"明白了，萨姆。现在说到这个人……"

"不过，你不是我朋友。你只能称呼我为布莱克·克罗女士。"

"听着，你这个流鼻涕的小……"

"好了，没事的，路先生。萨姆——抱歉，女士——我的意思是布莱克·克罗女士，她想帮助我们。她是维护法律的好市民。"

"女士，我们知道你帮助了影子。有人看到你和他在一起，坐在一辆白色雪佛兰车里。他顺路送你回家，还给你付了晚餐钱。他提到过任何有助于我们调查的事情吗？我们有两位最优秀的同事失踪了。"

"我从来没见过他。"

"你见过他。请不要以为我们都是傻瓜，我们可不傻。"

"嗯，我路上遇见过很多人。也许我见过他，不过我忘了。"

"女士，你最好还是协助我们的调查。"

"否则，你就要介绍我认识你们的朋友拇指夹先生和逼供剂先生？"

"女士，请不要冲动。"

"哎呀，真不好意思。还有别的事情吗？因为我现在必须说'拜拜'，然后关门了，我估计你们两个应该先去找汽车先生，再一起开车走人。"

　　"你的不合作态度会被记录在案的，女士。"

　　"拜拜了。"

　　砰!

第十章

我将向你坦白所有的秘密
但对于过去，我撒了谎
请让我上床，沉睡到永远吧

——汤姆·维茨《跳到疼痛的探戈》[1]

　　来到湖畔镇的第一天晚上，影子就做了一个梦，梦到一个被黑暗与污秽所包围的孩子的一生。那是很久很久以前、发生在一个非常遥远的地方的事，在大海对岸的另一片土地上、在太阳升起的地方。在那孩子短暂的一生中，他从未见过日出的景象，看到的只有光线昏暗的白天和漆黑如墨的夜晚。

　　没有人和他说话。他能听到外面传来人们说话的声音，但他无法理解话语的意义，正如他无法理解猫头鹰的号叫声和狗的吠叫声一样。他记得，或者说他以为自己记得，许久之前的某一晚，一个大人悄悄地走进来。她没有打他，也没有喂东西给他，只是把他抱在胸前，温柔地拥抱着他。她身上的味道很好闻，还发出低低哼唱的声音。一滴滴热乎乎的水从她脸上流

---

1 汤姆·维茨（1949—），美国诗人、歌手、音乐创作者，"垮掉的一代"复兴者。

下来，落在他身上。他被吓坏了，害怕得大声哭叫。

她立刻把他放回稻草堆上，匆忙离开小屋，在身后锁上门。

可他还记得那一刻，而且极为珍惜，正如他记得卷心菜甜甜的滋味、李子酸溜溜的味道、苹果的松脆可口，还有烤鱼香喷喷的油脂带来的快乐。

而现在，他看到的是火光照耀下的无数面孔，这是他第一次被人从小屋中带出来，也是他唯一一次离开小屋，所有人都在凝视着他。哦，原来人类就是这样的长相。他是在黑暗中长大的，从来没有见过其他人的面孔。对他来说，这一刻，一切事物都如此新鲜、如此奇异。篝火的火光刺痛了他的双眼。他们把绳子套在他脖子上，拉他来到两堆篝火之间、那个人等着的地方。

利刃在火光中举起，人群发出欢呼声。在黑暗中长大的孩子也开始笑起来，和他们一起大笑，因为他感到高兴和自由。

然后，刀刃猛地砍了下来。

影子猛地睁开眼睛，意识到自己又冷又饿，置身于一套玻璃窗内层结满一层冰霜的公寓里。他猜那层冰肯定是他呼出来的水汽凝结的。起床时，他庆幸自己昨晚没有脱衣服。他经过窗边，用指甲抓了一下玻璃，感到指甲底下积满了冰，接着慢慢融化成水。

他努力回想自己昨晚的梦，但除了痛苦和黑暗外，别的就什么都不记得了。

他穿上鞋子，心想如果没记错路的话，他应该可以穿过湖北面的那座桥走到镇中心去。他穿上薄夹克外套，想起了自己许下的诺言，要给自己买件暖和的冬季外套。他打开公寓房门，走到外面的木头平台上。突如其来的酷寒让他连呼吸都暂停了。他吸一口气，感觉鼻孔里的每一根鼻毛都被冻得硬邦邦的。站在门廊平台，他可以欣赏到整个湖景，眼前是一片开阔的白色冰冻湖面，湖岸边点缀着不规则的灰色块。

他不知道现在到底有多冷。寒流的确过来了，千真万确。现在可能在零度以下，徒步行走绝对不会令人愉快。不过，他认为走到镇中心应该不会有什么问题。赫因泽曼恩昨晚是怎么说的？走路只要十分钟？影子身材高大，腿脚也长，轻轻松松就可以走过去。再说，步行还可以让自己暖和起来。

于是，他出发朝着南边，也就是桥的方向前进。

没过多久，他就开始咳嗽起来，一开始是干涩的轻咳，因为令人痛苦的冷空气钻进了他的肺部。很快，他的耳朵、脸还有嘴唇也冻得生痛，脚也一样。他把没戴手套的双手深深插进外套口袋里，合拢手指，握紧拳头，好暖和一点。他想起洛基·莱斯密斯给他讲过的明尼苏达州冬天的故事。其中有一个他记得特别清楚。那故事说的是在极其寒冷的一天，一个猎人被熊赶到树上，结果下不来了，于是他拉开裤子，撒了一泡黄色的尿，结果尿还没有落到地上就已经冻成冰柱，然后他就顺着冻得比石头还要结实的尿冰柱，从树上滑了下来，重获自由。回忆起这个故事，他忍不住露出笑容，连笑容都显得干巴巴的，接着又是一阵干涩痛苦的咳嗽。

他一步又一步地走了一阵，然后回头看了一眼。公寓楼和他之间的距离比他想象的要短很多。

他这才发现，徒步进城是个错误的决定，但是他离开公寓已经三四分钟了，都能看到湖面上的桥了。到底是继续走下去，还是掉头回家呢（回去之后又能怎样呢？用没信号的电话叫出租车过来？等到春暖花开的时候？他提醒自己，公寓里可没有任何食物）？

他只好继续走下去，同时把对气温的预估更降低一些。现在是零下十度？零下二十度？或许是零下四十度？其实摄氏度和华氏度没有什么区别，都是温度计上的指示点罢了。也许天气并没有那么冷，只是北风寒冷刺骨，而且现在风更加猛烈了，持续不断地刮着。从北极而来的寒风越过加拿大，从湖面上凶猛地刮过来。

他有些嫉妒地回忆起从黑火车上拿走的那几片装填化学物的暖宝宝，真希望现在手上有它们。

他估计自己又走了十分钟，可桥看起来还是那么遥不可及。他实在太冷了，冷得甚至无法打战，连眼睛也冻得生疼。这绝对不是简单的寒冷，简直是科幻小说中才存在的寒冷！这一切肯定发生在水星的背阴面，也可能是发生在岩石林立的冥王星上，在那里，太阳只是一颗遥远的星星，在黑暗的夜空中发出一点点微弱光芒。

偶尔从他身边经过的车子，看起来都是如此不真实，好像太空飞船一样，是用金属和玻璃制造的小小的冰冻盒子，里面居住着穿得比他暖和的人。他脑中回响起一首歌，那是他妈妈喜欢的一首老歌，叫作《冬日仙境》。他紧闭嘴巴哼着调子，随着旋律节拍继续迈步走着。

他的脚已经失去了所有知觉，他低头看看自己的黑皮鞋和单薄的棉袜，开始担心自己会得冻疮。

这可不是开玩笑，这次徒步出行不仅仅是愚蠢，而是"老天，我惹了大麻烦！"的那种真正的愚蠢至极。他感觉自己的衣服就像是渔网或蕾丝，冷风可以直接穿透他，冻僵他的骨头和骨髓，冻僵眼睫毛，冻僵胯下最温暖的地方，让睾丸都冷得缩回到骨盆内腔里。

继续走，他鼓励自己说，继续走，等我回家之后，就可以停下来好好享受了。他脑中又开始回荡起一首披头士的歌曲，他调整步伐跟上音乐的节拍。可当他随着音乐哼唱时，他才意识到自己哼的居然是《救命！》。

他差不多就要走到桥边了，之后，他还要过桥，然后再走十分钟，才能到达位于湖南边的商业区——也许需要的时间还会更长一些……

一辆黑色的车子从他身边经过，减慢速度，排气管里冒出来的烟变成了一股白色浓雾。车子就在他身边停下来。一扇车窗摇下，水蒸气从车里面冒出来，和汽车排气管的烟雾混合在一起，仿佛围绕车身的巨龙的吐息。"你没事吧？"坐在车内的警官问。

影子首先的直觉反应就是应该说："是的，一切都好，谢谢长官。这里什么事都没有。请继续开车吧，没有问题。"可惜太迟了，他已经开口说话："我想我快要冻死了。我准备走到湖畔镇去买食物和衣服，可我对路程的估计看来大错特错了。"——其实，他只是在脑子里想着自己说那些话，结果说出的只有"冻——冻死"和牙齿打颤的声音，然后，他又补充一句："抱——抱歉，太冷，抱歉。"

警官打开车子后门，对他说："你进来坐一会儿，暖和一下，怎么样？"影子感激不尽地爬进车里，坐在后座上，摩擦着自己的双手，希望手指头不会得冻疮。警官坐回驾驶座位，影子透过车内隔离用的铁格子观察着他，竭力控制自己不要回忆起上次坐在警车后座的情形，也不要去注意后座上没有从里面开门的门把手，只管把注意力集中在让双手恢复知觉上。进入温暖的车内，他的脸在痛，冻得红肿的手指在痛，连脚趾也痛了起来。影子觉得疼痛是个好征兆。

警官启动了汽车。"原谅我实话实说，"他没有回头看影子，只是说话声音大了些，"你这么做实在太蠢了。你没有听天气预报吗？今天这里降温到零下三十度。只有老天才知道那股寒流中心有多冷，也许零下六十度、零下七十度。你在零下三十度的天气都敢跑出来，看来真的不在乎撞上寒流啊。"

"谢谢。"影子感激不尽地说，"谢谢你停车帮我。非常非常感谢。"

"今天早上，一个住在莱茵兰德的女人穿着睡袍和拖鞋出来喂鸟，结果被冻僵了，真的是被冻僵在路边，现在危重病房里躺着呢。今天早晨收音机里说的。对了，你是新来的？"虽然是提问，但这个人显然已经知道答案了。

"我昨天晚上坐长途巴士过来的。本来计划今天先买些暖和的衣服、食物，再买一辆车。没想到突然变得这么冷。"

"没错。"警官跟着说，"连我也吃了一惊。看来，不用担心全球气候变暖的问题了。对了，我是查德·穆里根，湖畔镇的警长。"

"迈克·安塞尔。"

"嗨，迈克，觉得好点了吗？"

"暖和多了。"

"想让我先带你去哪里？"

影子把双手放在暖气出风口上取暖，手指火辣辣的痛，他只好把手移开，让它慢慢恢复正常。"你能把我在镇中心放下来吗？"

"你没听到我说的话吗？只要不让我开车去帮你抢银行，载你到任何你想去的地方都没问题。你就理解为这个镇子特别殷勤好客好了。"

"那你建议我们先从哪里开始？"

"你昨晚才来的？"

"是啊。"

"你吃过早餐了吗？"

"还没有。"

"太好了，看来我知道哪里是最好的开始了。"穆里根说。

他们现在已经驶过桥面，进入镇子西北角。"这里是主街，"穆里根介绍说，"而这里，"他穿过主街转右，"是镇中心广场。"

即使在冬天，镇中心广场都让人印象深刻，影子知道，到了夏天，这里肯定更加美丽：它将成为一个五彩缤纷的广场，各种各样的鲜花竞相开放，深红色的、彩虹色的。还有角落里那一小片桦树林，将变成绿色枝叶与银色树干搭建的天然凉亭。但是现在，这里没有任何色彩，只有漂亮的轮廓，仿佛是个空壳。喷泉也在冬季关闭了，褐色石头建筑的城市议会厅覆盖着皑皑白雪。

"……而这里，"穆里根结束了游览，把车停在广场西边一栋有高大玻璃前门的旧建筑旁，"就是玛贝尔餐厅。"

他下了车，为影子打开后门。两个人低着头顶着寒风，快速冲过人行道，冲进一间温暖的房间，里面充满了新出炉的面包、馅饼、汤和烤肉的香味。

餐厅里几乎是空的，穆里根在一张桌子旁坐下，影子坐在他对面。他怀疑穆里根这样做是为了摸清楚镇上陌生人的底细。可事实又一次证明他猜测错了，这位警长的性格确实和他表现出来的一样：友好、乐于助人、性格和善。

一个女人急匆匆来到他们桌前，她不应该算是肥胖，而是身材壮硕，年约六十多岁，头发已经变成了青铜色。

"你好，查德。"她打招呼说，"想好到底该吃什么之前，你可以先来一杯热巧克力。"她递给他们两本塑封的菜单。

"行，不过别加奶油。"他同意说。"玛贝尔太了解我了，"他转头对影子说，"你挑什么，伙计？"

"热巧克力似乎不错，"影子说，"我很高兴上面能加些奶油。"

"很好。"玛贝尔说，"亲爱的，不过，你的饮食习惯有些危险。你不打算介绍一下吗，查德？这位年轻人是新来的警官？"

"不是。"查德·穆里根说，他微笑时露出一口闪亮的白色牙齿，"这位是迈克·安塞尔。他昨天晚上才来到湖畔镇。请原谅。"他说着站起来，走到房间后面，进了挂着指示犬图案的男厕所门，旁边的女厕所挂着赛特犬的图案。

"原来住在北山路公寓里的人就是你，那里是老佩尔森的房子。哦，对，"她高兴地说着，"我知道你是谁了。赫因泽曼恩今天早晨来吃馅饼时说过，把你的事都告诉我了。你们两个都只要热巧克力，还是你想看看早餐的菜单？"

"我要吃早餐。"影子说，"有什么推荐？"

"所有东西都好吃。"玛贝尔自豪地说，"都是我亲手做的。最好吃的是馅饼。这是你在'优皮'的东南地区能吃到的最好吃的馅饼。热烘烘的，里面全是馅料，是我最拿手的一道菜。"

影子不知道她说的馅饼到底是什么东西，但他说没问题就吃那个了。很快，玛贝尔端出一个盘子，里面的东西看起来有点像一个对折起来的派，下半截用餐巾纸包着。影子垫着餐巾纸拿起来，吹了吹热气才咬下去一口：这玩意很热，里面塞满了肉馅、土豆、胡萝卜和洋葱。"这是我头一次吃馅饼，"他夸赞说，"味道真不错。"

"这是'优皮'的特产。"她告诉他说，"一般情况下，你至少要跑到硬木镇才能吃到，英国康沃尔郡的人来铁矿上工作时，才把这道菜带过来的。"

"优皮？"

"半岛的上部，我们简称'优皮'[1]，是位于密歇根州东北部的一

---

1 Upper Peninsula，缩写为 U.P.。

个小地方。"

警长从洗手间回来。他端起热巧克力，啧啧地喝起来。"玛贝尔，"他说，"你是不是逼着这个年轻人吃你做的馅饼了？"

"很好吃。"影子说。这是实话，热馅饼里的馅料实在美味可口。

"它们会让你长出啤酒肚的。"查德·穆里根说着拍拍自己的肚子，"我警告过你了。好了，你需要一辆车？"脱下皮大衣后，他露出真正的身材，原来他是一个挺着圆滚滚的苹果一样的大啤酒肚的瘦高个。他看起来有些疲倦，但是精明能干，更像是工程师，而不是警察。

影子点点头，嘴里还塞满了馅饼。

"很好，我刚才打了几个电话。贾斯廷·利伯兹正在卖他的吉普车，开价四千美元，可以分三期付款。冈瑟一家要出售他们家的丰田四驱车，八个月都没有卖出去，那车难看得要死，不过估计现在他们宁愿倒贴钱给你，只要你能把它从他们家车道上开走。如果你不介意车子难看的话，这笔买卖应该不错。我在洗手间里给湖畔镇房地产所的蜜西·冈瑟打了电话，留了言，可惜她不在办公室里，估计是去谢里拉的发廊做头发去了。"

影子吃完了馅饼，真是美味，而且一下子就饱了。"粘在你的肚子里，"他妈妈过去常常这样形容这类食物，"吃了就让你长肉。"

"这么办，"警长查德·穆里根说着，把嘴巴上的热巧克力泡沫抹掉，"我看我们先在赫因农场及家庭用品店停下，让你买些真正暖和的过冬衣服，然后再扫荡一番丹维美食店，让你塞满你家的食品柜，接着我把你载到湖畔镇房地产所。如果你能首期付一千美元买车的话，蜜西·冈瑟他们准会很高兴；如果他们愿意的话，也可以每月付五百美元，连续付四个月。我告诉过你，那辆车很难看。不过，如果孩子们没有把它漆成紫色的话，那可是辆价值一万美元的好车，而且性能绝对可靠。像这样寒冷的冬季，你需要那样的车。"

"你真是个大好人。"影子感激地说，"不过，你总是这样到处帮助新来的人，不需要出去抓罪犯吗？当然，我不是在抱怨你，你应该明白我的意思。"

玛贝尔咯咯笑起来。"我们大家总是这么说他。"她说。

穆里根耸耸肩。"这镇子治安很好。"他简单地说，"没有太多的麻烦。当然，总能抓到某些车速超过规定的家伙，那也不错，交通罚款可以支付我的工资。周五周六晚上，你会抓到一些喝醉酒打老婆的混蛋。还有女人打老公的，相信我，绝对是真的，男人和女人揪打在一起。我还在格林湾的军队里服役时就学到了，在大城市里，宁可去打劫银行，也不要去掺和别人家务事。除此之外就一切太平了。有人把自己钥匙锁在车里面的时候，他们就叫我来帮忙。还有管管乱叫的狗。每年都会逮住几个在露天看台后面的杂草堆里抽大麻的高中孩子。最近五年来最大的一宗案子，就是丹·施瓦兹喝醉后开枪射击自己的拖车，然后坐着他的轮椅沿着主街冲下去，手里挥舞着他那把该死的霰弹猎枪，叫喊着谁敢挡住他的道他就冲谁开枪，当然没有人去阻拦他，他就这样一路冲上州际公路。我猜他可能想跑去华盛顿刺杀总统吧。每次想到丹坐着他的轮椅在州际公路上猛冲，轮椅后面还贴着那张'我家的不良少年搞了你家的荣誉学生'的保险杠贴纸时，我就忍不住大笑。你还记得吧，玛贝尔？"

她点点头，噘起嘴唇。看起来她一点也不像穆里根那样，觉得这件事情很可笑。

"你是怎么处理的？"影子问。

"我和他谈了谈。他把霰弹枪交给我，然后在拘留所里睡了一个醒酒觉。丹不是坏人，他只是喝醉了有点发疯。"

影子买单付了自己的早餐钱，然后不顾查德·穆里根的推辞，付了两杯巧克力的钱。

赫因农场及家庭用品店是位于镇子南边的一家仓库式建筑，销售从拖拉机到玩具的各种物品（现在还是圣诞节假期，所以那些圣诞玩具依然在销售）。商店里挤满了圣诞节后的购物者，影子认出了在巴士上坐在他前面的较年轻的女孩，她正跟在她父母后面没精打采地走着。他冲着她挥挥手，她犹豫一下，露出戴着蓝色牙套的微笑。影子漫不经心地想，十年后她不知道会变成什么样子。

也许到那时，她会和站在赫因农场及家庭用品店收款台后面的女孩一样漂亮。收款的女孩拿着一只咔咔作响的手持激光扫描器，扫描他购买物品上的条形码。影子毫不怀疑，就算有人开过来一辆拖拉机，她也照样用它扫描价格。

"十套长内衣裤？"收款女孩好奇地问，"你准备囤货吗？"她长得非常漂亮，像电影小明星。

影子觉得自己又变成了十四岁的少年，舌头打结，傻傻地说不出话来。他一言不发地看着她扫描保暖靴、手套、毛衣，还有羽绒外套的价格。

穆里根警长站在旁边看热闹，他不想在这里测试星期三给他的信用卡，所以全部用现金付款。然后，他提着购物袋去了趟洗手间，出来时已经全部换上了新买的衣服。

"看起来挺不错的，大块头。"穆里根说。

"至少很暖和。"影子说。他们走到外面的停车场，寒风吹在脸上依然很冷，但身体其他部位都很暖和。在穆里根的坚持下，他把购物袋放在车子后座，然后坐在警长旁边的座位上。

"对了，你做什么工作，安塞尔先生？"警长问，"像你这样的大高个儿可不常见。你是做哪一行的？会在湖畔镇工作吗？"

影子的心猛烈跳动起来，但他的声音依然很沉着。"我为我叔叔工作。他是做买卖的，全国都有他的生意，我只是帮他干点儿力气活儿。"

"他给你的薪水高吗？"

"我们是一家人。他知道我不会骗他的，我还可以顺便学习一点做生意的技巧。等我学会之后，我想自己独立做生意。"从他嘴里说出的这些话，充满确信无疑的语气，流利得像一条蛇。在话出口的那一瞬间，他对迈克·安塞尔这个人了如指掌，他很喜欢迈克·安塞尔。迈克·安塞尔没有影子遇上的那些麻烦：迈克·安塞尔没有结过婚；迈克·安塞尔从来没有在火车车厢里被石先生和木先生审问拷打过；电视机也不会对迈克·安塞尔说话（"想看看露西的双乳吗？"他脑中有个声音在问）；迈克·安塞尔从来不会做噩梦，或者相信一场神秘风暴即将来临。

他在丹维美食店里把购物篮装得满满的，那是他在加油站停车场里就梦想做的——牛奶、鸡蛋、面包、苹果、奶酪、饼干。以后有时间的话，他会来一次真正的大采购。影子在店内四处挑选食品时，查德·穆里根就和周围的人打招呼，把影子介绍给他们认识。"这位是迈克·安塞尔，他现在住在老佩尔森的那套空公寓里。"影子无法记住那么多人的名字，最后只好放弃，只是和大家微笑着握手。在热烘烘的店内穿着保暖服不大舒服，他出了一身汗。

查德·穆里根开车送影子去湖畔镇房地产所。蜜西·冈瑟的头发显然刚刚做过，还上了发胶。根本不需要介绍，她就知道迈克·安塞尔是谁。哎呀，那个和蔼的伯森先生，他的叔叔爱默生，多么和蔼可爱的一个人呀，他大概是六周前来过这里，不，是八周前，租下了老佩尔森的公寓，那儿的景色是不是美得要死？哎呀，亲爱的，等到春天来临再看吧。附近很多湖泊一到夏天里面就长满绿色水藻，喝了湖水会拉肚子。但是我们的湖，我们实在很幸运，直到7月4日，你都可以直接喝湖水。还有，伯顿先生一次性提前支付了六个月的房租。说到那辆丰田四驱车，她简直不敢相信查德·穆里根还记得这件事情，是的，她很高兴能处理掉这辆车子。说实话，她都不抱希望了，准备把车捐给赫因泽曼恩当作今年的破冰车，抵消点税款也好。那辆车子不该作破冰车的，绝对不该，那是她儿子去绿湾上学前开的车子，是的，有一天他突然把它漆成紫色，哈哈，她希望迈克·安塞尔会喜欢紫色，她必须要预先告诉他这一点，如果他不想要的话，她也不会怪他的……

穆里根警长在她滔滔不绝的废话进行到一半时起身告辞。"看来他们要我回警察局去。很高兴认识你，迈克。"他把放在他车子后座上的购物袋，转放到蜜西·冈瑟的客货两用车上。

蜜西开车带影子回她的住所，他看到了停在车道上的那辆旧越野车。积雪覆盖了半个车身，白得耀眼，但没有被雪覆盖到的地方露出车身诡异难看的紫色，只有吸毒后神志恍惚、而且经常恍惚的人，才会觉得那种紫色好看。

难看归难看，车子一拧钥匙就成功发动。暖气也能用，但是发动机转了十分钟，暖气开到最大挡，车内温度才开始从无法忍受的刺骨寒冷提升为普通的寒冷。趁着暖气工作的时候，蜜西·冈瑟请影子进厨房——她抱歉说家里乱糟糟的，圣诞节后，家里小的那几个孩子总是乱扔玩具，而她也没时间去收拾。他介不介意吃些剩下的火鸡晚餐？去年他们烤了一只鹅，但是今年只烤了一只老火鸡。那好，那就只喝咖啡，这样就不用麻烦刷锅了——影子从靠窗的椅子上拿下一个巨大的红色玩具车，这才坐下。蜜西·冈瑟问他见没见到邻居，影子说还没有机会见到。

　　煮咖啡的时候，他又获知不少情报：他住的那栋公寓楼里还住有另外四个人。过去佩尔森还在的时候，佩尔森一家住在楼下，把楼上的两套公寓租出去。现在，他们住过的楼下房间也租给一对年轻人，霍兹先生和尼曼先生，他们实际上是一对儿。当她说"一对儿"的时候，她说安塞尔先生，老天，我们这里真是什么样的人都有，比森林里树的种类还要多。不过，像他们那样的人大多数住在麦迪逊市或者双子城。但是说实话，这里的人对他们倒也不会有什么看法。他们冬天住在基维斯特市，四月份才回来，到时候他就能遇见他们了。湖畔镇是个好镇子。安塞尔先生的隔壁住着玛格丽特·奥尔森和她的小儿子，那是个长相甜美的女人，真的很甜美。尽管她生活得很不如意，可还是个像甜品派一样甜美的可人儿。她为《湖畔镇新闻报》工作。那份报纸不是世界上最令人激动的那种报纸，但是却敢讲真话，蜜西·冈瑟认为可能这就是本地人都喜欢这份报纸的原因。

　　她一边说一边为他倒咖啡，哦，她真希望安塞尔先生能看到这个镇子的夏天或者是晚春，到时候丁香花、苹果花、樱花全部都开了，她认为没有什么比这里更美丽的了，全世界都找不到比这里更漂亮的地方了。

　　影子付给她五百美元押金，钻进新买的车，倒车离开她前院，开到外面的车道上。蜜西·冈瑟突然追出来，敲敲前窗玻璃。"这个给你。"她说，"我差点忘记了。"她递给他一个浅黄色的信封。"闹着玩的玩意儿。我们几年前印刷的，你不用现在就拆开看。"

　　他道谢之后就驾车离开，小心翼翼地开回镇子。他选择那条靠近湖边的路走，希望自己能看到春天、夏天或秋天的湖景。毫无疑问，到时候景色一定异常美丽。

只用十分钟，他就到家了。

他把车停在外面街上，沿着公寓楼外面的楼梯走进他那间冰冷的公寓。他打开购物袋，把食物分别放进食品柜和冰箱内，然后打开蜜西·冈瑟给他的那个大信封。

里面装着一本护照，蓝色压膜封面，上面宣布迈克·安塞尔（他的名字是蜜西·冈瑟用端正的手写体书写的）是湖畔镇居民，护照下一页是一张全镇地图，剩余的几页全部是当地各个商店的折扣券。

"我想我可能会喜欢上这里。"影子对自己说出声来。他看看结冰窗户外的冰封湖面。"不过要等天气先暖和起来再说。"

下午两点左右，前门突然砰地响了一下。此时影子正用一枚二十五美分硬币练习"消失戏法"，把硬币从一只手偷换到另一只手，而不被人发现。他的手太冷太笨拙，硬币总是掉在桌面上。敲门声又让硬币掉了下来。

他走到门口，打开门。

那一刻，他吓得目瞪口呆：站在门口的那个人戴着一副遮住下半张脸的黑色面罩，是电视上银行抢劫犯经常戴的那种，廉价电影里面的连环杀人狂吓唬受害者时戴的也是那种面罩。那人的上半张脸扣着一顶黑色的编织帽。

不过，那人比影子要瘦小很多，显然也没有带任何武器，而且穿着一件颜色鲜艳的格子花呢外套，连环杀人狂一般是绝对不会穿那种衣服的。

"呜赫赫呵呵恩。"来访者说。

"什么？"

来人一把摘下面罩，露出的是赫因泽曼恩那张快乐的老脸。"我说的是'我是赫因泽曼恩'。知道吗，我都不记得这些面罩流行之前我们是怎么吓唬别人的了。好了，我想起来了。我们用厚编织帽子遮住整张脸，然后再裹上围巾，这样就没有人能认出你了。他们现在流行的新玩意儿，我觉得简直是奇迹。虽然老了，但是我绝对不会抱怨新鲜事物，绝对不会。"

结束自己的一番感慨后，他猛地塞给影子一个篮子，里面堆满了当地产的奶酪、瓶瓶罐罐，还有几根意大利小腊肠，标明是用当地的鹿肉做成的夏季腊肠。他走进房间。"圣诞节后快乐。"他说着，耳朵、鼻子还有脸颊都红彤彤的，戴不戴面具似乎都一样。"我听说你已经吃下一整个玛贝尔的馅饼了，所以就给你带些其他东西来。"

"你真是太热心了。"影子说。

"我才不是热心呢，只是打算下个星期向你推销抽奖彩票。是商会搞的活动，而我是商会的负责人。去年我们筹集了大约一万七千美元，都捐赠给湖畔镇医院的儿童病房了。"

"为什么不让我现在就买呢？"

"等到破冰车推到冰面上才卖彩票。"赫因泽曼恩说着，望了一眼窗外的湖面，"外面够冷的了。昨晚气温一定降了有五十度。"

"温度降得实在太快了。"影子说。

"过去我们经常祈祷，盼着这样寒冷的日子，"赫因泽曼恩说，"是我爸爸告诉我的。定居的移民刚来到这里的时候，先来的是农夫和伐木工，不久之后矿工也来了，尽管这个县从来没有什么真正的采矿业，因为有足够的铁矿……"

"你们会祈祷这种冷日子？"影子忍不住打断他。

"哎呀，是呀。在过去，那可是定居者能活下去的唯一办法了。这里没有足够的食物，无法养活每一个人。当然了，在过去，你不可能跑去丹维美食店买来一堆好吃的，塞满你的手推车。没那么简单。所以我祖父不得不想尽办法。等到像这样寒冷的日子，他就会带着我祖母还有他的孩子们出门，也就是我叔叔、姑姑和我爸（他是最小的孩子），还有打扫服侍的女孩，以及一个雇工。他把他们带到小溪边，给他们每人喝一点朗姆酒和药草（药方是从他原来的那个国家带来的）。然后，他用溪水淋透他们全身。不用说，几秒钟之内，他们全被冻僵了，像冰棒一样冻得硬邦邦的，全身发青。他把他们拖到一个预先挖好的坑里，里面铺满稻草，他把他们堆在坑里，一个挨着一个，像往坑里堆木头一样。他把稻草堆在他们身边，最后，用一块两米宽四米长的木板把坑盖上，防止野兽跑进去——过去这附近有狼啦、熊啦，很多现在再也看不到的野兽。不过，没有威斯康星怪兽[1]，那怪兽只是一个传说故事，我可不想让你上当受骗——他用两米宽四米长的木板把坑盖上。接下来的大雪会把洞口完全覆盖住，所以他还得在地上插一根旗子做标志，好让自己知道坑的具体位置。

"然后，我祖父就可以舒舒服服、自自在在地过冬了，不用再担心食品短缺和燃料够不够的问题。快到春天的时候，他就到插着旗子的地方，挖出雪，移开木板，把他们一个一个搬回家，把全家人放在火炉前解冻。没有人抱怨，除了那个雇工。因为我祖父有一年没有把木板盖严实，害得他半只耳朵被一窝老鼠啃掉了。当然啦，过去的冬天是真真正正的冬天，这个办法才管用。但是现在这种半瓶醋的冬天，根本不够冷。"

"不够冷？"影子问。他正在扮演性格直率的人，老头子的故事让他听得很开心。

"自从1949年之后，再也没有像样的冬天了。你可能太小，不记得那年冬天了。那才算真正的冬天呢。对了，我看见你买了一辆车。"

"是的，你觉得怎么样？"

"说实话，我从来没喜欢过冈瑟家的男孩。我在树林里的溪流中放养鲑鱼，就在我家土地的后面，好了，我承认那里是属于镇上的地产，不过我在溪流中砌了石头，围出来几个鲑鱼喜欢待在里面的小池塘。我还抓到几条相当漂亮的鲑鱼——其中一条至少有三十英寸长。那个冈瑟家的小混蛋，他把围住鲑鱼池塘的石头全都踢开了，还威胁说要告发我。现在他在绿湾上学，不过很快就会回来了。如果这个世界上还有公正的话，那么他就应该当一个冬季出逃者，离开镇子，滚去别的地方。但是没有，他就像沾在羊毛内衣上的苍耳，沾在这个镇子上不肯离

---

1 Hodags，民间传说中出现在威斯康星州的怪兽，1893年报纸上报道在威斯康星州的莱茵兰德市发现一只黑色怪兽，长着青蛙脑袋和带巨爪的短粗腿，后背像恐龙，长尾巴尖上有尖刺。

开。"他自作主张地把装满欢迎礼物的篮子放在厨房餐台上，"这是凯瑟琳·鲍德美克做的山楂果冻，她每年送我一罐作圣诞节礼物，送的年份恐怕比你的年纪都要大，但不幸的是，我从来没有打开过一罐。它们全都堆在我的地下室里，大概有四十或者五十罐吧。也许我应该打开一罐，然后发现自己居然喜欢这玩意儿。我先说到这儿，这罐给你，希望你喜欢。"

影子把果冻和赫因泽曼恩带来的其他礼物都塞进冰箱里。"这是什么？"他举起一个没有标签的长玻璃瓶，里面装满绿色的像奶油一样的东西。

"橄榄油。天气太冷就会变成这个样子，别担心，用来做菜很好。"

"好吧。对了，什么是冬季出逃者？"

"唔，"老人把羊毛帽推高到耳朵上面，用粉红色的食指挠挠自己的太阳穴，"哎呀，这个可不是湖畔镇独有的——我们这里是个好镇子，比其他大部分的镇子都要好，可我们还称不上完美无缺。有些冬天，天气太冷，连门都出不了，雪干得都团不起雪球来。这个时候，有些孩子会突然脑子发疯……"

"他们离家出走？"

老人表情严肃地点点头。"都怪电视，总是给孩子们看那些他们永远得不到的东西。什么《家族风云》啦、《豪门恩怨》啦、《比佛利山庄》啦、《夏威夷特警》啦，都是些无聊的玩意儿。1983年秋天以后，我就没有看过电视了，只在电视柜里放了一台黑白电视，方便从镇子外面来的亲戚住在我这里时看比赛什么的。"

"你要喝些什么，赫因泽曼恩？"

"不要咖啡。那玩意儿让我头痛。只要水就好了。"赫因泽曼恩摇摇头，感叹说，"这个世界最大的问题就是贫穷。没有贫穷的问题，我们就不会有经济萧条，也不会为人……那个词怎么说来着？就是像蟑螂一样鬼鬼祟祟偷偷摸摸的？"

"阴险？"

"对了，为人阴险。伐木业完蛋了，采矿业也完蛋了，旅游者们不会去到比戴尔市更远的地方，除了几个猎人和一些到湖边露营的孩子们——那些人也不会在镇上花钱消费的。"

"不过，湖畔镇看起来还是很繁荣的。"

老人的蓝眼睛眨了眨。"相信我，这可是费了不少功夫的。"他说，"非常艰巨的工作。可这是一个很好的镇子，所有住在这里的人付出的努力都是值得的。我还是个孩子时，我家很穷。问问我那时候到底有多穷。"

影子一本正经地问他："当你还是孩子时，你家到底有多贫穷，赫因泽曼恩先生？"

"叫我赫因泽曼恩就可以了，迈克。我们那时候太穷了，都没钱生火取暖。到了除夕夜，我爸就吸一根薄荷卷烟，而我们几个孩子就围着他，伸出双手，靠烟头的火光取暖。"

影子嘿嘿笑了几声。赫因泽曼恩戴上滑雪面罩，穿上厚重的格子花呢外套，从口袋里掏出车钥匙，最后，戴上厚手套。"如果你在这里待着无聊，可以去我的店里找我聊天。我给你看我收藏的手工做的钓鱼假饵，让你厌烦到顶点，觉得回家简直就是一种解脱。"他的声音在面罩底下显得很闷，但还可以听清楚。

"我会去的。"影子笑着说，"泰茜怎么样了？"

"正在冬眠呢。到了春天，就会出来遛弯了。保重，安塞尔先生。"他离开了，在身后关上门。

公寓里显得更冷了。

影子穿上外套和手套，套上靴子。他现在几乎无法看清窗外的景色，因为玻璃里面结了一层冰，把外面的湖景模糊成一幅抽象画。

他的呼吸甚至在室内都形成白雾。

他出了公寓，走到外面的木头平台上，敲敲旁边邻居家的门。他听到里面一个女人冲着某人吼叫的声音，叫他看在老天份上关掉电视机。他想被吼的肯定是小孩，因为成年人是不会冲着另一个成年人那样吼叫的。房门打开了，一个女人一脸警惕地瞪着他。她的头发很长很黑，神

266

情有些疲倦。

"什么事？"

"你好，太太。我是迈克·安塞尔，是你隔壁的邻居。"

她的表情没有丝毫变化。"什么事？"

"太太，我公寓里实在太冷了。暖气只有一点点，房间根本暖和不起来。"

她上上下下地打量着他，唇边漾起一丝微笑。"进来吧。如果你不进来的话，这个房间也没有暖气了。"

他走进她的公寓。地板上到处丢着色彩鲜艳的塑料玩具，墙角是一小堆撕开的圣诞节礼物的包装纸。一个小男孩坐在距离电视机只有几英寸远的地方，上面正播放着迪士尼的动画片《大力神海格立斯》，屏幕上一个卡通的半羊半人神正跺着脚叫喊着。影子转身背对着电视机。

"好了。"她说，"你应该这么办。首先把窗户缝封上，你可以在赫因的店里买到这东西，有点像封箱胶带，但是用来封窗户用的。把它贴在窗户上，如果你喜欢的话，可以用吹风机把它吹干，它可以维持一整个冬天，防止暖气从窗户缝里流出去。然后，你买一两个电加热器，这房子的暖气系统太老了，对付不了真正寒冷的天气。之后，你就可以高高兴兴地轻松过冬了。"说完她伸出手来，"我是玛格丽特·奥尔森。"

"很高兴认识你。"影子说着，摘下手套和她握手，"你知道，太太，我一直认为姓奥尔森的人都是一头金发。"

"我的前夫是金发。金发，粉红皮肤，哪怕用枪威逼也晒不黑。"

"蜜西·冈瑟告诉我，你为本地的报纸写东西。"

"蜜西·冈瑟那个大嘴巴，什么事情都说。我看有蜜西·冈瑟在这里，根本不需要什么本地报纸。"她点点头，"是的。我有时会写些新闻报道，不过大部分新闻稿由我的编辑主笔负责。我负责写本地的自然版、园艺版、每周日的评论版，还有'社区新闻'版，讲的都是些让人昏昏欲睡的无聊琐事，比如方圆十五英里内，谁和谁一起吃饭了。等等，后一个谁应该是宾语吗？"

"是的，"影子没管住自己的舌头，"是宾语。"

她黑色的眼睛凝视着他，影子突然有一种似曾相识的感觉。*我以前来过这里。*

不对，她只是让我联想到某人。

"总之，这就是让你房间暖和起来的办法。"她说。

"谢谢。"影子说，"等我房间暖和起来后，请你和你的小儿子过来做客。"

"他叫里昂。"她说，"很高兴认识你。对不起，我忘记……"

"安塞尔。"影子说，"迈克·安塞尔。"

"安塞尔这个姓是来自哪个国家的？"她问。

影子对此一无所知。"说起我的名字，"他说，"恐怕我对自己的家族历史一向没什么兴趣。"

"也许是源自挪威的姓氏？"她问。

"我们没有那边的亲属。"他说着，突然想起了爱默生·伯森叔叔，于是又加上一句，"也不排除这种可能。"

星期三先生上门找他的时候，影子已经用透明塑胶带封死了窗户缝隙，客厅里摆着一台电暖气，卧室里面还有一台。现在室内温度已经很舒适了。

"见鬼，你开的那辆紫色玩意儿是什么鬼东西？"星期三劈头就问。

"哦，"影子说，"因为你开走了我那辆白色的鬼东西。顺便问一下，它现在在哪里？"

"我把它在德卢斯市卖掉了，"星期三说，"事事要小心谨慎嘛。别担心，事情办完后，卖车钱会还给你的。"

"我到底在这里做什么？"影子问，"我是说，让我待在湖畔镇，而不是出去办事？"

星期三又露出他特有的笑容，那笑容让影子想要揍他一顿。"你住在这里，因为这里是他们最不可能找到你的地方。待在这里，你才安全。"

"说到'他们'，你指的是邪恶特工们？"

"说得没错。岩上之屋恐怕现在不能作为联络地点了。有点儿棘手，不过我们还能应付过去。至于现在，还是我们跺着脚摇旗呐喊、四处闲逛的筹备阶段，等着正式演出的开幕——可能会比我们原来预期的晚一点，我估计他们会按兵不动等到春天。在那之前，不会发生什么大事。"

"为什么非得等到春天？"

"虽然他们喜欢胡扯什么毫微秒、虚拟现实、范式转移之类的玩意儿，但他们还是得居住在这个星球上，受制于季节循环的自然规律。现在这几个月是死寂的季节，即使取得胜利，也是死寂的胜利。"

"我根本听不懂你在讲什么。"影子说。其实他说的并不完全是事实，他有一个模模糊糊的概念，但他希望自己想的是错的。

"今年冬天会很冷。你和我必须明智地把这段时间利用起来。我们可以召集军队，选定战场。"

"好吧。"影子说。他知道星期三说的是事实，至少是部分事实。战争即将来临。不，不对，战争其实早已开始，即将来临的只是决战。

"疯子斯维尼说，我们第一次见面的那晚，他其实在为你工作。他死前告诉我的。"

"我会雇佣一个连酒吧斗殴都应付不了的家伙吗？不过别担心，你已经用至少一整打的事件赢得了我的信任。去过拉斯维加斯吗？"

"内华达州的那个拉斯维加斯？"

"就是那个。"

"没去过。"

"今天晚上晚些时候，我们从麦迪逊市飞去那里，搭乘一位绅士开的红眼航班，是专门提供给大赌客的包机。我说服他们相信我们俩也有资格坐进那架包机。"

"你难道就戒不掉张嘴就撒谎的毛病吗？"影子语气平和地说，还带着几分好奇。

"只是一点小毛病罢了。再说我这次并没撒谎，我们要玩的是赌注最高的游戏。路上不堵车，一两个小时就能赶到麦迪逊市。好了，锁上房门，关上暖气。不在家时，暖气烧掉你的房子就糟糕了。"

"我们去拉斯维加斯见谁？"

星期三告诉他那个人的名字。

影子关掉暖气，收拾几件衣服装进行李包中，然后回到星期三身边。"你看，我觉得自己有点蠢。我知道你刚刚告诉我要去见谁了，可我一转眼就忘了。不知道是脑子有问题还是别的什么原因，那个名字从我记忆里消失了。再说一遍那个人是谁？"

星期三又告诉他一次。

这一次，影子只差一点就要记住了。那人的名字就在记忆的边缘上。星期三告诉他的时候，他的注意力再集中一些就好了。最后，他还是不得不放弃。

"谁来开车？"他问星期三。

"当然是你。"星期三说。他们走出房子，在木头台阶下面，冰冻的人行道旁，停着一辆豪华的黑色林肯房车。

影子发动车子。

一走进赌场，人会被来自四面八方的诱惑包围。除非这个人铁石心肠、没心没肺、没有头脑、完全缺乏对贪婪的好奇心，他才可能成功拒绝这些诱惑。听吧：银闪闪的硬币像被机关枪扫射一样喷射出来，滚落在老虎机的托盘上，溢流到印有字母组合的地毯上；老虎机的字母组合不停变幻，发出塞壬女妖一样充满诱惑的叮当声、喧闹声，在巨大的大厅内汇成一曲合唱，并慢慢减弱为舒服的背景声。此时，赌客走到牌桌前，远处传来赌场特有的噪音，音量的大小正好刺激赌客，让他血脉亢奋。

赌场里有一个秘密，一个他们一直拥有、保护和引以为豪的秘密，是所有秘密中最神圣的秘密。毕竟，大多数人赌博都不会赢钱，尽管他们在广告上卖力宣传和贩卖赢钱的美梦。"赢钱"不过是他们最容易制造的谎言，让赌客可以自欺欺人，诱惑他们跨进这个庞大的、永远开放的、来者不拒的大门。

赌场的这个秘密就是：人们赌博是为了输钱。他们来到赌场，因为在这里他们可以感到自己活着，他们在玩轮盘赌和扑克牌中迷失自己，在筹码和老虎机中迷失自己。他们想要知道自己重要。赌客们会吹嘘他们赢钱那一晚的奇迹，吹嘘他们从赌场赚到钱的传奇故事，但他们失去了另外一样财宝，秘密的财宝，那就是——时间。这是一种献祭，无数献祭中的一种。

进入赌场的钱仿佛是一条永不停止奔流的绿色和银色的河流，从一只手流到另一只手，从赌客流到赌桌上的庄家、经过收银台、赌场经理和警卫，最后流到赌场里最神圣、最秘密的圣地——结算室。在这里，在赌场的结算室里，绿色的钞票被分类、分堆，然后进行标记。在这里，空间慢慢地变得不再重要，因为越来越多地流进赌场的钱是虚拟的，是断断续续地顺着电话线流动到这里的电子数列。

在结算室里，你可以看到三个人，他们在设在明处的监视镜头下点算钞票，但同时还有他们看不见的、隐藏在暗中的微型监视镜头盯着他们，像一只只昆虫的眼睛。每次当班，他们都要点算比他一辈子得到的薪水还要多几倍数目的钱。他们中的每一个人，连睡觉时都会梦见自己在继续点数金钱，点数数目惊人的钞票和支票，将它们分门别类之后，再与这些金钱永远分手。这三个人都有过疯狂的想法，每周至少一次，他们都会梦想自己如何才能避开赌场的保安系统，带着他能拿到的所有钱逃跑。但是，重新审视这个梦想时，他们很不情愿地发现自己的计划根本没有实现的可能。于是，他们只好老老实实地继续赚他们的工资，免遭被关进监狱和被送进坟墓的双重危险。

在这里，在这赌场的圣所里，不仅有三个人点数钞票，还有负责监视他们并搬运钞票的警卫。除此之外，这里还有另外一个人。他身上的炭灰色西装完美无瑕，他的头发是黑色的，胡须刮得干干净净。从任何角度来说，他的面孔和举止都不会给人留下任何印象。其他人从来没有注意到他的存在，即使他们注意到，很快也会遗忘。

一天的工作结束后，房间的门会打开，穿炭灰色西装的男人会离开房间，他和警卫们一同穿过外面的走廊，脚步踏在印有字母组合的地毯上，没有一丝声音。所有的钱都装在保险箱内，推送到赌场内部的停车场，在那里装进装甲车。车库的坡道闸门打开，装甲车驶入拉斯维加斯清晨的街道。而穿炭灰色西装的男人，在没有任何人注意的情况下，穿过大门，闲逛着走出坡道闸门，走到外面的人行道上，对身边那栋仿纽约式样的建筑看都懒得看一眼。

拉斯维加斯已经成为一个只有在孩子们的图画书里才能看到的梦幻城市——这里耸立着一座故事书中才有的城堡，那里屹立着一座狮身人面像的黑色金字塔，金字塔尖朝夜空射出一道耀眼的白光，仿佛是飞碟降落的指引光。到处都是霓虹灯组成的视觉奇迹，还有闪烁的荧光屏在随时报告快乐的消息和某人的好运气，宣告某位歌手、喜剧演员或魔术师将进行演出或者即将到来的信息。所有灯光都在闪烁着、召唤着、邀请着人们进入赌场，参与狂欢。每隔一小时，一座火山都要喷发出光束和火焰；每隔一小时，一艘海盗船都要在海战中爆炸，沉入海底。

穿炭灰色西装的男人沿着人行道逍遥自在地缓缓走着，感受着金钱在整个城市里的流动。如果是夏天，这里的街道将被太阳炙烤得发硬，但他经过的每家店门前都凉爽宜人，那是室内空调传出来的冷气，它们将吹走他脸上的热汗。但现在是沙漠地区的冬季，是他所喜欢的干冷天气。在他的脑中，金钱的流动组成了一个漂亮的矩阵，一个由流动的光线组成的三维立体图。他发现，这个沙漠城市吸引人的地方就是移动的速度，钱从一个地方流到另一个地方，从一个人的手中流到另一个人的手中。对他来说，这一切就仿佛一股高速奔腾的急流，吸引他上街走动，感受这股急流。他对此几乎已经沉迷上瘾。

一辆出租车在街上慢慢跟着他，保持着距离。他没有注意到它，也没有想到要注意它，因为他自己是如此不引人注意，所以被人跟踪这件事情是难以置信的。

现在是凌晨四点，他发现自己闲逛到一家带赌场的酒店，这家赌场已经落伍三十年了，但它仍在营业。等到明天或者六个月后，人们会用定向爆破将它炸掉，然后在原址上建造一个新的快乐宫殿，永远遗忘过去的它。这里没有人认识他，没有人记得他。大厅里的酒吧俗气而安静，空气中弥漫着陈年香烟的蓝色烟雾，楼上的贵宾室里，某人正准备投下几百万美元赌一局扑克。穿炭灰色西装的人坐在吧台旁，位置正好在隔着几层楼的楼上赌局的正下方，就连女侍者都没有注意到他。酒吧里正在放《为什么他不是你》的歌曲，但几乎听不到声音。五个猫王的模仿者，每个人穿着不同颜色的舞衣，正在看酒吧电视里重播的晚间橄榄球比赛。

一个穿着浅灰色西装、身材高大的人，坐在穿炭灰色西装的人的桌旁。女侍者立刻注意到了他，却依然没有发现穿炭灰色西装的人。这个女侍者非常消瘦，不怎么漂亮，而且有厌食倾向，她正在默默倒数着下班的时间。她直接走过来，职业性地微笑着。他冲她咧嘴一笑。"你看上去真漂亮，我亲爱的，真高兴看到你那双漂亮的眼睛。"他的话中隐含着挑逗意味，她冲他笑得更开心了。穿浅灰色西装的人为自己点了一杯杰克·丹尼威士忌，为坐在他旁边的穿炭灰色西装的男人点了一杯拉菩酒加苏打水。

"要知道。"酒端上来之后，穿浅灰色西装的人开口说，"在这个该死的国家的历史上，最出色的一句诗出自加拿大·比尔·琼斯之口。1853年，他在柏顿罗兹市玩牌，结果在一场作弊的法罗纸牌赌博中被人坑骗了钱。他的朋友乔治·迪瓦罗把比尔拉到一边，问他难道看不出来那场赌局是骗人的吗。加拿大·比尔叹一口气，无所谓地耸耸肩。'我知道，可这是这里唯一的游戏呀。'说完，他又回去接着玩了。"

黑色眼睛不信任地凝视着这个穿浅灰色西装的人，穿炭灰色西装的人回答了句什么。穿浅色西装的人留着微带红色的灰色胡须，他听完摇了摇头。

"你看，"他说，"威斯康星州发生的事情，我很抱歉。不过我把你们大家都平平安安地带出来了，是不是？没有任何人受伤。"

穿炭灰色西装的人喝了一口酒，品尝着，那种威士忌带着一丝沼泽的味道。他问了一个问题。

"我不知道。一切都变化得比我预期的更快。所有人都对我雇来跑腿当差的那小子挺感兴趣的——我让他待在外面，在出租车里等着。你愿意加入吗？"

穿炭灰色西装的人回答了句什么。

留胡子的人摇头。"已经两百年没有见到她了。就算她没有死，她也不会置身其中的。"

那人又说了句话。

"你看，"留胡须的人一口喝干杰克·丹尼威士忌，"你加入进来，我们需要你时，你就挺身而出。我会照应你的。你还想要什么？'嗖玛'？我可以给你弄一瓶'嗖玛'，保证是真货。"

穿炭灰色西装的人瞪着他，然后不太情愿地点头表示同意，接着说了句话。

"我当然是。"留胡须的人说，笑容如刀锋一样锐利，"你还期望什么呢？换个角度看问题吧：这可是这里唯一的游戏啊！"他伸出爪子一样的手，和那人保养良好的手握了握。他起身离开了。

瘦瘦的女侍者走过来，有点迷惑不解：角落里的桌边现

274

在只坐着一个人，一个穿着笔挺的炭灰色西装、留着黑发的男人。"你还好吧？"她问，"你的朋友还回来吗？"

留黑发的男人叹一口气，解释说他的朋友不会回来了，他也不会花钱和她找乐子，或者说给她惹麻烦了。看到她受伤的眼神，他又开始同情起她来，他查看他脑海中那些金色纵横交错的光线，查看整个矩阵，跟踪着金钱的流动，找到一个交汇的节点。然后他告诉她，如果她早晨六点赶到金银岛赌场门口，也就是她下班三十分钟后，她会遇到一个从丹佛来的肿瘤学家，那家伙刚刚在掷骰子赌桌上赢了四万美元，正需要一个顾问，或者说一个搭档，帮他在坐飞机回家前的四十八小时内花掉所有赢来的钱。

这些话在女侍者的脑子里立刻蒸发消失了，但是让她感觉很高兴。她叹口气，心想坐在角落里的两个家伙似乎做了什么交易，却没有给她小费。她还想，下班以后，她不打算直接开车回家，她要去金银岛赌场。但是，如果你问她为什么要这么做，她无论如何也说不清原因。

"你见的那家伙到底是谁？"回到拉斯维加斯机场之后，影子终于忍不住发问。机场里也装着投币的老虎机，即使在凌晨，老虎机前也站满人，纷纷把手里的硬币塞进去。影子有些好奇，不知道这些人到底有没有离开过机场，这些人只是下了飞机，沿着通道走到机场大厅，然后一直停在那里，被老虎机上那些旋转的图案和闪烁的灯光吸引，无法脱身，直到把身上最后一枚硬币也喂进机器里，才身无分文地转头坐飞机回家。

他猜这种事一定发生过。他怀疑在拉斯维加斯什么怪异的事情都发生过。毕竟美国这么大，人口这么多，拉斯维加斯总会吸引到某些人来这里的。

然后，在星期三把他们坐出租车跟踪的炭灰色西装男人的名字告诉他时，影子意识到自己的思想又开小差了，他再次忘了那个名字。

"总之，他会加入，"星期三说，"不过要花费我一瓶'嗖玛'作代价。"

"什么是'嗖玛'？"

"那是一种饮料。"他们走进飞机机舱，里面只有他俩，以及三个结伴而来、挥金如土之后还要赶回芝加哥明天一早开始工作的豪赌客。

星期三舒舒服服地坐下，为自己叫了杯杰克·丹尼威士忌。"我们这种人看待你这种人……"他犹豫一下，"这就像蜜蜂和蜂蜜的关系。每只蜜蜂只能采集一点点花蜜，需要几千只甚至几百万只蜜蜂一起工作，才能采集到你在早餐桌上吃的那一罐蜂蜜。现在想象一下，你除了以蜂蜜为食，其他什么食物都不能吃。这就像是我们这种人的生活……我们以信仰为食，以祈祷为食，以爱为食。无数人的信仰之力才能凝结成一粒微小的结晶，维系供养我们。我们不需要食物，我们需要的是信仰。"

"那'嗖玛'是……？"

"还是用刚才的例子吧，嗖玛相当于用蜂蜜酿造的蜜酒。"他笑着说，"它是一种饮料。凝聚了祈祷者和信仰者的精神力量，蒸馏成具有神效的液体。"

他们在内布拉斯加州上空的某处吃了一顿乏味的飞机早餐。影子突然开口："我妻子。"

"死了的妻子。"

"劳拉。她不想再做死人了。她把我从火车上的那些家伙手中救出来之后，亲口告诉我的。"

"好妻子才肯为丈夫做这种事。把你从不幸的监禁中救出来，杀掉可能会伤害你的恶人。你应该好好珍惜她，安塞尔侄子。"

"她想获得真正的生命。不是那种行尸走肉的僵尸，也不是她现在这种状态。她想要血有肉地重新活着。我们可以做到吗？有可能吗？"

星期三许久没有开口说话，影子开始怀疑他是不是听到了那个问题，或者说他听到了，却睁着眼睛就睡着了。突然，星期三说话了，眼睛直直地看着他面前的某处。"我知道一种魔法，它可以治愈伤痛与病痛，让悲伤的心不再悲伤。

"我知道一种魔法，可以靠触摸治愈一切痼疾。

276

"我知道一种魔法，可以让敌人的武器改变方向。

"我知道的另外一种魔法，可以让我从所有的契约和枷锁中解脱出来。

"第五种魔法：我可以抓住飞行中的子弹，让它无法伤害到我。"

他的声音很平和，但是语速很快，语气中再也没有虚张声势的成分，但也没有笑意。星期三仿佛在背诵宗教仪式的经文，诉说某些黑暗而充满痛苦的事物。

"第六种魔法：朝我发出的诅咒，只会落在施诅咒者的身上。

"我知道的第七种魔法：我只需要凝视，就可以用目光熄灭火焰。

"第八种魔法：任何仇恨我的人，我都可以赢得他的友谊。

"第九种魔法：我可以唱歌让狂风入睡，让风暴平息，让船只安全回到港口。

"这些就是我学习到的九种魔法，我被悬挂在一株光秃秃的树上，整整九天九夜，身体一侧被长矛刺穿。冷风与热风交替吹袭着我，我悬在空中摇摆，没有食物，也没有水。这是我自己对自己的献祭。然后，整个世界的秘密在我面前敞开。

"第十种魔法，我能驱逐巫师，让他们在空中不停地旋转，再也无法找到回去的路，无法回到自己的家。

"第十一种魔法：当我吟唱起咒语，即使最惨烈的战场，战士们都可以毫发不伤，平安返回家园。

"我知道的第十二种魔法：看到吊死的人，我可以把他从绞刑架上放下来，让他诉说生前所有的记忆。

"第十三种魔法：如果我在一个孩子头上洒水，那孩子就不会在战斗中倒下。

"第十四种魔法：我知道所有神的名字，以及任何一个神所拥有的所有名字。

"第十五种魔法：我拥有关于力量、荣耀和智慧的梦想，我可以让所有人相信我的梦想。"

他的声音渐渐低落下去，影子必须全神贯注地听，才能在飞机发动机的轰鸣声中听清他的声音。

"我知道的第十六种魔法：如果我需要爱情，我可以转变任何一个女人的心意。

"第十七种魔法：我想要的女人，绝对不会再想念其他人。

"我还知道第十八种魔法，那是所有魔法中最强大的一个，我不能告诉任何人。因为，除我之外，任何人都不知道的秘密，才是真正的秘密，是有史以来最有力量的秘密。"

他叹息一声，不再说话。

影子感觉皮肤上仿佛有虫子在爬，这种感觉令人毛骨悚然，就好像刚刚亲眼看到一扇通往另一个世界的门在他面前打开。在那个世界的某处，每一个十字路口都有一个被绞死的人在风中摇摆；在那个世界里，巫婆们的尖啸回荡在夜空中。

"劳拉。"最后，他只说出这个名字。

星期三转过头，眼睛凝视着影子浅灰色的眼眸。"我无法让她重生。"他说，"我甚至不知道她为什么没有真正死掉。"

"我想我知道，"影子说，"是我的错。"

星期三的浓眉向上一挑。

"疯子斯维尼最初教我怎么变硬币戏法的时候，给了我一枚金币。他后来说，他给错金币了。他给我的那枚比他打算给我的更有力量。我把它转送给劳拉了。"

星期三咕哝着，下巴低垂到胸前，皱着眉。紧接着，他重新坐好。"那枚金币的确有那种力量。"他说，"但答案是不，我帮不了你。当然，你在属于你自己的时间里要做什么，那是你自己的事情。"

"你这话是什么意思？"影子问。

"我的意思是，我不会阻止你去寻找'鹰之石'或是'雷鸟'。不过，我还是宁愿你安安静静地待在湖畔镇，隐藏身份，远离他们的视线，希望也能远离他们的关注。当情况紧急的时候，我们需要所有能找到的援手。"

说这些话的时候，他显得特别衰老、特别虚弱，皮肤几乎都是透明的，可以看到下面灰败的肌肉。

在内心深处，影子非常非常希望伸出手来，放在星期三灰色的手上。他想告诉他一切都会好起来的——其实影子的预感是一切只会更糟，但他知道自己应该这样安慰他。那些出现在黑色火车里的家伙，那个坐豪华轿车的胖男孩，还有在电视机里说话的人，那些人绝对不会轻易放过他们的。

但他并没有碰触星期三的手，他什么话都没有说。

事后，他很想知道，当时如果他真的那么做了，是否可以改变事件的发展；他的安慰是否真的能奏效；他是否真的可以避开即将到来的伤害。他告诉自己说那是根本不可能的。他也知道那是不可能的。但是，在那之后，他还是希望，哪怕只有短短一瞬，自己在那次慢慢飞回家的旅途中，真的向星期三伸出过手，安慰过他。

星期三让影子在他的公寓前下车，这时天已经黑了下来。影子一打开车门就感觉到刺骨的低温，和拉斯维加斯比起来，这里简直像科幻小说中的低温世界。

"别惹任何麻烦。"星期三嘱咐说，"低下头老老实实过日子。别惹出什么风波。"

"这么多事，我都要同时做到吗？"

"别跟我耍小聪明，孩子。待在湖畔镇，你就可以逃脱他们的视线。我托人帮了一个大忙，才把你安然无恙地安置在这里。如果是在别的城市，不出一分钟，他们就能嗅到你。"

"我会好好待着，不惹麻烦。"影子说的是真心话。他这辈子麻烦不断，现在只想永远避开麻烦。"你什么时候回来？"他问。

"很快。"星期三说着发动林肯车，关上车窗，徐徐驶进寒冷的夜色，消失了。

第十一章

三人可以守住秘密，只要其中两人死掉。

——本·富兰克林《穷理查德年鉴》[1]

一连三天都是天寒地冻的日子，温度计上的水银柱一直没有升到零度以上，即使在中午温度最高的时候也没有。影子想不通在电出现之前，在保暖面罩、超薄保暖内衣、便捷舒适的旅行工具出现之前，人们到底是怎么熬过漫长冬天的。

他开车去那家卖录像机、鱼饵、钓具的商店，结果看了一大堆赫因泽曼恩收集的手工制作的鲑鱼假饵。它们比他想象中的有趣多了：各种颜色的假虫子，全都是用羽毛和丝线做成的，每一个虫子里面都藏着一个鱼钩。

他向赫因泽曼恩提出那个关于冬天的疑问。

"想听真的？"赫因泽曼恩问。

"当然。"影子说。

---

1 本杰明·富兰克林（1706—1790），是有史以来最杰出的美国人之一。他是作家、政治家、外交家、教育家、发明家、哲学家、幽默大师、企业家、公民领袖、科学家和民族英雄。他的《穷理查德年鉴》是作为一个虚构的理查德·桑德斯所写的著作，包含日历、天气预测、谚语、格言、箴言、食谱以及其他许多有用的知识。

"好吧。"老人说，"有时候，人们无法顺利熬过冬天，结果死在冬季里。漏风的烟囱和通风不良的炉灶害死的人和被严寒杀死的人同样多。过去的生活真的很艰辛，整个夏季和秋季都得用来储存过冬的粮食和木柴。最可怕的还是冬天爆发的疯狂。听收音机说，这和阳光有关，冬天日照不足。我老爸的说法是，人就这样疯了。大家管那个叫冬季癫狂症。湖畔镇这里的情况还好，可附近其他几个镇子的情况就严重多了。我还是孩子的时候就有一个笑话，一直流传到现在：如果在你家帮佣的女仆，直到二月份都没有动过杀你的念头，那她肯定是个没脊梁骨的人。

"那时候，故事书珍贵得跟金沙一样。在镇上建成可以出借图书的图书馆之前，你能读到的任何东西都是一大笔财富。我祖父住在巴伐利亚的哥哥送给他一本故事书后，镇子上所有的德裔居民都集中到市政厅里，听他朗读书里的故事。芬兰人、爱尔兰人和其他民族所有的人，则恳求德国人再把故事转述给他们听。

"从这里往南二十英里，在吉布维镇，有人发现一个女人大冬天敞着怀走路，怀里还抱着一个死婴儿，她不允许任何人把婴儿从她怀里拿走。"他沉思着，摇摇头，砰的一声关上装着苍蝇假饵的抽屉，"现在生意很差。你想办一张录像带租借卡吗？租借录像带的连锁店已经快开到这里了，那以后，我们就什么生意都没得做了。不过现在，我们这儿可选择的录像带还是挺多的。"

影子提醒赫因泽曼恩说他没有电视机，也没有录像机。他喜欢和赫因泽曼恩在一起，喜欢这个老人回忆的往事，喜欢他讲的夸张故事，还有他脸上顽皮小鬼般的笑容。自从电视机开始对他说话，影子就觉得电视令人不舒服了。不过，要向老人坦白这些事还是挺尴尬的。

赫因泽曼恩在一个抽屉里胡乱翻找一通，最后找出一个马口铁盒子。从盒子的外表来看，它曾是某年装圣诞节礼物用的，可能是那种装巧克力或者饼干的盒子。盒盖上有一个锈得斑斑点点的圣诞老人，正端着一瓶可口可乐，冲着瓶口咧嘴微笑。赫因泽曼恩打开盒子的金属盖，掏出一个笔记本和几本空白的票本，说："你想让我给你记多少？"

"多少什么？"

"破冰车的票。车子今天上冰面，所以我们开始出售彩票。每张十美元，五张优惠价四十元，十张七十五元。每张票等于你买了五分钟的时间段。当然，我们不能保证那辆车在你买下的那五分钟里沉下去，不过距离车子破冰落水时间最近的那个人，可以赢得五百美元，如果车子恰好在你买下的那五分钟内沉下去，你可以赢得一千美元。越早买票，就越可以挑到好的时间段。想看看历年的详细记录吗？"

"当然了。"

赫因泽曼恩递给影子一份复印的资料单。所谓破冰车，其实是一辆拆掉发动机和油箱的旧车，它将在湖泊冰面上停泊整个冬天。等到春天来临后的某个时候，湖面上的冰开始融化，冰层太薄无法支撑车身重量时，车子就会压破冰面沉入湖水中。记录上破冰车沉进湖中最早的时间是二月二十七日（"那是1998年冬天，照我看，那一年根本不配叫冬天。"），最晚的是五月一日（"那是1950年，那一年，要结束冬天似乎只有一个办法：拿根木桩，直戳进冬天的心脏里。"）。显而易见，车子沉入湖中最常见的时间是在四月初，通常是在下午三点左右。

四月份所有下午三点左右的时间段全被抢购一空，赫因泽曼恩在标有时间的笔记本里把它们划掉了。影子买了二十五分钟，从三月二十三日早晨九点到九点二十五分。他交给赫因泽曼恩四十美元。

"卖给你彩票真容易，真希望镇上的其他人都像你一样。"赫因泽曼恩说。

"这是为了谢谢你在我到镇子的第一天晚上开车送我回家。"

"不，迈克。"赫因泽曼恩纠正说，"这是为了孩子们。"他一下子严肃认真起来，满是皱纹的老脸上没有一丝一毫顽皮的表情。"今天下午过来吧，你可以帮忙把破冰车推到湖面上去。"

他递给影子五张蓝色卡片，每张卡片上面都有赫因泽曼恩用老式手写体写出的日期和时间。接着，他再把每段时间的详细资料登记到他的笔记本中。

"赫因泽曼恩，"影子问，"你听说过鹰之石吗？"

"在莱茵兰德镇北面？不对，那是鹰之河。我不太清楚。"

"那么雷鸟呢？"

"哎呀，以前在第五街有一家雷鸟农业用品店，不过早就倒闭了。看来我帮不上你的忙。"

"是的。"

"喂，我说，为什么不去图书馆查一下呢？好多人都去图书馆，不过他们中的很多人都是被图书馆本周推出的图书促销给吸引过去的。我告诉过你图书馆在哪里，是不是？"

影子点头和他告别。他真希望自己能早点想到利用图书馆。他上了紫色的四驱车，向南开上主街，然后沿着湖边转到最南端，到达市立图书馆那栋城堡一样的建筑。他走进图书馆，一个指示牌指向地下室，上面写着"图书馆降价售书"。图书馆接待处设在一楼。他掸掉靴子上的雪，走了过去。

一个长相令人难以亲近、嘴唇涂成深红色的女人，语气尖锐地问他是否需要帮助。

"我需要一张图书馆借书卡，"他说，"还有，我想了解所有关于雷鸟的资料。"

女人先让他填写表格，然后告诉他一周后借书卡才能生效。影子不知道他们是否打算花一周时间查询美国的每一家图书馆，确保他没有因为到期不还书而上了黑名单。

他知道监狱里有个家伙，就因偷图书馆的藏书而进了牢房。

那家伙告诉影子自己坐牢的原因时，影子说："听上去太乱来了。"

"我可是偷了价值五十万美元的藏书啊！"偷书贼自豪地说，他名叫盖瑞·麦奎尔，"大部分都是图书馆和大学里收藏的珍本书和古董书。警方找到我藏的整整一存储库的书，从地板一直堆到天花板。案子一下子就结了。"

"你为什么要偷书？"影子问。

"我想得到它们。"盖瑞说。

"老天，价值五十万美元的书！"

盖瑞冲他神秘一笑，压低声音说："那只是他们找到的仓库里书的价值。他们根本没找到藏在圣克莱门特市一处车库里的书，真正值钱的好东西都藏在那里呢。"

盖瑞死在监狱里，医务室的人说他只是装病，没想到最终演变成阑尾破裂的悲剧。进入湖畔镇图书馆内，影子发觉自己在想象在圣克莱门特市的一间车库里，一箱又一箱珍贵稀少而美丽的书籍正在慢慢腐烂，所有的书都渐渐褪色发黑、书页慢慢凋萎破碎，在黑暗中被霉菌和昆虫啃噬殆尽，无望地等待着那个永远也不会出现的人来解救它们。

"美国本土信仰与传统"类别在城堡的一个炮塔里的独立书架上。影子取下几本书，坐在靠窗的位置上阅读。几分钟后，他就了解到雷鸟是一种神秘的巨鸟，居住在高山之巅，它们可以带来闪电，拍打翅膀时还可以制造轰鸣的雷声。他还了解到，有些印第安部落相信是雷鸟创造了世界。他继续读了半个小时，可惜没有找到更多的资料，书的索引中也找不到任何提及鹰之石的地方。

把最后一本书放回书架上时，影子发现有人在盯着他。有个年纪很小、表情严肃的孩子躲在书架后面，从缝隙里偷看他。他转过身来看时，那张脸立刻消失了。他转身故意背对着那孩子，眼角瞥到他又一次在偷看他。

他的口袋里装着那枚自由女神银币。他取出银币，用右手举起它，确定那孩子可以看见，然后把硬币藏到左手指缝中，摊开双手表示两手都是空的，再用左手捂住嘴巴，咳嗽一声，硬币跳到左手里，然后又转到右手。

那孩子瞪大眼睛看着他，然后转身就跑，很快又回来了，还拉着脸上没有一丝笑容的玛格丽特·奥尔森。她一脸怀疑地看着影子。"你好，安塞尔先生。里昂说你在给他变魔术。"

"不过是小戏法罢了，太太。"

"请不要这样做。"她说。

"抱歉，我只是想让他开心一下。"

她紧绷着脸，摇了摇头。算了吧，影子想着，换了话题。"对了，我还没有感谢你让我的公寓暖和起来的建议呢。现在我家里像烤面包一样热乎。"

"那很好。"她冷冰冰的表情还是没有任何变化。

"这座图书馆很可爱。"影子赞美说。

"是一栋漂亮的建筑。不过这个城市需要的是多一点效率，少一点美化装饰。你看过楼下的图书促销了吗？"

"我没打算去看。"

"哦，那你一定要去看看。他们在进行图书义卖，筹集资金购买新书、清空书架空间，还能筹款为儿童借阅部购买电脑。不过，我们还是越早建座新图书馆越好。"

"我会记得下去看看的。"

"你先到大厅，再下楼就到了。很高兴见到你，安塞尔先生。"

"叫我迈克就好了。"他说。

她什么都没说，只是拉着里昂的手，带男孩去儿童图书区了。

"可是，妈妈。"他听到里昂的声音在说，"那不是*变戏法*。我真的*看见*它消失，然后又从他鼻子里变出来了。我看见了！"

墙上亚伯拉罕·林肯总统的油画像俯视着他。影子走下大理石镶嵌橡木的台阶，走到图书馆的地下室。穿过一道门，迎面是一间巨大的摆满了桌子的房间，每张桌子上堆满各种类型的书，没有分类拣选，杂乱无章地堆在一起：纸皮平装书和硬皮精装书、小说和非小说、期刊杂志和百科全书，全部堆在桌子上面，有的书脊向上，有的书脊向下。

影子溜达到房间最后面，那里有一张桌子，上面堆满看起来很陈旧的皮封面的书，每本书的书脊上都标记着图书馆的白色目录号码。"你是今天第一个到那边看书的人。"坐在一堆空箱子、空袋子和打开的小金属收银盒旁边的那个人说，"大多数人只买些惊险小说、儿童读物和浪漫言情小说，比如珍妮·科顿和丹妮尔·斯蒂尔的书，全是诸如此类的。"那个人手中正在读的是一本阿加莎·克里斯蒂的《*罗杰疑案*》。"桌子上所有书都是五十美分一本，一美元可以买三本。"

影子道谢之后继续浏览。他发现了一本希罗多德的《历史》，棕色的皮封面已经有些剥落了，这本书让他想起了自己留在监狱里的那本纸皮平装本。此外还有一本叫做《令人眼花缭乱的幻觉工场》，似乎里面有些用硬币变魔术的例子。他带着两本书到收款箱旁的男人那里。

"再多拿一本吧，还是只要一美元。"那人说，"多拿走一本书对我们来说也是好事。我们需要空出来的书架。"

影子又走回到破旧的皮面书那边。他决定解救那些最不可能被其他人购买的书，结果发现自己无法决定到底该选择《输尿管常见疾病及内科医生专用图解》与《湖畔镇市议会备忘录，1872—1884年》中的哪一本。他翻看一下内科医书里面的图解，觉得镇上某处可能有个十来岁的孩子会用到这本书来向朋友们炫耀吹嘘。于是他拿了那本备忘录，交给门口的男人，那人收了他的钱，然后把所有的书装进一个丹维美食店的褐色纸袋中。

影子离开图书馆。在回家的路上，他能一览无余地欣赏整个湖景，视野一直延伸到镇子的东北角，甚至可以看到他住的公寓楼，那栋坐落在桥对面、湖岸边的棕色小盒子一样的房子。靠近桥的冰面上有人，大概有四五个男人，正把一辆暗绿色的车推到白色湖面的中央。

"三月二十三日，"影子压低声音对着湖说，"早晨九点到九点二十五分。"他不知道湖或者破冰车能不能听到他的话——就算它们听到了，他也怀疑它们会不会满足他的请求。在影子的生活中，幸运和好事似乎都是属于别人的，他从未拥有过。

寒风吹在他脸上，感觉刺痛。

影子到家时，查德·穆里根警长正等候在他的公寓门外。影子一看到警车，心立刻开始猛烈跳动起来，但那位警长只是坐在座位上写东西，他这才放下心来。

他带着装书的纸袋走到警车前。

穆里根放下车窗。"图书促销？"他问。

"没错。"

"我大概在两三年前买了一箱子的罗伯特·鲁德伦[1]的书，一直想要好好看一遍。我侄子非常喜欢那家伙的书。这些日子我总在想，如果我漂流到孤岛上，带着我那箱子罗伯特·鲁德伦的书，那我就有时间好好读书了。"

"有什么需要帮忙的吗，警长？"

"什么事都没有，伙计。我只是上这儿看看你住得怎么样了。你记得那句中国的谚语吗？'救人救到底，送佛送到西'。我倒不是说我上周救了你一命，不过还是想过来看看你的情况。冈瑟家的紫色车子怎么样？"

"很好。"影子回答说，"车子不错，开起来很好。"

"很高兴听到你这么说。"

"我在图书馆看到我隔壁的邻居了，"影子说，"奥尔森太太。我不知道……"

"不知道她有什么毛病，屁股被蚂蚁咬了？"

"如果你愿意这么比喻的话。"

"这可就说来话长了。你要是愿意上车陪我一段时间，我可以把整个故事告诉你。"

影子犹豫片刻。"好的。"他钻进警车，坐在前排的副驾驶座上。穆里根开到镇子北面，然后关掉车灯，把车停在路边。

"达瑞恩·奥尔森在斯帝文角的威斯康星大学认识了玛吉，把她带到湖畔镇来。她主修新闻专业，而他学习的，见鬼，好像是酒店管理之类的东西。他们刚到镇上时，很多人的下巴都吃惊得掉下来了。那是十三四年前的事情了。她实在太漂亮了……那一头黑色秀发……"他顿了顿，"达瑞恩负责管理卡丹市的美国旅馆，从这里往西二十英里。但是似乎没有人愿意在卡丹住宿，所以那家旅馆很快就倒闭了。他们有两个男孩，那个时候桑迪十一岁，小的那个——是不是叫里昂？——还是

---

1 美国著名畅销书作家，擅长惊险小说，电影《谍影重重》系列就改编自他著名的《伯恩三部曲》。

个婴儿。

"达瑞恩·奥尔森并不是勇敢的男人。他以前是个不错的高中橄榄球队员，但那恐怕是他最后一次有雄心壮志的时候了。不管怎么说，他没有勇气告诉玛吉他失业了。这样过了一个月，也许两个月，他每天早晨开车离开家，晚上很晚才回来，抱怨说他在旅馆里的工作多么辛苦。"

"那他每天做什么？"影子问。

"哦，我也说不准。我猜他可能开车往北到铁木镇，或者到绿湾镇。我猜一开始他可能还在四处找工作，但没过多久，他就开始酗酒打发时间，喝得醉醺醺的，多半还和妓女胡搞，可能还跑去赌博。我只知道，他在十周内把他们两个人共同账户上的所有钱都花光了。玛吉发现这一切只不过是时间早晚的问题——嘿，我们跟上！"

他突然发动车子冲了出来，同时拉响警报器和警灯，把一个挂着艾奥瓦州车牌、以七十英里时速从山路上冲下来的小个子男人吓得屁滚尿流。

来自艾奥瓦州的无赖被开了罚单。穆里根接着讲他的故事。

"我讲到哪里了？哦，对了，想起来了。玛吉把他赶出家门，向法院申请离婚。事情演变成一场争夺孩子监护权的恶战。对这种事，《人物》杂志就是这么称呼的：'监护权恶战'。这说法总让我联想到离婚律师们戴着指节铜套，挥舞着匕首和攻击性武器，彼此恶斗的场景。达瑞恩只获得了孩子们的探视权，除此之外就什么都没有了。那个时候里昂还很小，桑迪年龄就大得多，他是个好孩子，是那种崇拜父亲的孩子，他不让玛吉说一句父亲的坏话。他们失去了房产，是一栋在丹尼尔路上的漂亮房子。她搬进了公寓，而他则离开了镇子，隔几个月回来一次，好让每个人心里都别扭一下。

"就这样过了几年。他每次回来，都会花钱给孩子们买礼物，可留给玛吉的只有眼泪。我们镇上大多数人都希望他再也不要回来了。他父母退休后搬到佛罗里达去住，说他们再也无法忍受威斯康星州的寒冬了。去年他又回来了，说想把孩子们带到佛罗里达去过圣诞节。玛吉说根本不可能，告诉他不要痴心妄想。事情演变得非常不愉快——我不得不赶过去帮忙。家庭纠纷。我赶到的时候，达瑞恩正站在前院里大喊大叫，孩子们吓得抱成一团，而玛吉又哭又叫。

"我恐吓达瑞恩，说要把他关在看守所里过夜，让他自我反省。有一瞬间，我还以为他要动手打我，但是他怯懦得根本不敢动手。我开车把他送到镇子南边的停车场，让他好好反省一下。他把她伤害得够多的了……第二天他就离开了镇子。

"两周后，桑迪失踪了。他没有登上学校的校车。他告诉他最好的朋友说他很快就能见到他爸爸了，达瑞恩给他带来一份特别棒的礼物，他要到佛罗里达去过圣诞节。后来就再也没有人见过他了。非监护人绑架案是最难办的，因为你很难找到一个不想被人找到的孩子。你明白吗？"

影子说他明白。他同时还明白了其他一些事情。查德·穆里根爱上了玛格丽特·奥尔森。他不知道这个男人是否清楚自己的感情流露得有多么明显。

穆里根再次开车出击，警灯闪烁，这次拦截下来的是几个开快车到时速六十英里的青少年。他没有给他们开罚单。"要让他们学会敬畏上帝。"他强调说。

那天晚上，影子坐在厨房餐桌旁，试图弄明白怎样才能把一美元银币变成一分钱硬币。那是他在《令人眼花缭乱的幻觉工场》里找到的一个硬币戏法，可是旁边的说明文字实在太令人恼火了，解释得含糊不清，对他没有任何帮助。比如说："然后以惯用手法将一分硬币变消失。"几乎每段话里都有类似这样的描述。影子不知道到底什么是"惯用手法"，是指法式掉落法？还是指藏在袖子里？还是大喊一声"老天，看啊，有只山狮！"，然后趁着观众的注意力都被转移的时候，把硬币塞进口袋里？

他把自己那枚一美元银币抛到空中，然后接住。他想起了月亮，还有那个把月亮送给他的女人。他尝试在脑中演练那个魔术，可怎么想都觉得做不到。他走进浴室，面对镜子继续练习，结果证明他的猜想是正确的，书上写得非常简单的那个戏法根本无法实现。他叹口气，把硬币放回口袋里，坐在沙发上，将一块廉价的小毯子摊开盖在腿上，然后打开《湖畔镇市议会备忘录，1872—1884年》。文字的内容被排成两列，字号太小，根本看不清楚。他随便翻了翻，看看那个时期的老照片。里面还有几张湖畔镇市议会成员们的合影，很多人都留着长长的连鬓胡子、嘴上叼着陶土制的烟斗、戴着磨损的帽子或闪亮的礼帽，看上去仿佛都是一个模子里面刻出来的。当他发现1882年市议会里那个胖秘书也姓穆里根时，丝毫不觉得奇怪。只要把他的胡子刮干净，再减肥二十磅，他活脱脱就是另一个查德·穆里根。警长是他的曾曾外孙吗？他很好奇，不知道赫因泽曼恩的先祖是不是也在照片里，但书里没有任何地方提到市议会中有这个姓氏的人。不过，影子记得他刚才随意地翻看照片时，正文里似乎有对一位姓赫因泽曼恩的人的介绍，但是想找到的时候反而找不到了。书里的小号字体让他的眼睛又酸又痛。

他把书放在胸口，意识到在自己开始打盹，脑袋频频点头。在沙发上就睡着了有点傻，他清醒地想着。卧室就在距离他几步远的地方，但从另一方面来想，五分钟后再去也不迟，卧室和床又不会逃走的。而且他并不打算睡觉，只是闭上眼睛休息一阵……

　　黑暗在咆哮。

　　他站在开阔的平原上，身旁就是他被大地积压、刚刚破土而出的地方。星星依然不断从夜空中坠落下来，每一颗星都落在红色的土地上，变成男人或女人。男人们留着长长的黑发，长着高高的颧骨；而女人们看起来都像玛格丽特·奥尔森。这些人就是住在星星上的人。

　　他们用高傲的黑色眼睛凝视着他。

　　"请告诉我雷鸟的秘密。"影子恳求说，"求你们了。这不是为了我自己，而是为了我妻子。"

他们一个接着一个地转身背对着影子，看不到他们的面孔时，他们就一个个地消失在大地中。但他们中的最后一个人，她的头发是深灰色的，夹杂着一缕缕白色。在转身离开前，她伸出手指，指向酒红色的天空。

"你自己去问他们。"她说。夏日的闪电划过天空，刹那间照亮了这块土地，从地平线的这一端到那一端，漫天流动着电光。

他身边是高耸的岩石，岩石顶峰高耸入云。影子开始攀爬距离最近的一块岩石。岩石是陈年的象牙色。他攀爬上一块突出的、可以用手抓住的地方，感到它居然刺痛了他。这是骨头！影子突然想到，这并不是岩石。这是古老的风干的骨头。

但这是一个梦。有时候，在梦中你没有选择：或许是梦中没有什么需要你作出决定，或许是所有决定早在梦开始之前就已经作出。影子只能继续攀爬，不断向上。他的手很痛。骨头在他赤裸的脚下砰砰爆裂，裂成碎片，割伤双脚，疼痛不止。猛烈的风呼啸着，扯拉着他。他将身体压低，紧紧贴在峰壁上，继续向顶端爬去。

高塔是由同一种骨头搭建而成，他不止一次地意识到这个事实。每块骨头都是风干的，像个圆球。有那么一阵子，他想象它们是古老的黄色贝壳，或是某种巨鸟的蛋。但是，在另一道闪电的亮光中，他发现它们是完全不同的东西：上面有空洞的眼窝，还有牙齿，毫无笑意地露齿而笑。

不知何处传来鸟叫声。雨水打在他的脸上。

他距离地面有几百英尺，紧贴着骷髅塔的侧面向上攀爬，闪电从环绕高塔飞行的大鸟翅膀下的阴影中喷涌而出——那是巨大的、黑色的、如秃鹫一般的大鸟，每只鸟的脖子上都有白色的环状翎毛。它们是巨大、优雅而威严的鸟，每次拍打翅膀，都在夜空中爆裂出轰鸣的雷声。

它们环绕着塔尖盘旋。

影子觉得，展开双翅后，它们两翼之间的幅度大约有十五到二十英尺宽。

这时，第一只鸟离开它的滑翔轨道，向他俯冲过来，蓝色的闪电在它的翅膀下劈啪作响。他把身体挤进骷髅堆中间的一条缝隙里，无数空洞的眼窝瞪着他，参差交错的一排排象牙色的牙齿冲着他微笑。可是他继续向上攀爬，奋力穿越骷髅头骨堆成的高山，骷髅尖锐的边缘割伤他的肌肤，让他厌恶、恐惧，心中充满敬畏。

又一只大鸟冲向他，人手一样巨大的鸟爪抓住他的胳膊。

他伸出手来，想从它的翅膀上抓下一根羽毛。如果他回到自己的部落，手中没有雷鸟羽毛的话，他会觉得非常耻辱，无法成为一位真正的勇士。但鸟重新向上飞去，他连一根羽毛都无法抓住。雷鸟松开爪子，摇摆着飞回风中。影子继续向上爬。

影子觉得这里肯定有一千个骷髅头，甚至有一百万个！而且，并非所有的骷髅都属于人类。最后，他终于站在了尖塔的巅峰，巨大的雷鸟环绕着他缓慢飞翔着，翅膀的每一个细微颤动，都可以操纵雷雨与风暴。

他听到了一个声音，那是水牛人的声音。声音在风中呼唤着他，告诉他那些骷髅到底属于谁……

骷髅塔摇晃起来。一阵雷电轰鸣中，最大的雷鸟向他俯冲过来，它的眼睛迸射出蓝白色的闪电。影子开始坠落，从骷髅塔顶跌落下来……

电话铃声在响，影子甚至不知道电话线已经接通。他头晕眼花地站起来，浑身颤抖着，接起电话听筒。

"真他妈的见鬼！"星期三冲他大声吼叫，声音前所未有的愤怒，"你知道你他妈的在玩什么鬼把戏吗？"

"我睡着了。"影子呆头呆脑地对着话筒说。

"你他妈的怎么想的？我费尽心机把你塞进湖畔镇那种地方，让你隐藏起来，现在还有什么意义？搞出那么大的动静，连死人都能吵醒了！"

"我梦见了雷鸟……"影子说，"还有一座塔。骷髅……"他觉得应该叙述刚才的那个梦，这非常重要。

"我知道你做了什么梦。每个人他妈的都知道你做了什么梦。万能的基督啊，如果你总是做这种该死的广告，告诉别人你躲在哪里的话，把你隐藏起来还有什么意义？"

影子没有说话。

电话的另一端也平静下来。"我天一亮就到你那里。"星期三说，听语气，他的怒火已经熄灭了，"我们一起去旧金山。你自己决定怎么打扮自己吧。"电话断掉了。

影子把电话放在地毯上，僵硬地坐在沙发上。现在是早晨六点，外面还是漆黑一片。他从沙发上站起身来，浑身都在颤抖。他听到外面的风从冰冻的湖面上呼啸而过，附近有人在哭泣，声音只隔着一道厚厚的墙壁。他肯定是玛格丽特·奥尔森在哭，抽泣声持续不断，低沉压抑的哭声让人心碎。

影子走进浴室小便，然后回到卧室，关上房门，把女人的哭泣声关在门外。外面的寒风仍在呼啸、悲号，仿佛它也在寻找失踪的孩子。那一夜，他再也无法入眠。

一月的旧金山市出人意料的温暖，热乎乎的汗水刺痛影子的后颈。星期三穿了一身深蓝色的西装，戴一副金丝边眼镜，看起来像娱乐圈里的律师。

两个人顺着海特大街走，街上的行人、皮条客和乞丐们眼看着他们走过，没有人冲着他们伸出装满零钱的纸杯，也没有人向他们乞讨任何东西。

星期三的下巴绷得紧紧的。影子看得出来他还在生气，所以，当天早晨黑色林肯车停在他公寓门前时，他什么问题都没有问。去机场的路上，两个人也没有交谈。得知星期三坐头等舱，而他的座位在经济舱后部时，影子顿时松了一口气。

现在是下午临近傍晚的时候。自从孩童时代之后，影子再也没有来过旧金山，只是在电影里看过以故事背景出现的这个城市。他惊讶地发现，他竟然觉得这里十分熟悉，那些单栋木屋的色彩是如此艳丽，山丘是如此陡峭，和其他地方是如此感觉不同。

"真不敢相信这里和湖畔镇居然属于同一个国家。"他说。

星期三瞪了他一眼，这才开口说："不是同一个国家。旧金山和湖畔镇并不同属一个国家，就像新奥尔良和纽约，或者迈阿密和明尼阿波利斯，也不同属一个国家。"

"是吗？"影子语气温和地问。

"当然。它们可能会分享某些特定的文化象征，比如钞票、联邦政府、娱乐节目等等。毕竟它们在同一块土地上。但是，让它们看起来属于同一个国家的证据，比如美钞、*夜间脱口秀节目*和麦当劳，其实都是幌子罢了。"他们走进街道尽头的一个公园，"对我们将要拜访的那位女士态度好一点，但也不要好得过头。"

"我会应付得很好的。"影子说。

他们走进草坪。

一个年纪不到十四岁的年轻女孩，头发染成绿色、橙色和粉红色，瞪着他们走过去。她身边坐着一只杂种狗，狗项圈上拴着一根绳子。女孩看起来似乎比狗还饥饿。狗冲着他们叫了几声，然后摇摇尾巴。

影子给了女孩一美元，她瞪着那张钞票，仿佛不明白它是什么。"买些狗粮。"影子好心建议说。她点点头，微笑一下。

"坦率来说，"星期三说，"你必须非常小心谨慎地对待我们即将拜访的这位女士，她也许会喜欢你，但那反而可能更糟。"

"她是你的女朋友还是什么？"

"白送都不要。"星期三说。他的怒气好像已经消散了，或者只是储存起来以备将来使用。影子怀疑愤怒恐怕就是驱使星期三行动的动力。

树下的草地上坐着一个女人，面前摊开一张纸桌布，上面放着很多装满食物的特百惠保鲜盒。

她——并不胖，远远不能说是胖，只能用影子从来没有机会使用的一个字眼来形容，那就是"曲线婀娜"。她的秀发是近乎白色的明亮金色，有一位去世已久的电影女明星就是这种白金色的发色。她的嘴唇涂成深红色，年龄看上去介乎二十五岁到五十岁之间。

他们走近时，她正在装满芥末鸡蛋的盘子里东挑西捡。星期三走到她身边，她抬头看了他一眼，放下正在挑拣的鸡蛋，擦干净手。"你好，你这个老骗子。"她嘴上这样说，脸上却挂着微笑。星期三深深鞠了一躬，举起她的手，放在嘴边亲吻一下。

"你看上去真是太迷人了。"他说。

"难道我还能是别的样子不成？"她甜甜地顶了他一句，"不管怎么说，反正你是个爱说谎的家伙。新奥尔良那次真是个错误——我增加了，哦，大概有三十磅体重。真的，我发誓。我走路都开始像鸭子一样摇摇晃晃的，那时候，我就知道自己必须要离开了。现在，只要一走路，我的大腿根都摩擦在一起了。你相信吗？"最后那句是冲着影子说的。他根本不知道该如何回答才好，感觉脸上火辣辣的。女人开心地笑起来。"他居然脸红了！星期三，我的甜心，你居然给我带来一个会脸红的家伙！你可真是个让人惊讶的家伙。他叫什么名字？"

"这位是影子。"星期三介绍说。他似乎对于影子的拘谨不安感到很高兴。"影子，和伊斯特打声招呼。"

影子大概说了句"你好"之类的话，然后那女人继续冲他微笑。他觉得自己仿佛置身于探照灯下——就是可以将人暂时致盲的那种，偷猎者常用它来定住鹿，然后开枪射杀。从他站立的地方就可以闻到女人身上的香水味，混合了茉莉和金银花的香味，还有甜牛奶和女性肌肤的芳香，令人沉醉。

"你的那些把戏，近来玩得怎样？"星期三问。

名为伊斯特的女人笑起来，那是发自内心的快乐大笑，连整个身体都随着笑声抖动。你怎么可能不喜欢拥有那样笑容的人呢？"一切都很好。"她说，"你怎么样，老狼？"

"我希望你能加入进来。"

"别浪费你的时间了。"

"赶我走之前，至少听我把话说完。"

"不可能，不要烦我了。"

她望向影子。"请坐，随便吃点东西。给你，拿着这个盘子，把它装得满满的。所有东西都很好吃。鸡蛋、烤鸡、咖喱鸡、鸡肉沙拉，这边还有兔子肉，准确说是野兔肉，冷的兔子肉很好吃，那边的碗里是炖兔子肉。我帮你装一盘吧？"她说着就开始动手，拿了一个塑料盘子，在上面堆满食物，然后递给他。接着，她看了星期三一眼。"你要吗？"她问。

"我听你的安排，亲爱的。"星期三说。

"你呀，"她对他说，"总是满嘴喷粪，真奇怪你的眼睛为什么还没有变成褐色。"她递给他一个空盘子。"你自己随便吃好了。"她说。

下午的阳光在她背后形成一道白金般的光环。"影子，"她一边说，一边兴致勃勃地咬着鸡腿，"这个名字真好听。不过，大家为什么叫你影子？"

影子舔舔发干的嘴唇。"我还小的时候，"他说，"妈妈和我住在一起，我们，我是说她，她在一连串国家的美国大使馆里做秘书，我们从一个城市搬到另一个城市，转遍了整个北欧。后来她病了，不得不提前退休，我们返回美国。我不知道该怎么和其他小孩交谈，所以我总是找大人作朋友，像个影子一样跟在他们后面到处走，什么也不说。我猜我只是想有人陪着我。我也不太清楚，那时我还很小。"

"你长大了。"她说。

"是的，"他说，"我是长大了。"

她转身面对星期三，他正在从一个装满似乎是冷秋葵的碗里往外舀东西。"这孩子就是让所有人都感到不安的那个？"

"你听说了？"

"我一向灵敏地竖着耳朵。"她说着，转向影子，"你最好置身事外，别掺和他们的事情。这世上有太多秘密的小团伙，但他们没有半分的忠诚和爱心。不管是商业集团、独立团体，还是政府部门，他们其实都一样，区别只是有的是普通小角色，有的却是极度危险的老大哥。对了，老狼，我听说一个笑话，你肯定会喜欢。'你怎么知道中央情报局没有卷入肯尼迪总统的刺杀案？'"

"我已经听说过了。"星期三说。

"太可惜了。"她把注意力又转回到影子身上，"但是你遇到的那伙特工，他们的把戏可不一样，他们是另外一个组织的。他们之所以存在，是因为所有人都知道他们必须存在。"她喝光纸杯里看起来像是白葡萄酒的饮料，然后站起来。"影子是个好名字，"她说，"我想喝杯摩卡咖啡。跟我来。"

她抬脚就走。"这些吃的怎么办？"星期三问，"你不能就把它们丢在这里。"

她笑着指指坐在狗旁边的女孩，然后伸出双臂，面对海特大街和整个世界。"喂饱他们吧。"她说完就迈步离开，星期三和影子跟在她后面。

"记住，"一块走路时，她对星期三说，"我很富有。我生活得很好。为什么我要帮助你？"

"你是我们中的一员，"他回答说，"你和我们其他人一样，被人遗忘、不再被人爱戴、不再被人铭记心中。显而易见，你应该站在哪一边。"

他们走进人行道边的一家咖啡店。店里只有一个女侍应，她戴的眉环似乎是印度种姓制度的某个标志。店内还有一个在柜台后面煮咖啡的女人。女侍应走到他们身边，露出职业性的微笑，引导他们就座，记下他们点的咖啡。

伊斯特把纤纤素手搭在星期三宽厚的手背上。"我告诉你，"她对他说，"我现在过得很不错。在属于我的节日里，他们依然会用鸡蛋和兔肉来举办宴席，还有糖果和新鲜水果，象征重生和交配。他们在帽子上缀满鲜花，还互相赠送鲜花。这一切都是以我的名义进行的，参加庆典的人每年越来越多。都是以我的名义，老狼。"

"因为他们的崇拜和爱慕，你就变得越来越丰满、越来越富有了？"他冷冷地问。

"别老是当混蛋。"她的声音突然变得很疲惫，低头喝了一口咖啡。

"这是很严肃的问题，我亲爱的。当然了，我知道有数百万的人以你的名义互赠纪念品，他们依然会在你的节日里进行所有仪式，甚至还会寻找藏起来的鸡蛋。但是，他们中间又有多少人知道你到底是谁呢？打扰一下，小姐。"最后这句他是对着女侍应说的。

她问："你还要一杯咖啡吗？"

"不用了，亲爱的。我突然想到，也许你能帮我们解决我们的争吵。我朋友和我正在争论'复活节'[1]这个词的意义。你知道这个词的真正意义吗？"

那女孩死瞪着他，仿佛他嘴里蹦出了一只绿色的癞蛤蟆。然后，她才开口说："我不知道那些基督教的东西，我是异教徒。"

柜台后面的女人插嘴说："我想，可能是拉丁文或者是别的什么语言里'基督复活'的意思。"

"真的吗？"星期三追问。

"当然。"那女人说，"复活节，你知道，感觉就像复活的太阳从东边升起一样。"

"复活的上帝之子。当然，这个推测最符合逻辑。"那女人笑了，继续埋头研磨咖啡。星期三抬起头看着他们的女侍应。"如果你不介意的话，我想我要再来一杯浓缩咖啡。告诉我，作为异教徒，你信仰和崇拜什么？"

"崇拜？"

"没错。我想，身为异教徒，你崇拜的神明一定非常多。你在室内摆放谁的祭坛？你向谁跪拜乞求？清晨和黄昏的时候，你向谁祈祷？"

---

1 复活节（Easter，音译为伊斯特），是基督教纪念耶稣复活的宗教节日。鸡蛋和兔子都是复活节的象征。复活节一词其实源于盎格鲁－撒克逊民族神话中黎明与春天女神伊奥斯特的名字，原本是古代异教的"春节"，是庆祝春回大地一切恢复生机的节日，原意是指冬日逝去后，春天的太阳从东方升起，把新生命带回。

她的嘴唇变换了几次形状，但还是说不出话来。最后她才开口说话："我崇拜女性主义的神。她可以让我拥有力量，你知道吗？"

"当然。那么，你信仰的这位女性主义的神，她有名字吗？"

"她是存在于我们所有人心中的女神，"戴眉环的女孩说着，脸颊升起一抹红晕，"她不需要名字。"

"啊！"星期三说着，咧嘴露出不怀好意的笑，"那么，你有没有为了向她表示敬意而纵欲狂欢？你有没有在满月时饮下血酒，在银烛台上点燃红色蜡烛？你有没有赤身裸体走进海水的泡沫中，心醉神迷地为你这位没有名字的女神吟唱圣歌，让海浪舔舐着你的大腿，像一千只豹子的舌头同时舔舐着你？"

"你在拿我开玩笑！"她生气地说，"我们从来不做你所说的那些事。"她深吸一口气，影子怀疑她可能正在从一数到十，好让自己平静下来。"这里还有人要咖啡吗？您还要来一杯摩卡咖啡吗，太太？"她的笑容又变成他们刚进来时欢迎他们的那种职业性微笑。

他们摇头谢绝。女侍应转身去欢迎其他顾客。

"这个人，"星期三说，"就是那种'没有信仰，也无法享受信仰的快乐'的人。果真是异教徒。好了，我们出去走走吧，我亲爱的伊斯特，再重复一遍我们刚才的练习，好吗？找出到底有多少路人知道他们的复活节源自一位名叫伊奥斯特的黎明女神。让我们来看一看——我有主意了，我们应该问一百个过路人，如果有一个人知道这个真相的话，你就可以切掉我的一根手指头，如果手指头不够用了，还可以切掉脚趾头。不过，每攒够二十个不知道的，你就得和我睡一夜。概率对你来说非常有利，毕竟这里是旧金山，满大街都是不信基督教的人，还有大把的异教徒和巫术崇拜者。"

她绿色的眼眸死死盯着星期三，影子觉得那是阳光照耀在春天绿叶上的翠绿色。她什么话都没有说。

"我们可以试试。"星期三继续说下去，"但是，我估计到最后，我还是十根手指和十根脚趾都齐全地在你的床上睡满五天。所以，别跟我说什么他们还崇拜你，还记得属于你的节日。他们嘴上虽然念着你的名字，但实际上，那个名字对他们来说没有任何意义。什么意义都没有。"

她突然双眼溢满泪水。"我知道，"她轻声说，"我不是傻瓜。"

"不，你不知道。"星期三说。

他把她逼得太狠了，影子暗想。

星期三低下头，露出惭愧的表情。"我很抱歉，"他说。影子从他的语气里似乎听出了真正的歉意。"我们需要你。我们需要你的法力，我们需要你的力量。当风暴来临的时候，你会站在我们这边作战吗？"

她犹豫起来。她的左腕上纹着一串蓝色的勿忘我。

"好的，"思考一阵之后，她终于同意了，"我想我会的。"

星期三亲吻自己的手指，用手指轻轻碰碰她的脸。接着，他把女侍应叫过来买单，小心地数出几张钞票，把钱折叠起来放在账单本里，交给女侍应。

她正准备走开，影子叫住了她。"小姐，抱歉，我想你掉了这个。"他从地板上拣起一张十美元的钞票。

"不是我的。"她说着，看了一眼她手中的钱。

"我看见它掉下来了，小姐。"影子礼貌地说，"你应该数一下钱。"

她数了一下手里的钱，脸上一副迷惑不解的表情，然后才说："老天，你说对了。真不好意思。"她从影子手中拿走十美元钞票，匆匆走开了。

伊斯特和他们一起走到外面人行道上。白天的阳光刚开始暗淡下来。她冲星期三点点头，又碰了下影子的手，对他说："昨晚你梦见什么了？"

"雷鸟。"影子回答说，"还有一座骷髅堆成的山。"

她点点头。"你知道那些骷髅是谁的吗？"

"在我梦中有一个声音，"影子说，"它告诉我了。"

她点点头，等着他继续说下去。

他说："那个声音告诉我，那些全部都是我的骷髅。全部是过去的我的骷髅，成千上万个骷髅。"

她看着星期三，说："我想，他应该是个守护者。"她又露出明艳的笑容，拍拍影子的胳膊，沿着人行道离开了。他看着她离去的身影，试图——但还是没有成功——不去想象她走路时大腿互相摩擦的样子。

坐出租车去机场的路上，星期三突然转向影子。"见鬼，你到底为什么要掺和那十美元的事情？"

"你少给她钱了。如果她少收了款，就要从她工资里扣钱。"

"见鬼，你关心这个干什么？"星期三似乎真的发火了。

影子想了想，然后才说："因为，我不希望任何人对我做出那样的事。她并没有做错什么。"

"没有吗？"星期三眼睛瞪着远处，然后说，"七岁的时候，她把一只猫关进柜子里，听着猫在里面喵喵惨叫了好几天。当猫不再喵喵叫的时候，她把猫的尸体从柜子里拿出来，放进一只鞋盒子，埋在后院。她只是想埋些什么东西。她总是从工作的地方偷东西，通常金额都不大。去年，她去她祖母待的那家老人院看望她，结果从她祖母邻床的老人桌子上偷了一块珍贵的金表，又到其他几个房间里，偷了一些数额不大的钱和私人物品。那些东西都是老人们在他们金色人生最辉煌的年代里的纪念品。回家之后，她不知道该怎么处理她偷来的东西，害怕有人会跟踪找到她，于是她把所有东西都扔掉了，只留下现金。"

"我明白了。"影子说。

"她还有无症状的淋病，"星期三继续说下去，"她怀疑自己可能染了病，却不去治疗。男朋友指责她把性病传染给他时，她还觉得很委屈。她为自己辩护，还拒绝再见他。"

"这些并不重要。"影子说，"我的意思是，我知道你想说什么了。你可以对任何人做类似的坏事，欺骗他们，再把他们做过的坏事告诉我，为你自己辩护，是不是？"

"那是当然，"星期三赞同地说，"我骗的人全都做过类似的坏事。他们可能认为他们作恶是与生俱来的原罪，但大部分时候，他们还是不断地重复犯下小奸小恶。"

"所以你从她那里偷十美元就是正确的行为了？"

星期三付了出租车钱，两个人走进机场，向登机口走过去。现在还没有开始登机。星期三对他说："那我还能怎么办？现在，他们不再向我献祭公羊和公牛了，也不再向我献祭杀人犯和奴隶、吊死在绞刑架上的人和被乌鸦吃掉的人。他们创造了我，他们又遗忘了我。这公平吗？"

"我妈妈总是说'生活是不公平的'。"影子说。

"她当然会那么说了。"星期三说，"所有当妈的最常说的就是这句话，还有'如果你所有的朋友们都跳崖自尽了，你也跟着跳吗'。"

"你少给那女孩十美元，我补给她十美元。"影子固执地说，"我认为我做的是正确的。"

有人通知说他们的飞机开始登机了。星期三站起来。"但愿你的选择永远这么清晰正确。"他说话的语气再次充满真诚。

老话说得好，影子暗想，**只要能装出诚恳的样子，你就能赢得别人的信任。**

凌晨时分，星期三把影子在他的公寓前放下来。寒流已经减弱，但湖畔镇依然那么寒冷，只不过不再是那种超现实感的异常寒冷了。他们穿过镇子时，美亚银行侧面的灯光指示牌显示此时是凌晨三点半，温度零下二十摄氏度。

早晨九点半的时候，警长查德·穆里根敲开影子的公寓房门，问他是否认识一个叫作艾丽森·麦克加文的女孩。

"我想我不认识。"影子睡意蒙眬地说。

"这是她的照片。"穆里根说。那是一张高中的照片，影子立刻认出了照片上的人：是那个戴蓝色橡胶牙套的女孩，她在巴士上一直和朋友聊"我可舒适"泡腾片的作用。

"哦，是的，我认识。她就在我来镇上坐的那辆长途巴士上。"

"你昨天在哪里，安塞尔先生？"

影子觉得他的世界开始旋转起来，即将离他而去。他知道自己不应该有任何罪恶感（你是一个用假名生活的刚获得假释的重刑犯，一个冷静的声音在他脑中悄声说，这还不够吗？）。

"我在旧金山，"影子说，"加利福尼亚州。我帮我叔叔运送一张四柱床。"

"你有能证明自己行程的证据吗？票据存根？任何类似的证明？"

"当然有。"他的裤子后袋里就有两张登机牌存根，他掏了出来，"出什么事情了？"

查德·穆里根仔细检查登机牌。"艾丽森·麦克加文失踪了。她在湖畔镇慈善社团里帮忙，负责喂养动物、带狗散步之类的。每天放学后她就会去那里待上一段时间，她属于喜欢动物的那种孩子。每天晚上关门后，负责管理慈善社团的多莉·诺普会开车送她回家。可是，昨天艾丽森并没有去慈善社团。"

"她失踪了？"

"没错。她父母昨天晚上打电话报警了。那个傻孩子总是搭便车去慈善社团，那地方在镇外，非常荒僻。她的父母告诉过她不要搭便车，可这里不是会发生那种事情的地方……知道吗，这里的人甚至不用锁家中的房门。再说，你也不好跟孩子们详细解释那种事。所以，再看看这照片。"

艾丽森·麦克加文在照片上微笑着，牙齿上的橡胶牙套在照片里是红色的，不是蓝色。

"你可以诚实地讲，你并没有绑架她、强奸她、谋杀她，或者做过任何类似的事情吗？"

"我当时在旧金山。再说我也绝对不会做那种该死的事！"

"我也是这么想的，伙计。你想过来帮我们一起寻找吗？"

"我？"

"就是你。我们今天早晨带警犬搜过了，什么都没有发现。"他叹了口气，"唉，迈克。我宁愿她只是去了双子城，去找某个愚蠢的男朋友。"

"你认为有那种可能？"

"我认为有可能。你想加入搜索队吗？"

影子想起在赫因农庄和家庭用品店里见到那女孩的情形，还有她那一闪而逝的带着蓝色橡胶牙套的羞涩笑容。他知道，某一天等她长大之后会变得多么漂亮迷人。"我会来的。"他说。

消防局大厅里聚集了二十来个男女。影子认出其中有赫因泽曼恩，还有几张看起来很眼熟的面孔。现场还有几个穿着蓝色制服的警察，还有穿着棕色制服、来自县治安官部门的男男女女。

查德·穆里根告诉他们艾丽森·麦克加文失踪时穿着什么样的衣服（大红色防雪服、绿色手套，防雪服帽兜底下是蓝色羊毛帽），然后把志愿者按三个人一组分成小组。影子、赫因泽曼恩和一个叫作伯甘的人组成一组。他提醒他们白天时间很短，还有，如果不幸找到了艾丽森的尸体，千万不要破坏现场的任何证据，只要用无线电报告、请求支援就可以了。如果她还活着的话，他们就要努力保持她的体温，直到救援人员赶到。

他们出发到镇外搜寻。

赫因泽曼恩、伯甘和影子沿着一条冰冻的小溪走。每个三人小组在出发前都派发了一个小型手持对讲机。

乌云更加低垂，整个世界变成灰蒙蒙的一片。过去三十六个小时没有下雪，足迹在松脆的雪地上清晰可见。

伯甘看上去像是退役军官，留着一抹细长的小胡子和白色的鬓角。他开车带他们过去。他告诉影子，自己其实是个退休的高中校长。"我知道自己不再年轻了，所以就提前退休。这些日子里我仍然上一点课，管理学校的赛事项目。比赛永远是学校里最热门的事。有时间就打点猎，我还在匹克湖边有座小木屋。"他们出发后，伯甘说，"一方面，我希望能找到她，另一方面，如果她真的被找到了，我希望是别人找到她，而不是我们。你明白我的意思吧？"

影子当然明白他的意思。

三个人没有交谈太多。他们慢慢走着，寻找红色防雪服，或者绿色手套、蓝色帽子，或者白色的尸体。手持对讲机的伯甘会时不时地和查德·穆里根通话确认情况。

午饭的时候，他们和其他搜索队员一起坐在征用的校车上，吃热狗面包喝热汤。有人指点着说有一只红尾鹰站在一棵光秃秃的树上，另一个人则说更像是猎鹰。直到鹰飞走，争论才结束。

赫因泽曼恩给他们讲了关于他祖父的喇叭的故事。寒流来的时候，他想吹喇叭，谷仓外面冷极了，他祖父一直在练习吹喇叭，却吹不出任何声音。

"然后他走进房间，把喇叭放在火堆旁边烘烤。这下可好，晚上全家人都上床睡觉了，解冻的喇叭声却突然从喇叭里冒出来，把我祖母吓得够呛。"

下午的时光仿佛永无止境，他们徒劳无功，沮丧不已。日光慢慢消逝，远处的景物慢慢看不清了，然后整个世界转为深蓝色。寒风呼啸着，猛烈得几乎要吹伤脸上的皮肤。周围太黑无法搜索的时候，穆里根用对讲机通知他们晚上停止搜索，有人负责开车接他们，送他们回消防局。

消防局旁边的街区有一家酒馆，大部分搜索队员都去那里缓解自己的坏心情。大家都累坏了，心情沮丧，彼此谈论围绕他们飞舞的秃鹰、天气将变得多么寒冷，以及艾丽森很可能会在一两天内突然出现，完全不知道自己给大家惹来多大的麻烦。

"别因为这件事就认为这个镇子很糟，"伯丹说，"其实它是个很好的镇子。"

"湖畔镇，"一个身材苗条的女人接着说，也许有人介绍过她，但影子忘记她的名字了，"是北伍德县内最好的镇子。你知道湖畔镇有多少人失业吗？"

"不知道。"影子说。

"还不到二十人呢。"她说，"镇上和周边地区居住的人口超过五千，我们可能不是很富有，但每个人都有工作。这里不像更北边的那些矿业镇，现在很多都成了无人居住的鬼镇了。还有那些以经营农场为生的镇子，因为牛奶价格下跌或者猪肉便宜了，整个镇子都完蛋了。你知道在美国中西部地区，农场主非正常死亡的最主要原因吗？"

"自杀？"影子赌运气地问。

她一脸失望的表情。"是的，你说对了。自杀。"她伤感地摇摇头，接着又说下去，"这附近有很多镇子只为猎人和度假者存在，那些镇子赚这些人的钱，然后让他们带着打猎的战利品或者一身臭虫咬的疙瘩回家去。还有那些有大公司的镇子，似乎一切都很好，但是等到沃尔玛开始重新部署他们的分销区，或者3M公司不在那里生产CD或别的什么东西时，突然间，一大批人再也无法付清他们的银行抵押贷款了。抱歉，我不记得你的名字了。"

"安塞尔。"影子说，"迈克·安塞尔。"他喝的啤酒是当地酿造的，用的是春天的湖水，味道很不错。

"我是凯丽·诺普。"她自我介绍说，"多莉的姐姐。"她的脸依然因为在外面冻过而显得有些发红。"我想说的就是，湖畔镇很幸运。我们这里每样东西都有一点——农场、轻工业、旅游业、手工艺业，还有很好的学校。"

影子有些困惑地看着她。她说的话都有点儿空洞，让他感觉好像正在听一个推销员讲话，而且是非常出色的推销员，相信自己卖的产品，并且确信当你回家时肯定会买下她卖的所有刷子或者全套百科全书。也许是因为注意到了他脸上的表情，她立刻说："真是抱歉。当你实在太爱一样东西的时候，你简直无法停止谈论它。你做什么工作，安塞尔先生？"

"搬运工，"影子说，"我叔叔在全国范围内买卖古董，他需要我帮忙搬运大件重物，防止它们摔坏。这份工作不错，只是不太稳定。"酒吧里的吉祥物是只黑猫，它在影子两腿之间钻来钻去，把前额靠在他的靴子上磨蹭。它跳上来躺在他身边的长椅上，睡着了。

"至少你可以到处去旅行。"伯甘说，"除了工作，你还做些什么？"

"你身上有没有八枚二十五美分的硬币？"影子问。伯甘掏出零钱，只找到五枚硬币，把它们从桌面上推到影子面前。凯丽·诺普找出另外三枚硬币。

他把硬币摆放好，每排四枚。然后，他手都没抖一下，成功地表演了"硬币穿桌"的魔术。他让四枚硬币穿透木头桌面，从左手落到右手中。

然后，他把所有八枚硬币都放在右手中，左手拿着一个空水杯，用纸巾盖住杯子。接着，让硬币一枚接着一枚从右手中消失，同时可以听见硬币落在盖着纸巾的杯子里的叮当声。最后，他张开右手，展示手心里已空无一物，然后揭开纸巾，露出所有落在杯子里的硬币。

他把硬币归还给他们，三枚还给凯丽·诺普，五枚还给伯甘。又从伯甘手中拿回一枚硬币，只留给他四枚。他冲着硬币吹了一口气，把二十五美分的硬币变成了一美分的。他把硬币还给伯甘，伯甘数了数，结果目瞪口呆地发现他手中还是五枚二十五美分的硬币。

"你简直就是胡迪尼，"赫因泽曼恩高兴地咯咯笑着，"魔术大师！"

"我只是业余爱好者，"影子谦虚地说，"距离魔术大师还远着呢。"但他心中仍然隐隐感到骄傲，他知道，这可是他的第一批成年观众。

回家的路上，他在食品店买了一盒牛奶。门口收款台后的姜黄色头发女孩看起来很眼熟，她的眼睛哭得有些红肿，脸上长满了雀斑。

"我认识你，"影子说，"你是……"他几乎就要脱口而出"泡腾药片女孩"了，结果硬生生忍住了，"你是艾丽森的朋友，我们在巴士上见过。我希望你朋友会平安无事。"

她吸了吸鼻子，点点头。"我也是。"她用手绢重重地擤了一下鼻子，然后塞回袖套。

她胸前的徽章上写着"嗨，我是索菲，问我多长时间能减轻二十磅？只要三十天！"

"我今天花了一天时间寻找她，很不幸，没有任何收获。"

索菲点点头，眨眨眼忍住眼泪。她把牛奶盒在激光扫描仪前摇晃一下，叮的一声价格就出现在他们面前。影子递给她两美元。

"我要离开这个该死的镇子。"女孩突然哽咽着说，"我要和妈妈搬到阿什兰市住。艾丽森失踪了，桑迪·奥尔森去年失踪了，周明是前年。也许明年就轮到我了。"

"桑迪·奥尔森不是被他爸爸带走的吗？"

"是的。"女孩怨恨地说，"肯定是的。周明去了加利福尼亚。还有萨拉·林奇斯特是在远足的时候失踪的，再也没有找到。不管怎么说，反正我想去阿什兰。"

她做一个深呼吸，然后屏住气。接着，她冲他微微一笑，笑容看起来挺真诚的。但那种微笑，别人一看就知道，只是她给顾客找零时露出的职业性笑容。她把零钱和购物收据放在影子手中，祝他度过愉快的一天，接着转向他背后一个购物篮装得满满的女人，开始拿出商品，一一扫描价格。一个比索菲年纪还小的男孩，慢腾腾地走过去帮忙装袋。

影子带着他的牛奶开车离开，经过加油站和停在冰面上的破冰车，穿过桥，回到自己的家。

来到美国
1778年

有一个女孩，她的舅舅把她卖掉了。艾比斯先生用完美无瑕的手写铜版体写道。

故事一句话就能讲完，其余的只是细节。

这些都是真实的故事，故事里每个人的经历都是独一无二的、充满不幸的。最悲剧的是我们过去听过这类不幸故事，我们无法让自己深陷其中。我们建起一层保护壳，如同牡蛎对待那颗带来痛苦的小沙粒般，用光滑的珍珠膜层层包裹它，好让自己舒服一些。我们就是这样日复一日地自在行走、交谈和活动，让自己对他人的痛苦和不幸形成免疫力。如果他人的痛苦触动了我们，就会伤害和削弱我们，又或许会激发出我们内心的神圣善意。但是，大多数情况下，它不会触动我们。我们不允许此事发生。

今晚，当你进餐时，如果可以，请深思反省：这个世界上还有无数被饿死的孩子，饿死儿童的数量远远超出一个人内心能承受的数量，数字庞大得连百万级别的统计误差都可以被忽略。思考这些事实，可能会让你内心极度不安，你也可能无动于衷。但是不管怎样，你都还会继续进餐。

有这样一些人，如果我们向他们敞开心扉，就会被他们深深地伤害。比如说，这里就有这么一位好人，不仅他自己是好人，他的朋友们也都是好人。他对妻子忠诚真挚；他宠爱自己的孩子，对他们慷慨大方；他关心自己的祖国；他尽心尽力一丝不苟地完成自己的工作。可是，他把他的效率和好心肠都用在屠杀犹太人上。他播放自己欣赏的音乐作为背景，安抚犹太人的恐慌情绪；他提醒他们，进毒气浴室时不要忘记自己的身份号码，很多人因为忘了号码，出来时错拿了别人的衣服。他所做的一切安抚了那些犹太人，他们安慰自己，说他们还能活着从浴室里出来。可惜，他们错了。然后，我们这位好好先生，一丝不苟地监督把尸体送进焚尸炉里的所有细节。如果说有什么让他觉得心里不舒服的地方，那就是，他终究还是让这些死在毒气室里的害虫们影响了他的好心情。他觉得，如果他真是一位彻头彻尾的好人，那么，清除地球上这些犹太害虫时，他只会由衷地感到高兴。

别管他了，他投入得太深了。他离我们太近，这很伤人。

有一个女孩，她的舅舅把她卖掉了。这样写下来，这件事显得非常简单。

"没有人是一座孤岛"，多恩[1]这样说过。但是他错了。如果我们不是孤岛，我们就会迷失自我，溺死在彼此的悲哀中。我们彼此孤立（别忘了，从字面意义来说，"孤岛"就是孤立于陆地之外的岛），隔绝于他人的悲哀之外，这是自我保护的天性。我们是一座座孤岛，人生故事不断重复同样的形状和框架。我们熟知故事的框架，框架本身不会改变：一个人出生，长大，然后，因为这种或那种原因，死了。好了，你可以用自己的经历来填充其中的细节。你的故事框架和其他人的一样，并没有什么独创内容，但你的人生经历却是独一无二的。人生宛如雪花，独一无二的细节构成的却是我们见过的形状。就好像豆荚中的豆子（你见过豆荚中的豆子吗？我的意思是，真正仔细地观看它们？近距离地观察一分钟之后，你绝对不会把两颗豆子弄混淆），看似相同，却每一个都是独一无二。

我们需要个体的故事。如果没有个体的存在，我们看见的只能是总体数字：死亡一千人，死亡十万人，"伤亡人数达到一百万"。但有了活生生的个体，统计数据就变成真实存在的人——但这同样是谎言，因为人们还在继续忍受痛苦，只是他们变成了麻木而无意义的数字。看看这个孩子吧，他腹部肿胀，苍蝇叮着他的眼角，他瘦得皮包骨头。但是有了这些，就能让你知道他的名字和年龄、他的梦想和恐惧吗？你能够

---

1 约翰·多恩（1572—1631），英国诗人，死后才出版第一部诗集，长期备受争议，直到 20 世纪才被公认为大师。

了解他的内心吗？如果你可以，再让我们对他的姐姐进行一番分析吧。此刻她就躺在他身后灼热的土地上，身体歪扭、肿胀。如果我们同情这对姐弟，他们就变得比其他上千个饥饿的孩子、上千个即将成为无数蠕动蛆虫的食物的孩子更加重要吗？难道其他孩子就无足轻重吗？

我们画出一道隔离保护线，把他们的痛苦隔离在外，安全地待在属于自己的孤岛上，让他们的痛苦无法伤害到我们。他们被我们包裹在一层光滑、安全、充满光泽的隔离膜中，仿佛珍珠一样，他们经历的苦难不会让我们的灵魂深处感受到任何真正的痛苦。

虚构小说可以让我们进入他人的大脑、他人的所在，通过他们的眼睛观看外面的世界。在故事里面，我们可以在作为主角的我们死亡之前停止阅读，或者体验毫无痛苦的"代替死亡"。在真实世界中，我们轻轻翻过新的一页，或者合上书，继续属于我们自己的生活。

和他人既相似，又截然不同的生活。

这是最简单不过的事实：*有一个女孩，她的舅舅卖掉了她。*

在女孩的家乡，很难确定谁是孩子的父亲，但母亲是谁是可以确定的。亲缘关系和财产都以母系一方而定，但权利还是掌握在男人手中。男人对他姐妹们的孩子拥有完全的所有权。

那个地方发生了一场战争，规模很小的战争，比两个村子之间的小冲突大不了多少，几乎等于一场争吵。一个村子在争吵中获胜，另一个村子则输掉了。

生命就像商品，而人就是私有财产。奴隶买卖是那个地方沿袭几千年的陋习。阿拉伯的奴隶贩子毁掉了东非最后几个伟大的王国，而西非的国家则毁灭彼此。

双胞胎的舅舅把他们卖掉并没有遇到什么麻烦，也没什么不寻常的。不过，双胞胎向来被认为具有魔力，他们的舅舅害怕他们，害怕到甚至不敢告诉他们被卖掉的事，以免他们伤害他的影子，从而害死他。他们两个都是十二岁，她叫乌图图，传信鸟的名字，他叫阿加苏，一个死去的国王的名字。他们是健康强壮的孩子，而且因为他们是双胞胎，一男一女，别人告诉他们很多关于神的故事。因为他们是双胞胎，他们认真听了那些故事，并且全都记住了。

他们的舅舅又胖又懒，如果他拥有的牛多几头的话，也许他就会卖掉牛而不是孩子们。但他没有那么多牛。他卖掉了双胞胎。我们说他已经说得够多的了，他不会再出现在这个故事里，还是让我们来看看那一对双胞胎吧。

他们和其他在战争中被俘虏或者卖掉的奴隶一起走，走了十几英里，来到一个很小的边区村落，在这里他们再次被卖掉。双胞胎和其他十三个人一起，被六个携带长矛和匕首的男人买下来，带他们走到西边的大海，然后沿着海岸线走了几公里。现在一共有十五个奴隶，他们的手被绳子松松地绑着，彼此的脖子还被绳索连在一起。

乌图图问她的兄弟阿加苏，他们将遇到什么。

"我不知道。"他说。阿加苏是一个喜欢微笑的男孩，笑的时候露出一口漂亮的牙齿。他快乐的笑容让乌图图同样感到快乐。可是现在他不再笑了，他试图在姐姐面前表现出自己的勇敢，他的头高高昂着，挺着肩膀，像一只小狗一样骄傲、充满威胁，但又滑稽可笑。

队伍里走在乌图图后面的那个人吓得牙齿打战，他说："他们会把我们卖给白魔鬼，白魔鬼会把我们从水面运到他们家。"

"然后他们会怎么对待我们？"乌图图好奇地问。

那人什么都不肯说了。

"喂？"乌图图继续追问。阿加苏想偷偷越过那个人的肩膀看看后面。走路的时候他们不允许讲话或者唱歌。

"他们可能会吃掉我们。"那人接着说，"我是听别人说的。所以他们才需要那么多奴隶，因为他们总感到饥饿。"

乌图图开始边走边哭。阿加苏安慰她说："不要哭，我的姐姐。他们不会吃掉你的。我会保护你，我们的神也会保护你。"

但乌图图依然在哭，怀着沉重的心情走着，她感到痛苦、愤怒和恐惧，是那种只有孩子才能感觉到的、绝对无法抵抗的感受。她无法告诉阿加苏，说她并不担心白魔鬼会吃掉她。她会活下来的，她确信这一点。她哭是因为害怕他们会吃掉她的弟弟，而且她不知道自己能否保护他。

他们抵达了一个贸易点，他们将在这里停留十天。第十天的早上，他们被人从关押的小木屋里带出来（小木屋在最后几天里非常拥挤，来自各地的人都押来了他们用绳子绑成一串的奴隶，有些人甚至来自几百英里之外）。他们被押到海湾，乌图图看见船开来，准备将他们带走。

她首先想到的就是那船真是庞然大物，其次想到的是如果他们所有人都上船，那船就太小了。它轻巧地浮在水面上，船上的小艇来回穿梭着，把奴隶们带到船上，在那里他们被戴上镣铐，然后被船员们塞进低矮的船舱内。那些水手有些是红棕色或古铜色的肌肤，他们长着古怪的尖鼻子和胡须，看上去像野兽一样。还有些水手看上去像是她本民族的人，和那些带她到海边来的人一样。男人、女人和孩子们被分开，强塞进关押奴隶的船舱里的不同区域。奴隶实在太多了，关在一起很不容易，所以另外几十个人被绑在甲板上面，就在船员们的吊床下面。

乌图图和其他孩子们关在一起，和女人们分开。她没被戴上镣铐，只被锁在舱内。阿加苏则被迫和男人们关在一起，而且戴上了镣铐，像青鱼一样排成一串。甲板下面散发着臭味，尽管水手们在运完上一批货物后已经彻底擦洗了一遍，但是臭味早已渗透到木头里面：那是恐惧、愤怒、腹泻和死亡的味道，是热病、疯狂和仇恨的味道。乌图图和其他孩子一起坐在酷热中，她可以感觉到身边的孩子都在流汗。一阵海浪让一个小男孩重重地摔进她怀里，他用乌图图听不懂的一种方言道歉。她在黑暗中试图冲他微笑。

船起航了，现在它沉重地浮在海面上。

乌图图想知道白魔鬼来自什么地方（其实他们没有一个是真正的白色，经过海风和阳光的洗礼，他们皮肤的颜色都很深），他们真的那么缺粮食，不得不远航到她的土地上，购买她的人民充饥？或者因为她的肉很美味，是稀有的美食，那些人已经吃腻了平常的食物，只有煮食锅子里的黑皮肤鲜肉，才能让他们流出口水？

在离开港口的第二天，船遇上了暴风雨。暴风雨并不很猛烈，但甲板却倾斜颠簸起来，呕吐物的味道混合着尿味、稀屎味和恐惧的冷汗味。大雨从奴隶舱天花板上的通气口透进来，倾盆而下，淋在他们身上。

航行一周后，再也看不到陆地了，奴隶们被允许摘下铁链。他们被警告，如果不遵守任何一项制度，惹出任何麻烦，都会受到想象不到的可怕惩罚。

早晨，俘虏们要吃豆子和船上的饼干，还有一小口酸橙汁。他们的脸干燥得扭曲变形，他们开始咳嗽、胡言乱语。被灌下酸橙汁的时候，有些人会呻吟号叫，但不准他们吐出来。如果被人发现他们把酸橙汁吐出来或者故意从嘴巴上滴下来，他们就要受到鞭打。

晚上，他们吃盐腌的牛肉，很难吃，肉的灰色表面上有一层彩虹一样的光膜。这还是航程刚开始的时候，航程继续下去，肉的味道变得更糟糕了。

只要找到机会，乌图图和阿加苏就会挤着坐在一起，谈论他们的母亲、他们的家和他们的玩伴。有时候乌图图给阿加苏讲故事，那是他们的妈妈曾经讲给他们听的，比如最狡猾机警的神灵艾拉巴的故事，他是伟大的玛乌神在这个世界上的眼睛和耳朵，负责将消息带给玛乌神，然后带去玛乌神的回复。

到了傍晚，因为航程总是一成不变的单调，水手们就让奴隶们唱歌给他们听，还叫他们跳当地的舞蹈。

乌图图很幸运地被分在孩子们中间，挤成一团的孩子们不受重视，但女人们就不那么幸运了。在有些奴隶船上，女奴隶被水手们一次又一次地强奸。这种事只是航行中给水手们的隐形津贴。这艘船和那些船不一样，但并不是说就不存在强奸事件。

有一百来个男人、女人和小孩在航行中死掉，他们的尸体从船侧被抛进大海。有些俘虏被抛进大海时还没有完全死掉，绿色的冰冷的海浪让他们的高烧退掉，他们从枷锁里滑出来，在水中窒息，然后消失。

乌图图和阿加苏是在一艘荷兰船上，不过他们并不知道这一点。不管是英国船、葡萄牙船、西班牙船，还是法国船，都没区别。

船上黑人水手的肤色比乌图图的还要黑，他们告诉俘虏应该去哪里、应该怎么去、什么时候可以跳舞，等等。一天早晨，乌图图发现其中一个黑人看守盯着她看。她吃东西的时候，那人走过来，一言不发，居高临下地看着她。

"你为什么要这么做？"她问那男人，"你为什么要服侍那些白魔鬼？"

他冲着她笑，好像她的问题是他听到的最可笑的话。然后他弯下腰，嘴唇几乎贴到她的耳朵，他热乎乎的呼吸吹到她耳朵上，让她很不舒服。"如果你年纪再大一点的话，"他告诉她，"我会让你在我身下快乐地尖叫。也许我今晚就会来找你，你跳舞跳得很好，我看见了。"

她用褐色的眼睛看着他，毫不畏惧，脸上甚至还挂着一抹微笑。"如果你敢把阴茎插到我身体里，我就用我下边的牙齿把它咬断。我是个会巫术的女人，我下面也长有牙齿。"他的脸色变得非常难看，她感到很高兴。他什么也没说就匆匆离开了。

那些话虽然从她嘴巴里吐出来，但其实并不是她说的：她既没有想到那些话，也没说出来。不对，她意识到，那其实是狡猾的艾拉巴神说出来的。玛乌神创造了这个世界，然后，因为艾拉巴的狡猾诡计，他对这个世界失去兴趣。聪明狡诈、勃起时硬如铁的艾拉巴通过她的身体在说话，那一小会儿，他附上了她的身体。那晚睡觉前，她感谢了艾拉巴。

有几个俘虏拒绝吃东西。他们遭到凶狠的鞭打，直到把放在嘴边的食物吞咽下去。但鞭刑实在太严酷了，有两个人因此丧生。从此以后，船上再没有人想通过绝食来获得自由了。有一男一女想从船边上跳进大海自杀。女人成功了，但男人被救了上来，他被绑在桅杆上鞭打了很久，背上全都是鲜血。到了晚上，他仍被绑在桅杆上，没有人给他吃的喝的，他只能喝自己的尿。到了第三天，他开始发疯，胡言乱语起来，他的头肿得很大，皮肤软软的，像一只老甜瓜。等他不再胡言乱语的时候，他们把他丢进大海。接下来的五天里，那些试图逃跑的俘虏们全都安静地待在他们的镣铐和锁链里。

对俘虏们来说，这是一次漫长可怕的航行，对船上的水手们来说也同样难以忍受。不过他们早已学会让自己变得铁石心肠，假装他们只不过和农夫一样，带着自己饲养的家畜去赶集。

他们在一个令人愉快的暖和日子里靠岸了，停靠在巴巴多斯岛[1]的布里奇波特港口。俘虏们被小艇从船上带到岸上，再被带到集市广场。在那里，有人叫喊着给他们打上印记，用短棍驱赶着他们排成一行。一声哨响，广场上立刻挤满了人，戳他们，刺他们。红脸的男人们咆哮着，检查着，叫喊着，评论着，彼此打赌。

乌图图和阿加苏被分开了。事情发生得很快。一个大高个男人撬开阿加苏的嘴巴，检查他的牙齿，捏捏他胳膊上的肌肉，点点头，另外两个男人立刻把阿加苏拖走了。他没有和他们搏斗，只留恋地望了一眼乌图图，冲她叫了一声"勇敢点"。她点点头，眼泪立刻涌出来，模糊了视线。她忍不住号啕大哭。只要他们两个在一起，他们就是孪生姐弟，充满魔力和力量。可一旦分开，他们只是两个感到痛苦的孩子。

从此以后她只见过他一次，却不是在他活着的时候。

下面是发生在阿加苏身上的故事。他们首先带他去一个种植调料的农场，在那里他们每天都因为他做过或者没做过的事情鞭打他。他们教会他一点英语，还给他起了一个新名字叫墨水杰克，因为他的皮肤黑如墨水。他逃跑了，他们带着猎狗追到他，把他带回农场，用凿子凿掉他的一个脚趾，给他一个永远难忘的教训。他想绝食饿死自己，可他拒绝吃东西时，他们敲掉他的门牙，把稀粥灌进他嘴里。他没有任何选择，只能吞咽下食物或者活活窒息而死。

在那个年代，奴隶主喜欢生来就是奴隶的人，远远胜过那些从非洲卖过来的奴隶。生来自由的奴隶总是试图逃跑，或者想自杀，让他们的利润大受损失。

墨水杰克十六岁时，他和其他几个奴隶被转卖到在圣多明哥岛[2]的蔗糖种植园。他们给他改了名字，管这个没门牙的大个子奴隶叫海森斯。他在种植园遇到一个来自他所在村子的老女人——她过去是做家务的奴隶，但后来因为手指太粗糙，还有关节炎，她被送进种植园。她告

---

1 加勒比海上的一个珊瑚岛，著名的甘蔗之国，1966 年脱离英国殖民统治独立。
2 即海地岛，加勒比海上的一个岛屿。

诉他，白人故意把来自同一个镇子、村子，同一种信仰的奴隶分开，以免他们联合起来反抗。他们不喜欢奴隶们用他们自己的语言彼此交谈。

海森斯学了一点法语，还被教了一点天主教教义。每天天不亮他就要开始割甘蔗，一直干到太阳落山以后。

他做了好几个孩子的父亲。尽管被严格禁止，但他还是和其他几个奴隶在晚上属于自己的短暂时间溜到树林里，跳卡林达舞，唱丹不拉·威多的赞歌（这位毒蛇之神的形象是一条黑色的蛇）。他还唱歌献给艾拉巴、欧古、尚古、扎卡和其他众多神灵，所有这些神都是奴隶们带来这个岛屿的，这些神就居住在他们的脑中，秘密地活在他们心中。

圣多明哥甘蔗种植园的奴隶很少能活过十年。他们有自由休息时间，每天中午最热的两个小时和晚上最黑的五个小时（从十一点到凌晨四点）。但这也是他们可以照料自己的粮食的唯一时间（他们的主人不负责喂养他们，只给他们一小块土地种庄稼，养活他们自己），同时又是他们睡觉和做梦的时间。即使这样，他们仍旧利用这段时间集会和跳舞，向神灵献上赞歌。圣多明哥的土壤很肥沃，达霍梅、康古和尼哥神让庄稼的根深深插入大地，果实长得丰饶肥大。他们还许诺给那些在夜晚崇拜他们的人以自由。

海森斯二十五岁的时候，一只蜘蛛咬了他的右手手背。伤口很快感染了，手背上的肉开始坏死。没过多久，整条胳膊都肿胀成紫色，手也抬不起来，胳膊不停抽搐着，疼痛难忍。

他们给他劣质的朗姆酒喝，然后在火上加热大砍刀，直到刀锋变成红白色。他们用锯子把他的胳膊从肩膀处锯断，又用烧红的刀锋烧灼伤口。他发烧昏迷了整整一周，然后又回去继续工作。

这个叫海森斯的独臂奴隶参加了1791年的奴隶起义。

艾拉巴在小树林里控制了海森斯的身体，他驾驭着他，就像白人驾驭马一样，通过他的嘴巴说话。他几乎不记得自己说过什么，但是和他在一起的其他人告诉他说，他许诺解放他们，给大家自由。他只记得自己勃起了，那里像一根巨棒，硬得疼痛难忍。他还举起了双手——他现在拥有的手，还有他永远失去的手——向着月亮礼拜。

他们杀了一头猪，种植园里的男人女人们喝下猪的热血，宣誓他们已经结成兄弟姐妹，宣誓他们是为自由而战的军队，向着他们被劫来之前的故土的所有神明宣誓。

"如果我们在与白人的战斗中牺牲了，"他们告诉彼此说，"我们将在非洲获得重生，在我们的家园，在我们的部落中重生。"

参加起义的还有另外一个叫海森斯的，于是他们称呼阿加苏为独臂巨人。他爱思考问题，他受人崇拜，他勇于自我牺牲，他善于谋划策略。他看着他自己的朋友和爱人——被杀害，但是他仍然继续战斗。

他们战斗了整整十二年，这是一场疯狂而血腥、为自由而进行的抗争。他们与种植园主作战，与他们从法国调过来的军队作战。他们战斗，继续战斗。最后，不可思议地，他们获得了胜利。

1804年1月1日，圣多明哥获得独立。很快，全世界都知道了被称为海地独立战争的这次奴隶起义。不幸的是，独臂巨人没能活着看到胜利的那一天。他死于1802年8月，被一个法国士兵用刺刀刺死。

在独臂巨人死去的那一瞬间（他曾经被叫作海森斯，在那之前被叫作墨水杰克，但是在他心中，他永远都是阿加苏），他的姐姐感到冰凉的刺刀刺进了她的肋骨（他只知道她的名字是乌图图。刚到卡罗莱纳州的一个种植园，主人叫她玛丽，后来成了家务奴隶时她被叫作戴西，被卖到新奥尔良河边一个姓拉维瑞的家庭时，她又被改名叫苏琪）。在那一瞬间，她尖叫起来，痛哭流涕，无法控制。她的双胞胎女儿被惊醒了，也开始号啕大哭起来。她的新生儿的皮肤是奶油咖啡色，不像她过去在种植园里生下的那些皮肤黝黑的孩子，甚至比她自己还是个小姑娘时的肤色更浅。出生在种植园的孩子们分别到了十岁、十五岁之后，她就再也没见过他们。中间她还生了一个女儿，女儿死了一年之后，她再度被卖掉，离开了她的孩子们。

自从上岸之后，苏琪被鞭打过很多次。有一次挨打之后还被人把盐抹进伤口里，还有一次，她因为犯错被鞭打得太重太久，好几天都无法坐起来，甚至不敢让任何东西碰到后背。年轻的时候，她被强奸过很多次，有按照主人命令、分享她睡觉的木板的黑人，也有白人。她还被铁链拴住，但她没有哭泣。自从她的兄弟被人从她身边永远带走之后，她只哭过一次。那次是在北卡罗莱纳州，当时她看到给奴隶孩子和狗吃的东西被倒在同一个饲料槽里，然后又看见她的小孩和狗争夺那些残羹剩饭。这一幕她从前也看过，种植园里每天都能看到，今后也将看到很多次。但是那一天，她的心碎了。

有一段时间，她很漂亮。后来，痛苦艰辛的数年生活在她身上留下了印记，她再也不美丽动人了。她的脸上满是皱纹，那双褐色的眼睛中饱含了太多的痛苦。

早在十一年前，那时她才二十五岁，她的右臂突然开始萎缩。没有一个白人知道其中的原因。胳膊上的肉似乎从骨头上融化了。现在，她的右臂仍然悬在身旁，只比包着皮肤的枯骨好一点，几乎不能移动。在那之后，她就成了家务奴隶。

拥有种植园的喀斯特同家族对她做饭的技术和做家务的能力印象深刻。但那条萎缩的胳膊总是让喀斯特同太太不舒服，于是她被卖给了拉维瑞家，他们从路易斯安那州搬来这里刚一年。拉维瑞先生是一位肥胖、快乐的人，他需要一个好厨子和一个打理所有工作的女仆，而且他也不怎么讨厌奴隶戴西那条萎缩的胳膊。一年之后，他们回到路易斯安那州，奴隶苏琪和他们一起回去了。

在新奥尔良时，女人们开始来找她，后来男人们也来了，来买治疗用的药物和爱情媚药，还有小神像。其中有黑人，也有白人。拉维瑞一家对此睁只眼闭只眼。也许他们喜欢这种声望，喜欢拥有一个让别人害怕和尊敬的奴隶。然而他们并没有卖给她自由。

到了晚上，苏琪会溜到小河边，她在那里跳卡林达舞和邦布拉舞。就像圣多明哥和她家乡的那些舞蹈者一样，在小河边跳舞的人也有一条黑蛇，作为他们的伏都教[1]信物。但即使这样，来自她家乡的神明还有非洲其他地区的神明，并没有像附在她兄弟和圣多明哥岛人的身体上那样附在她

---

1 又译巫毒教，是一种源自西非的原始宗教，在当地的语言中，伏都是"神""精灵"的意思，作为一种崇神教，伏都教糅合了祖先崇拜、拜物教与通灵术。

身上。她仍然坚持向他们祈求，呼唤他们的名字，祈求他们的恩赐。

当初，白人们谈到圣多明哥岛的奴隶起义以及必定失败的结局时，她曾在一旁仔细偷听着——"想想看！一个被食人族占领的岛！"——后来，她发现他们不再谈论此事了。

很快，她发现他们假装世界上从来没有过一个叫圣多明哥岛的地方。至于海地这个名字，更是从来无人提及。仿佛整个美国都觉得，只要坚决不承认，他们就可以让一个庞大的加勒比海岛屿在他们的意愿下不复存在。

在苏琪的照料下，拉维瑞家的孩子们都长大成人了。最小的那个孩子牙牙学语时还不会叫她"苏琪"，只叫她祖祖妈妈，这个名字就此保留下来。这一年是1821年，苏琪已经五十多岁了，但看上去比真实年龄老得多。

她比在卡比多门前卖糖果的老萨尼缇·戴德知道更多的秘密，比自称伏都女王的玛丽·萨罗佩知道得更多。她们两个都是成为自由人的黑人，而祖祖妈妈至今还是个奴隶。正如她主人说的，到死都是奴隶。

那个前来找她的年轻女人想知道她的丈夫到底出了什么事，她会不会成为帕瑞斯寡妇。她有着高高的胸脯，年轻而骄傲。她体内流动着非洲的血，还有欧洲的血和印第安人的血。她的皮肤是红棕色的，秀发闪耀着黑色的光泽，眼睛黑亮而傲慢。她的丈夫杰可·帕瑞斯可能已经死了，他有四分之三的白人血统，出生在一个曾经很荣耀的家庭里，从圣多明哥岛搬到这里来。和他年轻的妻子一样，他们都是生来自由的人。

"我的杰可是不是已经死了？"帕瑞斯寡妇问。她是专为女人做头发的理发师，从一个家庭干到另一个家庭，为新奥尔良优雅的女士们梳头发，让她们光彩照人地参加当地的社交活动。

祖祖妈妈用骨头占卜，然后摇摇头。"他和一个白女人在一起，在这里北面的什么地方。"她说，"是一个长着金色头发的白女人。他还活着。"

这并不是魔法。在新奥尔良，人人都知道杰可·帕瑞斯到底和谁私奔了，也知道那个情妇的头发颜色。

祖祖妈妈惊讶地意识到，寡妇帕瑞斯似乎还不知道她的杰可就躲在科尔法克斯市，每天晚上都把他那混血儿的小鸡鸡插进那个粉色皮肤的女人体内，或者说，在他还没有喝得酩酊大醉的那些晚上。喝醉之后，他那个鸡鸡除了撒尿，什么也干不了。也许这些她都知道，也许她是为了其他原因来找她。

寡妇帕瑞斯每周都来看望这个老女奴一两次。一个月后，她给老女人带来了礼物：束头发用的缎带、果仁蛋糕，还有一只黑公鸡。

"祖祖妈妈。"那女人说，"现在是时候把你知道的东西教给我了。"

"是的。"善于辨别风向、判断形势的祖祖妈妈说。此外还有一个原因，寡妇帕瑞斯坦白说，她出生时长着有蹼的脚趾，这意味着她也是双胞胎，但在子宫里杀掉了她的孪生姐妹。祖祖妈妈别无选择。

她教给那女人把两颗肉豆蔻种子的核仁用绳子串起来，挂在脖子上，直到绳子断掉。然后就可以用它治愈心脏杂音。把从来没飞过的鸽子切开，放在病人的头上，可以让病人退烧。她教她怎样制作许愿袋，那是一个小小的皮袋，里面放着十三枚一分钱硬币、九粒棉花籽，还有一根黑公猪的猪鬃。祖祖妈妈教她如何摩擦袋子，让愿望实现。

寡妇帕瑞斯学会了祖祖妈妈教给她的一切知识。可实际上，她对那些神灵没有任何兴趣，她感兴趣的只是实用的巫术。比如说，把一只活青蛙放在蜂蜜里蘸一下，然后放进蚂蚁洞，等青蛙肉被蚂蚁吃掉，只剩下干净的白骨时，仔细查看就会发现其中有一根扁平的心形的骨头，还有一根钩子形的骨头。钩子形的骨头必须挂在你想得到的男人的衣服上，他就会爱上你。而心形的骨头则必须小心保存（如果遗失，你的爱人就会由爱转恨，对你凶如疯狗）。两根骨头都处理得当的话，你所爱的男人就成了你的掌中之物。

她还学到把干蛇粉放进情敌涂脸的香粉里，可以让她双目失明。而要让你的情敌淹死的话，就要拿一件她的内衣，把它反过来，午夜时分在砖墙下面烧掉。

祖祖妈妈教寡妇帕瑞斯如何使用世界奇根，那是大大小小的征服者约翰之根[1]。她还教她龙血、缬草和五指草的作用。她教她如何酿造"日益消瘦茶"和"乖乖跟我走迷魂水"。

所有这些知识，祖祖妈妈通通教给了寡妇帕瑞斯。但是，这个老女人依然很失望，她已经竭尽全力，想传授给她巫术之下的隐秘真相和深奥知识，告诉她莱格巴、玛乌、伏都教的毒蛇神艾多威多，还有其他所有神灵的故事。但是，寡妇帕瑞斯对那些来自遥远土地的神明没有任何兴趣。（现在我可以把她出生时的名字告诉你了，后来，这个名字传颂四方，闻名世界：玛丽·勒弗瓦[2]。不过，这一位并不是那个著名的玛丽·勒弗瓦，也就是你听说过的那位，而是她的母亲。她最后又成为了格莱平寡妇。）如果说圣多明哥岛是一块适合非洲神明生存的富饶黑土地，那么，这块种植玉米和甜瓜、出产小龙虾和棉花的土地，对神明来说却是贫瘠而荒芜的。

"她不想了解那些神。"祖祖妈妈对自己的知己克莱曼汀抱怨说。克莱曼汀帮当地的很多家庭洗衣服，洗他们的窗帘和床单。克莱曼汀的脸上有一块绽开的烧伤疤痕，她的一个孩子就是因为熨斗翻倒烫伤而死的。

"那就别教她了。"克莱曼汀出主意说。

"我教她，但她看不出那些知识的真正价值，她看到的只是她能用来做什么。我给了她钻石，可她喜欢的却是漂亮的玻璃珠子。我给她最好的**红葡萄酒**，可她却在喝河水。我给她美味的鹌鹑，可她却只想吃老鼠。"

"那么你为什么还坚持教她？"克莱曼汀问。

祖祖妈妈耸耸瘦弱的肩膀，萎缩的胳膊也随之晃了一下。

她无法回答。她可以说她之所以教授别人知识，是因为她还活着，而且心存感激。她已经目睹过太多人的死亡。她可以说她梦想着有一天奴隶们可以得到解放，当他们在拉普拉斯的起义失败后，她从内心深处知道，没有来自非洲神灵的帮助，他们永远无法战胜白人奴隶主，永远

---

1 征服者约翰之根是一种牵牛花的根茎。
2 迄今为止世界上最著名的伏都教女王，她的身上有黑人、印第安人、法国人和西班牙人的多重血统。

无法回到他们的家园。

早在二十多年前的那个可怕的夜晚，当她从梦中惊醒，感到冰冷的刺刀刺进肋骨时，祖祖妈妈的生命其实已经结束了。现在的她并不是真正地活着，是仇恨的力量在支撑她。如果你问她心中的仇恨是什么，她不会告诉你一个十二岁的女孩在一条发臭的船上的仇恨，那份仇恨早已在她心中结痂——因为她经历过太多的鞭打和殴打，经历过太多被套上镣铐的夜晚、太多的生离死别、太多的痛苦。不过她可能会告诉你她儿子的事情，因为他们的主人发现那孩子能读书写字，结果就切掉了他的拇指；她还可能会告诉你她女儿的事情，她只有十二岁，却被工头强奸，并且怀孕了八个月；还有他们如何在红土地上挖一个洞，让她大腹便便的女儿趴在上面，然后他们鞭打她直到后背鲜血淋漓。尽管有那个起保护作用的洞，她女儿还是失去了腹里的孩子和自己的生命。那次不幸发生在一个星期天的早晨，所有白人都去了教堂……

太多的痛苦回忆，太多的仇恨。

"崇拜他们。"午夜之后，祖祖妈妈在小河边告诉年轻的寡妇帕瑞斯。她们两个都赤裸着上身，在湿热的夜晚里流着汗。白色的月光下，皮肤的颜色更加深沉。

寡妇帕瑞斯的丈夫杰可（三年后他面目全非地死掉了，只有凭几个特征才能辨认出他来）曾告诉玛丽一些圣多明哥岛的神明的事情，但她一点也不在意。在她看来，力量源自宗教仪式，而不是来自神灵。

祖祖妈妈和寡妇帕瑞斯一起低声吟唱，她们跺着脚，在沼泽中痛哭。有色人种的自由女人和胳膊萎缩的奴隶女人，她们在如黑蛇般蜿蜒的小河中一同吟唱。

"这样做不仅让你运势兴旺，让你的敌人衰败，还有更多好处。"祖祖妈妈说。

很多仪式上的语言，她曾经知道的语言，同样是她兄弟知道的语言，这些语言从她的记忆中流泻出来。她告诉玛丽·勒弗瓦，语言本身并不重要，重要的是音节和节拍，在蜿蜒如黑蛇的小河里唱歌跺脚，让她产生重回昔日的感觉。突然之间，她能看见那些歌谣的节拍，看见卡林达舞的节拍，看见班布拉舞的节拍。所有这些诞生在赤道附近的非洲音乐和舞蹈节奏，正缓缓地在午夜的土地上延伸开去，一直延伸到整个国家。整片土地都在她所离开的那块土地上的古老神明的打击节奏之下颤抖、摇摆。

她转身面对漂亮的玛丽，从她眼中看到了自己的模样：一个黑皮肤的老女人，脸上皱纹堆叠，枯骨一样的胳膊软塌塌地悬在体侧，她的眼睛曾经看到她的孩子们和狗一起在饲料槽里争夺食物吃。她看到了自己。此时此刻，她第一次知道那个年轻女人心中对她的厌恶和恐惧。

她哈哈大笑起来，蹲下身体，用她那只完好的手拣起一条黑色的蛇。那条蛇和小树苗一样长，粗得像船上的缆绳。

"给你，"她说，"这就是我们的伏都神。"

她把这条毫不反抗的蛇，放进玛丽带来的篮子里。

然后，在月光下，被神灵依附、能看到肉眼看不到的事物的第二视觉最后一次出现，她看见了她的兄弟阿加苏。他不再是很久很久之前她在布里奇顿奴隶集市上最后一次见到的那个十二岁男孩，而是一个高大秃顶的成年男子，他笑着，露出没有门牙的牙齿，后背上印满深深的鞭痕。他左手握着一把弯刀，而右臂只剩下一截残肢。

她伸出自己依旧完好的左手。

"别走，留一会儿。"她悄声说，"我会到你那边去的。很快，我就会和你在一起了。"

玛丽·勒弗瓦还以为那个老女人在对她说话。

第十二章

美国的宗教信仰与道德观念都投资在健全可靠的收支保障上。这个国家以不容置疑的态度，认为她受到上天的赐福，是因为她理应得到赐福。而她的子民们，无论他们倾向或漠视哪一种宗教体系，都会毫无保留地赞同这个国家坚守的信条。

——阿格尼斯·瑞普利《时代与趋势》[1]

影子开车西行，穿越威斯康星州和明尼苏达州之后，进入北达科他州。在这里，积雪覆盖的山脉看起来仿佛巨大的正在沉睡的水牛。除了延绵无数英里的雪山之外，他和星期三看不到其他任何东西。他们转而向南，进入南达科他州，向印第安人保留地的方向前进。

星期三卖掉了影子喜欢开的那辆林肯豪华车，换成一辆笨拙的老式温尼贝戈房车。车里味道不佳，尤其是弥漫着一股驱之不散的公猫臊味，他一点也不喜欢这辆车。

他们经过前往拉什莫尔山[2]的第一个指示牌时，距离那座山还有几百英里。星期三咕哝一声："现在那里是圣地。"

影子还以为星期三已经睡着了呢。他接口说："我知道那里过去是

---

1 阿格尼斯·瑞普利（1858—1950），美国随笔作家、社会批评家。
2 俗称总统山，位于美国南达科他州，因山壁上雕刻出华盛顿、杰弗逊、老罗斯福、林肯四位总统的巨型雕像而闻名。

印第安人的圣地。"

"它是圣地。"星期三说，"这就是美国的做事方法：必须给人们一个借口，他们才会来这里朝拜。人们不会跑来光看一座山。因此，格曾·博格勒姆先生[1]才在这座山上雕刻出巨大的美国总统脸蛋。总统像雕好了，来圣山朝拜被准许了。人们一窝蜂地开车前来这里，亲眼瞻仰雕像，尽管他们已经在明信片上看过这座山不下一千次了。"

"我认识一个家伙，他几年前常来筋肉健身房锻炼。他说达科他州的印第安年轻人最喜欢爬上那座山，站在雕像头上，冒着生命危险从上往下搭出一条人链，让人链最下面的那个人可以站在总统的鼻子上撒尿。"

星期三狂笑起来。"哦，太绝了！真是太棒了！哪位总统是他们最想往上面撒尿的？"

影子耸耸肩："他没说。"

无数英里的路程消失在车轮后面。影子开始幻想他一直停留在原地不动，而脚下的美国大地正在以六十英里的固定时速向他们身后飞快移动。冬天的薄雾让周围物体的边缘显得有些模糊。

现在已经是开车上路的第二天中午，几乎就要到达目的地了。影子一直在想心事，最后才开口说话："上星期，湖畔镇有个女孩失踪了。就在我们去旧金山的那天。"

"什么？"星期三的语气显得毫无兴趣。

"那孩子叫艾丽森·麦克加文。她不是镇上失踪的第一个孩子，还有其他很多孩子，都是在冬季失踪的。"

星期三皱起眉头。"真是悲剧，不是吗？那么多印在牛奶盒上的失踪儿童的脸（上一次是什么时候看见的？我不记得了），还有高速公路休息区墙上贴的寻人照片。'你见过我吗？'这是在最好的时代里，深刻的存在主义问题。'你见过我吗？'下一个出口出去。"

---

1 总统山的雕刻大师，以他为首的雕刻家及四百位工作人员雕刻了六十英尺高的四位总统雕像，这四位总统代表了美国开国一百五十年的历史。

影子觉得自己似乎听到头顶上有直升机的声音，可惜云层太低，什么也看不清。

"为什么你会挑中湖畔镇？"影子问。

"我告诉过你。那是好地方，很安静，可以把你安全地藏起来。待在那里，你就等于离开赛场，避开对方的雷达搜索。"

"为什么？"

"因为就是那么回事。好了，现在左转。"星期三命令说。

影子转向左边那条路。

"有什么事不太对劲。"星期三突然说，"该死！他妈的真见鬼！减慢速度，但别停下来。"

"你想跟我说清楚到底出什么事了吗？"

"我们有麻烦了。你知道还有别的路可以走吗？"

"不知道。这是我第一次来南达科他州。"影子说，"再说我连到底要去什么地方都不知道。"

在山的另一侧，有什么东西闪着红光。雾气太大，模模糊糊的，看不太清楚。

"是路障。"星期三说。他把手伸进西装口袋里，然后又开始翻另一个口袋，似乎在找什么东西。

"我可以停车，掉头回去。如果我们开的是越野车，就可以开下公路。但是这辆房车遇到沟渠肯定会翻车的。"

"不能转回去。后面肯定也被他们盯上了。"星期三说，"把车速降到十或十五英里。"

影子瞄了一眼后视镜，后面一英里远的地方有车前灯的灯光。"你确定是他们吗？"他问。

星期三轻蔑地哼了一声。"确信无疑。"他说，"就和养火鸡的农夫孵出第一只火鸡之后说的话一样：蛋就是蛋，准能孵出小鸡！啊哈，找到了！"他从口袋里掏出一小截白粉笔。

他用白粉笔在这辆房车的仪表板上画起符号来，仿佛正在解一道代数难题。又或者，影子想，就像流浪汉正用流浪汉的暗号向其他流浪汉传达消息：小心恶狗，危险的城市，有漂亮女人，有可以过夜的舒服牢房，等等……

"好了。"星期三说，"现在你加速到三十英里，千万不要低于那个速度。"

跟在他们后面的车子，其中一辆突然打开警灯，拉响警报器，朝他们急驰而来。"别减速，"星期三又叮嘱一遍，"他们只是想迫使我们在冲过路障前慢下来。"他继续书写那些神秘的符号，不停地写呀写。

他们已经到达山顶，距离路障只有不到四分之一英里。路边一排停着十二辆车，其中有警车，还有几辆大型黑色越野车。

"好了。"星期三抛下手中的粉笔。现在，车子的仪表板上涂满北欧古文字一样的神秘符号。

拉响警报器的警车紧跟在他们身后，车速比他们的慢，一个被喇叭放大的声音在冲他们喊话："靠边停车。"影子看了一眼星期三，等他下令。

"右转。"星期三命令说，"只管从路边冲下去。"

"我不能开着这辆车冲下路面，会翻车的。"

"没事。右转，快！"

影子的右手把方向盘往下猛地一打，温尼贝戈的车身立刻猛烈摇晃起来。有一阵子，他以为自己刚才的判断是正确的，这辆车真的要翻车了。可是紧接着，透过挡风玻璃，他可以看到外面的世界正在慢慢消失，发出微弱的光，仿佛风吹过平静的湖面时，湖面上荡漾的倒影，南达科他州的景物被拉伸、变形。

云层、薄雾、积雪，还有时间，一瞬间全部消失了。

现在，他们头顶之上是一片星空，星光仿佛被冻结的光的长矛，刺穿夜空。

"停在这里。"星期三说，"剩下的路我们可以走过去。"

影子关掉发动机。他钻进温尼贝戈车的后座，穿上外套和索雷尔牌冬靴，套上手套，然后从车子里爬出来，等在一旁，说："好了，我们走。"

星期三有些好笑地打量他，脸上还混合着别的表情——也许是生气，也许是骄傲。"你怎么不和我争论了？"星期三追问，"怎么不再宣称这些全都是不可能发生的？真见鬼！你这次怎么那么老实，我说什么就做什么，而且还他妈的那么镇定？"

"因为你付钱给我不是让我问问题的。"影子说。话说出口他才意识到，从自己嘴里说出的完全是事实。"反正，自从劳拉的事之后，再也没有什么可以让我真正震惊的事了。"

"自从她复活之后？"

"自从我得知她和罗比私通之后。对我来说，那是最沉重的打击。相比之下，其他一切不过是小事一桩。我们现在去哪里？"

星期三指出方向，他们开始步行前进。脚下是某种岩石，光滑的火山岩，有时候居然像镜子一样光可鉴人。空气很寒冷，但不是冬天的那种严寒。他们脚步蹒跚着并肩下山。山路很陡峭，他们沿着道路小心翼翼地走着。影子向山下望去，意识到自己看到的是根本不可能存在的事物。

"那是什么鬼东西？"影子问。星期三把手指放在唇上，快速摇摇头，让他保持安静。

那东西像一只机器蜘蛛。蓝色的金属外壳，闪烁着LED灯，大小和拖拉机差不多。它蹲伏在山谷底，周围是各种各样的骨头，每根骨头旁边都闪烁着一点火星，比烛光大不了多少，微微摇曳着。

星期三冲影子打个手势，叫他远离那些东西。影子往边上多踏出一步，结果证明走到滑溜溜的路边是个错误决定，他脚踝崴了一下，然后就失去重心，沿着斜坡滚下去。他一路翻滚，不时在石头上弹起来。他抓住身边的一块石头，这块黑曜石只是暂时挡了一下跌势，同时划破了他的手套，轻易得像划破一张纸。

他一直跌到谷底才停下来，恰好就落在机器蜘蛛和那堆骨头之间。

他用手撑着站起来，发现手掌碰到了一根似乎是大腿骨的骨头，然后……

……他站在阳光下，抽着香烟，低头看表。他身边全是汽车，有的车里有人，有的没有。他真希望自己刚才没喝那杯咖啡，因为他现在非常想上厕所，膀胱开始涨得不舒服起来。

一个当地的执法人员朝他走过来，是个留着有些斑白的海象式胡须的大个子。他已经不记得那个人的名字了。

"真不明白我们到底是怎么跟丢他们的。"当地执法人员向他道歉说，一脸困惑不解的表情。

"视觉错觉。"他解释说，"你在怪异的天气环境下追他们，迷雾让人产生错觉，有点像海市蜃楼。他们开车向下冲到别的路上了，而我们还误以为他们是在这条路上。"

当地的执法人员看上去有点失望。"哦，我还以为可能遇到《X档案》之类的神秘事件呢。"他说。

"恐怕没有那么刺激。"他这会儿正忍受偶发性痔疮的折磨，他的屁股在路上就痒得要死，从信号一闪的时候就开始了。他想回到环山公路上去，真希望这里有一棵树，可以让他躲在后面方便。想撒尿的感觉更加强烈了。他丢掉烟头，一脚踩灭。

当地执法人员走到一辆警车旁边，和司机说了些什么。他们俩一起摇摇头。

他不知道自己能否咬咬牙，假装他在空无一人的毛伊岛上，然后对着车子后轮撒尿。他希望自己没有这种麻烦十足的膀胱羞涩综合征，又觉得或许自己能多憋一会儿。但他又想起三十年前在他的兄弟会休息室内钉的那张报纸剪报，上面登的警示故事是一位老人的亲身经历。老人搭乘长途巴士，车上厕所坏了，他只好一路憋着尿。结果，等到旅途结束，他再也尿不出来了，只能用输尿管来导尿……

这实在太荒谬可笑了。他还没有那么老，今年四月才要庆祝五十岁生日。他的排尿系统运作良好，一切器官都运作良好。

他掏出手机，打开通讯录菜单，一页页翻下去，找到"洗衣店"这个名字下的号码。当初输入这个代号时，他就忍不住发笑，这是电视剧《大叔局特工》里的一个桥段。可是现在看到这个名字，他突然想到根本不是来自那里，剧里面出现的是裁缝店，不是洗衣店。他觉得应该是来自《糊涂侦探》。他小时候不知道那是一部喜剧，他只是想要剧中的鞋子电话，这么多年之后，他想起来还是觉得有点尴尬，而且挺怪异的……

一个女人的声音在电话中响起。"哪位？"

"我是城先生，我要找世界先生。"

"请不要挂断，我看他能否接电话。"

对方没有声音。城先生交叉双腿，把肚子上的腰带费力地往上提了提——真应该减掉那十磅的重量——免得压到膀胱。紧接着，一个温文尔雅的声音对他说话："你好，城先生。"

"我们把他们跟丢了。"城先生报告说。他感到一股强烈的挫败感：那些混蛋，那些肮脏的婊子养的家伙！是他们杀了石先生和木先生。他们都是好人，好人。他很想和木太太做爱，想得要命。但木先生刚死就行动，未免太快了。所以，他准备每个周末带她出去吃顿晚饭，也算为未来投资。对他的关心，她会感激不尽的……

"怎么回事？"

"我也不知道。我们设立了路障，他们本来无路可逃的，可还是逃脱了。"

"生活中充满小小的神秘意外，这不过是其中之一罢了。别担心。你有稳定当地警察的情绪吗？"

"我告诉他们是视觉错觉。"

"他们相信了？"

"有可能。"

世界先生的声音非常耳熟——这个想法很古怪，他为世界先生工作已经两年了，每天都和他通话。当然会觉得他的声音耳熟。

"他们已经走远了。"

"我们要派人去保留地拦截他们吗？"

"用不着那么激烈的手段，涉及太多司法管辖权的问题，一上午我们也处理不了那么多麻烦。我们的时间还富余，你回来吧。我这边正在筹备策略会议的事，忙得要命。"

"有麻烦了？"

“一点小争执罢了。我提议在这里把事情解决掉，而技术派想在奥斯汀[1]或圣何塞[2]解决，演员们想在好莱坞，无形资产们想在华尔街。每个人都想选择在自己的势力范围内解决，没有人肯让步。”

“需要我做什么吗？”

“暂时还不需要。我会冲他们中的几个咆哮一通，再轻轻安慰其他人。你知道那套老把戏。”

“是，先生。”

“继续你的工作吧，城。”

电话断掉了。

城先生想，他真应该带一支特警部队来截住那辆该死的温尼贝戈车，或者在路上埋地雷，或者使用战略性的核武器。这样才能让那些混蛋知道他们是来真格的。世界先生有一次对他说过，*我们要用火焰书写未来*。城先生想，老天，如果再不去小便的话，恐怕他就要失去一个肾了，它憋得快爆炸了。这就像过去他爸爸在漫长的旅途中说过的话，那时城还是个孩子。当时他们在州际公路上开车，他爸爸说他“憋得后槽牙都浮起来了”。现在，城先生似乎又听到那个浓重的纽约腔：“我非马上撒泡尿不可，憋得后槽牙都浮起来了。”……

……就在这时，影子感到有一只手正在掰开他的手，一根手指接着一根手指，把他的手从紧抓不放的大腿骨上掰开。他不再需要去小便了，那是别人的需要。此刻，他本人正站在星空下，站在玻璃般光滑的岩石平台上，手中的骨头掉在地上，落在其他骨头旁边。

星期三再次做出别出声的手势，然后转身走开，影子紧跟在后面。

机器蜘蛛发出一阵吱吱声，星期三立刻站住不动。影子也停下脚步，和他一起等待。绿色的光闪烁起来，一串串绿光沿着蜘蛛体侧上下流动。影子尽力不呼吸得太重。

他想，刚才究竟发生了什么事？他仿佛透过一扇窗户，看进其他人

---

1 奥斯汀是美国得克萨斯州首府。
2 圣何塞市位于美国硅谷的中心。

脑子里。然后他想到一件事：世界先生，当时觉得他的声音很耳熟的人是我，那是我的想法，不是城的。他试图在脑中辨别那个声音，把它和相应的人对号入座，可怎么都对不上。

我会想起来的，影子想，迟早会想起来的。

绿色的光转为蓝色，然后是红色，最后变成暗淡的红光。机器蜘蛛蹲下去不动了。星期三继续向前走，在星光下，他仿佛一个孤独的影子，戴着一顶宽边帽，磨损的黑色斗篷在不知何处刮来的风中飞舞，拐杖在玻璃般的岩石地面上笃笃敲击。

金属蜘蛛变成星光下远处的一个小亮点，远远抛在他们身后。星期三说："现在开口说话安全了。"

"我们在哪里？"

"在幕后。"星期三说。

"什么？"

"想象这里是戏院的舞台幕后之类的地方。我把我们俩从观众席上拉出来，现在正行走在后台。这是一条捷径。"

"碰到那些骨头时，我出现在一个叫城的家伙的脑子里。他是那些特工中的一个。他恨我们。"

"没错。"

"他有一个老板叫世界先生。他让我联想到某个人，可是我还想不起到底是谁。我当时在窥视城的脑袋，也许我就在他脑子里。我也不太确定。"

"他们知道我们在往什么地方走吗？"

"我想他们现在停止搜索了，他们并不想跟踪我们到保留地。我们要去印第安人保留地？"

"也许。"星期三靠在拐杖上休息一阵，然后继续往前走。

"那蜘蛛是什么东西？"

"一个具象的表现形式。一个搜索引擎。"

"它们危险吗？"

"总是假定最坏的状况，你会变得和我一样老的。"

影子笑了："你到底有多老呢？"

"和我的舌头一样老。"星期三说，"比我的牙齿老几个月。"

"你玩牌时，那手牌在胸口贴得太紧，"影子说，"我甚至都不知道你拿的是不是真的扑克牌。"

星期三只哼了一声，没有说话。

他们接下来遇到的山坡更加难以攀爬。

影子开始感到头痛。星光中仿佛蕴涵一种重击而下的力量，有什么东西和他太阳穴上的脉搏与胸膛里的心跳产生了共鸣。在下一个山谷的谷底，他绊倒了。他张开嘴巴想说些什么，结果突然呕吐起来，事先没有一点征兆。

星期三从贴身口袋里取出一个时髦的小长颈瓶。"喝一小口这个。"他说，"只能喝一小口。"

液体的味道很刺激，尝起来一点酒精味都没有，却在他口中如同上等白兰地一样爆开。星期三拿走瓶子，装回口袋。"观众发现自己闯进后台，感觉都不会很好。所以你才会感觉不舒服。得尽快把你带出这里。"

他们加快了速度。星期三稳稳当当地走着，影子却时不时地被绊倒在地，但喝了饮料之后，他感觉好多了，嘴里还弥留着混合了橘子皮、迷迭香精油、薄荷油和丁香的味道。

星期三扶住他的胳膊。"瞧。"他指着左边两座一模一样、仿佛冻结了的玻璃岩的小山丘，"从那两堆石头中间走过去，记住走在我身边。"

他们向前走着，突然，寒冷的空气和明亮的阳光同时袭来。他停下脚步，闭上眼睛，感到眼花缭乱、光线刺目欲盲。他用手遮住光线，再次睁开眼睛。

他们站在一座山的半山腰。迷雾已经消散，阳光灿烂、空气寒冷，天空呈现出完美的蓝色。山下是一条沙砾山路，一辆红色货车在路面上颠簸，像小孩的玩具车。燃烧木头的烟雾扑面而来，刺得影子两眼泪汪汪的。烟雾是从附近一栋房子里飘出来的，那房子像有人在三十年前捡到一座移动拖车房屋，又把它丢弃在山上一样。房屋经过多次维修，有些地方打着补丁，有些地方还加了些东西。影子确信刚才的烟雾就是从那个电镀的锡烟囱里飘出来的，那烟囱肯定不是当初就有的结构。

他们走近房屋，门打开了。门口站着一个深色皮肤的中年男子，有着锐利的眼神和刀锋一样单薄的嘴唇，他注视着他们。"哎呀，我听说有两个白人男子在路上，准备过来看望我，两个开着温尼贝戈车的白人。我还听说他们迷路了。如果不沿途到处做记号，白人们总是会迷路。看看门口的这两个可怜虫吧，知道你们是站在拉寇塔[1]的土地上吗？"他留着长长的灰发。

"你什么时候变成拉寇塔族的了，你这个老骗子？"星期三说。此时的他穿着一件厚外套，戴着遮住耳朵的帽子。影子已经不太相信自己的记忆了，刚才在星光下，他还穿着磨损的斗篷，戴着宽边帽。"好了，威士忌·杰克，你这可悲的混蛋。我现在很饿，我的这位朋友更是把他的早餐都吐光了。你不邀请我们进去吗？"

威士忌·杰克抓抓腋窝，他穿着蓝色牛仔裤，汗衫和他头发一样是灰色的，脚上只穿着一双鹿皮靴，似乎一点也不怕冷。他说："我倒喜欢站在这儿。好了，进来吧，弄丢温尼贝戈车的白人。"

拖车里面，弥漫着更多的烧木头的烟。车里还有一个男人坐在桌子旁边，他穿着沾满污点的鹿皮裤，光着双脚，皮肤的颜色和树皮一样。

星期三似乎兴高采烈。"喂，"他打招呼说，"看来我们路上耽搁一会儿反而是好运。威士忌·杰克和苹果·约翰尼，一石二鸟啊。"

坐在桌边的男人，也就是苹果约翰尼，瞪了星期三一眼，伸手往胯下一掏。"你又说错了。我刚检查了一下，我的两颗石头都在，都待在应该待的地方。"他抬头看见影子，伸出手来。"我是约翰·查普曼，你老板讲我的任何坏话，你听都别听。他是个卑鄙的家伙，一向是个卑鄙的家伙，总要做卑鄙的事情。有些人生来就卑鄙，到死也卑鄙。"

"我是迈克·安塞尔。"

---

1 拉寇塔族，北美印第安人的一个部落。

查普曼摸摸胡子拉碴的下巴。"安塞尔，"他说，"这不是你真正的名字。不过还能凑合用。大家一般都怎么称呼你？"

"影子。"

"那我就叫你影子。嗨，威士忌·杰克，"影子意识到他说的并不是威士忌·杰克，他说的那个名字音节比威士忌·杰克多很多，"找到吃的了吗？"

威士忌·杰克拿过一只木头勺子，打开一个黑色铁锅的盖子，里面的东西在烧木头的炉子上汩汩冒泡。"可以吃了。"他说。

他拿来四个塑料碗，把锅里的东西盛进碗里，再把碗放在桌子上。然后，他打开门，走到外面的雪地里，从雪堆中拔出一个塑料壶带进房间里，把壶里浑浊的棕黄色液体倒入四个很大的玻璃杯中，放在每个碗旁边。最后，他找出四个汤勺，和其他人一起坐在桌边。

星期三有些怀疑地举起他的玻璃杯。"看起来像是尿。"他说。

"你现在还在喝那玩意儿？"威士忌·杰克问。"你们这些白人都是疯子。这比你喝的尿好多了。"说着，他转向影子，"炖肉是野火鸡。约翰带来了苹果白兰地。"

"这是口味比较柔和的苹果酒，"约翰·查普曼说，"我从来不相信烈酒，那东西会让人发疯。"

炖肉的味道很好，苹果酒也非常可口。影子强迫自己放慢吃饭速度，慢慢咀嚼食物，不要狼吞虎咽，可他比自己想象的还要饥饿。他给自己添了第二碗炖肉，还要了第二杯苹果酒。

"有传言说你正在四处走动，和各种各样背景的人谈话，鼓动老家伙们上战场。"约翰·查普曼说。影子和威士忌·杰克负责刷碗，把吃剩的炖肉放到塑料保鲜盒里。威士忌·杰克把保鲜盒放到门外的雪堆里，再倒扣上装牛奶的箱子当标记，方便下次找到。

"你总结得很好，很正确。"星期三说。

"他们会赢的。"威士忌·杰克语气平淡地说，"他们已经赢了，你已经输了。就像白人和我们的人打仗一样。他们总是能赢。只要一输，他们就和我们停战，订立和平条款，我们再破坏谈判协议，然后他们会再次打赢。我不会再参加另一场注定失败的战役了。"

"你看着我也没有用。"约翰·查普曼说，"即使我会为你战斗——当然，我是不会那么做的——我对你也没有什么用处。长着老鼠尾巴的污秽混蛋们早把我抛在脑后，彻底忘记了我。"他顿了顿，又说一句："保罗·班扬[1]。"他慢慢摇头，又重复一遍那个名字："保罗·班扬。"影子从来不知道，普普通通的字眼听上去却如此沮丧。

"保罗·班扬？"影子好奇地问，"他做过什么？"

"他只存在于人们的脑子里。"威士忌·杰克说。他从星期三那里拿了一根香烟，两个人抽起烟来。

"有些白痴以为蜂鸟也会担心体重问题，或者得蛀牙，诸如此类的无聊事。也许他们只是想让蜂鸟免遭糖的毒害。"星期三解释说，"所以，他们在喂蜂鸟的喂鸟器里装满该死的阿斯巴甜。鸟飞来喂鸟器吃东西，然后就死掉了，因为它们的食物里没有卡路里，尽管它们小小的胃被撑得满满的，它们还是饿死了。那就是你提到的保罗·班扬。没有人讲过保罗·班扬的故事，没有人真正相信保罗·班扬的存在。1910年，他大摇大摆地从纽约一家广告公司里走出来，用不含卡路里的食物填饱了整个国家对神话传奇的胃口。"

"我喜欢保罗·班扬。"威士忌·杰克说，"几年前我去美国商城，就坐过他的激流勇进。你看到顶上的大块头的老保罗·班扬，然后就轰地冲下来，水花四溅！他挺对我的胃口，我不介意他从来没有存在过，也不介意他从来没有砍倒过任何一棵树。当然，种树比砍树要好。"

"你说得太多了。"约翰·查普曼说。

星期三吐出一个烟圈，它悬浮在空中，就像华纳兄弟电影公司的老动画片里的场景一样，然后慢慢消失成一股淡淡的缭绕的烟雾。"该死，威士忌·杰克，我来这里不是讨论保罗·班扬的，你知道的。"

---

1 保罗·班扬是美国民间故事中最受欢迎的巨人，他的故事最初流行于18世纪美国北方的伐木地区，后来传遍了整个北美地区。他是一名伐木工人，力大无比，在美国是巨大与力量的象征。

"我不会帮你的。"威士忌·杰克说，"不过，你的屁股被他们踢肿之后，还可以回来这里，如果那时候我还在的话，我可以再次喂饱你。秋天的时候食物最棒。"

星期三说，"除了战斗，其他任何选择都只会让形势更加恶化。"

"你根本不知道其他选择到底是什么。"威士忌·杰克说。他看了看影子。"而你，你在寻找。"他说。长期抽烟把他的嗓子熏得粗糙沙哑，嗓音在房间里嗡嗡共鸣，跟木头燃烧冒出来的烟和香烟一样呛人。

"我在工作。"影子纠正说。

威士忌·杰克摇头。"你在工作，也在寻找什么东西，"他说，"你希望偿还一笔债务。"

影子想起劳拉青蓝色的嘴唇，还有她手上的鲜血，他点点头。

"听我讲个故事。从前，这里首先出现的是狐狸，他的兄弟是狼。狐狸说，人类将永远活着，即使死了，他们也会很快复活。狼说，不，人类会死，人类必须死，所有活着的东西都必须死，否则他们将到处繁衍，遍布整个世界，吃掉所有的鲑鱼、驯鹿和水牛，吃掉所有的南瓜和玉米。后来有一天，狼要死了，他对狐狸说，快点，让我复活。而狐狸则说，不，死者必须死去，是你说服我相信这一点的。说这些话时，他哭了，但他还是说了出来，那是他对狼说的最后的话。现在，狼统治着死者的世界，而狐狸总是生活在太阳和月亮之下，直到今天依然在怀念他的兄弟。"

星期三说："如果你不想加入，那就不用加入。我们得上路了。"

威士忌·杰克一副无动于衷的表情。"我在和这个年轻人说话。"他说，"我不想帮你，但是我想帮他。"他转过来，面对影子。"你知道，我不愿意的话，你是无法来到我这里的。"

影子意识到自己确实知道。"我知道。"

"告诉我你的梦。"威士忌·杰克说。

影子描述说："我正在攀爬一座骷髅堆成的高塔，巨大的鸟围绕高塔飞翔。它们的翅膀上闪耀着闪电。它们袭击我，然后高塔倒塌了。"

"每个人都会做梦的。"星期三插嘴说，"我们可以上路了吗？"

"但不是每个人都会梦到雷鸟。"威士忌·杰克说，"我们在这里都感受到了它的震荡回波。"

"是我告诉你的。"星期三说。

"西弗吉尼亚还有一群雷鸟，"查普曼懒洋洋地说，"至少还有一只老公鸟和几只母鸟。那片土地上还有一对正在孵化的鸟。那里过去被称为富兰克林州，在肯塔基州和田纳西州北面，但老富兰克林其实从来没有得到以他名字命名的州。当然，即使在最鼎盛的时期，雷鸟们的数量也不是很多。"

威士忌·杰克伸出红黏土色的手，轻轻碰了下影子的脸。他眼睛虹膜是浅棕色的，外层是一圈深棕色的环，双眸在脸上显得璀璨明亮。

"是的。"他说，"你的梦是真的。如果捕猎到雷鸟，你就能让你的妻子复活。但她是属于狼的，应该待在死者的世界里，不该行走在地面上。"

"你怎么知道？"影子问。

威士忌·杰克的嘴唇没有动。"水牛人告诉过你什么？"

"让我相信。"

"很好的建议。你准备听从他的忠告吗？"

"有几分吧。我猜。"两人的这番对话既不是用言语，也不是用口型或者声音。房间里另外两个人静静地站着，一动不动。影子怀疑这一切似乎都发生在心跳的一瞬间，或者是心跳一瞬间的几分之一时间内。

"当你找到属于你的部落，回这里来找我，"威士忌·杰克说，"我可以帮助你。"

"我会的。"

威士忌·杰克放下手，转身面对星期三。"你要去取你的大块头？"

"我的什么？"

"大块头。温尼贝戈车总是这样称呼自己的。"

星期三摇摇头："太危险了。找回那辆车子有风险，他们会四处寻找那辆车的。"

"是偷来的车吗？"

星期三露出一副受侮辱的表情。"当然不是。证明文件就在车厢里。"

"钥匙呢？"

"在我这里。"影子说。

"我的侄子哈里·蓝鸟有一辆1981年的别克。要不，把你的车钥匙给我，你可以开他的车。"

星期三大发脾气。"这算什么交易？"

威士忌·杰克耸耸肩："你知道把你的车从你抛下的地方弄回来有多困难？我是在帮你。开走它或者留下它，随你的便，我不介意。"他闭上刀锋般薄而锐利的嘴唇。

星期三生气的表情变成了懊恼。他说："影子，把温尼贝戈车的钥匙给他们。"影子把车钥匙交给威士忌·杰克。

"约翰，"威士忌·杰克说，"你能带这些人下山找哈里·蓝鸟吗？告诉他是我说的，叫他把车子给他们。"

"我很乐意帮忙。"约翰·查普曼说。

他站起来走到门边，拿起门边一个粗麻布小袋子，打开门走出去。影子和星期三跟在他后面，威士忌·杰克则站在门口。"喂，"他冲着星期三说，"你！不要再来这里了！你不受欢迎。"

星期三伸出中指，指着天空。"山不转水转，反正地球会自转的。"他和气地说。

他们冒雪下山，在积雪中艰难前进。查普曼在前面带路，他赤裸的双脚在积雪的冰壳上冻得通红。"你不觉得冷吗？"影子问他。

"我妻子是肖克陶族[1]的。"查普曼说。

"她教你避寒的神秘方法？"

"不，她觉得我是疯子。"查普曼说，"她总是说，'约翰，你怎么不穿上靴子？'"山坡更加陡峭，他们不得不停止交谈。三个男人在

---

1 印第安人的一个部落。

雪地里跌跌撞撞、连走带滑，不时利用山坡上的白桦树干稳住身体，防止自己跌下山谷。路面变得稍微好走一点时，查普曼接着说下去。"她现在已经去世了。她死的时候，我猜也许我真的变得有点疯疯癫癫的。每个人都可能会这样，你也一样。"他拍拍影子的胳膊，"老天，你可真是个大块头。"

"大家都这样说。"影子说。

他们又花了半个小时才费劲地下了山，到达山脚下的柏油路面。三个人沿着公路向前走，朝着他们在山顶上看到的有房屋的地方走去。

一辆汽车减慢速度，停在他们身边。开车的女人伸手摇下车窗。"你们要搭车吗？"

"您真是太好了，太太。"星期三说，"我们正找一位叫哈里·蓝鸟的先生。"

"他可能在娱乐中心。"那女人说，影子估计她大概有四十多岁，"进来吧。"

他们钻进汽车。星期三坐在前排的副驾驶座，查普曼和影子则钻进后座。影子的腿太长了，在后座伸不开，他只好尽力让自己坐得舒服点。车子沿着柏油公路向前开去。

"你们三个从哪里过来的？"开车的女人问。

"我们刚刚拜访过一位朋友。"星期三说。

"他就住在后面的山上。"影子接着说。

"哪里有山？"她奇怪地问。

影子回头从布满灰尘的后窗看出去，望向身后的山峰。可是，后面根本就没有什么高山，除了漂浮在平原上的云层外，什么都没有了。

"他叫威士忌·杰克。"他说。

"啊！"她说，"在这里我们大家都叫他'因克托米[1]'，我想应该是同一个人。我的祖父过去常讲很多关于他的故事，很好听。当然了，最好听的那些故事都是比较下流的。"车子撞到路上一块凸起的地

1 Inktomi，早期搜索引擎。

方，颠簸一下，女人咒骂一句。"你们坐在后面的人都没事吧？"

"我们没事，太太。"约翰·查普曼说。他双手撑在座位上，稳住自己的身体。

"破路一条！"她说，"你们慢慢就会习惯了。"

"这里的道路都是这样的吗？"影子问。

"大部分都是。"女人回答说，"这里所有道路都是这样子。你肯定会奇怪，这里的赌场怎么会挣这么多钱？有脑子的人，谁会大老远来这里赌博？反正，赌场赚到的钱，一个子儿都没花在地方上。"

"我很遗憾。"

"不必道歉。"她换挡时，汽车发出轰鸣和呻吟，"你知道吗？住在这里的白人，日子越来越不好过了。无人居住的鬼镇到处都是。在电视上看到外面的花花世界之后，你怎么可能还让他们老老实实地待在农场里？再也没人愿意把时间浪费在这片贫瘠的土地上。白人占领了我们的土地，定居在这里，现在他们又开始离开，纷纷迁往南部或者西部。也许，只要我们有足够的耐心，等到他们大部分人都搬到纽约、洛杉矶或者迈阿密，我们不用开战，就能收回中部的全部土地。"

"祝你们好运。"影子说。

他们在娱乐中心的桌球台旁找到了哈里·蓝鸟，他正在一群女孩面前表演击球。他右手手背上有一个蓝鸟的文身，右耳刺着很多耳洞。

"哈，你好，蓝鸟。"约翰·查普曼说。

"他妈的，你这个光脚的疯子白鬼。"哈里·蓝鸟看样子很健谈，"一看见你，我全身都起鸡皮疙瘩。"

房间远处的角落里还有几个上了年纪的人，有的在玩扑克牌，有的在聊天。剩下的都是年龄和哈里·蓝鸟差不多的年轻人，正等着轮到他们打桌球。这是一张全尺寸的桌球台，一侧的绿色台面上有一个裂口，已经用银灰色的胶皮修补好。

"我从你叔叔那里带来一个口信。"查普曼泰然自若地说，"他叫你把你的车子给这两个人。"

大厅里大概有三十到四十个人，现在，每一个人都非常专注地盯着手中的纸牌，或者自己的脚丫子、手指甲，拼命假装他们没有偷听。

"他不是我叔叔！"

大厅里弥漫着香烟的烟雾，仿佛卷卷的云层。查普曼咧开嘴巴笑了，露出一口影子见过的最糟糕的牙齿。"你想把这些话告诉你叔叔吗？他说，你是他留在拉寇塔的唯一理由了。"

"威士忌·杰克说过很多话。"哈里·蓝鸟暴躁地说。但他说的并不是"威士忌·杰克"，在影子听来，他似乎说了一个发音很相似的名字，他觉得好像是"威萨克·加克"。他们大家说的就是这个名字，而不是"威士忌·杰克"。

影子说："他是说过很多话，其中之一就是用我们的温尼贝戈来交换你的别克。"

"我没看见什么温尼贝戈。"

"他会把那辆温尼贝戈带给你的。"约翰·查普曼说，"你知道他会的。"

哈里·蓝鸟想打中球，结果打偏了，他的双手不够稳定。"我可不是那只老狐狸的什么鬼侄子。"哈里·蓝鸟说，"希望他不要再跟别人这么说了。"

"活着的狐狸总比死掉的狼好。"星期三说，他的声音很低沉，仿佛在咆哮一样，"现在，你是否把车子交给我们？"

哈里·蓝鸟明显在发抖，抖得很厉害。"当然，"他说，"没问题。我只是在开玩笑。我常常爱开玩笑。"他把球棒放在球桌上，从挂在门边衣钩上一排看起来差不多的外套中拉下来一件厚的，"我先把我的东西从车子里取出来。"

他飞快地瞄了星期三一眼，好像担心这个老头子会突然脾气爆发。

哈里·蓝鸟的车子停在外面一百码左右的地方。大家向车子走过去，经过了一间很小的粉刷成白色的天主教堂。一个穿着神父服的金发男人站在门口，凝视着他们经过。他正在抽烟，但看上去并不喜欢抽烟。

"你好，神父！"约翰·查普曼冲他打招呼，但穿白色硬圆领神父服的男人没有搭理他。他用鞋跟踩灭香烟，然后拣起烟头丢进门旁的垃圾桶里，接着走回教堂里。

"你上次来这里时，我就告诉过你不要给他那些小册子。"哈里·蓝鸟说。

"那是他的过错，不是我的。"约翰·查普曼说，"如果他读了我给他的斯威登堡[1]小册子就明白了，小册子可以给他的生命带来阳光。"

哈里·蓝鸟的车子没有侧视镜，轮胎的磨损也是影子见过的最严重的，磨得没有花纹、只剩光滑的黑色橡胶了。哈里·蓝鸟告诉他们，车子很耗油，但只要坚持灌进汽油，它就可以永远开下去，一直开到停下为止。

哈里·蓝鸟把车里的垃圾塞进黑色的垃圾袋（这批垃圾包括几个廉价啤酒瓶，一小袋用银箔纸包裹、草草藏在汽车烟灰缸里的大麻膏，两打西部乡村音乐的磁带，还有一本发黄的旧书《异乡异客》）。"抱歉我先前惹火了你。"哈里·蓝鸟对星期三说，递给他车钥匙，"知道我什么时候可以拿到那辆温尼贝戈吗？"

"问你叔叔去。他可是该死的二手车交易老手了。"星期三气乎乎地说。

"威萨克·加克不是我叔叔。"哈里·蓝鸟纠正说。他拿着黑色垃圾袋走进旁边最近的房子，关上身后的门。

他们在苏族瀑布一家食品店门口，把约翰·查普曼放下来。

一路上，星期三一句话都没有说，他一直在沉思。

在圣保罗市外的一家家庭餐厅，影子拣起一份别人丢下的报纸翻看。他看了一遍，然后又仔细看一遍，接着把报纸递给星期三看。自从离开威士忌·杰克的家，他一直黑着脸、怒气冲冲的。

"看这里！"影子说。

星期三叹口气，带着痛苦的表情低头看着报纸，仿佛低下头对他的伤害无以言表。"我，"他念着报纸，"很高兴航空管制的争论已得到

---

1 斯威登堡（1688—1772），瑞典科学家、审美主义者和神学家，晚年主要研究神学，叙述他在幻觉中对灵界的所见所闻。

解决，没有求助工业诉讼。"

"不是那个。"影子说，"看这里！报纸上今天的日期是二月十四日！"

"情人节快乐。"

"我们是在一月哪一天出发的？二十日，还是二十一日？准确日期我不太记得了，不过那天是一月的第三周。我们在路上总共花了三天时间。可为什么今天会是二月十四日？"

"因为我们走了差不多一个月。"星期三解释说，"在荒芜之路上。后台。"

"这是什么见鬼的捷径呀。"影子说。

星期三把报纸推开。"去他妈的约翰·苹果籽[1]，老是瞎扯保罗·班扬的故事。在现实生活中，查普曼拥有十四个苹果园，有数千英亩土地。没错，他是跟边疆开拓的人并驾齐驱过，但那些关于他的故事没有一句是真的，除了讲到有一次他发疯了之外。不过没有关系。报纸不是常说嘛，如果真相不够轰动的话，那就刊登编造的传奇故事好了。这个国家需要属于自己的传奇，即使是没人相信的传奇。"

"但是你亲眼见过那些传奇。"

"我早就过时了。还有谁他妈的会在乎我！"

影子轻声说："你是神。"

星期三眼光锐利地盯着他，看上去似乎想说些什么。可接下来，他只是瘫在椅子里，低下头研究菜单。"那又怎样？"

"做个神很酷的。"影子说。

"真的吗？"星期三又问。这一次是影子心虚地移开了目光。

在距离湖畔镇二十五英里的一个加油站里，影子在洗手间的墙壁上看到了家庭自制的复印传单，上面是艾丽森·麦克加文的黑白照片，照片上是一行手写字："你见过我吗？"照片与学校年鉴上的是同一张。

---

1 美国民间故事中的主人公，美国早期的边疆生活危险而艰苦，充满爱心的约翰跋山涉水，送来苹果籽和图书，为荒凉之地增添生机和欢乐。

前排牙齿上戴着蓝色橡胶牙套、长大后想从事动物保护工作的女孩，在照片上自信地笑着："你见过我吗？"

影子买了一条士力架、一瓶水，还有一份《湖畔报》。封面文章是湖畔镇记者玛格丽特·奥尔森写的，还配图一张照片：冰封湖面上一座户外厕所似的冰上垂钓小屋旁站着一个男孩和一个成人，他们举起一条巨大的鱼，两个人都笑得很开心。标题写着：**父子俩打破本地北美梭鱼捕获纪录，详见内文**。

轮到星期三开车时，他说："给我读几条你在报纸上找到的有趣消息。"

影子仔细看着报纸，慢慢翻了一遍，可惜找不到任何有意思的新闻。

星期三让他在公寓门前的车道上下车。一只烟灰色的猫站在车道上盯着他，他想抚摸它时，它却飞快地溜掉了。

影子在公寓门前的木头平台上停下来，极目眺望整个湖面，湖面上到处都是绿色和棕色的冰上垂钓小屋。有些小屋外面还停着车子。最靠近桥的冰面上是那辆老旧的绿色破冰车，和报纸上刊登的照片一模一样。"三月二十三日。"影子鼓励自己，"早晨九点十五分左右。加油。"

"你是没有机会的。"一个女人的声音说，"四月三日，下午六点。那天冰面上的温度会达到最高。"影子忍不住笑起来。玛格丽特·奥尔森穿着一件滑雪服，站在平台的另一端，在喂鸟器里装满白色的板油颗粒。

"我看了你在《湖畔报》上的文章，破纪录的梭鱼那篇。"

"很激动人心，是吗？"

"哦，也许应该说，很有教育意义。"

"我还以为你不会回来了呢。"她说，"你出去了很长一段时间，是吧？"

"我叔叔有事要我帮忙。"影子说，"时间过得可真快。"

她把喂鸟剩下的板油颗粒放回到盒子里，开始用塑料牛奶罐往一个小口袋里倒蓟仁。附近的冷杉树上，几只披着橄榄色冬装的金翅雀急不可耐地扑腾着。

"我没在报纸上看到艾丽森·麦克加文的消息。"

"没有什么可供报道的新消息。她依然下落不明。传言说有人看见她在底特律,不过很快就证明是一条假消息。"

"可怜的孩子。"

玛格丽特·奥尔森将鸟食罐子上的盖子拧紧。"我希望她死了。"她一副就事论事的表情。

影子感到震惊。"为什么?"

"因为其他可能性比死亡更可怕。"

金翅雀狂躁地在冷杉树枝上跳来跳去,不耐烦地想让人赶快离开。一只毛茸茸的啄木鸟也加入了它们。

你心里想的不是艾丽森,影子心想,**你想的是你自己的儿子,你想的是桑迪。**

他记得以前什么时候听到有人说"我想念桑迪"。那人到底是谁?

"很高兴和你聊天。"他说。

"是的。"她说,"我也一样。"

二月份每天都是阴沉沉的,白昼短暂,转眼就过去了。有几天下雪,更多的日子没下雪。天气渐渐暖和起来,最暖和的那几天,气温回升到零度以上。影子一直待在他的公寓里,直到觉得房间仿佛牢房一样。于是,在星期三不需要他的日子里,他开始外出散步。

他白天大部分时间都在散步,有时甚至徒步走到镇子外面。他独自一人走着,一直走到位于镇子西北部的国家森林,或者南边的玉米地和奶牛牧场。他走过木材场,沿着旧日的火车轨道步行,再转到公路上走回来。有几次他甚至沿着冰封的湖面,从北岸一直走到南岸。有时候,他可以看到当地的居民、冬季游客和慢跑者,他冲他们挥手打招呼。大多数时候,他在途中看不到任何人,看到的只有乌鸦和雀鸟。偶尔有几次,他看见鹰正在享用公路上被车子撞死的负鼠或者浣熊。在一次格外难忘的偶遇中，他亲眼见到一只鹰从白松河中抓起一条银色的鱼，河流中央的河水在冬日里依然奔腾流淌。那条鱼在鹰爪子中疯狂扭动着身体，在中午的阳光下折射出闪闪光芒。影子想象那条鱼获得了自由，从天空中落下，游回河水中。他露出一抹微笑。

他发现散步的时候什么都不必思考，这是他喜欢上散步的真正原因。每次思考，他的思绪都会去到他无法控制的地方，去到让他感觉很不舒服的地方。筋疲力尽是件好事，累得筋疲力尽的时候，他就不会再去想念劳拉，不会再做那些奇怪的梦，不会再去胡思乱想根本不可能存在的东西。散步之后，他回到家中，轻松入睡，一夜安然无梦。

有一天，他在镇广场上的乔治理发店里遇到了查德·穆里根警长。影子对于理发向来抱有很高的期望，可惜每次实践的效果都不是很好。每次理发后，他看起来还是老样子，只是头发稍微短了一点。查德坐在影子旁边的理发椅上，有些意外的是，他似乎极其在意自己的外貌。理发结束后，他严肃地盯着镜子里的自己，好像正准备对镜中人也开出一张超速驾驶罚单。

"看起来不错。"影子告诉他说。

"如果你是女人，你觉得我看上去怎么样？"

"我想应该不错。"

他们穿过广场一起去玛贝尔的店，点了两杯热巧克力。查德问："嗨，迈克，你有没有想过在执法机构工作？"

影子耸耸肩。"没想过。"他说，"干警察似乎需要知道很多事情才行。"

查德摇头。"你知道警察工作的主要部分是什么吗？那就是耐住性子。有时候会发生一些不愉快的事情，有人冲你大声叫喊，说发生了可怕的谋杀，而你所能做的，就是告诉他们，你确信这一切都是误会，如果他们肯安静地走出去的话，你就可以着手把案件调查个水落石出。而且，你还必须相信自己所说的话。"

"然后真的调查个水落石出？"

"大多数情况下是，到那时，你就把手铐铐在嫌疑犯手上。不管能不能查清，你都必须尽力认真调查。你想找工作吗？我们正在招人。你正好是我们想要的那种人。"

"我会考虑考虑的。如果我在叔叔那边干不下去了，就来找你。"

两人继续喝着热咖啡，穆里根突然问："嘿，迈克，如果你有一个表妹，比如说，她是个寡妇，而且开始打电话给你，你会怎么做？"

"打电话说什么？"

"是长途电话，她不住在这个州。"他的脸红了，"去年在俄勒冈州，我在家族某个人的婚礼上见到她了。她那时候还已婚。我的意思是，她的丈夫那时候还活着，她有家庭的。她不是血缘很近的表妹，我们是相当远房的亲戚。"

"你对她有感觉？"

他的脸更红了。"我也不知道。"

"那好吧，把你的感觉先放一边。她对你有好感吗？"

"呃，她打电话过来时说过一些话。她是个很漂亮的女人。"

"那么……你打算怎么办？"

"我可以叫她来这里。我可以那么做，是不是？她说过她愿意来这里。"

"你们两个都是成年人。你们应该努力争取。"

查德点点头，脸红红的，接着又用力点点头。

影子公寓里的电话一直静默无声。他曾经想拨打电话，但又想不出有什么他想打电话交谈的人。一天晚上，他拿起电话听筒倾听，觉得自己似乎可以听到呼啸的风声，还有远处传来的一伙人交谈的声音。声音太微弱，无法听到他们到底在说什么。他对着电话说了一声："你好！你是哪位？"听筒里没有回答，只有突如其来的宁静。然后，远方传来一阵笑声，声音非常微弱，他无法确定那声音到底是真实存在，还是他脑子里想象出来的。

接下来的几周里，影子和星期三又出门旅行了好几次。

在罗德岛的一栋小别墅里，影子在厨房里面等着，听星期三坐在一间黑暗的卧室里和一个女人争吵。那个女人既不愿意起床，也不愿意让星期三或影子看到她的脸。在她厨房的冰箱里，装着满满一塑料袋的蟋蟀和满满一袋子的幼鼠尸体。

在西雅图的一家摇滚夜总会里，影子看见星期三大声向一个留着红色短发、文着蓝色螺旋文身的年轻女人问好，声音大得压过了乐队的噪音。那次谈话一定进行得很不错，星期三离开的时候咧着嘴，开心地笑着。

五天之后，影子在一辆租来的车子里面等着，结果星期三从达拉斯一栋办公楼的大堂里闷闷不乐地走出来。他钻进汽车，重重地关上车门，一声不响地坐着，气得满脸通红。他下命令："开车。"然后又骂道："他妈的阿尔巴尼亚人，好像有谁真的在乎他们似的。"

三天后，他们又飞到博得市，在那里和五位年轻的日本女人共进一次愉快的午餐。他们互相开着玩笑，彬彬有礼。离开的时候，影子完全不知道他们是否达成了某种协议，或者决定了什么事。不过，星期三看上去倒是挺开心的。

影子开始渴望回到湖畔镇了。那里很宁静。他最喜欢的一点，就是那里的人都很好客，欢迎他这个外来者。

每天早晨，如果不需要出门为星期三工作，他就开车过桥到镇广场去。他在玛贝尔的店里买两个馅饼，在店里先吃掉一个，外加一杯咖啡。如果有人留下一份看过的报纸，他就会拿过来看。尽管如此，他对报纸上新闻内容的兴趣也还没大到可以让他亲自买一份。

他会把另外一个馅饼打包带走，用纸袋包起来当作午饭。

一天早晨，他正在读《今日美国》时，玛贝尔问他："嗨，迈克，今天你打算去哪里？"

外面的天空是灰蓝色的，晨雾已经从树丛中消散，只剩下树枝上悬挂着的白霜。"我也不知道。"影子回答说，"也许我可以再去野外的小径走一遍。"

她重新为他倒满咖啡。"你有没有向东走到过Q镇？那个方向的景色非常漂亮。二十大街上的地毯店旁有条小路，可以通到那边。"

"没有，我从来没去过。"

"去吧，"她说，"真的很漂亮。"

果然非常漂亮。影子把车停在镇边，沿着路边走下去。这是一条曲折盘旋的乡间道路，沿着山脉一直绕到镇子东边。山上覆盖着落光叶子的枫树、白树干的白桦树、深色的冷杉，还有松树。这里没有步行小径，影子沿着公路中间向前走，听到有车过来就让到路边。

不知道从什么时候开始，一只深色小猫跟着他沿着路边走。那只猫脏兮兮的，前爪是白色。他朝猫走过去，猫并没有跑开。

"嗨，小猫咪。"影子自然地冲它打招呼。

猫歪着脑袋，用翠绿色的眼睛打量着他。它突然嘶嘶咆哮起来——不是冲着他，而是冲着路的另一边他看不到的什么东西。

"放松点。"影子说。猫快步穿过公路，消失在一片没有收割的玉米田里。

在道路下一个转弯处，影子遇到了一小片墓地。墓碑都已经开始风化了，但其中几块墓碑前还摆放着几束鲜花。这个墓园没有围墙，也没有篱笆，只有低矮的桑树种在四周的空地上。因为树枝上冻结的冰，加上树龄古老，桑树都被压弯了。影子穿过路边一堆堆的积雪和淤泥走过去。墓园门口只有两块石头作为门柱，标出入口的方位，但门柱之间没有铁门。他穿过门柱走进墓园。

他在墓园里随意溜达着，看着那些墓碑。上面的题字日期没有晚于1969年的。他把雪从一个看起来还算坚固的花岗岩天使雕像上扫下来，然后依靠在上面。

他从口袋里掏出打包的纸袋，从上面撕开，拿出里面的馅饼。在寒冷的空气里，它冒出微弱的白色热气，而且闻起来香喷喷的。他开始吃起馅饼来。

有什么东西在他背后沙沙作响。一开始他还以为是那只猫，接着他闻到了香水味，在香水味下，还有东西腐烂的味道。

"请不要看我。"她在他背后说。

"你好，劳拉。"影子说。

她的声音有点犹豫。也许，他觉得甚至还有一点恐惧。她回答说："你好，狗狗。"

他撕下一块馅饼。"你想吃点吗？"他问她。

她已经站在他背后了。"不用了。"她说，"你自己吃吧。我现在不需要吃任何食物了。"

他咬了一口馅饼，果然美味可口。"我想看看你。"他说。

"你不会喜欢我现在的样子的。"她告诉他。

"求你了。"

她从石头天使像后面走出来。影子在阳光下仔细凝视着她。她身上有些地方变了，有些没变。她的眼睛没有变，还有她那有些狡诈的充满希望的微笑。但是很明显，她现在已经非常像个死人了。影子终于吃完自己的馅饼，他站起来，把纸袋里的馅饼碎沫倒空，然后把纸袋折好放回到口袋里。

在开罗市的殡仪馆里待了一段时间之后，他和她在一起已经不那么紧张了。他不知道该对她说些什么。

她冰冷的手摸索着寻找他的手，他轻轻握住她的手。他感到心脏在胸腔里猛烈跳动，他很害怕，但让他害怕的却是此刻他可以如此冷静平常地面对她。有她在身边，他感觉非常舒服自在，他希望就这样永远站在这里。

"我很想你。"他承认说。

"我在这里。"她说。

"我最想你的时候，就是你在我身边的时候。你不在的时候，你就只是来自过去的鬼魂，或是来自另一个世界的梦，让我感觉反而更轻松些。"

她捏捏他的手指。

"那么，"他问，"死亡的感觉如何？"

"很难。"她说，"觉得自己正不断死亡。"

她把头靠在他肩上，这个动作几乎让他彻底崩溃。他问："想不想一起散步？"

"当然。"她冲着他微笑，那张死人的面孔上露出紧张扭曲的笑容。

他们走出小小的墓园，手牵着手沿着道路往镇子的方向走回去。"你去什么地方了？"她问。

他说："大部分时间都待在这里。"

"圣诞节之后，我就找不到你了。"她说，"有时候我能知道你在哪里，但只是短短的几小时，或者几天。你出现在很多地方。可紧接着，你又会再次消失。"

"我就在这个镇上。"他说，"这里叫湖畔镇，是个很不错的小镇。"

"哦。"她说。

她不再穿着下葬时穿的那条蓝裙子了。现在，她穿着几件毛衣、一件深色长裙，还有一双暗红色高筒靴。影子很欣赏她的穿衣打扮。

劳拉歪着脑袋，笑着说："这双靴子很棒吧？我是在芝加哥一家很棒的鞋店里找到的。"

"你怎么会从芝加哥一路赶到这里来？"

"我离开芝加哥已经有一段时间了，狗狗。我一直向着南方走。寒冷的天气让我觉得很不适。你准以为我会喜欢寒冷吧。我想，讨厌寒冷可能和死亡有关。你感觉到的不再是寒冷，而是虚无。死了之后，我猜唯一能让你感到恐惧的就是虚无。我本来准备到得克萨斯州，打算在加尔维斯敦[1]过冬。我觉得，我小时候肯定常常在加尔维斯敦过冬，习惯了那里的气候。"

"我可不这么想。"影子说，"你过去从来没提过那里。"

"没有吗？也许那是别人的记忆？我也不知道。我还记得海鸥——把面包扔到空中喂海鸥，上百只海鸥飞来飞去，整个天空都被海鸥遮住了。它们拍打着翅膀，在空中争抢着面包。"她停了下来，"如果我并没有真的亲眼看过的话，我猜可能是别的什么人见过这场景。"

转弯处开过来一辆车，司机向他们挥手打招呼，影子也冲他挥挥

---

1 美国得克萨斯州东南部港口城市。

手。这种平常生活的感觉真好，他正在和妻子一起散步。

"这种感觉很好。"劳拉说，她仿佛可以读出他脑中的想法。

"是的。"影子说。

"我很高兴你也感觉很好。召唤出现的时候，我不得不匆忙赶过来。那时候我刚到得克萨斯州。"

"召唤？"

她抬起头注视他，金币在她的颈间闪闪发光。"我感觉像是一种召唤。"她说，"我开始想起你，想起和你在一起的快乐远远超过要去加尔维斯敦。想起我多么需要见到你，就像极度的饥渴。"

"你就在那个时候才知道我在这里？"

"是的。"她停了下来，皱起眉头，牙齿轻轻咬住蓝色的下唇。她把头偏向一侧，说："是的，突然之间，我知道你在什么地方了。我以为是你在召唤我，其实并不是你，对吗？"

"不是我。"

"你不想看到我。"

"不是那样的。"他迟疑一下，"是的，我是不想看到你。看到你，我很痛苦。"

脚下的积雪嘎吱作响，在阳光的照耀下折射出钻石一样的光芒。

"不再活着，"劳拉说，"真是很难。"

"你是说你觉得当死人很难熬？你看，我正在寻找可以让你完全复活的办法。我觉得我已经找到正确的路……"

"不是的。"她打断他，"我是说，我很感激你，也希望你真的能找到方法。毕竟，我做过很多坏事……"她摇头，"但是，我说的是你，不是我！"

"我还活着。"影子说，"我没有死。记得吗？"

"你是没有死。"她说，"但我却不敢肯定你是不是还活着。不敢确定。"

这次谈话不应该这样发展下去，影子想，任何情况下都不应该涉及这个话题。

"我爱你。"她不带任何感情地说，"你是我的狗狗。不过，当你真的死去时，你会更加清晰地看到事物的真相。我感觉自己眼前并没有人，你知道吗？你就好像是这个世界上一个巨大坚固的人形空洞。"她皱起眉头，"甚至我们俩过去在一起时也如此。我喜欢和你在一起，因为你爱我，愿意为我做任何事情。可是有时候，当我走进本以为空无一人的房间里，当我打开灯或者关掉灯时，我才意识到你在房间里面。你独自一人坐着，既没在看书也没在看电视，就那样什么也不做地一个人坐着。"

她搂住他，仿佛想用这种办法拔除她话语中伤人的尖刺。她接着说下去。"罗比最好的一点就是，他是个真实存在的人。有时候他就是个混蛋，或是个笑话，他喜欢在我们做爱的时候周围摆满镜子，这样他就可以看到他对我做的事。但是，他是真实活着的人，狗狗！他有渴望的东西，他能填满周围的空白。"她停下来，抬头仰视他，头微微偏向一侧，"我很抱歉。我是不是又让你伤心了？"

他觉得自己的声音一定会出卖自己，于是只是简单地摇摇头。

"好。"她说，"这样就好。"

他们两一起走完剩下的路，走到影子停车的地方。影子觉得自己应该说些什么，比如"我爱你"，或者"请不要离开我"，或者"我很抱歉"之类的。像这种事先毫无征兆、突然闯入黑暗领域的谈话，一般都是用这些话来救场的。但是，他说出口的却是"我并没有死"。

"也许没有。"她说，"但你确信自己还活着吗？"

"看看我的样子吧。"他说。

"这不是答案。"他死去的妻子说，"如果你真的活着，你心里会知道的。"

"接下来会怎样？"他问。

"这个嘛，"她说，"既然我已经见过你了。我准备再次南下。"

"回得克萨斯？"

"只要暖和，什么地方都行。"

"我必须在这里等待。"影子说，"直到老板需要我。"

"你这样不算真正地活着。"劳拉说。她叹了口气，然后又露出笑容，还是那样的笑容，无论见过多少次都会揪住他的心的迷人微笑。每次她冲他微笑，都让他感觉仿佛是她第一次冲他微笑。

"我还会再见到你吗？"

她抬头看他，微笑慢慢消失了。"我想还会的，"她说，"到最后一刻。事情还没完，不是吗？"

"是的，还没完。"他说。

他想搂住她，但她摇头拒绝，从他的怀抱中挣扎出来。她坐在被积雪覆盖的一张野餐桌边，目送他开车离开。

穿插事件

战争已经开始，却无人看到。风暴正在逼近，却无人知道。

无数战争一直在进行中：打击罪恶的战争、打击贫穷的战争、打击毒品的战争。这一场战争的规模要小很多，但更有力、更有针对性，和所有战争一样真实而残酷。

在曼哈顿，一根从空中坠落的钢梁把一条街道堵死了整整两天。钢梁砸死了两个行人，一个阿拉伯籍出租车司机，还有出租车上的乘客。

在丹佛，一个卡车司机被人发现死在自己家里。谋杀的工具是一把带橡胶把手的爪型锤，凶器就扔在尸体旁边的地板上。他的脸没有任何损伤，但后脑勺却被砸得稀烂。浴室镜子上用棕色的唇膏写着几个外国文字。

在亚利桑那州凤凰城的一个邮政分拣站，一个男人突然发疯（晚间新闻说他因工作压力而行为失常），开枪打死了外号叫"巨魔"的泰瑞·艾文森。死者是一个患肥胖症、行动笨拙的人，平日独自一人住在拖车里。邮局里其他几个人也被枪击中，但死者只有艾文森一人。开枪射击的凶手（警方最初以为是某个心怀怨恨的邮局职工）目前在逃，一直无法确认凶手的身份。

"老实说，""巨魔"泰瑞·艾文森的老板在五点钟新闻里说，"要说有谁会发疯，'巨魔'发疯还差不多，我们都是这么想的。他工作还行，就是人有点怪异。我是说，人可真是吃不透，你说是吧？"

晚上新闻重播时，这段采访被剪掉了。

在蒙大拿州，一个宗教团体的九名隐士全部死亡。记者在报道中推测这是一次集体自杀事件，但没过多久，死亡原因便被确定为老式壁炉导致的一氧化碳中毒。

在亚特兰大一家海鲜餐厅里，装龙虾的玻璃鱼缸被砸得粉碎。

在克威斯特市的墓地里，一个地下墓室被人故意污损。

在爱达荷州，一列美国铁路客运公司的客运火车，撞上一辆联邦快递公司的货车。货车司机被撞死，列车上的乘客没有人受重伤。

到这个阶段，双方的对抗依然是冷战，是假战争，没有哪一方获得真正的胜利或失败。

狂风撼动树枝，火星从火焰中飞出。真正的风暴就要来临。

人们都说，希巴女王拥有源自她父亲的一半恶魔血统。她是个会巫术的女人，是个充满智慧的女人，还是个尊贵的女王。在希巴[1]前所未有最富饶的时代，她统治着那片土地。那时候，船和骆驼将香料、宝石和香木运送到全世界的各个角落。甚至当她还在世的时候，就已经被人崇拜，被最智慧的国王们当作女神来崇拜。此刻，她站在凌晨两点的日落大道的人行道上，面无表情地看着路上的车流，像结婚蛋糕上的塑料新娘。她站在那里，仿佛她拥有整条人行道，拥有环绕在她周围的黑暗。

只要有人直视她，她的嘴唇就会开始嚅动，仿佛在自言自语。男人们开车从她身边经过时，她会注视着他们的眼睛，冲他们微笑。她会无视那些在人行道上与她擦肩而过的男人（确有此事，即使在好莱坞西区，人们也会随处步行）。她无视他们，并尽力装作他们并不存在。

这是漫长的一夜。

这是漫长的一周，漫长的四千年。

她很骄傲自己没欠任何人的债。街上的其他姑娘，她们有皮条客、有吸毒的恶习、有私生子，她们任由别人摆布。她和她们不同。

她的职业再也没有任何的神圣性，再也没有了。

洛杉矶从一周前就开始下雨，路面湿滑，出了很多起交通事故。山体开始滑坡，泥石流把房屋冲进峡谷。大雨清洗着整个世界，把一切冲进排水沟，淹死了很多住在混凝土排水渠里的乞丐和无家可归者。洛杉矶不下雨则已，一下就是突如其来的暴雨。

---

1 古国名，在阿拉伯南部，即今日的也门，因做香料、宝石生意而著名。

上个星期，比奇丝一直待在房间里。她无法外出站在人行道上拉客，只好蜷缩在那个猩红色房间的床上，一边倾听外面雨水敲打空调窗机金属外壳的声音，一边把自己的个人资料上传到互联网上。她在"成人交友""洛杉矶伴侣""漂亮娃娃"网站上都留下自己的邀请，还留下她的匿名邮箱地址。她很自豪自己能进入新的领域，但还是有些不安。长期以来，她一直极力回避任何可能留下自己踪迹的文件，甚至从来没有在《洛杉矶周报》副页上登过小广告。她更愿意亲自挑选她的顾客，用眼睛、嗅觉和触摸找到适合的人选，当她需要被人崇拜的时候，他们会心甘情愿地崇拜她，会全心全意地把自己奉献给她……

　　现在，她浑身发抖地站在街角（尽管二月底的雨水已经过去了，但是雨水带来的寒冷空气却留了下来），意识到自己的这个坏习惯和其他妓女的吸毒恶习一样糟糕。她的嘴唇再次嚅动起来。如果你能靠近她红宝石般的嘴唇，就能听到她所说的话。

　　"我将起身行走在城市的街道上，在宽阔的大街上寻找我所爱的人，"她在悄声自语着，"我属于我所爱的人，而他也属于我。他赞美我的娇躯纤美如棕榈树、我的酥胸甜美如葡萄，他发誓将永伴我身畔。我属于我所爱的人，而他全部的欲望都属于我。"

　　比奇丝希望雨停之后，嫖客们会重新回到街上。一年中的大部分时间，她都在日落大道上的两三个街区里走动，享受着洛杉矶冰冷的夜晚。每月一次，她会向洛杉矶警察局的一个叫萨巴赫的警官交保护费，他取代了她之前交保护费的洛杉矶警察局的另一个杂种。那人已经失踪了，他的名字叫杰瑞·里贝克。对整个洛杉矶警察局来说，他的失踪一直是个谜。事实上，他被比奇丝迷住了，开始跟踪她。一天下午，她被某种噪音惊醒。她打开公寓门，发现是杰瑞·里贝克，他穿着便衣跪在她门口，在破旧的地毯上摇晃着。他低垂着头，等待她开门出来。她听到的声音就是他跪在那里前后摇晃身体时，脑袋撞在门上发出的声音。

　　她抓住他的头发，命令他进来。事后，她把他的衣服放进一个黑色的塑料垃圾袋，把它塞进几条街区外一家旅馆的垃圾桶里。他的枪和钱包被她放进一个杂货店的袋子里，上面倒上咖啡渣和剩饭菜。她把袋子顶端折叠起来，丢进汽车站旁的垃圾桶里。

她没有留下任何纪念品。

西边天空出现橘红色的晚霞，与海平面远方的灯光交相辉映。比奇丝知道这意味着大雨即将来临。她叹了一口气，她可不想赶上大雨。她决定回自己的公寓去，洗个澡，再刮掉腿毛——她觉得最近这段时间刮腿毛越来越频繁了——然后睡觉。

"夜晚，在我的床上，我寻找我的灵魂所爱慕的他。"她继续喃喃低语，"让他用嘴唇亲吻我的全身。我爱的人属于我，而我也属于他。"

她开始沿着旁边一条小路往上走，走上坡路，走向她停车的地方。

背后突然亮起汽车头灯的灯光，车子靠近她时减慢速度。她把脸转向街上，露出职业性的笑容。但看到那是一辆豪华的加长版白色轿车时，她的笑容凝固了。坐加长豪华轿车的男人总喜欢在车厢里面做爱，他们不会去比奇丝秘密的私人圣殿里。管他呢，当成一次投资好了，为未来而进行的投资。

比奇丝笑眯眯地走近豪华轿车，一扇深色玻璃车窗摇了下来。"嗨，亲爱的。"她说，"在找什么吗？"

"寻找甜蜜的爱。"车厢后部传出一个声音。她瞄了一眼车身里面，尽可能地通过打开的车窗看到更多情况。她知道有个女孩进了一辆坐着五个喝醉的橄榄球队员的加长轿车，结果被他们害惨了。她看到车里只有一个人，而且看上去非常年轻。她感觉这个人不像是膜拜者，但是很有钱，她可以从他手中搞到好多钱，这种事本身也是拥有能量——过去这种能量被称为巴拉卡[1]。这些钱她用得着。说实话，这年头，小钱也能派上大用场。

"多少钱？"他问。

"取决于你想要什么、想干多久。"她说，"还有你付不付得起。"她闻到从车窗里飘出来的烟味，像在烧电线或者加热电路板。车

---

1 巴拉卡在犹太教中，是指典礼仪式中念诵的祝福之语或赐福。

门从里向外打开了。

"无论我想要什么，我都付得起。"那人说。她倾身钻进车身里环视一圈，没有别人，只有那个嫖客，是个长着一张胖脸的孩子，看起来似乎还不到合法饮酒的年龄。既然没别人，她安心地上了车。

"有钱的小孩，是吗？"她问。

"比有钱更有钱。"他告诉她，沿着真皮座椅挪到她身边。他移动的姿势有些笨拙，她冲他露出微笑。

"嗨，让我热起来吧，亲爱的。"她对他说，"你准是报上说的那种搞网络的人吧？"

他得意极了，像牛蛙鼓起气一样自我吹嘘："对，还兼做别的。我是高科技男孩。"车子开动起来。

"那么。"他说，"告诉我，比奇丝，让你舔我的鸡巴要多少钱？"

"你叫我什么？"

"比奇丝。"他重复了一遍。接着他唱起歌来，但那副嗓音实在不适合唱歌。"你是个非物质女孩，却生活在一个物质社会。"[1]

这句歌词听上去好像事先排练过，也许是在家里冲着镜子练的。

她不再微笑，她的表情变了，变得更加智慧、更加精明，也更加无情。"你想干什么？"

"我告诉过你了。甜蜜的爱。"

"无论你想要什么，我都可以给你。"她说。她得想法逃出这辆轿车。车子开得太快，她无法跳车，但如果不能说服对方放了自己，她还是会选择跳车。她不知道接下来会发生什么，反正不是她喜欢的事。

"我想要的，啊，是了，"他顿了顿，舌头绕着嘴唇舔了一圈，"我想要一个干净的世界。我想拥有明天，我想要进化、退化和翻天覆地的变化。我想带领我的同类从气流的边缘进入主流的高处。你们躲在地底下，这种做法大错特错。我们需要站在聚光灯下，闪闪发光，我们

---

1 改编自麦当娜的成名单曲《物质女孩》。

要站在前排，站在中央。你们躲在地底下过得太久，已经丧失视觉。"

"我的名字是艾尔莎。"她冷静地说，"我不知道你在说什么。街角另有一个姑娘，她叫比奇丝。我们回日落大道去吧，你可以同时要我们两个人……"

"别装了，比奇丝。"他说着，戏剧性地长叹一声，"世界上的信仰只有这么多，他们能提供给我们的信仰快耗尽了。出现信用缺口。"他又叹一口气，用跑调的鼻音哼唱着："你是个模拟女孩，却生活在一个数字世界。"豪华轿车在街口转弯的时候速度过快，他在座位上一跌，摔到她身上。开车的司机隐藏在深色玻璃后面，她突然产生一个荒谬的想法：没有人在开这辆车，这辆白色豪华轿车是自动行驶过贝弗利山的。

这时候，嫖客伸手拍拍深色玻璃。

车速慢下来。没等它停下，比奇丝猛地推开车门，她连跳带摔地跌在黑色的路面上。这是一处山间公路，她的左侧是高耸的峭壁，右侧是陡峭的山谷。她沿着山路向山下跑去。

豪华轿车停在原地，没有移动。

天开始下雨，她的高跟鞋打滑，跑起来跌跌撞撞的。她踢掉鞋子继续跑，雨水湿透衣服。她四处寻找可以离开这条山路的地方。她非常害怕，她是拥有法力，但那只是欲望的魔法、性的魔法。没错，魔法帮她在这块土地上活了很久，很真实，但是对和生存有关的其他一切问题，魔法没有任何帮助，她只能依靠她的锐利眼睛和精明头脑来解决。

她右侧是高及膝盖的栏杆，防止车子从山边翻落下去。雨水冲刷着山间公路，将山路变成一条河流，她的脚底开始流血。

在她面前铺开的是山下洛杉矶的璀璨灯光，像一个想象中的王国的电子灯光地图，像地上的天国。她知道，只要离开了这条公路，她就安全了。

我肌肤黝黑，但我漂亮迷人，她对着夜色和暴雨喃喃说着，我是沙仑的玫瑰花，是谷中的百合花。求你们给我葡萄干增补我力，给我苹果畅快我心。因为我思爱成病。[1]

一道分叉的绿色闪电划破夜空。她没有站稳，摔倒在地上滑了几步，擦破了腿和胳膊。她刚刚支撑身体站起来，只见闪亮的车灯从上而下，沿着山路向她冲来。车开得太快，开得不顾一切。如果她跳到右侧，车子就会把她撞到峭壁上，撞得粉碎；如果跳到左边，车子就会把她撞下山谷。她冲过公路，想爬上湿漉漉的峭壁。白色豪华轿车沿着陡峭的山路冲来，时速肯定超过了八十英里，快得甚至在湿滑的路面上失控飘滑。她的手抓到一把野草，抠住泥土，她就要爬上山壁了。她知道，一旦泥土松动，她会重新跌回路面。

车子猛地撞上她，冲撞力大得撞歪了散热前格栅，将她抛到半空，像抛起一只手套布偶娃娃。她跌落在豪华轿车后面的地上，冲击撞碎了她的骨盆和头骨，冰冷的雨水打在她的脸上。

她开始诅咒谋杀她的人，无声地诅咒他，因为她已经无法张开嘴唇。她诅咒他，无论她是清醒还是昏迷，无论她是活着还是死去。她恶毒地诅咒他，只有像她这样拥有源自父亲的一半恶魔血统的人，才能发出这样恶毒的诅咒。

车门打开了，有人走近她。"你是个模拟女孩，却生活在一个数字世界。"他再一次唱着跑调的歌。然后，他骂道："该死的麦当娜们，你们全都是该死的婊子！"他走开了。

车门再次关上。

豪华轿车开始倒车，从她身体上面慢慢碾压过去，这只是第一次。她的骨骼在车轮下被碾碎。然后，车子再一次朝她开过来。

最后，当车子沿着公路向山下驶去时，留在路面上的只有公路谋杀所残留的一片模糊的血肉，几乎无法辨认出人形。用不了多久，这最后的遗迹也会被雨水冲刷干净。

---

1 出自《圣经·旧约·雅歌》。

穿插事件二

"嗨，萨曼莎。"

"玛格？是你吗？"

"还能是谁啊？里昂说萨米阿姨在我洗澡的时候打电话过来。"

"我们聊得很开心。他真是个可爱的孩子。"

"没错。我想我能保护好他。"

一时间，两个人一阵不自在，电话线里只有轻微的噼啪声。然后，"萨米，学校怎么样？"

"给我们放了一周假，锅炉出了问题。你在北伍德那边怎样了？"

"呃，我有了一个新邻居，他会玩硬币戏法。《湖畔镇新闻报》的读者来信专栏上最近正展开一场激烈的辩论，讨论从湖南岸的旧墓地那边重新划分镇区域的可能性。我不得不写出一篇言辞尖锐的编辑摘要评论登在报上，既不能冒犯到谁，也不能告诉别人我们的真正立场。"

"听起来很有意思。"

"根本没意思。艾丽森·麦克加文上周失踪了，她是洁莉和斯坦·麦克加文家的大女儿，我想你没见过他们。是个很不错的孩子。她给里昂做过几次临时保姆。"

对方张开嘴巴似乎想说些什么，但是再次闭上了，把要说的话咽了回去，只说："太可怕了。"

"是呀。"

"那么……"接下来要说的话，应该不会伤害到对方，"他可爱吗？"

"谁？"

"你的新邻居。"

"他叫安塞尔，迈克·安塞尔。他还不错，不过对我来说太年轻了。他很高大，看上去……怎么描述呢，用M开头的单词。"

"普通？阴郁？高贵？已婚？"

对方发出一阵笑声。"是的，我猜他已经结婚了。我的意思是，已婚的男人都有一种特殊的感觉，他就有那种感觉。但我想说的是忧郁。他的样子似乎很忧郁。"

"而且神秘？"

"并不特别神秘。当刚搬进来时，他看起来有点无助，他甚至不知道应该封住窗户来保温。过了这么久，他看起来依然不知道自己到底在这里做什么。只要他在——他总是在这里住几天，然后外出——他总是出去散步。他从不惹麻烦。"

"也许他是个银行抢劫犯。"

"呃，我也是这么猜的。"

"才不是呢，那是我的想法。听着，玛格，你现在怎么样？一切都好吧？"

"当然。"

"真的吗？"

"不好。"

又是长长的一段沉默。"我要过来看你。"

"萨米，不要。"

"就是这个周末，在锅炉修理好、学校重新开课之前。会很好玩的。你可以在沙发上帮我铺张床，再邀请那个神秘的邻居过来一起吃晚饭。"

"萨姆，你想牵线做媒？"

"谁想做媒了？跟那个见鬼的克劳迪娅相处之后，也许我准备重新和男孩子们交往一阵子。我搭车到艾尔帕索过圣诞节的途中，遇到了一个很不错的陌生男人。"

"哦，听着，萨姆，你一定别再随便搭车了。"

"你觉得我搭车来湖畔镇怎么样？"

"艾丽森·麦克加文就是在搭车途中失踪的。即使像我们这种镇子，搭车也不安全。我会给你寄钱过去的，你可以坐车过来。"

"我没事的。"

"萨米！"

"好了好了，玛格。寄钱给我吧，能让你安心睡觉就行。"

"只有你不再随便搭便车，我才会安心睡觉。"

"好了，我专横的姐姐。替我拥抱里昂，告诉他萨米阿姨要来看他了，这次别再把他的玩具都藏在阿姨的床上了。"

"我会告诉他的。有没有用不敢保证。我什么时候能见到你？"

"明天晚上。你不用来汽车站接我，我会请赫因泽曼恩用泰茜把我送过来。"

"太晚了，泰茜现在闭关冬眠呢。不过赫因泽曼恩会让你搭车的。他喜欢你，你总是爱听他讲的故事。"

"也许你可以让赫因泽曼恩帮你写评论。估计他会这么写：'说到从旧墓地开始重新划分区域，让我想起来这么一件事：有一年冬天，我祖父在湖边的旧墓地旁射中了一只牡鹿。当时他的猎枪里已经打光子弹，于是他就用祖母给他带的午饭里吃剩下的樱桃核做子弹，打中了牡鹿的脑袋，鹿立刻像钻出草料架的蝙蝠一样逃掉了。两年之后，他又到那里打猎时，看见当初的那只雄鹿，它头上两只鹿角之间顶着一棵枝叶繁茂的樱桃树。这次他终于打到它了，樱桃多得不仅让祖母做了很多樱桃派，他们还一直吃到了下一年的7月4日独立纪念日。'"

她们都哈哈大笑起来。

穿插事件三
佛罗里达州，杰克逊维尔[1]，凌晨2点

"广告上说你们在招人。"

"我们总是缺人手。"

"我只能上夜班，没问题吧？"

"没问题。填好这张申请表。你以前在加油站工作过吗？"

"没有。不过我认为不会有什么问题的。"

"哦，这又不是什么卫星科技，肯定没什么难的。"

"我刚搬到这里，没有电话。还在等电话公司来安装。"

"我当然明白，当然明白。他们就是让你等着，因为他们有这个权力。嗯，太太，希望你不要介意我的话，你看上去脸色不太好。"

"我知道，是药物的影响。实际情况比看上去的还糟糕。不过没有生命危险。"

"很好。你可以把申请表留下来给我。我们现在晚班很缺人手。在这里，我们管夜班叫僵尸班。等你干久了，你就明白是怎么回事了。那么……你是不是叫劳娜？"

"劳拉。"

"劳拉。好，希望你不介意和脾气古怪的人打交道，那种人总是夜里来加油。"

"没问题，我能应付的。"

---

1 美国佛罗里达州东北部港口城市。

第十三章

嗨，老朋友，

你看如何，老朋友？

就这样好了，老朋友，

让多年的老情谊歇一歇，

为什么如此阴郁？

我们的友谊还要永远继续，

你，我，还有他——

太多生命生死攸关⋯⋯

——史蒂芬·桑坦[1]《老朋友》

星期六一大早就有人敲门，影子起身去开门。

门外是玛格丽特·奥尔森，她不肯进屋，只是站在门外的阳光下，看起来有些严肃。"安塞尔先生⋯⋯"

"叫我迈克就好了。"影子说。

"好吧，迈克。你愿意今晚过来吃晚饭吗？大约六点钟。没有什么特殊的饭菜，就是意大利面和肉丸。"

"没问题，我喜欢意大利面和肉丸。"

---

1 史蒂芬·桑坦（1930—），美国百老汇音乐剧创作大师。

“当然，如果你有别的约会……”

“我没有其他约会。”

“那就六点钟。”

“需要我带一束鲜花过来吗？”

“如果你愿意的话。不过，这次晚饭是纯社交礼节性的，不是什么浪漫约会。”她说完转身离开，带上房门。

影子洗澡后，出门散了一小会儿步，走到桥边就转了回来。太阳已经升起，在地平线的远方露出黯淡的半个圆。回到家时，外套下已经出了一身汗，气温肯定回升到冰点以上了。他开着四驱车到丹佛美食店买了一瓶葡萄酒。那瓶酒的价格是二十美元，在影子看来，这个价位应该是某种质量的保证。他不懂葡萄酒，但是觉得二十美元的酒应该喝起来味道不错。他买的是加州赤霞珠红酒，因为在影子还年轻时，在人们还热衷于在汽车保险杠上贴贴纸时，他见过一条贴纸上写着“人生就是一瓶赤霞珠”，当时那句话让他忍俊不禁。

他买了一个盆栽作为礼物，只是普通的绿色观叶植物，不是鲜花，没什么浪漫气息。

他还买了一大盒牛奶和一篮水果，都是他自己绝对不会买来吃的。

之后，他开车到玛贝尔的店里，只买了一个馅饼当午饭。玛贝尔一见到他，脸就笑开了花。“赫因泽曼恩追上你了吗？”

“我不知道他在找我。”

“他想找你一起去冰上垂钓。还有查德·穆里根，他想知道我见没见过你。他的表妹从另外一个州来这里了，她是个寡妇，是他的远房表妹，我们通常管那种表妹叫作‘可以亲吻的表妹’。她可真是个甜心俏佳人，你肯定也会爱上她的。”她说着，把馅饼装进一个棕色的纸袋里，折上纸袋顶端，保持馅饼的温度。

影子开车兜了一条远路回家，他一手开车，一手拿着馅饼吃，热乎乎的馅饼碎屑掉到他的牛仔裤上和四驱车的地板上。他经过湖南岸的图书馆。在冰雪的装点下，整个镇子都是黑白色调的。春天仿佛遥远得不可想象，破冰车恐怕会一直停在冰面上，伴随它的还有那些冰上垂钓者的小屋，以及皮卡车和机动雪橇留下的车痕。

他终于回到公寓楼前，停下车，穿过车道，走上通向公寓的木头台阶。金翅雀和五子雀正站在喂鸟器上吃东西，几乎懒得抬头看他一眼。他走进房间，给盆栽浇了点儿水，考虑是否该把葡萄酒放到冰箱里。

到六点钟之前，还有好长一段时间需要打发。

影子希望自己还能舒舒服服地看看电视。他想娱乐一下，不必费脑子去思考问题，只是坐在那里，沉浸在电视的声音和画面中。想看看露西的胸脯吗？在他的记忆中，拥有露西嗓音的某人正在对他悄声细语。尽管这里并没有人看着他，他还是摇了摇头。

他意识到自己有些紧张。自从三年前被捕以来，这是他第一次和其他人进行真正的社交，是和普通人，而不是和监狱里的犯人，也不是和神、民族英雄或梦境。他要以迈克·安塞尔的身份，找到和别人聊天的话题。

他看了看手表，现在才下午两点三十分。玛格丽特·奥尔森告诉他六点钟到，她的意思是六点整吗？可不可以早到一点儿？或者晚一点儿？他最后决定，他会在六点零五分到隔壁去。

电话突然响了起来。

"啊？"他问。

"电话可不是这种接法。"星期三抱怨道。

"等我的电话线正式接通了，我会很有礼貌地正常接电话的。"影子说，"有事要我帮忙？"

"我不知道。"星期三说。他顿了顿，然后接着说："把众神组织团结起来，就好像把猫排成整齐的一行，简直困难透顶。他们天生就不习惯团结。"星期三的声音了无生气，听上去疲惫不堪。影子以前从来没有听过他这样说话。

"出什么事了？"

"太困难了。真他妈的太难了。我真不知道这么做到底有没有用。看来我们还是直接割断自己的喉咙更省事点，自我了断。"

"你不该说那些丧气的话。"

“是呀，你说得对。”

“嗯，就算你割断喉咙，”影子开个玩笑，想让星期三振作起来，“恐怕也不会感到疼痛。”

“我会感到疼痛的。即使是我们这种人，伤害依然会带来疼痛。你在一个物质的世界中活动和生存，这个物质世界也必然会对你产生一定的作用。受伤会疼痛。同样，贪婪会让我们陶醉，欲望可以烧灼我们的内心。我们不容易死掉，就算死也不是那种寿终正寝的死法，但我们的确会死。如果我们依然被人们爱戴、怀念，那么，类似我们的某个人将会出现，取代我们的位置，把整桩该死的事情再来一次。如果被人们遗忘，我们就真的完蛋了。”

影子不知道该说些什么来劝慰他，只好转移话题。“你从哪里打来的电话？”

“妈的，这不关你的事。”

“你喝醉了吗？”

“没醉。我一直在想念托尔。你不认识他，他是个大高个儿，长得跟你差不多，心肠很好，人不太聪明。但是只要你开口，他就可以把衬衣脱下来送给你。他自杀了。1932年在费城，他把枪塞进嘴巴里，把自己的脑袋轰了下来。一个神，怎么能有这种可悲的死法？”

“我很遗憾。”

“你的同情还不及施舍该死的两分钱的地步呢，孩子。他和你特别像，都是不爱说话的傻大个儿。”星期三停了下来，开始咳嗽。

“出什么事了？”影子忍不住又问了一次。

“他们和我接触了。”

“谁？”

“我们的对手。”

“然后呢？”

“他们想谈判，订立一个休战协议。和平谈判，和我们他妈的和平共存。”

“现在情况怎样？”

"现在我和那些现代混蛋们去喝该死的咖啡，在堪萨斯市的共济会大厅。"

"知道了。你过来接我，还是我去那里和你碰面？"

"你待在那里别动，低头老实做人。千万别招惹是非。你听到我说的话了吗？"

"可是——"

咔的一声响，电话断掉了，再也没有一丝声音。没有拨号音。当然，这部电话还没有接通，从来没有过拨号音。

只好继续消磨时间。和星期三的谈话让影子非常不安。他站起来想出去散步，但是外面的天色已经暗下来，他只好再次坐下。

影子拿起那本《湖畔镇市议会备忘录，1872—1884年》，打开书页，眼睛随意扫着上面细小的印刷字体，但什么都没有看进去。只是偶尔瞄一眼能吸引视线的东西。

影子从书中得知，1874年7月，市议会统计了蜂拥到镇上的流动的外国伐木工人数；在第三大街和主街的交会处将兴建一座剧院；还有人们希望能在弥勒河上建筑堤坝，将水塘变为一个大湖。议会批准支付给一位萨缪尔·萨缪尔斯先生七十美元，给海克·萨勒闵先生八十五美元，作为征用他们土地的补偿，以及将他们的住宅迁出即将被湖水淹没的地方的费用。

影子从未想到那个湖居然是人工湖。当时只有一个用堤坝围起来的池塘，为什么就管这个镇子叫湖畔镇呢？他继续看下去，发现一位原籍不伦瑞克[1]霍德穆林的赫因泽曼恩先生负责修建湖泊的工程，市议会还批准拨给他三百七十美元作为工程项目款，不足的部分则由公众捐款补足。影子撕下一条纸巾，夹在书页里做书签。他可以想象赫因泽曼恩看到关于他祖父的那部分介绍时该有多么开心，不知道那位老人是否了解他的家族曾经参与建造这座湖的往事。影子继续向后翻动书页，想找出关于建湖工程的更多内容。

---

1 德国中北部城市。

他们在1876年举行了湖泊落成仪式，还为湖题词，将其作为镇子成立一百周年纪念的重要献礼。市议会通过投票，一致表示对赫因泽曼恩先生的感谢。

影子查看一下手表，现在已经五点半了。他走进浴室刮干净胡子，梳理头发，换了衣服。最后十五分钟也过去了。他拿起葡萄酒和盆栽植物，出门走到隔壁房门前。

刚一敲门，立刻就有人前来开门。玛格丽特·奥尔森看上去几乎和他一样紧张不安。她接过葡萄酒和盆栽植物，说了声谢谢。房间里的电视开着，正在播放《绿野仙踪》的录像。电视画面是深褐色调的，多萝西还在堪萨斯城，闭着眼睛坐在马维尔教授的四轮马车里，那个老骗子则假装在读取她的思想，而改变她人生的龙卷风就要来了。里昂坐在电视机前，正摆弄着一辆玩具救火车。他一看见影子，立刻露出兴奋的表情，站起来撒腿就跑，结果因为太激动差点绊倒在地上。他跑进房子后面的卧室，然后又立刻跑出来，手里胜利地挥舞着一枚二十五美分的硬币。

"看，迈克·安塞尔！"他大叫一声，然后合上双手，假装把硬币塞进右手手心，然后张开手掌，"我把它变没了。迈克·安塞尔！"

"你确实做到了。"影子说，"等我们吃完饭，如果你妈妈同意的话，我会告诉你怎么才能变得更漂亮。"

"如果你愿意，现在就可以教他。"玛格丽特·奥尔森说，"我们还要等萨曼莎。我派她出去买酸奶油了，真不知道为什么耽搁那么久。"

这时，仿佛听到了她的话，外面木头平台上传来了脚步声，有人用肩膀推开房门。影子一开始并没认出她来，然后他听到她说话的声音。"我不知道你想要带卡路里的那种，还是尝起来像贴墙纸的那种，所以我就买了带卡路里的那种。"他知道她到底是谁了：那个在去开罗的路上搭便车的女孩。

"那种就可以。"玛格丽特·奥尔森说，"萨姆，这位就是我的邻居，迈克·安塞尔先生。迈克，这位是萨曼莎·布莱克·克罗，我妹妹。"

我不认识你，影子绝望地想，你从来没有遇见过我，我们完全是陌生人。他试图回忆起那次他是如何想象下雪的。那次是多么轻松，而这一次简直令人绝望。他伸出手说："很高兴认识你。"

她眨眨眼睛，抬头仔细看着他的脸，脸上一阵迷惑。然后，她眼中露出认出他来的神情，她弯起嘴角露出笑容。"你好。"她打招呼说。

"我得去看看饭菜怎么样了。"玛格丽特说，她的声音显得很紧张，仿佛她是那种离开厨房一小会儿，就担心饭菜会烧糊的人。

萨姆脱下鼓鼓囊囊的外套和帽子。"原来你就是那个忧郁而神秘的邻居。"她说，"谁想得到？"她的声音压得很低。

"而你，"他说，"就是那个叫萨姆的女孩了。我们可以另找时间再谈这个吗？"

"只要你发誓告诉我到底是怎么回事。"

"成交。"

里昂用力拉着影子的裤子。"你能现在就表演给我看吗？"他伸手给他看那枚硬币。

"好吧。"影子说，"不过我教给你之后，你必须要记住一件事情：魔术大师永远不透露自己魔术的秘密。"

"我发誓不告诉别人。"里昂一脸严肃地说。

影子把硬币先放在左手掌心，然后让里昂伸出右手，放在自己手掌上盖住硬币，两人的手大小对比强烈。他教给里昂怎样做才能显得用右手把硬币拿走，但其实硬币还留在影子的左手中。然后，他把硬币放在里昂左手掌心里，让他自己重复这个动作。

几次尝试之后，里昂终于掌握了诀窍。"现在你知道这个魔术的一半秘密了，"影子说，"移动硬币的手法只是魔术成功的一半。另外一半是：把你的注意力集中在硬币应该待的地方，眼睛则注视着想让它出现的地方。目光要跟随着硬币。如果你表现得硬币就在你右手里，没有人会去注意你的左手的，不管你的动作多么笨拙都没关系。"

萨姆微微歪着脑袋，望着这一切，什么话都没有说。

"吃晚饭了！"玛格丽特大叫一声，从厨房里走出来，手里端着一盆冒着热气的意大利面。"里昂，快点去洗手。"

晚饭味道很棒，有蒜蓉烤面包、浓厚的红色番茄酱汁和好吃的肉丸子。影子忍不住夸赞起玛格丽特做饭的手艺。

"家传的老食谱，"她告诉他，"来自家族里的科西嘉岛祖先。"

"我以为你是美国土著印第安裔。"

"我们的爸爸是切罗基族，"萨姆说，"玛格的外祖父来自法国科西嘉岛。"房间里只有萨姆在喝红葡萄酒。"爸爸离开家时，玛格才十岁大。然后，他搬到了我们住的镇子上，六个月后我出生了。我妈妈和爸爸结婚时，他还在和前任打离婚官司呢，我觉得他们试图让婚约有效一阵子。等我到了十岁的时候，爸爸又离家出走了。我想，可能家庭对他只有十年的吸引力。"

"哦，他又在俄克拉荷马州待了十年。"玛格丽特补充说。

"我妈妈的家族是来自欧洲的犹太人，"萨姆继续说下去，"来自一个过去由共产主义统治、现在乱成一团的国家。我认为，嫁给印第安切罗基族人的想法让她很得意，这就好像把油炸面包和碎肝酱搭配在一起。"萨姆又喝了一大口红葡萄酒。

"她妈妈是个疯狂的女人。"玛格丽特有些赞许地说。

"你猜得到她现在哪里吗？"萨姆问。影子摇摇头。"她在澳大利亚！她在互联网上认识一个家伙，那人住在霍巴特[1]。他们两人见过面之后，她觉得那家伙太令人作呕了。不过她真的很喜欢塔斯马尼亚岛，所以就在那边住了下来，在一个妇女团体教当地人做蜡染布之类的东西。是不是很酷？她那个年龄还做这种事？"

影子表示同意她的观点，然后又拿了些肉丸子吃。萨姆告诉他们塔斯马尼亚岛的所有土著居民是如何被英国人灭绝的：他们组成了人墙包围整个岛想抓捕他们，结果最后只抓到一个老人和一个生病的小孩。她还告诉他，塔斯马尼亚虎——也就是袋狼——都被农夫们杀光了，因为害怕它们会偷吃他们的绵羊。到了1930年，最后一只袋狼被杀掉之后，

---

1 澳大利亚塔斯马尼亚岛东南岸的港口城市。

政客们却发布公告说要保护袋狼。她喝光第二杯葡萄酒，又为自己斟上第三杯。

"那么，迈克。"萨姆突然问他，脸颊因为酒力已经开始发红了，"给我们讲讲你的家族吧。安塞尔家的人都是什么样子的？"她在笑，笑容中带着恶作剧的神情。

"我们都很无趣。"影子说，"我们没有人到过塔斯马尼亚岛那么远的地方。对了，你是在麦迪逊上学？学校怎么样？"

"你知道的。"她说，"我学习艺术史，女人们研究的专业，还有雕刻我的青铜像。"

"等我长大了。"里昂突然插嘴，"我要做个魔术师。你会教我吧，迈克·安塞尔？"

"当然。"影子说，"只要你妈妈不介意。"

玛格丽特耸耸肩。

萨姆说："吃完饭以后，玛格，你带里昂上床睡觉，我想让迈克带我去巴克酒吧待上一个小时左右。"

玛格丽特没有耸肩。她的脑袋动了一下，诧异地微微抬起眉毛。

"我想他会有兴趣的。"萨姆说，"而且我们还有很多话要谈。"

玛格丽特转头看向影子，他正忙着用纸巾擦拭下巴上并不存在的一块红色番茄酱。"反正你们都是成年人了。"她说话的腔调却竭力在暗示他们并不是，就算是成人，这种行为也太幼稚了。

晚饭后，影子帮萨姆洗碗，负责将碗碟擦拭干净。然后，他给里昂变了一个魔术。他在里昂的手心里数分币，可每次里昂张开手再数一遍硬币时，都发现比原来数的数目少了一个。至于那最后一枚硬币——"你握紧了吗？"——里昂张开手，却发现分币竟然变成了一角硬币。里昂不断地嚷嚷着："你是怎么变的？妈妈，他到底是怎么变的？"一直闹到影子走到门厅。

萨姆递给他外套。"快点。"她催促说。因为喝了太多葡萄酒，她的脸红彤彤的。

室外很冷。

影子在他的公寓前停下，把那本《湖畔镇议会备忘录》塞进杂货店的塑料袋，带在身边。赫因泽曼恩可能会在巴克酒吧里，他想给他看提到他祖父的那段记录。

他们并肩走下车道。

他打开车库门，她哈哈大笑起来。"哦，老天。"看到那辆四驱车，她叫起来，"保罗·冈瑟的车！你居然买了保罗·冈瑟的车。哦，天啊！"

影子为她打开车门，然后转到另一侧上车。"你认识这辆车？"

"两三年前我来这里和玛格住的时候，是我说服他把车子漆成紫色的。"

"哦。"影子说，"终于找到可以责备的人，太好了。"

他把车开到街上，下车关上车库门，再回到车上。萨姆表情古怪地看着他上车，好像她的自信已经从她身上溜掉一样。他扣上安全带，她说话了。"我很害怕。我干了件蠢事，是不是？我居然上了变态杀人狂的车子。"

"上一次我可把你安全送回家了。"影子提醒她。

"你杀了两个人。"她说，"联邦调查局正在通缉你。现在我又发现你用假名住在我姐姐的隔壁。难道迈克·安塞尔是你的真名？"

"不是，"影子回答说，随之叹一口气，"不是我真名。"他很讨厌承认这一点，仿佛这样做，某种重要的东西就会离他而去。否认他不是那个人，就等于放弃迈克·安塞尔的身份，感觉就像离开了一位好友一样。

"你真的杀了那些人？"

"没有。"

"他们到我家来了，还说看到我们两个在一起。其中一个家伙还把你的照片给我看。他叫什么名字来着——帽子先生？不对，是城先生！就是这个名字。跟电影《亡命天涯》的情节一模一样。不过，我说我从来没有见过你。"

"谢谢你。"

"那么，"她说，"告诉我到底发生了什么事。如果你替我保密，我也会替你保密的。"

"可我并不知道你的秘密。"影子说。

"好吧，你知道是我出的主意把这辆车子漆成紫色的，这样一来，保罗·冈瑟就成为附近几个县人们的嘲讽对象，他只好被迫离开这个镇子。当时我们都喝醉了。"她承认说。

"我很怀疑这种事能不能算是秘密。"影子说，"湖畔镇的每个人都知道，这就是喝醉之后干的好事。"

突然，她又说话了，语调平静又快速。"如果你要杀我的话，请不要伤害我。我不应该和你出来的。我太蠢了，我真是他妈的太蠢太笨了。我应该一看见你就立刻逃跑，或者叫警察。我可以作证指认你的。老天！我真是太蠢了。"

影子叹了口气。"我没有杀过任何人。真的。现在我会带你到巴克酒吧，或者，只要你发话，我就会掉转车头送你回家。如果你到了可以喝酒的年龄，我会给你买杯酒。如果还没到，我就买杯汽水给你。我会把你送回玛格丽特家，安然无恙地送回去。我只是希望你不要打电话叫警察。"

他们开车过桥，两个人都沉默不语。

"那么，是谁杀了那些人？"她问。

"就算我告诉你，你也不会相信的。"

"我会相信的。"她说话气冲冲的。他开始怀疑今晚带葡萄酒去吃晚饭是不是个明智的决定。现在看来，生活绝对不像赤霞珠葡萄酒那么美好。

"这件事别人很难相信。"

"我，"她对他宣告说，"可以相信任何事情。你压根儿不知道我会相信些什么。"

"真的吗？"

"我可以相信真实存在的事情，也可以相信那些并不真实存在的事情，还可以相信那些没有人知道它们到底真不真实的事情。我相信圣诞老人的存在，相信玛丽莲·梦露、披头士乐队和猫王都还活着；我相信人类可以更加完美，知识是无穷的，整个世界在秘密的银行联盟操纵下运转，外星人定期访问地球，好的外星人长相像满脸皱纹的狐猴，而坏的外星人把牛弄残废，还想掠夺我们的水源和我们的女人；我相信未来宇宙会坍塌、彗星会撞地球；我相信总有一天传说中的白色水牛女人会回来，狠狠踢每个人的屁股；我相信所有男人内心都是没长大的孩子，存在沟通的问题。美国人完美性生活的衰退趋势与各州的汽车电影院的衰退趋势一致；我相信所有政客都是无耻的骗子，我还相信如果政党不止两个，情况可能会更好；我相信加利福尼亚州将会沉入大海，而佛罗里达州会因为疯狂、鳄鱼和有毒废物而溶解；我相信抗菌香皂正在破坏我们对细菌和疾病的抵抗力，早晚有一天，普通的感冒都可以杀死我们，就像《世界大战》里面的火星人一样；我相信上一世纪最伟大的诗人是伊迪丝·西特韦尔[1]和唐·马奎斯[2]；翡翠是龙的干精子。而在几千年前，我的前生是一个西伯利亚的独臂萨满教巫师；我相信人类未来的命运隐藏在其他星球上；我相信我小时候糖果尝起来真的更甜，大黄蜂的飞行中蕴含着空气动力学，光是由波和粒子组成的，在某处有一只关在盒子里的猫，它同时既是死的又是活的（不过我认为如果他们不打开盒子喂猫的话，猫肯定会死，这样就有两种不同的死法），宇宙中存在有几十亿年历史，甚至比宇宙本身还要古老的星球。我相信有一位只关心我一个人、属于我自己的神，他会看到我所做的一切，而且为我担忧；我相信有一位负责维持宇宙运转的、不属于任何一个人的神，他擅离岗位去泡女友，甚至压根儿不知道我的存在；我相信存在一个没有神的空旷宇宙，里面充满因果混乱、白噪音和瞎撞上的好运气；我相信说性爱的价值被高估的人从来没有真正体会到性的欢愉；我相信那些宣称自己什么都知道的人总是会在小事情上撒谎；我相信绝对的诚实，也不排斥善意的谎言。我相信女人应该拥有选择的权利，婴儿拥有活下去的权利。如果你能毫无保留地相信司法系统，死刑制度就是正确的，所有

1 伊迪丝·西特韦尔（1887—1964），英国女诗人、文艺评论家，她强调诗的形象性和音乐性。
2 唐·马奎斯（1878—1937），美国著名诗人、作家，文风幽默讽刺。

人也都会珍惜生命、恐惧死刑，但实际上只有傻瓜才会相信司法系统；我相信人生就是一场游戏，人生就是一个残酷的笑话，只有活着才能享受人生，但你也可以舒服地躺着享受人生。"她终于停了下来，累得上气不接下气。

影子差点松开方向盘，双手为她鼓掌了。但他只说了一句："很好，所以说，如果我把我知道的事情告诉你，你不会认为我是疯子？"

"也许。"她说，"试试看吧。"

"那么，你相不相信人类从古至今想象出来的所有神，至今依然生活在我们中间？"

"……也许吧。"

"还有新诞生出来的神，计算机之神、电话之神，诸如此类的神。他们全都认定这个世界没有足够的空间让双方神明共存，某种形式的战争即将来临。"

"是这些神杀了那两个人？"

"不是，是我妻子杀了他们。"

"我记得你说过你妻子已经死了。"

"她是死了。"

"那么，她是在死前杀了他们？"

"是死后。别再问了。"

她伸手把额头上的一缕头发拨开。

他们转进主街，然后在巴克酒吧前停下。酒吧窗户上挂着招牌，上面是一只表情惊喜地端着啤酒、用后腿站立的雄鹿，手里端着一杯啤酒。影子抓起放书的袋子，然后下了车。

"他们为什么要开战？"萨姆追问，"似乎根本没这个必要。赢了之后又怎样？"

"我也不知道。"影子坦白地说。

"相信外星人的存在比相信神更容易点儿。"萨姆说，"也许城先生和那个不知名先生就是《黑衣人》里的角色，只不过他们是外星人。"

"也许他们真是类似那样的角色。"影子说。

他们两个站在巴克酒吧外面的人行道上，萨姆突然停下脚步。她抬起头看着影子，呼吸在夜空中凝结成淡淡的白雾。"你只要告诉我你是好人就行了。"

"我做不到。"影子说，"我希望我是，但我会尽力做个好人的。"

她抬头仰视他，咬着下唇，然后用力点点头。"那就很好了。"她说，"我不会出卖你的。你可以给我买杯啤酒。"

影子为她推开门，迎面立刻扑来一阵爆炸般的热浪和音乐声，置身于充满啤酒和汉堡包味道的温暖包围之中。他们走进酒吧。

萨姆冲着几个朋友挥手打招呼，影子也冲几张熟悉的面孔点头示意。他已经不记得他们的名字了，都是在搜索艾丽森·麦克加文那天认识的，还有在玛贝尔的店里吃早餐时见过的。查德·穆里根站在吧台旁，怀里搂着一位个子娇小的红发女人的肩膀——影子估计就是那位可以亲吻的表妹。他挺想知道她到底长什么样，可惜她一直背对着他。查德看见了影子，抬手开玩笑地敬个礼，影子也笑着冲他挥挥手。他四处寻找赫因泽曼恩，可那位老人今晚似乎不在这里。他在酒吧后面找到一张空桌，开始向那边走过去。

这时，突然有人尖叫起来。

那是异常恐怖的尖叫，是扯着脖子全力嘶喊的尖叫，仿佛见了鬼似的。顿时，所有人都停止交谈，安静下来。影子环顾周围，还以为有人被谋杀了，然后才意识到酒吧里所有人的脸都转向他自己。甚至连那只黑猫，它白天总是躺在窗台上睡觉的，现在也从自动电唱机上站了起来，尾巴高高竖立着，背上的毛也立起来，瞪着影子。

时间仿佛一下子凝滞了。

"抓住他！"那个女人的声音在叫，已经濒临歇斯底里的了，"哦，看在上帝份上，必须有人阻止他！不要让他跑掉！求你们了！"那是他熟悉的声音。

没有人动弹，他们只是盯着影子看。他也回视他们的目光。

查德·穆里根穿过人群走过来。跟在他后面的娇小女人依然小心翼翼地警惕着，她的眼睛睁得很大，仿佛随时准备再次尖叫。影子认识她，他当然知道她到底是谁。

查德还端着他的啤酒，他随手把它放在旁边的桌子上。"嗨，迈克。"他打招呼说。

"你好，查德。"

奥黛丽·伯顿紧跟在查德身后，脸色苍白，泪眼汪汪的。刚才就是她在尖叫。"影子！"她说，"你这个混蛋，你这个变态杀人的邪恶混蛋！"

"你确定你认识这个人吗，亲爱的？"查德问，他看上去有些不太自在。很显然，他希望发生在这里的一切都不过是误会，一个他们事后一想起来就会哈哈大笑的误会。

奥黛丽·伯顿难以置信地看着他。"你疯了吗？他给罗比工作了好几年。他的荡妇妻子是我最好的朋友。他因为谋杀正在被通缉。联邦调查局特工盘问过我。他还是在逃的罪犯！"她说得夸大其词，声音颤抖着，强压住歇斯底里的发作。她哭诉着，真像是准备夺取艾美奖的电视剧女演员。好一位可以亲吻的表妹，影子无动于衷地想着。

酒吧里无人说话。查德·穆里根看着影子。"这恐怕是误会。我肯定我们可以把真相查清楚。"他的话说得很聪明。然后，他转身对酒吧里所有人说："好了，没事了。没什么可担心的。我们很快就能解决。一切正常。"接着他对影子说："我们出去说话，迈克。"他有一种令人平静下来的能力，影子对他控制局面的能力深感佩服。

"当然可以。"影子说。

他感觉到有人在碰他的手，一转身，看到萨姆正凝视着他。他低头冲她笑了笑，尽可能让她放心。

萨姆看着影子，然后又环视一圈酒吧里那些盯着他们看的面孔。她对奥黛丽·伯顿说："我不知道你到底是谁。但——你——是——个——臭——婊——子！"说完，她踮起脚尖，把影子的头拉低，在他的唇上用力亲吻。她的唇压在他的唇上，影子感觉仿佛过了好几分钟，但实际上可能只有短短五秒钟。

影子觉得这是非常奇怪的一个吻，当她的嘴唇压在他唇上时，他感觉这个吻并不是送给他的，而是给酒吧里其他人看的，好让他们知道她已经选择支持哪一方了。这是表示旗帜指向的一个吻。即使在她亲吻他的时候，他也确信她甚至还没有喜欢上他——好吧，喜欢，但不是对恋人的那种喜欢！

很久之前，他还是孩子的时候，读过一个故事。故事说一个旅行者从悬崖上滑了下来，一只吃人的老虎站在悬崖上面，而悬崖下面是致命的瀑布，他努力想止住自己从山坡上下滑的趋势，想抓住什么东西来保住宝贵的性命。他身边有一丛草莓，上面和下面都是死路一条。问题是：他该怎么做？而答案居然是：吃草莓。

还是孩子时，他觉得这个答案完全没道理。但是现在，他终于明白其中的意义了。所以他闭上眼睛，让自己全情投入到这个吻中，除了萨姆的嘴唇和她依偎在他身上的柔软肌肤外，他什么都不想，仿佛在品尝一枚鲜嫩的草莓。

"快点，迈克。"查德·穆里根语气坚定地催促说，"请你出来，我们到外面去解决。"

萨姆退后一步。她舔了舔嘴唇，微笑起来，笑意浮现在她眼睛中。"不是很差。"她说，"对你这个小毛孩来说，接吻技术还不错。好了，出去玩吧。"然后，她转身面对奥黛丽·伯顿。"但是你，"她冷冷地说，"仍然是个臭婊子。"

影子把他的车钥匙抛给萨姆，她轻巧地单手接住。他跟在查德·穆里根后面，穿过酒吧走到外面。外面下起了小雪，雪花在酒吧的霓虹灯招牌前旋转着落下。"想谈谈这件事吗？"查德问他。

"我被捕了吗？"影子问。

奥黛丽·伯顿跟着他们出来，走到人行道上。脸上一副准备再次尖叫的表情。她的声音颤抖："他杀了两个人，查德！联邦调查局的人到我家来了，他是个变态杀人狂！如果你愿意的话，我可以跟你一起去警察局。"

"你惹的麻烦已经够多了，太太。"影子说。即使在他自己听来，他的声音也显得疲惫不堪。"请你走开。"

"查德？你听见没有？他在威胁我！"奥黛丽·伯顿说。

"回里面待着，奥黛丽。"查德·穆里根说。她似乎还想争吵，然后紧紧闭上嘴巴，连嘴唇都压青了。她一转身进了酒吧。

"对她说的话，你愿意辩解吗？"查德·穆里根问。

"我没杀过任何人。"影子说。

查德点点头。"我相信你。"他说，"我敢肯定，我们可以轻松澄清这些指控。可能你是无辜的，但我必须要这么做。你不会给我添麻烦吧，是不是，迈克？"

"我不会惹麻烦的。"影子说，"这只是一个误会。"

"确实如此。"查德说，"我想我们应该去我的办公室，在那里把事情搞清楚，如何？"

"我已经被捕了吗？"影子再问了一次。

"没有。"查德说，"除非你想被捕。在我看来，我们应该一起去我的办公室，你跟我去是出于市民的责任，而我们会想尽办法很快解决这件事。"

查德搜了影子的身，没有发现武器，然后他们上了查德的警车。这一次影子又坐在后座，关在金属隔栏后面。他想叫救命，大声呼救。他想用他的意志去影响穆里根，他在芝加哥对一个警察这么做过。这位是你的老朋友迈克·安塞尔，你曾经救过他的命。你不知道这么做有多傻吗？你为什么不让这件事就这么过去？

"我觉得应该把你从那里带出来。"查德解释说，"只要有一个大嗓门叫嚷一声，说你就是杀害艾丽森·麦克加文的凶手，到时候，我们恐怕就要应付一大群准备对你处以私刑的暴徒了。"

"我明白。"

"你没有什么要告诉我的情况吗？"

"没有，没有要说的。"

开车回湖畔镇警察局的路上，两人都沉默不语。直到停在警察局门口，查德才开口告诉他，说这栋建筑实际上属于县治安官的部门，当地警察局在这里只有几间办公室。很快县里会建一栋更加现代化的办公大楼，但眼下他们只好先在这里将就着。

他们俩走进大楼。

"我应该找律师吗？"影子问。

"又没有指控你犯了什么罪，"穆里根说，"你自己决定好了。"他们穿过几扇旋转门。"在那边的椅子上坐一会儿。"

影子在木头椅子上坐下来，椅子边上有一块被香烟烧焦的痕迹。他觉得自己愚蠢又麻木。公告栏上"禁止吸烟"的标志下面，贴着一小张寻人启事，上面写着："失踪"，照片上是艾丽森·麦克加文。

座位旁边的木头桌子上是一叠过期的《体育画报》和《新闻周刊》，杂志封面上粘贴的地址标签被人巧妙地剪掉了。房间里的灯光很暗，墙上的油漆是黄色的，不过估计原来曾经是白色。

十分钟后，查德给他拿来一杯从自动贩卖机买来的热巧克力。"袋子里面是什么东西？"他问。直到这时，影子才意识到他依然拿着那个装着《湖畔镇市议会备忘录》的塑料袋。

"一本老书。"影子说，"上面有你祖父的照片，也许是你曾祖父。"

"真的？"

影子翻动书页，找到了市镇议会的合影照片，指给他看那个叫穆里根的男人。查德笑起来。"我一点也不觉得意外。"他说。

时间一分一分地过去，他待在那个房间里已经几个小时。影子看完两本《体育画报》，正开始翻看《新闻周刊》。查德不时会出来看看他，一次是问影子是否想去洗手间，一次是给他一个火腿卷和一小袋薯片。

"谢谢。"影子接过食物，"我现在被拘留了吗？"

查德倒吸一口气，空气在他牙齿缝里嘶嘶作响。"哦，"他说，"我们很快就会知道了。看来你使用迈克·安塞尔这个名字并不合法。不过换个角度讲，在本州内，只要不是用于欺诈目的，你随便怎么称呼自己都可以。你别紧张。"

"我可以打个电话吗？"

"是本地电话吗？"

"是长途。"

"用我的电话卡打可以省点钱。否则你就要用大厅里的公用电话，十五分钟十美元。"

得了吧，影子想，你只不过想知道我拨的电话号码，还可以用分机偷听。

"太好了！"影子说。他们走进查德办公室旁的一间空房间，这里的灯光稍微亮一些。影子把要拨打的电话号码告诉查德，是伊利诺伊州开罗市一家殡仪馆的号码。查德拨好号码，把电话听筒交给影子。"我把你单独留在这里。"他说完走出去。

电话铃响了几次，有人拿起电话。

"杰奎尔和艾比斯殡仪馆。请问有什么事？"

"嗨，艾比斯先生，我是迈克·安塞尔。圣诞节前我在你那里帮过几天忙。"

一阵迟疑之后，对方开始回答："当然了，迈克。你怎么样？"

"不太好，艾比斯先生。惹了点麻烦，我被拘留了。希望你能见到我叔叔，或者帮我带个口信给他。"

"我可以帮你打听一下他在哪里。等一下，迈克，我这里有人想和你说句话。"

电话转到其他人手中，然后，一个缠绵的女人声音说："嗨，亲爱的，我很想你。"

他敢肯定自己从来没听过这个声音。但他认识她，他很肯定自己认识她……

忘记吧，一个缠绵的声音在他脑中悄声低语，忘记一切不快。

"和你接吻的那女孩是谁，亲爱的？你想让我吃醋吗？"

"我们只是普通朋友。"影子回答说，"我想她只是想表明她的立场。对了，你怎么知道她吻我了？"

"有我族人走动的地方，就有我的眼线。"她说，"你要小心，亲爱的……"听筒里突然一阵寂静，然后又是艾比斯先生的声音。"迈克，你在吗？"

"我在。"

"一时找不到你叔叔，看来他被什么事情缠住脱不开身了。不过我会继续和他联系，再带个口信给你的南西阿姨。祝你好运。"说完，电话就挂断了。

影子坐下，希望查德快点回来。他坐在空荡荡的办公室里，希望有什么东西可以转移注意力。他不太情愿地再次拿起那本《备忘录》，翻到书的中间，开始看起来。

1876年12月，市议会颁布了一条法令，从早晨八点到下午四点期间，严禁在人行道上和公共建筑内的地板上吐痰，并且严禁将任何形式的烟草产品丢到地面上。

1876年12月13日，十二岁的莱米·霍塔拉，"估计因突然出现的精神错乱而走失"。"搜索工作立刻展开，但因暴风雪阻住去路，不得不停止"。议会投票全体一致通过，对霍塔拉一家致以哀悼。

接下来的一周，奥尔森家马房起火后被迅速扑灭，人和马匹都没有受伤或死亡。

影子翻看紧挨着的一章，发现里面再没有提到莱米·霍塔拉的事。

然后，他一时兴起，将书页一直翻到1877年冬天的记录。影子发现一月份有一条备注记录：杰茜·拉瓦特（没有提到她的年龄），"一个黑人孩子"，于12月28日晚失踪。人们相信她可能"被流动商贩所诱拐，该商贩在之前一周逃离镇子，因为他被人发现有证据确凿的偷窃行为。据悉，商贩逃向圣保罗市"。有人向圣保罗市发去电报，但没有得到任何回复。市议会并没有对拉瓦特一家致以哀悼。

影子正在浏览1878年冬天的备忘录时，查德·穆里根敲门进来。他一脸羞怯，像个把一张糟透了的成绩单带回家的孩子。

"安塞尔先生，"他说，"迈克，我对此真的很抱歉。我很感激你一直很配合。私底下说，我很欣赏你这个人。可惜那并不能改变什么，你明白吗？"

影子说他明白。

"在这件事上，我别无选择，"查德说，"只能以违反假释条例的罪名逮捕你。"接下来，警察局长查德·穆里根为影子宣读他的权利，签署几张文件，再让影子在上面按下手指印，然后带他顺着走廊走到位于这栋大楼另一侧的县拘留所。

拘留所房间的一侧有一张很长的看守台，旁边还有好几道门，有两扇玻璃门通向牢房，对面的一扇门则是出口。其中一间牢房里关着人——有个男人正盖着薄毯子，睡在水泥台子的床上。另一间空着。

看守台后面坐着一个穿褐色制服、看起来昏昏欲睡的女警官，她正在看一台很小的黑白电视机上播放的电视系列剧《傻瓜尼罗》。她接过查德的文件，签名接收影子。查德徘徊着没有离开，继续签署几项文件。那女人从看守台后面走出来，搜了影子的身，拿走他所有的个人物品，包括钱包、硬币、公寓前门钥匙、书和手表，将它们放在台面上。她递给他一个装着橘黄色囚服的塑料袋，叫他走进敞开门的那间牢房里换衣服。当然，他可以保留自己的内衣和袜子。他走进牢房，在里面换上橘黄色的囚服和淋浴用的拖鞋。牢房里一股恶臭味。橘黄色套头上衣后背用大号黑体字印着"兰博县监狱"。

牢房里的金属马桶敞着盖子，里面满是褐色的屎尿，几乎就要溢出来了。

影子从里面出来，把他的衣服交给女看守，她将衣服和他的私人物品一起放在塑料袋，然后让他签名。影子签上迈克·安塞尔的名字，他发觉自己已经把迈克·安塞尔当成某个他曾经相当喜欢、但未来再也不会见到的某个人。他用拇指拨弄了一下钱包，这才交出去。"请小心保管这个，"他对女看守说，"我的全部生活都在这里了。"女看守接过钱包，向他保证说这些东西都会妥善保管。她还问查德这是不是事实，查德从签署的最后一份文件上抬起头，证明丽兹说得没错，他们从来没有丢失过犯人的物品。

换衣服的时候，影子已经把钱包里的四百美元现金偷偷摸了出来，藏在袜子里。清空衣服口袋的时候，还把那枚一美元的自由女神银币偷偷藏在手心里。

"请问，"从牢房里出来后，影子问道，"我可以继续看完那本书吗？"

"抱歉，迈克，规定就是规定。"查德说。

女看守丽兹把影子的物品打包，寄存在看守台后面的房间里。查德宣布说他现在正式把影子移交给巴特警官。丽兹一副疲惫不堪的神情，根本没注意他说的话。查德终于离开了。这时电话响了起来，丽兹——也就是巴特警官——接听了电话。"好的。"她对着电话说，"好的。没问题。好的。没问题。好的。"她放下电话做个鬼脸。

"有问题？"影子问道。

"是的。不过不要紧，一点儿小问题。他们要从密尔沃基市派人过来接你。好了，你有没有药物过敏史、糖尿病，诸如此类的？"

"没有。"影子说，"这些都没有。为什么你觉得有问题？"

"因为我得在这里看守你三个小时，"她说，"而那边的牢房——"她指了指有人在里面睡觉的那一间牢房，"里面有人。他企图自杀，现在还处于监视期内。我不能把你和他关在一起，但又不值得先签署文件让县里把你关起来，然后再签署一次文件把你放出来。"她摇了摇头。"不用说，你也不想被关在那里。"她又指了指他在里面换衣服的那间空牢房，"马桶都满了，里面臭死人，是不是？"

"是的，恶心极了。"

"把你关在里面就太不人道了。我们很快就要搬进新办公楼了，可惜对我来说速度还不够快。我们昨天关进来的那些女人里肯定有人把卫生巾丢在马桶里了。我告诉过她们不要那么做，我们有垃圾箱。卫生巾塞住下水道管子。每塞住一片该死的卫生巾，都要花费县预算里的一百美元，请水管工人来维修。所以，我可以让你待在外面，前提是戴上手铐。也可以不戴手铐，让你待在那间牢房里。"她看着他，"你自己决定吧。"

"我不喜欢手铐，"他说，"不过还是戴上吧。"

她从警服皮带上取下一副手铐，拍拍手枪皮套里的半自动手枪，仿佛提醒他自己身上带着枪。"把手放在背后。"她命令说。

手铐太紧，因为他的手腕很粗。接着，她将足枷也铐在他的脚踝上，让他坐在看守台远端的长椅上，靠墙而坐。"现在，"她说，"只要你不来招惹我，我也不会招惹你。"她调整一下电视机，好让他也能看到屏幕。

"谢谢。"他说。

"等我们有了新办公室之后，"她说，"就不会再出现眼下这种荒唐事情了。"

《午夜脱口秀》已经结束了，主持人和来宾笑着向观众道晚安。电视上开始播放《干杯酒吧》。影子从来没有完整地看过这部系列喜剧，只看过一集——就是教练的女儿到酒吧来的那集——但这一集他看过很多遍。影子早就发现，你不怎么看的连续剧，似乎总会一连好多年反反复复地碰上其中相同的某一集。他觉得这准是某种神秘的宇宙法则。

丽兹·巴特警官向后依靠在椅子上，她并没有很明显地打瞌睡，但也不是很清醒，所以她根本没发现《干杯酒吧》中的那伙人已经停止交谈，也不再说俏皮话了，而是在屏幕里向外凝视着影子。

第一个开口对他说话的是那个总以为自己是个知识分子的金发酒吧女招待戴安娜。"影子，"她说，"你离开了我们的世界，我们是多么地担心你啊。真高兴能再次看到你——虽然你现在被人关起来，还穿着橘黄色的囚服。"

"在我看来，"那个令人讨厌的酒吧常客克里夫装出一本正经的样子说，"在狩猎季节逃亡的时候，穿橘黄色的衣服很合适。反正大家都这么穿。"

影子沉默不语。

"啊，我猜是猫咬掉了你的舌头吧。"戴安娜说，"你领着我们玩了一场很愉快的追击游戏啊！"

影子把目光移开。丽兹警官轻轻地打起呼噜来。那个叫卡拉的年轻女招待打了一个响指。"嘿，混蛋。我们打断这个节目的正常转播，是为了给你看点儿好东西，保证会让你吓得尿裤子。准备好了吗？"

电视屏幕闪烁了一下，接着一片漆黑。屏幕的左下角出现了一行白色的"实况转播"的字样。画外音是一个柔和的女声："现在转投到即将胜利的一方，为时还不算太晚。但是，你同样拥有继续留在原有阵营里的自由。那正是一个美国人应该享有的权利。这是美国的奇迹。信仰自由意味着你也有权拥有错误的信仰。同样，**言论自由**也给予你保持沉默的权利。"

屏幕上出现一处街景。摄像机镜头向前慢慢推进，这是用手持摄像机以真实的纪录片风格拍摄的画面。

一个男人充满整个画面，这个人头发稀梳，皮肤晒成褐色，神情有些鬼鬼祟祟的。他倚墙而立，喝着塑料杯子里的咖啡。他目光直直地望着镜头，说："**恐怖主义是一个被人用烂了的字眼。**这意味着，真正的恐怖分子往往隐藏在模棱两可的字眼背后，例如'自由战士'。但他们是杀人成性的社会渣滓，这才是真相。我们的工作并不轻松，但至少我们知道，我们正在改变形势。我们冒着生命危险，就是为了让这个世界更加美好。"

影子认出了那个声音，他曾经有一次进入了那人的大脑。城先生的声音与从身体内部听起来有些不同，他真实说话的声音更加低沉，更加洪亮。影子是绝对不会认错人的。

镜头后移，显示城先生正站在某条美国街道上的一栋砖石建筑外，门上一块方形的空白处，标着一个大写的字母G。

"就位。"电视画面外的某人说。

"**让我们来看看室内摄像机拍到的画面。**"女画外音说。那是电视广告里经常出现的那种画外音，让你觉得安心可靠，并试图推销商品给你，说只有**聪明**如你的人才懂得抓住购买的机会。

"实况转播"的字体依然在屏幕左下角闪烁着。现在画面切换到一个小厅内部，房间里的光线很微弱。两个男人坐在房间尽头的桌子旁，其中一人背对着镜头。摄像机镜头毫无技巧地对着他们聚焦放大，移动的一系列画面边缘仿佛有锯齿状图案。有一阵子，他们两人都焦点模糊，然后影像再度清晰起来。面对镜头的那个人突然站了起来，开始踱步，好像被锁链套住的熊。那人居然就是星期三！从某种程度来说，他看起来似乎很享受眼下这种局面。他们的形象被聚焦放大之后，声音突然出现了。

背对镜头的那个人正在说话。"……我们此刻的提议正是结束这场战争的最好机会。从此以后，不再有任何流血事件，不再有任何进攻，不再有任何痛苦，不再有任何人被处死。难道这还不值得你们放弃一点权益吗？"

星期三突然停止踱步，转身面对他。他气得鼻孔大张。"首先，"他咆哮说，"你必须搞清楚，你在要求我代表我们所有的人讲话，代表遍及这个国家的像我这样的每一个人。这显然荒谬透顶。他们会做他们想做的事情，我无权代表他们决定。其次，你凭什么认为我会相信你们的人会遵守诺言？"

背对镜头的人脑袋晃了一下。"别太低估你自己。"他说，"很显然，你们的人群龙无首，但他们肯听从你的意见，他们会注意你的一举一动，卡戈先生。至于要我遵守诺言，我们这次初步谈话已经被拍摄下来，正在实况转播。"他伸手指了一下背后的摄像机镜头。"你们那边有些人正在观看我们的对话，另一些人则会看到录像带，其他人将由他们信任的人告知此事。摄像机镜头是不会说谎的。"

"任何人都会说谎。"星期三说。

影子认出了背对镜头的人的声音，他就是世界先生！影子钻进城先生的脑子里时，通过电话和城先生交谈的就是他。

"你不相信我们会遵守诺言？"世界先生问。

"在我看来，你的承诺早晚都会被打破，你的誓言全都是虚伪的。不过，我会遵守诺言。"

"安全条例就是安全条例，"世界先生说，"我们已经达成了休战协议。顺便告诉你一句，你那位年轻的被保护人，已经再次处于我们的监管之下了。"

星期三轻蔑地哼一声。"不，"他说，"不可能。"

"我们在讨论的是如何应对即将来临的变化。我们没必要成为死对头，对吧？"

星期三看上去依然有些动摇。他说："我会做我能力所及的任何事情……"

影子注意到电视屏幕上星期三的影像有些不太对劲。他的左眼，也就是装玻璃假眼的那只眼睛，正闪烁着红光。他走动的时候，光芒在画面上留下了一个荧光点。但星期三自己似乎并没有发现。

"这是一个幅员广阔的国家，"星期三边说边整理思路。他的头动了一下，红色光斑转移到他的脸颊上，那是激光瞄准器的红色光点。然后，红点再次固定回他的玻璃左眼上。"有足够的空间——"

砰的一声巨响，电视机的扬声器弱化了枪声。星期三头部一侧被枪打爆了。他摇晃一下，向后倒下去。

世界先生站起身，依然背对着镜头，走出画面。

"让我们再看一遍，这次用慢镜头重播。"播音员的声音重新出现，安抚地对观众说。

"实况转播"的字样变成了"重播"。这次，红色激光点慢慢转移到星期三的玻璃假眼上，他的脸侧再次炸开，鲜血四溅。画面定格。

"是的，这里依然是众神自己的家园，"节目结尾，新闻播报员总结道，"唯一的问题是，到底是哪些神的家园。"

另一个声音——影子觉得应该是世界先生的声音，那声音同样让他有几分似曾相识的感觉——说："我们现在把节目转回你所收看的固定节目上。"

《干杯酒吧》又出现在电视画面上，屏幕上的教练向他的女儿保证，说她确实长得漂亮，和她妈妈一样漂亮迷人。

电话响了起来，丽兹警官一惊之下立刻坐起，接听电话。"好的，好的。是，好的。我会在那里的。"她放下电话，从看守台后面走出来，告诉影子，"抱歉，我得把你关进牢房里了。别用那个马桶。如果你要方便，按牢门旁边的蜂鸣器，我会尽快下来，押送你去后面的洗手间。拉法耶特县治安官手下的人很快就到，来这里把你带走。"

她打开他的手铐和足枷，把他锁进那间牢房。关上牢门之后，里面的气味更加刺鼻。

影子在水泥基座的床上坐下，从袜子里掏出那枚一美元银币，把它从手指移动到掌心，在两手间不停地转移着。这么做的唯一目的，就是让监视他的人无法发现硬币的存在。他在消磨时间，感觉自己的大脑已完全处于麻木状态。

突然之间，他想起星期三来，而且非常非常地想念他。他怀念那个人绝对的自信、不同常人的观点和态度，还有他那坚定的信念。

他张开手，低头凝视着银币上的自由女神头像。手指在银币上合拢，紧紧攥住。他不知道自己是否也要成为那些因为自己没做过的事情而含冤被囚禁一辈子的人。也许他都活不了那么长。他见过世界先生和城先生，知道他们不费吹灰之力就能将他从整个司法体系中拖出来，也许没等他被押送到下一个看守所，就会在路上因为什么不幸意外而丧命，也有可能在企图逃跑的时候被打死。这种事并非不可能发生。

玻璃门外的房间里一阵骚动。丽兹警官又走回来，按动一个按键，一扇影子无法看到的门打开了，一个穿着县治安官褐色制服的黑人副警长走进来，精神抖擞地走到办公桌前。

影子把银币塞回袜子里，一直塞到脚踝深处。

新来的警长将几份文件交给丽兹警官，她看了一遍后在上面签名。查德·穆里根也进来了，和新来的人说了几句话，然后他打开牢房门，走了进来。

"这里够臭的。"

"可不是嘛。"

"好了，有人来这里带走你。你知道吗？看来你似乎真是威胁国家安全的危险人物。"

"看样子，《湖畔新闻报》的头版头条要有一则大新闻了。"影子说。

查德不动声色地看着他。"报道一个违反假释条例而被捕的流浪汉？那可不是什么吸引人的好故事。"

"打算这么对外宣布？"

"是那些人吩咐的。"查德·穆里根说。影子把双手举到他面前，他给他影子戴上手铐，然后是脚踝上的足枷，最后用一个链子把手铐和足枷连在一起。

影子心想：他们就要把我带出去了。也许我可以趁机逃走——戴着手铐、足枷，还穿着橘黄色的犯人服，逃进冰天雪地。就连他自己也意识到这个想法是多么的愚蠢和不切实际。

查德押着他走到外面的小公室，丽兹早就把电视关掉了。那位黑人副警长上下打量了他一番。"嘿，他可真是个大个子。"他对查德说。丽兹将装着影子私人物品的袋子转交给新来的副警长，他负责签收。

查德看看影子，又看看那个副警长。他很平静地对副警长说话，但声音大得足以让影子听到。"你看，我只想说，这种处理方式让我很不舒服。"

副警长点点头。他声音低沉，显得很有教养。那种说话语气的人，既能轻易地组织新闻发布，又能大开杀戒。"你可以向上级相关部门反映，先生。我们的工作就是带走他。"

查德闷闷不乐，板着一张苦脸。他转向影子。"好了，"查德说，"从那扇门出去，到出车口。"

"什么？"

"出口，车子在外面等着呢。"

丽兹打开门锁。"你得保证把那套橘黄色囚服还回来。"她叮嘱副警长，"上一个犯人被押送到拉法耶特后，我们再也没有见到那身衣服了。它们花的可是县里的预算。"他们押送影子到外面的出车口，那里停着一辆车，不过不是县治安官部门的车，而是一辆黑色的房车。另一位副警长是个留着胡子、头发灰白的白人，正站在车旁抽烟。一看到他们走近，他立刻把香烟丢在地上用脚踩灭，打开车子后门让影子进去。

影子动作笨拙地坐进去，因为手铐和足枷的束缚，他的行动不太灵活。车子的后座和前排之间并没有防护用的铁栏杆。

两位副警长坐进车子前排，黑人副警长启动汽车引擎，一起等着出车口通向外面的闸门打开。

"快点，快点。"黑人副警长说，手指不耐烦地敲打着方向盘。

查德·穆里根敲敲车窗，白人副警长看了一眼开车的同伴，然后放下车窗。"这种处理程序是错误的，"查德说，"我只想告诉你们一声。"

"你的意见我们会记录下来，然后转交给相应的负责人。"开车的那人说。

通往外面世界的门终于打开了。外面依然在下雪，雪花在车前灯的照耀下令人眼花缭乱地飘舞着。司机一脚踩下油门，车子立刻冲到外面街道上，一路开上了主街。

"你听说星期三的事了吗？"开车的司机问。此时，他的声音听上去有些变化，显得苍老很多，也耳熟很多。"他死了。"

"是的，我知道了。"影子说，"在电视上看到了。"

"那群杂种。"白人副警长说。这是他第一次开口说话，声音粗野蛮横，口音很重。和司机一样，他的声音也是影子所熟悉的。"我告诉你吧，他们全都是杂种，一群杂种！"

"谢谢你们赶来救我。"影子感激说。

"不必客气。"司机说。在迎面而来的汽车车灯照耀下，他的脸变得比刚才苍老许多，身材也缩小许多。上一次影子见到他时，他穿着格子花纹的夹克，戴着柠檬黄色的手套。"我们当时在密尔沃基市，艾比斯打电话给我们之后，我们还是像疯子一样开车赶过来了。"

"你以为我们会任由他们把你锁起来，然后送上电椅吗？我还等着用我的锤子把你的脑袋敲烂呢。"白人副警长语气阴沉，从衣服口袋里摸索着掏出一包香烟。他说话带着东欧口音。

"真正的押送员大概在一小时后到达，"南西先生说，他现在一点点地变回他本人的样子了，"等他们真的露面来押送你，我们早已经开上五十三号高速公路，还把你身上的镣铐全都打开，让你换回自己的衣服了。"岑诺伯格举起手铐钥匙，得意地笑了。

"我喜欢你的胡子，"影子说，"挺适合你。"

岑诺伯格用发黄的手指摩挲着胡子。"谢谢。"

影子问："星期三真的死了？不是故弄玄虚，是真的吗？"

他意识到自己怀着某种希望，尽管这么做显得有些傻气。可惜南西脸上的表情已经清楚地说出了想知道的一切。他的希望彻底破灭了。

来到美国
公元前14000年

幻象出现在她面前时，天又冷又黑。在遥远的北方，即使在一天的正午时分，日光也不过是灰蒙蒙的一片暗淡，白天就这样一天天过去，不过是黑暗之间的短暂间隔。

他们并不是一支很大的部落，人数不多，他们是北部平原的游牧部落。他们拥有一位神灵，它是一只猛犸象的头骨，以及用猛犸象皮毛制成的一件粗糙的斗篷。他们尊称这位神为努云尼尼。当他们不四处游牧的时候，它就停息在和人一样高的木头架子上。

她是这个部落的圣女，是神之秘密的保守者，她的名字是阿特苏拉，意思是"狐狸"。阿特苏拉走在前面，后面是两个部落男子用长竿抬着他们的神前进。神的身上覆着熊皮，让亵渎的眼睛无法看到它，不圣洁的时候也不会暴露。

他们徜徉在冻土苔原上，带着帐篷四处迁徙。最好的那一顶是用驯鹿皮精制而成，是神圣的帐篷。现在，这顶帐篷里坐着四个人：阿特苏拉，部落的女祭司；古格威，部落的长老；雅努，战争首领；还有卡拉努，部落的探路人。在她看到那些幻像之后，她将他们召唤到这里来。

阿特苏拉削了一些苔藓，丢到火中，又用干瘪的左手将几片干枯的叶子抛进火中。叶子冒出刺激眼睛的灰色浓烟，发出充满刺激而古怪的味道。然后，她从木头圣坛上拿下一个木杯，把它递给古格威。杯子里装着半杯深黄色的液体。

阿特苏拉找到了**旁福蘑菇**。每个蘑菇上面都有七个斑点，只有真正的圣女才能找到带七个斑点的蘑菇。她在见不到月亮的一个夜晚采下它们，挂在一根驯鹿软骨上晾干。

昨天睡觉前，她吃下三只晾干的蘑菇菌盖。她的梦中充满了混乱和恐怖之物，有飞快移动的亮光，还有山一样巨大的石头，燃烧着光和火焰，像冰柱一样向天空抛射。她在夜半惊醒，一身冷汗，急着想要小便。她蹲坐在木杯上，把她的尿装满杯子。然后，她把杯子放在帐篷外面，埋在雪地中，回去接着睡觉。

醒来之后，她从木杯里捡出几块冰，按照她母亲教过她的，只留下其中颜色最深的一块，那是浓缩了精华的液体。

现在她在鹿皮帐篷里传递出去的正是这液体，她首先传给古格威，然后是雅努和卡拉努。他们每个人都吞下一大口液体，阿特苏拉接过最后剩下的。她咽下一口，然后把剩下的液体都倒在他们的神面前的地上，作为对努云尼尼的祭奠。

他们坐在充满烟雾的帐篷里，等着他们的神开口对他们说话。在外面，在黑暗中，狂风呼啸不已。

探路人卡拉努是个女人，但穿衣和走路都像男人，她甚至还娶了塔拉妮，一个只有十四岁的处女做她的老婆。卡拉努用力眨了眨眼睛，然后站起来，走到猛犸象头骨旁。她将猛犸皮毛的斗篷披在自己身上，站在那里，将头伸到猛犸象的头骨里面。

"这块土地上有邪恶。"努云尼尼说，"邪恶。如果你们留在这里，留在属于你们的母亲和母亲的母亲的土地上，你们都会死亡。"

其他三个听众嘟囔起来。

"是奴隶贩子吗？还是那些巨狼？"古格威问。他有长长的白发，脸和荆棘树的灰色树皮一样满是褶皱。

"不是奴隶贩子，"努云尼尼苍老的声音说，"也不是巨狼。"

"是饥荒吗？饥荒要来了？"古格威问。

努云尼尼沉默不语。卡拉努从头骨下面钻出来，和其他人一起耐心等待着。

古格威披上了猛犸象斗篷，将头伸进头骨中。

"不是你们所知道的饥荒。"努云尼尼通过古格威的嘴巴说，"尽管饥荒即将来临。"

"那么到底是什么危险？"雅努追问，"我并不害怕。我会挺身反击。我们有长矛，还有投石。就算有一百个强壮的战士来袭击我们，我们还是会获得胜利。我们会把他们引到沼泽地，用石头打碎他们的头骨。"

"危险并非来自人类，"努云尼尼用古格威苍老的声音说，"它来自天空，你们的长矛和石头都无法保护你们自己。"

"那我们该如何保护自己？"阿特苏拉问，"我看到天空上出现火焰，我听到比十个雷电霹雳加起来还要巨大的声音，我看到森林被夷平，河流干涸。"

"啊……"努云尼尼张开口，却没有继续说下去。古格威从头骨下面出来，浑身僵硬地跪在地上，他已经老了，关节肿胀发痛。

众人一片静默。阿特苏拉将更多叶子扔到火中，浓烟刺得他们的眼睛泪流不止。

接着，雅努踱到猛犸头骨前，把斗篷披在他宽阔的肩膀上，把头伸到头骨中。他的声音在里面隆隆作响。"你们必须远行，"努云尼尼说，"你们必须迁移到面向太阳的地方。在太阳升起的方向，你们能找到一块新的土地，在那里你们就安全了。这将是漫长的旅途：月亮盈缺变化，两次经历生与死，途中将遭遇奴隶贩子与野兽。只要你们坚定地朝着太阳升起的方向前进，我会指引你们，保护你们平安。"

阿特苏拉一口啐在泥地上。"不行！"她可以感觉到神在对她怒目而视，"你是一个坏神，告诉我们这些。我们会死的，我们大家全都会死的。然后还会剩下谁来抬着你从一个高地走到另一个高地、为你建造帐篷、用油脂来为你的长牙上油呢？"

神什么都没回答。阿特苏拉和雅努交换了位置。阿特苏拉的脸透过发黄的猛犸象骨头望向外面。

"阿特苏拉没有信仰。"努云尼尼用阿特苏拉的声音说，"阿特苏拉会在你们到达新土地之前死掉，不过你们其他人都可以活下去。相信我，东方的那块土地还没有人居住。那块土地将成为你们的土地，你们孩子们的土地，还有你们孩子们的孩子们，延续七代，直到七代之后的七代。倘若不是因为阿特苏拉的不忠，你们可以永远拥有那片土地。到了早晨，收拾起你们的帐篷和财物，向太阳升起的地方前进。"

古格威、雅努和卡拉努都低下头，赞美努云尼尼的力量和智慧。

月盈，月亏，再次月盈，月亏。整个部落的人向东迁徙，向着太阳升起的地方，在冰冷的寒风中奋力前进，风将他们暴露在外的肌肤冻麻木了。努云尼尼对他们的保证是真的，一路上，他们的部落没有失去任何人，只有一个生孩子的女人死掉了，但生孩子的女人是受月亮保护的，不受努云尼尼保护。

他们穿越了连接两块大陆的陆桥。

第一道光出现时，卡拉努离开他们去侦察情况，直到夜幕降临都没有回来。夜空中充满了光，白色的光、绿色的光、紫罗兰色的光和红色的光，它们扭曲打结，闪烁摇曳，缠绕旋转，不停地变幻着、脉动着。阿特苏拉和她的族人见过北极光，但是他们依然害怕极光，而这一次的极光变幻更是他们从来没有见过的。

极光还在天上流动时，卡拉努回来了。

"有时候，"她对阿特苏拉说，"我觉得只要我伸开手臂，就可以投入天空的怀抱。"

"那是因为你是探路人。"女祭司阿特苏拉回答她说，"等你死了之后，你就会融入天空，成为一颗星星，像你活着的时候一样，引领我们前进。"

"东面有冰之峭壁，峭壁高耸巍峨。"卡拉努说，她有一头乌鸦般漆黑的长发，梳理成男人一样的发型，"我们可以翻过那道峭壁，不过要花费几天时间。"

"你会引领我们安全攀越峭壁的，"阿特苏拉说，"但我将在峭壁脚下死去，成为你们踏上崭新土地之前的献祭。"

几个小时之前，太阳就已经沉入西边，沉入他们来时的那块土地。但是此刻，西边的天空却闪烁出不祥的黄色光芒，比闪电更加耀眼，比日光更加明亮。这是大爆炸所产生的炫目闪光。站在连接两块大陆的大陆桥上的人们不得不遮住他们的眼睛，吐口水驱邪，吓得惊慌尖叫。孩子们开始号啕大哭。

"那就是努云尼尼警告过我们的世界末日，"长老古格威说，"毫无疑问，他是一位智慧而强大的神。"

"他是所有神明中最强大的。"卡拉努说，"在我们的新土地上，我们将把他高高供奉起来，我们将用鱼油和动物脂肪来擦亮他的长牙和头骨。我们还要告诉我们的孩子，以及我们孩子的孩子，七代的子孙后代，努云尼尼是所有神明中最强大的，他永远不会被我们遗忘。"

"神是伟大的，"阿特苏拉缓缓地说，仿佛正在理解一个巨大的秘密，"但是人心更加伟大。神明来自我们的心，也将回归我们的心……"

这是亵渎神灵的话。没有人知道她还剩下多少时间可以继续说这些话，但也没有人因为无法容忍她的亵渎而打断她的话。

西方传来的爆炸的轰鸣声如此巨大，人们的耳朵都被震得流血不止。好长一段时间，他们听不到任何声音，暂时失去了视力和听力。但是他们都还活着，知道自己比那些留在西方的其他部落的人幸运百倍。

"这很好。"阿特苏拉说，连她自己也无法听到脑中的声音。

春天的太阳升到最高点的时候，阿特苏拉死在了高山脚下。她无法活着看到新世界。整个部落的人都走进这片崭新的土地，可惜失去了圣女的陪伴。

他们攀越过高山峭壁，向南部和西部继续前进。他们最后找到一个山谷，里面有清澈的溪水，有生长无数银鱼的河流，还有从来没有见过人的鹿，它们非常驯服，以至于人们在猎杀它们之前必须吐口水驱邪，向自己的灵魂忏悔。

塔拉妮生了三个男孩。有人说卡拉努完成了最后的奇迹，可以对她的新娘做男人才能做的事情。其他人则说，老古格威还没有老到无法满足一位丈夫不在家的年轻新娘。只有一件事是确切无疑的：自从古格威死后，塔拉妮再也生不出孩子了。

冰河时代来了，然后又结束了。这些人在这片土地上繁衍生息，形成了许多新部落，为他们自己选择了许多新图腾：乌鸦、狐狸、地懒、大山猫，还有水牛。每一只神圣的野兽都标志着一个部落，每一只野兽都是一位神。

新土地上的猛犸象体型更巨大、行动更缓慢，它们是比西伯利亚平原的猛犸象更加愚蠢的动物。还有，在新土地上，再也找不到带有七星斑点的旁福蘑菇了，努云尼尼从此不再对部落的人说话。

在塔拉妮和卡拉努的曾孙的曾孙那一代，一群来自更加强大繁荣的部落的战士，结束在北方猎取奴隶的远征，返回南方的家乡。在途中，他们发现了最初移民居住的山谷。他们杀掉大多数男人，捕获女人和孩子们为俘虏。

其中一个孩子想要获得他们的仁慈对待，就把他们带到山上的一个洞穴里。他们在里面找到一只猛犸象的头骨，还有破烂的猛犸皮毛斗篷的残余和一只木杯，以及保存至今的先知阿特苏拉的头骨。

新部落的一些战士想把这些圣物带走，这样就等于偷走了第一批移民们的神，并拥有了神的力量。但其他人表示反对，他们说这样只会把坏运气带回家，他们自己的神也会怨恨他们（这些人属于乌鸦部落，而乌鸦是很爱嫉妒的神）。

于是，他们把这些东西扔进山崖旁一条很深的峡谷里，带走第一批移民的幸存者，踏上返回南方的漫长归途。乌鸦部落，还有狐狸部落，在这块土地上越来越强大。很快，努云尼尼就被人们彻底遗忘了。

第三部

风暴时刻

第十四章

身在黑暗中，人人不知所措，

我有一盏小小提灯，可惜已被风儿吹灭，

我伸出双手摸索你，希望你也如此，

我只想与你一起，一起在黑暗中。

——格雷格·布朗[1]的歌曲《与你一起在黑暗中》

凌晨五点的时候，他们来到明尼阿波利斯机场的停车场，在这里更换车辆。他们驶上室内停车场露天的顶楼。

影子脱下橘黄色的囚服，除掉手铐和足枷，把它们都放在装他私人物品的棕色纸袋里，再折叠起来，丢到停车场的垃圾桶里。他们等了大约十分钟，然后看到一个胸肌发达的年轻人走出机场，向他们这边走来，一边走一边吃汉堡王的炸薯条。影子一眼就认出他来：是他们离开岩上之屋时坐在车子后座的那个人，当时他低沉的哼唱让整个车子都跟着震动起来。他现在蓄起一把在岩上之屋时还没有的、夹带几缕白色的大胡子，显得有些老。

那人在毛衣上擦掉手上的油，朝影子伸出一只巨手。"我听说全能的父死了，"他说，"他们会为此付出代价的，他们一定会为此付出沉

---

1 格雷格·布朗（1949— ），美国吉他歌手。

重的代价。"

"星期三是你父亲？"影子问。

"他是全能的父。"那人重复一遍，低沉的嗓音仿佛在喉咙里滚动，"你把这话告诉大伙儿，告诉他们所有人：只要有需要，我的族人随时都会响应。"

岑诺伯格从牙缝里剔出一片烟草，一口啐在结冰的泥地上。"你们有多少人？十个？还是二十个？"

魁梧的男人气得吹胡子瞪眼。"难道我们十个人还比不上他们一百个人吗？哪怕我们只有一个人，又有谁能在战斗中抵抗他？不过，我们的人数比你说的多很多，大多住在各个城市的边缘。有些人住在山里，有些人住在卡茨基尔山区[1]，还有几个待在佛罗里达州的巡回马戏团里。他们的斧头始终保持锋利。只要我召唤，他们立刻就会赶到。"

"你负责召集你的人马，埃尔维斯。"南西先生说。影子没怎么听清，他觉得他说的似乎是"埃尔维斯"这个名字。南西已经换下了副警长的制服，穿上深棕色的开襟羊毛衫、灯芯绒裤子和棕色平底便鞋。"你召集他们。如果那个老混蛋还在，他也希望你这么做。"

"他们背叛了他，他们杀害了他！我嘲笑过星期三，可惜我错了。现在，我们没有人是安全的。"名字应该是埃尔维斯的那人说，"你们可以信赖我们。"他轻轻拍拍影子的后背，拍得他几乎趴到地上，像被拆房子的大铁球在背上"轻轻"拍了拍似的。

岑诺伯格一直在环视停车场，直到现在才开口说话。"抱歉我得问问清楚，我们的新车到底是哪一辆？"

魁梧的人伸手一指。"那辆。"

岑诺伯格哼了一声。"什么？"

那是一辆1970年的大众巴士，后车窗上贴着一道彩虹。

"是辆好车，而且是他们最想不到你们会开的车，他们最不可能追查的车。"

---

1 美国东部山脉。

岑诺伯格走到车旁，突然咳嗽起来。他的肺隆隆作响，是吸烟的老人在凌晨五点的剧烈咳嗽。他清了清嗓子，吐出一口痰，手按在胸前，按摩疼痛的地方。"没错，这是他们最想不到的。不过，如果警察叫我们靠边停车，检查车里有没有藏着嬉皮士和毒品，那该怎么办？嗯？我们来这里可不是要开魔法巴士的，我们要好好伪装自己。"

大胡子男人打开巴士车门。"真要检查的话，他们就会发现你们并不是嬉皮士，然后就挥手放行。这是最完美的伪装，也是我能找到的最不惹人注意的车。"

岑诺伯格似乎打算继续争吵，但南西先生圆滑地插了进来。"埃尔维斯，你为我们而来，我们非常感激。现在，还得有人把我们的车开回芝加哥。"

"我们会把它停在布鲁明顿，"大胡子男人说，"狼人会照顾好它的，你们不必担心。"他转过来面对影子。"我再一次向你致以慰问，与你共担痛苦。祝你好运！如果守灵的任务落在你肩上，我向你致以无比的钦佩与深深的同情。"他用棒球手套般宽大的手掌用力握一下影子的手，充满同情与友善之情。影子手疼得要死。"见到尸体的话，请代我转告，说温达尔夫[1]之子阿尔维斯是信守诺言的人。"

大众巴士上有一股子广藿香、陈年熏香和卷烟的味道，地板和内壁上贴着褪色的粉红色毡子。

"那人到底是谁？"影子问。他将车开下停车场斜坡，离合器嘎吱作响。

"他自己刚刚说过，他是温达尔夫之子阿尔维斯。他是矮人国王，是整个矮人家族里个子最高、最强壮、最伟大的。"

"可他并不矮啊。"影子指出，"他身高有多少？五英尺八英寸，还是九英寸[2]？"

"所以他是矮人家族中的巨人，"岑诺伯格在他背后说，"他是美

---

1 温达尔夫，挪威神话中的一位矮人国王。
2 分别相当于175厘米和178厘米。

国个子最高的矮人。"

"守灵是怎么回事？"影子继续问。

两个老人突然什么话都不说了。影子看了一眼他右手边的南西先生，他正假装凝视窗外。

"喂？他刚才提到守灵，你们都听到了。"

岑诺伯格在后座上开口了。"你没必要那么做。"

"做什么？"

"守灵。他太多嘴了。矮人都很多嘴，总是不停地说说说。还老爱唱歌，一直不停地唱唱唱。你不用操心这件事，最好把它忘掉。"

他们驱车向南，一路避开高速公路。（"我们必须假设，"南西先生说，"高速公路已经被敌人控制了，或者说，他们本身就是敌人。"）向南行进感觉好像跑在时间的前头一样。积雪慢慢消失，第二天早晨抵达肯塔基州的时候，积雪已经完全消失了。冬天在肯塔基已经彻底结束，春天来临了。影子想知道有没有什么数学公式可以解释这个现象，也许每向南前进五十英里，就等于是向春天前进了一天。

他很想把自己的想法和他的乘客们分享一下，可南西先生正在前排座位上打瞌睡，岑诺伯格则在后面不停地打着呼噜。沿途看到的鸟和动物让他感觉很不舒服：他看见乌鸦们在路边或者巴士道上啄食被车压死的动物；群鸟在天空盘旋飞舞，组成某种看似有意义的图案；猫咪们站在前院草坪和篱笆柱子间凝视他们。

岑诺伯格喷着鼻息醒过来，慢慢坐起身。"我做了一个怪梦，"他说，"我梦见我真的变成了贝勒伯格。世人始终认为存在我们两个人，光明之神与黑暗之神[1]，现在我们俩都老了，我发现，其实一直以来只有我一个人。我赠予世人礼物，再从他们手中夺走我的礼物。"他撕掉好彩牌香烟上的过滤嘴，把烟夹在唇间，用打火机点燃。

---

1 贝勒伯格与岑诺伯格是斯拉夫神话中一元两体的光明之神与黑暗之神。

影子摇下车窗。

"你不怕得肺癌吗？"他说。

"我就是癌细胞。"岑诺伯格说，"我不怕自己。"他咯咯地轻声笑起来，笑声变成呼哧呼哧的喘息，然后又变成一阵咳嗽。

南西说："我们这样的人是不会得癌症的，我们也不会得动脉硬化、帕金森症或者梅毒。我们这种人很难被杀死。"

"可他们杀死了星期三。"影子说。

他把车停下来加油，然后停在旁边的餐厅吃早点。他们刚进门，门口的公用电话就响了。他们直直地走过去，没搭理它，电话铃声停了。

他们把要点的饭菜告诉一个上了年纪的女人，她脸上挂着忧心忡忡的微笑，刚才一直坐着看一本简妮·克顿的平装本小说《真心渴望》。电话铃又响起来。那女人叹口气，走过去拿起话筒。"喂？"她回头看了看餐厅里面，接着说，"是的，看上去是他们。你先别挂电话。"她走到南西先生身边。

"找你的。"她说。

"好的。"南西先生说，"太太，你一定要把薯条炸得很脆，最好是炸焦了。"他走向公用电话。

"是我。"他说。

"你们凭什么以为我会傻到相信你们？"他说。

"我会找到的。"他继续说，"我知道在什么地方。"

"是的，"他说，"我们想要，你知道我们想要。而且，我知道你想甩掉它，用不着跟我来这一套。"

他挂上电话，走回餐桌。

"谁的电话？"影子问。

"没说。"

"他们想要什么？"

"提出要跟我们和谈，同时把尸体交给我们。"

"他们撒谎，"岑诺伯格反驳说，"他们想把我们骗过去，然后干掉我们。他们就是这样对付星期三的。我过去也总爱用这一招。"他最后又加上一句，露出阴森森的自豪神情，"对他们承诺一切，但只做你想做的。"

"我们在中立地带见面，"南西说，"真正中立的地方。"

岑诺伯格轻声笑着，笑声像金属球在骷髅枯骨里转动时发出的咯咯声。"我过去也常这么说。我会说到一个中立的地方谈判，等到了晚上，我们就起来把他们杀得一干二净。那可真是好日子呀。"

南西先生耸耸肩。他嘎吱嘎吱地嚼着自己那份炸成深褐色的薯条，露出赞赏的笑容。"嗯，这些薯条味道好极了。"他说。

"我们不能相信那些人。"影子说。

"听着，我年纪比你大，比你聪明，长得也比你帅。"南西先生说着，用力敲打番茄酱瓶底，把番茄酱倒在炸焦的薯条上，"我一个下午吸引的姑娘比你一年吸引的还要多。我可以像天使一样跳舞，像走投无路的熊一样战斗，像狐狸一样狡诈，像夜莺一样唱歌……"

"你的意思是……"

南西褐色的眼睛凝视着影子的眼睛。"他们急着要甩掉那具尸体，我们同样急着要把尸体夺回来。"

岑诺伯格说："根本就没有什么中立地带。"

"不，有一个。"南西先生说，"中心点。"

岑诺伯格猛地摇头。"不，他们不会在那里见我们的，他们在那里不能对我们下手。那里对我们双方都是一个坏地方。"

"所以他们才提议在中心点移交尸体。"

岑诺伯格似乎认真思考了一阵，然后才答道："也许吧。"

"等会儿我们上路的时候你来开车吧，"影子说，"我要睡觉了。"

要准确地决定任何事物的中心点都会引起很大的争议。如果是有生命的东西——比如说人，或者大陆——这个问题就更加难以确定了。人体的中心点到底是哪里？梦境的中心点是哪里？还有，说到美国这块大陆，要找到它的中心点的话，要不要算上阿拉斯加和夏威夷呢？

二十世纪初期，有人制作了一个巨大的美国疆域模型，只包括位于美国本土的四十八个州。这个模型是用纸板做的，为了找出中心点，他们将模型放在一个图钉上保持平衡，用这个方法终于找到可以真正平衡整个美国的中心位置。

几乎人人都能用这个办法算出来，美国大陆的中心点位于堪萨斯州史密斯县黎巴嫩市附近几英里远的地方，准确地说，就在尊尼·格里布的养猪场上。二十世纪三十年代，黎巴嫩市的居民们准备在养猪场的正中央建立起一座纪念碑，可尊尼·格里布说他不想让上百万的游客跑来这里，四处践踏他的农场，让猪群受惊。当地人觉得他说得挺有道理，于是大家把纪念碑建在地理学上的美国中心点以北两英里的一个小镇上。他们还建起一个纪念公园，石头纪念碑就竖立在公园里，他们还打造了一块镶嵌在纪念碑上的黄铜铭牌，告诉众人眼前所见的正是美国地理上的中心点。他们将柏油马路从镇子上一直修到纪念公园，因为确信游客们很快就会蜂拥而至黎巴嫩市，他们甚至还在纪念碑旁建起一座旅馆，同时还引进了一座去掉轮子的移动小礼拜堂。完工之后，他们耐心等待观光客和假日游客的到来：这些人都渴望告诉全世界自己来到了美国的中心点，在奇迹面前被感动，并祈祷好运。

可是，根本没有游客肯来这里，一个人都没有。

现在，那里变成一个凄惨的小公园，里面有一间比冰上垂钓小屋大不了多少的移动小礼堂，小得甚至无法举行一场小型葬礼，还有一座窗户残破如死人眼睛的旅馆。

"总而言之，"进入密苏里州的胡曼威利（人口数：1084）时，南西先生总结道，"美国的真正中心点是一个小小的破败公园，里面只有一个空荡荡的教堂、一堆石头，还有遗弃不用的旅馆。"

"养猪场，"岑诺伯格说，"你刚刚说到真正的美国中心是那个养猪场。"

"到底是哪里并不重要，"南西先生说，"重要的是大家都觉得它是，反正这些都是虚构出来的。那才是它重要的真正原因，人们只会为了虚构出来的东西而争吵。"

"你说的人们，是指我这种人，还是你们那种人？"影子问。

南西沉默不语。岑诺伯格发出一阵声音，可能是窃笑，也可能是轻蔑的冷笑。

影子试图在巴士后座上躺得舒服点，他睡了一会儿，可惜也只有一小会儿。他有种很不好的感觉，比他待在监狱里的时候更糟，比他那次回家后劳拉找到他、告诉他抢劫的事更糟。实在糟糕透了。而且，他的后颈刺痛，他想吐。还有几次，他感到恐惧一阵阵袭来。

南西先生在胡曼威利市把车开到路边，停在一家超市门口。南西先生走进超市，影子跟在他后面。岑诺伯格留在停车场等他们，伸伸腿脚，继续抽他的香烟。

有个金发年轻人正在早餐麦片货架上整理货物，他比孩子大不了多少。

"嗨。"南西先生冲他打招呼。

"嗨。"年轻人说，"那消息是真的？他们真的杀了他？"

"是的。"南西先生回答说，"他们杀了他。"

砰的一声，年轻人把几盒船长牌脆麦片重重地放在货架上。"他们以为可以把我们像蟑螂一样踩死。"他恼火地说。他的一侧脸颊和前额上爆满了青春痘，前臂上套着一个银手镯。"我们没那么容易被踩死，是不是？"

"是的。"南西先生回答说，"没那么容易。"

"我会到的，先生。"年轻人说，浅蓝色的眼睛闪烁着坚定的光芒。

"我知道你会的，格威迪恩[1]。"南西先生说。

南西先生买了几大瓶可乐、六卷一组的卫生卷纸、一包样子很难看的黑色小雪茄、一把香蕉，还有一包口香糖。"他是个好小伙，七世纪的时候从威尔士来的。"

巴士先向西开了一阵，然后转向北。春天的气息又慢慢消失在死寂

---

1 格威迪恩，威尔士神话中的魔法师、诗人与英雄。

的冬天氛围中。堪萨斯州的天空覆盖着死气沉沉的灰色云层，显得孤寂凄凉，窗外景致枯燥乏味，让人心情低落。影子熟练地转换着收音机频道，车里的几个人为了听什么频道争吵不休。南西先生喜欢谈话节目和舞曲，岑诺伯格喜欢古典音乐，越忧伤阴郁的越好，影子则喜欢经典老歌。

快到傍晚的时候，在岑诺伯格的要求下，他们在堪萨斯州樱桃谷镇郊外停下。岑诺伯格领着他们走到郊外的一块草地。树木背阴的一面还有少量积雪，草叶干枯成了泥土的颜色。

"在这里等着。"岑诺伯格说。

他独自一人走过去，走到草地中央。他站在那里，在二月底的萧飒寒风中站了一阵。一开始他低垂着脑袋，然后开始打起手势来。

"他好像在和什么人说话。"影子说。

"和鬼魂交谈。"南西先生告诉他说，"大约一百年前，有人在这里膜拜他。他们用鲜血和活人来供奉他，祭祀用的人血从锤子上流下来。没过多久，镇上的人就猜到为什么那么多路过此镇的陌生人再也没有回来过。这里就是他们埋藏尸体的地方。"

岑诺伯格从草地回来。现在，他的胡子似乎变黑了些，灰色头发里也长出一些黑发。他得意地笑着，露出一口黄牙。"我现在感觉很不错。啊哈。有些事物可以停留很久，最久的就是鲜血的味道。"

他们穿过草地，走回大众巴士停放的位置。岑诺伯格点上香烟，但这次没有咳嗽。"他们用的是锤子，"他说，"格林尼尔也许更喜欢绞刑架和长矛，可我呢，只喜欢一样……"他伸出被尼古丁染黄的手指，重重地弹在影子前额正中央。

"请不要再那么做了。"影子礼貌地抗议说。

"请不要再那么做了。"岑诺伯格故意模仿他的声音，"早晚有一天，我会用我的锤子，比那一下更重地砸到你脑袋上。我的朋友，记住了吗？"

"没错。"影子说，"不过，你敢再弹一下我的脑袋，我就扭断你的手。"

岑诺伯格冷哼一声："住在这里的人应该对我感激不尽。力量从这里升起。即使在他们迫害我的信徒躲藏起来的三十年之后，这块土地上依然出了一位伟大的电影明星。她是有史以来最伟大的明星。"

"朱迪·加兰[1]？"影子问。岑诺伯格不屑地摇了摇头。

"他说的是路易丝·布鲁克斯[2]。"南西先生解释说。

影子决定还是不要追问路易丝·布鲁克斯到底是谁，他换了一个话题。"这么说，星期三和他们交涉的时候，是在停战协议期间？"

"是的。"

"现在我们去把星期三的尸体领回来，也是在停战协议的保护之下？"

"是的。"

"我们都知道，他们想要我死，或者让我不要挡道。"

"他们想要我们大家全死掉。"南西说。

"我不明白的是，我们凭什么认为他们这一次会公平交易？他们欺骗了星期三。"

"那是因为，"岑诺伯格每个字都咬得过度清晰，仿佛在对一个外国来的白痴耳聋孩子说话，"我们将要在中心点见面。那个……"他皱眉，"是什么词来着？神圣的反义词？"

"亵渎。"影子不加思考，脱口而出。

"不是。"岑诺伯格说，"我的意思是，一个地方比其他地方更加不神圣，是神圣的负数。在那里，没有人建造教堂圣殿，没有人愿意去，就算去了也立刻想离开。神只有被强迫才肯去那个地方。"

"我不知道，"影子说，"我不知道有哪个词可以形容这种地方。"

"其实全美国都是这种情况，有那么一点点，"岑诺伯格说，"这就是我们在这里不受欢迎的原因。但在那个中心点，情况更加恶劣。那

---

1 朱迪·加兰（1922—1969），1939 年主演《绿野仙踪》中的多萝西，剧中演唱的《飞越彩虹》轰动一时，曾荣获第 12 届奥斯卡奖"最佳童星特别奖"。
2 路易丝·布鲁克斯（1906—1985），美国早期无声电影时代著名电影偶像。

里就像充满危险的雷区，我们的一举一动都小心翼翼，根本不敢打破停战协议。"

"我已经告诉过你了啊。"南西先生说。

"无所谓了。"影子说。

他们走到巴士旁，岑诺伯格拍拍影子的手臂。"不必担心，"他语调阴郁地安慰他，"没人会杀死你的，除了我，没有别人。"

那天傍晚，天色完全黑下来之前，影子找到了美国的中心点，它就位于黎巴嫩市西北部的一个小山坡上。他把车开进山路边上的小公园，经过移动式小礼拜堂和石头纪念碑，看到屹立在公园边的那座上世纪五十年代风格的单层汽车旅馆。他的心开始沉下去。旅馆前停着一辆硕大的黑色悍马，看上去像哈哈镜里倒映出来的吉普车。它蹲伏在那里，样子难看，意义不明，像是带装甲的轿车。房子里没有灯光。

他们把车停在旅馆外面。车子刚熄火，一个穿戴司机制服与帽子的人就从旅馆里面走出来，巴士车前灯照亮他的身影。他彬彬有礼地冲他们碰了一下帽子，然后钻进悍马，开车离开。

"大车子，小鸡鸡。"南西先生评论说。

"你觉得旅馆里面还有床吗？"影子问，"我已经好几天没在床上睡过觉了。这地方看起来似乎正等着被拆。"

"现在的屋主是得克萨斯州的一伙猎人，"南西先生说，"他们每年来这里打猎一次。真不知道他们来猎什么狗屁东西。幸好有他们，这儿才逃过被拆的命运。"

他们爬出巴士。有个女人在旅馆前等着他们，影子不认识她。她化着精致完美的妆，梳着完美无瑕的发型，让他联想到全是这种形象的早间新闻播报员，他们坐在完全不像客厅的新闻演播室里，对着早晨的观众微笑。

"很高兴见到你们，"她打招呼说，"你一定是岑诺伯格，我听说过很多关于你的故事。你是安纳西，总喜欢恶作剧，是不是？你这个喜欢寻欢作乐的老头子。而你，你一定是影子了。你让我们大家追你追得够开心的。"她用力握住他的手，凝视他的双眼，"我是媒体女神媒狄亚，很高兴见到你们。希望我们可以尽可能愉快地完成今晚的交易。"

旅馆大门打开了。"不知为什么，"影子在豪华轿车里见过的胖男孩说，"托托，我觉得我们已经不在堪萨斯了。[1]"

"我们还在堪萨斯。"南西先生说，"今天开了一天车，经过大半个堪萨斯。妈的，这个州真够大的。"

"这个地方没有灯，没有电，没有热水。"胖男孩还在唠叨不休，"我不想冒犯你们，不过你们几个真的应该好好洗个热水澡。你们闻起来就好像在巴士上窝了整整一周。"

"我认为**没有必要**讨论那些，"那女人圆滑地说，"在这里，我们大家都是朋友。快点进来，我告诉你们各自的房间在哪里。我们这边的人住在最靠前的四间客房，你们已故的朋友在第五间，五号房后面全是空的，你们可以随便选。"

她为他们打开通往前台大厅的门，里面一股霉味，还有潮湿、灰尘和腐烂的味道。

有人坐在黑暗的大厅中。"你们饿了吗？"他问。

"我随时吃得下东西。"南西先生说。

"司机出去买汉堡包了，"那人说，"很快就回来。"他抬头看着他们。房间很暗，无法看清众人的脸，但他还是认出了影子。"大个子，你就是影子，对吧？就是杀了木先生和石先生的那个混蛋？"

"不是我，"影子否认说，"是别人杀的。不过我知道你是谁。"他的确知道他是谁，他曾经进入那人的脑子里。"你是城先生。你和木先生的寡妇上床了吗？"

城先生惊得从椅子上摔了下来。如果是在演电影，这一幕肯定滑稽好笑，可在现实生活中，这种情形只显得笨拙。他迅速爬起来，逼近影子。影子低头看他，警告说："别做你没准备好收场的傻事。"

---

1 出自《绿野仙踪》的主角多萝西之口，托托是她的小狗。

南西先生的手搭在影子胳膊上。"停战协议,记得吗?"他提醒说,"我们是在美国的中心点上。"

城先生转身走开,俯身在前台上,拿起三把钥匙。"你们的房间在走廊尽头,"他说,"给你们钥匙。"

他把钥匙递给南西先生,扭头离开,消失在走廊的阴影中。他们听到房间门打开和用力关上的声音。

南西先生分给影子和岑诺伯格各一把钥匙。"巴士上有手电筒吗?"影子问。

"没有。"南西先生说,"只不过有点儿黑罢了。你不会怕黑吧?"

"我不怕黑。"影子说,"可我怕躲在黑暗中的人。"

"黑暗是好事。"岑诺伯格说。他似乎毫不费力就能看清面前的路,领着他们穿过漆黑的走廊,甚至没有摸索就把钥匙顺利插进钥匙孔里。"我住在10号房。"他告诉他们,然后又想起一件事,"美狄亚,我听说过她,是不是那个杀死自己孩子的女人[1]?"

"不是同一个人,"南西先生说,"只是碰巧同音罢了。"

南西先生在8号房,影子住在他们对面的9号房。房间有一股潮湿、灰尘,以及荒芜的味道。里面只有一张床架,上面有床垫,但没有床单。窗户外面透进来一点点黄昏的光线。影子坐在床垫上,脱下鞋子,然后摊开手脚躺下。过去几天,他开车的时间实在太久了。

也许他睡着了。

梦中,他在行走。

冷风吹袭他的衣服,细小的雪花比水晶微尘大不了多少,

在风中疯狂飞舞。

---

1 媒狄亚的名字是媒体(Media)一词的音译,与传说中的美狄亚(Medea)同音。美狄亚是希腊神话中拥有金羊毛的埃厄忒斯国王之女,赫卡忒神庙的女祭司,她用巫术帮助伊阿宋与阿耳戈英雄们获得金羊毛。后因伊阿宋背叛她,出于复仇她亲手杀死她与伊阿宋所生的三个儿子。

他身边有树木，冬天里光秃秃没有树叶的树。两侧都是高耸的山峰。现在是冬天的下午，天空和雪花都呈现出同样的暗紫色调。在他前面的某处——在这种光线下，很难判断远方的物体到底有多远——跳动着篝火的火焰，发出橙红色的光。

一只灰色的狼踩着积雪走到他面前。

影子停下脚步。狼也停了下来，然后转过身，等着他跟上。它的一只眼睛闪烁着黄绿色的光。影子耸耸肩，朝火焰的方向走去，狼在他前面缓缓走着。

篝火燃在一片小树林中，这里可能有成百棵树，种成两排。树上仿佛悬挂着什么东西。两排树的尽头是一栋建筑，看上去有点像底朝天翻过来的船。它是用木头雕成的，上面还有木头浮雕的生物和脸谱——龙、狮鹫兽、巨魔、野猪。跳动的火光下，雕像仿佛在舞蹈。

篝火高高蹿起，烈焰熊熊燃烧，令影子几乎无法靠近。狼却似乎不受任何影响，绕着噼啪作响的火堆，轻巧地走了一圈。

影子等着狼走回来。但狼所在的地方突然出现了一个人，从火堆对面走出来。他拄着一根长长的手杖。

"你现在是在乌普萨拉[1]，在瑞典。"那人说话的声音沙哑，听上去非常熟悉，"时间大约是一千年前。"

"你是星期三？"影子问。

或许是星期三的那个人继续说下去，仿佛影子根本不存在。"刚开始是每年一次献祭，后来就走下坡路了，他们懒散了，每九年才举行一次献祭。他们来到这里，一次献上九个牺牲品。祭祀持续整整九天，每一天，他们都会献上九只动物，悬挂在小树林的树上。九只动物中，有一只是人类。"

他从篝火旁踱步走开，朝树林的方向走去。影子跟在后面。走近树木，他终于看清悬挂在上面的物体轮廓了：腿、眼

---

1 瑞典东南部城市。

418

睛、舌头和脑袋。影子忍不住摇头。看见一头公牛被人拴着脖子吊在树上，感觉非常阴暗、悲伤。可与此同时，这幅超现实主义的景象又让人觉得有点儿好笑。影子从一只悬吊着的牡鹿身旁走过，接下来还有一只猎狼犬、一头褐色的熊、一匹比小马驹大不了多少的白鬃栗色马。那只狗还活着，每隔几秒钟，它就痉挛般抖动四肢，吊在绳索上发出窒息的呜咽。

前面那人举起他的长手杖，影子这时才发现那是一根长矛。那人用长矛猛刺狗的腹部，像用刀一样向下一划，血淋淋的内脏滚落到雪地上。"我谨将这死亡奉献给奥丁。"那人庄严地宣告。

"这只是一个仪式，"他转身面对影子，"但仪式意味着一切。一只狗的死亡象征所有狗的死亡。他们献祭给我九个人，这九个人象征着所有的人类、所有的鲜血、所有的力量。这还远远不够。总有一天血将停止流淌。没有血的信仰，会让我们远离人间。血必须继续流淌下去！"

"我看见你死了。"影子说。

"对于神祇这门生意而言，"那人说道——影子现在确信他就是星期三，没人会用那种粗声粗气的腔调、那种深沉的愤世嫉俗又兴奋的语气说话，"死亡并不重要。这是一个机会，重生的机会。只要鲜血继续流淌……"他朝着吊在树上的动物和人比划一个手势。

影子心想，那些做祭品的将死之人从这里走过时，会不会比动物们更觉得恐惧？至少他们清楚自己即将到来的命运。死人身上都飘着一股浓重的酒味，说明死前允许他们用酒精来麻醉自己，然后才走上绞刑架。而动物们则是简单地被人处死，在惊恐万分的状态下活生生地被吊起来。死人们的脸都很年轻，没有人超过二十岁。

"我是谁？"影子问。

"你是转移注意力的诱饵，"那人说，"你是机会。你让整件事充满了可信性，而我独自一人绝对难以完成。我们两人都已经下定决心，甚至不惜为此而死。不是吗？"

"你是谁？"影子问。

"最困难的就是存活下去。"那人说道。影子突然惊恐地发现，那堆篝火其实是人骨篝火，里面堆满肋骨骨架和眼洞里燃烧着火焰的骷髅头骨。人骨在火堆里参差交错地伸出来，携带微量元素的无数火星飞溅到夜空中，到处是绿色、黄色和蓝色的火星。火焰燃烧得更加猛烈，爆裂声更加密集，温度也更加灼热。"三天悬吊在树上，三天行走在地下世界，三天找到我回来的路。"[1]

火焰燃烧得噼啪作响，火星四下飞溅，明亮刺眼的火焰让影子几乎无法直视。他只得移开目光，望着树下的阴影。

那里没有火焰，没有雪，没有树木，没有悬吊的尸体，也没有染血的长矛。

有人在敲门。月光已经透过窗户照射进来。影子立刻坐起身。"晚饭准备好了。"媒狄亚在门外说。

影子穿上鞋子走向门口，走进走廊。有人找到几根蜡烛，微弱的黄色烛光照着前台接待大厅。悍马的司机抱着纸板托盘和一个纸袋，穿过回转门走进来，他穿着一件黑色的长外套，戴一顶有帽檐的司机帽。

"抱歉来晚了。"他哑着嗓子说，"我给每个人都买了同样的东西：两个汉堡包、大薯条、大可乐，还有苹果派。我在外面车上吃我的那份。"他放下食物走出去。快餐的味道立刻充满整个大厅。影子拿过纸袋，把里面的食物、纸巾和小袋番茄酱分给大家。

他们安静地吃着各自的食物，烛光摇曳闪烁，燃烧的烛油发出滋滋的声音。

---

1 北欧神话传说中，主神奥丁为了获得知识与智慧，将自己倒吊在生命之树上整整九天，以矛自刺，饱受煎熬。

影子注意到城先生正死死地盯着他，他调整了椅子，好让后背靠在墙上。媒狄亚吃汉堡包时，把一张纸巾优雅地放在嘴边，随时擦掉食物的碎屑。

"哦，真是的，汉堡包差不多全凉了！"胖男孩挑剔地说。他依然还戴着墨镜，让影子觉得既无意义又愚蠢可笑，在室内只会显得光线更黑。

"很抱歉，司机开了很久才找到的，"城先生说，"距离这里最近的麦当劳在内布拉斯加州。"

大家吃完微温的汉堡包和凉掉的薯条。胖男孩咬了一口单人份的苹果派，里面的馅料喷出来，溅到下巴上。意想不到的是，果馅居然还是热的。"哎呦！"他叫起来，伸手擦掉巴上的热馅，再舔干净手指。"这玩意真烫人！"他说，"这些苹果派他妈的正等着害人呢。"

影子发现自己很想揍这小子。劳拉的葬礼之后，这小子让手下在豪华轿车里殴打影子，在那之后，影子一直很想揍他一顿。他知道琢磨伺机报复不太明智，至少在此时此刻不行。"我们就不能立刻拿到星期三的尸体，然后离开吗？"他问。

"等到午夜。"南西先生和胖男孩异口同声地回答。

"这些事必须按规则办，"岑诺伯格说，"任何事都有各自的规则。"

"好吧，"影子说，"不过没人告诉过我有什么规则。你们老在谈论该死的规则，可我甚至不知道你们这些人到底在玩什么游戏。"

"这就像打破了商品发售日期。"媒狄亚欢快地解释着，"你知道，一定要等到既定时间才允许开售。"

城先生说："我认为这种做法狗屁不通。不过，如果大家都觉得这种规则能让自己开心的话，我的代理人也会开心，人人都会开心的。"他吸了一口可乐，"等到了午夜，你们带上尸体走人。我们大家卿卿我我和平相处，然后挥手再见。可接下来，我们会像追耗子一样继续追杀你们。"

"嘿，"胖男孩对影子说，"我想起来了。我告诉过你，叫你转告你的老板，说他已经过时了。你告诉他了吗？"

"我告诉他了，"影子说，"你知道他对我说什么吗？他说要是我再看见他，就告诉那个傲慢无礼的小鼻涕虫，叫他记住：今昔的明日乃是明日的昨昔。"星期三从来没说过那些话，但影子转述出来，假装是星期三说过的话。反正这些人似乎都喜欢说类似的陈词滥调。影子背后摇曳的烛光，反射在胖男孩的黑色太阳镜上，看上去像是他的眼睛。

胖男孩说："这地方简直就是他妈的一个垃圾堆。没有能源，无线网络覆盖不到。如果只有有线网络，你就等于是退化到了石器时代。"他用吸管喝完了最后一口可乐，把杯子丢到桌子上，沿着走廊离开了。

影子伸手把胖男孩丢的垃圾装到纸袋里。"我要出去看看美国的中心。"他宣布说，然后起身离开，走进外面的夜色。南西先生跟在他后面也出来了，两人并肩走着，穿过小公园，谁都没有说话，就这样一直走到石头纪念碑前。风在他们身边断断续续地呼啸而过，一开始从一个方向刮过来，然后又从另外一个方向刮来。"那么，"他问，"现在该怎么办？"

半轮月亮悬挂在黑暗的天空中。

"现在，"南西说，"你应该回自己房间去，锁上门，努力多睡上一会儿。午夜时分他们就会把尸体转交给我们，然后我们就立刻离开这个鬼地方。对任何人来说，中心点都不是一个稳定的所在。"

"既然你这么说，照你说的做好了。"

南西先生吸了一口小雪茄。"真希望这一切都没有发生过。"他说，"这一切真不应该发生。我们这种人，我们……"他挥舞着手中的小雪茄，仿佛要用它找出一个合适的字眼。他终于找到了，"都很唯我独尊。我们不爱交际，不合群，即使是巴克斯[1]也这样。我们不能长久地和别人在一起。我们喜欢独自一人，或者待在属于我们的小团体中。我们无法和其他人好好相处。我们喜欢被人爱慕、尊敬和崇拜。就说我吧，我喜欢他们讲述关于我的故事，显示我有多么聪明的故事。我知道这不对，可我就是这样一个人。我们喜欢成为强大者。可现在，在这个

---

1 罗马神话中的酒神巴克斯，等同于希腊神话中的狄俄尼索斯，热爱饮酒狂欢。

艰难时期，我们变得渺小不堪。新的众神冉冉升起，然后坠落，又再次升起。但这里依然是一个不容忍神灵存在的国家。梵天[1]创造世界，毗瑟奴[2]保护世界，而湿婆[3]毁灭世界，把整个世界清洗一空，让梵天可以再度创造新世界。"

"你到底在说什么啊？"影子问，"现在战斗结束了？战争结束了？"

南西先生冷哼一声："你脑子有问题吗？他们杀了星期三，还到处夸耀。他们把话放了出去，还在各个电视频道上播放，让那些人可以亲眼看到。你错了，影子，战争才刚刚开始。"

他弯下腰，在石头纪念碑脚下摁灭小雪茄，把烟头留在地上，像是祭品一样。

"你以前很喜欢开玩笑，"影子说，"可你现在不开玩笑了。"

"这些日子很难找到笑料了。星期三死了。你要进去吗？"

"快了。"

南西朝旅馆走回去。影子伸手摸摸纪念碑的石头，手指抚过冰冷的黄铜铭牌。他转身朝白色的小教堂走过去，走进敞开的大门，进入里面的黑暗中。他在离他最近的靠背长椅上坐下，闭上眼睛，低下头，想念劳拉，想念星期三，思考活着的意义。

背后的房门咔嗒一声响，接着是脚步声。影子站起来，转身查看。有人站在敞开的门外，黑色的身影映衬着背后的星空，月光在某个金属的东西上闪烁。

"你想开枪杀我？"影子问。

"老天，我倒是希望能。"城先生说，"这把枪只是为了自卫。怎么，你正在祷告？他们哄得你相信他们都是神了？他们根本不是神！"

"我没有祷告，"影子说，"只是在思考事情。"

"我有个想法，"城先生继续说，"他们其实是变异人，是进化实

---

1 印度教主神之一，创世之神。
2 印度教主神之一，宇宙与生命的守护之神。
3 印度教主神之一，破坏和毁灭之神。

验的产物。他们有点儿催眠别人的能力，还有点儿转移注意力的欺骗能力，他们可以让别人相信任何事情。没什么了不起的。他们就这点儿本事罢了。说到底，他们也会像普通人一样死掉。"

"人和神都会死的。"影子说。他站起身，城先生立刻警惕地向后退一步。影子走出小礼拜堂，城先生还是小心翼翼地和他保持一段距离。"嘿，"影子问他，"你知道谁是路易丝·布鲁克斯吗？"

"你的朋友？"

"不是。她是出生在这里南边的一个电影明星。"

城先生犹豫一下。"也许她换了名字，改名叫丽兹·泰勒，或者莎朗·斯通什么的。"他提示影子。

"也许吧。"影子朝旅馆方向走去。城先生在他身后几步远的地方跟着。

"你应该被关回牢房里，"城先生愤愤地说，"应该被关进他妈的死囚牢房里。"

"我没有杀你的同事。"影子平静地说，"在牢里的时候，有人给我讲了一个故事。我想讲给你听。那个故事我永远也不会忘记。"

"什么故事？"

"整本《圣经》里面，耶稣唯有一次向一个人亲口承诺，保证在天堂里给他留一个位置。那个人不是圣彼得，也不是圣保罗，不是他的任何一个门徒。他是个被判有罪的小偷，被处以死刑。所以，别急着把人送进死囚牢房，他们也许知道一些你并不知道的事。"

那个司机还站在悍马旁。"晚上好，先生们。"经过他身边时，他和他们打招呼。

"晚上好。"城先生说，然后冲着影子说，"我个人压根就不在乎这些鸟事。世界先生怎么吩咐，我就怎么做，这样做事更轻松。"

影子沿着走廊走回他的9号房。

打开门锁刚一进门，影子脱口而出："对不起，我以为这是我的房间。"

"这的确是你的房间，"媒狄亚回答说，"我正等着你呢。"在月光下，他能看清她的头发，还有她苍白的脸。她仪态端庄地坐在他的床上。

"我另找一间房去。"

"我不会待很久的。"她说，"我只是想，也许现在是个合适的机会，向你提供一个优越的条件。"

"好吧，说说你开的条件。"

"放松点，"她说，声音里含着笑意，"你可够固执的。你看，星期三已经死了，你不欠任何人的债了。加入我们这边吧，转移到即将胜利的阵营，现在是最好的时机。"

影子没有回答。

"我们可以让你成为名人，影子。我们可以给你无上的权力，让你主宰世人的思想、言论、穿着和梦想。想成为第二个加里·格兰特[1]吗？我们可以让它成为事实。我们还可以让你成为新的披头士。"

"你当初答应给我看露西的胸部，我倒更喜欢那个提议。"影子说，"当初提议的人也是你吧？"

"是的。"她说。

"我想要回我的房间。晚安。"

"当然了，"她继续说下去，依然坐在床上没动，好像根本没听到他的话似的，"我们也可以把刚才说的一切都掉转过来。我们可以让你的未来一团糟，影子，你将永远成为一个不幸的笑料。或许你喜欢让别人把你当成怪物看待？大家可以永远记住你，只不过你是像曼森[2]或希特勒那样的杀人魔……你觉得怎样？"

"很抱歉，太太，我现在很累。"影子说，"如果你马上离开的话，我将不胜感激。"

"我许诺给你整个世界，"她说，"等你将来某天死在贫民窟的阴沟里时，希望你能想起今天。"

"我会记住的。"他说。

---

1 加里·格兰特（1904—1986），美国好莱坞超级巨星。

2 查理斯·曼森（1934—）是美国历史上最臭名昭著的杀人狂之一，他所控制的邪教组织曼森家族杀害过著名导演波兰斯基的妻子。

她离开之后，香水味还弥留在房间里。他躺在光秃秃的床垫上，开始想念劳拉。他想起劳拉玩飞盘、劳拉用勺子吃根汁啤酒的泡沫、劳拉哈哈大笑、劳拉展示她在阿纳海姆参加旅游经纪人会议时买来的异国情调的内衣……无论他想起什么，那幅画面都在他脑海中变形，变成劳拉在车里吮吸罗比的阴茎，然后一辆卡车把他们从路上撞翻。接下来，所有影像都消失了。然后，他想起她说的话，每次想起都深深刺痛他的心。

　　你并没有死，劳拉平静的声音在他脑中响起，但我也不确定你是否真正活着。

　　外面传来敲门声。影子起床打开门，发现竟然是胖男孩。"那些汉堡包，"他说，"都是冷的。你相信吗？这里距离麦当劳有五十英里远！我不相信这个世界上还有什么地方可以距离麦当劳超过五十英里。"

　　"我这里热闹得快变成纽约中央车站了。"影子说，"好了，我猜你是来向我提供网络自由的权利，前提是我答应加入你们那边。是不是？"

　　胖男孩在发抖。"不，你已经是死肉一块了。"他说，"你——你是他妈的哥特黑体字的手抄本装饰书，再怎么努力也成不了超文本。我……我是瞬间连接，而你，你是大纲概要……"影子突然意识到，胖男孩身上有种怪异的味道。监狱走廊对面的牢房里也有那么一个家伙，影子从来不知道他的名字，某天中午他突然脱个精光，告诉所有人他是被派来解救大家的，像他一样的大好人都会被带上一艘银色的太空飞船，飞到一个美好的地方。那是影子最后一次见到他。胖男孩身上就有和那家伙一样的疯癫味道。

　　"你来这里有事吗？"

　　"我只是想说说话。"胖男孩带着呜咽的腔调说，"我的房间让人毛骨悚然，就是这句话，让人毛骨悚然。距离麦当劳五十英里，你相信吗？也许我能留下和你住一起？"

　　"你那辆豪华轿车里的朋友呢？打我的那些人？你就不能叫他们过来陪你吗？"

"那些孩子在这里没法活动。我们是在死亡区域里。"

影子说:"很快就要到午夜了,距离天亮还很久。我想也许你需要好好休息一下,反正我需要休息。"

胖男孩没说话,他沉默一阵之后点点头,离开房间。

影子关上房门,用钥匙反锁,重新躺到床垫上。

片刻之后,外面传来一阵噪音。他半天才分辨出到底是怎么回事,他打开门锁,走到外面走廊里。闹事的是胖男孩,他在自己的房间里,听上去似乎正把什么沉重的东西朝墙上撞。从声音来辨别,影子估计他撞的就是他自己。"只有我!"他抽泣着说。或许,他说的是"只有肉"。影子听不太清楚。

"安静!"岑诺伯格的房间里传出一声怒吼,连大厅里都听得清清楚楚。

影子走到旅馆外面。他对这一切都厌倦透了。

司机依然站在车旁,像一个戴帽子的黑色剪影。

"睡不着吗,先生?"他问。

"是呀。"影子说。

"要抽烟吗,先生?"

"不用,谢谢。"

"你不介意我抽烟吧?"

"请随意。"

司机用一次性打火机点烟,火焰的黄光闪起的一瞬间,影子看见了那人的脸。几乎在看到的同时,他就认出他来,并且开始明白到底是怎么回事了。

影子认得那张消瘦的脸,还知道在他黑色司机帽下面,是短得紧贴头皮的橙红色短发,红如火焰余烬。他还知道当那人咧嘴微笑时,他的嘴巴就像一道崎岖不平的伤疤。

"你看起来气色不错,大个子。"司机说。

"洛基?"影子警惕地瞪着他过去的同室狱友。

监狱里的友谊是好事,可以帮助你渡过难关和黑暗的时刻。但监狱里的友谊在监狱大门前就结束了。如果监狱里的朋友重新出现在你生命里，那可就是喜忧参半的事情了。

"老天，洛基·莱斯密斯，"影子说。他听到自己正在说出的那个名字，顿时明白了一切。"你是洛奇，狡诈之神[1]！"

"你反应很慢，"洛奇说，"不过总算最后明白过来了。"他咧开嘴，露出扭曲畸形的笑[2]，阴影中的眼睛闪烁着火焰的余烬。

他们坐在影子的房间里。在这间被人遗弃的旅馆里，他们各坐床垫的一端。胖男孩房间里的声音已经完全停歇了。

"你骗了我。"影子说。

"骗人是我最拿手的事情之一，"洛奇说，"不过你很幸运，在牢里和我关在一起。没有我的话，恐怕你在里面连第一年都熬不过去。"

"你不能随意离开监狱吗？"

"还是老老实实服满刑期更容易些。你必须要理解神的事情。这不是魔法，不全部是。这和聚焦有关，和成为你自己有关，只不过这个'你'是人们所信仰的你。你要成为精华浓缩的你，放大你的内在本质，这样你就成为雷霆，拥有奔腾骏马的力量，或者拥有智慧。你吸取所有信仰的力量、所有祈祷的力量，这些信仰转化成某种具象的能量，让你变得更加强大、更加冷酷无情、更加超越凡人。然后，你就具化成真正的神。"他停了下来，"然后，到了某一天，他们遗忘了你，他们不再信仰你，不再献上祭祀的牺牲，不再关心你。接下来，你就沦落到只能在百老汇大街和四十三街交叉口玩玩三张牌赌戏，骗人一点钱财。"

"为什么你会和我同一牢房？"

---

1 洛奇，北欧神话中的狡诈之神，原为诸神首领之一，在诸神与巨人族的最终战争"诸神的黄昏"爆发后，加入巨人族的阵营，最后导致诸神的毁灭。
2 在北欧神话传说中，洛奇曾因为打赌失败，被矮人用尖钻把嘴巴钻洞缝起来，留下永久的疤痕。

"巧合，纯粹的巧合。是狱方把我安排进去的。你不相信我？我说的是实话。"

"现在你当司机了。"

"我还有别的工作。"

"你为敌对阵营的人开车。"

"如果你愿意那么称呼他们的话。这取决于你站在哪一边。我认为，我是在为即将获胜的一方开车。"

"但是，你和星期三，你们来自相同的地方，你们两个……"

"北欧诸神。我们是同属万神殿的神祇。你想说的是这个？"

"是的。"

"那又怎么样？"

影子犹豫一下，然后才说："你们过去一定是朋友，曾经是。"

"不，我们从来不是朋友。他死了，我一点也不难过。他只是想把我们残余的人都拖住不放，不让我们前进。现在他死了，剩下的人该开始面对现实了：改变，或者死亡；进化，或者毁灭。我始终支持进化，这就是'改变还是死亡'的老游戏。他死了，战争结束了。"

影子迷惑不解地看着他。"你不可能愚蠢到这种地步。"他说，"你一向都聪明狡猾。星期三的死不会结束任何事情，只会让摇摆不定的骑墙派跳下墙头。"

"混乱的隐喻，影子，这可是个坏习惯。"

"不管怎么说，"影子说，"这是事实。天啊，他一死，立刻完成了他过去几个月来一直努力的事。他的死让他们团结起来，他的死让他们开始相信某些东西。"

"也许吧。"洛奇无所谓地耸耸肩，"据我所知，敌对这边的人认为，既然招惹麻烦的人完蛋了，麻烦很快就会随之消失。当然，这并不关我的事，我只管开车。"

"告诉我，"影子问，"为什么每个人都很在意我？他们表现得好像我很重要似的。我决定做什么，对他们真的有那么重要吗？"

"你是一项投资。"洛奇说，"你对我们来说很重要，是因为你对星期三来说很重要。至于为什么……我想没人知道。只有星期三知道，可他死了。可能要变成生命中的另一个未解之谜了。"

"我已经厌倦了谜题啊、秘密啊什么的。"

"是吗？我却觉得它们可以给这个世界增加更多乐趣，就像加在炖肉里调味的盐。"

"那么说，你是他们的司机，为他们所有人开车？"

"谁需要我就替谁开车。"洛奇说，"谋生嘛。"

他抬起手表凑到脸前，按下一个键。表针闪烁出柔和的绿色荧光，照亮他的脸，显得有点儿阴森森的。"差五分钟到午夜十二点，到时间了。"洛奇说，"是时候点起蜡烛，对亲爱的死者说几句缅怀之词，然后完成交接手续了。你来吗？"

影子深吸一口气。"我来。"他说。

他们穿过黑暗的旅馆走廊。"我为这次会面买了很多蜡烛，没想到旅馆里还有不少剩下的。"洛奇说，"房间里有很多用剩的蜡烛头，橱柜里也有一箱蜡烛。我觉得应该没漏了什么。我还带了一盒火柴。如果你用打火机点蜡烛的话，最后打火机会热得烫手。"

他们来到5号房。

"你想进来吗？"洛奇问。

影子本来不想走进那间房间的。"好吧。"他说着，两人一起走了进去。

洛奇从口袋里掏出一盒火柴，划燃一根。瞬间出现的光亮刺痛了影子的眼睛。一支蜡烛的烛芯闪了一下，点亮了，然后是另外一根蜡烛。洛奇又划着一根新火柴，继续点燃剩下的蜡烛。窗台上、床头板上，还有房间角落里的洗手池上，到处都是蜡烛。烛光让他看清了整个房间。

有人把床从原先靠在墙边的位置拉到房间中央，距离周围四面墙都有几英尺的空隙。床上铺着床单，肯定是洛奇从某个橱柜里找出来的，陈旧的旅馆床单上面满是蛀虫洞和污渍。星期三一动不动，安静地躺在床单上面。

他整整齐齐地穿着被射杀那天穿的浅灰色西装。他的右半边脸没有受伤，完好无损，也没有沾上血迹。但左半边脸全毁了，西装的左肩和前胸上溅满暗色的血污，仿佛点彩派的绘画技法。他双手放在身体两侧，被毁容的脸上没有安宁平和，只有深受伤害的神情——深入灵魂、穿透内心的伤害，充满仇恨、愤怒和彻头彻尾的疯狂。但是，从某种程度来看，这张脸上似乎还带着一丝心满意足的表情。

影子想象杰奎尔先生富有经验的双手轻轻抚平这张脸上的仇恨与痛苦，用殡仪馆里的蜡和化妆品为星期三重新塑造一张脸，赋予他死亡没有给予他的、最后的安详和尊严。

即使死了，他的身体也显得高大魁梧，并没有缩小，而且还能闻到淡淡的杰克·丹尼威士忌的酒味。

外面平原上的风越来越大，风声呼啸着刮过这个精确虚构出来的美国中心点上的旅馆。窗台上的蜡烛淌下蜡泪，烛光摇曳。

外面走廊里传来了脚步声。有人在到处敲门，叫着："请快一点，到时间了。"他们开始慢吞吞地低着头走进来。

城先生是第一个进来的，后面跟着媒狄亚和南西先生、岑诺伯格，胖男孩最后才来，脸上带着新出现的红色淤伤，嘴巴不停地蠕动着，好像正在默不作声地背诵什么东西。影子发现自己竟然有点儿替他难过。

没有任何仪式，也没有任何人讲话，他们列队站在尸体旁边，彼此保持一臂远的距离。房间里的氛围很虔诚，非常虔诚，非常严肃，影子事先完全没想到会是这样。室内鸦雀无声，只听到窗外呼啸的风声和蜡烛燃烧发出的噼啪声。

"我们共同来到这里，来到这个没有神存在的地方，"洛奇说，"将此人的尸体转交给那些将按照习俗正式处置它的人们。如果有人想说什么的话，现在就发言吧。"

"我没话要说。"城先生说，"我根本就没正经见过这个人，这里发生的一切都让我觉得很不舒服。"

岑诺伯格说："你们所做的一切会有报应的，听见了吗？这只是一个开始。"

胖男孩咯咯傻笑起来，音调很高，女里女气的。他说："好了好了，知道了。"然后，他用高音开始朗诵：

> 旋转又旋转着更大的圈子，
> 猎鹰听不到放鹰人的呼唤；
> 一切已崩溃，抓不住重心……[1]

他突然停下来，眉毛拧在一起。"妈的，以前整首诗都能背下来的。"他揉着太阳穴，做个鬼脸，不做声了。

所有人的目光都转向影子。呼呼的风变成锐利的尖啸。他不知道该说些什么。他说："整件事都让人觉得悲哀。你们中有一半人杀害了他，或者参与了对他的谋杀，现在你们又把他的尸体交给我们。真是太棒了。他是个脾气暴躁的老混蛋，不过我喝过他的蜜酒，现在依然在为他工作。我要说的就这些。"

媒狄亚说："在这个每天都有很多人死去的世界上，我认为我们必须记住一件最重要的事情，那就是：每当一个生命离开这个世界，我们会感到无尽的悲伤，与此同时，都会有一个新生命来到这个世界，为我们带来无穷的欢乐。婴儿的第一声号哭——怎么说呢，简直就是魔法，不是吗？也许此刻不应该说这些话，但是悲伤和欢乐就像牛奶与饼干，它们总是那么完美相配。我认为我们应该花点时间，好好思考其中的意义。"

南西先生清了清嗓子，说："好吧，这些话没别人说，那就我说好了。我们站在这片土地的正中心，这是一片没空搭理神明的土地，它的中心点就更没空搭理我们了。这里是无人区，是停战的地点，在这里，我们会遵守停战协议。我们对此别无选择。你们将我们朋友的尸体交还我们，我们接收。你们会为此付出代价的，以牙还牙，血债血偿。"

城先生说："随你怎么说好了。你们本可以省点儿时间、也省点儿事情，自己回家去拿把枪，冲着自己的脑袋开火，也省得我们多费手

---

1 选自爱尔兰诗人叶芝的名诗《再度降临》，余光中译。另译为《基督重临》。

脚。"

"操你妈！"岑诺伯格发怒了，"我操你、操你妈、操你们骑到这儿来的操蛋牲口！你不配在战斗中荣耀地牺牲，没有战士愿意品尝你的鲜血，活着的人不屑于夺取你的生命。你只会像个可怜巴巴的软蛋一样死去。你只会带着临终前的一吻和藏在心里的谎言死去。"

"你省省吧，老家伙。"城先生说。

"那首诗我想起来了，"胖男孩说，"下一句是'血腥的浊流出闸'。"

外面风声更加猛烈了。

"好了。"洛奇说，"他是你们的了。交易完成，把老杂种弄走。"

他做了个手势，城先生、媒狄亚和胖男孩随即离开房间。他冲着影子笑了笑。"没人开心，对吧，小伙子？"说完，他也离开了。

"现在怎么办？"影子问。

"把他裹起来，"南西说，"我们带他离开这里。"

他们就地取材，用旅馆里的床单把尸体包裹好，这样他们搬运的时候就不会有人看到尸体了。两个老人走到尸体的头脚两端，影子突然说："让我来试试。"他弯下膝盖，双手伸到白色床单下面，抱起尸体，放在肩膀上。他伸直膝盖，慢慢站直，觉得还不算吃力。"好了，"他说，"我来扛他。我们把他放到车子后面去吧。"

岑诺伯格似乎想要争论，但最后还是闭上了嘴巴。他在拇指和食指上啐一口唾沫，然后用手指掐灭蜡烛。影子走出黑暗的房间时，还能听到蜡烛熄灭的滋滋声。

星期三很重，但是影子还能应付，只要走得稳一些就可以了。他别无选择，必须这样做。当他一步一步沿着走廊向前走的时候，星期三说过的话回荡在他脑海中，他的喉咙深处还能回味出蜜酒的酸甜滋味。你为我工作，你负责保护我，你负责帮我，你负责开车送我到各地去，有时你还要负责调查、替我去各处打听消息，你负责跑腿办事。在紧急情况下，只有在紧急情况下，你负责揍那些应该被揍的人。如果我不幸死亡，你负责为我守灵……

约定就是约定。而这个约定，已经深深烙印在他的血脉中，深入骨髓中。

南西先生为他打开大厅的金属大门，然后匆忙赶过去打开巴士的后车厢。对方的四个人早就站在他们的悍马车旁，看着他们的一举一动，仿佛迫不及待要离开。洛奇又把司机帽子戴在头上。寒风抽打着床单，拉扯着影子的脚步。

他尽可能轻柔地把星期三的尸体放在巴士后面。

有人拍拍他的肩膀，他转过身来。城先生站在那里，他伸出手，手里握着什么东西。

"给你，"城先生说，"世界先生想把这个给你。"那是一只玻璃假眼，正中央有一条头发丝一样细的裂纹，前面碎了一小块。"我们清理现场时，在共济会大厅里找到的。留着它当幸运符吧。天啊，你可是最需要运气的了。"

影子握住那只假眼。他真希望自己能说出什么机智、尖锐又聪明的话来反驳他，可惜城先生已经走回悍马那边，钻进车里。直到这时，影子还是没有想出什么聪明的反驳话。

岑诺伯格是最后一个离开旅馆的。他锁上大门，看着悍马车驶离公园，沿着柏油公路驶远。他把旅馆钥匙压在大堂前门外的石头底下，然后摇了摇头。"我本应该吃掉他的心脏，"他对影子说，"而不是仅仅诅咒他去死。他应该学会尊敬。"他说完，钻进巴士里面。

"你来护驾，"南西先生对影子说，"我开一会儿车。"

他开车向东行驶。

天亮时，他们到了密苏里州的普林斯顿市。影子一直没有睡。

南西问："你想让我们在哪里把你放下去？如果我是你的话，我就立刻搞一张假身份证，躲到加拿大或者墨西哥去。"

"我和你们绑在一条绳子上了，"影子说，"这正是星期三希望的。"

"你不再为他工作了，他已经死了。等我们把他的尸体卸下来，你就彻底自由了。"

"然后做什么？"

"置身事外，什么都别管，战争就要开始了。就像我说的，你应该离开这个国家。"南西先生说。他打开转向灯，向左转。

"躲起来一段时间，"岑诺伯格说，"然后，等这一切都结束了，你回来找我，我替你了断一切，用我的大锤子。"

影子问："你们要把尸体带到哪里去？"

"弗吉尼亚州，那里有棵树。"南西说。

"世界之树，"岑诺伯格阴郁的语调里带着一丝心满意足，"我过去生活的那个世界里也有，不过我们的树是长在地下，而不是地上[1]。"

"我们把他放在树根下，"南西说，"把他留在那里。然后，我们就让你离开。我们自己开车南下，战斗将在那里进行。到时候会血流成河，很多人会死掉，这个世界将会改变，不过，只是稍微改变一点点。"

"不想让我参加你们的战斗吗？我很高大，也很擅长打架。"

南西转头看着影子，忍不住笑了。自从把影子从县监狱里救出来之后，这是影子第一次在他脸上看到真正的笑容。"这场战斗的大部分都是在你无法到达、也无法触摸的地方进行的。"

"是在人类的心中和意识中进行的战斗，"岑诺伯格说，"就像那

---

1 北欧神话中，宇宙由九个世界组成，分为上中下三层，贯穿连接九个世界的是一株巨大的梣树，它萌生于"过去"，繁茂于"现在"，延伸到无限的"未来"。这棵树是宇宙万物的起源和载体，树叶永远青绿，根部贯穿全世界。有三条巨大的树根支撑着世界之树"尤加特拉希"，分别通往诸神的国度、巨人的国度和冰雪世界尼夫尔海姆。在这些树根的末端，分别有三眼泉水，为世界之树提供水分。世界之树这一形象存在于很多民族神话之中。

个大转盘。"

"什么？"

"旋转木马。"南西先生提醒他。

"哦，"影子明白了，"后台。我明白了，就像堆满骨头的那个沙漠。"

南西先生扬起头。"后台，你说对了。每次我觉得你不够聪明，或者没有勇气去承担责任时，你却总是让我感到意外。没错，就是后台。真正的战斗将在那里进行，其他一切冲突不过是风暴来临之前的电闪雷鸣罢了。"

"告诉我守灵的事。"影子说。

"有人必须留下来陪伴尸体。这是传统。我们会有一个人负责守灵的。"

"他想让我亲自来做。"

"不行，"岑诺伯格断然拒绝，"那会要了你的命。那是个非常非常糟糕的主意。"

"是吗？会要了我的命？只是陪陪他的尸体就会要了我的命？"

"当全能之父死去时，为他守灵就会送命的。"南西先生说，"为我守灵就不会出事的。如果我死了，我只希望他们能把我埋在暖和的地方。有漂亮女人从我坟前走过的时候，我就伸出手抓住她的脚踝，就像电影里演的那样。"

"我没看过那部电影。"岑诺伯格说。

"你当然看过了，电影快结束时的情节。是部关于高中的电影，所有孩子都去参加毕业舞会。"

岑诺伯格还是摇头。

影子说："那部电影是《魔女嘉丽》，岑诺伯格先生。好了，你们两位，谁能给我讲讲守灵的事？"

南西说："你说吧，我在开车呢。"

"我从来没听说过《魔女嘉丽》这部电影。还是你说。"

南西只好解释："负责守灵的人——将被绑在树上，就像星期三经历过的那样，然后吊在树上整整九天九夜。没有食物，也没有水，孤零零一个人。最后，他们会把守灵人从树上放下来，如果他运气不错还活着的话……好吧，活下来还是有可能的。这样就完成了星期三想要的守灵仪式。"

岑诺伯格说："也许阿尔维斯会派他手下的某个人来。矮人能熬过来的。"

"我来守灵。"影子说。

"不行。"南西先生拒绝。

"行。"影子再次坚持。

两位老人都不说话了。然后，南西开口问："为什么？"

"因为这是一个真正活着的人应该做的事。"影子说。

"你疯了。"岑诺伯格说。

"也许。但我要亲自完成星期三的守灵仪式。"

他们停车加油的时候，岑诺伯格宣称他觉得不舒服，坚持要坐到前排位置。影子并不介意移到巴士后面坐。他可以在那里伸开腿，睡上一觉。

他们安静地开着车。影子感觉自己刚刚做了某件非常重大但又非常怪诞的事情，但是他又不完全确定到底是什么事。

"嗨，岑诺伯格。"过了一阵，南西先生说，"你注意到旅馆里的高科技小子吗？他很不开心。他瞎搞了什么事，结果那件事反过来搞他。这就是新一代小孩们的最大问题——他们总是以为自己什么都懂，你根本无法教导他们，只好让他们自己撞得头破血流。"

"说得很好。"岑诺伯格说。

影子在后面的椅子上摊开手脚躺下。他感觉自己仿佛同时是两个人，甚至不止两个人。一部分的他微微觉得兴奋，因为他做了某件事。他已经行动起来了。如果他不想再活下去，行不行动起来都无所谓；但他确实想活下去，所以行动起来就让一切都截然不同了。他希望自己能从守灵仪式中幸存下来，但如果只有死去才能证明他曾经真正活着，他愿意去死。有那么一阵，他觉得整件事情都很好笑，简直是世界上最好笑的事情。不知道劳拉会不会觉得这个好笑。

还有另外一部分的他，这个他依然努力想把一切都弄清楚，想看清整个画面。他觉得这个部分可能是迈克·安塞尔。在湖畔镇警察局，好像有人按下一个消除键，迈克·安塞尔就随之彻底消失了。

"隐藏的印第安人！"他突然大声说出来。

"什么？"前排座位传来岑诺伯格暴躁的嘶哑声音。

"小孩子涂颜色玩的那种画片。'你能在这幅画里找到隐藏的印第安人吗？里面一共有十个印第安人，你能把他们全找出来吗？'第一眼看上去，你只看到瀑布、岩石和树木，然后，如果你把画转过来，从另一角度看过去，你就会发现那片阴影原来是一个印第安人……"他打着哈欠解释。

"睡觉吧。"岑诺伯格好心建议道。

"但是整幅画面……"影子喃喃说着，然后睡着了。他梦到了隐藏的印第安人。

那棵树位于弗吉尼亚州一个旧农场的后面，孤零零地屹立在一片荒芜之中。为了到达那个农场，他们不得不从布莱克堡往南开了大约一小时，途中经过的道路名称都是类似"分币海螺支线""公鸡马刺"之类的怪名字。他们来回绕了两次路，结果南西先生和岑诺伯格对影子和彼此都失去了耐心，发起脾气来。

他们在当地一个小杂货店停下来确定方向，那里正好位于山脚下的岔路口。一个老人从杂货店后面出来，瞪着他们。他只穿着一件童装牛仔工装裤，连鞋都没穿。岑诺伯格从柜台上放猪脚的大坛子里买了一只腌猪脚，出去坐在外面的露天平台上啃着吃。南西和穿工装裤的老人你一笔我一笔地在餐巾纸背面画了一张地图，标出该转弯的地方和当地的地标建筑。

他们再次出发，这次轮到南西先生开车，结果十分钟后就找到了目的地。门口的牌子上写着"梣树农场"。

影子走下巴士，打开农场大门。汽车开进去，摇摇晃晃地穿过草地。影子关上农场门，跟在车子后面走，顺便伸展一下腿脚。车子开远之后，他慢跑着追上去，他喜欢让身体活动起来的这种感觉。

从堪萨斯一路开车来到这里，他已经丧失了时间感。到底开了两天车，还是三天？他根本弄不清楚。

放在巴士后面的尸体似乎还没有腐烂。他可以闻到那股味道——淡淡的杰克·丹尼威士忌的酒味，遮盖住类似酸蜂蜜的某种味道。不过，味道并不令人不快。他时不时地从口袋里掏出那只玻璃假眼，凝视着它。它的内部碎成一道道的裂纹，估计是子弹的冲击力导致的。虽然虹膜边上掉了一小块，但整个表面完好无损。影子在手中玩弄着假眼，握着它，让它在手中滚动，用手指推动它。这是个可怕的纪念品，但又奇怪地让人觉得舒心。他猜想，如果星期三知道他的假眼最后落在影子的口袋里，他本人说不定也会被逗笑的。

农场屋舍里一片漆黑，大门紧闭。农场里杂草丛生，显然这里早已被人遗弃。农舍屋顶的后半部已经剥落，用黑色的塑料板覆盖着。他们一路颠簸着驶上山脊，然后，影子看到了那棵树。

那是一棵银灰色的大树，比农场屋舍还要高大。这是影子见过的最漂亮的树：它虚幻如幽灵鬼魅，但又给人以完全真实之感，呈现出几乎完美无瑕的对称。它看上去还非常眼熟，他不知道自己是否梦见过它。然后，他意识到自己并没有梦到过，而是多次亲眼见过它，或者说见过它的图案。它就是星期三戴的树形银领带夹！

大众巴士一路颠簸摇晃着穿过农场草地，停在距离树干只有二十英尺的地方。

树旁站着三个女人。第一眼，影子还以为她们是卓娅三姐妹，但很快他就意识到自己认错人了。她们是他完全不认识的三个女人。她们看上去既疲惫又无聊，好像已经在那里站了很久很久。她们每个人都拿着一具木头梯子，年纪最大的那个还背着一个棕色麻布袋。她们就像一整套的俄罗斯套娃：一个身材最高（有影子那么高，甚至比他还要高一些），一个身材中等，还有一个身材矮小驼背，以至于影子一开始把她错认为是小孩子。尽管如此，三个女人长得非常相像，前额、鼻子，还有下巴的形状都一模一样，影子确信她们是亲姐妹。

大众巴士停下来的时候，身材最小的女人行了一个屈膝礼，另外两人只是瞪眼看着。她们三人分享同一支香烟，一直抽到只剩下过滤嘴，其中一个人才把烟头在树根上摁熄。

岑诺伯格打开巴士尾厢，个子最高的女人一把将他推开，然后把星期三的尸体从后面抬出来，搬到树旁，像搬一袋面粉那么容易。她把尸体放在树前，距离树干大概十英尺，然后和姐妹们打开包裹星期三尸体的床单。阳光下，他的样子比那天在点着蜡烛的旅馆房间里看到的更糟。影子只飞快地瞄了一眼就立刻移开目光。女人们整理他的衣服，把西装弄平整，然后把他放在床单一角，再次把他包裹起来。

接着，三个女人走到影子面前。

——你就是那个人？身材最高的女人问他。

——那个将哀悼全能的父的人？中等身材的女人问他。

——你被选中为他守灵？最矮小的女人问。

影子点点头。事后，他怎么也想不起来自己是否真的听到她们说话的声音，或许他只是从她们的表情和眼神中，理解了她们想要表达的意思。

南西先生刚才走进农舍里使用洗手间，现在回到了树旁。他抽着小雪茄，一副若有所思的表情。

"影子，"南西叫住他，"你真的不必这么做。我们可以找到更合适的人。你还没准备好。"

"我要做。"影子简洁地说。

"你不必做。"南西先生说，"你不知道自己要面对的是什么。"

"无所谓。"影子说。

"如果你死了怎么办？"南西先生问，"如果仪式真的要了你的命怎么办？"

"那么，"影子冷静地说，"就让它要了我的命好了。"

南西先生猛地把小雪茄扔到草地上，异常恼火。"我早说过你满脑子大便，现在你还是满脑子大便。难道你看不出来有人正努力放你一条生路吗？"

"对不起。"影子说。除此之外他没再说话，南西气得走回了巴士。

岑诺伯格走到影子面前，他看起来并不太高兴。"你必须活着通过守灵仪式，"他叮嘱说，"为了我，必须活下来。"然后，他轻轻地用指关节敲敲影子前额，说一声："砰！"他抓住影子的肩膀，拍拍他的胳膊，转身走回到巴士那边。

个子最高的女人，她的名字似乎是尤莎或尤妲（影子无法令她满意地准确复述出她的名字），打手势让他脱下衣服。

"全部脱光？"

高个子女人耸耸肩。影子脱到只剩下内裤和T恤。女人们把梯子靠着树干放下，其中一把梯子是手绘的，每层梯级都画有细小的花朵和树叶。她们指给他看那把梯子。

他爬上梯子的九层梯级，然后，在她们的催促之下，他登上一根低矮的树枝。

中等个子的女人把麻袋里的东西倒在草地上，里面装着乱成一团的细绳，因为年代久远和肮脏已经变成褐色。女人们拣出绳子，小心地放在星期三尸体旁的地上。

她们爬上各自带来的梯子，开始用绳子打出复杂而雅致的绳结。她们先用绳子把树缠绕起来，然后再缠到影子身上。她们脱掉他的T恤和内裤，丝毫不觉得尴尬，就像接生婆、护士，还有摆弄尸体的人一样，一个个都神色自若。接着，她们把他绑起来，并不很紧，但很结实。绳子和绳结承担着他的体重，让他吃惊的是，他居然感觉还很舒服。绳子从他的手臂下面和双腿中间绕过，穿过他的手腕、脚踝和胸膛，把他绑在树上。

最后一段绳子在他脖子上松松地打了一个结。最初，那个绳结让他有点儿不太舒服，但他的体重被分配得很均匀，没有哪一段绳子会勒痛皮肉。

他的双脚悬空在距离地面五英尺的高度之上。这棵树光秃秃的，没有树叶，树型巨大，黑色的树枝映衬着灰色的天空，树皮呈现光滑的银灰色。

她们把他脚下的梯子移开。他的身体往下坠了几英寸，全部体重都由绳子承担的那一瞬间，他感到一阵恐慌。不过他忍住了，没有发出声音。

在那一刻，他完完全全地赤身裸体。

女人们把包裹在旅馆床单里的尸体放到树脚下，然后离开了。

她们离开，留下他独自一人。

第十五章

吊起我，哦，吊起我，我将死去，离开这里，

吊起我，哦，吊起我，我将死去，离开这里，

我不在乎被人吊起，生命早已离开了我，

尸体早已安息在墓中……

————一首老歌

被吊在树上的第一天，影子体验到从只是有点不舒服，逐渐过渡到痛苦与恐惧的整个过程。偶尔还会产生一种介于厌倦和冷漠之间的情绪，那是漠然接受一切的灰色心情，一种等待。

他被吊着。

风静止不动。

几小时之后，他眼前开始有色彩在飞速移动，爆炸成深红色和金色的花朵，开满整个视野，跳动着，脉动着，仿佛拥有生命。

胳膊和腿上的疼痛逐渐变得难以忍受。如果他想让手脚放松一下，身体就会松弛下来，摇晃不稳；如果他身体向前倾，缠绕在脖子上的绳索就会立刻收紧，让他觉得整个世界闪烁微光，天旋地转。他只好让自己向后靠，紧贴着树干。他可以察觉心脏在胸腔里急速跳动，节奏不齐，像击鼓一样，把血液压送到全身……

眼前的色块凝结成翡翠、蓝宝石和红宝石，然后爆炸。呼吸变成了

一小口一小口的浅浅喘息。背后树干的树皮粗糙不堪，下午的寒冷包围着他赤裸的肌肤，让他开始发抖，起了一身的鸡皮疙瘩。

没什么大不了的。有人在他脑子深处说，这里面有个窍门。找到窍门，否则就死。

此时继续思考是明智的。这个想法让他很高兴，他一遍又一遍地在脑子里重复它，有点像念咒语，又有点像幼儿园的儿歌，合着心脏跳动的鼓点节拍，喋喋不休。

> 没什么大不了的，这里面有个窍门。找到窍门，否则就死。
> 没什么大不了的，这里面有个窍门。找到窍门，否则就死。
> 没什么大不了的，这里面有个窍门。找到窍门，否则就死。
> 没什么大不了的，这里面有个窍门。找到窍门，否则就死。

时间慢慢过去，诵经般的单调声音仍在继续。他能听到这个声音。有人正在不停地重复这些话，只有当影子的嘴巴开始觉得干涩，舌头也干得仿佛长了一层硬皮时，那个声音才停下来。他努力用脚支撑，把自己向上推离树干，想换一种方式来支撑体重，让自己能畅快地呼吸。

他尽情呼吸，直到再也支撑不住，又落回束缚身体的绳索中，悬吊在树上。

叽叽喳喳的声音响起来时（那是令人恼火、充满嘲笑的叽叽喳喳的噪音），他还以为是他自己发出的声音。他闭上嘴巴，但叽叽喳喳的声音仍在继续。影子心想：看样子，这是整个世界在嘲笑我。他的头耷拉到一侧，有什么东西沿着树干跑了下来，跑到他身边，停在他脑袋边上。那东西冲着他的耳朵叽叽喳喳地叫着，叫的只有一个单词，听上去好像是"拉塔托斯克[1]"。影子想跟着念，可舌头僵硬得根本无法动弹。他慢慢转过头，然后，他看到了一只松鼠灰褐色的脸和尖尖的耳朵。

---

1 拉塔托斯克，北欧神话中在世界之树上跑来跑去的松鼠，它挑拨住在树顶的鹰和住在树根的龙互相争斗。

他发觉，如果距离非常近，松鼠的模样并没有远处看起来那么可爱。这家伙长得很像老鼠，充满危险，一点也不甜美可爱或迷人，而且牙齿异常尖利。但愿这只松鼠不要把他视为威胁，或是食物来源。他认为松鼠应该不是食肉动物……不过，很多他认为不可能的事情，结果都变成了……

　　他睡着了。

　　接下来的几小时里，疼痛几次把他从睡梦中惊醒。他从一个可怕的噩梦中惊醒过来，梦中，死去的孩子们从水下浮出，出现在他身边。他们的眼睛像肿胀的珍珠，几乎要从眼眶里剥落下来，他们责备他，说他让他们失望了。疼痛又把他从另一个梦中惊醒，在梦中，他仰头望着一只毛茸茸的黑色猛犸象，它穿过迷雾缓缓地向他走来，可是——一只蜘蛛从他脸上爬过，他又惊醒过来。他摇摇脑袋，把蜘蛛赶走或吓跑——重新回到梦中时，猛犸象变成一个长着象头的人，他大腹便便，一只象牙断折，坐在一只巨大的老鼠背上，向影子走过来。象头人[1]冲着影子甩动鼻子，说："如果你在这次旅途开始之前就召唤我的话，也许可以避免一些麻烦。"然后，象头人拿起了那只老鼠，出于某种影子不能理解的原因，老鼠的体型没有任何变化，却让人感觉一下子就变小了。象头人把老鼠从一只手转到另一只手，接着再转到另一只手，手指屈伸，在手指和手掌间飞快地移动那只棕色小老鼠。最后，象头人张开所有四只手，表明手里没有任何东西。他开始耸肩，一只肩膀接着一只肩膀，动作流畅得出奇。象头人凝视着影子，脸上毫无表情。

　　"它藏在你鼻子里。"影子告诉象头人。刚才，他亲眼看见那条摇来晃去的老鼠尾巴消失在他的象鼻子里。

　　象头人点点巨大的脑袋，说："是的，藏在鼻子里。你会忘记很多东西，你会放弃很多东西，你也会失去很多东西。但是，千万别忘记这

---

1 象头人暗指印度神话中大神湿婆与雪山女神帕瓦提的儿子，代表智慧与财富的象头神迦尼萨。

个。"这时开始下起雨来，影子再次惊醒过来。他冻得发抖，浑身湿透，一下子就从沉睡中完全清醒过来了。颤抖越来越强烈了，强烈得让他恐惧。他以前万万想象不到，身体竟然会哆嗦成这样。一阵痉挛式的战栗，紧跟着另一阵痉挛式的战栗。他努力想停止哆嗦，可怎么也做不到，连牙齿也开始打战，四肢抽搐着猛烈抖动，完全不受任何控制。与此同时，还伴随着剧烈的疼痛，痛入骨髓、如同刀割般的剧痛席卷而来，仿佛他全身布满了无数细小的、看不见的伤口，痛得无法忍受。

　　他张开嘴巴接落下的雨水，滋润干燥破裂的嘴唇和干涩的喉咙。雨水也打湿了将他捆绑在树干上的绳索。闪电的光芒如此明亮耀眼，在他眼中仿佛爆炸一样，将整个世界变得如同强烈闪光灯下的全景摄影。然后，雷声轰鸣，爆裂声、爆炸声、隆隆声此起彼伏。雷声的回音慢慢减弱之后，雨下得更猛烈了，几乎是刚才的两倍。在雨水和夜晚中，他的颤抖渐渐缓和下来，被利刃割裂的感觉也消失了。影子不再觉得冷。也许，他依然觉得冷，但是现在，冰冷已经成为他身体的一部分，冰冷属于他，而他也属于冰冷。

　　影子依然被悬吊在树上。闪电划过夜空，形成叉形的电光，雷声渐渐平息，变成无所不在的低沉的隆隆声，只是偶尔会有砰的一声巨响和轰鸣咆哮声，仿佛是从夜色尽头传来的爆炸声。狂风拖曳着影子，想把他从树上卷下来，剥掉他的皮，割裂他的骨头。在暴风雨之巅、在影子的内心深处，他知道真正的暴风雨来临了。真正的风暴已经来临，他们任何人都无法阻止它，无论是旧神还是新神，无论是什么精灵或力量、男人或女人……没有人能阻止，他们只能想办法经受住考验。

　　一种奇异的快乐从影子内心升起，他开始放声大笑。雨水冲洗他赤裸的身体，闪电照亮天空，雷声隆隆，震耳欲聋，他几乎无法听见自己的笑声。他纵情大笑，欣喜若狂。

　　他活着！他从来没有感受到这种实实在在活着的感觉，从来没有。

　　他想，哪怕他真的死了，哪怕他现在就死掉，死在树上，能经历这种完美而疯狂的一刻，这一生也值了！

"嗨！"他冲着暴风雨大声呼叫，"嗨！是我！我在这里！"

他设法利用赤裸的肩膀和树干之间的空隙收集了一些雨水，扭头喝着，一口口吮吸着，发出很大的声音。他喝了几口水，然后又开始放声大笑。这是愉快而开心的笑，一点也不疯狂。直到没有力气再笑，直到累得无法动弹的时候，他才安静下来。

树脚下的地面上，雨水让湿透的床单变得有些透明，漂浮起来的床单旁边冲开了一角。影子可以看到星期三的手，变成蜡质的苍白色，他还能看到他脑袋的形状。这让他想起了意大利都灵的裹尸布[1]，想起了开罗市杰奎尔的停尸台上那个被开膛的女孩。然后，尽管很冷，他却发现自己居然感到一丝温暖，而且很舒服，就连树皮也觉得柔软多了。他再次睡着了。这一次，也许他在黑暗中又做了什么梦，但不记得梦的内容。

第二天早晨，疼痛无处不在。疼痛不再限于绳子陷入肌肤的地方，或是与树干接触的后背皮肤。现在，他全身上下都无比痛楚。

而且极度饥饿，凹陷下去的胃里一阵阵巨痛。他的头也仿佛被人连续击打过一样疼痛不已。有时候，他想象自己已经停止呼吸，心脏也已经停止跳动。然后他就会屏住呼吸，直到可以听到自己的心脏在胸腔里跳动，才大口喘息，像刚浮出水面的潜水者。

在他看来，树仿佛从地狱一直延伸到天堂，而他将被永远悬吊在这里。一只褐色的鹰绕着树盘旋飞翔，在他旁边一根折断的树枝上停下，然后展开翅膀，向西飞去。

黎明的时候，暴风雨停止了，白天快结束时，暴风雨再度归来。翻滚的灰色云层覆盖了整个天空。后来，暴风雨变成了毛毛细雨。树下的尸体仿佛缩小了一圈，依旧包裹在褪色的汽车旅馆床单里，像一块在雨中瘪塌的糖霜蛋糕。

---

1 传说中曾经包裹过耶稣的裹尸布。

影子一会儿觉得灼热，一会儿又觉得冰冷。

隆隆的雷声再度响起时，他想象自己听到了敲鼓的声音，敲打铜鼓的声音伴随着轰鸣的雷霆，呼应着他的心跳。不管那声音到底是在他脑海中，还是在外面，对他来说都不重要。

他用颜色来形容感受到的疼痛：酒吧霓虹灯标牌的红色、潮湿夜晚里交通灯的绿色、打开录像机却没装进录像带时电视屏幕上的蓝色。

那只松鼠突然从树干落到影子的肩膀上，尖锐的爪子扎进他的皮肤。"拉塔托斯克"，松鼠叽叽喳喳地叫着，它的鼻尖碰到他的嘴唇。"拉塔托斯克"，它尖叫着，又跑回树上。

他的皮肤上仿佛扎满大头钉和针，火烧一样疼，刺痛感传遍全身上下，难受得生不如死。

他的一生在眼前展开，在他脚下的旅馆床单裹尸布上徐徐展开，好像某些达达主义画派[1]里的超现实主义场景。他可以看到妈妈充满困惑的凝视，看到挪威的美国大使馆，看到他们结婚那天劳拉的美丽双眸……

他咧开干裂的嘴，轻声笑起来。

"什么事那么好笑，狗狗？"劳拉问他。

"我们结婚那天，"他说，"你贿赂了风琴师，让他在你沿着红毯向我走过来的时候，把《结婚进行曲》改成了《史努比》的主题曲。你还记得吗？"

"我当然记得，亲爱的。要不是那些爱管闲事的小孩，我肯定会成功的。"

"我是多么爱你啊。"影子说。

他能感到她亲吻他的唇，他们两人的身体都温暖、湿润，充满生命活力，不再是冰冷的死人尸体。于是他知道这只是他产生的又一个幻觉。"你并不在这里，是不是？"他问。

"是的，我不在。"她说，"但你正在召唤我，最后一次召唤我。

---

1 20世纪初产生的西方现代主义绘画流派之一。达达主义绘画否定一切传统的审美观念，主张"废除绘画和所有的审美要求"，要创造一种"全新的艺术"，用一些怪诞抽象甚至枯燥的符号组成画面。

我正在赶来的路上。"

他的呼吸变得更加困难。深深勒进肉里的绳索已经变成一个抽象的概念，就像自由意志或者来生一样。

"睡吧，狗狗。"她说。虽然他觉得听到的恐怕只是他自己的声音，但他还是睡着了。

太阳好像一枚锡制的硬币，悬挂在浅灰色的阴沉天空上。影子醒过来，慢慢恢复意识，感到寒冷。但是，具有理解能力的那一部分自我意识却仿佛距离他非常遥远。他漂浮在远方的某处，意识到自己的嘴和喉咙因为干渴而灼烧、疼痛、干裂。有时候，在白天，他可以看到星星从天空坠落下来；还有的时候，他看到像运输卡车一样巨大的鸟朝着他飞来。不过，没有任何东西接近他，也没有任何东西碰到他。

"拉塔托斯克，拉塔托斯克。"唧唧喳喳的叫声仿佛在责骂他。

松鼠重重地落在他肩膀上，小尖爪子抓着他的皮肤，凝视着他的脸。他不知道自己是否又产生了幻觉，因为那只动物的两只前爪正捧着一个胡桃壳，好像过家家玩具里的小杯子。松鼠把胡桃壳压到影子嘴边。影子感觉到里面有水，不由自主地从那个小杯子里面喝水，把水吸进嘴里。水经过干裂的嘴唇、干涩的舌头，润湿他的嘴，然后他才把嘴里剩下的水咽下去。可惜，水实在太少了。

松鼠跳回树上，顺着树干向下跑，一直跑到树根。过了几秒钟，也许过了几分钟，也许过了几小时，影子已经无法分清时间（他想，他脑子里的所有时钟一定都破碎了，发条、齿轮、指针乱七八糟地和破碎的表壳玻璃混杂在一起），松鼠带着胡桃壳杯子又回来了，小心翼翼爬上树。影子再次喝下它带给他的水。

混合着泥土和铁锈味的水填满他的嘴，为他焦干的喉咙降温，缓解他的疲劳和疯狂。

喝下第三杯水之后，他不再觉得干渴了。

他开始挣扎，拉扯着绳子，拼命扭动身体，想从树上下来，想获得自由，想离开这里。他忍不住呻吟起来。

但绳结打得很结实，绳子也非常强韧，它们纹丝不动。很快，他再一次精疲力竭。

精神错乱之下，影子感觉自己变成了树，根须深深伸进肥沃的土壤，伸进时间里面，伸入地下隐藏的几眼泉水。他察觉到泉水旁的女人名叫乌达，意思是"过去"[1]。她是个身材高大的女巨人，仿佛地下的一座山，她守护的是时间之泉。其他树根则伸向其他地方，其中有些是非常隐秘的所在。现在，如果他觉得渴了，他就用树根汲取水分，把水引入他的体内。

他拥有一百只手臂，每只手臂上有一千根手指，所有手指都向上伸展，一直伸入天空。整个天空沉重地压在他的肩膀上。

癫狂之中，影子觉得自己不再是那个被吊在树上的人了。他的痛苦并未得到缓解，但现在，痛苦属于被吊在树上的那具身体，而不是树本身。他是世界之树；他是吹动世界之树的风；他是灰色的天空和翻滚的云；他是松鼠拉塔托斯克，在最深的树根和最高的树枝间来回奔跑；他是蹲在树顶一根短枝上的那只鹰，用疯狂的眼睛俯瞰整个世界[2]；他是在树心里蛀洞的那条虫子。

星星在天空盘旋，他伸开他的一百只手，触摸闪烁的星星，握住它们，转动它们，把它们变得无影无踪……

在疼痛和疯狂的间隙、脑子清醒的那段时间，影子感觉自己仿佛浮出了水面。他知道这种情况不会维持很久。早晨的阳光让他眼花缭乱，

---

1 北欧神话中，命运三女神居住在世界之树旁，她们的名字分别为乌达、维丹蒂和丝可特，掌管过去、现在与未来，并负责用乌达泉的泉水灌溉世界之树。
2 北欧神话中，世界之树最高的一根树枝上停栖着一头巨大的鹰，它拍动翅膀的时候，也就是世界上刮起大风的时候。

他闭上眼睛，希望能遮住阳光。

他坚持不了太久了，这一点他也知道。

再次睁开眼睛时，影子注意到树上有个年轻人，就坐在他身边。

他的肌肤是暗褐色的，前额高耸，黑色头发缠绕纠结。他坐在影子头顶上方的树枝上，影子伸长脖子就能看清他。只瞥了一眼，他就知道那个人是个疯子。

"你没穿衣服。"疯子说话的声音有些沙哑，"我也没穿衣服。"

"我看到了。"影子嘶哑着声音说。

疯子看了看他，然后点点头，脑袋朝下面和左右扭动了一下，似乎想缓解紧张的脖子肌肉。之后，他才问："你认识我吗？"

"不认识。"影子说。

"我认识你。我在罗见过你，后来也见过你。我姐姐喜欢你。"

"你是……"他想不起那个名字。吃路边被车撞死的动物。对了，想起来了！"你是荷露斯。"

疯子点点头。"荷露斯，"他说，"我是清晨的猎隼，我是下午的雄鹰。我是太阳。你也是太阳。我知道拉神的真名，是我母亲告诉我的。[1]"

"很了不起。"影子礼貌地说。

疯子专心凝视着他们下面的地面，什么话都不说。突然，他从树上扑下去。

一只鹰像石头一样朝地面俯冲过去，垂直下落后突然猛扑，然后用力拍打翅膀，重新飞回树上，爪子里抓着一只小兔子。鹰落在影子附近的树枝上。

"你饿吗？"疯子问他。

"不饿。"影子说，"我想我应该觉得饿，但我真的不饿。"

"我饿了。"疯子说。他飞快地吃起兔子，把它撕成两半，吮吸鲜

---

1 埃及神话中，太阳神荷露斯是魔法与生育女神伊西斯之子，伊西斯被埃及人视为魔法最强大的女神，因为众神之中，唯有她知道太阳神拉的真名。

血，撕咬兔肉，咬碎所有骨头。等他吃完之后，他把咬剩的骨头和兔毛丢到地上。他顺着树枝走过来，直到距离影子只有一臂远的地方才停下来。他动作很自然地凝视着影子，认真而谨慎地上下打量他，从脚一直看到头。那人的下巴和胸前还沾着兔子血，他满不在乎地用手背把血擦掉。

影子觉得自己必须说点什么。"嗨。"他说。

"嗨。"疯子说。他在树枝上站起来，背转身对着影子，一股深色的尿撒到下面的草地上。他撒尿花了好久时间，完事后，他又蹲坐在树枝上。

"他们怎么叫你？"荷露斯问。

"影子。"影子回答说。

疯子点点头。"你是影子，我是光。"他说，"所有东西都会留下影子。"接着他又说："他们很快就要开战了。等他们到达战场，我会过去观战。我高高飞在空中，就算他们中有人眼神锐利，也发现不了我。"

接着，疯子说："你就要死了。你知道吗？"

可是影子已经无法回答他了。一切都已远去。一只鹰展开双翼，盘旋着慢慢飞向高空，顺着上升气流飞进清晨的天空。

月光。

一阵咳嗽让影子全身都颤抖起来，咳嗽带来的痛苦令人难以忍受，仿佛刺透他的肺和喉咙。他几乎窒息了。

"嗨，狗狗。"一个熟悉的声音在叫他。

他低头往下看。

树枝间辉映着白色的月光，亮如白昼。有个女人站在他身下的月光中，椭圆的脸苍白凄凉。风在树枝间呼啸而过。

"嗨，狗狗。"她说。

他努力想说话，却再次从胸部深处咳嗽起来，这次他咳了很久。

"你知道，那咳嗽声听起来不太妙。"她关切地说。

他声音嘶哑地说："你好，劳拉。"

她抬头，死寂的眼睛看着他，然后微笑起来。

"你是怎么找到我的？"他问。

她静静地站在月光下，沉默了一会儿，然后说："你是我所拥有的一切中，最接近生命的。你是我留在世上的唯一思念，你是唯一让我感觉不寒冷、不单调、不灰色的物体。即使被人蒙上双眼抛进全世界最深的海洋里，我还是知道在哪里能够找到你。即使被人埋在一百英里深的地下，我还是知道你在哪里。"

他凝视着站在月光下的这个女人，泪水刺痛他的眼睛。

"我会割断绳子放你下来，"过了一会儿，她说，"我耽搁了太久才找到你，是不是？"

他再次咳嗽起来。"不，不要管我，我必须做完这件事。"

她抬头看着他，摇摇头。"你疯了。"她说，"你会死在这里的。就算能活下来，你也会受伤致残的。"

"也许吧。"他说，"但我感觉自己是真正活着的。"

"是的。"过了一阵，她回答说，"我猜你确实活着。"

"你告诉过我，"他说，"在墓地时。"

"感觉那已经是很久之前的事情了，狗狗。"她说，"在这里我感觉好一点，不那么痛苦。知道我的意思吗？不过，我感觉很丁。"

风停了。现在，他能闻到她身上的味道：那是腐烂的肉、呕吐物，还有腐败的恶臭，那股味道弥漫在周围，令人不快。

"我丢了工作。"她说，"那是份夜班工作，他们说顾客都在抱怨。我告诉他们说我病了，可他们根本不关心。我很口渴。"

"那些女人，"他说，"她们有水，在屋子里。"

"狗狗……"听上去，她很害怕。

"告诉她们……告诉她们我说给你水喝……"

她苍白的脸仰视着他。"我会去的。"她说。接着，她干咳一声，露出难受的表情，把一团白色的什么东西吐到草地上。它一碰到地面就裂开，然后蠕动着消失。

现在几乎无法呼吸，他的胸感觉沉甸甸的，头无法控制地左右摇晃着。

"留下。"他喘息着说，声音几乎和说悄悄话一样微弱，不知道她能不能听清他的话。"请不要走。"他继续咳嗽着，"今晚留下来。"

"我会留下一段时间的。"她像妈妈对孩子说话一样安慰他，"只要我在这里，没有什么可以伤害你。你知道吧？"

影子再次咳嗽起来。他闭上眼睛——他觉得只是闭了一小会儿，但再次睁开眼睛时，月亮已经落山，而他只剩下孤零零的一个人。

脑中仿佛有人在敲打撞击，那种疼痛超过偏头痛，超过任何的疼痛。周围的一切事物都消散为无数细小的蝴蝶，像一片五颜六色的沙尘暴围绕着他飞舞，然后纷纷凭空蒸发，消散在夜色中。

树脚下，包裹着尸体的白床单在晨风中呼啦呼啦地响着。

脑中的敲击停息了，所有一切都缓慢下来。他已经无法继续呼吸，心脏在胸腔里停止了跳动。

这一次，他所走进的黑暗是更加深沉的黑暗，照亮它的只有一颗孤星，这就是结束。

第十六章

我知道这是骗局，可这是城里唯一的游戏。

——加拿大·比尔·琼斯

树消失了，整个世界消失了，头顶上灰蒙蒙的黎明天空也消失了。现在的天空呈现午夜时分的黑色，只有一颗冰冷的星星高悬在他头顶，闪耀着灿烂的明亮星光，除此之外空无一物。他往前迈了一步，几乎立刻就绊倒在地。

影子低头细看。岩石上有凿刻出来的阶梯，一直向下延伸。阶梯非常高大，他只能想象那是很久以前巨人们凿刻并遗留下来的。

他向下攀爬，半跳半跨越地沿着一层层阶梯而下。他全身都在痛，但那只是长时间缺乏运动导致的酸痛，不是悬吊在树上活活吊死的那种被折磨的剧痛。

他发觉自己现在居然穿戴整齐，但对此并不怎么惊讶。他穿着牛仔裤和白色T恤衫，光着双脚，体会到一种似曾相识的感觉：这是那晚他在岑诺伯格的公寓里所穿的衣服，当时，卓娅·波鲁诺什娜亚走过来，告诉他名为"奥丁的马车"的星座故事。她还把月亮从天上摘下来送给他。

突然，他知道接下来将会发生什么。卓娅·波鲁诺什娜亚一定在这里！

她果然在阶梯底下等着他。夜空中没有月亮，可她全身依然沐浴在月光下，白色的秀发泛着淡淡的月光银色。她还穿着那件蕾丝棉布的睡衣，和在芝加哥的那天晚上穿的一样。

她看见他，露出甜甜的微笑，然后目光转到地上，好像突然感到有些难为情。"你好。"她说。

"嗨。"影子和她打招呼。

"你还好吗？"

"我不知道。"他说，"我想也许这一切只不过是我在树上做的又一个怪梦。自从离开监狱，我一直都在做疯狂的梦。"

她的脸在月光下仿佛镀上一层银色光芒（但深黑色的夜空中根本看不到月亮的踪影，而现在，在石阶下面，就连唯一的那颗星星也看不到了），让她显得神圣庄严而又脆弱敏感。她说："如果你真想知道答案，所有疑问都将在这里得到解答。但是，一旦你得知答案，你就再也无法忘记它们。你明白吗？"

"我明白。"他说。

在她身旁，道路分成两条岔路。影子知道，他必须决定选择哪条路继续走下去。但是首先，他有一件事要做。他把手伸进牛仔裤口袋，在口袋深处摸到那枚熟悉的硬币时，忍不住松了一口气。他掏出硬币，捏在拇指和食指之间的，正是那枚1922年的自由女神头像的一美元银币。"这是你的。"他说。

这时他才想起，他的衣服其实还在那棵树下。那三个女人把他的衣服塞进她们原先装绳子的麻袋里，还把麻袋口打了一个结。个子最高的女人用一块很重的石头压在麻袋上，防止被风吹走。所以他知道，实际上，自由女神头像的银币也在麻袋内的裤子口袋里，被压在石头底下。但是此刻，在通往地下世界的入口前，它却沉甸甸地躺在他手中。

她用纤细的手指从他掌中取走银币。

"谢谢。它曾经两次给你带来自由。"她说，"现在，它会照亮你进入黑暗世界的道路。"

她合拢双手握住银币，然后抬起手把它放在空中，放在她尽可能够得到的高处。她松开手。影子知道这是另一个梦，因为银币并没有掉下来，而是向上飘浮起来，一直飘到影子头顶上方一英尺左右的高度才停下。不过，它不再是一枚银币，自由女神和她头上的稻穗王冠都消失了。他在银币表面上看到的，是夏季夜空里月亮模糊难辨的表面，但当你凝神注视时，就能在月亮坑坑洼洼的表面上看到阴影构成的海洋和各种形状，那些图案和月表接着又变回纯粹是随意形成的阴影。

影子无法判断，他凝视的究竟是一个只有一美元硬币大小、飘浮在他头顶一英尺高的月亮，还是一个面积相当于太平洋、距离他好几千英里的月亮。不过，这两种看法其实没有什么区别。或许是透视的问题，又或者只是看待同一事物的不同方式而已。

他看着面前两条分叉的道路。

"我该走哪条路？"他问，"哪条路是安全的？"

"选择其中一条，你就不能选择另外一条。"她说，"但是，每条路都不是百分百安全。你要走哪条路——是充满艰难真相的道路，还是充满美丽谎言的道路？"

影子犹豫起来。"真相。"他回答说，"我再也不要任何谎言了。"

她看上去有点伤感。"但是，你必须付出代价。"她说。

"我会付的。代价是什么？"

"你的名字，"她说，"你真正的名字。你必须把你的真名交给我。"

"怎么给你？"

"就像这样。"她说着，朝他的头部伸出完美修长的手。他可以感到她的手指轻轻碰到他的皮肤，然后感到她的手指刺穿他的皮肤、他的颅骨，一直伸入大脑深处。他头颅里有什么东西很痒，痒的感觉顺着脊椎一直延伸下去。她的手从他头部收回来。一团火焰在她食指指尖上闪烁跳跃，仿佛蜡烛的火苗，但更亮、更纯净，如同镁粉点燃后的白色灼热亮光。

"那就是我的名字吗？"他问。

她的手握起来，亮光消失了。"是的。"她说，朝右边的那条路伸出手指。"那一条，"她说，"现在上路吧。"

在月光的照耀下，已经失去名字的影子走上右边的道路。他转过头想谢谢她，却发现除了一片黑暗，看不到任何人影。看来他已经位于地下很深的地方了，但当他抬头仰望头顶上的黑暗，依然可以看到那个小月亮跟随着他。

他转了一个弯。

难道这就是死后的生活？他想，倒真像那栋岩上之屋：一半是布景，一半是噩梦。

他看见自己穿着监狱的蓝色囚服，站在典狱长的办公室里，典狱长告诉他劳拉出车祸死了。他看见自己脸上的表情，好像被整个世界遗弃了一样。再次经历这一幕，赤裸裸地感受恐惧，让他内心伤痛不已。他加快脚步，穿过典狱长的灰色办公室，然后发现自己注视着鹰角镇郊外一家录像机修理店。对了，那是三年前的事。

他知道，他正在店内狠揍拉瑞·包尔和B.J.威斯特，力气大得弄伤了自己的指关节。很快他就要从里面走出来，手里拿着棕色的超市购物袋，里面装满二十美元一张的钞票。他们永远不敢声张是他拿走了那笔钱，那是他应得的一份，他还多拿了一些钱，因为他们不该打算甩掉他和劳拉。虽然他只是司机，但他的任务完成得很好，做到了劳拉要他做的一切……

在法庭上，没人提到抢劫银行的事，尽管他确信所有人都想提。可是，只要没人承认，他们什么都证明不了。没人提到抢劫，检察官只好把精力集中在影子对拉瑞·包尔和B.J.威斯特的身体伤害罪上。他出示照片证据，上面是拉瑞·包尔和B.J.威斯特被送到当地医院急救时拍下来的。影子在法庭上几乎没有为自己辩护，这样更省事一点。不管是包尔还是威斯特，似乎也都不记得自己被殴打的原因了，不过他们都指认影子就是对他们发动攻击的人。

没有人提到钱的事。

甚至没有人提到劳拉。那正是影子所希望的结果。

影子想知道，那条充满美丽谎言的路走起来是不是更容易一些。他从那个回忆场景旁走开，沿着岩石路径向下，走到一个看上去似乎是医院病房的场景中。那是位于芝加哥的一家公立医院。突然之间，他感觉胆汁涌到喉咙，立刻停下脚步。他不想再看了，他不想再走下去了。

在医院的病床上，他的妈妈再次濒临死亡。她在他十六岁那一年去世，啊，对了，他当时也在那里。那时的他还是一个身材高大、有些笨拙的十六岁少年，奶油咖啡色的皮肤上长满粉刺。他就坐在她床边，不肯看她，埋头读一本厚厚的平装本小说。影子不知道那到底是本什么书，所以他绕过医院病床，想走近一点看清楚。他站在床和椅子之间，目光转移到他身上。那个半大的孩子弯腰驼背地坐在椅子里，鼻子几乎快贴在那本《万有引力之虹》[1]的书页上，努力想从妈妈就要去世的事实中躲进伦敦的闪电战。可惜那本虚构的疯狂小说并未给他带来真正的逃避。

注射了吗啡镇定剂后，妈妈的眼睛安详地闭着。她本来以为这次只是体内的镰状红细胞再次出现危机，只要再耐心忍受一次痛苦治疗就行了。结果医生们发现，她患的其实是淋巴癌，可惜为时已晚。她皮肤灰黄，尽管才三十出头，却显得很老。

影子真想摇晃他自己，那个一度是他自己的笨蛋男孩，叫他过去握住她的手，和她说说话，在她悄然逝去前做些什么。他知道她就快死了，可惜他无法触到自己，他还在继续看书。就这样，在他坐在旁边椅子上看一本厚书的时候，妈妈静悄悄地死去了。

她死后，他就不怎么看书了。你不能信任虚构出来的小说。如果书本不能帮你逃避那样的不幸，它们还有什么好处？

影子离开医院病房，沿着曲折的隧道继续往下走，深入地下的内腔。

第一眼看见妈妈时，他几乎无法相信她是如此年轻，他猜那时候她恐怕还不到二十五岁，还没有因为疾病缠身而被解雇。他俩在她的公寓里，那是在北欧某个国家，是在大使馆租用的房子里。他环顾四周，想找出一些线索，这时的他还是一个矮小的孩子，浅灰色的大眼睛，还有一头直顺的黑发。他俩正在吵架。影子不用听就知道他们到底在吵些什

---

1 美国作家托马斯·品钦（1937—）的科幻作品，后现代主义文学的代表作之一，以黑色幽默手法虚构了德国以 V-2 火箭袭击伦敦的故事。

么，毕竟，他们只会为一件事而争吵。

> ——告诉我爸爸的事。
> ——他已经死了，别再问了。
> ——可他到底是谁？
> ——忘了他吧。他死了好久了，他在不在都一样。
> ——我想看他的照片。
> ——我没有照片。

　　她说话声音很低，很暴躁。他知道，继续追问下去的话，她就会大喊大叫，甚至还会打他。但他也知道，自己不会停止问这些问题的。所以他转身离开，沿着隧道继续向下走。

　　道路蜿蜒曲折，有时甚至还会绕返回来，这让他想到了蛇皮、肠道，还有扎进地下非常非常深的树根。他左边是一个水塘，隧道后面某处传来滴答滴答的水声，滴落的水滴几乎没有破坏水池镜子一样光滑的表面。他蹲下来俯身喝水，双手捧着池水滋润喉咙。他继续走下去，一直走到一个漂浮着无数块由小镜子组成的迪斯科舞厅灯球的地方。这里仿佛是整个宇宙的中心，所有的星星和星球都围绕着他旋转，他什么都听不到：听不到音乐声，也听不到人们盖过音乐声的大声交谈。现在，影子的眼睛直勾勾地盯着一个女人，她长得很像他母亲，但绝对不是他所认识的她的样子，毕竟，现在的她还是少女……

　　她正在跳舞。

　　认出和她一起跳舞的那个男人时，影子居然完全没感到震惊。三十三年来，他的样子没有多少改变。

　　影子一眼就看出她喝醉了。虽然还没到酩酊大醉，但她毕竟不习惯饮酒。再过差不多一周，她就要乘船前往挪威。他们喝的是玛格丽特鸡尾酒，她的嘴唇和手背上还粘有几粒盐。

　　星期三并没有穿西装打领带，但那枚银色的树形别针还在，别在衬衣口袋上。迪斯科灯球折射出来的灯光打在上面，别针闪闪发光。他跳得还不错，尽管两个人年龄差距很大，看上去却是相当般配的一对情侣，他的举止动作像狼一样优雅自若。

这是一曲慢舞。他把她拉近，爪子一样的大手占有地环绕在她裙子的臀部位置上，把她更紧地压在他身上。他的另一只手托住她的下巴，抬高她的脸，然后两人开始接吻。他们站在那里，迪斯科灯球的灯光环绕着他们，他们仿佛置身于宇宙中央。

不久，他们就离开了。她摇摇晃晃地依偎在他身上，他带着她离开舞厅。

影子把头深深埋在双手中，他没有追上他们，他根本无法、也不愿意接受他亲眼所见的一切。

灯光消失了，现在。唯一的光源来自那个小小的月亮，它一直高高悬挂在他头顶上，散发出光芒。

他继续走下去。在道路的一个转弯处，他停下来，用力嗅了嗅空中的味道。

他感觉一只手轻轻在他背后向上抚摩，轻柔的手指弄乱他脑后的头发。

"你好，亲爱的。"一个朦胧如烟的女人嗓音，越过他的肩膀，悄声说。

"你好。"他说着，转身面对她。

她有一头褐色的秀发，还有褐色的光滑肌肤，她的眼睛是深金琥珀色的，是上好蜂蜜才有的那种漂亮颜色。她的瞳孔和猫一样，中间有一条垂直的裂缝。"我认识你吗？"他有些疑惑地问。

"关系很亲密。"她说，笑了起来。"我过去总爱睡在你的床上。我的手下还始终为我监视着你。"她转身面朝他前方的道路，指着他将要面对的三条分叉的道路。"好了。"她说，"一条路可以让你睿智，一条路可以让你完整复原，还有一条路会杀死你。"

"我想我已经死了。"影子说，"死在那棵树上。"

她嘟嘴做个怪脸。"有这种死法，"她说，"还有那种死法。死和死也不一样，是相对的。"说着，她又笑了起来，"知道吗，我可以给你讲个笑话，死亡亲戚的笑话[1]。"

"不用了。"影子说。

"那么，"她问，"你想走哪条路？"

"我不知道。"他坦白说。

她的头微微一偏，姿势像极了一只猫。突然之间，影子知道她到底是谁、来自何方了。他感到脸渐渐红了起来。"如果你信任我的话，"芭丝忒说，"我可以帮你做出选择。"

"我信任你。"他毫不犹豫，脱口而出。

"你想知道自己要为此付出什么代价吗？"

"我已经失去名字了。"他告诉她。

"名字来了又去，可以不停更换。值得交易吗？"

"值得。也许吧。事情不那么简单。真相被逐渐揭露，这个交易带有某种私人性质。"

"所有被揭露的真相都是私人性质的。"她说，"因此，所有被揭露的真相也都是可疑的。"

"我不明白。"

"你不需要明白。"她说，"我要拿走你的心脏。以后我们会需要它。"她伸手深深插入他的胸腔，掏出一个红宝石色的不停跳动的东西，抓在她尖锐的手指甲间。它的颜色和鸽子血一样，是由纯粹的光组成，正在有节奏地扩张、收缩。

她合拢手指，它立刻消失了。

"走中间那条路。"她说。

影子犹豫一下。"你真的在这里吗？"他问。

她把头歪向一侧，严肃地注视着他，没有说话。

"你是什么？"他说，"你们这类人到底是什么？"

她打了一个哈欠，露出深粉红色的漂亮舌头。"把我们想象成象征符号。我们是人类创造出来的梦，用来解释在洞壁上看到的神秘阴影。

---

1 "亲戚"与"相对"，在英文里是同一个单词 relative。

现在走吧，继续前进！你的尸体已经渐渐冰冷。那些白痴正聚集在山上准备开战。时间可不等人。"

影子点点头，继续走下去。

道路变得滑起来，岩石上结满了冰。影子一路磕磕绊绊、脚底打滑地沿着岩石路径继续向下走，走向岔路口。他的手指关节在一块齐胸高的凸起岩石上擦伤了，只好尽量放慢速度，侧着身子向前进。头顶洒下的月光穿透冰结晶，闪耀光芒。月亮的外围笼上一圈光晕，形成漫射的光。淡淡的月光很美，却令行走更加困难。这条路显得非常不安全。

他到达道路分岔处。

他看着第一条分岔路，有一种似曾相识的感觉。它通向一个巨大的房间，或者说是一组房间，好像一座黑沉沉的博物馆。他知道这里到底是什么地方了，他曾经来过这里。尽管如此，他好长一段时间都不记得来过这里。他能听到无数细小声音发出的悠长回声，听到灰尘落下的声音。

这里就是他很久以前在旅馆里梦见过的地方，那一晚是劳拉死后第一次找到他。这个无边无际的纪念大厅，是为了纪念那些被遗忘的众神，那些曾经存在，但现在已不复存在的众神。

他倒退一步。

他朝距离比较远的那条路走过去，目光直视向前。这条通道有点像迪士尼乐园，黑色树脂玻璃的围墙上装着探照灯，彩色灯光不停闪烁，营造出如梦如幻的氛围。不知为什么，感觉像是电视剧里星际飞船上的控制台。

他还能听到声音：某种低沉的、振动的嗡嗡声，影子的胃部都能感应到这个嗡嗡声。

他停下脚步，环顾四周。这两条路感觉都不太对劲。他不想再尝试了，他已经决定了。中间那条路，也就是猫女神指给他的路，才是他该走的路。他走过去。

头顶的月亮开始慢慢变淡，月亮的边缘变成粉红色，逐渐黯然失色。中间这条路通向一道巨大的门。

不需要再做任何交易，不需要再讨价还价，门口可以自由进入。影子在一片黑暗中走进大门。空气很温暖，还有湿润的泥土味道，仿佛城市里下过夏天第一场雨后的街道。

他丝毫不觉得恐惧。

他不再恐惧。恐惧已经死在那棵树上，和影子一起死去。现在他心中没有任何恐惧、没有仇恨，也没有痛苦。除了他灵魂的本质精髓，一切都已不复存在。

远处有某个巨大的东西静静地溅起水花，水花的声音在广阔的空间里回荡。他眯着眼向前眺望，但什么都看不到。这里实在太黑了。不久之后，水花飞溅的方向出现一团幽灵鬼火，微弱的亮光划破黑暗的世界。原来他身处一个巨大的洞穴中，面前是光滑如镜的辽阔水面。

水花飞溅的声音接近了，那团光也越来越亮。影子在岸边耐心等待。很快，一艘低矮扁平的船出现在视野里，灯光摇曳的白色灯笼挂在高高扬起的船首上，在静如玻璃的黑暗水下几英尺处映出倒影。一个高挑的人影用竹竿撑船，影子听到的水花飞溅声，就是小船在地下湖面轻巧行驶时，竹竿从水中抬起和移动时发出的声音。

"你好！这里有人！"影子叫道。回声骤起，环绕着他，仿佛有整整一支合唱团的人在欢迎他、呼唤他，每个人的声音都和他的一模一样。

撑船的人没有回答。

船夫高高瘦瘦，他——如果真的是"他"的话——穿着一件朴素的白袍，露在外面的头部完全不属于人类，影子确信他肯定戴了某种面具。那是一只鸟的脑袋，头很小，脖子很长，鸟喙很长，显得十分高傲。影子确信自己见过这个鸟头，这个鬼怪般的鸟一般的影子。他突然想起来了，有些失望地意识到，当他在岩上之屋里欣赏投币观看的发条机器时，这个苍白的像鸟一样的生物曾经一闪而逝，出现在醉鬼身后的教堂墓地里。

水从船首和撑船的竹竿上滴落到湖中，水声回荡在整个空间里。船在水面上形成一阵阵涟漪。那艘船是用芦苇编织而成的。

船到了岸边，船夫倚在竹竿上，它的头慢慢转过来，最终直视影子。"你好。"它说，但鸟嘴并没有动。说话的声音是男性，而且和影子在死后的世界里遇到的其他人一样，这个声音也是他所熟悉的。"上船吧。恐怕你的脚会弄湿，但我也没有办法。这些船太旧了，如果划得太靠近岸边，船底就会撞裂。"

影子脱下自己并没有意识到脚上的鞋子，走进水中。水深刚到他的小腿，初下水的一阵冰冷刺激之后，水居然意想不到地暖和。他走到船边，船夫伸手把他拉上船。芦苇船摇晃一下，水溅到船舷上，然后小船恢复平衡。

船夫撑船离开岸边。影子站在船上四下张望，裤腿还在滴答滴答地往下滴水。

"我认识你。"他对站在船首的那生物说。

"你当然认得我。"船夫回答说。挂在船头的油灯忽明忽暗，冒出来的烟呛得影子咳嗽起来。"你为我工作过。没有你帮忙，我们只好亲自动手埋葬丽拉·古德切德。"说话的声音显得过分讲究、严谨。

"艾比斯先生？"

"很高兴见到你，影子。"那生物用艾比斯先生的声音说，"你知道渡灵者吗？"

影子觉得自己听过这个词，但过了这么久，想不起来了。他摇摇头。

"就是护送亡灵的人，起了一个好听的名字。"艾比斯先生说，"我们每个人都有多种职能、多种谋生之道。就拿我自己来说吧，我是一个安安静静生活的学者，用笔记录一些小故事，梦想出一个可能存在、也可能并不存在的过去。但是与此同时，和你选择结交的许多人一样，我还有另外一个身份，我负责护送死者的灵魂到达死者之国。"

"我还以为这里就是死者之国呢。"影子说。

"不是，从本质上说还不是。这里只不过是序章。"

船轻巧地在镜子一样的地下湖面上飘行，鸟头生物站在船首眺望前方。艾比斯先生继续说下去，鸟嘴没有一丝开合的动作："你们人类谈论到生与死，仿佛那是完全不同的两个范畴，就像河流不可能同时是道路，或者一首歌不可能同时是一种颜色。"

"确实不可能，不是吗？"影子问。说话的回声从湖面传回到他耳中。

"你必须记住，"艾比斯先生有些恼火地说，"生与死其实是同一枚硬币的两面，就像是一枚二十五美分硬币的正反面一样。"

"如果我拥有一枚两面都是头像的硬币呢？"

"你不可能拥有。只有傻瓜或神明才拥有那种硬币。"

穿越黑暗水面时，影子突然恐惧得颤抖起来。他幻想自己看到无数孩子的脸浮现在玻璃一样的黑色水面下，向上凝视着他，目光中充满了责备。他们的脸浸透水，肿胀柔软，瞎掉的眼中蒙着一层白膜。地下洞穴里没有一丝风，黑色的湖面平静无波。

"我已经死了，"影子说，他现在已习惯这个想法了，"还是我快死了？"

"我们正在前往亡者之厅。我要求亲自来迎接你。"

"为什么？"

"我是渡灵者，我喜欢你。你过去是个勤奋的员工。为什么不来接你？"

"因为……"影子整理一下自己的思路，"因为我从来没有相信过你，因为我并不知道多少埃及的神话传说，因为我没有想到会经历现在这一切。传说中的圣彼得，还有天堂的珍珠门在哪里呢？"

细长鸟嘴的白色鸟头严肃地左右摇晃着。"你是否相信我们并不重要，"艾比斯先生说，"重要的是，我们相信你。"

船触到了岸边湖底。艾比斯先生从船边跳到湖水中，叫影子也跟着做。艾比斯先生从船首拉过一根绳子，把提灯递给影子拿着。灯是一轮新月的形状。他们淌水走到岸边，艾比斯先生把船缆拴在镶在岩石地面上的一个金属圆环里。他从影子手里接过提灯，高高举起，快步向前走去，巨大的身影投射在岩石地面和周围高耸的岩石围墙上。

"你害怕吗？"艾比斯先生问。

"不怎么害怕。"

"那么，在我们走路的这段时间里，你最好培养出真正的敬畏之心和触及灵魂的恐惧。对你即将面对的情况来说，这是最适合的感觉。"

影子并不恐惧，反而觉得很有趣，还有一点点担心，但不过如此罢了。他不惧怕变化的黑暗，不怕死亡，甚至不怕那个正凝视着他们走近、谷仓一样庞大的狗头生物。它突然咆哮起来，吠叫声发自喉咙深处，影子立刻觉得脖子后面的汗毛都倒竖起来了。

"影子。"它说，"审判时刻已来临。"

影子抬头看着那生物。"杰奎尔先生？"他问。

阿努比斯[1]伸出巨大的黑色双手，抓住影子，将他举到自己面前。

胡狼头仔细地审视着他，眼睛明亮闪烁，不带任何感情地审视他，如同杰奎尔先生在停尸桌上检查那个死掉的女孩一样。影子知道，他所有的过错、所有的缺点、所有的软弱都被一一取出，进行称量、计算。而他，在某种意义上，也被解剖开仔细研究，被分解成一片片，被咀嚼品尝。

我们不会一直记得那些对自己没有好处、没有意义的事。我们为此进行辩护，用聪明的谎言来遮盖它，或者干脆选择遗忘。影子一生之中做过的所有让他无法感到自豪的事、所有他希望自己没有做过或者可以消除的事情，都重新出现在他面前，形成一股由罪恶、悔恨和羞愧组成的龙卷风，让他无处躲藏。他就如同躺在桌子上的尸体，赤裸裸地被解剖开，而黑色的胡狼神阿努比斯就是他的解剖者、检举者和迫害者。

"求求你，"影子哀求说，"求求你停下来。"

但审查不会停止。他说过的每一个谎言，他偷盗的每一样东西，他对别人造成的每一次伤害，每天犯下的所有小罪过和杀害过的小生物，所有这些都被提取出来，举到审判死者的胡狼神眼前，在光亮之下无所遁形。

在黑暗之神的手中，影子开始痛苦地抽泣起来。他再次变成了一个小孩，和过去的他一样，孤单无助、柔弱无力。

然后，没有任何征兆，审查结束了。影子气喘吁吁地呜咽着，涕泪纵横。他依然感觉自己孤单无助，但那双手把他小心翼翼地、几乎可以

---

1 阿努比斯，埃及神话中胡狼头人身的冥界之神，也是墓地的守护神，木乃伊的创造者。它引导死者的灵魂到审判的地方，同时监督审判，使死者免于第二次死亡。

说是温柔地，放回到岩石地面上。

"谁拿走了他的心脏？"阿努比斯咆哮着。

"我。"一个女人低声说。影子抬起头，芭丝忒正站在不再拥有艾比斯先生外貌的生物身边，右手捧着影子的心脏。它发出红宝石一样的光，照亮了她的脸。

"把它给我。"朱鹭头人身的透特神[1]说，他把心脏拿在自己手中（并不是人类的手），然后向前滑行过去。

阿努比斯将一台黄金天平放在他面前。

"就用这种方法来决定我该去哪里吗？"影子悄声问芭丝忒女神，"去天堂？地狱？还是炼狱？"

"如果重量与羽毛平衡，"她说，"你就可以选择自己想去的地方。"

"如果不平衡呢？"

她耸耸肩，好像这个问题让她有些不太自在。然后才说："那么，我们就要把你的心脏和灵魂喂给阿穆特[2]吃，它是灵魂吞噬者……"

"也许，"影子说，"也许我可以得到一个幸福的结局。"

"幸福的结局并不存在。"她说，"甚至结局本身都不存在。"

在天平一端的托盘上，阿努比斯小心翼翼、一脸虔诚地放上一根羽毛。

然后，阿努比斯将影子的心脏放在天平另一端的托盘上。天平下面的阴影里有什么东西在移动，让影子觉得很不安，不敢靠近仔细观察。

那是一根十分沉重的羽毛，但影子也有一颗十分沉重的心脏。天平令人担忧地来回摇摆。

但是最后，天平还是平衡了！阴影里的怪物不满地偷偷溜走了。

"看来就是这样了，"芭丝忒若有所思地说，"成堆的骷髅上又

---

1 透特，古埃及智慧、计算和学问之神，他发明了文字。他的形象一般为朱鹭头或狒狒头，手持笔和卷轴。
2 阿穆特，埃及神话传说中的鳄头狮身怪，后半身似河马，喜食腐肉，吞噬被判有罪的亡者。

多了一个骷髅。真可惜。眼下有这么多的麻烦，我还希望你能做些好事呢。这就像是眼睁睁看着慢镜头一样的车祸，你却无力阻止。"

"你不去那里参加战斗吗？"

她摇摇头。"我不喜欢参加别人替我选择的战斗。"她说。

然后就是一阵沉默。辽阔的死者之厅里，水声回荡，黑暗笼罩。

影子说："那么，我可以选择要去的地方了吧？"

"选择吧。"透特说，"否则我们将为你做出选择。"

"不要，"影子说，"这是我的选择。"

"如何选择？"阿努比斯喝问。

"我现在想好好休息，"影子说，"我要的就是这个。除此之外，我什么都不想要，不要天堂，不要地狱，什么都不要。就让这一切到此结束吧。"

"你确定吗？"透特追问。

"是的。"影子说。

杰奎尔先生为影子打开最后一道门，门后空无一物。没有黑暗，甚至没有忘却。只有一片虚无。

影子完完全全地、没有任何保留地接受了。他穿过那道门，走进虚无，心中充满奇异的狂喜。

第十七章

这块大陆上的一切都是超大规模的。河流辽阔无边，气候酷寒炽热，景色无与伦比，就连雷霆也似乎格外震撼响亮。这个国家的混乱撼动了所有的宪法章程。我们自己人在这里铸下的错误、我们的处置不当、我们的损失、我们的耻辱，还有我们的毁灭，在这里也同样是超大规模的。

——卡莱尔爵士致乔治·塞尔温的信[1]，1778年

从佐治亚州、田纳西州，一直到肯塔基州，几百个老谷仓的屋顶上都挂出广告牌，告诉人们哪里才是美国东南部最重要的景点。在一条穿越森林的曲折公路上，司机会在途中经过一个早已烂掉的红色谷仓，看见屋顶上用油漆写着：

参观岩石城
世界第八奇迹

而旁边一个摇摇欲坠的奶牛棚的屋顶上，漆着白色的印刷体：

---

1 1776年，大陆会议通过《独立宣言》，美利坚合众国正式诞生，直到1783年，英国终于承认美国地位，美国独立战争获得胜利。

在岩石城俯瞰七个州

世界奇迹

司机会被这些广告标语误导，以为岩石城就在前面最近的拐弯处，而不是远在驱车一天才能到达的远望山下。那里位于佐治亚州，正好在田纳西州查塔努加市[1]的西南。

远望山其实算不上一座山，只不过是一个高得有些离谱、居高临下的小山坡。它远眺是一片褐色，近观则布满郁郁葱葱的绿树和房屋。白人到来之前，印第安人切罗基族的一个分支切卡莫加族就生活在那里。他们管那座山叫"查托托诺基"，翻译过来就是"高耸到顶点的山峰"。

1830年，安德鲁·杰克逊制订了印第安人迁移法案，强迫印第安人全部离开他们的土地，包括肖克陶族、切卡莫加族、切罗基族和契卡索族的所有人。美军骑兵连强迫每一个他们能找到和抓到的印第安人长途跋涉一千英里，徒步走到新的印第安人定居区，即后来的俄克拉荷马州。沿着这条充满泪水的迁徙之路展开一场举止轻松愉快的非正式种族灭绝。成千上万的男人、女人和孩子死在路途中。胜者为王，败者为寇。对此，没人能提出异议。

有一个传说：谁控制了远望山，谁就控制了这片土地。毕竟，这里既是神圣的地方，又是当地的制高点。南北战争时，这里爆发过一场战役：云上战役。经过第一天的战斗，北方联邦军完成了几乎不可能完成的任务，在没有上级指令的情况下，扫荡并占领了传教士山脉。格兰特将军指挥的联邦军队赢得当天的战役，控制了远望山。最终，北方军获得了南北战争的胜利。

远望山上有很多隧道和山洞，有些非常古老。现在大部分山洞都被封堵了。尽管如此，当地有商人开掘出一个地下瀑布，命名为红宝石瀑

---

1 美国田纳西州东南部城市。

布，游客可以乘电梯到达。这里是旅游景点，不过最吸引游客的还是远望山的山顶，岩石城就在那里。

起初，岩石城是山坡上的一个景观公园，园内的小路引导游客们绕过岩石，登上岩石，或者从岩石中间穿过去。他们把玉米丢进养鹿的围场，穿过吊桥，然后用投币望远镜欣赏远方的景色。据说在非常少有的晴天，如果空气格外清爽的话，可以同时看到七个州的景致。那里就像一个人山人海的地狱，路上挤满游客，每年有几百万人蜂拥而来，挤进一堆山洞，看那些背后打着照明灯的玩偶模型（摆弄成各种童谣和神话传说中的故事场景）。他们离开的时候迷惑不解，不知道自己为什么要来，也不知道到底都看了些什么，以及在那里是否玩得尽兴。

他们从美国各地赶来远望山。他们不是游客。他们有的开车来，有的乘飞机，有的坐公交，有的坐火车，还有的步行而来。有些人是飞来的——他们飞得很低，而且只在夜深人静时才飞行，但他们还是飞过来的。还有几个人是从地底下来的。很多人沿途搭便车，乞求神经紧张的摩托车手或卡车司机带他们来。自己有汽车或卡车的人，如果看到那些在路边、长途休息站、路边餐厅里的人，并且认出他们身份的话，就会主动让他们搭顺风车。

他们灰尘满面、浑身疲倦地抵达远望山的山脚。他们抬头仰望绿树覆盖的高耸山坡，看见了——或者说想象他们看见了——山上岩石城里的道路、花园和溪流。

最早一批人是在清晨抵达的，第二批人则在黄昏时分到达。接下来的几天里，他们的人还在陆陆续续地汇集到这里。

一辆破破烂烂的租赁搬家卡车停下，走出几个因长途旅行而疲倦不堪的维拉水妖和露萨卡水仙女[1]，她们脸上的妆有些模糊，长丝袜被刮

---

1 维拉是南斯拉夫传说中的水妖，露萨卡是俄罗斯传说中的水泽仙子，她们会在月光下跳舞，用美貌和歌声诱惑男子，将他们拖入水中溺死。

破，眼皮浮肿，显得极其疲累。

山脚下的一丛树木旁，一个上了年纪的吸血鬼把万宝路香烟递给一个长得像猿猴一样的巨大生物。它赤身裸体，全身覆盖着乱蓬蓬的橘红色毛发，礼貌地接着香烟。两个人肩并着肩，安静地抽着烟。

一辆丰田大霸王越野车停在路边，车上下来七名中国男女。他们看上去干净整洁，穿着某些国家低级公务员喜欢穿的黑色套装。其中一个人拿着带夹子的记事板，清点从后备厢里取出来的巨大高尔夫球袋里的东西。球袋里装着带漆把手的华丽宝剑，还有雕刻精美的棍子和镜子。武器分发给每个人，每个人都仔细查看，然后在本子上签收。

一个曾经很有名的、被认为早在二十年代就已经去世的喜剧演员，从生锈的车子里爬出来，脱下衣服。他长着一对山羊腿，还有一条很短的尾巴，像山羊一样摇来晃去。[1]

四个墨西哥人结伴而来，一个个笑容满面，乌黑的头发闪闪发亮。他们彼此传递一个装在棕色纸袋里的啤酒瓶，以防被别人看见，酒瓶里装有混合了巧克力粉、酒精和鲜血的苦啤酒。

一个小个子、黑胡须的男人，脑袋上戴着一顶肮脏的黑色圆顶帽，鬓角留着一缕卷发，披着一条粗糙的、带流苏的祈祷披肩。他穿过草地，加入到众人中间。他的同伴站在他身后几英尺远的地方，身高是他的两倍，皮肤是优质波兰陶土的那种灰白色，额头上刻着字，意思是"真相"。

更多的人陆续来到。一辆出租车停下来，几个**罗刹**——印度次大陆上的恶魔族——从车里钻出来，四处转来转去，注视着山脚下的人们，一言不发。最后，他们找到玛玛吉。她双目微闭，嘴唇蠕动，正在祷告。这些人中，他们只认识她，但犹豫着不敢靠近，因为还记得过去和她进行过的恶战。她伸手抚摩脖子上的骷髅项链，棕色的皮肤慢慢变成黑色，如黑玉和黑曜石一样清澈的黑色。她的嘴唇向外翻翘，露出锋利可怕的白色尖齿。她睁开所有的眼睛，然后朝**罗刹**们招手，叫他们到她身边去，像招呼她自己的孩子一样欢迎他们。

---

1 可能是希腊神话中半人半羊的森林之神"潘"。

过去几天，风暴转移到北部和东部，但依然没有缓和空气中弥漫的压力和骚动不安。当地的天气预报员警告大家，高气压团并未转移，可能会形成龙卷风。这里白天很暖和，夜间却寒冷刺骨。

他们分成了许多非正式的小团体，有的按照国别划分，有的按照种族，有的按照性格，有的甚至按照物种。他们个个看起来忧心忡忡，而且模样很疲惫。

有些人在交谈，偶尔有笑声传来，但只是零星的笑声。大部分人沉默不语。六罐一组的啤酒在人群中传来传去。

几个当地的男人和女人也穿过草地走过来，身体的动作有些古怪。开口说话时，他们的声音是占据他们身体的"洛阿"[1]的声音。一个高个黑人男子用莱格巴爸爸的声音说话，他是负责开启死亡之门的神灵。伏都教的死神巴龙·萨麦帝，附身在来自查塔努加市的十几岁哥特少女的身上，可能是因为看上了她歪戴在头上的那顶黑色丝绸高顶帽。她说话时发出的是巴龙低沉的嗓音，吸着一根巨大的雪茄，指挥三个"杰地"——死者之神。这三个杰地附身在已届中年的三兄弟体内，他们携带猎枪，不停地说着下流得惊人的笑话，那些笑话只有他们自己才觉得好笑，沙哑着嗓门笑个不停，也说个不停。

两个看不出年龄的印第安切卡莫加族女人穿着沾满油污的蓝色牛仔裤和旧皮夹克，在周围转来转去，看着这些人和他们的作战准备。有时她们会指指点点，然后哈哈大笑，她们并不打算参与即将到来的战斗。

月亮从东方升起，还有一天就到满月之际。月亮仿佛占据了半幅天空，当它升起来之后，一层深橙红色的光芒笼罩山脉。月亮越升越高，体积随之缩小，月光也变成苍白色。最后，月亮如同灯笼一样悬挂在高高的天际。

如此多的人都在这里等待，在月光下，在远望山的山脚下，他们耐心地等待着。

---

1 洛阿，伏都教的精灵。伏都教相信有一个全能的神，以及其他三类精灵：洛阿、孪生子和亡者。

劳拉渴了。

活着的人会在她的脑海中燃烧，有时候像蜡烛一样安静，有时候却像熊熊燃烧的火炬。因此，她很容易就能避开他们，也很容易就能找到他们。可是，影子却燃烧得那么奇怪，高高地吊在那棵树上，发出属于他自己的光。

那一天，他们两人手牵着手步行时，她责备过他一次，说他并不是真正地活着。或许，她是希望能看到他因感情激动而迸发出的火花，看到她所嫁的那个男人是真正的男人、充满生命活力的男人。可惜她什么都没有看到。

她还记得自己当时走在他身边，一心盼望他能理解她对他说的话。

现在，影子吊在树上奄奄一息，却爆发出完完全全的生命活力。她看着他的生命一点点衰弱下去，但同时又前所未有的专注与真实。他请求她留下来陪他，待在这里度过整晚。他原谅她了……或许原谅她了。原谅不原谅都没有关系。她只知道一件事：他已经改变了。

影子让她到农舍里去，说他们会给她水喝。可是，农舍里没有灯光，她也感觉不到有人在里面。不过，他说过他们会照顾她。她推了一下农舍的门，门自己打开，生锈的门铰链抗议地发出刺耳的尖叫声。

她左肺里面有什么东西在动，那东西爬行蠕动着，让她忍不住咳嗽起来。

她发现自己走进一道窄窄的走廊，前面的路几乎被一部布满灰尘的大钢琴完全堵死了。房子里有一股陈旧而潮湿的味道。她绕过钢琴，推开另一道门，结果走进一间破破烂烂的客厅，里面摆满摇摇欲坠的家具。壁炉架上有一盏油灯在燃烧，下面的壁炉里烧着煤炭，但刚刚在屋外，她既没看到也没闻到烟味。她感觉燃烧的煤炭并没有让房间暖和起来，不过，劳拉更愿意把原因归咎于这栋老房子本身，因为它实在过于寒冷。

死亡让劳拉痛苦不堪，痛苦的绝大部分源于缺乏，源于她不再拥有的事物。烧灼般的干渴烤干她体内的每一个细胞；寒冷渗入骨髓，任何热量都无法令她感到温暖。有时候，她会不由自主地想：火葬柴堆上噼啪作响的火焰会不会让她感到温暖，地底柔软泥土做成的棕色毯子会不会让她暖和起来，冰冷的海洋会不会平息她的干渴……

她突然意识到，房间里并非空无一人。

三个女人并肩坐在一张陈旧的沙发上，好似某些怪异艺术展上的一组展品。沙发面料是破旧的已经褪色的棕色天鹅绒，一百年前，它也许是明亮的金丝雀黄。三个女人穿着一模一样的灰色裙子和毛衣，眼窝深陷，肌肤惨白如新骨。坐在沙发左边的女人几乎算得上是女巨人，坐在右边的女人比侏儒高不了多少，而坐在她们中间的女人，身材和劳拉差不多。自从劳拉进来之后，她们的视线一直跟随她移动，但谁都没有开口说话。

劳拉没想到她们会在这里出现。

体内有什么东西蠕动着掉落到她的鼻腔里。劳拉从袖子里摸出一张纸巾，开始擤鼻子。她把纸巾团起来，和里面的东西一起扔到燃烧的煤炭上，凝视它在火焰中起皱、变黑，燃起橘黄色的火焰。那几只蛆虫也在火焰中起皱、变色，最后燃烧起来。

完全烧尽后，她转身面对沙发上的女人们。自从她走进客厅，她们就始终一动不动，连一块肌肉、一根头发都没有动过。她们仍旧死死地盯着她。

"你们好，这是你们的农场吗？"她问。

身材最高的女人点点头。她的双手肤色很红，表情冷漠。

"影子——就是吊在外面树上的那个人，他是我丈夫。他让我请你们给我一点水喝。"她的内脏里有某个很大的东西在动，它蠕动一阵，又停了下来。

身材最矮小的女人点点头，从沙发上爬下来，她坐在沙发上时，脚还没有碰到地面。她匆匆离开了房间。

劳拉听到农舍开门关门的声音，然后，她听到屋子外面传来一阵很响的咯吱咯吱声，每次都伴随着水花飞溅的声音。

很快，小个子女人回来了。她端着一个褐色的陶土罐，罐子里面装满水。她小心翼翼地把罐子放在桌上，然后转身回到沙发上。她扭着身体爬上沙发，重新坐到她姐妹们的身边。

"谢谢。"劳拉走到桌旁，环顾四周，想找喝水的杯子，可什么都没找到。她拎起陶罐，发现它比看起来的重得多。罐子里的水格外清冽纯净。

她把罐子举到嘴边，喝了起来。

水很冷，比她想象得到的任何水都要冷。它冰住了她的舌头、牙齿和咽喉。她继续喝水，根本无法停止，感觉水一直冰到胃里，冰到她的内脏、心脏和血管。

水流进她体内，如同喝下液态的冰。

过了好久，她才猛然醒悟水罐已经空了，有几分惊讶地把空罐放回桌上。

那些女人始终冷静地观察她。死亡之后，劳拉思考时再也不用隐喻或比喻了，事情该是什么样子就是什么样子。不过现在，看着沙发上的三个女人，她发觉自己想到的是陪审团，是正在观察实验室动物的科学家。

她突然开始颤抖，痉挛性的颤抖。她伸手想扶住桌子，稳住自己，可桌子突然滑到一边，像要避开她一样。终于扶稳桌子后，她猛地呕吐起来。她吐出胆汁、甲醛溶液、无数蜈蚣和蛆虫。然后，她感觉自己开始排泄，开始小便，防腐物质从她体内迅速被湿淋淋地排出来。如果还能开口的话，她一定会尖叫出声。可她却摔倒了，落满灰尘的地板向她迎面而来，撞得又快又狠。如果她还能呼吸，这一下准会撞得她喘不过气来。

时间淹没了她，灌进她体内，像沙尘暴一样呼啸飞旋。成千上万的记忆一瞬间纷纷涌现出来：她全身湿透、一身恶臭地躺在农舍地板上；圣诞节前一周，她在商店里走丢了，到处都找不到爸爸；她坐在吉奇酒吧，点了一杯草莓代基里鸡尾酒，和一个表情严肃的大个子男孩约会，心想不知他接吻的水平如何；她在汽车里恶心想吐，车子东摇西晃，罗比冲她吼叫，防护铁柱终于挡住车子，却没挡住车里的人在惯性作用下继续向前冲……

这是时间之水，它来自命运之泉"乌达泉"。它不是生命之水，不完全是。但是，时间之水是浇灌世界之树树根的泉水，世上再也没有和它同样神奇的水了。

劳拉醒来时，农舍里空无一人。她无法控制地颤抖着，呼吸在清晨寒冷的空气中凝结成一团白雾。她的手背上有一块擦伤，伤口上面有湿湿的痕迹，那是橘红色的新鲜血液。

然后，她知道自己该去什么地方了。她喝下来自命运之泉的时间之水，她能在脑海中看到那座山。

她舔掉手背上的鲜血，唾液形成的那层薄膜让她无比惊讶。然后，她上路了。

这是湿润三月里的一天，冷得不合常理。前几天的风暴朝着南部几个州猛冲过去，这意味着远望山岩石城不会有什么游客了。圣诞节的彩灯刚刚取下来，夏季的观光游客还没有到来。

可是，这里依然聚集了很多人。那天早晨甚至还来了一辆旅游巴士，里面走出十来个男女，他们的肌肤都晒成完美无瑕的茶褐色，富有光泽，脸上挂着让人安心的笑容。看他们的衣着打扮似乎是新闻节目主播。你几乎可以想象，他们身上自带一种荧光闪闪的特质，走动的时候，他们的身形显得有些模糊。一辆黑色悍马停在岩石城门前的停车场，停在岩石地精的机动装置旁。

这群电视人心无旁骛地走进岩石城，停留在那块平衡巨岩附近，用令人愉快、富有理性的声音交谈起来。

他们并不是这里仅有的游客。如果那天沿着岩石城内的道路闲逛的话，你或许会发现，这里既有看起来像电影明星的人，也有像外星人的人，还有几个人看起来更像是只有人的概念，而不是人的实体。你也许会看见他们，但更有可能的是，你根本就不会留意到他们的存在。

他们乘坐豪华轿车、运动跑车，或者超大型的四驱越野车来到岩石城。很多人都戴着墨镜，他们显然早已习惯在室内室外都戴着墨镜，不愿摘下，一旦摘下就觉得不自在。到处都是精心晒过的完美肤色、合身的西装、墨镜、得体的微笑或皱眉。他们有着不同的身高、不同的外貌、不同的年龄和风格。

这些人只有一个共同点，就是他们的表情，一种非常特殊的表情，好像在说：你认识我，或者你应该认识我。这种快速诞生的熟悉感同时造就一种距离感，他们的表情和态度无不表明一种信念：他们相信这个世界是为他们而存在的，世界欢迎他们，他们是受到众人崇拜和爱慕的。

胖男孩也走在他们之中，步伐懒散。那些虽然没有任何社交技巧，却依然大获成功、超越梦想的人，多半是这种步伐。他的黑色外套在风中呼啦呼啦地拍打着。

站在鹅妈妈饮料店门口的一个生物咳嗽一声，引起了他的注意。那个生物体型庞大，脸上和手指上突伸出无数解剖刀。它的脸上长满肿瘤。"准会有一场大战。"它说，声音黏乎乎的。

"不会有什么大战。"胖男孩说，"他妈的不过是一场模式转移、一次整顿。跟道家的老子一样，战争这类形式早他妈的过时了。"

肿瘤生物冲他眨眨眼睛。"等着瞧吧。"他只回复一句。

"随你怎么说吧，"胖男孩说，"我正找世界先生。你看见他了吗？"

那家伙用一把解剖刀抓抓脑袋，长满肿瘤的下唇因为专心思考而凸了出来。接着，他点点头，说："他在那边。"

胖男孩朝着他指的方向走去，连一句谢谢都没说。肿瘤生物没有出声，一直等到胖男孩走出他的视线范围。

"准会有一场恶战。"肿瘤生物对一个脸上闪烁着荧光点的女人说。

她点点头，靠近一些。"大战之前，你有什么感受？"她的语气充满同情。

它眨眨眼睛，然后开始讲述。

城先生的福特探险者越野车上有一套全球定位系统，一个银盒子会根据卫星指示轻声告诉他汽车所在的位置。但是，离开布莱克堡、驶上乡村公路后，他还是迷路了。开车经过的那些道路似乎和屏幕上显示的乱七八糟的路线完全不同。最后，他把车停在一条乡村小路上，摇下车窗，向一个早晨出来遛狗的胖女人打听去桦树农场的路。

她点点头，指了下方向，又说了些什么。他听不懂她说的话，但还是说了句万分感谢，然后关上车窗，向她指点的大致方向驶去。

他继续开了大约四十分钟，驶过一条又一条乡村公路，每一条路似乎都有希望，结果每一条路都不是他要找的路。城先生烦躁地咬住下唇。

"我太老了，不适合干这屁活儿了。"他大声说着，享受了一把电影明星式的厌世情绪。

他已经快五十岁了，大半辈子都耗费在一个以缩写字母当名称的政府部门里。十二年前，他的工作有了一次变动，至于算不算是离开政府机构转而为私人机构工作，这就是见仁见智的问题了。有时候他觉得自己还在为政府工作，有时候又觉得自己不再是政府的人了。管他呢，除非你也变成大街上的普通人，才会觉得这两者之间的性质真的有所不同。

就在他快要放弃寻找农场的时候，车子爬上一个山坡，他看到了农场大门上的手写标志牌。写得很简单，和别人告诉他的一样："桦树农场"。他停下福特探险者，从车里出来，解开拴住农场大门的电线，重新回到车里，开了进去。

这就和煮青蛙一样，他心想，你把青蛙放进冷水里，然后加温。等青蛙发现不对劲的时候，它已经被煮熟了。他所栖身的这个世界也是如此怪异，脚下没有结实的地面，罐子里的水已经煮得猛冒泡了。

刚调到特工部门时，事情看上去都非常简单，现在却——不是复杂，他想，而是稀奇古怪。那天凌晨两点钟，他坐在世界先生的办公室内，接受要执行的任务。"听明白了吗？"世界先生递给他一把带黑色皮革刀鞘的匕首，"给我切下一根树枝，长度不要超过两英尺。"

"明白。"他说，忍不住又问，"为什么要做这个，先生？"

"因为我命令你去做。"世界先生平淡地说，"找到那棵树，完成任务，然后在查塔努加与我会合。不要浪费时间。"

"那个混蛋怎么办？"

"你说影子？如果你看见他，就避开他。不要碰他，甚至不要骚扰他。我不想让你把他变成一个殉难者。眼下这场游戏的计划里没有殉难者的位置。"他微笑起来，露出刀疤一样的笑容。世界先生很容易感到开心，城先生已经发现好几次了。上次在堪萨斯州，他就高高兴兴地扮演起司机的角色。

"那——"

"不要殉难者。城。"

城先生点头表示明白，接过套着刀鞘的匕首，压下心中涌起的怒火，把它深深藏在心底。

城先生对影子的仇恨已经成为他自身的一部分。躺下来睡觉的时候，他就会看见影子那张表情严肃的面孔，看见他那似笑非笑的微笑。那种表情让城先生很想一拳狠狠地打在他肚子上。甚至睡着之后，他都能感觉到自己牙关紧咬，太阳穴紧绷，咽喉烧灼。

他开着福特探险家穿过草地，经过那栋摇摇欲坠的农场屋舍，爬上一个斜坡，看到了那棵树。他把车停在树旁，熄掉发动机。仪表板上的时钟显示现在是早晨六点三十八分。他把钥匙留在车里，朝树走去。

这棵树异常高大，似乎存在一种完全属于它自己的衡量尺度，让城先生无法辨别它到底有五十英尺高，还是两百英尺高。树皮是上好的真丝领带的那种灰色。

距离地面一定高度的位置上，有个浑身赤裸的男人被错综交织的绳索捆绑在树干上。树下则摆着一个被床单包裹起来的什么东西。城先生从旁边经过时才注意到，他用脚踢开床单，星期三被子弹毁掉一半的脸露了出来，茫然地瞪着他。他本来预计尸体上会爬满蛆虫和苍蝇，没想到居然没有，甚至也没有腐烂的味道。尸体看上去和他带去汽车旅馆那天的状况一样。

城先生走到树下。他绕到树干后面，避开农舍的视线，解开裤子拉链，冲着树干撒了一泡尿。然后拉上拉链，走到房子那里找到一把木头梯子，把它扛到树下。他小心把梯子靠在树干上，顺着梯子爬上去。

影子软绵绵地悬吊在将他绑在树上的绳索中。城先生不知道他是否还活着：他的胸部根本没有呼吸起伏。反正，他是死是活都一样。

"喂，混蛋。"城大声说，影子没有动弹。

城先生踩上梯子最高一阶，抽出匕首。他找到一根小树枝，似乎符合世界先生的特殊要求，然后用匕首刀锋向树枝根部砍下去，砍断一半后用手把树枝折下来。这根树枝大约有三十英寸长。

他把匕首插回刀鞘里，顺着梯子爬下去。经过影子对面时，他停下来。"天，我真是恨死了你！"他恶狠狠地说。他真希望能掏出手枪，一枪打死他，可他知道自己不能那么做。于是，他举起树枝冲着对方虚刺一招，做出刺穿他的假动作。这是一个本能的动作，饱含城先生内心的挫折与愤怒。他想象自己手中拿着的是一支真正的长矛，插进影子腹部，在里面用力搅动。

"得了。"他大声说，"没时间了。"他随即想到，对自己说话，这是发疯的第一个信号。他又迈下几级梯子，然后直接跳到地上。他看了看手中的树枝，感觉自己像个小孩子，拿着一根树枝，却假装它是一把宝剑或者长矛。我可以随便从哪一棵树上砍下一根树枝，他想，用不着非得是这棵树。他妈的谁会知道呢。

他又想到，世界先生一定会知道的。

他把梯子放回农场屋舍旁。眼角一瞥间，他觉得看到什么东西在动。他透过窗户望进去，看到黑暗的房间里堆满破烂家具，墙上的石灰都已剥落。有那么一瞬间，仿佛是半梦半醒的幻觉中，他想象自己看到三个女人坐在黑暗的客厅里。

其中一个在编织毛线，另一个眼睛直勾勾地盯着他，还有一个显然在睡觉。注视着他的那个女人突然笑起来，嘴巴咧得很大，笑容几乎和她的脸一样宽，嘴角从一边耳朵咧到另一边。然后，她抬起一根手指放在脖子上，轻轻地从脖子一侧划到另一侧。

那就是他以为自己在空荡荡的房间里看到的东西，全部发生在短短的一瞬间。凝神再看时，除了老旧腐烂的家具、脏污的斑点与干涸的腐烂痕迹，什么都没有。房间里根本就没有人。

他揉揉眼睛。

城先生走回那辆福特探险者，爬上车子。他把树枝扔到旁边白色真皮面的乘客座位上，拧动钥匙。仪表板上的时间显示居然是早晨六点三十七分。他查看自己的手表，上面闪动的数字是十三点五十八分。

绝了。他想，要么我是在那棵树上待了八个小时，要么就是时间往回倒退了一分钟。但他认为这只是巧合，两个表恰好都同时出了问题。

在树上，影子的身体开始流血。伤口位于肋部，血从伤口里缓缓流下。血很黏稠，而且是黑色的。

他还是一动不动。如果说他睡着了，他并没有醒来。

远望山顶乌云密布。

伊斯特坐在山脚，和其他人保持一段距离，观看黎明时分从东边山脉上升起的朝阳。她左手腕上纹着一串蓝色的勿忘我花，她有些心不在焉地用右手拇指抚摸着那个文身。

另一个夜晚来了又去，什么都没有发生。人们还在继续赶来，有单独来的，也有成双结队的。昨天晚上从西南边来了几个人，其中有两个和苹果树一样高的年轻人。此外，还有她只瞟到一眼的某个东西，看上去是大众甲壳虫汽车般大小的一个脑袋，他们消失在山脚下的那片树林里。

没有人来打扰他们，外面世界的人们似乎谁都没有注意到他们的存在：她想象在岩石城里的普通游客们透过投币望远镜望下来，虽然镜头直接对准他们这个草草建成的露营地和这些待在山脚下的人，但还是什么也看不到，只能看到树林、矮树丛和岩石。

她闻到从做饭的篝火那里飘来的烟味，黎明的寒风中混合着烧烤熏肉的味道。营地另一边的某个人开始吹口琴，音乐让她情不自禁地微笑起来，身体也随之微微摇摆。她的背包里有一本平装书，她想等光线足够明亮之后开始看书。

高空中有两个黑点，就在云层的下面：一个小黑点和一个大黑点。晨风中，一滴雨点飞落到她脸上。

一个赤脚女孩从营地走出来，朝她的方向过来。她在一棵树下停住，拉开裙子，蹲下方便。等她方便完，伊斯特跟她打了声招呼。女孩走过来。

"早上好，女士。"她说，"战争马上就要开始了。"她粉红色的舌尖渴望地舔了舔猩红的嘴唇。她肩膀上搭着一只带羽毛的黑色乌鸦翅膀，脖子上的项链坠着一只乌鸦脚。她的胳膊上到处是蓝色文身，有线条、图案和错综复杂的结。

"你怎么知道的？"

女孩笑了。"我是玛查，摩利甘女神[1]。战争即将来临时，我可以在空气中闻到它的味道。我是战争女神，我要说的是，今天鲜血肯定会溢满山谷。"

"哦。"伊斯特说，"好，明白了。"她仰望天空中的那个小点，它像一块石头，翻滚着朝她们落下来。

"我们将和他们作战，我们将杀了他们，杀了他们每一个人。"女孩继续说，"我们将拿他们的头作为战利品，乌鸦会吃掉他们的眼睛和尸体。"那个黑点渐渐变成一只鸟，张开双翅，乘着清晨阵风的气流飞翔。

伊斯特歪着脑袋问："战争女神，你是不是有什么隐秘的能力，事先知道谁会获胜？谁能猎取谁的脑袋？"

"没有。"女孩说，"我只能闻到战争的味道，只知道这么多。不过我们会赢的，是不是？我们必须赢。我看到他们对全能的父做的事了。要么他们死，要么我们亡。"

"是呀，"伊斯特说，"我想也是。"

女孩又笑了笑，在朦胧的晨色中走回营地。伊斯特垂下手，碰了碰刚从土里钻出来、如刀片般纤薄的一片绿色嫩芽。她的手指刚刚碰到它，它立刻开始飞快生长起来，叶片一层层打开，茎蔓旋转、缠绕变化。最后，她手下的植物变成一株绿色的郁金香球茎。太阳升起之后，郁金香花就会盛开。

---

1 "乌鸦玛查"，凯尔特宗教传说中的三位战争女神之一。战争与死亡女神有三重外形，她们也统称为摩利甘。

伊斯特抬头看着那只鹰。"我可以帮你什么忙吗？"她问。

鹰正在她头顶十五英尺高的地方慢慢盘旋，然后向着她滑翔下来，落在她身边的地上。它凝视着她，眼睛里充满疯狂。

"你好，小可爱。"她说，"你真正的模样是什么？"

鹰有些迟疑地朝她跳过来，然后，它不再是一只鹰了，变成一个年轻人。他看了看她，然后又低头看了看草。"你？"他说。他的目光到处游移不定，一会儿看草，一会儿看天空，一会儿看矮树丛，就是不看她。

"我？"她问，"我怎么了？"

"你。"他的话又停顿下来，似乎正在努力整理思维，各种稀奇古怪的表情从他脸上一一掠过。他花了太多时间做一只鸟，她伤感地想，已经忘记怎么做人了。她耐心等待着。最后，他终于开口说："你会跟我来吗？"

"也许吧。你想让我去哪里？"

"在树上的人，他需要你。一个幽灵伤口，在他身体上。血流出来，然后停了。我想他死了。"

"马上就要开战了。我不能在关键时刻到处乱走。"

赤身裸体的男人什么都没回答，只是站在地上，把重心从一只脚换到另一只脚，似乎不确定自己的重量，似乎他平时总是在空中或摇晃的树枝上休息，而不是在固定不变的地面上。他再次开口："如果他真的永远死了，一切都结束了。"

"但是战争……"

"如果他死了，谁打赢都不再重要了。"他看起来似乎需要一条毯子、一杯甜咖啡，需要有人把他带到什么地方去，让他在那里一边发抖一边胡言乱语，直到脑子清楚起来。他冻得把胳膊紧紧贴在体侧。

"他在哪里？附近吗？"

他盯着郁金香，摇摇头。"很远。"

"哦，"她说，"这里需要我。我不能离开。你为什么想让我跟你去那里？要知道，我不像你，我不会飞。"

"是的。"荷露斯说，"你不会飞。"他抬起头，表情严肃，指着在他们头顶盘旋的另一个黑点，此刻它正从黑暗的云层中飞落下来，不断变大。"他会飞。"

毫无头绪地开车乱转了几个小时后，城先生开始怨恨全球定位系统，几乎和他恨影子的程度一样深。不过这种恨没有什么真正强烈的感情。找到去农场的路、找到那棵巨大的梣树是很难的，可找到**离开**农场的路似乎更难。不管他走哪条路，不管他驶向哪个方向的狭窄乡村公路——弗吉尼亚州的曲折道路最早一定是鹿群和牛群踩出来的——到最后，他都会发现自己再次绕回农场前，看到那块挂在门上的手写牌子：梣树农场。

这真是疯狂，是不是？他不得不仔细回忆走过的路，在每次右转的地方改为左转，左转的地方改为右转。

尽管转弯的方向不同，他还是又绕了回来，再次回到农场门口。天上厚重的暴风雨云层开始聚拢，天迅速黑了下来，感觉现在已经到了晚上，而不是早晨。他还要开很长的一段路，照这种速度，他绝对无法在下午之前赶回查塔努加市。

他的手机显示"**没有信号**"，汽车储物箱里的折叠地图上只有主要道路、州际公路和高速公路，根本没有标出他眼下最关注的乡间小路。

附近也没有可以问路的人。周围的房子距离道路很远，房子里也没有欢迎客人的灯光。现在连油箱都快空了。他可以听到远方传来的轰隆隆的雷声，几滴雨滴重重地打在挡风玻璃上。

因此看到沿着路边走路的那个女人时，城先生发觉自己情不自禁地露出笑容。"感谢上帝。"他大声说着，把车开到她身边停下。他摇下车窗："你好，太太。很抱歉，我有点迷路了。你能告诉我从这里怎么上八十一号高速公路吗？"

她透过打开的副驾那边的窗户看着他，说："嗯，我很难讲清楚，不过我可以给你指路，如果你愿意的话。"她脸色苍白，被雨水打湿的头发又黑又长。

"进来吧。"城先生说，没有犹豫，"首先，我们得给车加油。"

"谢谢。"她说，"我正需要搭顺风车。"她说着上了车。她的眼睛蓝得不可思议。"座位上有根树枝。"她有些迷惑不解。

"扔到后座上好了。你想去什么地方？"他问，"女士，如果你能为我带路去加油站，然后上高速公路的话，我可以一直开车把你送到家门口。"

她说："谢谢。不过我想我要去的地方可能比你的远。如果能带我到高速公路上，我就很感谢了。也许卡车司机可以捎我一程。"说着，她嘴角微微上翘，露出下定决心的微笑。就是这个微笑起了作用。

"太太，"他说，"我可以为你提供比任何卡车司机更殷勤的服务。"他能闻到她的香水味，香味过于浓郁，有点倒人胃口，似乎是木兰花或丁香花的香味。不过他并不介意。

"我要去佐治亚州，"她说，"很远的一段路。"

"我要去查塔努加市，我可以尽量带你走得远些。"

"好吧，你叫什么名字？"她问。

"大家都叫我马克。"城先生说。他在酒吧里和女人搭讪时，常常会接着说一句"跟我特别熟的人总是叫我大马克"。还是多等一阵再说那句话吧，毕竟有好几个小时可以了解对方。"你呢？"

"劳拉。"她告诉他。

"很好，劳拉。"他说，"咱们肯定会成为好朋友的。"

胖男孩在彩虹屋里找到了世界先生——彩虹屋是小路上一个被墙围起来的景点，里面的窗户玻璃上贴着一条条绿色、红色和黄色的透明塑料薄膜。世界先生正不耐烦地从一个窗户走到另一个窗户，依次向外看，分别看到金色的世界、绿色的世界和红色的世界。他的头发是橘红色的，短得几乎贴到头皮上，身上穿着一件巴宝莉牌的昂贵风衣。

胖男孩咳嗽一声。世界先生抬头瞥他一眼。

"对不起，世界先生。"

"什么事？一切都在按计划进行吗？"

胖男孩觉得嘴巴发干，他舔舔嘴唇，说："我已经安排好了，只有直升机还没有确定下来。"

"我们需要的时候，直升机会飞过来的。"

"很好。"胖男孩说，"很好。"他站在原地，既不说话也不准备离开。他的前额有一块淤伤。

过了一会儿，世界先生问："还有别的事吗？"

一阵沉默。胖男孩咽了一下口水，点点头。"有些别的事情，"他说，"是的。"

"如果我们私下里聊聊，你会觉得舒服点？"

男孩又点点头。

世界先生带男孩走回他的作战中心，那是一个潮湿的洞穴，里面有一组喝得醉醺醺的小妖精用蒸馏器酿造私酒的人偶模型。洞穴外面的一块牌子警告游客"重新装修期间请勿入内"。两人在塑料椅子上坐下。

"我能帮你什么忙？"世界先生问。

"是的，好的，没错。两件事情。好的。第一，我们还在等什么？第二……第二个问题有点难。你看，我们有枪，我们有火力武装。而他们只有他妈的刀剑、匕首，和他妈的锤子、石斧，诸如此类的东西，过时的铁兵器。我们有他妈的智能炸弹！"

"那些武器我们是不会用的。"世界先生冷静地指出。

"我知道。你说过，我知道，那样做也行。不过，你看，自从我在洛杉矶干掉那个婊子之后，我就……"他停下来，做个鬼脸，似乎不想再说下去了。

"你觉得不安，有问题？"

"没错，好词，有问题。对，就像问题少年之家。有趣。是的。"

"到底是什么在困扰你？"

"我们打仗，我们获胜。"

"那就是困扰你的原因？我自己倒觉得那是胜利，只会让我们高兴。"

"但是。不管怎样，他们都会灭绝。他们是旅鸽，是袋狼[1]。对吧？谁在乎他们？现在这样下去，会变成一场大屠杀。如果耐心等待他们自己灭绝，我们就能得到一切。"

"唔。"世界先生点头表示同意。

他明白他的意思了，太好了。胖男孩继续说下去："你看，我并不是唯一一个有这种观点的人。我和现代电台的成员聊过，他们全都希望能和平解决这件事。无形资产派更希望利用市场压力来自动解决问题。你知道，我来这儿代表理性的声音。"

"你说得对。不过很不幸，还有一些信息你并不知道。"微笑让他脸上露出扭曲的疤痕。

男孩眨眨眼睛，问："世界先生，你的嘴唇怎么了？"

世界先生叹口气。"实话实说吧，"他说，"有人曾经把我的嘴巴缝起来。那是很久之前的事了。"

"哇！"胖男孩说，"真正的黑帮手段，防止作证。"

"对。你想知道我们到底在等什么吗？你想知道我们为什么不在昨天晚上就发动攻击吗？"

胖男孩点点头。他开始冒汗，全是冷汗。

"我们没有发动攻击，是因为我正在等一根小树枝。"

"树枝？"

"说对了。树枝。你知道我要用树枝做什么吗？"

他用力摇摇头。"放心，我不会说出去的。做什么呢？"

"我可以告诉你，"世界先生表情严肃，"不过接下来，我就不得不杀了你。"他眨了眨眼，房间里紧张不安的压力顿时消失了。

胖男孩咯咯笑起来，是喉咙深处和鼻子里发出的带鼻音的低沉笑声。"好吧，"他说，"呵呵，好，哈哈。收到。技术星球接到信号，声音很清晰。"

世界先生摇摇头，把手搭在胖男孩肩膀上。"嗨，"他问，"你真

---

1 旅鸽和袋狼都是已经灭绝的动物。

的想知道？”

"当然。"

"那好吧，"世界先生说，"看在我们是朋友的份上。下面就是我的答案：我要得到那根树枝，然后，我要在两军交锋之际把它投掷出去。投出之后，树枝会变成一支长矛。然后，长矛在战场上空划出一道弧线，这时，我会大声喊出'我将这场战斗献给奥丁'。"

"啊？"胖男孩迷惑地问，"为什么？"

"力量，"世界先生说着，搔搔下巴，"还有食物。两者的结合。你看，这场战斗的结果并不重要，重要的是制造骚乱，还有屠杀。"

"我不明白。"

"让我演示给你看，有点类似这个。"世界先生说，"看着！"他从巴宝莉风衣口袋里掏出一把木柄的猎人匕首，动作流畅自然地一刀刺入了胖男孩柔软的下颚，用力向上一推，直插进大脑。"我将这死亡献给奥丁。"匕首刺入的瞬间，他说道。

有东西流到他手上，但不是鲜血。与此同时，胖男孩眼睛后面传出一连串火星飞溅的噼啪声。空气中弥漫着一股烧焦绝缘电线的味道，仿佛某处有个电源插头因为过载而烧掉了。

胖男孩的手痉挛地抽搐着，他倒了下去，脸上的表情混合着极度的困惑和痛苦。"看看他，"世界先生对着空气说话，仿佛在和某人聊天，"瞧他的模样，好像看见一连串的0和1变成一群闪光的彩色小鸟，飞走了。"

岩石通道里空荡荡的，没有人回答他。

世界先生把尸体扛在肩膀上，仿佛他没什么分量似的。他打开小妖精的那组模型，把尸体藏在蒸馏器后面，用死人身上的黑色长风衣盖住尸体。他决定晚上再处理尸体，重新露出带疤的笑容。在战场上藏匿一具尸体实在太容易了。没有人会发现，没有人会在意。

有那么一阵子，这里依然沉寂无声。然后，响起了一个粗暴的声音，那并不是世界先生的嗓音。他先清了一下喉咙，然后说："这个头开得不错。"

第十八章

他们试图避开士兵，结果却被士兵们开枪打死。所以说，那首歌描写的监狱情形并不是真实的，只是诗歌里的虚构。诗歌里的世界与真实世界是不同的。诗歌并不是真实的，真实是诗句所无法容纳的。

——一位歌手对《萨姆·巴斯民谣》[1]的评价，
见《美国民间传说的财富》

所有这一切也许并没有真正发生过。如果能让你感觉自在一点的话，你可以简单地将它当作一种隐喻。说到底，按照定义，宗教本身就是一种隐喻：神明是梦想，是希望，是女人，是讽刺家，是父亲，是城市，是有很多房间的房子，是将自己珍贵的精密计时器遗失在沙漠中的钟表匠，是爱你的某人，甚至是（尽管所有证据显示并非如此）某种高高在上的存在，其唯一关注的就是让你的球队、军队、生意或者婚姻，都能战胜所有对手，获得成功与胜利、兴旺与发达。

宗教信仰就是为你提供一个站立、观看和行动的地方，让你在这个有利位置上展望整个世界。

---

1 萨姆·巴斯是 19 世纪美国西部最著名的火车劫匪之一，有关他的民谣流传在西部牛仔之中。

所以，本书描述的一切都没有发生过，也永远不会发生在我们这个时代里。接下来要发生的事情，也没有一个字是真实的，即使它们已经发生。接下来发生的事情是这样的：

在远望山山脚（说是山，其实只不过是一个很高的小山坡），男男女女们在雨中聚在一小堆篝火周围。他们都站在树下，但树叶没帮他们挡住多少雨水。他们正在争吵。

蓝黑色肌肤、一口白色利齿的迦梨女士说："时间到了。"

戴着柠檬黄手套、一头银发的安纳西不赞成地摇摇头。"我们可以等，"他说，"可以等时，我们就应该继续等下去。"

人群中响起一阵反对的抱怨声。

"不，听着，他是对的。"一位铁灰色头发的老人说。他是岑诺伯格，手持一把战锤，锤头扛在肩膀上。"他们占据了高地，天气也对我们不利。如果现在开战，实在太疯狂太冒险了。"

一个看起来有些像狼，但像人更多一点的家伙冷哼一声，往林地上啐了一口。"那什么时候才是攻击他们的最好时机，老爷子？等到天气放晴？他们肯定料到我们会在那时候发动攻击。依我说，我们现在就出发，现在就动手。"

"我们和他们之间隔着云层。"来自匈牙利的伊斯丹[1]指出。他留着漂亮的黑胡子，戴着一顶很大的、积满灰尘的黑帽子。他靠卖铝线、新屋顶、排水槽给退休老人维生，但经常一收到钱，第二天就离开那个城镇，根本不管工作是否完成。

有个身穿考究西装的男子直到现在都没有说过话，他合拢双手，走到火光中，简洁而清晰地阐述他的观点。周围不断有人赞同地点头，小声附和着。

组成摩利甘的三位女战士中有一人开始发言。她们三人紧紧挨在一起，站在阴影中，每个人身上都有蓝色的文身，肩膀上的乌鸦翅膀不停地晃动着。她说："讨论时机是否好坏其实并不重要。重要的是，现

---

1 伊斯丹，匈牙利语中"神""上帝"的含义。

在就是时机。他们一直在屠杀我们。无论我们是否战斗，他们都还会继续屠杀我们。我们也许会赢得胜利，也许会战死沙场。但是，让我们死在一起，死在战斗中，像真正的神一样尊严地死去。这种死法比我们在逃跑躲藏中被他们一个一个干掉，像杀死地下室里的老鼠一样要好得多！"

又是一阵喃喃低语声，这一次是深表赞同的声音。她说出了所有人的心声。现在就是开战的时机！

"第一个敌人的脑袋是我的。"一个身材很高的中国人说，他的脖子上用绳子串着一串小骷髅头。他意志坚决地朝山上慢慢走去，肩上扛着一把宝杖，杖顶有一弯弧形刀刃，像一轮银色的弯月。

甚至连虚无也不是永恒的。

他在虚无之中也许待了十分钟，也许待了一万年。两者之间并无区别：他现在再也不需要时间这个概念了。

他不再记得自己真正的名字，他感觉自己空灵而纯净，一直待在那个不算是地方的地方。

他没有身体形态，连他本人也是虚无的。

他什么都不是。

然后，一片虚无之中，响起一个声音："哈哈，朋友，我们得谈谈。"

一度是影子的那个存在说："威士忌·杰克？"

"是我。"威士忌·杰克说，"你死后可真是难找呀。你猜你可能会去的地方，你一个都没去。我只好到处找你，最后总算想起来应该来这里看看。你找到你的部落了吗？"

影子回忆起那个男人和那个少女，他们在旋转玻璃灯球下的迪斯科舞厅里跳舞。"我想我找到了我的家人。不过，我还没有找到我的部落。"

"很抱歉不得不打扰你。"

"你的语气里一点歉意都没有。别来管我。我得到了我想要的安宁。我已经死了。"

"他们来找你了，"威士忌·杰克说，"他们要让你复活。"

"但我已经死了，"影子说，"一切都结束了。"

"还没有，"威士忌·杰克说，"远远没有结束。去我住的地方吧。想喝啤酒吗？"

他猜自己也许会喜欢来杯啤酒。"当然。"

"也帮我拿一罐。门外有冰柜。"威士忌·杰克说着，抬手一指。他们已经置身在他的小屋里了。

影子伸手打开屋门。就在片刻之前，他的手似乎还不存在。门外有一个装满河中冰块的塑料冰柜，冰块中间放着十来罐百威啤酒。他取出两罐啤酒，在门口坐下，眺望下面的山谷。

他们位于山顶，旁边是一道瀑布。因为积雪融化，瀑布增大了许多，呈阶梯状垂直而落，一直落到他们下面大约七十或一百英尺的地方。瀑布池塘上方的树丛上挂满冰枝，折射出闪闪阳光。瀑布坠落而下，撞击着池塘水面，空中充斥着轰然不绝的水声。

"我们在哪里？"影子问。

"在你上次来的地方，"威士忌·杰克说，"我的住处。你打算就这样握着我的百威不放手，把啤酒焐热吗？啤酒不凉可就不好喝了。"

影子站起来，递给他啤酒罐。"上次我来这里时，房子外面没有瀑布。"他说。

威士忌·杰克没有回答。他打开啤酒拉环，一口气灌下半罐，然后才开口："还记得我侄子吗？哈里·蓝鸟，那个诗人？他用别克换了你们的温尼贝戈。还记得吗？"

"当然记得。但我不知道他是诗人。"

威士忌·杰克微微扬起下巴，满脸自豪。"他是全美国最好的诗人。"他说。

他一口气灌下剩下的啤酒，打了一个嗝，又拿了一罐新的。影子这时才打开自己的啤酒。两个人坐在屋外的一块石头上，旁边是苍绿色的蕨类植物。清晨的阳光下，他们欣赏着瀑布，悠闲地喝着啤酒。在背阴的地方，地上还有少量积雪。

地面泥泞而潮湿。

"哈里有糖尿病，"威士忌·杰克接着说，"是偶然发现的。你们的人来到美国，抢走了我们的甘蔗、马铃薯和玉米，反过来把薯片、焦糖爆米花卖给我们，害得我们都得病了。"他喝着啤酒，陷入沉思。

"他的诗得过好几个奖。明尼苏达州有出版商想出版他的诗集，于是他开着一辆跑车去明尼苏达和他们谈出版的事。他把你们的车子又换成一部黄色的马自达小跑车。医生推测他在开车途中突然发病，昏迷过去，车子冲下公路，撞上你们竖的一个路牌标志。你们太懒了，懒到不愿意用眼睛看清自己到底在什么地方，不愿意用心灵去感悟山峰和白云。你们的人需要在各处都插满路牌。就这样，哈里·蓝鸟永远离开了，和狼兄弟在一起了。所以我说，那里已经没有什么可以让我留恋的了。于是我搬到了北部，这里是钓鱼的好地方。"

"你侄子的事，我很难过。"

"我也是。就这样，我待在北部这里，远离白人的疾病、白人的公路、白人的路牌、白人的黄色马自达，还有白人的焦糖爆米花。"

"那白人的啤酒呢？"

威士忌·杰克注视着啤酒罐。"等你们最后放手、离开这块土地回家时，可以把百威啤酒留下来。"他说。

"我们现在在哪里？"影子问，"我还在树上？我已经死了？还是我在这里？我还以为一切都已经结束了。什么才是真实的？"

"是的。"威士忌·杰克说。

"'是的'？这算什么回答，只有一个'是的'？"

"是个好答案，也是真实的答案。"

影子问："这么说，你也是一位神？"

威士忌·杰克摇头否认。"我是传奇英雄，"他解释说，"做的屁事和神差不多，只是搞砸的时候更多，而且没有人崇拜我们。人们讲述我们的故事，但在他们讲的故事中，我们有时是反派，有时则表现得像个英雄好汉。"

"我明白了。"影子说,而且他多多少少真的明白了。

"你看,"威士忌·杰克说,"这里不是适合神明生活的好地方。我的人很早就发现了这一点。造物的神灵发现了这块土地,或是造出这块土地,或是干脆拉屎拉出这块土地。可你想想看:谁会去崇拜郊狼呢?他和箭猪女人做爱,结果小弟弟扎满了箭刺,跟个针垫差不多。他和石头吵架的话,连石头都赢不了。

"所以,我的人猜测,也许在这些神明的后面,还有一位创造主,一位伟大的精神层面的神灵。我们要对它说声谢谢,礼多人不怪嘛。但是,我们从来不建造寺庙或教堂,不需要这些东西。这片土地就是教堂,这片土地就是宗教信仰,这片土地比在它上面行走的任何人都更加古老、更加智慧。它赐予我们鲑鱼、玉米、水牛和旅鸽,赐予我们野生稻谷,它赐予我们甜瓜、南瓜和火鸡。我们就是这片土地的孩子,和箭猪、臭鼬、蓝松鸦一样,都是它的孩子。"

他喝光第二罐啤酒,朝瀑布下面的河流做个手势。"顺着那条河走,你会找到长着野生稻谷的湖泊。在只有野生稻谷的时代,你和朋友一起划着独木舟,去那里,把野稻穗敲落到你的独木舟里,然后回家煮熟,储存起来,可以让你过上好长一段食物无忧的日子。不同的地方生长出不同的食物。往南走得更远一点,那里长着橘子树、柠檬树,还有那些绿色的软乎乎的东西,有点像梨子……"

"鳄梨。"

"鳄梨,"威士忌·杰克赞同道,"就是那个名字。可它们在这边却无法生长。这里是野稻谷的家乡,是驼鹿的家乡。我要说的就是,美国就是这么一块土地,这里不是适合神灵生存的地方,他们在这里无法适应。他们就像鳄梨,拼命想在生长野稻谷的地方生存下去。"

"他们很难生存得很好。"影子说着,突然想起了什么,"可是,他们就要开战了。"

这是他唯一一次看见威士忌·杰克哈哈大笑,笑声几乎像是咆哮,没有一点笑意在其中。"哎呀呀,影子啊。"威士忌·杰克说,"如果你所有的朋友都从悬崖跳下去自杀，你会不会也跟着跳啊？"

"也许会吧。"影子感觉自己舒服了很多，他觉得那不仅仅是啤酒的原因。他已经不记得上一次自己感到如此有活力、如此自在是什么时候了。

"那可不是战争。"

"那它到底是什么？"

威士忌·杰克捏扁空啤酒罐，把它压成一个薄片。"看。"他手指瀑布。太阳已经升到高空，阳光洒在瀑布飞溅出来的水沫上，一轮彩虹悬挂在瀑布上空。影子觉得这是他有生以来见过的最美丽的景象。

"那是一场大屠杀。"威士忌·杰克平淡地说。

就在这一瞬间，影子看到了。他看清了一切，真相竟然如此明显、如此简单。他摇摇头，吃吃地笑起来，接着又摇摇头，哧哧的轻笑变成洪亮的放声大笑。

"你没事吧？"

"我没事。"影子说，"我刚刚发现了隐藏的印第安人。没看到所有的，但的确看到了。"

"可能是霍昌克族的，那些家伙隐藏的本事差得要命。"他抬头看一眼太阳。"该回去了。"他说着站起身来。

"这是两人联手设下的骗局，"影子说，"根本就不是什么战争，对吧？"

威士忌·杰克拍拍影子肩膀。"你也不是那么笨嘛。"他赞许地说。

他们走回威士忌·杰克的小屋，他打开门。影子犹豫了一下。"我希望和你一起待在这里，"他说，"这里似乎是个好地方。"

"好地方多得是，"威士忌·杰克说，"关键在于你怎么看。听着，当神被人们遗忘的时候，他们就会死亡。人类也会死亡。但是，这片土地依然会在。这里既是美好的地方，也是糟糕的地方。这片土地哪里都不会去。我也一样。"

影子关上门。有什么东西正在拉扯他，他再次独自置身于黑暗之中，但是黑暗变得越来越明亮，最后像太阳一样明亮耀眼。

然后，疼痛开始了。

有个女人走过草地，春天的花朵在她走过的地方纷纷绽放。此时，此刻，她称自己为伊斯特。

她经过的地方，很久以前曾经有过一座农场屋舍。即使到今天还残留着几堵破墙，从野草和牧草丛中冒出来，仿佛东倒西歪的一口烂牙。下起了毛毛细雨，乌云低沉地压在天际。天气很冷。

曾经是农场房屋的位置不远处有一棵大树，一棵巨大无比的银灰色的树。所有迹象似乎都表明树已经在冬天里死掉了，树上光秃秃的没有一片树叶。树前的草地上有几片看不出颜色的破布片。她停在布片前，弯腰拣起一块褐色的东西：那是一块被风化腐蚀得很严重的骨头碎片，应该是人类的头骨。她把骨头丢回草丛中。

接着，她看到被吊在树上的男人，挖苦地笑起来。"光着身子就不好玩了，"她说，"解开衣服的过程才有趣，就像拆开礼物或者剥开鸡蛋一样有趣。"

走在她身边的鹰头男子低头看看自己赤裸的下身，仿佛第一次意识到他光着身子。他说："我可以直视太阳，甚至不用眨眼。"

"你真聪明。"伊斯特安慰他说，"好了，我们把他从树上放下来。"

将影子绑在树上的潮湿绳子很久以前就风化腐烂了，他们两人很容易地就拉断了绳子。吊在树上的人体立刻滑下来，朝树根摔去。他们在他落下的瞬间接住他，把他抬起来。尽管他身材很高大，他们还是轻而易举地搬动了他，把他平放在草地上。

躺在草地上的那具身体冷冰冰的，没有呼吸，身体侧面有一处凝结着干涸的黑色血块的伤口，似乎是被长矛刺伤的。

"现在怎么办？"

"现在，"她冷静地说，"我们让他暖和起来。你知道该做些什么。"

"我知道。可我做不到。"

"如果你不愿意帮忙的话，当初就不该叫我来。"

"可是，时间太久了。"

"对我们所有人来说，都太久了。"

"我已经疯了。"

"我知道。"她向荷露斯伸出一只白皙的手，轻柔地抚摸他的黑发。他专注地看着她，眨巴着眼睛。然后，他的身体发出微光，仿佛笼罩在一团灼热的雾气中。

凝视着她的鹰眼闪烁出橙黄色光芒，仿佛有一团火焰在眼中燃烧，这种火焰在他眼中已经熄灭很久了。

一只鹰腾空而起，拍打双翅冲上云霄，不断盘旋、攀升，围绕灰色的云层盘旋飞翔。那里本是太阳应该出现的地方。鹰飞上高空，一开始只是一个小圆点，渐渐变成几乎看不见的斑点，再后来，肉眼已经完全看不到它，只能想象它的位置。乌云开始变薄，然后彻底消失，露出一小片蓝色的天空，能看到太阳炫目的光芒。孤零零的一道明亮阳光穿透云层，照射在草地上，景致美丽非凡。随着越来越多的乌云消失，这番奇景也渐渐消失。很快，清晨的阳光照耀在草地上，如同夏日午时的艳阳一样灼热猛烈，将晨雨的水汽蒸发成淡淡的白雾。最后，雾气也在炽热中消失无踪。

草地上的那具身体沐浴在金色的阳光下，沉浸在阳光的光辉与热量之中。

伊斯特的右手手指轻轻从他胸前滑过，她想象自己感觉到了他胸部深处有一点颤动——不是心跳，不过……她把手放在颤动的地方，放在他胸前，位于他的心脏上方。

她低头和影子嘴对嘴，把空气吹进他肺里，轻柔地呼进呼出。接着，人工呼吸变成了接吻。她轻轻吻着他，那个吻带着春雨和草地鲜花的芬芳。

他身体侧面的伤口再次开始流血——鲜红色的血液缓缓渗出来，在阳光下宛如红宝石。然后，血流停止了。

她亲吻他的脸颊和额头。"快点醒来。"她催促说，"该起来了。已经开始了，你不想错过的。"

他的眼睛颤动一下，睁开了。灰色的双眸，眸色幽深得仿佛没有颜色，那是傍晚时分天际的那抹灰色。他凝视着她。

她微笑着把手从他胸前移开。

他说："你把我召唤回来了。"他说话的语速很慢，仿佛已经忘记该怎么说话了。他的声音里带着一股深受伤害的腔调，还有困惑不解。

"是的。"

"我已经死了，我接受过审判，一切都结束了。可你把我召唤回来了。你居然敢这么做！"

"我很抱歉。"

"你是该道歉。"

他动作迟缓地坐起来，身体痛得畏缩一下。他摸摸自己的伤口，又露出一副疑惑的神情：他身上还沾着湿漉漉的鲜血，血迹下面却没有伤口。

他伸出一只手，她托住他的胳膊，帮他站起身来。他环顾草地，仿佛在努力回忆目光所及的那些事物的名字，他凝视着草丛中的野花、农舍废墟，还有萦绕在银色巨树枝桠间的薄雾和绿色叶芽。

"你还记得吗？"她问，"你还记得自己学到的东西吗？"

"我还记得。不过，记忆会慢慢淡去，就像一场梦。我知道发生了什么。我失去了名字，失去了心脏，然后，你把我带回来了。"

"我很抱歉。"她再一次道歉，"他们马上就要开战了。旧神和新神之间的战争。"

"你想让我为你作战吗？你是在浪费时间。"

"我把你带回来，因为这是我必须做的事。"她说，"这是我能做到的，也是我最擅长的事。而你现在要做的，是你必须做的事。你自己决定好了。我已经完成了我的任务。"突然，她意识到他没有穿衣服，脸上立刻浮现出一抹红晕。她垂下目光，转而看向其他地方。

在雨中，在云层里，无数身影沿着山坡一侧慢慢向上移动，爬到岩石路径上。

一群白狐脚步轻盈地走上山顶，身旁是几个穿绿色夹克的红发男子。人身牛头的米诺陶[1]走在长着铁手指的爪子怪身边。一只猪、一只猴子，还有一个露着尖牙的食尸鬼一起爬上山。和他们在一起的还有一个蓝皮肤、手持一把燃烧着的弓箭的人，一只毛发里缠绕着花朵的熊和一个穿着金色锁子甲、手持一把长眼睛的宝剑的骑士。

哈德良皇帝的情人、英俊迷人的安蒂诺[2]率领一队穿着皮革护甲的女王们登上山顶，她们的手臂和胸部因为服用类固醇类药物而显出完美无瑕的形状。

一个灰皮肤的男人，额头上的独眼是一块未经雕琢的巨大翡翠，他行动僵硬地爬上山。后面跟着一群矮胖、黝黑的人，他们没有表情的脸仿佛阿兹特克人雕像上的脸谱，这些人知晓所有被丛林吞没的秘密。

山顶上，一个狙击手仔细地瞄准一只白狐，开枪射击。一声爆炸后，冒出一股轻烟，潮湿的空气中充满火药的味道。倒在地上的尸体是一个年轻的日本女人，肚子被炸开，脸上全是鲜血。尸体慢慢消失在空气中。

人们继续向山顶前进，他们迈动自己的双腿、四条腿，或者根本没有的腿，坚定不移地向山顶前进。

他们开车经过田纳西州山区，暴风雨减弱时，周围的景致就变得极其美丽，但若遇到倾盆大雨，情况就让人头疼了。城先生和劳拉一路上一直说个不停。他很高兴自己能遇上她，就像遇见了一位老友，一位从

---

1 人身牛头怪，希腊神话中克里特岛国王米诺斯之妻帕西法厄与波塞冬派来的牛所生的怪物，居住在米诺斯为其建造的迷宫中，每年杀死七对童男童女。后来，忒修斯在克里特公主阿里阿德涅的帮助下，用线团破解迷宫，杀死米诺陶。据说它死后变成天上的金牛座。
2 安蒂诺是古代罗马著名的美男子，罗马皇帝哈德良的爱侣。

未谋面却一见如故的真正好友。他们谈论历史、电影和音乐，她竟然是他遇到的人中唯一一个看过某部外国电影的人（城先生坚持认为那是一部西班牙片子，而劳拉则确信它是波兰电影），那是一部六十年代的老片，片名叫《萨拉格撒的手稿》。要不是她，他就要以为自己产生了幻觉，幻想出了那部电影的存在。

路边出现了第一个"参观岩石城"的谷仓广告，劳拉指给他看时，他轻声笑起来，承认那就是他要去的地方。她说实在太棒了，她一直想去参观类似的景点，可惜总是抽不出时间，事后总是为此后悔。这就是她现在出门在外的原因，她是出来旅行冒险的。

她告诉他，她是旅游代理，和丈夫分居了。她承认，她认为他们俩不可能再复合了，还说全都是她的过错。

"我简直不敢相信。"

她叹口气："是真的，马克。我不再是他当初娶的那个女人了。"

他告诉她，人是会改变的。然后，没等脑子转过弯来，他就已经把可以透露的他的生活都告诉了她，甚至还告诉她石先生和木先生的事。他说，他们三个人就像三个火枪手，可其余两人都被人杀害了。你本来以为身为政府特工，心肠会冷酷起来，其实根本不是这样。人，永远不会冷酷起来。

这时，她伸出手——她的手很冷，所以他打开车里的暖气——将他的手紧紧握在手中。

午饭的时候，他们在一家日本餐厅吃饭，此时诺克斯维尔[1]正在下雷阵雨。城先生并不介意饭菜上来晚了、味噌汤是冷的，或者寿司是热的。

他喜欢这种感觉。她离家在外，和他在一起，和他冒险。

"你看，"劳拉向他吐露秘密，"我痛恨逐渐失去新鲜感的生活。在我来的地方，我只是在慢慢腐烂下去。所以我离开原来的生活，没有开车，也没有带信用卡，完全依赖路上遇见的好心陌生人。我在路上经历了最美好的时光，人们都对我很友善。"

---

1 美国田纳西州东部城市。

"你就不害怕吗？"他问，"我是说，你可能会陷入困境无法脱身，你可能会遭到袭击、抢劫，还可能会挨饿。"

她摇摇头，有些迟疑地微笑一下，说："我遇见你了，不是吗？"于是，他什么话都说不出来了。

吃完饭，他们举起日文报纸遮住脑袋，冒着暴雨跑向车子。他们边跑边笑，在雨中仿佛又回到学生时代。

"我可以顺路带你到多远？"上车后，他问她。

"我去的地方和你的一样。"她有些害羞地告诉他。

他很高兴自己没有玩"大马克"那一套。这个女人不是酒吧里寻找一夜情的女人，城先生从心底里知道这个事实。他花了将近五十年时间寻找她这样的好女人。他终于找到了，找到这位充满野性与魔力、留着黑色长发的女人。

这就是爱情。

"你看，"他提议说，他们此时正进入查塔努加市，雨刷快速地扫开遮风玻璃上的雨水，整个城市在雨中灰蒙蒙的一片模糊。"我找一家汽车旅馆给你住怎么样？我来付钱。等我送完货，我们可以，哦，我们可以一起洗个热水澡，作为开始。可以让你暖和起来。"

"听起来很不错。"劳拉说，"对了，你送什么货？"

"那根树枝。"他告诉她，然后轻声笑起来，"就是后座上的那根。"

"好吧。"她也跟着开起玩笑来，"千万别透露给我，神秘先生。"

他告诉她，车子停在岩石城的停车场，他去送货的时候，她最好待在车里等他。他冒着大雨驶上远望山的山路，时速还不到三十英里，一路亮着车前灯。

他们停在停车场后区，他关掉发动机。

"嗨，马克。在你下车之前，我可以拥抱你一下吗？"劳拉微笑着问他。

"当然可以。"城先生说。他的胳膊环绕着她，她紧紧依偎在他怀中。外面的雨水连续不断地打在福特探险者的车顶。他可以闻到她头发上的味道，在香水味的遮盖下，有一股淡淡的令人不快的臭味。长途旅行总是免不了有体味，每次都是。刚刚提到的热水澡，对他们两人都很重要。不知查塔努加市哪里可以找到洗香薰泡泡浴的地方，他的第一任妻子就格外喜欢那种泡泡浴。劳拉抬起头，抵着他的头，她的手漫不经心地抚摸着他的颈椎。

"马克……我一直在想，你一定很想知道你的朋友们到底遇到了什么事，"她说，"木先生和石先生，对吧？"

"没错。"他说着，嘴唇向下寻找她的双唇，寻找属于他们的第一个吻，"我当然想知道。"

于是，她为他作了一番演示。

影子在草地上漫步，绕着树干慢慢兜圈子，圈子不断扩大。有时他会停下来，拣起某样东西：一朵花、一片树叶，或者一块小卵石、一支嫩芽、一片草叶。他仔细观察着，仿佛专注于嫩芽的**本体**、树叶的**精髓**；仿佛有生以来第一次看见它们。

伊斯特不由得联想到婴儿的眼神，婴儿开始学习如何聚焦视线注视物体时，就是这种神态。

她不敢和他说话，在那一刻，说话似乎是一种亵渎。她注视着他，尽管她已经精疲力竭，还是感到惊讶不已。

距离树根大约二十英尺的地方，在茂密的草丛和死掉的蔓草覆盖下，他找到一只麻袋。影子拣起麻袋，解开上面的绳结，松开袋口的拉绳。

从里面取出来的衣服是他本人的。衣服现在已经陈旧了，不过还可以穿。他把鞋子拿在手中，翻来覆去地查看，他抚摸衬衣的布料纤维、毛衣的羊毛线，凝视着它们，仿佛隔着一百万年的距离凝视它们。

他看着衣服，看了好一阵，然后，一件一件地穿上。

他双手插进口袋里，然后掏出一只手，脸上露出迷惑不解的表情。他把手中的东西拿给伊斯特看，似乎是个灰白色的大理石弹球。

他说："没有硬币。"这是几个小时以来，他说的第一句话。

"没有硬币？"伊斯特迷惑地重复一遍。

他摇摇头。"有硬币很好，"他说，"让我的手有事可做。"他说着，弯腰穿上鞋子。

穿好衣服，他看起来就正常了很多，只是显得有些严肃。她想知道他到底旅行到多远，以及付出什么代价才能回来。他并不是她复活的第一个人，所以她知道，那种有百万年之遥的目光很快就会消失，接触到更多属于这个世界的东西之后，他从树上带来的那些记忆和梦也会消失。每次都是如此。

她领着他走到草地后面，她的坐骑正在树林旁等待。

"它无法载动我们两个人。"她告诉他，"我可以自己回家。"

影子点点头。他似乎正竭力回忆起什么，然后，他张大嘴巴，发出欢迎和喜悦的叫声。

雷鸟也张大冷酷的喙，发出表示欢迎的尖叫，答复他的欢呼。

如果仅仅从外表来看，它有些像秃鹰。它的羽毛是黑色的，有一层略带紫色的光泽，而脖子上的羽毛则是白色的。它的鸟嘴也是黑色的，模样凶残，是典型的食肉猛禽的利喙，为了撕咬猎物而生。在地面停息的时候，它收起翅膀，和熊差不多大小，而头部的高度和影子的身高差不多。

荷露斯自豪地说："是我带他来的。他们住在山里。"

影子点点头。"我有一次梦见过雷鸟。"他说，"那是我做过的最恐怖的梦。"

雷鸟突然张开嘴，发出令人意外的温柔叫声：嘎咕？"你也听说过我的梦？"影子问。

他伸出一只手，轻轻抚摸大鸟的头顶。雷鸟用头顶着他的手，仿佛一只通人性的可爱小马驹。他搔了搔应该是雷鸟耳朵后面的位置。

影子转身面对伊斯特。"你是骑着他来这里的？"

"是的。"她回答说，"你也可以骑他回去，只要他愿意的话。"

"怎么骑？"

"非常简单，"她说，"只要你小心别掉下来就好了。就像骑在闪电上。"

"我还会在那儿见到你吗？"

她摇头。"我的任务已经完成了，亲爱的。"她对他说，"你去做你应该做的事吧。我累了。把你这样带回来……耗掉了我很多力量。我需要休息，储存能量，直到属于我的庆祝节日再次到来。我很抱歉，祝你好运！"

影子点点头。"威士忌·杰克，我看见他了。在我死后。他过来找到我。我们一起喝了啤酒。"

"是的，"她说，"我相信。"

"我还会再见到你吗？"影子问。

她凝视着他，双眸闪烁着玉米快成熟时充满生机的绿色。她没有回答。过了一会儿，她突然摇了摇头。"我想不会再见了。"她说。

影子笨拙地爬上雷鸟的背，他感觉自己像骑在鹰背上的老鼠。他嘴里尝到臭氧的味道，还有金属和忧郁的味道。有什么东西正在噼啪作响。雷鸟展开巨大的双翼，开始用力拍打。

他们一下子腾空而起，地面远远落在脚下。影子紧紧抱住雷鸟，心脏在胸腔里疯狂地跳动。

真的感觉像骑在闪电上一样。

劳拉拿过后座上的树枝，她把城先生的尸体留在福特探险者的前座上，下车后冒雨走进岩石城。售票处已经关门了，不过礼品店的门还没有锁上，于是她从那道门走进去，经过石头做的糖果模型和标着"参观岩石城"字样的鸟屋，走进这个世界第八奇迹。

她在路上遇见几个同样冒雨走路的男女，可没有人过来盘问她。他们看起来有些不太像真人，有几个人还是半透明的。她走过一道来回摇摆的绳索桥，经过白鹿园，挤过胖子通道——那是位于两道岩石峭壁间的一条小路。

最后，她跨过一条链子，上面有块牌子说此处景点已经关闭。她走进一个洞穴，看见一群醉醺醺的小妖精人偶前，有个男人坐在塑料椅子上，正借着一盏电池提灯的灯光看《华盛顿邮报》。看见她之后，他把报纸折叠起来，丢在椅子下面。他站起来，这是一个身材高大的男人，留着橘黄色的短寸头，穿着一件昂贵的风衣。他冲她微微鞠了一躬。

"我猜城先生已经死了。"他说，"欢迎你，长矛携带者。"

"谢谢。马克的事我很抱歉。"她说，"他是你朋友吗？"

"完全不是。如果他还想继续保有饭碗的话，就应该小心一点，让自己好好活着。不过，你带来了他的树枝。"他上下打量着她，眼中闪烁着即将熄灭的火焰那种跳动的橙红色。"所以，优势恐怕在你手里。在这山顶之上，大家都叫我世界先生。"

"我是影子的妻子。"

"当然，你就是可爱的劳拉。"他说，"我本该认出你来的。他把你的几张照片贴在床上，就在我们俩一度分享的牢房里。如果你不介意的话，我要恭维你本人比照片更可爱。不过，你现在似乎没再沿着那条慢慢腐烂到底的路继续走下去了？"

"过去是。"她简单地说，"我过去一直在慢慢腐烂。我也不清楚到底发生了什么，我只知道我开始感觉好转了。是从今天早晨开始的，农场里的那些女人给我喝了她们的泉水。"

他眉毛挑了一下。"尤达之泉？不可能。"

她指指自己。虽然她皮肤苍白，眼窝发黑，但身体显然完好无损。就算她真的是一具会走动的尸体，也是刚刚死掉的新鲜尸体。

"效力不会持续很久的。"世界先生说，"命运女神们给你的只是一点来自过去的回忆，在现实中它们很快就会溶解消失，然后你那双漂亮的蓝眼睛就要从眼窝里滚出来，漂亮的脸蛋也开始渗出脓血，再以后，当然了，那时候你就不会这么漂亮了。顺便说一句，你还拿着我的树枝呢。请把它还给我，好吗？"

他掏出一包好彩牌香烟，抽出一根，用黑色一次性打火机点着。

她说："我可以来一支烟吗？"

"当然可以。给我树枝，我就给你香烟。"

"不。"她说，"你想要它，说明它的价值绝对比一根香烟高。"

他没有回答。

她说："我想要答案，我要知道到底发生了什么。"

他点上一支烟，然后递给她。她接过来吸了一口，眨眨眼睛。"我似乎能品出烟味了，"她说，"也许真的品出来了。"她笑起来，"嗯，是尼古丁的味道。"

"好了，"他说，"你为什么会去找住在农场的那几个女人？"

"影子让我去找她们的，"她说，"他叫我找她们要水喝。"

"我想，恐怕他自己也不知道泉水的魔力。不管怎样，他死在那棵树上是件好事。这样我就能知道他一直待在什么地方了。他已经退出舞台了。"

"你设下圈套，陷害我丈夫。"她恼怒地说，"你们这些人，早就把圈套设好了。他心地善良，你知道吗？"

"当然，"他说，"我知道。"

"你们为什么要利用他？"

"这是必要的模式，用来分散注意力。"世界先生说，"等这一切都结束之后，估计我会削尖一根槲寄生的树枝，到梣树脚下，把它插进他眼睛里[1]。外面那些混战的傻瓜们永远抓不住事实的真相。这根本就不是新与旧的问题，只是模式的问题。现在，请把树枝给我。"

"为什么你那么想得到它？"

"它是整个不幸事件的一个纪念物。"世界先生说，"别担心，它不是槲寄生。"他露出笑脸，"它象征一支长矛，而在这个令人遗憾的世界里，象征物可以代表事物的本身。"

外面的骚乱声更大了。

"你到底站在哪一方？"她问。

"这不是站在哪一方的问题。"他告诉她，"不过既然你问了，我

---

1 北欧神话传说中，奥丁之子、光明神巴尔德预知自己将死，世间万物纷纷发誓不会伤害巴尔德，唯有槲寄生没有发誓。洛奇设计以槲寄生所制成的矛，借他人之手刺死巴尔德。

就回答你。我总是站在胜利的一方。这是我最擅长的事。"

她点点头，但没有交出手中的树枝。"这一点，我看得出来。"她说。

她转身背对着他，从山洞洞口望出去。在她下面很远的地方，在岩石丛中，她看到有什么东西正在闪烁、脉动。那东西缠绕在一个消瘦的、紫红色脸庞、留着胡须的男人身上，而那人则用一把橡皮刮板打它。抓住等红灯的机会替人擦洗汽车挡风玻璃的人用的就是那种橡皮刮板。一声尖叫过后，他们两个同时从视野里消失了。

"好了，我会给你树枝的。"她说。

她背后传来世界先生的声音。"好姑娘。"他用让人安心的口吻说，但她却觉得那声音隐含着自视高人一等和居心叵测的意味，让她全身都起了鸡皮疙瘩。

她站在岩石洞口等待着，直到耳畔传来他的呼吸声。她必须耐心等待，等到他足够接近。她早已谋划好一切。

飞行何止让人兴奋，简直如电击一样刺激。

他们犹如一道闪电，轻松穿过暴风雨，一闪之间，从一块云飞跃到另一块云，和滚滚雷霆一样迅速，和飓风肆虐一样迅猛。这不是飞行，而是在天空中闪耀跳跃。影子几乎立刻就忘却了恐惧。骑乘雷鸟时，你根本不可能感到恐惧。他感觉不到恐惧，只感受到风暴的力量，那种无法停息、异常强大的力量，以及飞行的纯粹快乐。

影子的手指深深插在雷鸟的羽毛中，紧紧抓住，感到皮肤上一阵阵静电的刺痛感。蓝色电光在他手上翻腾飞舞，好像细小的蛇。雨水浇打在他脸上。

"这是最棒的！"他大声吼出来，声音盖过了暴风雨的咆哮。

雷鸟仿佛听懂了他的话，振翅飞向更高的天空，每拍打一次翅膀，都制造出一声霹雳。然后，它猛地俯冲下去，钻进雷雨云层，自由翻滚。

"在我梦里，我在猎杀你。"影子对雷鸟说，呼啸的风声带走他的话音，"在我梦里，我必须要带回一根你的羽毛。"

是的，声音来自他脑中，仿佛收音机中的静电干扰声，他们来猎取我们的羽毛，证明他们是真正的男人。他们还来猎杀我们，盗走我们脑中的宝石，用我们的生命来复活他们死去的亲人。

一幅幻景出现在他脑中：一只雷鸟——他猜是只母鸟，因为它的羽毛是褐色，而不是黑色——躺在山边上，刚刚死掉。它身边有个女人，她正用一块燧石敲开它的脑袋。她在湿漉漉的骨头碎片和脑浆中摸索寻找，最后找到一块光滑的清澈宝石，是茶色石榴石的颜色，宝石里面跳动着乳白色的火焰。影子想，那就是鹰之石。她要带宝石回家，带给她幼小的儿子，他三天前刚刚死掉。她要把宝石放在他冰冷的胸口。等到太阳再次升起来的时候，孩子就会复活，开心地笑着，而那块宝石则会变成灰色，蒙上一层暗影，和被盗取宝石的雷鸟一样，失去生命。

"我明白了。"他对雷鸟说。

雷鸟昂起脑袋，啼叫起来。叫声如雷声一般响亮。

他们身下的世界飞快地向后退去，仿佛在怪异的梦境中。

劳拉调整手中紧握的树枝，等待名叫世界先生的男人走近。她转开脸不看他，凝视着外面的暴风雨，还有云层下面墨绿色的山峦。

在这个令人遗憾的世界里，她想着他刚刚说的话，象征物可以代表事物本身。说得没错！

她感觉他的手轻轻地放在她的右肩上。

很好。她想，他并不想恐吓我。他怕我把树枝扔到外面的风暴里，然后树枝就会掉进下面的山谷，他就会失去它。

她身体向后微微靠过去，直到她的后背靠在他的胸前。他的左臂环绕过来，左手在她胸前张开，这个动作非常亲昵。她双手握紧树枝一端，缓缓呼气，集中精神。

"请给我，我的树枝。"他在她耳边低语。

"是的，"她说，"它是你的了。"然后，尽管不知道意味什么，她依然说道，"我将这死亡献给影子。"与此同时，她将树枝从胸骨下面一点的位置刺入自己胸口，感觉到树枝在她手中扭曲变形，瞬间变成一支长矛。

自从死去之后，她就再也感觉不到痛楚。她可以感觉到长矛的矛尖穿透她的胸，感觉到它从她后背穿出来。矛尖遇到了阻力——她更加用力地推了一下——长矛随之刺入世界先生的身体。她可以感觉到他温热的呼吸喷在她脖子冰凉的肌肤上，他被长矛刺中，因为痛苦和震惊而大声哀号起来。

她听不懂他说的话，也听不懂他使用的语言。她握住长矛的把柄，把它更深地刺入，穿过她的身体，刺入并穿透他的身体。

她可以感觉到热血从他体内喷溅到她后背上。

"婊子！"他改说英语了，"你这该死的婊子。"他声音里有汩汩的水声，估计长矛锋利的边缘划破了他的肺。世界先生在动，或者说想要动，每次的动作都让她也跟着摇摆起来：他们两人被长矛串在一起，好像用一根长矛同时刺中的两条鱼。他手中出现一把匕首，她看到了，他用匕首疯狂地胡乱刺着她的胸口，却无法看到自己到底在做什么。

她不在乎。对一具尸体来说，匕首刺几下有什么用？

她一拳重重打在他挥舞的手腕上，匕首掉落在地，被她一脚踢开。

他开始哭喊、悲号。她可以感觉到他在用力推搡，手在她背上胡乱推搡，热泪流淌在她脖子上。他的血已经浸透她背上的衣服，顺着她的腿往下流。

"我们看起来肯定很不体面。"她压低声音说，死寂的话音里带着一抹黑色幽默。

她感觉世界先生在她身后绊了一下，她也跟着一起绊倒，她在血泊中滑倒了。全都是他的血，在山洞地面上积成一摊。接着，他们一起摔倒在地。

雷鸟降落在岩石城的停车场里。雨势依然很猛，影子几乎看不清十几英尺外的事物。他松开雷鸟的羽毛，结果从它背上半滚半滑地摔落在湿漉漉的柏油路面上。

雷鸟看了他一眼。一道闪电划过，雷鸟离开了。

影子爬起来。

停车场里大约四分之三的车位都是空的。影子朝着入口方向走去，途中经过一辆停在石壁下的棕褐色福特探险者越野车。那辆车让他格外眼熟，他好奇地透过车窗望了一眼，发现里面还有一个男人，趴在方向盘上，似乎在睡觉。

影子拉开驾驶座的车门。

上一次看到城先生时，他站在美国中心点的汽车旅馆门外。此刻，他一脸极度惊讶的表情，脖子被人以非常专业的手法折断了。影子碰碰他的脸，还有些温热。

影子闻到车厢里有一股香水味，气味很淡，好像一个人几年前就离开房间，但房间里依然还弥留着淡淡香水味。无论在何处，影子都能认出那股香味。他关上车门，穿过停车场。

行走的途中，他突然感到体侧一阵剧痛，那犹如被刀刺的尖锐疼痛肯定只出现在他脑中。疼痛只持续了一秒，甚至更短，然后就完全消失了。

纪念品店里没有人，门口也没有人售票。他径直穿过建筑物，走进岩石城的花园。

轰隆隆的雷声在天上奔涌翻腾，震得树枝也跟着颤动，甚至连巨大的岩石内部也在摇晃。暴雨裹着寒冷倾泻而下。现在不过是下午时分，天色却黑如深夜。

一道闪电从云层中划过，影子不知道是雷鸟返回高耸峭壁途中形成的，还是单纯的大气层放电现象。或者，在某种层次上，两种说法其实都是同一件事。

当然，它们本来就是同一件事。毕竟，这才是重点。

不知从哪里传来男人的叫喊声。影子听到了，不过他唯一能辨认出来的，或者说他以为自己辨认出来的，只是零星的几个字："……**给奥丁！**"

影子匆匆穿过七州旗帜厅。因为积满大量雨水，石板地更加湿滑难走。他在光溜溜的石板上摔倒过一次。天空乌云密布，环绕着山顶，沉沉地压下来。阴暗的天色和暴风雨中，他根本看不到山下任何一州的景色。

周围空寂无声，这个地方似乎被人彻底遗弃了。

他大声呼叫，觉得似乎听到有人在回应。他朝着他认为的声音来源走去。

没有人，什么都没有，只有一根铁链横在一个山洞的入口处，禁止游客进入。

影子跨过铁链走进去。

他四处张望，窥探洞穴中的黑暗。

皮肤一阵刺痛，似乎感应到什么。

在他背后的黑暗中，响起一个平静的声音。"你从未令我失望。"

影子没有转身。"那可就怪了，"他说，"我总是令自己失望，每次都是。"

"完全不是，"那声音轻声笑着，"你完成了我期望你做的每一件事，甚至做得更多。你吸引了每一个人的注意力，他们从来不会注意到真正拿着硬币的那只手。这就叫作误导。而且，亲生儿子的牺牲献祭会带来力量——足够多的力量，甚至更多，足以让整个计划顺利展开。说实话，我以你为傲。"

"这是骗局，"影子说，"所有这一切，没有一件事是真的。种种精心策划，只是为了引发一场大屠杀。"

"完全正确。"星期三的声音在黑暗中响起，"这是骗局，可这是这里唯一可玩的游戏。"

"我想见劳拉，"影子说，"我想见洛奇。他们在哪里？"

周围只有一片寂静。一阵风将雨水吹溅到他脸上。雷声在近距离的某处轰鸣。

他继续往洞里走。

说谎者洛奇坐在地上，背靠一个金属笼子。笼子里面，醉醺醺的小妖精们正在照料酿酒蒸馏器。他身上盖着毯子，只有脸和苍白细长的双手露在毯子外面。一盏电池提灯摆在他旁边的椅子上，电池快耗尽了，灯光微弱昏黄。

他脸色苍白而痛苦。

不过，他的眼睛依然炯炯有神。他凝视影子，看着他从外面走进洞里。

距离洛奇还有几步远，影子停下了脚步。

"你来得太晚了。"洛奇说。他声音刺耳，像含着口水。"我已经投出长矛，我已经奉献出这场战争。战争已经开始了。"

"少胡扯。"影子说。

"少胡扯。"洛奇说，"现在，你做什么都没用了。太晚了。"

"好吧。"影子说。他停顿片刻，思索之后才说："你说你投出那支必须要投的长矛，才能拉开战争的序幕，就像过去在北欧的献祭一样。你们以战争为食，获得力量。我说得对吧？"

一片寂静。他听到洛奇的呼吸声，可怕的嘎嘎作响的吸气声。

"我差不多全想通了。"影子说，"我不知道自己是什么时候醒悟过来的，也许是吊在树上的时候，也许更早一点。启发我的是星期三在圣诞节时给我讲的几个故事。"

洛奇看着他，一言不发。

"这是两个人合谋的骗局，"影子说，"就像买钻石项链的主教和警察，还有携带小提琴的家伙和想买小提琴的人，以及被他们合伙诱骗、付款买小提琴的可怜家伙。两个人，分别站在对立的两边，玩着同一个游戏。"

洛奇低声说："荒唐可笑。"

"为什么？我喜欢你在汽车旅馆里扮演的角色。实在聪明。你需要在那里出现，好确保一切都按照计划进行。我看见你了，甚至还认出了你是谁，不过怎么也没想到你就是他们所谓的世界先生。又或许在潜意识的深处，我已经认出你了。不管怎么说，我知道自己认出了你的声音。"

影子突然提高声音。"你可以出来了，"他对着洞穴深处说，"不管你在哪里，现身吧。"

风从洞口吹进来，带来的雨水溅在他们身上。影子忍不住哆嗦起来。

"我已经厌倦被人当成容易上当受骗的傻子了，"影子说，"赶快现身，让我看见你。"

山洞后面的阴影里突然出现一些变化，有东西凝固成形，有东西在移动。"你他妈知道太多秘密了，我的孩子。"星期三那熟悉的低沉嗓音响起。

"看来他们并没有杀死你。"

"他们确实杀了我，"阴影中的星期三说，"不杀死我的话，种种布置都不会生效。"他的声音很微弱，不是声音低，而是他的声音让影子联想到一部没有调好频道的老旧收音机。"如果我没有真的死掉，我们休想让他们到这里来。"星期三说，"迦梨、摩利甘、洛阿，还有该死的阿尔巴尼亚佬——这些人你都见过。是我的死让他们全都聚在这里。我就是那只献祭的羔羊。"

"不对，"影子说，"你是犹大山羊[1]。"

阴影中，那个鬼魂一样的人形旋转变幻。"完全不对。要是那样，我就是将旧神出卖给新神的背叛者。我们的计划根本不是这么回事。"

"完全不对。"洛奇低声附和说。

"我明白了。"影子说，"你们两个并不是要出卖哪一方，你们是把双方同时都出卖了。"

"这种说法还差不多。"星期三说，声音显得很高兴，得意扬扬的。

"你们想要一场大屠杀，你们需要一场鲜血祭祀，用众神来为你们献祭。"

风势更加猛烈，风在山洞里的呼啸声已经上升为尖啸，似乎有什么东西在承受着无比巨大的痛苦。

"为什么不？我已经被束缚在这块该死的土地上一千二百年之久了。我的血液都开始变稀了。我很饿。"

---

1 羊群走近屠场门口时，常常不肯进去，所以就用一只山羊混合在它们中间，引领它们进入屠场。这只引领羊群进入屠场的山羊，人们称为犹大山羊，因为它出卖朋友。

"你们两个以死亡为食。"影子说。

他觉得自己现在可以看到星期三了。星期三站在阴影中，在他身后——或者说身体里——是带栅栏的笼子，里面关着的似乎是塑料做的爱尔兰矮妖。他是一个由黑暗组成的人影，只有当影子把视线从他身上移开，只用眼角去瞥时，他才会变得稍微真实一些。

"我以献祭给我的死亡为食。"星期三说。

"正如我在树上的死亡？"影子问。

"那个嘛，不太一样。"星期三说。

"那么，你也以死亡为食吗？"影子看着洛奇，追问他。

洛奇虚弱地摇头。

"不，当然不是。"影子恍然大悟，"你以骚乱为食。"

洛奇对这个答案露出笑容，一个痛苦的微笑，他的眼中跳跃着橘红色的火焰，苍白的皮肤下仿佛闪烁着燃烧的光。

"没有你，我们就无法完成这一切。"星期三说，他的轮廓出现在影子的眼角里，"我找过无数女人……"

"你需要一个儿子。"影子说。

星期三幽灵般的声音在山洞里回荡。"我需要你，我的孩子。是的，我自己的亲生儿子。我知道你妈妈怀上了你，可她却离开了这个国家。我们花了那么长时间去寻找你。等我们真的找到你时，你却进了监狱。我们需要找出能让你行动起来的动机，需要知道按下哪个按键才能刺激你动起来，需要知道你是什么性格的人。"洛奇听到这里，似乎显得兴高采烈起来，影子真想揍他一顿。"而且，你还有一个等着你回家的妻子。这真是太不幸了，但也不是什么无法克服的困难。"

"她对你没有任何好处，"洛奇低声说，"没有她，你的日子会更好。"

"我们别无选择。"星期三补充说。这一次，影子终于明白他话中隐含的意义了。

"如果她能——乖乖地——当个死人就好了，"洛奇气喘吁吁地说，"木先生和石先生——其实人挺不错。你会有——有机会溜掉——

等火车经过达科他州……"

"她在哪里？"影子问。

洛奇伸出苍白的手臂，指指山洞后面。

"她从那——那边——走了。"他说。然后，他上身毫无征兆地猛地向前一扑，整个人摔倒在岩石地面上。

直到这时，影子才看到毯子遮盖的秘密：他身上有一个血洞，血洞穿透他的后背，那件棕黄色的风衣上浸满已经变黑的血。"发生什么事了？"他忍不住问。

洛奇没有回答。

影子想，他恐怕永远都不可能再说话了。

"是你妻子对他下的毒手，我的孩子。"星期三那遥远缥缈的声音又响起来。现在已经很难再看到他了，仿佛他已经消融在空气中。"但这场战争会让他复活，正如战争会让我复活一样。现在，我是鬼魂，他是尸体，但我们还是赢了。这场游戏是作弊的游戏。"

"作弊的游戏是最容易被击败的。"影子突然想起一句话。

但是已经没有人回答他了。阴影中再没有东西在移动。

影子说了一声："再见。"片刻之后，他又补了一句："父亲。"但是，山洞里没有任何迹象表明还有人在。没有任何人。

影子走回外面的七州旗帜厅，还是没看到任何人，也没听到任何声音，只有旗帜在狂风中飞舞，哗啦啦作响。没有举着宝剑、在千吨重的平衡石上厮杀的人，也没有人在吊索桥上誓死抵抗。这里只有他孤单单的一个人。

四周看不到任何东西，这里就像一片荒漠，是空无一人的战场。

不对，这里不是荒漠，完全不是。

他只是站在错误的地方。

这里是岩石城。几千年来，这里始终是让人敬畏和崇拜的地方。如今，每年数百万的游客涌到这里，走过城里的花园，穿过摇摆的吊索桥，其作用相当于转动一百万个转经筒。在这里，现实感非常薄弱。影子终于知道战争是在什么地方进行的了。

有了头绪之后，他开始迈步向前走。他回忆自己在旋转木马上是如何感悟那种感觉的，他试着去体会同样的感觉，只是在全新的时刻里……

　　他回忆起开温尼贝戈时的情景，把车转向正确的角度，通向**万物**的所在。他试图抓住当时的那种感觉——

　　然后，如此简单，如此美妙，它出现了。

　　就像穿过一层薄膜，就像从水底游上水面，呼吸空气。只往前迈了一步，他就从山上的游客小径，走到了……

　　走到了一个真实存在的某处。他抵达了"后台"。

　　他依然在山顶，感觉和刚才差不多，但它已经远远不是刚才的山顶。这个山顶是此地的精华所在，是事物的核心所在。相比之下，他刚刚离开的远望山好像画在背景板上的一幅画，或是电视屏幕上看到的纸模型——只是这里的一个画像、一个代表，而不是真实的本身。

　　这里才是真正的远望山。

　　岩石峭壁形成了一个天然的圆形竞技场，一条条石头通道缠绕周围并横穿竞技场，在岩石峭壁上形成埃舍尔[1]风格的纵横交错的天然桥梁。

　　而天空……

　　天空一片阴暗，但仍有东西在照明。天空下的世界被一条燃烧的白绿色光带照亮，它甚至比阳光更加明亮，从天际的一端延伸到另一端，像横亘在天空上的一条白色彩带。

　　影子意识到那是闪电。在天空瞬间凝固的闪电，延伸至永远。它投射出的电光格外刺眼，绝无宽容。沐浴在电光下的面孔，凹陷的眼睛将变成深深的黑洞。

　　这是风暴来临的时刻。

　　他可以感觉到正在发生的剧变。旧的世界，这个无限巨大、拥有无限资源和未来的世界，正在面对来自另一个世界的挑战—— 一个充满能量、观点与旋涡的网络世界。

---

1 M.C.埃舍尔(1898—1972),荷兰艺术家,他的画充满几何悖论和幻觉空间。

人们有信仰，影子想，人就是这样。他们有信仰，但是却不会为他们的信仰而承担责任。他们用自己的信念造出神灵，却不信任自己的造物。他们用幽灵、神明、电子和传说故事填满他们无法把控的黑暗。他们想象出某种东西，然后相信它的存在，这就是信仰，坚如岩石的信仰。一切就是这么开始的。

这座山顶就是战场，他一眼就看出来了。战场的两边，他们正在排兵布阵。

他们实在太巨大了，在这个地方，一切都是如此巨大。

这里有来自旧时代的神：拥有老蘑菇般棕褐色皮肤的神、鸡肉般粉红色皮肤的神，还有秋天树叶般黄色皮肤的神。他们有的疯狂暴躁，有的理智平静。影子认出了那些旧神，他见过他们，或者见过他们的同类。这里有火魔神伊夫里特，有比奇斯小精灵，有巨人族，还有矮人族。他看见了在罗德岛那间黑暗卧室里的女人，看到她头发上缠绕扭动的绿色毒蛇。他看见了在旋转木马上认识的玛玛吉，现在她的手上沾满鲜血，脸上挂着微笑。他认识他们所有人。

与此同时，他也认出了那些新时代的神。

有一个像过去的铁路大亨，穿着过时的西装，马甲上垂下怀表的链子。他身上有那种曾经辉煌、现在颓唐的神态，眉头紧皱。

还有一群巨大的灰色神灵，他们是飞机之神，继承了人类飞行的梦想。

还有汽车之神，一群孔武有力、表情严肃的人，黑色手套和铬合金牙齿上沾满鲜血。自从阿兹特克文明之后，人类再也没有向别的神明献上如此之多的牺牲献祭。连他们似乎也有些不安，因为世界正在改变。

还有那些脸部好像由模糊的荧光点组成的人，他们发出柔和的光与热，好像存在于自己的光芒中。

影子为他们全体感到难过。

所有新神身上都有一股傲慢自大的神态，影子看得出来，但也看出了他们的恐惧。

他们恐惧的是，除非他们能跟上世界不断变化的步伐，除非他们能按照他们的设想去重新创造、重新描绘、重新组建这个世界，否则，他们的时代总有一天也会结束。

两大阵营，每一方都勇敢地面对敌人。对任何一方来说，对方是魔鬼，是怪物，是注定该死的东西。

影子看得出来，最初的冲突已经爆发过了。岩石上遗留着血迹。

他们正在做最后的准备，投入一场真正的恶战，开始真正的战争。他想，要么现在就行动，要么就永远没有机会了。如果他不立刻行动起来，一切都晚了。

在美国，任何事物都会永恒，一个声音在他脑中响起，**比如五十年代，它可以延续千年。不用着急，你有得是时间。**

影子走了出去，走路的方式既有点像是闲逛，又有点像是怕自己会绊倒，他一直走到战场的正中央。

他能感到无数目光落在他身上，那是来自无数双眼睛或者根本没有眼睛的生物的目光。他颤抖起来。

水牛人的声音说：你做得很好。

影子暗想：那还用说！我今天早上才从死亡中归来。经历死亡之后，任何事情都是小菜一碟。

"你们应该知道，"影子对着空气，用交谈的口吻说，"这并不是一场战争，从一开始就注定不会成为一场战争。如果你们中有谁认为这是一场战争，就是在欺骗自己。"双方阵营里都传来不满的嘈杂声。他的话谁都没镇住。

"我们是在为我们的生存而战。"战场一侧，一个牛头人身的米诺陶吼道。

"我们是在为我们的存在而战。"另外一侧，一根闪闪发光的烟柱也叫了起来。

"对神来说，这是一块糟糕的土地。"影子说。作为演说的开始，这句话也许比不上那句著名的"**朋友们，罗马公民们，同胞们**"[1]，但它吸引

---

1 这是安东尼在恺撒的葬礼上，对罗马人演讲的著名开篇。

大家注意力的效果还是挺不错的。"你们可能早就以各自不同的方式明白了一个道理：旧的神灵被冷落、被遗忘。新的神灵快速崛起，同时也被快速抛弃。转眼之间，他们就被甩到一边，为刚刚诞生的下一位伟大神灵让路。你们有的已经被人遗忘，有的害怕自己有一天被人遗忘，成为过时的神，还有的也许已经厌倦只存在于人类的一时兴致中。"

嘈杂声减弱了。他们认同了他的话。趁着他们专心倾听的机会，他必须把真相告诉他们。

"有一位来自遥远国度的神，随着人们对他的信仰淡化，力量和影响力也在衰退。他是一位需要从牺牲献祭、死亡，特别是从战争中获取力量的神。在战争中战死的战士们，他们的死亡全部献祭给这位神——在他原来的国家里，整个战场都是献祭给他的牺牲品，让他从中获得力量和食物。

"现在他老了。他只能靠当骗子骗钱维生，与同样来自万神殿的另一位神做搭档，一位混乱和狡诈之神。他们联手，诈骗那些容易受骗的家伙。他们联手，从他人身上获得他们想要的一切。

"然后某一天——也许是五十年前，也许是一百年前，他们制订了一个行动计划。这个计划可以创造出无比巨大的、他们两个都需要的力量。他们可以变得比过去任何时候都更加强大。毕竟，还有什么比一个堆满战死众神尸体的战场更有力量的呢？他们设下的这个骗局就叫作'你们和他们决战'。

"你们明白了吗？

"你们在这里进行的这场战斗，重要的并不是哪一方胜利、哪一方失败。对于他，对于他们两人来说，胜负并不重要。重要的是双方神灵是不是死得足够多。在战斗中，你们每倒下一个，就会带给他一份力量。你们每个战死者，都会喂饱他贪婪的胃口。你们还不明白吗？"

人群中爆发出一声愤怒的咆哮，声音像什么东西突然着火了。咆哮声回荡在战场上。影子的目光转向发出声音的方向。怒吼出声的是一个巨大的男人，皮肤是桃花心木的深褐色，他赤裸着胸膛，戴着一顶高高的礼帽，嘴上放肆地叼着一根烟。他说话的声音低沉，仿佛来自坟墓。巴龙·

萨麦帝说："够了。但奥丁确实死了，死在和平会议上。是那些狗娘养的混蛋杀了他。他死了。我了解死亡。没有谁可以用假死来糊弄我。"

影子说："那是当然。他必须真正死掉。他以自己的肉体为献祭，点燃这场战争。战争过后，他就可以拥有远胜于过去的强大力量。"

有人叫起来。"你到底是谁？"

"我是——我曾经是——他的儿子。"

一位新神——从他的笑容、闪亮的装饰品和控制不住的哆嗦来看，影子估计他是毒品之神——开口说："可世界先生说……"

"根本没有什么世界先生。从来没有过。他只是另外一位需要你们这些混蛋用他制造的骚乱去喂饱的神。"他看得出他们相信他了，他能从他们的眼神中读出深受伤害的神情。

影子摇摇头。"你们知道吗？"他继续说下去，"我认为，我宁可做一个普通人，也不愿做一位神灵。我们不需要让别人来信仰我们，我们只要做好自己就可以了。这就是我们应该做的事。"

周围一片寂静，山顶鸦雀无声。

紧接着，一声爆裂轰鸣，凝结在空中的那条闪电击中山顶。整个战场顿时陷入一片黑暗。

黑暗中，在场的某些神灵发出光芒。

影子不知道他们会不会和他争吵、会不会攻击他，或者干脆杀了他解恨。他耐心等待着他们的反应。

就在这时，影子发现光芒也熄灭了。众神开始离开，一开始只有几个人，然后是一群一群地离开。最后，上百人一起离开。

一只体型大得像一头罗威纳犬的蜘蛛，迈着沉重的脚步向他匆匆爬过来。它只有七条腿，眼睛闪烁着微弱的光芒。

影子有些发怵，但他还是固守原地，没有移动。

靠近他之后，蜘蛛开口说话，吐出的居然是南西先生的声音："干得不错，我以你为傲。你做得很好，孩子。"

"谢谢。"影子说。

"我们得把你带回去。在这个地方待太久，你会受不了的。"它伸出一只毛茸茸的褐色蜘蛛腿，搭在影子肩膀上……

……下一秒钟，他们回到了七州旗帜厅。南西先生咳嗽着，右手还搭在影子肩膀上。雨已经停歇。南西先生的左手一直垂在体侧，好像受了伤。影子问他是否还好。

"我和老钉子一样结实呢，"南西先生说，"甚至比它还结实。"不过，他的声音听上去一点也不高兴，像疼痛的老年人发出的声音。

周围有几十个人，有的站在地上，有的坐在长椅上。他们有些人看起来伤得很重。

影子听到空中传来一阵有节奏的振动声，从南边向这里接近。他瞅了一眼南西先生。"直升机？"

南西先生点点头。"不用担心他们。不会再有战争了。他们是来清理战场的，然后就会离开。他们很擅长干这种活儿。"

"明白了。"

影子知道，清理战场之前，他还有一件事要亲眼去确认。他向一个灰白头发，像是退休新闻主播的人借了一个手电筒，开始四处搜寻。

他在旁边的一个山洞里找到劳拉。她躺在地上，就在白雪公主和七个小矮人的立体人偶旁边。她侧躺着，身下是黏乎乎的血。洛奇一定是拔出贯穿他们两人的长矛之后，把她抛弃在这里。

劳拉一只手抓着胸口，看上去弱不禁风。还有，她看上去还是像个死人，但影子几乎已经完全习惯这一点了。

影子在她身边蹲下，轻轻碰碰她的脸颊，呼唤她的名字。她睁开眼睛，缓缓抬起头，直到她能看到他。

"你好，狗狗。"她说，声音虚弱无力。

"嗨。劳拉。出什么事了？"

"没事。"她说，"只是有些填充物流出来了。他们赢了吗？"

"我不知道，"影子说，"我想这些事都是相对的。不过，我阻止了他们就要开始的战争。"

"真是我聪明的好狗狗。"她说，"那个男人，世界先生，他说他要把树枝插到你的眼睛里。我一点儿都不喜欢他。"

"他死了。你杀了他，亲爱的。"

她点点头，说："太好了。"

她的眼睛又闭上了，影子握住她冰冷的手，紧紧握在手心里。她又睁开眼睛。

"你找到让我从死亡中复活的方法了吗？"她问。

"我想是的。"他说，"我知道一个方法。"

"那很好。"她说，冰冷的手紧紧抓住他的手。接着，她说："那么相反的方法呢？有什么方法？"

"相反的方法？"

"是的。"她的声音轻得几乎听不见，"我想这是我应得的。"

"可我不愿那么做。"

她没有说话，只是静静等待着。

影子最终同意了。"好吧。"他从她手中抽出自己的手，放在她的脖子上。

"这才是我的好丈夫。"她自豪地说。

"我爱你，宝贝。"影子说。

"我也爱你，狗狗。"她低声说。

他伸手握住她脖子上悬挂的那枚金币，然后，猛地一拽。链子轻而易举地被扯断了。他用拇指和食指捏住金币，冲它吹一口气，张开手。

金币消失了。

她的眼睛依然睁着，但已经不会动弹了。

他弯腰轻轻地吻了她一下，吻在她冰凉的脸颊上。她没有反应，他也并不期望她会有任何反应。他站起身，头也不回地走出山洞，凝视着夜色。

暴风雨已经过去，空气再次变得清新、纯净、新鲜起来。

明天将是美好的一天。他对此毫不怀疑。

第四部

尾声：死者留下的秘密

第十九章

要描述一个传说，最好的办法就是讲述这个传说。明白吗？这就像描述一个故事，不管你是向自己还是世人描述，最好的办法就是把故事原原本本地讲出来。这是一种平衡的做法，也是一个梦想。一张地图越精准，就越近似于真实的领土。也就是说，最精准的地图就是这块领土本身，这样一张地图百分之百精准，也百分之百没有用处。所谓传说，就是这张由领土本身构成的地图。牢牢记住这一点。

——摘自艾比斯先生的笔记

他们两人开着那辆大众巴士，沿着I-75高速公路南下，向佛罗里达州前进。他们从黎明时分就开车出发，说得更准确点，是影子在开车，而南西先生坐在前排的乘客座位上，时不时满脸苦相地提出换他开车。影子每次都谢绝了。

"你很快乐？"南西先生突然开口问他。他盯着影子，已经一连看了几个小时。每次影子往右侧匆匆一瞥，都会发现南西先生那双棕褐色的眼睛正全神贯注地盯着他。

"算不上。"影子说，"不过，我还没死。"

"什么意思？"

"'没有人会真正感到快乐，只有死亡才能带来永恒的快乐。'希罗多德说的。"

南西先生扬起一条白色的眉毛，讥讽地说："我也没死，而且，主要是因为我还没死，所以我快乐得像个捞蛤蜊的孩子。"

"希罗多德并不是说死人才快乐，"影子解释说，"它的真正意思是，只要活着，人的一生是无法裁判对错的。盖棺才能论定。"

"我才不会去判断这个呢。"南西先生说，"说到快乐，世上有许多不同类型的快乐，正如地狱里有许多不同类型的死者一样。至于我，我只管及时行乐。"

影子换了个话题。"那些直升机，"他问，"就是带走尸体和伤者的那些飞机。"

"怎么了？"

"是谁派来的？直升机是从哪里来的？"

"你不用操心那些。他们就像瓦尔基里[1]，或者秃鹫。他们之所以出现，是因为必须出现。"

"你要那么说我也没办法。"

"死者和伤者都会得到很好的照顾。要是问我的话，我会说老杰奎尔在接下来的几个月里都会忙得不可开交。有件事我想问问你，影子小子。"

"问吧。"

"你从这一切中学到了什么？"

影子耸耸肩："我也不太明白。我在那棵树上学到的大部分东西，现在都已经忘记了。"他说，"我猜我遇到过某些人，可我什么都无法确定。这就像是一个梦，那种能够改变你的梦。你会永远记得梦中的某些片段，而且你从内心深处也知道了某些事，因为梦真的发生在你身上。但是，当你想深究下去，回忆梦中的细节，你会发现它们已经悄悄地从你脑子里溜掉了。"

---

1 北欧神话中主神奥丁的侍女。当人间发生战争时，奥丁派这些女战神到战场上，将战死的勇猛战士的灵魂带到天堂。

"没错。"南西先生说完,又不太情愿地补充一句,"其实你也不算很笨嘛。"

"也许不算。"影子说,"不过,出狱之后经历的这些事情,我真希望自己能多记住一些细节。我曾经被赋予那么多东西,可惜我再次失去它们。"

"也许吧。"南西先生说,"不过你拥有的比你想象的多得多。"

"不一定。"影子说。

他们穿越州界,进入佛罗里达州,影子看见了他一生中见到的第一棵棕榈树。他不知道那棵棕榈树是不是被人故意栽种在州界上,好让人们知道自己已经到达佛罗里达州。

南西先生打起鼾来,影子瞥了他一眼。老人的脸色看上去依然苍白,呼吸粗砺刺耳。影子不止一次为他感到担忧,想知道他的胸腔或肺部是否在战斗中受了伤。但是,南西拒绝做任何医疗检查。

在佛罗里达州行驶的路程长得超过影子的预期,最后,他终于在一栋小小的、只有一层平房的木屋前停下车子。房子坐落在皮尔斯堡[1]的郊外,所有窗户都关得严严实实的。到这里的最后五英里是南西给他指的路,他盛情邀请影子留下住一晚。

"我可以住汽车旅馆,"影子说,"没问题的,不麻烦。"

"你当然可以住旅馆,不过我会很伤心的。当然,我不会抱怨什么,可我真的受到伤害了,非常伤心。"南西先生说,"所以,你最好就住在这儿,我在沙发上给你铺好被褥。"

南西先生打开防风百叶窗上的锁,推开窗户。室内有股潮湿发霉的气味,还有一丝甜味,仿佛屋子里出没着很久以前死掉的甜饼干的幽灵。

影子勉强同意留下过夜,然后更加勉强地同意陪南西先生走到街尾的酒吧,趁着房间通风的时机,来上睡前的最后一杯。

"你看到岑诺伯格了吗?"两人在夜晚闷热的佛罗里达漫步时,南西突然问他。空中到处是飞舞的棕榈甲虫,嗡嗡声连成一片。地面也到

---

1 美国佛罗里达州东南部城市。

处有虫子匆匆爬过。南西先生点上一支小雪茄,突然间咳嗽起来,咳得几乎窒息。尽管如此,他还是继续抽烟。

"我从山洞里出来的时候,他就已经离开了。"

"他可能回家了。你知道的,他会在家里等着你。"

"我知道。"

他们静静地走到街尾。那个酒吧不怎么样,但至少还在开门营业。

"第一轮啤酒我买单。"南西先生宣布。

"别忘了,只喝一杯啤酒。"影子提醒他。

"你是什么人?"南西先生问,"吝啬鬼吗?"

南西先生买了第一轮啤酒,然后影子买单叫了第二轮。南西先生说服酒保打开卡拉OK机,影子惊恐地瞪着他,然后既着迷又有点尴尬地注视着老人纵情高歌。南西先高歌一首爵士曲《什么事,小猫咪?》[1],然后又低声吟唱了一曲优美动人的情歌《今夜的你美丽动人》。他有一副好嗓子,唱完之后,酒吧里还剩下的几个顾客都欢呼起来,为他鼓掌喝彩。

他坐回影子身边,看起来精神了许多,整个人都明亮起来了。他的眼白显得更加清澈,皮肤上苍白灰败的颜色也消失了。"轮到你了。"他对影子说。

"绝对不行。"影子拒绝。

可是,南西先生又多叫了几杯啤酒,还递给影子一本脏兮兮的、选歌用的打印目录。"只要选一首你知道歌词的就行。"

"这一点都不好玩。"影子说。周围的世界开始飘浮起来,尽管他没怎么醉,可却提不起精神争执。南西先生选了《请不要误解我》的音乐伴奏带,然后把影子推——真的是用推的——上酒吧一端临时凑合用的小舞台。

影子不太自在地拿着麦克风,仿佛它是个活物一样。前奏开始了。

---

1 美国乐坛传奇人物汤姆·琼斯(1940—)六十年代的经典歌曲,他擅长以浑厚的歌声、挑逗的动作迷倒千万女性歌迷。

他嘶哑地唱出第一句"宝贝……"酒吧里没人往他这个方向看，这可实在太好了。"你可否理解我？"他的声音有些粗哑，不过音乐的旋律很美，粗犷的嗓音正适合唱这首歌。"有时我感觉有点恼火，难道你不知道，没人可以永远像天使一样美好……"

在夜晚热闹嘈杂的佛罗里达步行回家的一路上，他仍在继续唱歌。一老一少两个人，醉醺醺地摇摇晃晃走着，开心到了极点。

"我的内心本是出于好意，"他冲着螃蟹和蜘蛛、冲着棕榈甲虫和蜥蜴，还有夜空大声唱着，"哦哦，请不要误解我。"

南西先生把他带到沙发前，那张沙发实在太小了，所以他决定睡在地板上。不过等他最后拿定主意要睡在地板上时，他已经半坐半躺地在小沙发里睡着了。

一开始他并没有做梦，周围只有让人感到安心而舒服的黑暗。然后，他看到黑暗中有一团火在燃烧，于是朝着火光走去。

"你做得很好。"水牛人嘴唇不动地低声说。

"我不知道自己到底做了什么。"影子说。

"你带来了和平，"水牛人说，"你把我们的话带过去了，当成你自己的话说了出去。有一件事他们从来没有弄明白：他们之所以来到这里，还有那些崇拜他们的凡人之所以来到这里，是因为他们在这里对我们有好处。当然，我们也会改变主意的。也许有一天，我们会改变主意。""你是神吗？"影子问。

水牛头人摇头否认。有那么一阵子，影子感觉对方似乎觉得他的问题很好笑。"我是这块土地。"他回答说。

也许这个梦还有其他内容，但影子不记得了。

他听到有什么东西发出嘶嘶声。他的头很痛，眼睛后面突突地跳。

南西先生已经在做早餐了：一大叠薄煎饼、油脂嘶嘶作响的培根熏肉、煎得恰到好处的荷包蛋，还有咖啡。他看上去身体健康得不得了，精神旺盛。

"我头痛。"影子说。

"吃下一顿丰盛的早餐，你就会觉得自己好像换了一个人。"

"我倒宁愿还是同一个人，只要换一个脑袋就好。"影子说。

"吃！"南西先生命令说。

影子只好乖乖吃早餐。

"现在觉得怎么样？"

"还是头痛，而且现在胃里塞得满满的。还有，我觉得自己快吐了。"

"跟我来。"影子睡了一整晚的沙发旁，有一个蒙着一张非洲毛毯的箱子，箱子是用某种黑色的木头做成的，看上去像小号的海盗藏宝箱。南西先生打开挂锁，然后翻开箱盖。箱子里有很多小盒子。南西先生在盒子里到处翻找。"这是一种古老的非洲草药，"他解释说，"柳树皮晒干磨成粉做成的，诸如此类的玩意儿。"

"类似阿司匹林？"

"没错，"南西先生说，"就是那玩意儿。"他终于从箱子最底下掏出一个特大号的阿司匹林药瓶，打开瓶塞，倒出几片白色药片，"给你。"

"箱子很漂亮。"影子说。他接过那些苦药片，用一杯水送下去。

"我儿子送给我的，"南西先生说，"他是个好孩子。我已经很久没有见过他了。"

"我也想念星期三，"影子说，"尽管他做过那些事，我还是盼望能看见他。可是，每次抬起头，他都不在。"他继续盯着海盗宝藏箱，试图搞清这个箱子让他联想到什么东西。

你会忘记很多东西，但是，千万不要忘记这个。这句话是谁说的？

"想念他？他让你经历那么多可怕的事，让我们大家经历那么多可怕的事，你还想念他？"

"是的。"影子坦白说，"我想我还是想念他。你觉得他会回来吗？"

"我觉得，"南西先生说，"只要有两个人凑到一起，将一把只值二十美元的小提琴以一万美元的价格卖给第三个人，那么，他的精神肯定在场。"

"是的，不过——"

"我们应该回厨房去。"南西先生说，表情冷淡下来，"那些煎锅可不会自己洗澡。"

南西先生清洗煎锅和盘子，影子负责擦干净，然后放好。干活的过程中，他的头痛慢慢缓解、消失。干完活儿，他们回到客厅。

影子继续盯着那个箱子，竭力回忆起什么。"如果我不去见岑诺伯格，"影子问，"那会怎么样？"

"你会去见他的，"南西先生平淡地说，"也许他会找到你。又或者，他会想个办法，让你去见他。不管哪种方式，总之你会见到他的。"

影子点点头。某些记忆开始渐渐浮现出来。"嗨，"他问，"是不是有一位长着象头的神？"

"伽尼萨？他是印度教的神，他可以排除障碍，让旅行更加容易。他还是个好厨师。"

影子抬起头来。"……在鼻子里。"他说，"我知道这个信息很重要，但不知道是为什么。我原来以为指的是树干，可他当时说的话和树干完全没关系呀，对吧？"

南西先生皱眉："你把我弄糊涂了。"

"在行李箱里！"影子说。他知道肯定是这样，尽管他并不知道自己为什么如此肯定，并不完全明白。但行李箱的事，他有百分百的把握。

他站起来。"我必须走了，"他说，"我很抱歉。"

南西先生眉毛一跳。"怎么走得那么急？"

"因为冰马上要融化了。"影子说。

第二十章

这就是
　　春天
　　　而
　　　这个
　　长着山羊脚的
　　卖气球男人吹着口哨
　　　遥远
　　　而
　　　缥缈
　　　　　——e.e.康明斯[1]

　　早晨八点三十分左右，影子开着租来的车子缓缓驶出树林，以不超过四十五英里的时速驶下山路，进入湖畔镇。当初离开这里的时候，他以为自己将一去不复返，没想到三个星期后，他竟然重返此地。

　　他开车穿过镇子，惊奇地发现过去几周，这里几乎没有任何变化，

---

1 康明斯（1894—1962），美国现代诗人，以风格奇特而闻名。他主张人名不应该有大写，因为人类很渺小。他对传统的诗歌形式进行了大胆创新，创作了很多具有实验性的"图像诗"，将诗句排成有意义的形象，以表达某种象征性的内涵。

但对他来说，这几周却漫长得仿佛一生。他驶下通向湖泊的车道，停在半路，然后走下车。

冰封的湖面上再也看不到冰上垂钓小屋，没有停在冰面上的越野车，也没有坐在冰洞旁用鱼线钓鱼、身边摆着十二支一组啤酒的人了。湖面颜色变深，不再覆盖着白得刺眼的积雪，冰面上到处是一摊摊反光的水洼。冰层之下的湖水是黑色的，而冰层本身几乎变成透明的，可以看到冰下面黑乎乎的一片。灰蒙蒙的天空下，这片冰湖阴冷凄凉，空荡荡的。

几乎空荡荡的。

冰面上还有一辆车，几乎就停在桥下的冰湖上，让开车或步行经过镇子的每个人都能看到。那辆车是肮脏的绿色，是那种人们会丢弃在停车场里的车子，那种人们停下就不再理会，因为根本不值得去取回来的破车。车里没有发动机，它只是一个象征性的赌注，等冰面融化得足够薄、足够软、足够危险时，湖水就会永远地吞没它。

通往湖泊的车道被铁链拦住，还竖起警告牌，严禁任何人或者车辆进入，上面写着"薄冰危险"。那行字下面还有一排手绘的图标，图标上画着表示禁止的横线：严禁车辆、步行者、雪橇进入，"危险"。

影子无视警告，翻下岸边的堤坝。雪已经融化，脚下的地面变成一片泥泞，踩上去很滑，就连枯死的草都几乎无法阻止双脚打滑。他一路滑着走到湖边，小心翼翼地走过一段木头搭的堤坝，来到冰面之上。

冰面上积着一层水，那是冰和积雪融化之后形成的。走上去之后才知道，水比看到的更深。水下的冰面非常滑，比任何溜冰场的冰面都滑，影子不得不努力保持平衡，才能站稳脚跟。他踩着水花走路，水一直淹到靴带的高度，还渗进他的靴子里。水冰冷刺骨，接触到水的肌肤冻得麻木了。在冰冻湖面上艰难跋涉时，他有一种奇怪的感觉，仿佛自己身处远方，远远地望着电影屏幕上的自己——在那部电影里，他是主角，可能还是个侦探。此刻，有一种无可逃避的宿命感，仿佛一切将要发生的事都按预定的发生，无论他做什么都无法改变进展。

他走向破冰车，痛苦地意识到冰面随时可能迸裂，冰层之下的湖水是那种即将冻结的最冷的水。他觉得自己在冰面上孤立无援、暴露无遗。他继续走着，在冰面上跌跌撞撞地滑行前进，好几次失足摔倒。

他经过人们扔在冰面上的空啤酒瓶和啤酒罐，绕过人们为了钓鱼在冰面上凿出的圆洞。那些洞没有冻结，每个洞里都盛满黑色的湖水。

破冰车所在的位置似乎比在路上看到的远得多。他听到湖面南边传来冰面破裂的一声巨响，好像折断一根树枝，接着是某个很大的东西发出的嗡鸣声，仿佛有一根大如整个湖面的低音弦在振动。整个冰面都在嘎吱作响，都在呻吟，好像一扇陈旧的门被人打开时发出的抗议声。影子继续走着，同时尽可能保持身体平稳。

这简直是自杀，一个理智的声音在他脑中小声说，难道你就不能放手不管吗？

"不行。"他大声说，"我必须知道真相。"他继续往前走。

他终于来到破冰车旁。还没走到，他已经知道自己的猜测是正确的。车子周围飘着一股瘴气，那是淡淡的腐臭，他嗓子眼里也能感到一股恶臭。他绕着车子走了一圈，朝里面张望。车里的座椅肮脏不堪，还有很多撕裂的口子。车里显然是空的。他试着打开车门，车门都被锁住了。他又试了一下后备厢，也被锁住了。

他真希望自己能带根撬棍来。

他的手在手套里握成拳头，从一默数到三，然后重重一拳，打在驾驶座旁的车窗玻璃上。

他的手疼得要死，侧车窗还是毫发无损。

他想过跑步助力冲上去，只要不在潮湿的冰面上打滑摔倒，他肯定可以一脚踢碎车窗。但他最不希望看到的就是把破冰车震动得太厉害，导致车下的冰层迸裂。

他看看车子，然后抓住上面的无线电天线。它原本是可以自动伸缩升降的那种，但十年前就锈住了无法缩回，保持在全部伸开的位置上。他来回摇晃几下，把它从根部掰断。他拿着天线比较细的那一头——以前上面还有一个小金属球，但早已不见了——然后用有力的手指把它弯曲成一个临时的钩子。

接着，他把金属天线钩子插进车子前窗玻璃和橡胶密封垫之间，一直深入到里面门锁的位置。他用天线在门锁机械装置里来回摸索，扭转移动、又推又挤，直到钩子终于勾住，他往上一提。

他能感到临时制作的撬锁钩子从门锁旁滑开了，没起任何作用。

他叹口气，再次试探开锁，这次动作更加缓慢，更加小心翼翼。他能想象脚下的冰层随着他身体重心的移动发出抱怨的咯咯声。慢慢来……好了……

他终于勾到锁扣了。他向上一拉天线，前门锁啪地弹开了。影子用戴手套的手拉住门把手，按下开门键，然后一拉。车门并没有打开。

卡住了。影子想，冰把门冻住了，没什么大不了的。

他用力拉拽车门，脚在冰面上不住打滑。突然，破冰车的车门猛地打开，碎冰渣溅得到处都是。

车子里面，那股瘴气更加浓重，弥漫着腐烂的恶臭。影子被熏得直犯恶心。

他在车子的仪表板下面摸索，找到打开后面后备厢的黑色塑料拉手，用力一拉。

身后砰的一响，后备厢盖弹开了。

影子走出来，站在冰面上，他手扶着车身，一路滑着，跌跌撞撞走到车后。

他想：在后备厢里。

后备厢盖弹起大约一英寸高，他伸手一拉，让厢盖完全敞开。

里面的臭味更加强烈。后备厢底部积了大约一英寸厚的半融化的冰，如果不是这些冰，臭味可能会更刺鼻。一个女孩躺在里面。她穿着一件鲜红的防雪服，现在已经脏兮兮的，暗褐色的头发很长。她的嘴巴紧紧闭着，影子无法看到她嘴里的蓝色橡胶牙套，不过他知道牙套肯定套在她牙齿上。寒冷的天气保护了她的尸体，像一直把她冻在冰箱里一样。

她的眼睛睁得很大，似乎临死时正在哭泣，眼泪冻结在她的脸颊上，还没有融化。她的手套是亮绿色的。

"你一直都在这里。"影子对艾丽森·麦克加文的尸体说，"每个开车经过那座桥的人都会看到你，每个开车穿过镇子的人都会看到你。冰上垂钓的渔夫每天都从你身边走过。但是，没有人知道你在这里。"

然后，他才意识到这句话是多么愚蠢。

有人知道她在这里。

有人把她藏在这里。

他上半身钻到后备厢，想试着把她拉出来。不管怎样，他终于找到她了，现在他必须要把她弄出来。他弯腰靠在车上时，体重也压在车上，也许那就是引发事故的原因。

就在那一瞬间，车子前轮下面的冰突然裂开了。可能是因为他的动作，也可能不是。车子前半截蹒跚着往下坠落了几英尺，沉入漆黑的湖水。水从敞开的车门飞快地灌进车内。湖水溅到影子的脚踝，但他脚下的冰依然固定不动。他匆忙四下张望，思考该如何离开这里——然而，一切都太迟了。突然间，冰面一下子倾斜下去，把他撞到车子和车厢里女孩的尸体上。车子后半截也沉入湖水中，影子被带了下去，落进冰冷的湖水。此刻正好是三月二十三日，上午9点10分。

沉没之前，他猛吸一口气，然后闭上眼睛，但寒冷刺骨的湖水还是如同一堵墙一样，猛地撞上他，把他那口气从体内撞出来。

他跌倒了，翻着跟头沉下去，沉入黑暗的湖水，被车子带着一直沉下去。

他沉向湖底，沉向黑暗和寒冷，被衣服、手套和靴子的重量往下拉。衣服外套束缚着他，浸水之后比他想象的更加沉重臃肿。

他还在继续往下沉，他想用力一推，脱离车子，但它还是带着他一起下沉。然后是砰的一声巨响，他是用整个身体感到，而不是用耳朵听到的。他的左脚踝扭伤了，脚崴了一下，身体被压在落在湖底的车身下面。他顿时感到一阵恐慌。

他睁开眼睛。

他知道湖底很黑，从理智上来说，他知道这里实在太黑了，根本无法看到任何东西。但他依然能看到。他可以看到湖底的所有景物。他可以看到艾丽森·麦克加文苍白的脸，她正从敞开的后备厢内看着他。他还可以看到湖底的其他车子——过去数十年里沉入湖中的破冰车，车身已经腐烂得只剩下黑暗中的车架，半陷在湖底的淤泥中。影子心想，在**汽车出现之前，不知道他们用什么东西充当破冰车，拖上湖面。**

他知道，毫无疑问，每一辆车子的后备厢里都有一个死掉的孩子。湖底有几十个孩子……他们每个人都曾被藏在冰面上，藏在全世界每个人的眼皮底下，藏过整个寒冷的冬天。当冬天结束的时候，他们每一个都随着车子落进冰冷的湖水中。

这里就是他们葬身之所：莱米·霍塔拉、杰茜·拉瓦特、桑迪·奥尔森、周明、萨拉·林奇斯特，还有其他人，他们所有的人。他们躺在安静、冰冷的……

他用力拔脚，脚被紧紧压在车身下面，而他肺里的压力已经越来越无法忍受了，耳朵也一阵阵刺痛。他慢慢吐出肺中的空气，无数气泡出现在他眼前。

马上，他想，我要马上呼吸到空气，否则就要憋死了。

他弯下腰，双手放在汽车保险杠上，想尽办法用力推它，甚至把身体用力顶在上面。可惜车子依然不动。

这不过是汽车的空壳，他告诉自己，他们取下了发动机，那是车上最重的部分。你可以做到的，只要继续用力推。

他继续用力推。

车子移动的速度慢得令人恼火，每次只移动一英寸，车子向前慢慢滑到淤泥中，影子终于把脚从车下的淤泥中拔了出来。他用力一踢，想推动自己在冰冷的湖水游动。但身体纹丝不动。**是外套，他提醒自己，外套太重了，或者卡住了什么东西。**他从外套里挣脱出胳膊，麻木的手指摸索着拉开冰冻的拉链，然后从拉链两边挣脱出双手，感觉外套已经扯开了。他匆忙甩掉外套，用力踩水向上游，离开那辆车子。

他只有一种向前冲的感觉，但感觉不出来到底是在向前，还是向下。他努力憋住气，头和肺都灼烧一样疼，他已经无法再忍受了，他确信自己马上就要憋不住开始吸气，在冰冷的水中呼吸，然后死掉。就在这时，他的头撞到了什么坚固的东西。

是冰面。他用力推着湖面上的冰，用拳头拼命砸冰，但他的胳膊已经没多少力气了。他再也无法坚持下去，再也无法推动任何东西了。周围的世界开始模糊起来，模糊成湖下寒冷的黑暗。除了寒冷，他再也感觉不到任何东西。

简直太荒唐可笑了。他想，然后回忆起还是小孩时看过的一部托尼·柯蒂斯主演的老电影，我应该背转过来，把冰向上推压，然后把脸贴到冰上，找到一些空气。我可以再次呼吸，肯定有些地方还残存着一点空气。但他只是漂在水中，全身冻僵，没有任何一块肌肉可以动弹，哪怕生命攸关（情况确实如此）也无法再动弹一次。

寒冷变得可以忍受了，甚至开始温暖起来。他想：我就要死了。这一次他感到的是愤怒，是来自心底的狂怒。疼痛和愤怒让他爆发出力量，他挣扎着，挥舞着，让听天由命不再动弹的肌肉再次活动起来。

他伸手向上猛推，感觉手擦过冰层的边缘，伸到空气中。他拼命挥舞双手，想抓住什么，就在此时，他感到另外有一只手抓住他的手，向上猛拉。

他的头猛地撞到冰上，脸撞到冰层向下的一面。紧接着，他的头伸出水面，进入空中。他能看到自己正从冰上的一个窟窿中钻出来。在那一刻，他唯一能做的事情就是大口大口贪婪地呼吸着空气。黑色的湖水从他的鼻子和嘴巴里流出来，他眨着眼睛，但是除了炫目的阳光、周围模糊的物体和一个人影之外，他什么都看不清。有人正在用力拉他，强迫他爬出水面，同时说着什么他就快被冻死了、快点、用力之类的话。影子扭动着身体，抖掉身上的水，仿佛一只刚刚上岸的海豹。他开始打寒颤，咳嗽，冷得发抖。

他贪婪地大口呼吸着空气，摊开手脚平躺在冰面上。他知道，身下的冰面支持不了多久，但知道也没带来行动。思考变得非常困难，缓慢得好像流动的浓稠糖浆。

"别管我，"他试图说话，"我没事。"但他说出的话含糊不清，声音越来越低，渐渐消失。

他只是需要休息一阵，就这些。只是休息一下，然后他就可以爬起来继续走动。很显然，他不会一辈子躺在这里的。

有人在猛拉他。水溅到他脸上，他的头被人抬高。影子感觉自己正被人拖着走过冰面，后背在光滑的冰面上摩擦滑行。他想抗议，想解释说他只是想稍微休息一下，也许还要睡上一小觉，这个要求很过分吗？然后，他就没事了。别烦他，让他一个人安静待着好了。

他不相信自己就这样睡着了，但他突然站在一片辽阔的平原上，有一个长着水牛头和水牛肩膀的男人，还有一个长着巨大的秃鹰头的女人，威士忌·杰克站在他们两人中间，他伤感地看着他，摇着脑袋。

威士忌·杰克转过身，慢慢离开影子。水牛人也跟着他一起离开。雷鸟女人也走了，她猛地一蹬地面，展翅滑翔到天空中。

影子感到一阵失落。他想叫住他们，想请求他们回来，不要就这样放弃他，但一切都开始渐渐模糊起来，消失无踪：他们不见了，脚下的平原也消失了，一切都化为虚无。

一阵剧痛传来，仿佛他体内的每个细胞、每条神经都解冻、清醒了，为了证明它们的存在，让他感到灼烧般的剧烈疼痛。

一只手在他脑袋后面紧紧抓着他的头发，另一只手托着他的下巴。他睁开眼睛，以为自己正躺在某家医院里。

他光着脚，只穿着裤子，腰部以上都裸露着。空中弥漫着水蒸气。他看到对面墙上有一面梳洗用的镜子，还有小洗手池，一把蓝色牙刷放在沾满牙膏污渍的漱口杯里。

周围的信息慢慢流入他的脑子里，但他每次只能吸收一个数据资料。

他的手指在痛，脚趾也在痛。

疼痛让他忍不住呜咽起来。

"放松点，迈克。现在没事了。"一个熟悉的声音对他说。

"什么？"他说，或者试图在说，"出了什么事？"话音连他自己听起来都显得既紧张又古怪。

他正躺在浴缸里，浴缸里的水很热。他觉得水应该很热，但他也不是很确定。水一直淹到他的脖子。

"要救一个快冻死的人，最愚蠢的就是把他放在火旁烤热。第二愚蠢的就是用毯子把他裹起来——特别是在他还穿着湿漉漉的衣服的时候——毯子会把他与外界隔离开来，把寒冷裹在里面。第三愚蠢的——这是我个人的观点——就是把那家伙的血抽出来，加热，然后再输回去。现在的医生都是这么做的。太复杂了，而且价格昂贵。简直愚蠢透顶。"说话的声音来自他头顶上方和后脑。

"最聪明、最快捷的方法，就是几百年来水手们对那些坠船落水的人所用的办法。你把人放在热水里，当然不是特别热的水，只是有些热。要知道，刚才我在冰上发现你时，你都快冻死了。现在觉得怎么样了，魔术大师？"

"很痛。"影子说，"全身都痛。你救了我一命。"

"我想也是。你能自己把脑袋抬出水面吗？"

"也许可以。"

"我要放开手，让自己休息一下。如果你开始往水下沉，我会抓住你的。"

双手松开了，不再抓住他的脑袋。

他觉得自己正往浴缸里滑，于是双手撑在浴缸边上，向后靠过去。浴室很小，浴缸是金属的，上面的瓷釉已经很脏了，还有不少刮破的地方。

一个老人移到他的视线范围之内，一脸关注的表情。

"觉得好点了吗？"赫因泽曼恩问，"向后靠，身体放松。我已经把房间弄得又舒服又暖和了。等你觉得差不多了就告诉我，我准备了一件浴袍给你穿，这样就可以把你的裤子丢到干衣机里，和你的其他衣服一起烘干。这主意听起来不错吧，迈克？"

"我不叫迈克。"

"随你怎么说吧。"老人的脸扭曲了，露出不安的表情。

影子丧失了真实的时间感。他躺在浴缸里，直到身上的灼烧感消失，手指和脚趾弯曲时也不觉得不舒服了。赫因泽曼恩帮助影子站起身，从温水里出来。影子坐在浴缸边上，两个人一起努力，才把他的牛仔裤脱了下来。

毛巾布的浴袍对他来说实在太小了，但他没怎么费劲就塞了进去。然后，他靠在老人身上，慢慢走进狭小的房间，笨拙地倒在一张老式沙发上。他疲倦而虚弱，身心极其疲惫，但幸运地还活着。壁炉里烧着木头，几只积满灰尘、一脸惊讶的鹿头，在墙壁上居高临下地凝视他们，周围还有几条涂满清漆的大鱼标本和它们抢占空间。

赫因泽曼恩拿着影子的牛仔裤走了出去。门旁边的那个房间里，干衣机停了一下，然后重新轰隆轰隆地旋转起来。老人带着一杯冒着热气的饮料回来。

"这是咖啡，"他说，"能起到刺激作用。我还往里面倒了一点儿杜松子酒，很少一点。过去的日子里，我们总是这么做。医生肯定不会推荐这个方子。"

影子双手捧着咖啡杯。杯子一侧印着蚊子的图案，还有一句话："给我新鲜血液——参观威斯康星州。"

"谢谢。"他说。

"朋友就该这么做。"赫因泽曼恩说，"总有一天，你也会救我一命的。现在还是别谈这些了。"

影子小口喝着咖啡。"我当时以为我死定了。"

"你很幸运，我正巧在桥上。我相当有把握，今天就是破冰的大日子。等你到了我这个年龄，你也会有预感的。我在桥上看着我的老怀表，然后我看见你走到冰面上。我喊你的名字，不过我想你可能没听见。我看见车子掉了下去，你也跟着掉下去。我想这下糟了，所以我跑到下面的冰面上。当时真把我吓得毛骨悚然啊。你在水下待了差不多有两分钟，然后，我看见你的手从刚才车子掉进去的地方伸了出来——看见你的手，就跟看见鬼魂一样……"他的声音越来越低，"我们两个都真他妈的幸运，我拖着你返回岸上时，冰面支撑住了我们俩的体重。"

影子点点头。

"你做了一件好事。"他对赫因泽曼恩说。老人淘气小鬼般的脸兴奋得容光焕发。

影子似乎听到房子某处传来关门的声音。他继续啜着咖啡。

现在可以清醒思考了，他开始向自己提出疑问。

他不知道，一个身高只有他的一半、体重恐怕只有他三分之一的老人，怎么可能拖拉着失去知觉的他穿过冰面，然后把他拖过湖堤，塞进车里。赫因泽曼恩怎么可能把他带进屋里，放进浴缸？

赫因泽曼恩走到壁炉旁，捡起火钳，小心地把一根细原木放在熊熊燃烧的火堆上。

"想知道我到冰面上去做什么吗？"

赫因泽曼恩耸耸肩。"那不关我的事。"

"你要知道，我并不明白……"影子犹豫一下，整理好思路，"我不明白你为什么要救我。"

"这个，"赫因泽曼恩说，"我从小受的就是这种教育，如果看到有人遇到麻烦……"

"不，"影子打断他的话，"我不是这个意思。我的意思是，你杀死所有那些孩子。每年冬天都杀死一个。我是唯一发现真相的人。你一定看见我打开后备厢了，为什么你不任由我淹死在那里？"

赫因泽曼恩的脑袋歪向一侧，他揉揉鼻子，沉思着，身体来回前后摇晃，仿佛正在思考该怎么回答。"哦，"他回答说，"你这个问题问得好。我猜，这是因为我欠了某人一笔人情债。我向来有恩必报。"

"星期三？"

"就是那家伙。"

"他把我藏在湖畔镇，必定有他的道理，对不对？这里一定有什么原因，让任何人都无法在这里找到我。"

赫因泽曼恩没有说话。他从墙上取下一根很重的黑色拨火棍，插到火堆里，黄色的小火星和烟从火中冒了出来。"这里是我的家，"他突然发起脾气来，"这是一个好镇子。"

影子喝完了咖啡，把杯子放在地板上。这个小小的动作都让他筋疲力尽。"你在这里多久了？"

"足够久了。"

"那个湖是你修建的？"

赫因泽曼恩惊讶地飞快瞄了他一眼。"是的。"他承认说，"是我修建的湖。我刚到这里时，他们称之为湖的那玩意，比一个小泉眼、一个水塘或一条小溪大不了多少。"他顿了顿，"我当时就看明白了，这个国家对我们这些人来说简直就是地狱，它在吞噬我们。我不想被吞噬。所以，我和他们做了一笔交易。我给他们一个湖，给他们带来繁荣……"

"而他们要付出的代价，只不过是每年冬天死掉一个孩子。"

"都是好孩子啊，"赫因泽曼恩缓缓地摇着苍老的脑袋，"他们全都是好孩子。我只挑选我喜欢的孩子。只有查理·内里甘除外，他是个坏坯子。他是哪一年死的？1924年，还是1925年？你说得没错，这笔交易就是这样。"

"这个镇子上的人，"影子问，"玛贝尔、玛格丽特、查德·穆里根，他们*知道*吗？"

赫因泽曼恩没有回答。他把拨火棍从火堆里抽出来，拨火棍顶端的六英寸已经烧热成暗黄色。影子知道拨火棍的把手现在一定烫得握不住，但赫因泽曼恩却毫不在意，他又捅了捅火堆。他把拨火棍放回火中，顶端先放进去，然后把它留在那里，这才开口说话："他们知道他们生活在一个好地方，而本州附近区域的其他城市和镇子都已经崩溃没落了。这一点，他们知道得一清二楚。"

"而这是你的功劳？"

"这个镇子，"赫因泽曼恩说，"我关心这个镇子。只要是我不希望发生的事，绝对不会在这里发生。你明白我的意思吗？那些我不想让他来的人，也绝对不会来这里。这就是你父亲把你送来这里的原因。他不想让你在外面的世界引起敌人的注意。情况就是这样。"

"可你却背叛了他。"

"我并没有背叛他。他是个骗子，但我总是有恩必报。"

"我不相信你。"影子说。

赫因泽曼恩一副受到冒犯的表情。他拽了拽太阳穴旁的白头发。"我信守诺言。"

"不，你没有信守诺言。劳拉来过这里，她说是有什么东西召唤她来的。还有，你怎么解释萨姆·布莱克·克罗和奥黛丽·伯顿来到这里的事，而且是同一天晚上？这实在太巧合了。我想我再也不会相信什么巧合了。

"萨姆·布莱克·克罗和奥黛丽·伯顿，她们两个都知道我的真实身份，也知道有人正在外面四处追捕我。我猜，如果她们中有谁的任务失败了，另外一个还可以顶上。如果她们俩全都失败了，赫因泽曼恩，下一批来湖畔镇的是谁呢？我过去监狱的典狱长，周末到这里冰上垂钓？或者是劳拉的妈妈？"影子意识到自己发火了，"你想让我离开你的镇子，但你不敢告诉星期三。这些就是你干的好事。"

火光下，赫因泽曼恩不再像个淘气的顽童，更像哥特式建筑上蹲伏的怪兽。"这是一个好镇子。"他说，笑容消失之后，他脸色苍白，像一具死尸，"你也许会吸引太多人的注意。这对镇子没有好处。"

"你真应该把我留在冰上不管的，"影子说，"应该把我留在湖底。我打开破冰车的后备厢了。艾丽森·麦克加文还冻在里面，但冰很快就会融化，她的尸体会浮出来，浮出水面。然后，他们会派人下到湖底，看看究竟发生了什么。他们会发现藏在那里的秘密，发现被你杀害的所有孩子。我猜他们中一些人的尸体还保存得很好。"

赫因泽曼恩伸手拔出拨火棍，他不再假装用它来拨火了。他像举着剑或警棍一样举着拨火棍，在空中挥舞着顶端烧成黄白色的炙热铁棍。它在冒烟。影子意识到自己几乎没有穿衣服，而且疲惫不堪，手脚不灵活，根本无法自卫。

"你想杀我？"影子问，"来吧，下手吧。反正我是死人了。我知道你拥有这个镇子，这是属于你的小世界。不过，如果你以为没有人会来这里找我，你就是在做梦。一切都结束了，赫因泽曼恩，杀不杀我都一样，你的世界已经结束了。"

赫因泽曼恩用拨火棍当拐杖，支撑自己站起来。烧红的铁棍尖碰到地板上，地毯烧焦冒出烟来。他看着影子，浅蓝色的眼睛里噙着泪水。

"我爱这个镇子，"他说，"我真的很喜欢做一个古怪的老头子，给人们讲故事，开着泰茜到处晃悠，还有在冰上钓鱼。记得我是怎么跟你说的吗？垂钓一天之后，你带回家的不是鱼，而是平静宁和的好心情。"

他把棍尖朝着影子的方向猛地一指，影子立刻感到它从一英尺外传来的炙热。

"我要杀了你，"赫因泽曼恩说，"我会处理好尸体的。我以前也干过。你并不是第一个发现真相的人，查德·穆里根的父亲也发现过。我干掉了他，现在我要干掉你。"

"也许你能杀了我，"影子说，"但你的秘密还能维持多久，赫因泽曼恩？维持一年？二十年？他们有电脑，他们不是傻瓜，他们会把所有细节联系起来。每年失踪一个孩子，他们会循迹找到这里来的，就像他们会来找我一样。告诉我，你到底多大了？"他的手指偷偷抓住沙发垫，准备挡住脑袋，避开对方的第一击。

赫因泽曼恩脸上没有任何表情。"很早以前，人们就开始把他们的孩子献祭给我，早在罗马人来到黑森林[1]之前。"他说，"在我成为家神之前很久，我就已经是一个神了。"

"也许是时候向前看，换个地方了。"影子说。家神到底是什么东西？

赫因泽曼恩凝视着他，他举起拨火棍，把顶端再次插进燃烧的灰烬中。"也许你说得对，"他说，"但没那么简单。你以为我可以离开这个镇子吗，影子？就算我想离开，我也做不到。我就是这镇子的一部分。你打算让我离开这里吗，影子？你准备好杀了我吗？只有杀了我，我才能离开。"

影子低头凝视地板，拨火棍尖拄过的地方，地毯上还有燃烧的火星。赫因泽曼恩顺着他的目光看过去，脚来回一碾，踩灭火星余烬。影子脑海中不受控制地浮现出孩子们的脸，几百个孩子。他们全都用空洞

---

1 德国最大的森林山脉，位于德国西南部巴登－符腾堡州。

茫然的眼睛凝视着他，头发像海草一样在他们的脸旁缓慢漂浮。他们谴责地看着他。

他知道自己的决定会让他们失望，但他不知道自己还能有别的什么选择。

影子说："我不能杀你。你救过我的命。"

他摇摇头，觉得自己简直就是个废物，不管从哪个角度看都觉得自己是个废物。他再也不觉得自己是什么动作片英雄或侦探了——不过是另一个该死的出卖朋友的小人，只是冲着黑暗严厉地晃了晃手指，然后就转身置之不理了。

"你想知道一个秘密吗？"赫因泽曼恩问。

"当然。"影子心情沉重地说，他已经快受够这些秘密了。

"看这个。"

赫因泽曼恩站立的地方突然出现一个小男孩，绝对不会超过五岁，留着很长的深褐色头发。他全身赤裸，只在脖子上套了一根皮带。他身上插着两把剑，一把剑穿透他的胸膛，另一把插在肩膀上，剑尖从胸膛下面露出来。鲜血顺着伤口不停流淌着，从孩子身上一直流到地上，在地面形成一摊血注。那两把剑古老得难以想象。

小男孩抬头凝视着影子，眼中只有痛苦。

影子心想，*原来如此*。只有这种办法，才能制造出一位部落之神。无需别人告诉他，他立刻知道了其中的秘密。

首先，你生下一个孩子，然后把他在黑暗中养大，让他看不到任何人，接触不到任何人。接下来的几年里，你把他喂养得很好，甚至比村子里其他孩子吃得还要好。然后，到了第五年的冬天，在黑夜最漫长的那一晚，你把这个惊恐万分的孩子从小黑屋里拖出来，带到篝火的火光中，用一把铁剑和一把铜剑刺穿他的身体。接着，你把这个小孩子的尸体放在燃烧的木炭上用烟熏烤，直到完全干燥。你用毛皮包裹好它，带着它从一个营地迁移到另一个营地，在黑森林的深处，你把动物和孩子献祭给它，让它给部落带来好运。后来，当这具尸体因为年代久远而支离破碎时，你把它易碎的骨头放在一个盒子里，然后崇拜、祭祀这个盒子。再后来，盒子里的骨头都失落散佚、被人遗忘，崇拜这个孩童之神的部落也早已消亡，不复存在。这位孩童之神、这个村庄的好运象征，几乎被人彻底遗忘了，世人记得的只是一个鬼魂或小棕仙，这就是家神[1]。

影子不知道，一百五十年前，到底是什么人的头脑中带着关于赫因泽曼恩的传说，穿越大西洋来到威斯康星州北部。他也许是伐木工，也许是绘制地图的人。

浑身是血的孩子和地板上的血迹突然消失不见了，站在那里的只有一个老人，白发苍苍，脸上挂着鬼精灵似的笑容，毛衣袖子还是湿漉漉的，那是刚才把影子放进浴缸里救他的时候弄湿的。

"赫因泽曼恩？"小屋门口传来一个声音。

赫因泽曼恩转过身，影子也转过身。

"我来这里是想告诉你，"查德·穆里根的声音很紧张，"破冰车已经压破冰面掉进湖里。我开车经过，正好看见它沉进去了。我想我应该过来告诉你，免得你错过了。"

他握着枪，枪口指着地面。

"嗨，查德。"影子打招呼说。

"嗨，伙计。"查德·穆里根说，"他们给我一张通告，说你在监禁期间死亡，死于心脏病发作。"

"怎么搞的？"影子问，"好像我不断在各个地方死掉。"

"他跑到我这儿来，查德。"赫因泽曼恩说，"来威胁我。"

"不，"查德·穆里根说，"他没有威胁你。我待在这里已经有十分钟了。赫因泽曼恩，我听到你所说的一切，关于我父亲的事，还有关于湖的事。"他朝小屋里走了几步，但是没有举起手枪。"我的意思是，天啊，赫因泽曼恩，开车经过镇子，你根本不可能看不到那个该死的湖，它就在镇子的正中央。真该死，我到底该怎么做？"

"你必须逮捕他。他说他要杀了我。"赫因泽曼恩说，现在的他变成一个住在灰尘弥漫的小屋里、吓得魂飞魄散的老头子，"查德，真高

---

1 原为德国民间传说中的淘气精灵，帮助人料理家务。

兴你在这里。"

"不，"查德·穆里根说，"你才不会觉得高兴呢。"

赫因泽曼恩叹了口气，他弯下腰，好像已经灰心丧气了，然后突然从火堆里抽出灼热的拨火棍，它的顶端已经烧成亮红色。

"把它放下，赫因泽曼恩。慢慢放下来，举起双手，让我可以看到你的手，然后转身面对墙壁。"

老人的脸上露出纯粹的恐惧，影子都快为他感到难过了。但是，他想起了艾丽森·麦克加文脸颊上被冻结的眼泪，就对他不再同情了。赫因泽曼恩没动，他既没有放下手中的拨火棍，也没有转身面对墙壁。影子正要起身扑到赫因泽曼恩身上，抢掉他的拨火棍，老人突然把烧红的拨火棍朝查德·穆里根扔过去。

赫因泽曼恩动作笨拙地扔出拨火棍，就那么随手扔过房间，好像只是为了摆个样子走个过场一样。拨火棍刚一出手，他立刻朝门口跑去。

拨火棍擦过查德·穆里根的左臂。

一声枪响。密闭的房间内，枪声震耳欲聋。

头部致命一枪，一切就这样结束了。

穆里根说："你最好穿上衣服。"他声音呆滞，死气沉沉的。

影子点点头。他走到隔壁房间，打开干衣机门，拉出他的衣服。裤子还有点湿，他还是穿上了。他穿好衣服，没穿外套。他的外套此刻还沉在湖底某处冰冻的淤泥中。还有鞋子，他怎么也找不到。他回到刚才的房间，查德·穆里根已经从壁炉里拖出几根闷燃的木柴。

穆里根说："这可真是一个警察的倒霉日子，因为他不得不犯下纵火罪来掩盖谋杀案。"他抬头看了影子一眼。"你得穿上靴子。"

"我不知道他把靴子放哪里了。"影子说。

"哦。"穆里根说。然后他对着尸体说："我很抱歉，赫因泽曼恩。"他抓住老人的衣领和腰带，把他抬起来往前一甩。尸体的脑袋落在敞开的壁炉内，白发立刻燃烧起来，房间里充满烧焦人肉的味道。

"这不是谋杀，是自卫。"影子说。

"我自己知道是什么。"穆里根直截了当地说。他的注意力已经转到他刚才放置在房间各处的那几根冒烟的木头上。他把其中一块推到沙发旁，拿起一份旧的《湖畔新闻报》，把它撕成一页页的，团皱后丢在闷烧的木头上。报纸立刻变成棕色，冒出火苗。

"出去。"查德·穆里根说。

他们走出房子时，他一一打开窗户，然后打开房屋前门的锁，把门反锁上。

影子跟着他，光脚走到警车前。穆里根为他打开前排乘客位置的车门，影子上车之后在地毯上抹干净双脚，然后才穿上袜子。袜子已经干透了。

"我们可以在赫因农场和家庭用品店帮你买双靴子穿。"查德·穆里根说。

"你在那里面听到了多少？"影子问。

"足够多了，"查德·穆里根说，又缓缓加上一句，"太多了。"

他们开车前往赫因农场和家庭用品店，一路上两个人都沉默不语。到达之后，警长问他："你穿多大码鞋子？"

影子告诉他码数。

穆里根走进店里，出来时手里拿着一双厚羊毛袜子，还有一双农庄皮靴。"你这个鞋码他们只有这个了。"他说，"除非你想要长筒胶靴。我想你不会要的。"

影子穿上袜子和靴子，很合脚。"谢谢。"他感激地说。

"你有车吗？"穆里根问他。

"车停在湖边的路上，就在桥附近。"

穆里根发动汽车，离开赫因农场和家庭用品店的停车场。

"奥黛丽怎么样了？"影子问。

"他们把你带走后的第二天，她告诉我她只是把我当朋友喜欢的，我们两个之间不会有爱情，我们凑不到一块儿，等等。然后她就回鹰角镇了。我的心都碎了。"

"这就能讲通了，"影子说，"她离开不是因为你的原因，赫因泽曼恩不再需要她留在这里了。"

他们又开车回到赫因泽曼恩的房子，烟囱里冒出浓浓的白烟。

"她来这个镇子，只是因为他想让她来。她能帮助他把我从镇上赶走。我吸引了太多他不需要的注意力。"

"我还以为她喜欢我。"

他们把车停在影子租来的车旁。"你接下来想做什么？"影子问。

"我不知道。"穆里根说。自从进入赫因泽曼恩的小屋之后，他那张平常总是满面疲倦的脸竟然变得充满活力起来，但同时也变得更加困惑。"我想，我有几个选择。或许我可以……"他用手指比划成手枪，把指尖伸进嘴里再拿出来，"用一颗子弹打穿脑袋。或许我可以等上几天，等到冰融化得差不多了，在腿上绑一块混凝土石块，从桥上跳下去。或许吃安眠药自杀。唔，也许我会开车走一段路，到附近的某个森林里，在那里吃下安眠药。我可不想让我的同事来清理我的尸体，把尸体留给县里的警察好了。怎么样？"他又叹口气，然后摇摇头。

"你没有杀赫因泽曼恩，查德。他很久以前就已经死了，死在距离这里很远的地方。"

"谢谢你说这些话来安慰我，迈克。不过我的确杀了他。我冷血地开枪打死一个人，然后还掩盖犯罪现场。如果你问我为什么要那么做，可恶，我无法告诉你原因。"

影子伸手抓住穆里根的胳膊。"赫因泽曼恩拥有这个镇子，"他解释说，"我认为当时在现场，你不可能有别的选择。我想是他把你带到那里去的，他想让你听到你该听到的东西。他把你出现的时间和反应都设定好了。我猜这是他唯一能离开这里的办法。"

穆里根那悲惨痛苦的表情依然没有改变。影子看得出来，这位警长几乎没有听进他说的任何一句话。他杀了赫因泽曼恩，还帮他搭了一个火葬柴堆，而现在，遵循赫因泽曼恩最后的遗愿，或者只是因为他的内疚导致他唯一能做的，他将会自杀。

影子闭上眼睛，回忆起自己脑中的那处神秘之地，星期三叫他让天空下雪时，他的意识就到了那个地方。在那里，只要轻轻一推，就可以用自己的意念改变他人的思想。他微微一笑，却没意识到自己在笑，他说："查德，抛开这一切。"那男人的头脑中布满乌云，黑暗的、压抑的乌云，影子几乎可以看到乌云。他把精神集中在乌云上，想象它在慢慢消散，仿佛清晨的雾气。"查德，"他语气严厉，极力让声音穿透乌云，"这个镇子即将改变。它不再是令人沮丧的大环境中唯一美好的镇子了，它将变成和世界上其他地方一样的镇子。这里会出现很多的问题，有人会失业，有人会发疯，更多人会受到伤害，会发生很多不幸和糟糕的事情。他们需要一位有经验的警长。这个镇子需要你。"接着，他又补充一句，"玛格丽特需要你。"

男人脑中的乌云开始发生变化，影子可以感觉得到。他用力推了一下，想象着玛格丽特·奥尔森灵巧的双手和她黑色的双眸，还有她那长长的黑色秀发。他勾画出她高兴时脑袋歪到一边、面带微笑的画面。"她在等你。"影子说。话刚出口，他便意识到这是事实。

"玛吉？"查德·穆里根说。

他无法说出自己到底是怎么做到的，估计今后也不可能再一次做到，但是就在那短短一瞬间，影子轻而易举地进入查德的意识中，然后，他将那天下午发生的事情，精准而冷静地从查德的记忆中全部摘除，就像乌鸦啄掉被车子压死的小动物的眼珠一样。

查德紧锁的眉头舒展开来，他睡眼惺忪地眨巴着眼睛。

"去见玛吉。"影子对他说，"很高兴见到你，查德。好好保重。"

"当然。"查德·穆里根打了个哈欠。

警车电台里传来信号，查德伸手去拿对讲机。影子趁机下车。

影子走回他租来的车旁。他看着位于镇中心的灰蒙蒙的湖面，想着在水底等待的那些死去的孩子们。

很快，艾丽森的尸体就会浮出水面……

开车经过赫因泽曼恩家的时候，影子看到那缕白烟已经变成熊熊燃烧的火焰，远处传来救火车的尖叫声。

他开车向南，转到51号高速公路。他还要赶赴自己人生的最后一次约会。不过在那之前，他决定在麦迪逊市先停一下，和某人最后说声再见。

萨曼莎·布莱克·克罗最喜欢的就是晚上为咖啡店关上大门。这让她感到心情格外平静，给她一种感觉，仿佛她让整个世界重新恢复了秩序。她会放上一张"靛青女孩"的CD，再按自己的节奏和方式完成晚上营业结束后的杂活。首先，她会清洗干净咖啡机，再最后巡场一周，确保所有忘收拾的咖啡杯和碟子都被收起来送回厨房。每天结束后，报纸总是散乱地扔在咖啡店的各个角落，她还要负责把报纸收拾好，整齐地堆在前门旁，等待回收。

她很爱这家咖啡店。作为客人光顾这家咖啡店整整六个月之后，她才说服店主杰夫给她一份工作。咖啡店位于一条有很多二手书店的街上，是一间长长的房间，弯弯曲曲的，有很多小隔间，里面摆满扶手椅、沙发和矮桌。

她把卖剩下的芝士蛋糕切块盖起来，把它们放进巨大的冰箱，然后用抹布把盘子里剩下的蛋糕碎屑擦干净。她喜欢独自一人留下来做这些事。

她做事的时候，会哼唱"靛青女孩"的歌，有时候还会忍不住突然跳上一两步舞，在自己意识到之后就立刻停下来，对自己的举动露出挖苦的微笑。

窗上传来敲击声，把她的注意力从杂活拉回现实世界。她走过去打开门，让一个年龄和她差不多大的女人进来。她叫娜塔丽，紫红色的头发束成马尾。

"你好。"娜塔丽打招呼说。她踮起脚尖吻萨姆，她的吻轻柔地落在萨姆脸颊和嘴角之间。你可以说那样的一个吻意味着很多东西。"活儿干完了吗？"

"差不多了。"

"想去看电影吗？"

"当然，我想去。再有五分钟就可以走了。你先坐坐，看《洋葱》周刊。"

"这星期的我已经看过了。"她坐在门旁的椅子上，翻看堆在旁边准备回收利用的报纸，找到有趣的内容后看了起来。萨姆把收银机抽屉里剩下的钱装进袋子，锁进保险箱。

到今天为止，她们俩已经同居一周了。萨姆不知道这段关系是不是她这辈子都在等待的爱情。她告诉自己，虽然每次看见娜塔丽就感到高兴，但那不过是大脑的化学反应和信息素在作怪，也许就是这么回事。不过，有一点她很肯定：每次她看见娜塔丽就会忍不住微笑，她们俩在一起的时候，她觉得舒适自在。

"这份报纸也刊登了一篇类似的文章，"娜塔丽说，"《美国正在改变吗？》"

"哦，改变了吗？"

"他们没说。他们说可能是在变化，但他们也不知道到底会如何改变，以及为什么改变，或许美国根本就没有改变。"

萨姆大笑起来。"好吧，"她说，"这几种选项算是包括了所有的可能性，是不是？"

"我想是吧。"娜塔丽皱起眉头，继续看报纸。

萨姆洗干净擦碗布，然后叠好。"我是这么想的，虽说政府还在乱搞，但一切似乎突然间变得好转起来。也许只是因为今年春天来得有点早吧。这个冬天可真够漫长的，它总算结束了，真高兴啊。"

"我也是。"她顿了顿，"文章里说，很多人都报告说他们做了很怪诞的梦。可我从来没做过什么怪梦。我的梦普普通通，一点儿也不怪诞。"

萨姆环顾四周，看有没有遗忘什么。没有。好了，工作完成。她摘下围裙，挂回厨房，然后走出来关掉店内的灯。"我最近做过一些怪梦，"她说，"怪异极了，怪得都让我开始写做梦日记了。我在做梦的时候，梦境似乎意味着许多意义。我每次醒来都把梦的内容记录下来，后来再读那些记录时，却发现那些梦根本没有任何意义。"

她穿上外套，戴上不分左右手的手套。

"我对梦有一点点研究。"娜塔丽说。她很多事情都知道一些皮毛，从自卫秘术到汗蒸净化仪式，从风水到爵士舞。"告诉我你的梦，我告诉你那些梦的释义。"

"好吧。"萨姆打开门，关上房间里的最后一盏灯。她让娜塔丽先出去，然后自己也走到外面街上，牢牢锁好身后的咖啡店店门。"有时候，我梦见从天上掉下来的人。有时候我在地底下，和一个长着水牛头的女人说话。还有的时候，我梦见曾经在一家酒吧里吻过的男人。"

娜塔丽发出不满的声音。"有些事情你是不是该跟我好好谈一谈？"

"也许我会告诉你。但不是你想的那种事，那个吻的意思只是去你的。"

"告诉他去他的？"

"不，只是告诉周围的其他人，让他们全都去他的。你当时真应该在场，看看那幅场景。"

娜塔丽的鞋子在人行道上发出哒哒的声音，萨姆在她身旁安静地走着。"我的那辆车就是他的。"萨姆突然说。

"就是那辆从你姐姐家开回来的紫色车子？"

"是。"

"那他呢？为什么他不要回他的车？"

"我不知道。也许他现在在监狱里，也许他已经死了。"

"死了？"

"我猜的。"萨姆犹豫了一下，"几周前，我敢肯定他已经死了。是第六感，或者类似的感觉吧。我知道他死了。不过现在，我开始想，或许他还没死。我不知道。我猜我的第六感不是特别准确。"

"你准备开他的车子，开多久？"

"直到有人来要回它。我想他也希望这么办。"

娜塔丽看了一眼萨姆，然后又看了她一眼，说："你从哪里弄来的那个？"

"什么？"

"那些鲜花。你手里拿着的鲜花。萨姆，它们是从哪儿来的？我们离开咖啡店的时候你就拿着的吗？我当时怎么没看到？"

556

萨姆低头一看，笑了起来。"你可真好。你送花给我的时候，我应该说点什么的，对吧？"她说，"花真漂亮，谢谢你。但红色的应该更合适，对吧？"

她手上拿的是包在礼品纸里的玫瑰。一共六支，白色的玫瑰。

"我没有送花给你。"娜塔丽说，嘴唇紧紧抿着。

她们俩谁都不再说话了，就这样一直走到电影院。

那晚回家后，萨姆把玫瑰插在一个临时的花瓶里。后来，她把玫瑰铸成青铜艺术品，并且始终把她如何得到玫瑰的故事藏在心底。不过，她曾把这个故事讲给卡罗琳听，她是娜塔丽之后的伴侣。那天晚上，她们俩都喝醉了，萨姆把这个幽灵玫瑰的故事讲给她听。卡罗琳表面上赞同萨姆的话，说这真是一个古怪到极点，但又有些恐怖的故事，但在心底，她一个字都不相信。

影子把车停在州议会大厦旁，沿着广场缓缓地散步，在长途驾驶之后好好伸展一下腿脚。尽管衣服已经干透了，可他还是觉得穿在身上很不舒服，新买的靴子也很紧脚。他路过一部公用电话，打电话给信息台查号，他们给了他电话号码。

不在，电话里的人告诉他。她不在这里。她还没有回来，估计还在咖啡店里。

去咖啡店的路上，他停下来买了一束花。

他找到了咖啡店，然后穿过马路，站在一家二手书店的门口，在那里等着、望着。

那地方晚上八点就关门了。八点十分，他看见萨姆·布莱克·克罗从咖啡店里走出来，和她在一起的还有一个身材娇小的女人，束成马尾的头发是一种很少见的暗红色。她们俩紧紧地手拉手，仿佛只要手拉手就可以阻止周围世界的骚扰。她们在聊天，萨姆是说得最多的那个，而她的朋友一直耐心听着。影子很想知道她到底在说什么。她讲话的时候脸上一直挂着笑容。

两个女人穿过马路，经过影子站着的地方。那个束马尾的女人从他身边只有一英尺的地方经过，他只要一伸手就可以碰到她。不过，她们俩都没有发现他的存在。

他看着她们从身边走过，沿着街道一直走下去，心中突然感到一阵疼痛，仿佛体内有根小小的琴弦被拨动了一下。

她吻过他，那是个异常甜美的吻，影子回想着。但萨姆从来没用她看马尾女孩那种深情的眼神看过他。从来没有。

"管他呢。反正是一段美好的回忆。"他低声说。这时，萨姆从他身边经过。

他跑着追上她，把鲜花塞到萨姆手中，接着匆匆跑开，这样她就不会把花还给他了。

然后，他步行走上山坡，回到车里，沿着90号高速公路一路向南前往芝加哥。他始终按照限制时速开车，甚至更慢一些。

还有最后一件他必须做的事。

他也丝毫不着急。

那天晚上，他在六号汽车旅馆过夜。第二天早晨起床后，他意识到自己的衣服闻上去依然有一股湖底的味道，但他还是穿上了那身衣服。他估计自己很快就不再需要它们了。

结账之后，影子开车来到那栋赤褐砂石公寓楼。他毫不费力就找到了它，它比他记忆中显得小很多。

他脚步坚定地走上楼梯。走得并不快，快意味着他急于赴死，也不算慢，慢意味着他心中充满恐惧。有人已经清扫了楼梯间，黑色的垃圾袋都不见了。这里有一股漂白水的味道，不再是腐烂的蔬菜味。

楼梯顶端漆成红色的那道门敞开着，里面飘出熟悉的饭菜味道。影子犹豫了一下，还是按了门铃。

"来了！"一个女人声音在叫。个子娇小、一头耀眼金发的卓娅·乌特恩亚亚从厨房里出来，一边在围裙上擦干双手，一边急匆匆向他走

558

来。影子发现她的样子有些不同。她看上去很开心，脸颊红红的，苍老的眼眸中闪耀着快乐的火花。发现是他，她惊讶得嘴巴张成一个"O"形，嚷了出来："影子？你回来看我们了？"她张开手臂朝他冲来。他弯腰拥抱她，她则在他脸上亲了一下。"能见到你真是太好了！"她说，"不过你必须赶紧走。"

影子走进公寓，看见公寓里的所有房门都敞开着（除了卓娅·波鲁诺什娜亚的房间，这倒一点都不奇怪），所有窗户也都打开了。一阵阵微风穿过走廊。

"你们在做春季大扫除啊。"他对卓娅·乌特恩亚亚说。

"我们有位客人要来，"她告诉他说，"好了，你得走了。不过，要不要先喝杯咖啡？"

"我来见岑诺伯格，"影子说，"我们约定的时间到了。"

卓娅·乌特恩亚亚拼命摇头。"不，不。"她说，"你不想见他的，这不是个好主意。"

"我知道。"影子说，"但你也知道，自从和神打交道以来，我真正学到的只有一件事：定下协议就要遵守诺言。神可以随心所欲地打破所有规则，但我们做不到。就算我想从这里走出去，我的脚还是会把我带回来的。"

她撅起下唇，然后说："那倒是真的。但今天你还是先走吧，明天再来。明天他就不在了。"

"谁来了？"走廊另一头传来一个女人的声音，"卓娅·乌特恩亚亚，你在和谁说话？我没法一个人把这个床垫翻过来。"

影子沿着走廊走过去，说："早上好，卓娅·维切恩亚亚。我可以帮忙吗？"他的出现让房间里的女人惊叫一声，放开她手中的那一角床垫。

这间卧室里积满灰尘：所有东西表面上都覆盖着灰尘，木头上、玻璃窗上，阳光从打开的窗户透进来，可以看到无数微尘在空中漂浮舞动。偶尔吹进来一阵微风，吹得发黄的蕾丝花边窗帘摇摆一下，搅得空中的灰尘上下翻飞。

他想起了这间卧室。这是那天晚上他们给星期三住的那间卧室，贝勒伯格的房间。

卓娅·维切恩亚亚犹豫地看着他。"这个床垫需要翻个身。"她说。

"没问题。"影子说。他伸手抓住床垫，轻松地把它抬起来，上下翻转过来。这是一张很旧的木头床，上面的羽毛床垫几乎相当于一个人的体重。翻转床垫时，灰尘到处飞扬。

"你为什么要来？"卓娅·维切恩亚亚问，语调一点也不友好。

"我来这里，"影子回答说，"是因为去年十二月，一个年轻人和一位旧时代的神下了一盘西洋棋，结果他输了。"

老妇人灰色的头发高高束在头顶，挽成一个很紧的圆髻。她不高兴地噘起嘴唇。"明天再来。"卓娅·维切恩亚亚说。

"不行。"他简短地说。

"那今天就是你的葬礼。好了，你出去坐下吧。卓娅·乌特恩亚亚会给你咖啡喝的。岑诺伯格很快就回来。"

影子沿着走廊走到客厅。这里和他记忆中的一模一样，只是现在窗户都敞开着。那只灰猫睡在沙发扶手上，影子进来时，它睁开一只眼睛，然后无动于衷地继续睡觉。

这里就是他和岑诺伯格下棋的地方。在这里，他拿自己的生命当赌注，让老人加入他们，加入星期三那个最后给他自己带来死亡的骗局中。清新的空气从敞开的窗户进来，吹走房间里陈腐的气息。

卓娅·乌特恩亚亚端着红色的木头托盘走进来，托盘上有一只很小的瓷釉杯子，里面是冒着热气的黑咖啡，杯子旁边是满满一碟巧克力饼干。她把托盘放在他面前的桌子上。

"上次离开后，我又见过卓娅·波鲁诺什娜亚一次。"影子说，"她在地下世界见我，还给我月亮照亮我的路。她从我这里拿走了什么，但我不记得是什么了。"

"她喜欢你。"卓娅·乌特恩亚亚说，"她做了那么多的梦，而且一直在守护我们大家。她非常勇敢。"

"岑诺伯格在哪里？"

"他说春季大扫除让他不舒服。他出去买报纸，然后坐在公园里看报，买烟抽。他今天也许不会回来了，你不必等他了。要不你先走？明天再来吧。"

"我要等他。"影子说。此刻并没有什么*法术制约*迫使他留在这里等待，他清楚地知道这一点。这是*他自己的意愿*。要发生的事情中，这是*最后一件*。如果它真的是最后一件要发生的事情，他要让它在自己的意志下发生。这件事之后，他就再没有任何债务和责任了，再没有秘密，再没有鬼魂。

他喝着热咖啡，和他记忆中的一样，咖啡又黑又甜。

他听到走廊那边传来低沉的男人说话声，他立刻坐直身体，很高兴地看到自己的手并没有发抖。门打开了。

"影子？"

"嗨，你好。"影子打招呼说，依然坐着不动。

岑诺伯格走进房间。他拿着一份折叠起来的《芝加哥太阳报》，把报纸放在咖啡桌上。他凝视着影子，然后犹豫地伸出手，两个男人握了手。

"我来了，"影子说，"为了我们的约定。你兑现了你的那部分诺言，现在轮到我的这部分了。"

岑诺伯格点点头。他皱着眉头，阳光照耀在他灰色的头发和胡须上，让它们变成了近乎金色。"这个……"他皱眉说，"不……"他突然停了下来，"也许你应该离开。现在时机不对。"

"你需要多久都可以，"影子说，"我已经准备好了。"

岑诺伯格叹口气。"你这小子真是笨透了。你知道吗？"

"我猜也是。"

"你是个蠢小子。不过在山顶上，你做了一件非常了不起的好事。"

"我做了我应该做的事情。"

"也许。"

岑诺伯格走到陈旧的餐具柜前，弯下腰，从柜子下面拉出一个公文箱，他打开箱子上的几个扣环，它们一个个啪的一声令人满意地弹开。他打开箱子，从里面拿出一把锤子，像缩小尺寸版的长柄战锤，木柄已经褪色。

他站起身，说："我欠你很多东西，比你知道的还要多。因为你，很多事情都改变了。现在春天到了，真正的春天。"

"我知道我做了什么。"影子说，"做的时候，我并没有多少选择。"

岑诺伯格赞同地点点头，他眼中蕴含着一种影子曾见过的神情。"我告诉过你我兄弟的事吗？"

"贝勒伯格？"影子走到被烟灰弄脏的地毯中央，双膝跪下，"你说你已经很久没有见过他了。"

"是的。"老人说着，举起手中的锤子，"这是一个漫长的冬天，孩子，非常非常漫长的冬天。不过现在，冬天结束了。"他缓缓摇头，仿佛正在回忆往事，然后他说："闭上眼睛。"

影子闭上双眼，高高扬起头，安静地等待着。

战锤的顶端很凉，凉得像冰，它轻轻碰在他额头上，温柔得像一个吻。

"砰！"岑诺伯格说，"完了。"他脸上挂着微笑，是影子过去从来没见过的、轻松惬意的微笑，像夏日的阳光一样和煦。老人走到箱子旁，把锤子放进去，关上盖子，把它推回柜子下面。

"岑诺伯格？"影子惊讶地问，"你是岑诺伯格吗？"

"是的，今天还是。"老人回答说，"等到明天，我就会成为贝勒伯格。不过今天，我还是岑诺伯格。"

"可这是为什么？为什么你不在能杀我的时候杀掉我？"

老人从口袋里的烟盒中掏出一根没有过滤嘴的香烟，从壁炉台上拿下一盒很大的火柴，用一根火柴点燃香烟。他似乎陷入了沉思。"我需要鲜血，"过了一阵，老人开口回答说，"但我也有感激之心。再说，这个冬天实在太漫长了。"

影子站起来，裤子膝盖处下跪的地方沾满灰尘，他掸了掸。

"谢谢。"他说。

"不客气。"老人说，"下次你想下棋的话，你知道到哪里可以找到我。这一次，我要执白子。"

"谢谢，也许我会来的。"影子说，"但是要过一段时间。"他望着老人明亮的双眼，想知道那双眼睛是不是总像这样带着矢车菊的蓝色。他们握手告别，但谁也没有向对方说"再见"。

影子在门口亲吻了卓娅·乌特恩亚亚的脸颊，然后亲吻了卓娅·维切恩亚亚的手背。接着，他脚步轻快地一步迈下两级台阶，下楼离开。

后 记

　　冰岛首都雷克雅未克是个奇特的城市，即使对那些见识过很多奇特城市的人来说也一样。它是一个火山城市，城市的供热就来自地下深处。

　　这里也有旅行者，但远没有你想象的那么多，即使七月初也是如此。太阳高挂在天空，连续几周艳阳不断，阳光只在午夜后的凌晨时分消失一小时左右。凌晨两三点的时候，天边又会露出朦胧的晨曦，然后开始新的一天。

　　那天上午，那位身材高大的旅行者已经走过雷克雅未克的大部分街道，听着人们的交谈，他们使用的语言一千年来几乎没有什么变化。当地人可以阅读古老的北欧英雄史诗，轻松得像看报纸。这个岛给人一种传统始终延续、从不间断的感觉，既让他惊恐不安，也让他极度宽慰。他很疲倦，持续不断的白昼光照让睡觉几乎成为不可能。他坐在旅馆房间里，度过漫长的、没有黑夜的整个夜晚，来回阅读一本旅游指南和狄更斯的《荒凉山庄》。那本小说是他几周前在一个机场里买的，但到底是哪里的机场，他已经不记得了。有时候他也会凝视窗外的景色。

　　直到最后，时钟和太阳同时宣告早晨的到来。

　　他在众多糖果店中的一家买了一条巧克力，沿着人行道往前走。时不时看到的景象，提醒着他冰岛特有的火山特性：比如，转过一个街口，就能看到含有硫黄的蒸汽冲上天空。这股味道让他联想到的不是地狱，而是臭鸡蛋。

　　从他身边经过的女人很多都非常漂亮：身材苗条，白肤金发，是星

564

期三最喜欢的那种类型。影子很想知道，到底是什么吸引星期三接近影子的妈妈。她也很漂亮，但和她们的相貌特性完全不同。

影子朝漂亮女人们微笑，因为她们让他觉得自己是个快乐的男人。他对不漂亮的女人也露出微笑，因为他现在心情很好。

他意识到有人正在监视他，但不太确定自己是从何时开始发现的。走到雷克雅未克街头的某个地方时，他确信真的有人正在盯着他。他会时不时地突然转身，想发现跟踪者的身影。有时他会望向商店的橱窗玻璃，查看背后街道的倒影。可是，他没有看到任何举止不寻常的人，没有人看上去像是监视者。

他走进一家小餐厅，在那里吃了烟熏海雀、野生黄莓、北极红点鲑鱼和煮马铃薯，还喝了可口可乐。可乐很甜，比他记忆中在美国喝的可乐加了更多的糖分。

侍者拿来他的账单。餐费比影子预期的要贵，但似乎也符合影子在旅游途中每个地方的餐费标准。侍者把账单放在桌上时，问道："对不起，你是美国人吗？"

"是的。"

"那么，独立日快乐！"侍者说。他看上去挺高兴的。

影子还没意识到今天是7月4日，独立纪念日。没错，他喜欢独立这个想法。他把餐费和小费留在桌上，走出餐厅。室外，凉爽的轻风从大西洋上吹来，他扣上外套的扣子。

他在长满青草的河岸边坐下，欣赏他身处其中的这个城市，心中想着，有朝一日，他要回家去。有朝一日，他要成立一个家，一个他可以盼着回去的家。他不知道，"家"是在一个地方停留一段时间之后就可以获得的东西，还是只要你走得够久、等待得够久、期盼得够久，就最终可以寻找到的某个东西。

他从包里掏出书。

一位老者大步跨过山坡，朝他走来。他穿着一件深灰色的斗篷，下面磨得有些破损了，仿佛他已经旅行了很久。他戴着一顶宽帽檐的蓝色帽子，帽檐上斜插一根海鸥羽毛，显得活泼又快乐。影子觉得，他看上去像上了年纪的嬉皮士，或者退休很久的神枪手。老人身材高得有些不可思议。

老人在影子身边的山坡上坐下，冲影子简单点点头。他一只眼睛上罩着一个海盗式的黑色眼罩，下巴上的白色胡须向外翘起。影子心想，这个人或许想找他要根香烟。

"Hvernig gengur?Manst pu eftir mer?"老人说。

"对不起，"影子说，"我不会说冰岛语。"然后，他笨拙地说了一句那天早晨在午夜阳光下看书时，从常用口语书上学来的话："Eg tala bara ensku." *我只说英语。* "我是美国人。"

老人慢慢点点头，说："我的族人很久以前就从这里前往美国了。他们到了那里，然后又回到冰岛。他们说那里是一个适合人类生活的好地方，但不适合神。没有自己的神明陪伴，人类觉得很……孤独。"他的英语说得很流利，只是句子的停顿和音节有点古怪。影子认真看着他。近距离看，老人比影子想象的更加苍老，皮肤布满皱纹，像花岗岩上的裂纹。

老人说："我认识你，孩子。"

"你认识我？"

"你和我，我们都走过同样的路。我也曾被悬吊在树上，整整九天九夜，那是我给自己献上的牺牲。我是众神之主，我是绞刑架之神。"

"你是奥丁。"影子说。

老人沉思着点点头，似乎在掂量这个名字的重量。"他们用很多名字称呼我，不过，是，我是奥丁，波尔之子。"他说。

"我看见你死了，"影子说，"我还为你的尸体守灵。为了获得力量，你试图毁灭许多神明，当作给你自己的献祭。这就是你做的事。"

"我没有做过。"

"是星期三做的。他就是你。"

"没错，他是我。但是，我并不是他。"老人搔搔鼻子，帽檐上的海鸥羽毛来回舞动。"你要回去吗？"绞刑架之神问他，"回美国？"

"那里没有什么值得我回去的。"影子说。话刚一出口，他就知道那不过是一个谎言。

"有事情在那边等着你。"老人说，"会一直等到你回去。"

一只白色蝴蝶从他们身边翩翩飞过。影子没有说话。众神和他们的破事，他已经受够了，未来几辈子都受够了。也许他应该搭巴士去机场，他想，另外换一张机票，搭乘一架飞机，随便飞去哪个他从未去过的地方，就这样一直旅行下去。

"对了，"影子说，"我有东西给你。"他把手伸进裤子口袋，把那件东西攥在手心里。"伸出你的手。"

奥丁凝视着他，眼神古怪而严肃。然后他耸耸肩，伸出右手，手掌朝下。影子把老人的手翻过来，让他掌心朝上。

他张开自己的手，先是一只手，再换另一只手，表明手中空无一物。然后，他把玻璃假眼推到老人皮革一样坚韧的手心中，把它留在那里。

"你是怎么做到的？"

"是魔法。"影子说，脸上没有一丝笑容。

老人先是微微一笑，接着哈哈大笑起来，拍手鼓掌。他用拇指和食指夹住假眼，仔细查看，然后点点头，好像知道这是什么东西。他把它塞进挂在他腰间的皮革小包里。"Takk karlega.我会保管好这个东西的。"

"不客气。"影子说。他站起来，擦掉裤子上沾的青草。他合上书本，把它放回背包的侧袋里。

"再来一次。"仙宫之主说，脑袋傲慢地一晃，声音低沉地命令他，"我要再看一次。再变一次。"

"你们这些人，"影子说，"总是这么贪得无厌。好吧，再来一个，是我从一个已经去世的家伙那里学来的。"

他把手伸进虚无，凭空抠出一枚金币。这只是一枚普通的金币，它不能让死人复活，也不能治疗疾病。但它的的确确是一枚金币。"就这些了，"他说着，拇指和食指捏住金币，展示给老人看，"就这么多了。"

他拇指一弹，把金币弹到空中。金币旋转着划出一道金色弧线，在阳光下闪烁出耀眼光芒。它悬在仲夏的天空里，仿佛永远都不会掉下来一样。也许它真的永远不会掉下来。影子没有等着看结果。他转身离开，脚步不停地一直向前走去。

附　录

　　我一直盼着在书中写写影子和耶稣见面的情节。毕竟，写到美国众神时不可能不提及基督耶稣，他是这个国家的重要组成部分。

　　我曾在第十五章里写过他们两人的第一次见面，但我写得不好；我感觉自己只是顺便提到了某些我不能只是简单提及的东西。这个话题太大了。

　　所以我只好再次删掉。

　　在这次的作者修订版里，我差点就要把它加回去了。实际上，我并没有加回去。我把它单独拎出来放在这一章，好让你读到它。我只是不太确定它是否属于《美国众神》一书必不可少的内容。

　　也许，你可以把它当作杜撰出来的一章。

　　总有一天，影子会回到美国。

　　一次非常有趣的交谈在等待他……

　　人们在他身边走来走去，可能是发生在他的意识之中，也可能在意识之外。

　　有些人他似乎认得，有些人则是陌生人。

　　"什么是陌生人？陌生人就是某个你还未谋面的朋友。"有人对他说话，还递给他一杯饮料。

他接过饮料，和那人沿着一条明亮的棕色走廊漫步而行。他们在一栋西班牙风格的建筑内，从砖石结构的走廊走进开阔的庭院，然后又走进走廊。阳光火辣辣地直射在水景花园和喷泉上。

"也可能是某个你还未谋面的敌人。"影子说。

"阴暗，影子，这想法太阴暗了。"那人说道。影子喝了一口手中的饮料，是味道很差的红葡萄酒。

"我已经阴暗了好几个月，"影子说，"阴暗了好几年。"

那个男人身材细长，皮肤晒成棕色，中等身高。他抬头看着影子，带着感同身受的温和微笑。"守灵进行得怎样了，影子？"

"树上吗？"影子已经忘记他被悬吊在银色巨树上的事了，他不知道自己还忘记了什么，"很痛苦。"

"受难，有时是净化的过程。"男人说道。他穿着休闲便装，但看起来价格不菲。"可以纯净自身。"

"还可以让你吃不消。"影子说。

男人把影子带进一间广阔无垠的办公室，但里面并没有办公桌。"你想过没有，成为一位神意味着什么？"男人问。他蓄着胡须，头戴一顶棒球帽。"这意味着，你放弃了凡胎肉体的存在，成为一个可以复制转播的文化基因：某个可以在人类意识中永生的符号，就像人人传唱的童谣曲调。这意味着每个人都可以在他们自己的头脑中重新创造你。你不再拥有你自己的身份特性。取而代之的是，你拥有人类需要你拥有的一千副面孔。每个人都想从你身上得到不同的东西。没有任何事物是固定不变、稳定持久的。"

影子坐进窗边一张舒服的皮椅中。男人坐在一张巨大无比的沙发上。"你的这个地方很棒。"影子说。

"谢谢。老实说，葡萄酒味道如何？"

影子迟疑片刻。"恐怕有点酸。"

"抱歉。酿造葡萄酒真的很麻烦。我可以轻松酿出还算不错的葡萄酒，但要酿造优秀的葡萄酒，以及卓越的葡萄酒……哦，必须要有合适的天气、合适的土壤酸度、合适的降雨量，甚至还要选择是山坡哪一面生长的葡萄。说到葡萄酒，真是要了我的命……"

"还算不错，真的。"影子说着，咕咚咕咚一口喝完剩下的葡萄酒。他能感觉到酒在空荡荡的胃里灼烧，感觉到酒醉时的微醺感从头脑中升起来。

"好吧，说到新神和旧神的所有问题。"他的朋友继续说，"如果你问我的意见，我很欢迎新神的存在。让他们尽管来好了。枪械之神、炸弹之神，所有这些无知愚昧、没有宽容之心的神，标榜自我正义、行为白痴、满嘴责备的神。所有他们试图去做、还让我背上包袱的事情。他们从我肩上卸下不少负担。"他叹了一口气。

"可你是如此成功啊，"影子说，"看看这个地方。"他冲周围比划一下手势，指了指挂在墙上的绘画、硬木地板，还有下面庭院里的喷泉。

他的朋友点点头。"这是有代价的，"他说，"正如我说的那样。你必须满足所有人的所有一切。很快，你就传播得太过稀薄，结果根本无法再传播了。这情况可不好。"

他伸出一只结满老茧的手——手指上烙印着旧日的道道伤疤——用力握住影子的手。"我知道，我知道，我应该感激我得到的祝福。其中一项祝福，就是有时间可以像这样见你，和你谈谈。你能做出这种牺牲很伟大，"他说，"非常伟大。现在，不要再做我的陌生人了。"

"不会。我将成为你还未谋面的朋友。"影子说。

"你真幽默。"蓄须的男人说道。

"拉塔托斯克，拉塔托斯克。"松鼠吱吱喳喳的叫声在影子耳边响起。在他的嘴里和喉咙深处，依然能回味出苦葡萄酒的味道。那简直是黑暗的味道。

致　谢

这是一本厚重的书，也是一段漫长的旅行，我要感谢很多人给我的帮助。

霍利夫人把佛罗里达的房子借给我写作，而我只要吓走秃鹰作为回报就够了。她还把爱尔兰的房子借给我完稿，警告我不要吓走鬼魂。我要感谢她和霍利先生的亲切与慷慨。乔纳森和珍妮把他们的房子和吊床借给我写作，我只要偶尔从蜥蜴池塘里钓出几只奇怪的佛罗里达小动物作为回报就可以了。我非常感谢他们的帮助。

当我需要医学方面的信息时，无论何时，丹·约翰逊博士都会给我帮助，指出我偶尔无意识下用错的几处英式英语（其他人也都会这样做），回答最古怪的问题。七月的某一天，他甚至还开着小飞机带我在威斯康星州北部飞行。当我写作这本书时，我那出色的助理罗琳·加兰，除了帮我处理生活琐事，还非常认真地查出很多美国小镇的人口数字，我依然不知道她到底是怎么做到的（她是乐队 "闪电女孩" 的一员，请购买她们的新专辑《享乐每个早晨吧，狂野女王》，让她高兴一下）。特里·普拉切特在前往瑞典哥德堡的火车上，帮我解开了纠缠在一起的故事情节。埃里克·埃德曼回答我关于外交的问题。安娜·阳光·艾森帮我发掘出一堆关于西海岸日本集中营的资料，但是我只能等到写下一本书时再用了，因为这个始终不太适合放进本书里。我从吉恩·沃尔夫书中的后记里偷来最棒的对白灵感，我要对他表达真诚的感谢。凯西·厄兹警官和蔼地回答我最稀奇古怪的警方程序问题，副警长马歇尔·马特霍夫还带我一起开车巡逻。皮特·克拉克以优雅和幽默的态度屈从于我某些荒诞可笑的个人质问。戴尔·罗伯森是本书的水文学咨询顾问。我很感激吉姆·米勒医生关于人类、语言和鱼的评论，以及玛格丽特·罗达斯在语言学上的帮助。杰米·伊恩·斯维斯帮我确认硬币戏法足够魔幻。本书中如有任何错误，都是我的责任，不是上述任何人的。

很多好心人看过书的原稿，还提供了非常有价值的建议、更正、鼓励和信息。我要特别感谢克林·格兰德、苏桑娜·克拉克、约翰·克鲁特和塞缪尔·R.德拉尼。我还要感谢猫头鹰·回归（他有全世界最酷的名字）、艾斯林·罗斯玖·爱文森、皮特·斯特劳布、乔纳森·卡罗尔、凯莉·比克曼、黛安娜·格拉夫、连尼·亨利、皮特·阿特金丝、克里斯·艾文、泰勒、凯莉·林克、巴布·吉里、威尔·舍利特、康尼·萨斯脱匹、兰兹·霍斯里、黛安娜·舒茨、斯蒂夫·博斯特、凯莉·苏·德康尼利、洛兹·卡文尼、伊恩·麦克道威尔、凯伦·伯格、温蒂·杰非特、泰杰·诺德伯格、格温达·邦德、特瑞莎·里特顿、鲁·阿朗尼卡、海·本德尔、马克·阿斯克维斯、艾伦·摩穴（他还好心借给我《里特温诺夫之书》），还有最初的乔·桑德斯。我还要感谢丽贝卡·威尔森，特别要谢谢史黛希·维斯敏锐的洞察力。阅读初稿之后，黛安娜·维恩·琼斯警告过我这本书应该属于什么类型，以及写作这本书有什么风险，从目前来看，她说的都很正确。

真希望弗兰克·麦克康奈尔教授依然与我们同在，我想他会喜欢这本书的。

我刚刚完成初稿，就发现有好几位作家之前写过类似的主题，特别是我喜爱的不太出名的詹姆斯·布兰奇·卡贝尔、已逝的罗杰·泽拉兹尼，当然，还有风格独特的哈伦·埃里森，他的故事集《死鸟故事》深深烙印在我的记忆中，那时我还是个孩子，一本书就可以永远改变我。

我总是不太明白，为后世子孙记录下自己写作时听的音乐到底有什么意义，我写这本书时听的音乐数不胜数。没有格雷格·布朗的《梦幻咖啡》和"磁场"乐队的《六十九首情歌》，这本书就会很不一样，所以，我也该感谢格雷格和斯蒂芬。我觉得自己有责任告诉大家，你可以购买磁带或CD，亲自聆听岩上之屋里的音乐，包括日本天皇机器人和全世界最大的旋转木马的音乐。这些音乐可能不是很悦耳，但绝对跟你听过的任何音乐都不同。你可以写信邮购，地址是：The House on the Rock, Spring Green, WI 53588 USA。或者你也可以拨打电话1-608-935-3639来订购。

我的经纪人——"作家之家"的梅瑞丽·赫菲兹，还有CAA的琼·乐文、爱琳·卡利·拉·夏佩尔——在我询问他们的意见时，是我最珍贵无价的意见反馈者和智慧的支撑。

还有很多拥有非凡耐心的人，我向他们承诺过，等我写完这本书，再做答应过他们的事情。我要感谢这些善良的人，他们来自华纳兄弟电影公司（特别是凯文·麦克米克和劳伦佐·迪·博纳文图拉）、威秀电影公司、太阳虹娱乐公司、米拉麦克斯电影公司，还有雪莉·庞德，她容忍了我很多事。

还有必须要感谢的两位：美国哈珀-柯林斯出版社的詹妮佛·赫施和英国霍德·海德兰出版社的道格·杨。我很幸运能遇到好编辑，而他们两位是我所知的最优秀的编辑之一。更不用说，这是最具耐心、最毫无怨言的两位编辑，即使截稿期如同狂风中的干枯树叶从我们身边席卷而过，他们依然积极坦然地面对。

霍德·海德兰出版社的比尔·梅西在后期加入进来，将编辑锐利的鹰眼借给本书。凯莉·诺塔拉在本书出版过程中以优雅、纯熟的姿态维护着它。

最后，我想感谢我的家人玛丽、迈克、霍丽还有麦蒂，他们是最有耐心的人，也是最爱我的人，他们容忍我在漫长的时间里不时离开家去写作、去寻找美国——结果，在我最终找到之时，我才发现美国一直都在美国。

尼尔·盖曼

爱尔兰寇克郡，金赛尔附近

2001年1月15日

尼尔·盖曼访谈

你想拥有哪一种神明的力量？

我想拥有让时间充满弹性的力量。如果时间像橡胶一样有弹性，我想你只需要拥有一周，然后你只要推动一下墙壁什么的，就会突然有额外的十九天时间跑出来填满空白。

时间总是不够用。我总是像上了发条一样快节奏，只因我想做那些我没有时间做的事。我喜欢做的事非常多，但不得不通通往后推，或者说，这是我的选择问题。如果我真的很喜欢，就会想同时做两件事，要是时间能像橡胶一样延伸，我就可以做到了。

你最喜欢哪个路边景点？

《美国众神》一书中的岩上之屋其实是真实存在的。大多数人都以为那是我虚构的，然而事实上我只是稍稍修改了一些细节，好让人们相信它的存在。作为真实的存在，它没有义务和书中描写的一模一样。所以我没写那个有一百二十个零件的机器管弦乐队和其他东西。

我还记得自己第一次走进岩上之屋时的情景，我当时就想："我不相信这个地方的存在。"第二次去的时候，我依然不相信这个地方的存在。我只好回到《娱乐周刊》编辑部，去拿我在世界上最大的旋转木马前拍摄的照片确认。

这是我经历过的噪音最大的拍摄过程，因为他们调整了那个房间机械装置的音量，方便人们进进出出。说真的，你绝对不想在世界上最大的旋转木马前停留太久。

拍摄持续了几个小时，摄影师和我只能通过手势来交流。他拍拍自己的下巴，指指高处，我就知道，我应该抬头向上看一点点。

你是怎么发现岩上之屋的？

和美国其他的路边景点一样，远在三百英里之外就能看到它的指示牌，暗示你在道路转弯处就能看到它了。我看见所有的指示牌上都写着"岩上之屋"，以为它距离我非常近，结果发现它居然远在二百五十英里开外。

同样出现在《美国众神》中的岩石城就更糟了。当我看到第一块写着"参观岩石城，世界奇迹"的指示牌时，我正开车经过位于田纳西州、肯塔基州或别的什么州的一座山脉，同样以为它就在道路的转弯处，结果开车找了大半天才找到。

然后，当然啦，因为它几乎不可能立刻就被发现，我直接错过了它。我只好又掉头开回来，这才找到它，然后决定把它也写进书里。

你经历过最奇特的飞机旅行是什么？

坐飞机最烦人的，是你要把东西都打包起来。我还记得某次搭飞机的经历，虽然不算最奇怪的一次，但之前和之后再也没有经历过类似的。

空乘刚刚给我倒了一大杯苹果汁，飞机就突然遇到一个强气流，下降了好几百英尺。因为乘客都系着安全带，所以没受到什么影响，但我的苹果汁从杯子里泼了出来。杯子停在原处没动，里面的果汁在机舱里缓慢地划出一个令人难以置信的优雅弧线，泼在了距离我半个机舱远的一位商人的膝盖上。

那次我是和木偶出版社的戴夫·麦卡肯一起出差进行签售活动。我们都假装那杯果汁不是我们的。至少大家都知道我们不是故意泼出去的，只是果汁疯狂地飞出去寻找自由罢了。

你最喜欢哪个硬币戏法？

刚开始写《美国众神》时，我有一个很大的笔记本、一支钢笔和一本魔术大师J.B.博博所著的《现代硬币戏法》，那时我就在变自己最喜欢的硬币戏法了。

我学了一个又一个戏法，花了好几天时间练习法式藏币、拇指遮币等，因为我知道影子要玩这个。我觉得自己必须要把手法写得合情合理、令人信服。在那之前我从来没玩过，但我觉得现在必须开始学了。

我坐火车穿越美国前往圣地亚哥时，有一个十岁的小女孩和她妈妈一起旅行。我们在火车上相处了三天，彼此已经都很熟了。我给她表演硬币戏法，出乎意料地把一枚硬币变没了，然后又从她耳朵里掏出来。我想，应该从来没有人为她表演过类似的戏法，看到她脸上惊喜的表情，我突然理解人们梦想成为魔术师的原因了。

我没能成为魔术师，但我还是喜欢和潘、泰勒还有达伦·布朗这些魔术师混在一起，他们都是非常好的人，诙谐幽默，把我当成他们的一员，尽管他们都知道，我根本就不是什么魔术师。

你最喜欢的骗子或骗术是什么？

当然是创造了庞氏骗局的庞氏。如果有人要卖布鲁克林大桥给你，或者英国有人要卖伦敦桥给你，法国有人要卖埃菲尔铁塔给你，人们肯定会对这些骗局极尽嘲讽。

但庞氏就曾真的向法国所有废金属收购商卖过埃菲尔铁塔。他假装自己是法国政府的代表，对他们解释说，埃菲尔铁塔有安全隐患，政府准备拆掉它，正在寻找能承担拆除铁塔的任务并且能处理随之产生的大量废钢铁的人。他还向他们暗示法国政府将对此感激不尽，并有可能给所有参与此事的人颁发勋章。

接下来，他跟每个商人说明这是商业投标，不可能存在贪污腐败。当商人们回去准备投标的时候，他又私下和每个商人接触，说他本人是可以被贿赂收买的。结果每个商人都给了他一大笔钱，想要买下埃菲尔铁塔。这个就是我最爱的骗局。

你喜欢自己在《美国众神》里设计的骗局吗？

我的确很享受设计骗局的过程，但我还是得承认，这让我相当困惑。其中一个原因是，我认为读者可能真的会照着做，于是我试图模糊掉一点事实，这样读者就不会清楚星期三先生的骗局和那些信用卡骗术的细节了。

不过，我还是很骄傲自己想出了自动取款机的骗局。我本来觉得这相当有趣，直到八个月前的某一天，电话响起来，一位加拿大记者告诉我，有个《美国众神》的书迷真的按照书中所写的手段成功骗钱并且潜逃了，他骗了当地商人大约三万美元。

你不能希望你的读者会有"啊，这本书不仅在文学角度很成功，还是一本教你快速致富的教材呢"这样的想法。我相信如果有人这么想，他接下来很快就会遭遇"快速进牢房"的。

有什么你想消除的误解吗？

我在我的网站www.neilgaiman.com上记日记，这个方法对于快速和你的读者打成一片是非常有用的。除此之外还有一个原因，我曾经去参加签售活动，那时人们希望我就是我所创造的角色中的一员，尤其是"睡魔"。

结果签售的时候，我亲眼看到人们脸上失望的表情，因为我身材并不高大，肤色并不苍白，相貌并不英俊，也没有给人病态的感觉。读者们希望我说话的语调是精辟的哥特式，或者是抑扬的五步音，或者是八行两韵诗等等。

我喜欢写博客，是因为它可以帮我消除人们对我的这些错误联想。我觉得，如果有人在博客上写凌晨三点自己还在清理地板上的猫咪呕吐物，没人会把他想象成一位英俊貌美的哥特式人物。

《美国众神》已经出版好几年了，你对这本小说有什么感想？

人们对《美国众神》的态度友好得不可思议。我从未想过它会获得如此多的奖项，尤其是赢得了雨果奖、星云奖和布莱姆·斯托克奖，简直太兴奋了！美国人尤其喜欢这本书。我本以为自己会受到不少质疑，真的没想到从未有人说过"你竟敢如此胆大妄为，明明是英国人，居然敢写美国？"之类的话。

我觉得非常有趣的是，他们把在美国中部的某些地方人们说话的腔调叫威斯康星口音或者明尼苏达口音，偶尔会有纽约人和洛杉矶人指责我写到那两个州时使用了英式英语的用语习惯，但我觉得，这大部分情况下是因为他们根本不了解其他州人的说话习惯。

你竟敢如此胆大妄为？

——尼尔·盖曼自述

到目前为止，还没有人问过我最怕被问的那个问题，我希望永远也不会有人问。所以，我决定自己质问自己，然后自己作出回答，这就好像害怕飞机被劫持，总是自己偷带炸弹上飞机的乘客一样——我希望这样做可以提高这件事发生的概率，从而避免别人也做同样的事情。

问题就是：你竟敢如此胆大妄为？

或者说，这个问题可以扩大为"身为一个英国人，你竟敢如此胆大妄为，妄图写一本关于美国、美国神话传说和美国精神的书？你竟敢如此胆大妄为，妄图写出是什么令美国作为一个国家、一个民族、一种精神显得如此特殊？"

作为一个英国人，我对此最直接的反应就是耸耸肩膀，发誓说这种事情绝对不会再次发生。

但在《美国众神》一书中，我的确胆大妄为地做到了，写作这本书实在是狂妄自大之举。

我年轻时写了和梦有关的一系列故事漫画书，名为《睡魔》（这是一部故事集，目前还在印刷中，共有十本绘本小说，如果你没看过的话，可以看一看）。那时我就一直有同样的疑惑："你住在英国，怎么可以把故事的大部分情节设定在美国？"

在媒体上，我会指出其中的原因：英国，实际上已经相当于美国的第五十一个州。我们都看美国的电影和电视剧。"我笔下的西雅图，可能无法让西雅图本地人感到满意，"我过去是这样解释的，"但是，我写的完全可以媲美从未去过西雅图的纽约人笔下的西雅图。"

显然，我错了。我根本做不到同样的事情。现在回想起来，我所做的是更加有趣的替代之选：我创造了一个完全虚构的美国，一个睡魔的故事会在其中发生的虚构世界，一个游离于现实世界的边缘之外、根本不可能存在的癫狂的世界。

这个做法让我心满意足，直到我娶了一位美国妻子，又一直渴望住在亚当斯一家风格的房子里，于是我移居到了美国。

慢慢地——过了一段时间——我才意识到，无论是我笔下所写的那个完全虚构的美国，还是真实世界里的美国，在"所见即所得"的表面之下，是比虚构世界有趣得多的存在。

我怀疑移民们都有普遍的经历（即使你是像我这样的移民——口音已经听不出来任何区别，但仍然紧抓不放、近乎迷信地坚持自己的英国公民身份）。一方面，你在这里，另一方面，美国也在这里。这个国家的存在感比你更加强。于是，你试图理解、搞定——那些一直在与它对抗的部分。它实在太大了，容纳了太多矛盾的事物，它很高兴自己不被人理解。你隐隐约约意识到，你最好的期望，就是自己成为寓言"盲人摸象"中的一个盲人，他们有人摸到象鼻，有人摸到象腿，有人摸到象身，有人摸到象尾，然后就认为大象长得像一条蛇、一棵树、一堵墙或者一根绳子。作为作家，我唯一能做的，就是描述全部场景中小小的一个部分。

它太过巨大，大到无法窥探全貌。

直到1998年夏天之前，我其实并不知道自己打算写什么类型的书。当时，我在冰岛首都雷克雅未克待了四十八小时，就在那时，我知道自己下一本书到底应该写什么了。支离破碎的一串故事情节、难以分类的一堆人物角色，还有类似故事框架结构的微弱想法，全都浮现在我脑海里。也许是因为当时我远离美国，反而可以看得更加清晰；也许是因为之前时机未到。这本书可能是惊悚小说、悬疑小说、爱情小说，或者公路小说。它可能是讲述移民的经历故事、讲述人们来到美国时心中的信仰，以及他们所信仰的事物会遭遇什么变故的故事。我是英国人，我喜欢自己的英国人身份，我一直保留着我的英国护照，我尽量保留我的英国口音。我在美国已经居住了将近九年之久，久到我早已得知我从影视剧里得到的关于美国的认知是错误的。

我想写神话传说，我想把美国写成一个充满神明的地方。

我回到酒店房间，写下三页纸的故事大纲——关于我所构想的这本书的更详细的描述。我想给书起名为《魔力美国》（灵感来自"污点"乐队的一首歌），但感觉不太对劲。我试图给它起名为《美国之王》（灵感来自埃尔维斯·卡斯特罗的唱片），但还是感觉不好。于是，我在第一页大纲的最上面写下《美国众神》（灵感没有来自任何人），心想，我早晚会想出一个更合适的书名。

编辑寄给我书籍封面设计的时候，我还没开始正式写作。封面上有一条路、一道闪电，还有用大写字母标出的书名"美国众神"。似乎没有什么要挑剔的——老实说，我从一开始就很喜欢它——于是，我正式开始写作。

这本书内容庞杂，不过美国本身也是一个庞大的国家，试图将它全部放进书里还是显得有些困难。

《美国众神》是关于一个叫影子的男人以及他出狱后的工作的故

事，它是一个公路旅行的故事，是关于一个美国中西部小镇上每年冬天的神秘失踪的故事。随着我的写作，我了解到路边景点为什么是美国最神圣的地方；我了解到大量关于神明、秘密组织和战争的秘密；我发现了很多奇奇怪怪的偏僻小路和人名。有些让我感到兴奋，有些吓到了我，还有些让我惊讶不已。

书快完成的时候，书中所有分散交错的线索都合并到一起，我再次离开美国，蜗居在爱尔兰一栋巨大、冰冷的老宅里，一边在炉火前冷得瑟瑟发抖，一边用打字机打出剩下的所有内容。

然后，书完成了，我停下来。回头再看，我觉得自己并不是胆大妄为，只是别无选择。

尼尔·盖曼

（本文是2001年3月尼尔·盖曼为鲍德斯出版社官方网站撰写的随笔的扩充版，也曾发表在他自己的网站 www.neilgaiman.com 上。）

读客®
科幻文库
跟着读客读科幻，经典科幻全看遍

太空歌剧、赛博朋克、奇幻史诗……

中国、美国、英国、俄罗斯、波兰、加拿大、日本、牙买加……

读客汇聚雨果奖、星云奖、轨迹奖获奖作品

精挑细选最顶尖的科幻奇幻经典

陪伴读者一起探索人类文明的过去、现在和未来

亿亿万万年，直至宇宙尽头

打开淘宝，扫码进入读客旗舰店，
下一本科幻更经典！

图书在版编目（CIP）数据

美国众神：十周年作者修订版 /（英）尼尔·盖曼
著；戚林译. -- 北京：北京联合出版公司, 2017.4（2025.11 重印）
ISBN 978-7-5502-9714-2

Ⅰ.①美… Ⅱ.①尼… ②戚… Ⅲ.①长篇小说 - 英
国 - 现代 Ⅳ.① I561.45

中国版本图书馆 CIP 数据核字 (2017) 第 023162 号

美国众神：十周年作者修订版

作　　者：［英］尼尔·盖曼
译　　者：戚　林
责任编辑：夏应鹏
选题策划：读客文化　021-33608320
特约编辑：刘　雨　姚红成　吴洁静
封面设计：李子琪　刘　倩
版式设计：余晶晶
责任校对：曹振民　绳　刚

北京联合出版公司出版
（北京市西城区德外大街83号楼9层　100088）
三河市龙大印装有限公司印刷　新华书店经销
字数452千字　890毫米×1270毫米　1/32　19印张
2017年4月第1版　2025年11月第20次印刷
ISBN 978-7-5502-9714-2
定价：69.90元